創新教學與課室觀察

教育部國語文課程與教學輔導諮詢團隊　執行策畫

孫劍秋　馮永敏　耿志堅　蔡雅薰　等著

五南圖書出版公司 印行

主編序

　　教育者，國家百年之大計，國勢盛衰、風俗良窳，關鍵俱繫於教育。自小學、中學、高中或專科、大學以至碩、博士，學生在校園學習時間如此漫長，朝夕浸淫薰染，影響深廣長遠，故德行之訓勉、性情之陶冶、智識之啓迪、體格之鍛鍊，皆賴學校引導培植，從事教育焉可不慎！惟隨時代變遷、環境更迭，教材教法不宜墨守僵化，一成不變。揆諸當前，教師應亟思如何與時推移、適度調整，務求切近學生學習需求。緣此，教育部國語文課程與教學輔導諮詢團隊爲積極提升語文教育品質，豐富創意教學理論，調整測驗評量模式，改進教材教法內容，強化閱讀寫作策略，特於臺北、臺南分別舉辦學術研討會，邀請各界專家學者齊聚一堂，發表心得，分享經驗，切磋琢磨，相互激盪，以收交流之宏效。

　　臺南場次由臺南大學國語文學系、中華民國華夏語文學會主辦，在該校人文與社會學院院長**張清榮**教授策劃下，於民國九十九年十二月十一日，假該校文薈樓召開「第一屆語文創新學術研討會」，計複審後同意宣讀論文十五篇。臺北場次由教育部國語文課程與教學輔導諮詢團隊承辦，國立臺北教育大學協辦，於民國一百年六月三日，假國立臺北教育大學至善樓國際會議廳召開「2011年國語文課室觀察與教師專業發展社群研討會」，計複審後同意宣讀論文十五篇。

　　統觀兩次會議，會場上討論踴躍，評論謹嚴，會後請作者參酌意見增刪修訂，再以匿名方式送專家學者決審。除部分文章因未扣緊主題，不得已割愛外，其餘通過決審之文章予以集結成冊，都爲一編，訂名爲「創新教學與課室觀察文集」。全書合計收錄論文廿五篇，所涉範疇涵蓋華語教學與中文教學，主題包括：口語訓練、成語運用、書法理論、漢語語法、教學策略、課室觀察、教材分析、課程設計、閱讀書寫、創新教學、數位教學、試題研發等。內容多元，見解新穎，繽紛燦爛，卓然可觀。作者群中既有大學院校教授、研究生，亦有國中、小學教師，析疑辨惑，觀摩借鑒，是以理論與實務兼具，傳統與創新並重。信夫斯集之流通，於提升語文教學確有助益。

　　劍秋受教育部委託擔任國民中小學九年一貫課程國語文輔導組召集人一職，與團隊夥伴攜手合作，協調溝通，戮力推動中央政策，用心輔導各縣市輔導團，期許爲提升國內教育水準略盡棉力。雖媒體時見對學子中文閱讀及表達能力低落之負面報導，輿論與家長咸表憂心，然劍秋籌辦各項會議、赴各縣市輔導諮詢，交接之師長皆殷切關懷教育政策，熱心提供諸多意見，在眾人齊心合力下，相信教育未來發展仍值期待。

　　當前全球華文熱潮方興未艾，臺灣以繁體正字書寫，肩負薪傳文化之重責，而提振中文教育、推動閱讀寫作，尤需政府、學校、家長共同重視。今值論文付梓之際，爰贅數語，並祈更多關心教育發展的師長和朋友們一起參與，不吝賜教。

國立臺北教育大學語文與創作學系教授兼華語中心主任
教育部國語文課程與教學輔導諮詢團隊 召集人
孫劍秋　謹誌　100 年 12 月 25 日

目錄

數位評量

華語文教學

九年一貫課程綱要的內涵與發展

林孟君[*]

壹、前言

　　二十一世紀是全球化、科技化的時代，在目前社會變遷快速及國際關係日益密切的現況中，各國為提升國際競爭力，積極經由教育改革，強化國民素質及國家競爭力。而教育是國家發展的重要資源和動力，臺灣的經濟及社會繁榮，歸功於政府與民間的共同努力，我國教育的發展、進步與成就，已是有目共睹的。

　　「課程」為教學的核心，從 1993 年教育部頒布國民小學課程標準中「課程標準是課程編制的基準，各科需依據本課程標準中各項規定實施之。」（國民小學課程標準，1993）從上述文字中明確表示課程對於學校課程的規劃及推動的重要性。臺灣從 1968 年推動九年國民義務教育以來，教育基本規範「課程標準」由教育部於 1993 年 9 月及 1994 年 10 月分別修正發布國民小學及國民中學課程標準，並於 1996 年 8 月及 1997 年 8 月起由一年即開始逐年實施，為臺灣國民教育課程標準的開端。

　　然為迎接 21 世紀的來臨與世界各國之教改脈動，政府為提升整體國民之素質及國家競爭力，教育部依據行政院核定之「教育改革行動方案」，進行國民教育階段之課程與教學革新，鑑於學校教育之核心為課程與教材，此亦為教師專業活動之根據，乃以九年一貫課程之規劃與實施為首務，於 1998 年 9 月 30 日公布「國民教育階段九年一貫課程總綱綱要」（現改為國民中小學九年一貫課程暫行綱要），由林前部長清江先生在記者會上宣示，未來國民中小學新課程，要培養學生具備「帶著走的基本能力，拋掉背不動的書包與學習繁雜的知識教材」，正揭示了新課程的理想和方向（教育部，2011）。

　　從 2001 年正式推動九年一貫課程暫行綱要（以下簡稱暫綱），而後歷經 2003 年正式課程綱要的宣佈及 2008 年的總綱調整，整體而言，國民中小學課程綱要的頒布已歷經 10 餘年，在教育部宣布 103 年將全面推動 12 年國教之際，國民教育階段的課程綱要是否需要調整，以為下一階段的教育改革注入源頭活水，已掀起另一波的教改風潮。本文旨在分析國民中小學課程綱要的內涵和發展，透過回顧及分析，提出課程綱要的落實途徑，藉供參考。

貳、九年一貫課程綱要的發展

---

[*]苗栗縣政府教育處課程督學

　　九年一貫課程綱要從課程標準的頒訂到 2008 年課程綱要總綱的修訂，其改革幅度面向包含課程、教學、評量與師資等，法令是教育行政執行的依歸，因此本文從法令頒布的先後區分為三個階段進行，分別為第一階段課程標準到九年一貫暫行綱要的頒佈；第二階段 2003 年九年一貫課程綱要頒布及第三階段 2008 年九年一貫課程綱要修正總綱，各階段的時程及主要任務如下：

一、第一階段：從課程標準到九年一貫課程（第一學習階段）暫行綱要

　　中央政府遷臺初期，義務教育僅限於國小階段的 6 年，為消除升學壓力及有感於教育對國家建設之重要，自 1968 年起，毅然推動九年國民教育。推動之初，以增班設校、師資訓練，以及提高學童就學率為發展重點。1982 年總統修正公布「強迫入學條例」，臺灣正式進入九年國民義務教育的新里程（教育部，2011）。

　　臺灣自 1968 年開始實施九年國民義務教育，迄 1994 年及 1995 年公佈「國民中小學課程標準」，當中即說明：「九年國民教育分為兩個階段：前六年為國民小學，後三年為國民中學，其課程編制採九年一貫之精神」。因此，教育部在各次課程標準中有明確的宣示與改進措施，希望能落實此九年一貫的重要目標。國民中小學均屬於國民義務教育的範疇，為了使國民義務教育的教育目標與基本能力連貫，因此國民中小學課程規劃以九年一貫的模式進行。

　　特別在 1998 年 9 月 30 日公布＜國民教育階段九年一貫課程（第一學習階段）暫行綱要＞（教育部，1998）及 2000 年 3 月公布＜國民中小學九年一貫課程（第一學習階段）暫行綱要＞（教育部，2000），透過正式文件公佈課程政策，明確公佈以 2001 年為正式實施新課程的時間，在以人本情懷、統整能力、民主素養、鄉土、國際意識以及培養終身學習的公民為目標，這是臺灣國民教育課程劃時代的里程，茲將課程標準與九年一貫課程暫行綱要兩者推動重點分述如下：

表 1　臺灣課程標準與課程暫行綱要對照表

實施要點	課程標準	九年一貫課程暫行綱要（以下簡稱暫綱）
政策要點	九年國民教育學校制度改革	九年國民教育課程一貫改革
政策目標	國教年限延長與學校數量擴充	國教課程一貫與教育品質提昇
課程目標	強調學習分流目標	強調終生學習目標
課程管理	中央集權	學校本位課程發展
課程控制	行政管理課程規範	行政鬆綁課程自主
課程策略	教科書統一編審	學校教師進行課程設計
課程內容	重視學科知識內容	重視生活基本能力
課程組織	以學科分化，科目劃分明確	學習領域課程統整
課程方式	偏向分科教學各自獨立	傾向合科教學協同合作
課程實施	依照課程標準授課	依據課程綱要授課

　　本階段修訂之暫綱，係以「課程綱要」代替「課程標準」，藉以降低教育部對課程實施的規範與限制，提供民間教科書編輯者及學校實施課程時較大自主性，以具體實踐課程鬆綁之教改主張。

　　以往課程標準雖經歷次修訂，仍以分科知識為課程架構的依據，學校教育仍以知識的獲得為目標。暫綱中要強調學生基本能力的培養，注重生活實用性，培養可以帶得走的基本能力，因此，在暫綱中，知識必須統整在生活變化的脈絡中，成為培養學生基本能力的工具。為培養國民應備之基本能力，暫綱從個體發展、社會文化及自然環境等三個面向，提供「語文」、「健康與體育」、「社會」、「藝術」、「數學」、「自然與科技」及「綜合活動」七大學習領域。

　　此外，此階段暫綱將學習外語的年齡向下延伸，國小五年級起即實施英語教學，以掌握學習外語的時機，並配合時代脈動與社會需要。現行課程標準總綱實施通則載明學校課程之編制與實施，須依據課程標準作統籌之規劃及適切之安排，故學校在課程自主上的空間十分有限；然暫綱規劃中則強調學校本位課程，賦予學校更多課程決定的權力，因而學校教師在發展課程、自編教材、以及教學實施等方面均有相當程度的彈性，此一特色將使學校教更具專業水準。

　　為期使本階段修訂之九年一貫課程暫綱與課程標準能有較為清晰之比較，茲將本次修訂之課程暫綱與國民小學國民中學課程標準列表比較如下：

表 2 課程標準與九年一貫課程暫行綱要比較表

名稱	國民小學、國民中學課程標準	九年一貫課程國民中小學暫行課程綱要
頒布時間	1993 年公布國民小學課程標準 1994 年公布國民中學課程標準	1998 年公布國民教育階段九年一貫課程（第一學習階段）暫行綱要 2000 年公布國民中小學九年一貫課程（第一學習階段）暫行綱要
課程年段	國中、小分開訂定課程標準	國中、小課程綱要一貫設計
課程目的	國民小學： 以生活教育及品德教育為中心，培養德、智、體、群、美五育均衡發展之活潑兒童與健全國民。 國民中學： 以生活教育、品德教育及民主法治教育為中心，培養德、智、體、群、美五育均衡發展之樂觀進取的青少年與健全國民。	培養具備人本情懷、統整能力、民主素養、鄉土與國際意識，以及能進行終身學習之健全國民。

表 2 課程標準與九年一貫暫行課程綱要比較表（續1）

名稱	國民小學、國民中學課程標準	九年一貫課程國民中小學暫行課程綱要
基本能力	未訂定	1.瞭解自我與發展潛能。 2.欣賞、表現與創造。 3.生涯規劃與終身學習。 4.表達、溝通與分享。 5.尊重、關懷與團隊合作。 6.文化學習與國際瞭解。 7.規劃、組織與實踐。 8.運用科技與資訊。 9.主動探索與研究。 10.獨立思考與解決問題。
上課時間	國民小學：每節四十分鐘。每日第一節上課前二十分鐘為導師時間。 國民中學：每節四十五分鐘。每日安排十五至二十分鐘為導師時間。	每節上課以四十至四十五分鐘為原則。
教學節數	國民小學： 一年級：26節。　二年級：26節。 三年級：33節。　四年級：33節。 五年級：35節。　六年級：35節。 國民中學： 一年級：33-34節。 二年級：35-36節。 三年級：30+(5)-33+(5)節。 （括號中節數，為教師實施個別差異教學時間。）	各年級每週基本教學節數： 一年級：22節。　二年級：22節。 三年級：26節。　四年級：26節。 五年級：28節。　六年級：28節。 七年級：30節。　八年級：30節。 九年級：30節。
	國民小學：未區分總節數類別，但各校得視實際需要，在各年級至少增設一節，為彈性應用時間。 國民中學：未區分總節數類別。	教學總節數類別：（在校總時間） 1. 基本教學節數：佔總節數80%。 2. 彈性學習節數：佔總節數20%。
教材選用	1.國民中小學以課程標準中規定之各學科教科書為主。 2.國小各科：審定本教科書。 國中一般學科：部編本教科書 國中藝能學科：審定本教科書	採多元化教材：包括審定本教科書、單元式教材、現行出版品、影音多媒體教材、地方政府開發教材、學校自編教材、教師講義等。
教學實施	未訂定	得打破學習領域界限，彈性調整學科及教學節數，實施大單元或統整主題式的教學。

表 2 課程標準與九年一貫暫行課程綱要比較表（續 2）

名稱	國民小學、國民中學課程標準	九年一貫課程國民中小學暫行課程綱要
學習領域（教學科目）	國民小學教學科目：(11 科) 道德與健康、國語、數學、社會、自然、音樂、體育、美勞、團體活動及輔導活動語鄉土教學(三年級起實施)。 國民中學教學科目：(21 科) 國文、英語、數學、家政與生活科技、體育、音樂、美術、童軍教育、輔導活動、團體活動、選修科目。 一年級實施：認識臺灣、健康教育、鄉土藝術活動、生物 二年級起實施：公民與道德、歷史、地理、理化、電腦 三年級實施：地球科學。	七大學習領域： 1. 語文（本國語文、英語、閩南語、客家語、原住民語言）。 2. 健康與體育。 3. 社會。 4. 藝術。 5. 數學。 6. 自然與科技。 7. 綜合活動。
學校課程審查與規劃組織	未訂定	各校應成立「課程發展委員會」及「各學習領域課程小組」，從事學校本位課程發展，並由課程發展委員會審查、決定全校各學習領域課程計畫及相關實施內容。
課程備查制度	未訂定	課程實施前，學校應將整年度課程方案呈報地方政府主管教育行政機關備查核准實施。
課程規範範圍	訂定國中、小課程標準，從大綱到細目、從目標、內容、方法、評量、上下學時間等均列在規定中。	訂定「課程綱要」，就課程目標、學習領域的概念架構，以及基本能力表現水準等作規範。
英語教學	從國民中學一年級起開始實施。	從國民小學五年級起開始實施。
學力指標	未訂定	訂定學力及能力指標
重大議題融入	未提及	資訊教育、環境教育、兩性教育、人權教育、生涯發展教育、家政教育等。

資料來源：研究者自行整理

二、第二階段：2003 年公佈國民中小學九年一貫課程綱要

　　1996 年 12 月，行政院教育改革審議委員會公布「教育改革總諮議報告書」，依據該報告書之建議，教育部 1998 年 9 月公布「國民中小學九年一貫課程總綱綱要」，確立七大學習領域名稱及課程架構，並決定以 4 年為期，自 2000 年 8 月 1 日起起，逐步實施九年一貫課程。嗣後公布「國民中小學九年一貫課程暫行綱要」，至 2003 年 11 月公布各學習領域課程綱要。至此，課程綱要已取代課程標準，國家層級課程之形式與實質產生了巨大變革，九年一貫課程正式啟動。

　　教育部為落實施政方向，積極規劃、推動各項相關配套措施。以落實九年一貫課程所強調之學校本位、課程統整及協同教學的理念，為提升師資需求，除繼續加強現職教師之專業知能，提供相關進修及研習；研議教師分級制度，設置研究教師、教學輔導教師等職級，以鼓勵教師專業成長，並符合課程與教學革新之實際需要；建立課程與教學輔導制度，協助各地學校發展學校本位課程；主動協調各師資培育機構，調整師資培育方式，透過制度化機制，培養具備領域教學能力，引導教師因應變革，並能發揮專業自主的精神，對課程與教學保有持續革新的動力，此階段課程綱要具有以下重點。

1. 重視人本教育精神

　　此階段的課程綱要在重視人本主義及全球化與在地化的教育政策目標下，課程綱要以「學生」為主體，以「生活經驗」為重心，透過人與自己、人與社會、人與自然等人性化、生活化、適性化、統整化與現代化之學習領域活動，以達成中小學教育目標。

2. 強調學校本位課程及課程統整

　　打破傳統「學科組織」、分科教學的方式，將課程統整為七個「學習領域」，強調課程統整和協同教學；預留「彈性教學時間」，由「學校課程發展委員會」自主地設計，以實現學校本位的課程發展。

　　在期待學生具有學科能力統整的目標下，課綱強調課程統整，將現有的中小學科目加以整併刪減，並納入資訊、兩性、人權、環保、宗教、法治等當代新興議題，統整為七個學習領域，即：「語文」、「健康與體育」、「社會」、「數學」、「自然與科技」、「藝術與人文」及「綜合活動」等。學習領域為學生學習的主要內容，並非學科名稱；學習領域之實施，以統整、合科教學為原則。此階段課程綱要特別強調：教師要實施統整的、主題式的合科教學、協同教學，使學生獲得完整的知識和生活經驗。

3. 明確訂定學生基本能力及指標

　　課程綱要則依據學校教育目標擬訂現代國民必須具備的十種基本能力，作為課程設計的架構，分別為：(1)了解自我與潛能發展；(2)欣賞、表現和創新；(3)生涯規劃和終身學習；(4)表達、溝通和分享；(5)尊重、關懷與團隊合作；(6)文化學習與國際瞭解；(7)規劃、組織和實踐；(8)運用科技與資訊；(9)主動探索與

研究；(10)獨立思考與解決問題。教育部將依據上述十項基本能力，擬訂具體的學力指標，作為課程設計、教科書編寫以及學校評鑑和評量的基礎。

4. 重視彈性課程及推展學校特色

歷次中小學課程標準，對教學科目和活動及其每週授課節數，都詳細規定，全國一致，固定不變，學校和教師都不能任意更動，無法兼顧學校的地域性及學生的個別性。新的課程綱要則賦予學校和教師許多彈性和自主性，以發展學校特色。每學年授課總節數分為兩大類，一為「基本教學節數」，是全國各校至少必須授課的最低節數，約佔總節數的百分之八十；其中語文領域佔百分之二十至三十，其餘六個領域各佔百分之十至十五；各校並得在上課總節數之規定範圍內彈性安排。第二為「彈性授課節數」，作為各校、各班或地區辦理各種活動時可彈性運用的節數，包括「學校行事節數」和「班級彈性教學節數」，約佔總節數的百分之二十。各學習領域以總節數來作規劃，上、下學期可依各校需求做彈性調整，除必修課程外，得依學生性向、社區需求及學校發展特色，提供選修彈性課程。因此，在授滿基本授課節數的原則下，各校和各班得打破學習領域界線，彈性調整學習領域及教學時數，實施統整學習（歐用生，2010）。

三、第三階段：2008 年國民中小學九年一貫課程綱要總綱修正

九年一貫課程的正式推動，受到各界不同的意見與建議，現行國中小課綱自 92 學年度起實施迄今已第 6 年，為因應社會變遷及回應九年一貫課程正式綱要自 2003 年公佈後，社會各界對於綱要內涵與時代脈絡結合之期待，如：融入媒體素養、海洋教育、人口販運、永續環保…等等議題，以及教學現場對於能力指標解讀之疑義等問題，教育部遂自 95 年 10 月起即開始進行國民中小學九年一貫課程綱要之微調，期讓課程綱要在符應時代之趨勢下，得以更具體可行，且完成中小學課程之橫向統整與縱貫聯繫（教育部，2008），因此教育部在課程結構不變及時數不變的原則下進行 2008 年的課綱為調，並於 2011 年 8 月 1 日起從國小一年級及國中一年級逐年推動。

本階段教育部首次設立常設性單位，在「國民中小學課程綱要審議委員會」、「國民中小學課程綱要研究發展小組」之課程修訂機制下，採任務編組之方式，成立「國民中小學課程綱要總綱、各學習領域、生活課程暨重大議題研修小組」，其主要任務為：

1. 訂定國民中小學課程綱要微調原則。
2. 進行總綱、各學習領域、生活課程暨重大議題等課程綱要之研修微調工作，並依程序送「國民中小學課程綱要研究發展小組」討論完成後，續送交「國民中小學課程綱要審議委員會」審議。
3. 確定校正手冊以及印製之體例格式。
4. 配合推動各課綱研修微調案發布後之相關配套措施。

　　爲推動教育部落實「帶好每一位學生」的目標下，各領域檢討並改善推動成
的實施困境及迫切性，大致上以修訂實施要點，尤其課程設計、教學方法與教學
評量爲主，茲將 2003 年公佈之九年一貫課程綱要及 2008 九年一貫課程綱要修正
總綱相異之處整理如下：

表 3 2003 年及 2008 年國民中小學九年一貫課程綱要差異表

綱要名稱	國民中小學九年一貫課程綱要	國民中小學九年一貫課程綱要修正總綱
頒布時間	2003 年公布	2008 年公佈
規劃單位	成立「國民中小學課程修訂審議委員會」 (1999 年 12 月至 2002 年 8 月)	2003 年發布各學習領域及重大議題正式綱要後，隨即組成「國民中小學課程綱要審議委員會」、「國民中小學課程綱要研究發展小組」二層級之常設性課程修訂機制，採取演進式課程修訂模式，以隨時發現問題即時進行評估研究或調整。
課程階段修訂	本國語文及數學領域分為三階段。第一階段為一至三年級、第二階段為四至六年級、第三階段為七至九年級。	本國語文及數學領域從三階段改為四階段。分為四階段，第一階段為一至二年級、第二階段為三至四年級、第三階段為五至六年級、第四階段為七至九年級。
地方政府輔導團名稱	學習領域教學輔導團。	國民教育輔導團。
特殊教育	增加**體育班**之課程依據。	未訂定。
師資培育	國民中小學九年一貫課程教師之領域專長檢定，配合納入「**原高級中等以下學校及幼稚園教師資格檢定及教育實習辦法、師資培育法施行細則**」規範。	國民中小學九年一貫課程教師資格檢定及教師證書之取得，**應依據師資培育法及高級中等以下學校及幼稚園教師資格檢定辦法規定**辦理。
重大議題融入	重大議題氛圍 6 大議題，分別為：資訊教育、環境教育、兩性教育、人權教育、生涯發展教育、家政教育等。	重大議題增加海洋教育為 7 大議題，分別為：性別平等、環境、資訊、家政、人權、生涯發展、海洋等議題。

參、九年一貫課程綱要的省思

九年一貫課程綱要正式推動迄今近 10 年，就達成九年一貫課程的精神與特色情形而言，各項研究（邱兆偉、邱才銘，2002；游進年，2007；薛梨真，2000）認為九年一貫課程大抵具有以下特色：

一、強調學校本位課程發展

九年一貫以課程綱要取代課程標準，以學生學習中心取代學科本位的傳授，因此特別重視學校本位的課程發展，依規各校要成立課程發展委員會及各學習領域課程小組，於學期上課前整體規劃、設計教學主題與教學活動，由教師依專長進行教學。同時，學校應充分考量學校條件、社區特性、家長期望、學生需要等相關條件，結合全體教職員及社區的資源，發展學校本位的課程。

因此，學校可發展學生多元能力、落實學生多元學習評量，同時，學校授課時間安排較多彈性落實規劃彈性或空白課程提供學生更多的自主學習。

二、強調課程統整、協同教學

課程綱要強調課程統整，將現有的中小學科目加以整併刪減，並納入資訊、兩性、人權、環保、宗教、法治等當代新興議題，統整為七個學習領域，即：「語文」、「健康與體育」、「社會」、「數學」、「自然與科技」、「藝術與人文」及「綜合活動」等。學習領域為學生學習的主要內容，並非學科名稱；學習領域之實施，以統整、合科教學為原則。課程綱要中特別強調：教師要實施統整的、主題式的合科教學、協同教學，使學生獲得完整的知識和生活經驗。

三、培養學生基本能力

九年一貫課綱的特色，同時為教育部推動課程改革的主軸為「培養學生帶得走的能力」，課綱中所羅列的能力是「基本能力」，是國民教育階段所有學生都應具備的，學校知識不能僅裨益於未來將成為社會菁英的少部分學生。簡言之，「能力本位」為每一國民的必備素養。

四、留白課程

「留白課程」（blank curriculum）是九年一貫課綱中有別以往課程標準的理念，過去歷次課程修訂關心的都是「正式課程」與「實有課程」，並未觸及「留白課程」。而此次改革的關注面則是「全方位課程」（wholecurriculum）（游家政，1999；黃政傑，1999）。在課綱中預留空白時段交由各校規劃，除有助於「學生適性學習」、「教師專業成長」外，也期望安排為學生自我學習的時段。

然，在 103 年教育部預定推動十二年國教之際再回顧課綱，就目前臺灣教育行政體制而言，課程綱要由教育部中央政府訂定，然而，正式課程推動及教科書

由學校選用，而國中小學校的實際管轄單位為各縣市教育局（處），課綱中雖規劃為中央-地方-學校三級建構課程，然就新北市的活化課程為例，表面上看來是中央與地方的一場教育主權之爭，背後凸顯的卻是九年一貫課程中，語文領域時數不足、中央和地方主導權如何斟酌的困境。

研究者試從學校推動面向，提供在推動十二年國教之際，對於課程綱要落實的建議：

一、師資再進修的規劃需求

師資是教學品質提昇的重要關鍵因素，九年一貫課程以統整取代分科，但師培機構至今仍多半是分科教育，第一線的老師過去沒受過統整教學訓練，加上不同議題均要融入教學，或是政策及法令的頒佈，往往基層教師面臨不斷的研習，然不同單位的研習並無統整性或延續性，系統性的規劃教師研習課程是提昇九年一貫師資品質的關鍵。

二、教師課程綱要的轉化能力

2000 年教育部公布《國民中小學九年一貫課程暫行綱要》，首度以「課程綱要」取代「課程標準」，並捨棄「教材綱要」而代之以「能力指標」。這種反知識本位的課程改革理念，主要想將原本屬於教師的課程專業權還給學校和教師（游家政，2004），因此，課程綱要只不過是教師課程設計、教學轉化之參考資源，對於教科書編審之規範與論述，自然著墨甚少。但做為教科書編輯、審定之依據，課程綱要之於教科書編輯者及審定者，卻又大大影響了教科書的形成。以課程綱要能力指標及教科書審定做為教科書層級轉化的控制機制，課程規劃者、教科書編輯者以及審定者首先面臨的難題之一，就是如何看待課程綱要。

課程改革理念落實於課程綱要中，是要教師變成課程設計者與實踐者，而非傳統課程標準的傳遞者角色。不論「課程統整」之倚重的合科教學、「留白課程」期待之教師專業自主、「學校本位」著重之課程發展，在在強調教師是課程綱要轉化的關鍵人物；教科書不應成為教與學的標準工具，而僅是參考資源之一。由此觀之，課程綱要發布後，如何將能力指標內涵轉化為教科書內容，並非課程規劃者原本主要關心之課題，尤其是能力指標的解讀，眾說紛紜，加以升學考試的結構未調整，引發諸多爭議。顯然，課綱目前的綱要性說明之篇幅，尚不足以滿足利益關係人的實踐需要，應該搭配公布輔助說明的文件，以協助課綱理念的落實。

三、中央、地方與學校於課綱的權限劃分

世界各地的課程改革趨勢，都逐漸從剛性的中央集權，過渡到「去中央化」，釋放更多權力與彈性給地方政府及學校。但中央與地方的權限應該如何界定，始終是爭議所在。英語教學政策引發的雙峰現象，就是典型的案例。九年一貫課綱最初規劃小五才開始上英文課，但各地方政府迫於家長、選票需要，以及現實的差異，陸續提前到小三，台北市甚至從小一就開始學英文。迫使中央不得不改弦

易轍，調整到小三。中央政府具有規劃決策權限，然在學校本位的理念下，執行權限爲地方政府，學校端爲落實政策的執行面，如何真正落實課綱於學校層面需要政策擬定時有更多執行層面的教育專業人員參與，以提供更完善的面向。

四、課程綱要精簡及圖像化

能力指標是九年一貫課程由專家提出的新辭彙，根據研究者統計，目前課程綱要中七大學習領域的能力指標數約有 1,294 項之多。但能力指標的定位是學習能力？基本學力？學習目標？行爲目標？還是學習結果？能力指標是基本的標準？最低標準？還是期望表現的標準？必須先釐清這些個問題，並尋求共識，才能一致性的格式敍寫適切的能力指標。

此外，「綱」有文章、言論或事物的主要部分的意涵，目前課綱中需重新檢討對於重要的概念和原則（或稱通則）其重複性過高的問題。既稱爲「綱要」應簡要，以符合鬆綁的精神，過多的能力指標敍寫，或者太模糊、太抽象或太具體，課程綱要中未能滿足被規範對象之實踐需要，對長期習於教學典範的學校、教師、家長與社會大眾而言，目前課綱的需要簡要化，爲提供社會大及圖像化。

肆、結語

課程爲文化的承載，每一段時期的發展都蘊含著當時的教育思想、主流理念及社會文化，長此以往課程發展與變遷，是歷史的必然。基於此思維，課程發展需要一種堅定的正向思維，而非零星的增刪、分合與鬆綁。從歷史的角度思索國家的課程綱要發展過程，從實際推動層面中省思課程綱要的執行面，期待透過政策者的執行讓課綱更爲國際，讓地方政府能發揮縣市特色，讓學校能真正落實學校本位課程的精神，提供學校教師專業研究的空間，學生樂於學習的環境，是教育的責任，亦爲國家下一步競爭力的開端。

參考書目

邱兆偉、邱才銘（2002）。。國民小學試辦九年一貫課程之成效評估－課程的實施模式與結果。**教育學刊**，18，1-25。

黃政傑（1999）。**課程改革**。台北市：漢文。

教育部（1993）。**國民小學課程標準**。臺北市：編者。

教育部（2000）。**國民中小學九年一貫課程暫行綱要**。臺北市：編者。

教育部（2003）。**國民中小學九年一貫課程綱要**。臺北市：編者。

教育部（2008）。**國民中小學九年一貫課程綱要總綱**。臺北市：編者。

教育部（2011 年 2 月 21 日）教育部部史/重大教育政策發展歷程/國民教育取自http://history.moe.gov.tw/policy.asp?id=2

教育部（1998）。**國民教育階段九年一貫課程總綱綱要**。台北市：作者。

游進年（2007）。國民中小學九年一貫課程實施概況之調查研究。**中等教育**，58（4），48-71。

游家政（1999）。九年一貫課程綱要總綱的理念與架構。**教師天地**，102，34-41。

游家政（2004）。九年一貫「課程綱要」的發展背景與理念。載於教育部（主編），**國民中小學九年一貫課程理論基礎（一）**（頁45-78）。臺北市：編者。

歐用生（2010 年 3 月 24 日）國民中小學九年一貫課程的內涵與特色，取自http://w4.dyjh.tyc.edu.tw/school/章01.pdf

薛梨真（2000）。國小教師統整課程實施成效之評估。**課程與教學季刊**，3（1），39-58。

國語文領域100年新課程綱要及教學轉化示例

陳俐伶*吳惠花*李玉貴*吳韻宇*陳恬伶*

壹、 課程綱要的微調與修訂

　　課程是逐漸發展出來的，為了要符合時代性，並兼顧教學現場與社會趨勢的需求。適時檢視課綱並加以微調，已掌握時代脈動，有助於課綱的歷久彌新，有其時代之意義與價值（教育部，民98）。而九年一貫課程綱要，從制定初期—民國90年的暫時綱要，到92年正式綱要，實施迄今已十年，面對快速變遷的教學時空，教育部針對各領域及議題課程綱要進行微調，經過研修小組的研議、公聽會……等，國語文領域課程綱要的微調在97年5月5日正式公布，再經過細部的調整，於100年3月8日公告最終微調版，並即將從一百學年度的一年級和七年級開始逐年實施。

　　從92正綱到97課綱，修訂的原則分別為：

一、反應時空背景，提升環境變遷的因應性

　　語文是流動的，用詞與用法經常會隨著社會文化的變遷，而有所調整，以當代的語言文字，反應時空背景的情境因素，顯現其學科價值（教育部，民98）。因此，課綱的敘寫方式、以及不同語文系統的區隔，便是朝著這樣的方向前進。

二、符應時代脈絡，使課綱具有與時俱進的實用性

　　社會脈動的變化牽動議題的興起，教導學生成為社會公民、並具備社會責任是教育的目標之一，為落實學生能將學習與日常生活做結合，議題多採用「融入教學」的方式進行。然而，隨著社會樣態的多元，議題不斷的增加，因此，有必要檢視新興議題融入各學習領域的情形，增補不足之處。例如：因海洋文化逐漸受到重視的情況下，除了在97年5月23日新增「海洋教育議題綱要」，國語文領域也在課綱微調中增列指標「5-4-5-4能喜愛閱讀海洋、生態、性別、族群等具有當代議題內涵的文學作品。」（教育部，民100）

三、回應基層教學需求，檢討課綱推動的完整性

---

*高雄市安招國民小學教師兼教育部國語文課程與教學輔導諮詢團隊常務委員------第一階段
*新北市鄧公國民小學教師兼教育部國語文課程與教學輔導諮詢團隊常務委員------第二階段
*臺北市國語實驗小學教師兼教育部國語文課程與教學輔導諮詢團隊常務委員------第三階段
*桃園縣慈文國民中學教師兼教育部國語文課程與教學輔導諮詢團隊常務委員------第四階段之一
*新北市江翠國民中學教師兼教育部國語文課程與教學輔導諮詢團隊常務委員------第四階段之二

　　課程綱要是採用上層概念的敘寫方式，原目的是希望透過教師團隊的解讀後，因應學校、學生的特點或地域關係而轉化爲教學。然而，現場教師迭有反映，表示課綱的敘寫過於抽象，致使教師解讀不易，或容易產生歧異。此外，部分課綱有重複之處，例如：國語文課程綱要中，「B-1-3 能聽出說話者說話的表達技巧。」與「1-3-9-2 能聽出說話者表達的技巧。」的指標內容便幾乎完全相同，意思上更是完全相同。

四、配合中小學一貫課程體系的建置，調整課綱架構的適切性

　　高中課綱即將於101學年實施，屆時，課程綱要將從國小至高中階段，其中的方向性與銜接性則有賴學者專家與現場教師，就課程理論語教學實務做溝通和融合，並透過公聽會廣徵意見，以使課綱有效的微調。

　　課綱微調本著僅進行課綱內容的修訂，未涉及課程架構改變，以及仍劃分爲七大學習領域，且各學習領域之學習節數分配亦未更動的兩大原則，儘量做必要且微幅的調整。其中以國語文的調整最爲微幅，就教育部《國民中小學九年一貫課程綱要修訂說明》（教育部，民98）中各學習領域修訂說明，即以語文學習領域（國語文）頁數最少，僅三頁又一行；其他如英語、原住民語、客家語和閩南語等語文領域皆爲六頁；而其他領域則在六至二十六頁之間，足見語文領域在課綱微調的幅度較諸其他領域小。

　　國語文課綱的調整，重點可分爲學習階段的調整、敘寫方式和用語的改變；指標微調，以及實施原則的調整。

一、學習階段調整

　　對年級愈低的學童而言，學習認知發展的改變愈爲明顯，例如一年級和三年級的成熟度即有明顯差異，卻同在一個階段中，致使教師不易選擇合適的指標做爲學習目標。且爲符應一般小學現場的導師以兩年爲一帶班循環，並落實能力指標操作及本國語文各學習領域學習階段的畫分一致（教育部，民98），因此，學習階段從三階段改爲四階段，即慣用的低、中、高年段和國中爲一個階段的分法。

二、敘寫方式改變

　　爲使教師易於閱讀並瞭理解課綱，並爲尋求各領域趨於一致，在敘寫方式上同時做了修改，修改大致如下：
　　（一）基本理念由全段敘述改爲較易閱讀的條列式。
　　（二）將原與十大基本能力對應的流水號刪去，並增加分段能力指標之「編寫說明」。
　　（三）原主要學習重點的能力指標項目序號由英文字母改爲數字。例如：

「A-1-5-10-4 能就所讀的注音讀物，提出自己的看法，並做整理歸納。」改為「1-1-5-4 能就所讀的注音讀物，提出自己的看法，並做整理歸納。」其他學習重點的序號也依序由 B、C、D、E、F 改為 2、3、4、5、6。

（四）為求體例格式一致，修改（二）課程目標之（十大）基本能力標號，由國字一改為數字 1。

三、字詞用語求實：

由於外在環境的更迭，語言也有所變動；敘寫文章的方式更是因素材的多元及後現代的不設限，加諸用語的推敲以表達最適切的語境，為使字詞用語更加精準，在語詞上做了部分修改：

（一）為因應多元寫作方式，創作已不再圍於單一書寫模式，因此，將「文體」改為「文章的表述方式」（5-3-3-2 能認識文章的各種表述方式——如：敘述、描寫、抒情、說明、議論等）；同時也將文類特別標示出來（5-3-4-1 能認識不同的文類——如：詩歌、散文、小說、戲劇等）。

（二）由於順應文化發展趨勢，並破除臺灣文學即是鄉土文學的觀念，將「古今中外及鄉土（台灣）文學」擴大格局為「國內外具代表的文學」。此外，由於在 100 年 4 月 6 日公告的課綱修訂中，將原本改為「華語」、「漢字」的部分，改回了與 92 正綱相同的「國語」和「國字」。

（三）同時，因語句的斟酌，部分語詞也做了修正，例如：「提昇」改正為「提升」、成績「考察」也更正為更確實的成績「考查」。

四、能力指標微調

因為學習階段的改變，以及外在因素的改變，能力指標在進行微調時，大抵分為三類：

（一）新增——

1、因應教學實際需求。讓課程綱要更加與教學現場的實際狀況做結合；例如新增「4-1-1-3 能利用生字造詞。」與「4-1-1-4 能利用新詞造句。」也因此，當單字造詞或語詞造句教學面對時間限制時，建議應以生字和新詞優先。

2、符合教學與學習。由於現今學童在發表上明顯優於聆聽，且往往即於發表，卻不善於安靜聆聽他人說話的重點。因此，新增「2-2-1-1 能養成仔細聆聽的習慣。」以期待學童能學習良好的聆聽態度。

3、重視教材的完整與廣泛性。重視書法教育的扎根，並為使不善寫

書法的人也能親近書法，便新增「4-2-6-1 能欣賞優美的書法。」與「4-3-5-5 能就近欣賞名勝古蹟的書法之美。」，讓書法欣賞及其教材能與生活結合。

（二）刪除—

1、刪除本土語相關課綱。由於本土語領域課綱也於民國　年修訂頒布，且有屬於範疇的特有標音系統，因此，在與本土語相關的部分則刪除之，如：「A 1-6-6-1 能應用注音符號，輔助學習鄉土語言。」等。

2、刪除重複之指標。部分指標在同一學習階段呈現時會有綱要與次綱要重複的情形，為免重述，也於 100 年的修訂中刪除重複的次綱要。例如：原「5-3-5 能運用不同的閱讀策略，增進閱讀的能力。」與「5-3-5-1 能運用不同的閱讀策略，增進閱讀的能力。」完全相同，便將 5-3-5-1 刪去。

（三）調整—

1、因應階段調整。由於學習階段由三階改為四階，因此，第二階便須從原第一階與第三階取用合適的綱要。

2、切合生活現況。將「(B)-1-1-5-4 能在聆聽時凝視說話者。」微調為「2-1-1-4 能在聆聽時禮貌的看著說話者。」以禮貌含括了聽話的態度，也避免「凝視」帶給說話者的窘迫。

3、符合認知發展。以注音符號學習項目的 1-1-1（原 A-1-1）子項目而言，原依序為認念、書寫、拼讀；然而，在學習心理學上，學童的發展應該是先認念、其次會拼音、最後才是從記憶到書寫，因此，課綱微調也就這部分做調整。

五、國語文領域實施原則的調整

在實施原則的為調上，除了因學習階段改變而更改教材呈現方式，與課文的注音符號標示、列入當代議題之外；最明顯的調整則是明確標示第四階段文言文所佔之比例（教育部，民 98），將原本只規定在國中階段「應逐年調整文言文與語體文之比（15%~35%）」改為明確的「……（第七學年 10%-20%、第八學年 20%-30%、第九學年 25%-35%）」。

此外，為突破課文文本長度限制，並使學童能重視課外閱讀、提升閱讀能力，還在評量原則中，增加「課外讀物得自第二階段開始，列入學習評量的範圍」。

課綱微調無非是希望能融合課程教學理論與教師現場實務，並考量社會脈動

以使課程綱要與時俱進，且更具前瞻性，期能培育出未來的人才、提升國家競爭力。同時，課程綱要也是教師選擇教材、設計課程、規劃教學的重要依據，因此，教師對課綱的熟稔和轉化能力，便顯得格外重要。

貳、 第一階段教學轉化示例（陳俐伶老師）

在國民中小學九年一貫課程綱要語文學習領域（國語文）實施要點的教材選編原則中，明白寫著：「教材編輯應配合各階段能力指標……，第一階段以發展口語表達為主……。」同時，就各階段的課程綱要條目的數量來看，在第一階段中，除了基礎的「注音符號」學習能力外，便以「聆聽能力」和「說話能力」的指標數較多於其他階段。

因此，本階段的課程轉化設計，將藉由翰林版二下（100 年 2 月出版）第一單元【我愛大地】第一課：〈如果可以〉為閱讀文本，並援用繪本《娜麗塔的眼淚》為說話和聆聽教材，以兼顧聽、說、讀的學習目標。

一、 能力指標解讀說明

（一）聆聽能力：2-1-3-1 能概略聽出朗讀時優美的節奏。

（二）說話能力：3-1-1-7 能依照文意，概略讀出文章的節奏。

　　　　　　　3-1-1-13 說話語音清晰，語法正確，速度適當。

　　　　　　　3-1-3-2 能生動的看圖說故事。

（三）閱讀能力：5-1-7 能掌握基本的閱讀技巧。

　　　　　　　5-1-7-1 能流暢朗讀出文章表達的情感。

　　　　　　　5-1-7-2 能理解在閱讀過程中所觀察到的訊息。

　　　　　　　5-1-7-3 能從閱讀的材料中，培養分析歸納的能力。

分析以上能力指標，歸納出以下幾點教學設計方向：

（一）尋找教學觸媒：

尋找學生感興趣的相關閱讀素材做為引起動機的媒介，並引導學生藉此教材以「語音清晰，語法正確，速度適當」的方式「生動的看圖說故事」。此外，所選擇的媒介應能引導學生進入課文所「表達（對大地）的情感」，這也就是為什麼選擇繪本《娜麗塔的眼淚》—敘述一位印地安公主守護大地的情感、並讓族人重新回到森林生活的主要原因。

（二）藉由教師範讀：

〈如果可以〉一文爲詩歌體，透過教師融入情感的範讀課文，不但能使學生「聽出朗讀時優美的節奏」，更能引導學生模仿教師的語氣「依照文意，概略讀出文章的節奏」，並能在反覆吟讀中「理解在閱讀過程中所觀察到的訊息」，進而「流暢朗讀出文章表達的情感」，提升學生的閱讀感知。

（三）解析課文元素

1. 結構分析：

全文共分四段。第四段爲總說，主要爲地球生物請求一個乾淨的地球；第一至三段則各爲陸生動物、水生動物，及飛翔動物請求有個合宜的生活環境的分說。因此，重點即是引導學生能從敘述中分析各段主角及其需求，後再做最後一段的歸納。

2. 句型分析：

各段皆以祈使句「如果可以」做爲段落起始，並重複「請給我……」、「我只想……」、「不要……」等重複句型。因此，容易引導學生「讀出文章的節奏」。

3. 內容分析：

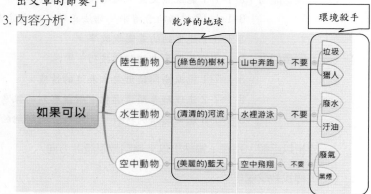

二、教學示例

（一）看圖說話：

1. 擷取四幅《娜麗塔的眼淚》中的圖片，以小組討論方式自由排列，組合成一有組織的小故事，再由代表上台報告。

2. 討論中請學生專心聆聽、參與討論，且不得先將故事以書寫方式記下，避免學生將重點放在寫作，而忽略了聽與說。

3. 提醒學生上台報告時應注意「語音清晰，語法正確，速度適當」。

4. 引導學童共同整理各組的故事，並做簡單敘述。

（二）聆聽故事

1. 教師告知學生四幅圖片的來源，以及繪本名稱，先請學生思考，這描繪森林和樂景象的圖片，怎麼會有一個和悲傷眼淚相關的書名？已引發學生聆聽的興趣。

2. 教師搭配繪本，念讀《娜麗塔的眼淚》，請學生專心聆聽。

3. 約請三位學生發表，簡述老師方才講述的故事。

4. 引導學生感受娜麗塔遭遇家鄉自然景物被白人破壞時的傷心，以及隻身留下守護家園的決心。

（三）課文教學

1. 念讀課文：

（1）初讀課文，感知內容：以個人的語速個別念讀。

（2）學生邊讀邊想，在哪些的句子或語詞上可以加強情感或大聲唸、或小聲唸。

（3）教師領讀，讓學生從中感受文中表達的情感，並在「概略聽出朗讀時優美的節奏」後「能依照文意，概略讀出文章的節奏」。

（4）引導入情，逐次引出段首「如果可以」的期使語氣，再請學生想像「在森林中奔跑」、「在河流中游泳」及「在藍天中飛翔」，將自己想像成娜麗塔，並佐以動作，以肢體張力感受在大自然中的自由自在。

（5）品讀課文，想像和肢體的動力為基礎，再次以念讀課文；並「流暢朗讀出文章表達的情感」。

2. 內容討論：

（1）請學生找出第一段至的三段中描述的地點和所要做的事情，以及拒絕的東西。

（2）從所找出的訊息，推論各段主角「我」各指什麼角色。

（3）請學生發表各段主角為什麼要拒絕某些東西，而那些東西將如何影響他們的活動？

3. 字詞教學：

由於本課並無生難少見的語詞，而生字雖不少爲筆畫繁多的字（例如：獵、廢、藍、煙、淨、讓），但採部件連結、書空練習教學與語詞本習寫練習以達到精熟練習。

4. 內容深究：

（1）師生共同討論作者爲什麼要用「如果可以」做爲題目和每一段的開始句？是不是現在還沒有這樣的環境呢？

（2）引導學生發表，作者各用了哪些形容詞來形容樹林、河流和藍天；而這些形容詞可以用哪些詞來替代？

（3）作者爲什麼要使用這些形容詞？

（4）引導學生將第一至三段的「我」對照至第四段的「我們」；綠色的樹林、清清的河流、美麗的藍天則歸納成「乾淨的地球」。

（5）請學生討論，爲什麼乾淨的地球能讓動物們永遠平平安安，也永遠做好朋友？這裡爲什麼要用兩次的「永遠」？以引導學生理出本課強調環保與環境永續的主旨。

（6）再次朗讀課文，鼓勵學生深情的朗讀出文章所要表達對環境永續的需求和感情。

三、教學省思

（一）學習階段愈低，能選擇的能力指標就愈有限，然而，這樣的限制，反而能令教師們多加思考低年級學生在學習認知與教學目標間的平衡，能深入思索怎樣使少少的指標發揮最大的教學領路效果，而不是引用許多指標，卻打不著重心。

（二）多數的孩子是喜歡繪本的，尤其是學前與低年級學生，特容易受繪本吸引。〈如果可以〉一文文字不多，具相似主題的繪本《娜麗塔的眼淚》一書，其故事性及故事主人翁的深刻情感，恰可引導學生將之轉換在課文內容的情感中，並補課文情節性的不足。

（三）學生往往以爲「大聲念」就是朗讀，教師的領讀不但可成爲學生模仿的「活教材」，更是學生學習聆聽文章節奏和念出文章節奏的橋梁，更能引導學生在念讀中融入情感，因此，教師的課文範讀或領讀是必要的。

課文（略）　〈如果可以〉翰林版／二下，第一課

叁、第二階段能力轉化策略與教學示例（吳惠花老師）

許多實徵性研究指出閱讀歷程的流暢性，與閱讀策略息息相關。因此，筆者運用提問、摘要閱讀策略，促使學生根據閱讀文章的性質做必要的思考，以激發較高層次的心智活動，使他們在閱讀的過程中能比較主動積極的運用自己的先前知識來理解文章、監控自己的理解狀況以及調整自己的閱讀方式，進而提升其對文章的理解。

一、能力指標、解讀說明

以能力指標 5-2-13 的說明為例：

5-2-13 能讀懂課文內容，瞭解文章的大意。

5-2-13-1 能從閱讀中認識國語文的優美。

5-2-13-2 能從閱讀中認識不同文化的特色。

依據 5-2-13、5-2-13-15-2-13-2 的說明，其能力表現為「閱讀文章後，從中獲得許多個別的細節，結合這些個別的訊息成為一新的整體，並做系統性的思考瞭解文章大意；進而能從閱讀中認識國語文的優美以及認識不同文化的特色。」。

綜合上述，教師進行閱讀教學時，可以根據文章的組織結構適時進行提問(如：順序、因果關係)。從老師的提問中，學生會監控自己的閱讀歷程，並適時的加以調整、修正，以達到最佳的狀態活用閱讀策略後的效果；學生利用既有的知識與作者所提供的訊息產生互動，以便建構意義之歷程的能力。

二、教學示例

以康軒版第八冊第十三課〈請到我的家鄉來〉一文為例說明。

(一)教材分析

1.〈請到我的家鄉來〉是一篇記敘文。

2.〈請到我的家鄉來〉的大意為歡迎大家看看有「千佛之國」和「白象之國」之稱的泰國、五千年古國的埃及、土地低窪的荷蘭以及南美洲地勢最高的玻利維亞。

3.〈請到我的家鄉來〉認識不同國家的民俗風情，從中學會欣賞和接納。

(二)設計理念

希望藉由「提問」訓練學生「閱讀理解」能力，將本篇各段的關鍵句、中心句找出來，進而能將各段中心句連結瞭解文章的大意；並能依據歸納之要點認識國語文的優美及認識不同文化的特色。

(三)本單元進行的教學重點：

| 結合學生實際生活經驗 | 整合段落中的個別情節 | 整合、詮釋篇章 |

1.提取文章中各個段落的關鍵句，刪除冗贅的語句。
2.以關鍵句為基礎寫出文章中各段落的大意。
3.綜合各段落摘要大意，說出文章的大意。

(四)教學活動

1.暖身活動(結合學生實際生活經驗)
請孩子們描述台灣不同地方的民俗風情。(認識不同文化的特色。)

2.主要活動：課文內容、形式探究(著重整合段落中的個別情節)
(1)你覺得本篇文章是在記什麼？
(2)第一段介紹哪一個地方？
(3)第一段說到泰國有什麼之稱？
　　說明：預期學生能回答「千佛之國」及「白象之國」，則直接進行(5)的提問。
　　若只回答「千佛之國」，則可問(4)的問題。
(4)大家還稱我們的國家為「白象之國」，句中為什麼要用「還」這個字？
　　說明：藉由提問讓學生注意泰國不只是「千佛之國」，也是「白象之國」。
(5)為什麼說泰國是「千佛之國」和「白象之國」？
(6)讀完第一段，請你說說這一段的段意為何？
　　說明：根據提問整理本段的重點。
(7)第二段的描述中，我們可以得知關於埃及的哪些訊息？
　　說明：本段不再問是介紹哪一國，因為在第一段中已提醒須關注「地點」。
(8)這一段的段意可以怎麼說？
　　說明：能根據第一段的學習要點進行整理歸納。
(9)課文的第三段如何敘述荷蘭的特色？
　　說明：直接歸納整理本段段意。
(10)課文的第四段如何敘述玻利維亞的特色？
　　說明：直接歸納整理本段段意。
(11)再次請小朋友說明各段的段意。
　　說明：進行各段內容分析
(12)再次瀏覽本課，你現在覺得這篇記敘文是在記什麼？
　　說明：歸納本課重點。
(13)記敘文的基本結構進行提問：你覺得這一課的結構寫法為何？

課文的結構分析

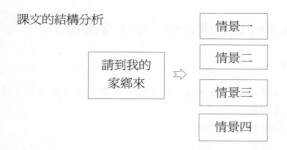

情景一

情景二

請到我的
家鄉來

情景三

情景四

(14)教師統整孩子們的想法，再帶領孩子們回想、思考一次本課的內容、結構。
　　　課文內容、形式探究
(15)你能不能透過結構表，貫串全文重點？
(16)教師引導孩子們說出本課的大意。

3.學生歸納本課重點。（整合、詮釋篇章）

三、教學省思

　　許多研究對理解略做過許多探討，像是摘要、提問、預測等策略，都被證明可以有效輔助閱讀理解歷程。閱讀理解是閱讀者依其先備知識和基模，透過策略知識及後設認知知識進行文字解碼、字義理解及文意推論理解(曾世杰、簡淑真、張媛婷、周蘭芳、連芸伶，2005)。筆者在此建議，教師可將預習重心放在引領學生了解文旨、大意，課堂中利用提問技巧刺激學生思考推論，最後再將課本的問題討論修改成深究鑑賞的評量，這樣就能達到「課本是工具，教師是導演」的境界了。學生不但邏輯思考能力提升，也能讓孩子獨立飛向閱讀的王國，徜徉閱讀樂園。

課文（略）〈請到我的家鄉來〉林海音

肆、第三階段能力轉化策略與教學示例（李玉貴老師）

一、能力指標：解讀說明

閱讀這類篇幅較長的名家文學作品，並推敲出作家行文的用意前，基本上，在中年級基本上已經培養了以下的基本能力：

2-2-2-3 能發展仔細聆聽與歸納要點的能力。

3-2-2-5 能說出一段話或一篇短文的要點。

5-2-14-3 能從閱讀的材料中，培養分析歸納的能力。

6-2-7-4 能配合閱讀教學，練習撰寫心得、摘要等。

本次教學奠基於上述小學第二階段所習得能力，同時考慮單元目標、文本特質、進行以下教學能力培養：

考慮單元目標、文本特質、學生基礎能力起點，本課教學重點如下：

5-3-3 能認識文章的各種表述方式。

5-3-3-1 能瞭解文章的主旨、取材及結構。

5-3-5 能運用不同的閱讀策略，增進閱讀的能力。

5-3-5-2 能用心精讀，記取細節，深究內容，開展思路。

5-3-8 能共同討論閱讀的內容，並分享心得。

5-3-8-3 能主動記下個人感想及心得，並對作品內容摘要整理。

二、教學示例

康軒版六下（100年2月出版）第三單【元童年故事】 第七課 李潼〈油條報紙‧文字夢〉這篇文章由李潼〈油條報紙的文字夢〉節錄改編而來。全文約1000字，並沒有比較生難的字詞，但是文本字面以下的意涵與作者究竟想藉這篇文章說什麼則需要小讀者推敲一番。

（一 ）啟動主動閱讀，意識閱讀歷程

1.瀏覽全文，以我為主，檢視思考：

（1）閱讀全文時「哪一句話，讓你停下來想一想？」貼上便利貼標示句子所在

（2）「你在想什麼？」寫在便利貼上

（3）跟小組分享

2.邀請同學向全班報告

（二） 初步感知角色性格與形象

1.李潼是一個怎樣的人？以三個語詞表示，寫在作業單第二大題第一欄

2.分類語詞，小組分享：哪些是文章明寫的（●）？哪些不是？（○）

（三 ）讀全文檢視難詞

1. 瀏覽全文，圈出生難、不確定詞義的語詞：回顧難詞，評估難度，兩兩分享
2. 以學生難詞為例，討論理解詞義的方法，本次分別有以下方法：
(1) 析詞解義
(2) 上下文脈絡
(3) 查字典
3. 請學生回顧所圈詞語，哪些詞語運用上述方法即可初步理解詞義
4. 共同解決難以理解的難詞

（四） 讀出各段主要意思——把一段話讀成一兩句話

1. 全班共同練習第一段
(1)請學生以一兩個句子整理第一段主要意思，寫在便利貼上
(2)伙伴分享：與鄰座同學分享
(3)討論方法：你是怎樣歸納出來的？
(4)整理步驟與方法
i 朗讀全段
ii 切出句子
iii 讀出句內的重要詞
iv 讀出前後句內容上的增補
v 讀出段內句群的關係（因果、轉折、遞進、條件、假設：主次、側重）
vi 檢視段內有沒有主要句子（增補主題句內容）
vii 檢視所寫的摘要是否為意思完整的句子。
(5)利用上述方法，回顧原初所寫 修正/補充 主要意思
2. 小組共同合作第二段，報告分享與修正
3. 個別完成後續所有段落的摘要

（五） 理清篇章結構

1.利用各段主要意思，歸併自然段為意義段
(1)以距離表現段間的意義關係：意義段
(2)以線段和箭頭表示意義段間的關係
2.段間在哪方面有關？寫出共同關連
3.組內分享
4.共同討論第三段在全篇的作用

（六 ）討論與比較文題

1.小組討論「篇章結構」與「文題」關係
2.比較「油條報紙・文字夢」與「油條報紙的文字夢」？喜歡何者？理由為何？

（七）再次感知角色

1.思考對主要角色的理解：回顧再讀、細讀、深讀後，對角色的感受
2.記錄在作業單第二大題下欄
3.比對：再讀、細讀與初讀的差異

（八）回顧與展望

1.回顧四節的學習重點
2.老師簡介李潼生平與作品
3.回家練習：利用篇章結構圖複述全文主要內容

（九）延伸閱讀

1.課後閱讀一本李潼作品
2.小組分享作品內容
3.延伸閱讀思考方向：
A.這篇作品的內容與寫法與油條報紙・文字夢的關連
B.這篇作品增加哪些你對李潼的理解

三　教學省思：

（一）　高年級文學作品閱讀首重小讀者解讀與詮釋的尊重
當學生閱讀本文時思考「我在哪裡停下來想」、「我在想什麼」這類以讀者為本的
閱讀活動有以下四個功能：
1.使得不同能力、不同生活與閱讀經驗的讀者，均能找到各自回應文本的著力點。
2.讓學生慢下來精讀，邊讀邊思考，透過自詢促進理解。
3.讓學生習得閱讀中策略，意識自己的閱讀歷程
4.小組分享與討論不但解決了部分疑惑，也產生見解交流的作用。
（二）　囿於教學時間極其有限，較長篇的文學作品之字詞，以學生自學為主
由於已是六下，本課字詞學習主要讓學生回家分次預習，老師負責定期檢核。本
次教學重點在讓學生圈找難詞，以上下文、析詞解義方法初步掌握文意，至此，
所剩的難詞數量很少，約4-5個，如：屬意、連綴、情商、禮遇。這些難詞經由
同學相互補充、查找字辭典所費教學時間很少，約5-10分鐘。
（三）以歸納各段主要意思、整理篇章結構、統整角色性格為例，即便是高年級
的語文教學活動仍應以學生的思維、操作、實踐為主。將課堂時間還給學生，讓
學生在課堂有時間靜下來思考，讓課堂成為學生充分練習聽說讀寫作能力的安心
所在。

課文（略）

康軒版六下（100年2月）第三單【元童年故事】　第七課　李潼〈油條報紙・文字夢〉

伍、第四階段能力轉化策略與教學示例之一（吳韻宇老師）

一、能力指標及解讀說明

能力指標就一般教學前線的教師而言，如同和寡之高曲，真正在教學前能參考指標而設計教學者實在不多。以下試從第四階段閱讀能力指標進行解讀，並說明轉化策略與教學示例。

（一）參考能力指標

5-4-2-1 能具體陳述個人對文章的思維，表達不同意見。
5-4-2-2 能活用不同閱讀策略，提升學習效果。
5-4-3　能欣賞作品的寫作風格、特色及修辭技巧。
5-4-3-1 能瞭解並詮釋作者所欲傳達的訊息，進行對話。
5-4-3-3 能經由朗讀、美讀及吟唱作品，體會文學的美感。
5-4-3-4 能欣賞作品的內涵及文章結構。
5-4-4 能廣泛的閱讀各類讀物，並養成比較閱讀的能力。

（二）解讀說明

其實能力指標所指引的只是一個教學方向，筆者常常挑出指標中之動詞或關鍵語詞，作為教學聯想，如：

5-4-2-1 能*具體陳述*個人對文章的思維，表達不同*意見*。
5-4-2-2 能*活用*不同*閱讀策略*，提升學習效果。
5-4-3 能*欣賞*作品的*寫作風格*、*特色*及*修辭*技巧。
5-4-3-1 能瞭解並*詮釋作者*所欲傳達的*訊息*，進行對話。
5-4-3-3 能經由*朗讀、美讀及吟唱*作品，體會文學的*美感*。
5-4-3-4 能欣賞作品的內涵及*文章結構*。
5-4-4 能廣泛的閱讀各類讀物，並養成*比較閱讀*的能力。

就以上能力指標關鍵詞語，筆者再整理綜合為：

1. 基礎閱讀

活用閱讀策略，分析文章結構。

2. 分析閱讀

（1）詮釋作者於文本中所傳達的訊息。
（2）欣賞作者寫作風格、特色及修辭。

3. 比較閱讀

（1）尋找段落旨意，養成比較閱讀的習慣。
（2）陳述個人意見，比較自己與他人的思維差異。

4. 應用閱讀

經由朗讀、美讀及吟唱作品，體會文學的美感。

以下則依此綜合整理之策略，設計閱讀教學課程。

二、教學示例

（一）選用文本：<人間情分 張曼娟>(國中第六冊課文 南一版教材)

（二）教學動機：

　　張曼娟的文章風格典雅優美、文思細膩，文章的角度常從生活中的小事件出發，透過作者敏銳的觀察，常可見平凡中的不平凡之處。在國中教學中可讓學生從作品中體會觀察，透過閱讀分析、比較、欣賞，進而學習。

（三）教學重點

1.分析篇章結構，瞭解作者寫作脈絡。
2.找出文章寫作重心，比較段落主旨意涵。
3.欣賞作者寫作風格、特色及修辭。

（四）教學流程

1.基礎閱讀－分析本文結構
　　　　　　配合能力指標：
　　　　　　5-4-2-2 能活用不同閱讀策略，提升學習效果。
　　　　　　5-4-3-4 能欣賞作品的內涵及文章結構。

　　請同學以默讀的方式瀏覽課文，找看看本文可分為幾個結構段(文意相似或相關的段落所組成的部分)？並試著說出每個結構段的大意？
　　在尋找結構段前，可讓學生迅速概覽課文，並標示出自然段。接著再將自然段歸併為意義段，瞭解本文區分為幾個部分(意義段)。結構段並無一定的標準答案，教師教學時可多方引導學生，盡量以他自己的角度來剖析文章，並請同學用自己的話說出全文大意。

2.分析閱讀－－找出文章的轉折處
　　　　　　配合能力指標：
　　　　　　5-4-2-1 能具體陳述個人對文章的思維，表達不同意見。
　　　　　　5-4-2-2 能活用不同閱讀策略，提升學習效果。
　　　　本文的結構若藉由之前的討論，可分為三部分：
　　　　第一個意義段：自然段 1~2 段(背景情境)
　　　　第二個意義段：自然段 3~5 段(轉折主題)
　　　　第三個意義段：自然段第 6 段(作者感受)

3. 比較閱讀——

請學生試著比較文意轉折前後有何對比寫法？

配合能力指標：

> 5-4-3 能欣賞作品的寫作風格、特色及修辭技巧
> 5-4-4 能廣泛的閱讀各類讀物，並養成比較閱讀的能力

（1）前後心情比較

第一結構段	第二結構段
進影印店前	進影印店後
浮動、煩躁、狼狽 沮喪、匆忙	寧謐、緩慢、溫柔 自在

（2）前後運用意象比較

段落	進影印店前	進影印店後
心境	快（急躁）	慢（從容）
運用意象	1．呼嘯如流水奔湧 　　車輛 2．匆忙趕赴學校 3．跑進影印店 4．迅速交稿	1．女孩－慢動作 2．作者－ 　　離開的時候，我的 　　腳步緩慢了些 　　即使行走在雨裡， 　　也可以是一種自 　　在心情。

（3）前後描寫比較

請同學找出文中哪些段落或句子是略寫？以及本文的重心在何處？有哪些細膩的描寫方式？

本文轉折在第二結構段，從進影印店後所產生心境的改變。因是本文重心，教師可帶領學生歸納整理，找出文中細膩的描繪之處。

> ➤ 分解動作
>
> 那女孩有一雙細白的手掌，鋪好原稿，發動機器，她先複印了兩張尺寸較小的，然後將兩張複印稿並排成一大張。
>
> ➤ 加上對話
>
> 抬起頭，她微笑著說：「這樣不必複印八十張，只要複印四十張就夠了。好不好？」
>
> ➤ 特寫鏡頭
>
> 我詫異地看著她繼續工作，在複印機一陣又一陣的光亮閃動裡，也詫異地看著她的美麗。

4. 應用閱讀——

　　配合能力指標：

　　　　　　　5-4-3-3 能經由朗讀、美讀及吟唱作品，體會文學的美感。

　　請同學將本文最精彩的段落，經由朗讀唸出文字美感，並在關鍵字詞上特別加重讀音。

三、教學省思及建議

　　課程是動詞而非名詞，課程是一場即興演奏，而不是照本宣科。面對課綱教師更該嘗試轉化為自己的具體教學，說自己的故事，對自己的故事透徹分析，才能得到實踐的智慧，凝聚屬於自己的教學理論。每一次觀看省視課綱，重新注入新生命，就如<人間情分>文本中所言：**"每一次照面，如菱荷映水，都是最珍貴而美麗的人間情分……"**

課文（略）　　張曼娟 人間情分節選

陸、第四階段能力轉化策略與教學示例之二（陳恬伶老師）

在國中階段(即分段能力指標的第四階段)中，有關於閱讀的部分是在教學現場中，很被重視的一個區塊；在能力指標的說明上，也有很具體、詳盡的陳述。但是，就筆者的經驗而言，這具體而詳盡的陳述，卻不見得能完全落實在一線教師的教學內容上，而原因很可能是：教師們習慣只看大項的指標，而忽略的大指標下對於細目的要求，進而無法將指標的內容深化入自己的教學內容中。

在此，筆者試著以能力指標「5-4-2 能靈活運用不同的閱讀理解策略，發展自己的讀書方法。」的說明，以〈地瓜的聯想〉一文為例，設計出能符合能力指標與其細目的要求的課文教學。

一、能力指標、解讀說明

以能力指標 5-4-2 的說明為例：

5-4-2：能靈活運用不同的閱讀理解策略，發展自己的讀書方法。
5-4-2-1 能具體陳述個人對文章的思維，表達不同意見。
5-4-2-2 能活用不同閱讀策略，提升學習效果。
5-4-2-3 能培養以文會友的興趣，組成讀書會，共同討論，交換心得。
5-4-2-4 能從閱讀過程中發展系統性思考。
5-4-2-5 能依據文章內容，進行推測、歸納、總結。

依據 5-4-2-1、5-4-2-2、5-4-2-4、5-4-2-5 的說明，其能力可以表現為「能活用各種閱讀策略來發展系統性思考以增進文章理解，並有能力表達出來」；重點為：學生須有能力表達其活用閱讀策略後的效果，包括能進行推測、歸納、總結文章的能力；5-4-2-3 則是強調能以小組學習的方式，來促進閱讀的效果。

二、教學示例

以翰林版第一冊第七課〈地瓜的聯想〉一文為例說明。

本課的設定的教學目標有三，分別是：1. 了解「象徵」在本文的應用 2. 理解台灣社會的今昔對比 3. 複習「借事說理」的寫作技巧。

對於 5-4-2 的能力指標要求而言，即是學生能透過閱讀理解策略的活用，達到這三個教學目標。在教學型態上，採分組教學，利用小組討論的方式達到5-4-2-4 的目標。

在課文的教學上，採啟發式的提問法，以達成推測、歸納、統整能力的訓練(5-4-2-5)，並發展學生的系統應思考能力(5-4-2-4)。為了達到此一教學目標，筆者事先設計以下的問題，在教學的過程中，適時拋出，讓小組進行討論，並報告成果：

1.食用地瓜在本文中代表過去社會的什麼情況？【推論---觀點】
　參考答案：地瓜象徵貧窮、生活的苦澀。

2.說明「地瓜稀飯」這道菜在今昔生活中的對照。【統整】

參考答案：

	現在	過去
地點	餐廳	自家
費用	昂貴	低廉
態度	享受	抱怨
象徵	富足	貧困
食用目的	講求健康或是懷舊	但求溫飽

3.面對地瓜稀飯，作者與友人有什麼不同的反應？【比較】

參考答案：

人物/地瓜稀飯反應	態度	意義	感悟
作者	接受	接受目前的富足	珍惜富足，避免貧窮的警惕
友人	拒絕	拒絕回到過去的貧窮	避免貧窮的警惕

1.本文的主旨是什麼？【歸納】

參考答案：期盼藉由努力，讓過去境遇不好的人，今天能比昨天更好，生活順遂的人們，也能持盈保泰，更上層樓。

2.說明文中所列舉吃地瓜的兩種態度?【分類】

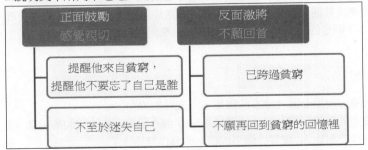

雖然在教學過程中，為了讓學生能聚焦在問題上。筆者事先準備好參考答案，視學生學習情況來引導。並告訴學生：老師的答案不是唯一的，同學們集思廣益的效果，可能會比老師來得好。或者因學生不成的程度表現，給予適當的思考引導或是部份的提示。這樣的實施結果，根據筆者實施的經驗來看，每一組的學生都能完成每個題目的要求，而且答案的呈現會因思考的角度不同，而有不同的樣貌，重點是每組的報告均能言之成理。

三、教學省思

　　經過現場的實際操作後，筆者發現：能力指標須透過教師教學設計的轉化後，才能落實在學生身上，所謂「帶得走的能力」，也是須要經過教師本身對學生背景能力的理解後，再轉化能力指標，設計成合適的教學發展活動，這樣轉化後的教學設計，會因時（年段）因地（城鄉）因人（學生程度）而有所不同。而教師必須具備解讀指標、轉化指標進而設計合宜的教學活動，這對教師的專業養成及精進能力而言，都是相當基礎而重要的，也是教師對自我的專業責無旁貸的要求。

課文（略）：地瓜的聯想　　翰林版第一冊第十一課(98版)

閱讀評量

（D）1.「他一觸及地瓜，以前那些粗糙的回憶就會再回到心版上，使他神傷。」這是說明「他」的什麼心情？**(推論---觀點)**
　　　(A)食不厭精(B)食古不化(C)食指大動(D)食不違味
（A）2.下列有關本文寫作特色的說明，何者正確？**(推論---寫作特色)**
　　　(A)先敘後論，從地瓜產生聯想 (B)運用對話，讓地瓜受人重視
　　　(C)藉由映襯，改變地瓜的印象 (D)善用對比，突出地瓜的地位
（B）3. 根據你對臺灣光復初期人民生活的了解，生活環境較好的人家，他們的「地瓜籤」是如何搭配的？**(特定訊息)**
　　　(A)白米少，地瓜多(B)白米多，地瓜少
　　　(C)白米少，地瓜少(D)白米多，地瓜多
（A）4.下列有關「地瓜稀飯」的說明，何者正確？**【組織---核心概念】**
　　　(A)現在是貧困落後的象徵(B)現在是富足的生活享受
　　　(C)讓我們期待重回過去的貧困生活(D)讓我們勇敢面對未來苦澀的日子
（B）5.「想不到風水輪流轉，昔日粗糲的地瓜今天變成臺菜館子上的佳肴。」這句話的意思不可用下列哪個俗諺說明？**【推論---觀點】**
　　　(A)十年河東，十年河西 (B)船到橋頭自然直(C)物換星移(D)鹹魚翻身

參考書目

胡洲賢譯（1994）。娜麗塔的眼淚，台北市：大穎。

康軒版（2010）。國小國語教學指引（第 8 冊）。。新北市：康軒文教事業股份有限公司。

教育部（2011）。國民中小學九年一貫課程綱要(100 學年度實施)。民國 100 年 5 月 15 日，取自 http://www.edu.tw/eje/content.aspx?site_content_sn=15326

趙永芬譯（2008）。中學生閱讀策略（Teaching Reading in Middle School）。台北：天衛文化。

賴麗珍(譯)(2006)。Rick Wormeli 著。教學生做摘要。臺北市：心理。

陳鳳如（1997）。閱讀與寫作整合的教與學。學生輔導通訊，62，20-29。

曾世杰、簡淑真、張媛婷、周蘭芳、連芸伶（2005）。〈以早期唸名速度及聲韻覺識預測中文識字與閱讀理解：一個追踪四年的研究〉。《特殊教育研究學刊》，第 28 期，頁 123–144。

溫光華(2006)。如何指導學生閱讀。臺北市：洪葉。

薛金星（2005）。小學語文基礎之事手冊。北京：北京教育出版社。

附錄 100年國語文課程綱要 5.閱讀能力部分

5-1-1 能熟習常用生字語詞的形音義。

5-1-2 能讀懂課文內容，瞭解文章的大意。
5-1-2-1 能分辨基本的文體。
5-1-2-2 能概略瞭解課文的內容與大意。

5-1-3 能培養良好的閱讀興趣、態度和習慣。
5-1-3-1 能培養良好的閱讀興趣。
5-1-3-2 能培養良好的閱讀習慣和態度。

5-1-4 能喜愛閱讀課外讀物，擴展閱讀視野。
5-1-4-1 能喜愛閱讀課外(注音)讀物，擴展閱讀視野。
5-1-4-2 能和別人分享閱讀的心得。

5-1-5 能瞭解並使用圖書室(館)的設施和圖書，激發閱讀興趣。
5-1-5-1 能瞭解圖書室的設施、使用途徑和功能，並能充分利用，以激發閱讀興趣。

5-1-6 認識並學會使用字典、(兒童)百科全書等工具書，以輔助閱讀。

5-1-7 能掌握基本的閱讀技巧。
5-1-7-1 能流暢朗讀出文章表達的情感。
5-1-7-2 能理解在閱讀過程中所觀察到的訊息。
5-1-7-3 能從閱讀的材料中，培養分析歸納的能力。

5-2-1 能掌握文章要點，並熟習字詞句型。

5-2-2 能調整讀書方法，提升閱讀的速度和效能。

5-2-3 能認識文章的各種表述方式。
5-2-3-1 能認識文章的各種表述方式(如：敘述、描寫、抒情、說明、議論等)。
5-2-3-2 能瞭解文章的主旨、取材及結構。

5-2-4 能閱讀不同表述方式的文章，擴充閱讀範圍。
5-2-4-1 能閱讀各種不同表述方式的文章。
5-2-4-2 能讀出文句的抑揚頓挫與文章情感。

5-2-5 能利用不同的閱讀方法，增進閱讀的能力。

5-2-6 能熟練利用工具書，養成自我解決問題的能力。
5-2-6-1 能利用圖書館檢索資料，增進自學的能力。

5-2-7 能配合語言情境閱讀，並瞭解不同語言情境中字詞的正確使用。
5-2-7-1 能概略讀懂不同語言情境中句子的意思，並能依語言情境選用
　　　　不同字詞和句子。

5-2-8 能共同討論閱讀的內容，並分享心得。
5-2-8-1 能討論閱讀的內容，分享閱讀的心得。
5-2-8-2 能理解作品中對周遭人、事、物的尊重與關懷。
5-2-8-3 能在閱讀過程中，培養參與團體的精神，增進人際互動。

5-2-9 能結合電腦科技，提高語文與資訊互動學習和應用能力。
5-2-9-1 能利用電腦和其他科技產品，提升語文認知和應用能力。

5-2-10 能思考並體會文章中解決問題的過程。

5-2-11 能喜愛閱讀課外讀物，主動擴展閱讀視野。
5-2-11-1 能和別人分享閱讀的心得。

5-2-12 能培養良好的閱讀興趣、態度和習慣。
5-2-12-1 能在閱讀中領會並尊重作者的想法。
5-2-12-2 能與父母或師友共同安排讀書計畫。

5-2-13 能讀懂課文內容，瞭解文章的大意。
5-2-13-1 能從閱讀中認識國語文的優美。
5-2-13-2 能從閱讀中認識不同文化的特色。

5-2-14 能掌握基本的閱讀技巧。
5-2-14-1 能流暢朗讀出文章表達的情感。
5-2-14-2 能理解在閱讀過程中所觀察到的訊息。
5-2-14-3 能從閱讀的材料中，培養分析歸納的能力。
5-2-14-4 學會自己提問，自己回答的方法，幫助自己理解文章的內容。
5-2-14-5 能說出文章的寫作技巧或特色。

5-3-1 能掌握文章要點，並熟習字詞句型。
5-3-1-1 熟習活用生字語詞的形音義，並能分辨語體文及文言文中詞語
　　　　的差別。

5-3-2 能調整讀書方法，提升閱讀的速度和效能。
5-3-2-1 能養成主動閱讀課外讀物的習慣。

5-3-3 能認識文章的各種表述方式。
5-3-3-1 能瞭解文章的主旨、取材及結構。
5-3-3-2 能認識文章的各種表述方式(如：敘述、描寫、抒情、說明、議論等)。
5-3-3-3 能理解簡易的文法及修辭。

5-3-4 能認識不同的文類及題材的作品，擴充閱讀範圍。
5-3-4-1 能認識不同的文類(如：詩歌、散文、小說、戲劇等)。
5-3-4-2 能主動閱讀不同文類的文學作品。
5-3-4-3 能主動閱讀不同題材的文學作品。
5-3-4-4 能將閱讀材料與實際生活經驗相結合。

5-3-5 能運用不同的閱讀策略，增進閱讀的能力。
5-3-5-1 能運用組織結構的知識(如：順序、因果、對比關係)閱讀。
5-3-5-2 能用心精讀，記取細節，深究內容，開展思路。

5-3-6 能熟練利用工具書，養成自我解決問題的能力。
5-3-6-1 能利用圖書館檢索資料，增進自學的能力。
5-3-6-2 學習資料剪輯、摘要和整理的能力。

5-3-7 能配合語言情境閱讀，並瞭解不同語言情境中字詞的正確使用。
5-3-7-1 能配合語言情境，欣賞不同語言情境中詞句與語態在溝通和表達上的效果。

5-3-8 能共同討論閱讀的內容，並分享心得。
5-3-8-1 能理解作品中對周遭人、事、物的尊重與關懷。
5-3-8-2 能在閱讀過程中，培養參與團體的精神，增進人際互動。
5-3-8-3 能主動記下個人感想及心得，並對作品內容摘要整理。

5-3-9 能結合電腦科技，提高語文與資訊互動學習和應用能力。
5-3-9-1 能利用電腦和其他科技產品，提升語文認知和應用能力。

5-3-10 能思考並體會文章中解決問題的過程。
5-3-10-1 能夠思考和批判文章的內容。

5-4-1 能熟習並靈活應用語體文及文言文作品中詞語的意義。

5-4-2 能靈活運用不同的閱讀理解策略，發展自己的讀書方法。
5-4-2-1 能具體陳述個人對文章的思維，表達不同意見。
5-4-2-2 能活用不同閱讀策略，提升學習效果。
5-4-2-3 能培養以文會友的興趣，組成讀書會，共同討論，交換心得。
5-4-2-4 能從閱讀過程中發展系統性思考。
5-4-2-5 能依據文章內容，進行推測、歸納、總結。

5-4-3 能欣賞作品的寫作風格、特色及修辭技巧。
5-4-3-1 能瞭解並詮釋作者所欲傳達的訊息，進行對話。
5-4-3-2 能分辨不同文類寫作的特質和要求。
5-4-3-3 能經由朗讀、美讀及吟唱作品，體會文學的美感。
5-4-3-4 能欣賞作品的內涵及文章結構。

5-4-4 能廣泛的閱讀各類讀物，並養成比較閱讀的能力。
5-4-4-1 能廣泛閱讀課外讀物及報刊雜誌，並養成比較閱讀的習慣。

5-4-5 能主動閱讀國內外具代表性的文學名著，擴充閱讀視野。
5-4-5-1 能體會出作品中對周遭人、事、物的尊重與關懷。
5-4-5-2 能廣泛閱讀臺灣各族群的文學作品，理解不同文化的內涵。
5-4-5-3 能喜愛閱讀國內外具代表性的文學作品。
5-4-5-4 能喜愛閱讀海洋、生態、性別、族群等具有當代議題內涵的文
　　　　學作品。

5-4-6 能靈活應用各類工具書及電腦網路，蒐集資訊、組織材料，廣泛
　　　閱讀。
5-4-6-1 能使用各類工具書，廣泛的閱讀各種書籍。

5-4-7 能主動思考與探索，統整閱讀的內容，並轉化為日常生活解決問
　　　題的能力。
5-4-7-1 能共同討論閱讀的內容，交換心得。
5-4-7-2 能統整閱讀的書籍或資料，並養成主動探索研究的能力。
5-4-7-3 能從閱讀中蒐集、整理及分析資料，並依循線索，解決問題。
5-4-7-4 能將閱讀內容，思考轉化為日常生活中解決問題的能力。

5-4-8 能配合語言情境，理解字詞和文意間的轉化。
5-4-8-1 能依不同的語言情境，把閱讀獲得的資訊，轉化為溝通分享的
　　　　材料，正確的表情達意。

現行楷書之二篆淵源

郭伯佾[*]

摘要

　　楷書大概產生於漢末三國時代。最初沿用八分書之舊名，仍稱「隸書」。六朝時另有「章程書」或「章楷」或「真書」之名，北魏太武帝時已稱爲「楷書」。唐代又有「正書」之名。

　　「二篆」乃大篆與小篆之合稱。「大篆」指秦代以前之書體，以甲骨文、金文爲代表；「小篆」指秦代通行之正式書體，以秦刻石、權量銘爲代表。

　　字形淵源之認定，可以從文字構成－－即文字之構造法則、組成元素與筆畫演變－－來觀察。

　　臺灣地區現行楷書之字形淵源有三，即：源於大篆、源於小篆與源於漢隸－－本文旨在彰顯楷書與二篆之關係，僅討論源於大篆與源於小篆兩類。

　　盛唐之際，楷書多由大篆系統轉爲小篆系統。此固受顏真卿企圖結合書法藝術與文字學之影響，亦與唐代以《說文解字》之小篆是正文字有關。

關鍵詞：楷書、二篆、文字構成、顏真卿、《說文解字》

[*]實踐大學博雅學部副主任

壹、前言

　　楷書爲中國書體中最後形成的一種，因此，楷書包含了其先各種書體之成分。就字形而言，楷書與漢代隸書最爲相近；唯因漢隸之字形乃源自大、小二篆，而或加省變，故楷書之字形固近承漢隸，而實多遠宗大、小二篆者。

　　本文希望結合書法藝術與文字學之研究成果，針對臺灣地區目前通用之楷書，探討其文字形體之二篆淵源。希望對於教導童蒙識字或從事楷書書法創作，皆能有實質性之助益。

貳、楷書之發展及其名稱

　　楷書大概產生於漢末三國時代。其形體簡化自漢隸，其筆勢則與章草相同。（傳）虞世南〈筆髓論・釋真〉：

　　　　然且體約八分，勢同章草，而各有趣。[1]

楷書因爲「體約八分」，故最初沿用八分書之舊名，仍稱爲「隸書」。王僧虔〈古來能書人名〉：

　　　　王恬，晉中將軍、會稽內史，善隸書。[2]

唐張懷瓘《書斷・上》：

　　　　案：八分則小篆之捷，隸亦八分之捷。漢陳尊……善隸書，與人尺牘，主皆藏之以為榮。此其創開隸書之善也；爾後，鍾元常、王逸少各造其極焉。[3]

按：「八分」爲漢隸之別名，而「隸」爲「八分之捷」，則隸書乃指今之楷書。

　　楷書於漢末三國時代初產生時，主要用以書寫表奏與法令等公文書，或亦用以教授童蒙識字，故南朝人稱鍾繇的楷書爲「章程書」。王僧虔〈古來能書人名〉：

　　　　潁川鍾繇，魏太尉……鍾書有三體，一曰銘石之書，最妙者也。二曰章程書，傳祕書、教小學者也。三曰行狎書，相聞者也。三法皆世人所善。[4]

按：「章程書」之草稿以草書書寫，故稱爲「章草」；其正本則以楷書書寫，故稱爲「章楷」。王僧虔〈古來能書人名〉：

　　　　瑯琊王廙，晉平南將軍、荊州刺史，能章楷，傳鍾法。[5]

劉延濤曰：

---

[1] 韋續，《墨藪》第十三，《唐人書學論著》之三，臺北，世界書局，1975年4月四版。

[2] 張彥遠，《法書要錄》，卷一，《唐人書學論著》之二，臺北，世界書局，1975年4月四版。本篇《法書要錄》原題「宋羊欣采古來能書人名」，其下註云：「齊王僧虔錄」。按：篇首載：「臣僧虔啓：昨奉敕，須古來能書人名。臣所知局狹，不辨廣悉，輒條呈上。羊欣所撰錄一卷，尋案未得，續更呈聞。謹啓。」根據王僧虔啓文，當是南齊皇帝吩咐提供歷代善書者之姓名、事蹟；王氏因未尋得羊欣所撰錄之〈古來能書人名〉，遂就所知條列上聞。則此篇乃王僧虔所撰，而非羊欣之作。

[3] 《法書要錄》，卷七。

[4] 《法書要錄》，卷一。

[5] 《法書要錄》，卷一。

蓋羊欣（王僧虔）當書法大變之後，故稱古楷法之「章程書」曰「章楷」，以區別於「今楷」；因更稱具古法似章程書之草書曰「章草」，以區別於「今草」。[6]

北魏太武帝時已有「楷書」之名。《魏書‧世祖紀‧上》：

> 二年……初造新字千餘，詔曰：「在昔帝軒，創制造物，乃命倉頡因鳥獸之跡以立文字。自茲以降，隨時改作，故篆、隸、草、楷，並行於世。」[7]

「楷」與「篆、隸、草」並稱，其為書體之名稱無疑；即「楷書」是也。而「楷書」一名或係上述「章楷書」之簡稱。

楷書一稱「真書」。（傳）衛夫人〈筆陣圖〉：

> 凡學書字，先學執筆。若真，，書，去筆頭二寸一分；若行、草書，去筆頭三寸一分。[8]

梁‧虞龢〈論書表〉：

> 孝武撰子敬學書戲習，十卷為帙，……或真、行、章草，雜在一紙。[9]

顏之推《顏氏家訓‧雜藝》

> 梁氏祕閣散逸以來，吾見二王真、草多矣。[10]

唐代書學論著亦稱楷書為「真書」。孫過庭《書譜》：

> 加以趨變適時，行書為要；題勒方畐，真乃居先。[11]

「真」與「行書」對舉，可見是指真書而言。另，張懷瓘〈二王等書錄〉：

> 文皇帝盡價購求，天下畢至，大王真書惟得五十紙，行書二百四十紙，草書二千紙。[12]

至於《史記‧三王世家》：

> 褚先生曰：「……謹論次其真、草詔書，編於左方，令覽者自通其意而解說之。」[13]

褚少孫所謂之「真、草詔書」，當指詔書之正本與草稿。而《後漢書‧列女傳‧陳留董祀妻傳》：

> （蔡）文姬曰：「……乞給紙筆，真、草唯命。」[14]

「真、草唯命」，應為正體書與草體書皆能寫。然則上引《史記》與《後漢書》

---

[6] 劉延濤《草書通論》，頁12，臺北，中國文化大學出版部，1983年11月再版。

[7] 魏收，《魏書》，卷四‧上，頁70，臺北，鼎文書局，1975年9月初版。

[8] 《法書要錄》，卷一。

[9] 《法書要錄》，卷二。

[10] 周法高，《顏氏家訓彙注》卷下，頁127，臺北，中央研究院歷史語言研究所，1993年5月二版。

[11] 故宮博物院，《唐孫虔禮書譜序》，頁9，臺北，1987年5月五版。

[12] 《法書要錄》，卷四。

[13] 司馬遷，《史記》，卷六十，頁2114至2115，臺北，鼎文書局，1980年3月三版。

[14] 范曄，《後漢書》，卷八十四，頁2801，臺北，鼎文書局，1978年11月三版。

所謂之「真」，皆非指楷書而言。

楷書一稱「正書」。唐釋道世《法苑珠林》：

> 晉洛陽大市寺有安慧則，少無恆性，卓越異人，而工正書，善能談吐。[15]

宋代亦稱楷書爲「正書」。《宣和書譜‧正書敘論》：

> 在漢建初，有王次仲者，始以隸字作楷法。所謂『楷法』者，今之正書是也。[16]

叁、篆分大、小二種

「二篆」乃大篆與小篆之合稱。孫過庭《書譜》云：

> 故亦傍通二篆，俯貫八分，包括篇章，涵泳飛白。[17]

乃「二篆」一詞之首見。至於杜甫〈李潮八分小篆歌〉中「大小二篆生八分」一句[18]，則明確指出「二篆」一名實包含大篆與小篆而言。

大篆、小篆之名蓋產生於秦代。許慎〈說文解字敘〉云：

> 自爾秦書有八體，一曰大篆，二曰小篆，……。[19]

按：「大」，太也；「小」，少也；「篆」，文字也。故「大篆」即古老之文字，「小篆」即晚近之文字。「大篆」亦即秦代之「古文」，而「小篆」亦即秦代之「今文」。漢代學者或已不解秦人二篆之取義，故許慎〈說文解字敘〉有倉頡造古文、周宣王太史籀造大篆之說；而見秦書八體中但有大、小二篆，而無古文，乃謂「秦燒滅經籍，古文從此絕矣」[20]。

要之，「大篆」乃秦代以前所有書體之統稱，以甲骨文、金文爲代表[21]；「小篆」則指秦始皇帝「書同文字」以後正式場合所使用之書體以秦刻石、權量銘與東漢許慎《說文解字》爲代表－－而出土之初被認爲是周宣王時物之石鼓文，其文字與秦文字相合，亦宜歸爲小篆[22]。

肆、字形淵源之判準

判定某一文字形體之異同，可從其文字構成來衡量；亦即從該字的構造法

---

[15] 釋道世撰，周叔迦、蘇晉仁校注，《法苑珠林校注》，卷九十五，頁 2748，北京，中華書局，2006 年 3 月初版 2 刷。

[16] 《宣和書譜》，卷三，頁 75，臺北，世界書局，1975 年 4 月四版。

[17] 《唐孫虔禮書譜序》，頁 10。

[18] 《全唐詩》卷二百二十二，臺北，盤古出版社，1979 年 2 月一版。

[19] 丁福保，《說文解字詁林》第十一冊，頁 913，臺北，鼎文書局，1983 年 4 月二版。

[20] 同註十九。

[21] 另如：侯馬盟書、郭店楚簡，亦屬大篆。

[22] 胡樸安謂：「近人羅振玉、馬敘倫、馬衡，皆認爲〈石鼓文〉是秦代文字；而馬衡之《石鼓爲秦刻石考》一書，辨之尤析。其辨證之方法，皆根據於文字。」見：胡樸安《中國文字學史》頁 564，臺北，臺灣商務印書館，1992 年 9 月臺一版第十一刷。

則、組成元素與筆畫演變來觀察[23]。

一、構造法則所導致之差異。如：「嶽」字，大篆作「   」，小篆作「   」，《說文解字》云：

> 嶽，東岱、南霍、西華、北恆、中大室，王者所以巡狩所至，从山、獄聲。
>
> 岳，古文象高形。[24]

據此，則「嶽」字大篆之構造法則爲象形，小篆之構造法則爲形聲；大、小二篆之字形差異，主要是因爲構造法則所致。

二、組成元素所導致之差異。如：「皆」字，金文作「   」[25]，小篆作「   」，《說文解字》云：

> 皆，俱詞也，从比、从白。[26]

據此，則「皆」字大、小二篆之差異，主要是因爲組成元素不同所致。

三、筆畫演變所導致之差異。如：「走」字，金文作「 」、「 」[27]，小篆作「 」。《說文解字》云：

> 走，趨也，从夭、止。[28]

而漢〈桐柏廟碑〉隸書作「 走 」，「止」上之「夭」訛爲「土」[29]，爲現行楷書「走」字之所本。漢隸與大、小二篆「走」字之差異，顯然是因爲筆畫演變所致。

至於文字形體淵源之判準則建議如下：

一、若楷書字形與大篆相同，則無論其與小篆、漢隸是否相同，其淵源應歸於大篆。例如：「育」字，甲骨文作「 」、「 」、「 」……等形[30]，小篆作「 」與「 」二形。《說文解字》云：

> 育，養子使作善也，从 、肉聲。《虞書》曰：「教育子。」毓，育或从每。
> [31]

隸書亦作「 」與「 毓 」二形[32]。現行楷書「毓」字乃源於大篆；若「育」字，則源於小篆。

二、若楷書字形與大篆不同，而與小篆相同，則無論其與漢隸是否相同，其

---

[23] 「文字構成」一詞爲中國文字學者所常用之術語；至於「文字構成」的內容，文字學家們並未明白指出。本文所提出的「構造法則」等三項，係自許慎《說文解字》的內容歸納而出。例如：「疊，萬物之精，上爲列星，从晶、从生聲。……星，或省。」見：丁福保《說文解字詁林》第六冊，頁195。其中，「从晶、从生聲」談「疊」字之構造法則（形聲）與其組成元素（晶、生）；而「星，或省」則談「疊」字筆畫演變之軌跡。

[24] 《說文解字詁林》，第八冊，頁3。

[25] 容庚，《金文編》，卷四·五，頁192，臺北，洪氏出版社，1974年9月再版。

[26] 《說文解字詁林》，第四冊，頁144。

[27] 《金文編》，卷二·一五，頁64至65。

[28] 《說文解字詁林》，第二冊，頁1327。

[29] 伏見冲敬，《書法大字典》，頁2135，北京，華夏出版社，2001年2月一版一刷。

[30] 藝文印書館，《校正甲骨文編》，卷一四·一六，頁557至558，臺北，1974年10月再版。

[31] 《說文解字詁林》，第十一冊，頁732。

[32] 「育」字隸書，見：二玄社，《漢·禮器碑》，頁6，東京，1982年9月初版30刷。「毓」字隸書，見：二玄社，《漢·史晨前後碑》，頁32，東京，1983年4月初版16刷。

淵源應歸於小篆。例如：「目」字，甲骨文作「 」、「 」、「 」[33]，小篆作「 目 」。《說文解字》云：

> 目，人眼也，象形，重童子也。[34]

漢隸作「 」[35]。現行楷書「目」字乃源於小篆。若「夢」、「眾」等字所從之「目」作「罒」，則源於大篆。

三、若楷書字形與大篆、小篆不同，而與漢隸相同，其淵源應歸於漢隸。例如：「奉」字，金文作「 」[36]，小篆作「 」，《說文解字》云：

> 奉，承也，从手、廾、丰聲。[37]

漢隸作「 奉 」[38]，即將頂端之「丰」與中央之「廾」變爲三橫一豎以及左右兩斜曲筆畫，下方之「手」則變爲二橫一豎。現行楷書「奉」字源於漢隸。

根據以上之討論，臺灣地區當代所使用的楷書，就其字形淵源而言，可以歸納爲四類，即：一、源於大篆者。二、源於小篆者。三、源於漢隸者——本文旨在彰顯楷書與二篆之關係，故以下僅討論源於大篆與源於小篆兩類。

伍、源於大篆之楷書字例

一、「于」字，甲骨文作「 于 」、「 」[39]，小篆作「 」。《說文解字》云：

> 亏，於也，象气之舒亏；从丂、从一，一者，其气平也。[40]

現行楷書「于」字中央豎鉤連接上橫畫，源於大篆。從「于」之字，如：吁、宇、汙、盂、盱、竽、紆、芋、訏、迂……等，其所從之于皆作「于」，亦源於大篆；若圬、夸、洿、粵、虧、誇、跨、雩……等，其所從之于皆作「亏」，則源於小篆。

二、「井」字，金文作「 井 」、「 丼 」[41]，小篆作「 丼 」。《說文解字》云：

> 井，八家爲一井，象構韓形，••，甕象也；古者伯益初作井。[42]

現行楷書「井」字中央無一點，源於大篆。從「井」之字，如：妍、汫、畊、穽、耕、胼、阱、……等，其所從之井皆作「井」，亦源於大篆。

三、「坐」字，大篆作「 」，小篆作「 坙 」。《說文解字》云：

> 坐，止也，从畱省、从土；土，所止也，此與畱同意。坐，古文坐。[43]

---

[33] 《校正甲骨文編》，卷四·一，頁157。

[34] 《說文解字詁林》，第四冊，頁10。

[35] 二玄社，《漢·武氏祠畫像題字》，頁80，東京，1981年4月初版3刷。

[36] 《金文編》，卷三·一二，頁122。

[37] 《說文解字詁林》，第三冊，頁790。

[38] 見：二玄社，《漢·石門銘》，頁，東京，19年月初版刷。

[39] 《校正甲骨文編》，卷五·六，頁216至217。

[40] 《說文解字詁林》，第四冊，頁1264。

[41] 《金文編》，卷五·二四，頁122。

[42] 《說文解字詁林》，第五冊，頁12。

[43] 《說文解字詁林》，第十冊，頁1150。

現行楷書「坐」字土上從二人，源於大篆。從「坐」之字，如：剉、座、挫、痤、脞、銼⋯⋯等，其所从之坐皆作「坐」，亦源於大篆。

四、「官」字，甲骨文作「𤲬」、「𤲬」[44]，小篆作「𨸏」。《說文解字》云：

　　官，吏事君也，从宀、𠂤，𠂤猶眾也。[45]

現行楷書「官」字宀下部分無上撇，源於大篆。從「官」之字，如：倌、悺、捾、棺、琯、管、菅、綰、逭、館、⋯⋯等，其所从之官皆作「官」，亦源於大篆。

五、「平」字，金文作「𠃌」、「𠀉」、「𡴀」⋯⋯等形[46]，小篆作「𠀐」。《說文解字》云：

　　平，語平舒也，从亏、八，八，分也。爰禮說。[47]

現行楷書「平」字之中豎連接上橫畫，源於大篆。從「平」之字，如：坪、枰、砰、秤、苹、萍、評⋯⋯，其所从之平皆作「平」，亦源於大篆。

六、「徒」字，金文作「𢓱」、「𢓱」、「𢓱」⋯⋯等形[48]，小篆作「𨑬」。《說文解字》云：

　　步行也，从辵、土聲。[49]

現行楷書「徒」字之土與止相疊在右旁，源於大篆。

七、「戎」字，金文作「𢦏」、「𢦏」[50]，小篆作「𢦦」。《說文解字》云：

　　戎，兵也，从戈、甲。[51]

現行楷書「戎」字所从之甲作「十」，源於大篆。從「戎」之字，如：毧、狨、絨、駥⋯⋯等，其所从之戎皆作「戎」，亦源於大篆。

八、「新」字，金文作「𣂪」、「𣂪」、「𣂪」⋯⋯等形註[52]，小篆作「𣂷」。《說文解字》云：

　　新，取木也，从斤、　聲。[53]

現行楷書「新」字左旁木上之「辛」較小篆少一橫畫，源於大篆。從「新」之字，如：薪⋯⋯等，其所从之新皆作「新」，亦源於大篆。「親」字左旁亦源於大篆。

九、「集」字，甲骨文作「𠍹」[54]，小篆作「雧」。《說文解字》云：

　　雧，群鳥在木上也，从雥、木。集，雧或省。[55]

現行楷書「集」字木上僅一隹，源於大篆。從「集」之字，如：磼、雜⋯⋯等，

44　《校正甲骨文編》，卷一四・四，頁 533。
45　《說文解字詁林》，第十一冊，頁 438。
46　《金文編》，卷五・五，頁 261。
47　《說文解字詁林》，第四冊，頁 1272。
48　《金文編》，卷二・二〇，頁 106。
49　《說文解字詁林》，第三冊，頁 26。
50　《金文編》，卷一二・二六，頁 645。
51　《說文解字詁林》，第十冊，頁 300。
52　《金文編》，卷一四・九，頁 753 至 754。
53　《說文解字詁林》，第十一冊，頁 260。
54　《校正甲骨文編》，卷四・一五，頁 186。
55　《說文解字詁林》，第四冊，頁 360。

其所从之集皆只一隹而非三隹，亦源於大篆。

十、「魯」字，金文作「 ![金文] 」、「 ![金文] 」、「 ![金文] 」[56]，小篆作「 ![小篆] 」，《說文解字》云：

> 魯，鈍詞也，从白、魚聲。[57]

現行楷書「魯」字下从「曰」，源於大篆。从「魯」之字，如：嚕、櫓、艪……等，其所从之魯皆作「魯」，亦源於大篆。

陸、源於小篆之楷書字例

一、「丂」字，甲骨文作「 ![甲骨] 」、「 ![甲骨] 」[58]，小篆作「 ![小篆] 」。《說文解字》云：

> 丂，气欲舒出，勹上礙於一也。[59]

現行楷書「丂」字橫畫之下作「ㄅ」，源於小篆。从「丂」之字，如：兮、巧、攷、曦、拷、朽、栲、烤、犧、羲、考、銬……等，其所从之丂皆作「丂」，亦源於小篆；若寧、嚀、擰、濘、獰……等，其所从之丂皆作「丁」，則源於大篆。

二、「京」字，金文作「 ![金文] 」、「 ![金文] 」[60]，小篆作「 ![小篆] 」。《說文解字》云：

> 京，人所為絕高丘也，从高省、丨象高形。[61]

現行楷書「京」字中央作「口」，源於小篆。从「京」之字，如：倞、勍、影、就、掠、晾、景、涼、諒、鯨、黥……等，其所从之京皆作「京」，亦源於小篆。

三、「夭」字，甲骨文作「 ![甲骨] 」[62]，小篆作「 ![小篆] 」。《說文解字》云：

> 夭，屈也，从大、象形。[63]

現行楷書「夭」字源於小篆。从「夭」之字，如：妖、枖、祆、沃、笑、訞……等，其所从之夭皆作「夭」，亦源於小篆。

四、「旦」字，金文作「 ![金文] 」、「 ![金文] 」、「 ![金文] 」[64]，小篆作「 ![小篆] 」。《說文解字》云：

> 旦，明也，从日見一上，一，地也。[65]

現行楷書「旦」字源於小篆。从「旦」之字，如：亶、但、坦、壇、姐、担、擅、疸、袒、胆、靼……等，其所从之旦皆作「旦」，亦源於小篆。

五、「曾」字，金文作「 ![金文] 」、「 ![金文] 」、「 ![金文] 」……等形[66]，小篆作「 ![小篆] 」。

---

[56] 《金文編》，卷四・六，頁193至194。
[57] 《說文解字詁林》，第四冊，頁145。
[58] 《說文解字詁林》，第八冊，頁960。
[59] 《說文解字詁林》，第四冊，頁1244。
[60] 《金文編》，卷五・三四，頁331。
[61] 《說文解字詁林》，第五冊，頁246。
[62] 《校正甲骨文編》，卷一〇・一四，頁423。
[63] 《說文解字詁林》，第八冊，頁960。
[64] 《金文編》，卷七・二，頁396。
[65] 《說文解字詁林》，第六冊，頁123。
[66] 《金文編》，卷二・二，頁70。

《說文解字》云：

　　曾，詞之舒也，從八、從曰、　聲。[67]

現行楷書「曾」字源於小篆。從「曾」之字，如：僧、增、層、憎、繒、繪、甑、贈、蹭……等，其所從之曾皆作「曾」，亦源於小篆。

　　六、「甲」字，甲骨文作「　」、「　」[68]，小篆作「　」。《說文解字》云：

　　甲，東方之孟，易气萌動，從木戴孚甲之象。《大一經》曰：「人頭空為甲。」[69]

現行楷書「甲」字源於小篆。從「甲」之字，如：匣、呷、押、柙、狎、閘、鴨……等，其所從之甲皆作「甲」，亦源於小篆；若倬、戎、掉、卓、早、淖、焯、阜、絨、草……等，其所從之于皆作「十」，則源於大篆。

　　七、「章」字，金文作「　」、「　」、「　」……等形[70]，小篆作「　」。《說文解字》云：

　　章，樂竟為一章，從音、十，十，數之終也。[71]

現行楷書「章」字源於小篆。從「章」之字，如：嶂、彰、樟、漳、獐、璋、瘴、障……等，其所從之章皆作「章」，亦源於小篆。

　　八、「習」字，甲骨文作「　」、「　」[72]，小篆作「　」。《說文解字》云：

　　習，數飛也，從羽、白聲。[73]

現行楷書「習」字下從「白」，源於小篆。從「習」之字，如：嶍、慴、摺、榴、熠、褶……等，其所從之習皆作「習」，亦源於小篆。

　　九、「雲」字，甲骨文作「　」、「　」、「　」[74]，小篆作「　」。《說文解字》云：

　　雲，山川气也，從雨、云象同轉之形。[75]

現行楷書「雲」字上從「雨」，源於小篆。從「雲」之字，如：壔、曇、櫄、澐、蕓……等，其所從之雲皆作「雲」，亦源於小篆。

　　十、「黃」字，金文作「　」、「　」、「　」……等形[76]，小篆作「　」。《說文解字》云：

---

[67] 《說文解字詁林》，第二冊，頁986。

[68] 《校正甲骨文編》，卷一四‧一〇，頁545至546。

[69] 《說文解字詁林》，第十一冊，頁605。

[70] 《金文編》，卷三‧九，頁150。

[71] 《說文解字詁林》，第三冊，頁753。

[72] 《校正甲骨文編》，卷三‧五，頁166。

[73] 《說文解字詁林》，第四冊，頁165。

[74] 《校正甲骨文編》，卷一一‧一三，頁456。

[75] 《說文解字詁林》，第九冊，頁805。

[76] 《金文編》，卷一三‧一七，頁733至734。

　　黃，地之色也，從田、苂聲；苂，古文光。[77]

現行楷書「黃」字源於小篆。從「黃」之字，如：壙、廣、曠、橫、潢、獷、璜、礦、簧、鄺、鑛……等，其所從之黃皆作「黃」，亦源於小篆。歷代書家楷書黃字多作「黃」，則源於大篆。

柒、楷書源於小篆者之增多

　　一直到唐代初年，楷書的許多文字的文字構成還是淵源於大篆。以歐陽詢楷書爲例——

　　卑（35）：其上作若「田」。另如：碑（370）、鬼（503）、魏（503）、隗（112），亦同[78]。

　　粵（17）：其下作若「丁」。兮（72）、虧（416），亦同。

　　奠（84）：所從之「酉」中作二橫。猶（197）、酒（219）、猷（298）、酌（453）、酷（453）、醴（453），亦同。

　　曾（84）：「八」下作若「田」。增（135）、會（95），亦同。

　　念（94）：「今」之下部作二橫畫。

　　京（100）：中段作若「日」。就（103）、涼（223）、諒（472）亦同。

　　享（101）：「子」上之二豎畫連接上橫。郭（116）、孰（201）、淳（224）、亭（102）稟（103）、擅（167）、圖（180）、喬（279）、矯（386）、高（512）、嵩（185）、鎬（490），亦同。

　　切（117）：左旁作若「十」。

　　勤（121）：左旁上頭作若「卝」。漢（227）、滿（228）、艱（435）、謹（474）、難（486），亦同。

　　莒（140）：二「口」之間無銜接之筆畫。「宮」（236），亦同。

　　蕃（147）：「釆」上無撇畫。藩（149）、播（166）、審（241）、璠（276）、磻（371）、翻（436）、釋（466），亦同。

　　專（168）：「田」下無「厶」，傳（88）、摶（165）、轉（452）、惠（357）、蕙（146），亦同。

　　德（192）：。「心」上無一橫。聽（406），亦同。

　　徵（194）：「壬」上無一橫。澂（230），亦同。

　　追（244）：右旁之上無撇畫。師（426）、歸（426），亦同。

　　皆（302）：下作若「曰」。階（111）、喈（175）、楷（291），亦同。

　　受（326）：下作若「丈」。綬（443），亦同。

　　畢（380）：下段僅一橫畫。躍（463），亦同。

　　黃（514）：「田」上作若「卝」。橫（293），亦同。

　　上舉諸字，歐陽詢楷書皆淵源於大篆；盛唐之後，乃多改從小篆。而顏真卿

---

[77] 《說文解字詁林》，第十冊，頁1323。

[78] 參見：沈道榮，《歐陽詢楷書字彙》，天津，古籍出版社，1996年3月第一版第一刷。各字後之數字，爲沈書收錄之頁碼。下同。

則爲此一轉變的關鍵人物－－也就是說，在顏真卿之前，楷書仍有不少大篆系統者；至顏真卿以後，有部分楷書仍沿用大篆系統，如：于（5）、乎（42）……等字是註[79]；許多字則轉變爲小篆系統。例如：「德」（262）字，先前之寫法右半中央多無一橫，乃據大篆而作；顏氏書則右半中央多有一橫，乃據小篆而作。此外，如：京（134）、皆（386）、傳（90）、尊（116）、會（124）、歸（332）、曾（400）……諸字，亦爲顏氏將大篆系統之楷書改變爲小篆系統之實例，而爲現行楷書所據。

按：顏真卿的先祖北齊顏之推著《顏氏家訓》，主張依據許慎《說文解字》的小篆來訂正楷書。其書〈書證〉云：

> 許慎檢以六文，貫以部分，使不得誤，誤則覺之。……大抵服其爲書，隱
> 括有條例，剖析窮根源。……若不信其說，則冥冥不知一點一畫有何意
> 焉。……世閒小學者，不通古今，必依小篆，是正書記。[80]

而顏真卿本人致力結合文字學與書法藝術，透過《韻海鏡源》的編修[81]，瞭解各個文字的小篆寫法，再根據小篆加以楷書化。尤其是在大曆六年（西元 771 年）的〈麻姑仙壇記〉、大曆十二年（西元 777 年）的〈李玄靖碑〉以及建中元年（西元 780 年）的〈顏氏家廟碑〉三件作品中，顏魯公企圖結合文字學與書法藝術的雄心展現得最爲清楚。顏魯公的目的，固然是想對於南北朝以來訛變頻仍的「俗書」作訂正；無意中卻也使得許多楷書文字由大篆系統變爲小篆系統。

惟若進一步考察，則盛唐楷書之多由淵源大篆而轉爲淵源小篆，亦與唐代以《說文解字》等書之小篆作爲文字書寫之標準有關。胡樸安曰：

> 唐以《說文》《字林》《石經》爲書寫文字之標準，所以群經文字，注意者
> 極多。[82]

蓋有唐一代，「書」爲取士之科目之一，故士人作字，唯恐不正，遂有《干祿字書》等字樣著作，而其中之字樣主要又以《說文》之小篆爲依據，遂使得楷書逐漸由大篆系統轉爲小篆系統。

捌、結語

綜上所述，可以歸納爲以下五點結論：

一、楷書大概產生於漢末三國時代。最初沿用八分書之舊名，仍稱「隸書」。六朝時另有「章程書」或「章楷」或「真書」之名，北魏太武帝時已稱爲「楷書」。唐代又有「正書」之名。

二、「二篆」乃大篆與小篆之合稱。「大篆」指秦代以前之書體，以甲骨文、金文爲代表；「小篆」指秦代通行之正式書體，以秦刻石、權量銘爲代表。

---

[79] 參見：沈振基、鄞美雲，《顏真卿書法字典》，北京，中國青年出版社，1999 年 4 月第一版第一刷。各字後之數字，爲沈、鄞書收錄之頁碼。下同。

[80] 見：周法高，前引書，卷下，頁 113 至 114。

[81] 顏魯公自天寶十二載著手編修《韻海鏡源》，大曆四年增廣爲五百卷，大曆八年刪補爲三百六十卷。見：黃宗義，《顏真卿書法研究》，頁 30 至 33，臺北，蕙風堂筆墨公司出版部，1993 年 4 月初版。

[82] 胡樸安，前引書，頁 123。

　　三、字形淵源之認定，可以從文字構成－－即文字之構造法則、組成元素與比畫演變－－來觀察。

　　四、臺灣地區現行楷書之字形淵源有三，即：源於大篆、源於小篆與源於漢隸－－本文旨在彰顯楷書與二篆之關係，僅討論源於大篆與源於小篆兩類。

　　五、盛唐之際，楷書多由大篆系統轉爲小篆系統。此固受顏真卿企圖結合書法藝術與文字學之影響，亦與唐代以《說文解字》之小篆是正文字有關。

國字筆畫筆順有效教學策略之行動研究

——一年級生字教學的經驗與反省

張美玉[*]

壹、前言：研究動機

有研究者指出：人類的語言系統包括聽、說、讀、寫四種形式，依發展的先後順序而言，前兩種語言形式發展較早，後兩種形式通常自兒童進入小學後才開始正式的學習，自此也成為學校學習中相當基本而重要的技巧（李瑩玓，2004）。正由於一般學童多是進小學後才開始學習寫國字，因此國小寫字教學的普遍現象是：擔任低年級的老師，常要花很多時間教「國字筆畫」。在上國語課時，經常都會聽到老師說：「小朋友，看這裡，跟著老師把這個字寫一遍……」，接著就是讓學生依樣畫葫蘆，練習寫幾遍。然後呢？學生就能正確寫出那個國字了嗎？

根據研究團隊的教室觀察發現：即使是讓學生抄寫作業，學生也會時有錯字；有的學生甚至寫起字來忽大忽小、四分五裂……。對於學生寫錯字、字體不平均的問題，老師的處理方式往往是讓學生反覆多寫幾次，希望學生就能改正，就會寫出正確的國字。但事實真能如此嗎？

再者，目前大部分學科的評量方式仍以紙筆測驗為主，故當兒童有書寫方面困難，就無法以書寫語言的形式完整表達其學習效果，由此看來，書寫能力是相當重要的學業技能（李瑩玓，2004）。有鑑於書寫能力的重要性，又看到學生書寫表現的困境，研究團隊希望幫助學生解決寫字表現困境的問題，希望透過基本能力的扎根，讓學生能正確書寫、工整書寫，進而有多元的學習能力。

貳、研究目的與名詞解釋

一、研究目的

本研究以一年級國語科生字教學為主題，希望瞭解有效教學策略對學生寫字表現的影響，團隊教師群並藉由國字筆畫筆順的教學經驗與反省，促進教師專業發展。具體而言，本研究的主要研究目有下列三點：

（一）設計有效的國字筆畫筆順教學策略。

（二）歸納國字筆畫筆順有效教學策略對施教對象寫字表現的影響。

（三）分析團隊教師群在本研究的教師專業發展。

---

[*]高雄市陽明國小教師

　　根據研究目的，研究團隊設計如下研究架構圖：

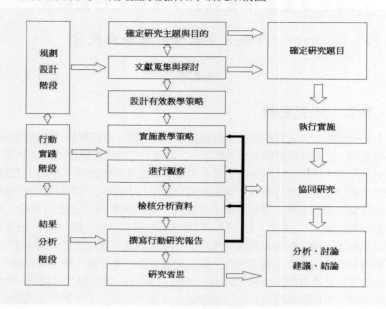

圖 1　研究架構圖

二、名詞解釋

（一）國字筆畫筆順

　　教育部國字標準字體筆順學習網是國小寫字教學重要的參考資料（教育部國字標準字體筆順學習網網址 http://stroke-order.learningweb.moe.edu.tw/home.do），本研究所指的國字筆畫筆順教學內容，係根據教育部國字標準字體筆順學習網內容而編。

　　書寫是培養語言文字的五項（聽、說、讀、寫、作）基本能力之一，有助於識字效果的增進（何三本，1996）。根據民國九十二年教育部頒佈《國民中小學九年一貫課程綱要》———語文學習領域的基本理念中明示，語言文字是學習及建構知識的根柢。綱要中將「識字與寫字」分段能力指標同列一項，當中指出「識字教學應配合部首、簡易六書原則，理解形、音、義以輔助識字」。由此可知，識字與寫字能力在語文學習上是相輔相成的能力，而寫字能力是經由筆畫、筆順、結構表現出來。換句話說，國小學生的書寫要到標準字，必須具備筆畫、筆順、構形的認知，才能減少寫錯字的機會（袁肇凱，2005）。可見筆畫、筆順、構形的認知，對學習國字書寫具有重大意義。

（二）生字教學

本研究採取個案研究法，以立意取樣方式，選取高雄市陽明國小一年甲班（假名）做為研究對象，在研究過程中針對該班學生在國語科國字筆畫筆順的學習進行觀察與研究。因研究對象選用南一版國語科當課程教材，因此本研究的生字教學內容，係指南一版國語科一年級第一、二冊的國語課本生字教學內容。

（三）反省

近幾年來，培育有反省能力的教師（reflective teacher），已成為師資教育的重要課題，有學者認為：反省是教師專業發展和自我成長的核心因素（歐用生，1996）。反省使教師的教學不會成為有壓力的、例行的行為，使教師能表現慎思的、有意圖的行動，使教師採取知性的行動，成為一個教育者。

有鑑於此，在研究過程中本研究團隊教師藉由國字筆畫筆順教學經驗的反省，增進教師技能，改進教學，促進教師專業發展。

參、國內有關寫字教學的相關研究

國小階段是兒童書寫能力快速發展的時期，大部分兒童在進入小學階段時已會寫自己的名字、幾個阿拉伯數字、或是字體較簡單的字（如：大、小、一、人）等（林寶貴、錡寶香，2000）。民國九十二年教育部頒佈《國民中小學九年一貫課程綱要》，將「識字與寫字」的分段能力指標同列一項，當中指出「識字教學應配合部首、簡易六書原則，理解形、音、義等以輔助識字」。所以，在國小第一階段需培養學生「能認識常用中國文字1000-1200」、「能利用部首或簡單造字原理，輔助識字」、「能用硬筆寫出筆順正確、筆畫清楚的國字」。

審視國內有關國小學生中文字書寫的研究，多集中在構形變化、筆畫多寡或字頻高低的研究，或是探討錯別字，或以識字能力為基礎做相關研究（袁肇凱，2005），如：呂美娟（1999）、王志成（1999）、陳慶順（2000）、余禮娟、馮淑慧（2000）、吳淑娟（2001）、陳美文（2002）、王惠君（2003）、丘慶鈴（2003）、王瓊珠（2005）等。前人的研究成果，提醒本研究聚焦學生的書寫能力時，要注意及糾正學生書寫文字中的錯誤情形，也要將中文字形中蘊涵的意義教授學生，讓學生體現中國文字意涵。

大致上說來，寫字困難學生有寫錯別字、字體忽大忽小、字體扭曲變形、寫字速度緩慢、不當坐姿、握筆姿勢有誤、錯誤筆順、逃避寫字等特徵（陳俊隆，1996；林素貞，1998；陳弘昌，1999；孟瑛如與陳麗如，2000），而其中較為肯定的是寫字有困難的學生較易寫錯別字（李瑩玓，2004）。且由於目前大部分學科的評量方式仍以紙筆測驗為主，故當兒童有書寫方面困難，就無法以書寫語言的形式完整表達其學習效果（李瑩玓，2004）。簡言之，寫字有困難的學童，又較易寫錯別字，在此循環下，勢必影響學童學習力。

由於過去的相關研究，多是問卷調查或是透過相關儀器檢驗，缺乏實際教學的質性研究，是故，研究團隊希望走入教學現場、走進學生學習，以分享、反省教學經驗的方式，顯現實際的教學情境，追求教師專業發展。

肆、研究方法

一、採用個案研究法的原因

在行動研究法中，個案研究是一種常用的方式。所謂個案研究法即是指對一特定對象，包括個體或群體，做一系列且深入的研究。進而言之，個案研究是對一個（或兩個以上）個例做縝密的研究，詳細而廣泛的蒐集個案資料，徹底瞭解個案現況及發展歷程，進而予以研究、分析。Spindler 就曾提到對一個情境深入而精確的蒐集資料，比對許多情境做走馬看花式的、表面瞭解，或獲得一些片段的、誤解的知識要好的多（轉引自歐用生，1995）。根據 Yin（1984）對個案研究法的看法，他認為當研究者研究的是真實生活情境中當時發生的事件時，採用個案研究法是適當的。

由是觀之，個案研究法符合本研究目的，因此本研究採取個案研究法，選取高雄市陽明國小一年甲班（假名）做為研究對象。當然在本研究過程中，研究團隊面臨選擇蒐集資料方式的問題，而在考量各種方法的優缺點後，本研究採用觀察、晤談和文件分析等方法收集研究所需資料，詳細說明如下：

（一）觀察

觀察法是一種獲得真實狀況的質性研究方式，本研究以觀察法作為研究方法之一，目的在瞭解教學現場的教學策略對學生學習表現的影響。

（二）晤談

晤談的主要目的在獲得研究資料、增進研究團隊對研究個案的瞭解，以便研究團隊能夠正確、客觀紀錄研究資料，故本研究以晤談方式瞭解研究對象的寫字學習情形。

（三）文件分析

文件分析的用途在於為其他的資料來源做佐證，或增加資料之用（王文科，1990）。本研究的文件分析指的是分析研究團隊的觀察、晤談紀錄、研究對象的寫字表現（如：作業）、及研究團隊聚會時交流的訊息、心得等，以利資料間的澄清與辯證。

二、研究信度與效度的建立

根據學者對提高研究信度與效度所做的策略建議，例如：在個案晤談期間，從受試者的選取、資料的蒐集、分析、詮釋與討論，應盡可能的遵循提高研究信度與效度的指標，以期能從內在信度與外在信度，以及內在效度與外在效度等四方面，提高研究的信度與效度（王文科，1990；Goetz ＆ LeCompte，1984；轉引自羅明華，1996）。研究團隊據以建立本研究的信度與效度，茲說明如下：

（一）建立信度

1. 內在信度

在質的研究中「內在信度」指的是不同的研究者站在相同的角度看同樣的資料，能達到相同結果的程度（李暉，1993；江新合，1994）。Goetz & LeCompte（1984）認為增加研究內在信度的方法有：引用受訪者的原始語句來描述事件、由兩位研究者進行同一研究、找尋與研究一致的文獻、以及機器輔助紀錄、留下原始資料以便檢驗（轉引自羅明華，1996）。

由是，研究團隊收集相關文獻進行研究參考外，且以錄音、錄影紀錄補充現場田野筆記之疏失，並透過三位研究教師的定期聚會，進行三角校正。

2. 外在信度

外在信度是指不同研究者在相同情境中會有相同的發現。Goetz & LeCompte（1984）提到增加外在信度的方法有：詳細描述研究者的立場、個案的特質、研究情境、資料的收集與分析方法等。本研究在增加研究外在信度的做法上，包括：描述研究者的立場、觀察研究情境、收集資料與分析文件等。

（二）建立效度

1. 內在效度

內在效度是指研究結果是否遭到無關變因或不當的研究程序，以致影響研究能被信任的程度（高敬文，1988；王文科，1993；江新合，1994）。有鑑於此，研究團隊採用三角校正法增加研究效度，具體做法包括：以研究團隊方式進行研究，由三位團隊教師進行「人的校正」；採用觀察、晤談與文件分析進行「方法的校正」；從教室觀察資料、晤談資料與文件分析資料和團體聚會資料進行「資料的校正」，再從相關研究理論進行理論的校正。

2. 外在效度

外在效度是指研究結果可轉移到其他情境的程度（李暉，1993）。Guba & Lincoln（1982）認為如果研究的內在效度高的話，外在效度也會高。因此本研究以長期持續的方式收集真實資料，並以上述提高內在效度的方法增加內在效度，除了期望增加內在效度外，亦希望能提高外在效度。

簡言之，研究團隊以立意取樣，在選取高雄市陽明國小一年甲班（假名）班上學生做為研究對象後，首先瞭解研究對象在國字筆畫筆順的學習現況與問題，再設計國字筆畫筆順有效教學策略，輔以長時間的教室觀察、深度晤談與文件分析，瞭解該班國字筆畫筆順有效教學策略對施教學生寫字表現的影響，教師群更是藉由教學經驗的分享與反省，促進教師專業發展。

然而礙於團隊教師的能力有限，因此本研究所得僅能說明本研究結果，不宜過度推論至其它情境中；意即研究團隊教師群將本研究視為啟示性研究，目的不在推論。

伍、探索、實踐與分析

一、研究對象的寫字表現情形

　　在研究班級學生開始學生字（國語第一冊）時，有家長在聯絡簿上寫著：「希望老師多要求○○的字。」、「請老師注意□□的執筆姿勢。」、「請老師提醒△△國字的筆畫順序」、……；在班親會時，也有家長請教老師要怎麼做，孩子寫的字才會漂亮？面對家長的希望與詢問，研究者知道家長瞭解書寫的重要性，也希望孩子字體端正的用心，因此決定先瞭解學生的寫字表現，再提出解決之道。根家長填寫的學生寫字狀況調查表（100.02.22），歸納研究對象的寫字表現情形如下：

> 「宏宏因左手寫字，所以筆畫、筆順會不正確，請老師多教他幾次。」
> 「磊磊的國文很不好，但只有識字好一點，老師可否用電子白板多教小朋友筆順？」
> 「凱凱書寫國字筆畫需有人陪伴，才能書寫出正確筆畫，媽媽會提醒凱凱這件事，同時也要麻煩老師再次叮嚀，學習筆畫的正確與重要性。」
> 「丞丞寫字時，如果沒有一筆一畫在旁指導的話，字跡就會很潦草，實在很麻煩。」
> 「芸芸在家裡寫功課時，要在旁邊看她寫，要告訴她正確的筆畫順序，才不會寫錯。」
> 「恩恩常常會為了減少寫作業時間，所以字體不工整，但是如果有要求他，字體就會比較工整了。」
> 「棋棋寫國字時，筆順常常會寫錯，有時候是為了偷懶，但如果習慣了，恐怕對以後寫字的筆畫很不利，不知老師有何好方法來解決？」

　　面對學生筆畫筆順不正確、需有人從旁指導的學習寫字問題，研究者邀請家長提供建議，共同參與解決問題。彙整家長提出的改善之道（摘錄自研究者編製的「識字與寫字能力調查表」家長意見欄100.02.22），包括：

> 「請加強小朋友文字練習，以提升識字。」（淇淇家長）
> 「保持愉快心情，有耐心一筆一劃書寫。」（珊珊家長）
> 「稍微要求把寫不好看或不工整的字擦掉重寫，孩子會更重視字體的工整。」（琳琳家長）
> 「讓孩子靜下心來書寫，能激發對字體的興趣。」（蓁蓁家長）
> 「寫字要注重三大點二步驟，三大點包括：手勢、坐姿、練習；兩步驟指的是拿三百格稿紙對著報紙和書本練習，和找尋身邊字體漂亮的同學朋友學習。」（弘弘家長）

面對學生寫字表現的困境，研究者看到家長的建議，於是嘗試邀集志同道合的伙伴，針對學生筆畫筆順不正確、需有人從旁指導的學習寫字問題，共同設計國字筆畫筆順有效教學策略，希望對孩子的寫字表現有所助益。

二、國字筆畫筆順有效教學策略

本研究的國字筆畫筆順有效教學策略，可以設計理念、教學目標、教學計畫補救教學設計、及教學上面臨的困難和解決方式等五項說明如下：

（一）設計理念：

我們的設計理念源自希望透過團隊合作，提升學生寫字表現，並在反思與回饋中成長，具體做法包括：

1. 教育工作僅靠學校力量，效果有限，將適宜的人力資源引入學校教育中，可以彌補學校教育之不足，擴充學生學習範疇，提升學生整體教育品質。所以在研究中我們尋求專業支援，以優越學生教育環境：邀請班級家長（如：呂老師是坊間書法研習教室老師）共同參與寫字教學經驗的分享活動；並尋找有關本研究的專長教授、專業人士協助支援，如屏東教育大學的鍾教授、教育部國語文課程與教學輔導諮詢團隊委員等，都是我們請益的對象。

2. 本研究注重團隊教師群的和諧與合作，及研究班級學生間的學習態度與情感教育。

3. 本研究在分工上，先由團隊教師群共同設計實施方式與內容，再由美玉老師負責教學活動、淑玲老師和怡欣老師進行課堂觀察，在團隊聚會中，凝聚教師、家長與課程的共識，營造親、師、生分工合作的團隊氛圍，培養學生學習興趣和能力，促進教師專業發展。

（二）教學目標：

針對本研究，團隊教師擬定下列教學目標：

1. **認知領域方面**

希望經由師生教學互動，加深學生對國字筆順筆畫的認識。

2. **情意領域方面**

希望培養學生觀摩學習的情感、養成學生主動學習、終身學習的意願。

3. **技能領域方面**

希望能培養學生國字筆順筆畫正確的書寫表達能力。

（三）教學計畫

本研究的教學計畫內容，包括：

1. **教學主題**：國語科生字教學
2. **學習領域**：國語文領域

3.授課內容：南一版國語科第一冊到第二冊的生字，團隊教師群並擷取顏真卿《述張旭筆法十二意》釋譯，以寫字口訣方式（橫要平、豎要直、間要均、際要密、末要鋒、體要力、屈要輕、掠要決、不足補、餘要損、巧布置、大小稱）進行補充教學。

4.實施對象：一年級學生。

5.實施節數及時間：依校內編寫課程計畫之規定。

6.教法分析：

    (1)教學觀念：團隊教師認為教學應不受限於現有教科書的限制，秉持這樣的理念，除課本內容外，團隊教師並擷取顏真卿《述張旭筆法十二意》釋譯，以寫字口訣方式，進行補充教學。

    (2)以學生為發展主體：考量學生的學習能力與學習特性設計教材，並讓學生彼此觀摩與欣賞。

    (3)引進專業人士的支援：在課程設計上，邀請從事書法教育多年的工作者共同參與；在研究方法和思考邏輯上尋找相關專長的教授、專業人士提供支援。

（四）補救教學的設計

1.因班上孩童在能力上有個別差異，因此在課程結束後會對程度落後的同學，另行以下課時間實施補救教學。

2.運用互動式電子白板增加學生字體辨識的教學與練習機會，提升學生的學習興趣和能力。

（五）教學上面臨的困難和解決方式

    本研究在教學上面臨的困難和解決方式可說明如下：

1.當需要專業人士協助時，他們可能會因己身事務多而加以婉拒，因此研究團隊以多方嘗試、多方請益、廣徵人才應變。

2.由於團隊教師群都是級任老師，科任課的空堂很少，大部分的上課時間都相同，要找固定聚會的時間很難，要能一起做教室觀察更難。因此團隊教師就課程設計與教學方式，先與教學者做討論（包括學生的年齡、能力、注意力廣度與長度等都是思考的要點），再架設錄影機進行課程錄影，使未能到場做教室觀察者可再找空閒時間從事觀察紀錄。再舉行團隊聚會，以對話方式進行研討，克服共同觀察時間難找的問題。

3.由於學生有既定課程需進行，不一定能挪出時間進行補救教學，因此研究團隊尋求家長協助，在家實施補救教學。

    此外，本研究在教學上使用多功能E化教室（互動式電子白板）設備，此舉不但能方便教師備課，也有效提升學生學習興趣，增進學習效果。舉例來說：有些學生會寫錯字，有些學生雖具備識字的能力，但寫的國字不端正，或是筆畫不正確，當輔以互動式電子白板給予學生字體辨識的教學與練習時，教學媒體會立即對學生書寫表現進行回饋，讓學生立刻知道自己的筆畫筆順是否正確（若不正

確又不訂正，就無法繼續寫），如此一來，教學過程變得很有趣，也加深學生對正確國字筆畫筆順的印象，讓學生的筆畫正確、字體端正，大幅提高學生國字書寫的正確率。

三、國字筆畫筆順有效教學策略對施教學生寫字表現的影響

　　研究者彙整團隊成員的教室觀察和田野筆記、錄影、錄音記錄、與訪談學生等資料後，發現實施國字筆畫筆順有效教學策略對施教學生寫字表現產生如下影響，包括：研究對象知道怎麼要求自己寫出正確的筆畫筆順、和對寫字產生興趣。

　　以研究對象要求自己寫出正確筆畫筆順的寫字表現為例，有如下做法：

> 「現在我寫字的時候，會先看位置再認真寫，因為老師說要先看位置，再認真寫。」（1000421 晤談，18 號）
>
> 「寫字時要看筆順、看筆畫，一筆一畫慢慢寫，字寫太醜了，媽媽就會擦掉。」（1000421 晤談，5 號）
>
> 「慢慢寫，字就會寫得很漂亮。寫字很漂亮，就會有好成績。」（1000421 晤談，12 號）
>
> 「寫字時要抬頭挺胸，字體才會漂亮。要要求自己的字體端正漂亮，別人才會欣賞你的字。我覺得寫字是快樂的事情。」（1000421 晤談，19 號）
>
> 「多多練習字就會漂亮。媽媽叫我寫漂亮一點。」（1000421 晤談，26 號）
>
> 「老師和媽媽都叫我要寫好。」（1000421 晤談，16 號）
>
> 「寫字要專心，也要細心，不能被別人的聲音影響。」（1000421 晤談，9 號）
>
> 「寫字時專心寫就會寫漂亮。」（1000421 晤談，21 號）
>
> 「我覺得要多多練習。我覺得寫字很好玩。」（1000421 晤談，20 號）
>
> 「寫字要專心、細心、認真，寫不漂亮就擦掉。」（1000421 晤談，22 號）
>
> 「我覺得寫字時身體要坐正，不能歪七扭八，這樣就是好寶寶。」（1000421 晤談，1 號）

　　此外，學生也對寫字產生興趣，有學生如是說：

> 「多練習會讓我的字變好看。」（1000421 晤談，13 號）
>
> 「我好喜歡寫字，學寫字是很快樂的事。」（1000421 晤談，15 號）
>
> 「我覺得寫字的時候很好玩、很有趣。」（1000421 晤談，2 號）
>
> 「我要把字寫漂亮，我寫字時都很開心。」（1000421 晤談，23 號）
>
> 「當我會看書上的字，會寫書上的字，我就很開心。」（1000421 晤談 25 號）
>
> 「第一次寫字的時候我覺得好難，但是用電子白板練習後，我覺得好簡單喔！」（1000421 晤談，29 號）

　　「字要工整要坐正，椅子要坐好。寫字很好玩，我希望老師派多一點功課。」
（1000421 唔談，17 號）

　　也有家長反應：「☆☆寫的國字，我很滿意，謝謝老師！您辛苦了！」(1000420
唔談，慧慧家長)。可見國字筆畫筆順有效教學策略對施教學生的寫字表現具有
正面影響。

四、教師群的反省與成長

（一）不同軌道的同行者

　　本研究冀創造「多贏」的局面，一是班級方面：能提升孩童的國字寫字能力、
並能養成良好的學習態度。二是人力資源方面：鼓勵家長成為教育合夥人，參與
學校教育、彌補學校人力不足；而邀請學者專家建言，更是擴展團隊教師群視野。
三是教師群方面，能在研究過程中走出單打獨鬥的教室，發展教師專業。

　　由是，研究團隊特別關注學生學習、人力資源和教師專業發展等三方面。茲
說明如下：

1. 就學生學習方面而言

(1)注重學生學習態度

a.考慮學生的學習能力或學習特性，以提高學生的學習動機。

b.培養學生獨立思考的能力。

c.培養學生團結合作的學習與情感、養成學生主動學習、終身學習的意願。　。

(2)注重學生評量表現

　　就評量學生表現而言，團隊教師根據下列原則做規劃：

a.在學習活動中，逐漸建構孩子的學習能力。

b.讓孩子在快樂中成長很重要，但孩子究竟在活動中學到了什麼？也是學習應注
意的事情，所以做紀錄、做檔案資料也很重要，故本研究靈活運用學習活動來評
量。

2. 就人力資源方面而言

　　本研究透過良性互動，強化親師關係，採多元互動方式，構成親職教育網絡，
進而凝聚家長對班級的向心力，發展親師合作關係。另邀請專家學者建言，擴展
團隊教師群視野。

3. 就教師群專業發展方面而言

　　團隊教師群透過對談充實新知、激發創意、修正教學技巧，也體會到形成團
隊有助於教師發展創新知識的能力。

（二）準備與開始

當研究剛準備開始時，研究者就遭遇到團隊伙伴難尋、時間難以配合等兩大問題。

1. 團隊伙伴難尋

> 「在珍珍老師礙於時間有限婉拒參與時，真的讓我有放棄的念頭，……但我只要想到為什麼已有了研究的雛形卻要放棄，心裡就沒來由的難過，我也曾好幾次告訴自己算了吧！不要再想了，不做也不會怎樣。但在說這話的時候，不就是正在想嗎？」—1000225 研究日誌

雖然尋求團隊伙伴遭挫，令人氣餒，但這也使研究者不斷自問：「不死的心下是什麼？」我想是一種對教育的熱忱吧！也幸好不放棄，終於，淑玲老師、怡欣老師為研究想法具體化，還有學年老師們和班上家長在研究過程中的協助與配合，點點滴滴讓人感動不已。

從中，研究者也發現：教學合作伙伴不一定要同學年老師，尋求不同的組合，有時也會找到有興趣參與的合作伙伴，但若跨學年，則團隊伙伴對學生能力與課程掌握，有時會不如預期，也可能遇到時間難以調配的問題，這都是要加以考量的重點。所以在團隊發展過程中不管是同學年或是跨學年的合作，溝通機制的規劃就很重要，就如同團隊聚會時，州州老師說的：

> 「雖然教師透過社群運作，能達到自我成長，提升教學成效的目的；但是一開始如何凝聚向心力、建立良好的溝通機制、以及如何彼此欣賞教師的專業，達成教學團隊的共識等等，都是需要教師再省思的部分。」—1000320 團聚心得，州州老師

2. 時間難以配合

雖然團隊教師群盡可能參與，但受限於各人可用時間有限，因此教學過程採錄影方式，以利無法前來進行教室觀察者課餘時間觀察並做紀錄。此外在安排討論時間上，由於團隊教師群希望利用在校空堂時間進行，因此聚會時間的安排最後採不定時聚會方式（視情況而安排時間），多安排在週三中午學生放學後到下午教師進修的休息時間進行聚會。

（三）教師專業發展

在研究過程中團隊教師群分析文獻資料，進行教室觀察、整理學生作業、學習單、調查表等資料，加上團隊分享與討論、和專家學者對話、對教師專業發展大有助益。

研究者參考顏慶祥、湯維玲（1998）整理的教師專業發展成長動力來源，對照團隊教師群在研究過程中呈現的教師專業發展情形，將在本節以：教師從分享中反省自己的教學、外來刺激可激發教師教學新技巧的轉換、教師因自我肯定而增長教學信心、教師開放心胸有助於吸收新知、教師團隊合作更有教學創意等五部分，分析團隊教師群在研究過程中的教師專業發展。茲說明如下：

1. 教師從分享中反省自己的教學

當團隊討論教學中的知識、技巧與過程時，教師群從中反省自己的教學。尤其是在檢證自己的教學實務之後，會對自己產生一種自我挑戰以及要求改進的意念。例如華華老師在聆聽呂老師分享的寫字教學經驗後，也從中看到自己的需要，從而激勵自我成長，她說：

> 「沒想到才藝班的老師也需如此用心經營：榮譽榜、依個性分帖、約四個月讓孩子寫一次內心話……，呂老師言談中流露出疼愛學生的心，值得同為教師的我們學習。」—1000330 團聚心得，華華老師

2. 外來刺激可激發教師教學新技巧的轉換

所謂外來者的刺激，係包含來自校內其他教師、團隊成員與授課學生、甚至是其他種種由於教學工作所介入的刺激。Hagger（1990：p.105-109）指出，許多教師提到在與其他教師一起工作中，甚至從一些來訪者的談話裡，可增加他們的自我了解與教學技巧，並且能引發其對教室教學以及教師哲學的思考。例如興興老師在聆聽呂老師分享的寫字教學經驗後，他說：

> 「呂老師有一貫的教學脈絡，並運用各種碑帖，讓學習者有模仿學習對象，並適時鼓勵、獎勵，讓學習者信心日漸堅定，學習濃厚。再者，也依學習者的筆畫條理，引導屬於自己的風格，甚至對於學習者的情緒或個性亦需瞭解，進而改變教法。」—1000330 團聚心得，興興老師

3. 自我肯定可增長教學信心

對教師而言，本研究重大的回饋之一是團隊教師群感受到自己的地位提升了，如研究者在研究日誌所述：

> 「當同儕認同我的看法或是接受我的建議時，的確讓人感到自己的成長；而學生的立即回應更讓我感到自己的重要，更肯定我的教學是有效的。」—1000320 研究日誌

4. 開放心胸有助於吸收新知

Hagger（1990）提出教師要與他人討論自己的教學並不容易，尤其是要自己在教室中所表現的行為，剖析於身邊都是同事的教職員辦公室之中，更是一件不容易的事。如同惠惠老師在聆聽呂老師分享的寫字教學經驗後，她說：

> 「伙伴的研習成長活動，重在同心同願且落實可用的課程中，所以這次活動顯得熱絡，而且討論頻繁，雙向式的溝通互達是非常需要的。」—1000330 團聚心得，惠惠老師

5.團隊合作更有教學創意

當教師在提供教學演示、分享教育理念及教學經驗時，自己本身也獲得建設性的回饋（歐用生，1995；Huling-Austin，1992）。例如在團隊聚會時，容容老師說：

> 「看似平凡的教學內容，在教師群的設計與努力下，變得精彩活潑，吸引學生目光，而多元化的教學活動，讓學生有更豐富的學習內容。這多人設計的課程確實活化教學，使老師更能輕易達成目標，也提高學生意願。」—1000320 團聚心得，容容老師

美美老師回應說：

> 「我覺得上一堂課的好、壞，對我的心情影響很大，尤其是有其他教師在場時，特別是透過團隊成員的反應和回饋，所以我會很希望自己的表現都能維持在自己的標準上，也因此自己會多加準備。我更清楚自己該怎麼做會更好。」—1000320 團聚心得，美美老師

州州老師也說：

> 「教師專業社群讓平日忙於級務或教學工作的老師，得以有機會可以聚集溝通分享教學心得，交換教學經驗，並進而凝聚在教學各領域有專長的老師，能互相協助交流，造福嘉惠孩子的學習，促成所謂：『三人同心，其利斷金』，其效果是不言可喻。」—1000320 團聚心得，州州老師

綜上所述，可見本研究提供團隊教師群互相觀摩，共同討論、經驗分享、彼此回饋的機會，而在討論、對話以及各種活動的參與過程中，成員間成為彼此成長的伙伴，從中促進教師專業發展。

五、結論

綜合本研究的國字筆畫筆順有效教學策略實施情形，和學生、家長、教師在教學實務應用上的受益情形，本研究做出如下結論：

（一）本研究實施的「國字筆畫筆順有效教學策略」具有創新性、永續性、推廣性和普及性

1.創新性：

本教學策略在既有生字課程上創新，不但融入寫字口訣、且以互動式媒體輔

助教學的進行，提供學生多元化學習經驗。

2. 永續性：

本教學策略有助於學生建構國字筆畫筆順正確書寫能力，培養學生帶著走的能力，增進學生終身學習。

3. 推廣性：

本教學策略經由團隊研討、參與，親、師、生在反思與回饋中學習成長，值得推廣。

4. 普及性：

根據《國民中小學九年一貫課程綱要》基本理念，語言文字是學習及建構知識的根柢，本教學策略在現行課程基礎上增進學生識字與寫字能力，深具普及性。

（二）本研究讓學生、家長、教師在教學實務應用上均受益

本研究讓學生、家長、老師在教學實務應用上均受益，詳加說明如下：

1. 對學生而言：

團隊教師群塑造積極學習氣氛並提供多元化學習活動，對學生的學習表現產生正面影響。

2. 對家長而言：

團隊教師群顛覆了傳統僵化的教育體制，將家長引入學校教育情境與活動，迸發多元價值的服務學習。

3. 對教師而言：

團隊教師群在協力合作中，分享教學經驗與反省，不但以開闊的心胸吸收新知、增進教師教學技巧的研究與發展，更透過團隊溝通合作，與同儕建立專業支持關係，且在教師合作機制下，達到資源共享；此舉不但有助於豐富教育工作內涵，更有助於教師專業發展。

參考資料

王文科（1990）。質的教育研究法。台北：師大書苑。

王志成（1999）。國民小學常用獨體字初探。載於民國以來國民小學國語課程教材教法學術研討會論文(171-199頁)。國立新竹師範學院，新竹市。

王惠君（2003）。部件識字策略對國小學習障礙學生識字成效之研究。國立彰化師範大學特殊教育學系在職進修專班碩士論文，未出版，彰化市。

王瓊珠（2005）。高頻部首/部件識字教學對國小閱讀障礙學生讀寫能力之影響。台北市立師範學院學報，36(1)，95-124。

丘慶鈴（2003）。避免小學生寫錯別字之教學策略。國立新竹師範學院台灣語文教育學系碩士論文，未出版，新竹市。

江新合（1994）。國中理化科教師的教學行為與其信念體系之相關研究。國科會專題研究計畫成果發表（NSC-83-0111-S-017-012）

何三本（1996）。兩岸小學語文課程識字寫字教學比較研究。東師語文學刊，7，40-44。

李暉（1993）。國中理化教師試行建構主義教學之個案研究。國立彰化師範大學教育研究所碩士論文。未出版。

李瑩玓（2004）。寫字困難學生寫字特徵之分析。師大學報：教育類，49(2)，頁43-64。

呂美娟（1999）。基本字帶字識字教學法對國小識字困難學生成效之探討。國立臺灣師範大學特教研究所碩士學位論文。

吳淑娟（2001）。國小閱讀理解困難學童之詞彙能力分析研究。 國立臺灣師範大學特教碩士學位論文。

余禮娟、馮淑慧（2000）。書寫障礙學生個案實例教學。特教園丁，15(3)，26-29。

高敬文（民77）質的研究—實施歷程與發現邏輯之評估。輯於：質的探討在教育研究上的應用學術研討會論文集，屏東師範學院，頁45-66。

高強華（1997）個案研究法，載於黃光雄、簡茂發主編：教育研究法。台北：師大書苑。

袁肇凱（2005）。高雄市教育優先區國小學生中文錯字分析之研究—以紅毛港海汕國民小學為例。國立中山大學教育研究所碩士論文。未初版。

陳慶順（2000）。識字困難學生與普通學生識字認知成分之比較研究。國立臺灣師範大學特教系碩士學位論文。

陳美文（2002）。國小讀寫困難學生認知能力之分析研究。國立台灣師範大學特殊教育系碩士學位論文。

歐用生（1995）。質的研究。台北：師大書苑。

歐用生（1996）。教師專業成長。台北：師大書苑。

顏慶祥、湯維玲。（1998）我國實習輔導教師專業發展之研究。行政院國家科學委員會補助專題研究計畫（NSC-87-2413-H-153-011-F9）

羅明華（1996）。國民小學初任教師實務知識的發展及其影響因素之個案研究。
　　國立花蓮師範學院國民教育研究所碩士論文。未出版。

Cuba, E.G. & Lincoln, Y. S.(1982). Effective evaluation, CA:Jossey-Bass.

Goetz, J. P. & LeCompte, M.D.(1984).Ethnography and qualitative desing ineducational
　　research. Orlando, FL:D.C.Heath & Co.

Hagger, H, (1990). The impact on the schools. In P. Benton (Eds.), The OxFord internship
　　scheme: integration partnership in initial teacher education. pp:101-112. London :
　　Calouste Gulbenkian Foundation.

Huling-Austin, L. (1992). Research on learning to teach: Implication for teacher induction
　　and mentoring programs. Journal of teacher education. 43(3) pp:173-180

Yin, R. L. (1984).Case study research, design, and methods. Beverly Hills, CA:sage.

從多元思維解析傳統詩歌之教學

——以杜甫〈客至〉為例

耿志堅[*]

壹、前言

　　教學活動是教師在課堂上藝術的展現，是在把枯燥的知識，轉化為美輪美奐的藝術形式。尤其是詩歌教學，就像是引導學生欣賞一幅畫作，因為畫作太寫實、太逼真，彷彿是一張照片，就缺乏了靈性，一定要有創作者思維的表達，才會具有深度，但也必須有專家的說明、導引、提示，欣賞者才能進入畫的境界裡。詩歌的鑑賞與深究也是如此，詩人在創作時，若是用大白話敘寫膚淺的事物，那就失去了深度。因為讀者無法細細的從中品味文句裡音律節奏的美感，不能從文字之間發現作者隱含的深層語意，就無法體會到文字創作的藝術。

　　傳統的詩歌教學，國文科教師大多仍以課文的題解、作者、詩文解析、音律結構、修辭手法，採取注入式的、記憶性的教學形式，進行整個的教學活動，它的優點固然是能有效的掌控教學進度，可以主動提示的教學內容裡的基本知識，但卻可能壓縮了教學活動裡的創意與多元思維，扼殺了學生的學習性趣。因為詩歌是文學作品裡，文字最精練、節奏最整齊、音律最完美的藝術創作。在簡潔的幾個字裡，卻可能隱含著作者內心裡的千言萬語。所以課堂裡的詩歌教學，它應該涵蓋了精神的陶冶、文藝的欣賞，還要有語義的深究，弦外之音的發掘，培養學生多元思考的閱讀能力。

　　自九年一貫教改的推動以來，國文科教學法的新趨勢，即是令教師勇於突破限制，以多元的教學內容、多元的教學設計、多元的教學策略，透過敏銳的思考與多元的理解，增進學生的閱讀能力，加深學生的人文素養，進而提升學生對文學作品的鑑賞能力。

　　筆者在學校的教學碩士班，講授教學設計、教學法專題，以及最近的拙作，一直扣緊「多元思維」這個主軸，進行範文教學的導引與設計。本篇論文，係以一篇國中課本裡所收錄的七言律詩為例，進行多元思維教學導引的教學示例，希望將個人的構思，與教育同好們分享。

關鍵詞：詩歌教學、多元思維教學、杜甫、客至、教學設計

[*]彰化師大國文系教授

貳、理論基礎

一、多元思維教學目的

　　教學活動的進行，學生需要教師的激勵，尤其國文科教師想要在教學活動中，獲得熱烈的回應，就要善於做好教學活動的規化。在進行範文教學時，利用多元思維，提出創新的思索途徑，使詮釋的視野放寬，如此教學活動才能靈活、變通，才可使學生的思維，依循著教學導引，呈擴散思維、逆向思維、橫向思維、縱向思維，以及突發的靈感，做聯想、做發揮。

　　當然在導引學生思索時，學生的思維有時是天馬行空的，出人意料的神來一筆，但這也可能是激發學生創思的線索。如果教學只是千篇一律，人人抱著教師用書、教師手冊、參考書，把資料往下搬，那麼國文科教學，當然就失去了新鮮感。劉顯國《說課藝術》指出：

> 閱讀教學的一個重要任務是思維訓練，引導學生質疑釋疑是思維訓
> 練的重要手段。閱讀過程中，學生從無疑到有疑，從質疑到釋疑，
> 是閱讀和思維能力的發展和提高。[1]

　　國文科的教學活動，需要師生間的互動，相互激盪，才能創造新思維，發現新的論點，而過去傳統的教學形式，已經不足以滿足現今學生的要求。邰啟揚、金盛華《語文教育新思維》也指出：

> 語文教育設計應努力體現教師的創新意識與創新能力，…要結合教
> 學實際有自己的新意、或新的體味、新的角度、新的程序、新的方
> 法。…不顧教學內容地採用同一模式 "千課一律" 的教學安排肯定
> 是不可取的。[2]

　　也就是說，教學思維應該是靈活的。筆者在作教學問題設計時，習慣於先瞭解作者，從作者的家世背景、成長過程、生活狀況、為官經歷、政治局勢、人際關係，先行著手進行理解，再看作品寫作的時間，和前面的因素做比對，找出作者為什麼寫作這篇文章？可能的動機是什麼？當時的心境如何？如果角色互換，我就是作者，寫作這篇文章，每段文句想要表達的言外之意是什麼？在方法上，利用文字的諧音做聯想，或是從文句做逆向的反思，以及問題的假設，使文章彷彿變成一團團的謎。接下來，不是憑空猜測，而是搜尋資料，挖掘可能的真實面。再從作者相關的作品、前人的論述、語言的邏輯，再以直覺的觸發探索問題。如此一篇文章，就可能有許多的發現，這就是從多元思維裡，營造出閱讀的

---

[1] 劉顯國：《說課藝術》（北京：中國林業出版社，2000年），頁134。
[2] 邰啟揚、金盛華：《語文教育新思維》（北京：社會科學文獻出版社，2001年），頁243。

樂趣、閱讀的發現、閱讀的成就感。教師若能以此影響學生的學習態度，當然可以改變學生在思維上的習慣，尤其是在閱讀上思考問題的角度，也就更多元化了。以下筆者即以杜甫＜客至＞這篇七言律詩爲例，做如下的說明。

二、範文教學導引示例

本文收錄於南一版《國中國文2‧第四課》：
＜客至＞：肅宗上元二年（761）

> 舍南舍北皆春水，但見群鷗日日來。花徑不曾緣客掃，蓬門今始為君開。
> 盤飧市遠無兼味，樽酒家貧只舊醅。肯與鄰翁相對飲？隔籬呼取盡餘杯。

這是一首七言律詩，目前收錄在南一版《國民中學國文2》，課文導讀云：「詩中寫當縣令的崔姓朋友來訪，杜甫欣喜萬分的心情，殷勤待客的情誼。」過去國立編譯館的版本則未收錄。

（一）、首句「舍南舍北皆春水，但見群鷗日日來。」引發的思索：

1、爲什麼作者要用「舍南舍北」這幾個字開頭？「北」是入聲字〔-k〕尾字，「南」是閉口音〔-m〕尾字。春天來了，杜甫爲什麼不用聲音輕快、活潑、明亮的字開頭呢？

2、「春」本應是充滿生機和希望的，它是一年的開始，但對一位經歷戰亂流離失所，最後依靠好友（高適、嚴武）接濟，才能勉強安定過日子的杜甫而言，「春」的感覺是什麼？是鄉愁更添加了一層嗎？是期盼還鄉的心境又煎熬了一年？

3、「水」的感覺是什麼？是「逝者如斯，不舍晝夜」如時間快速的流逝？是「過盡千帆皆不是」的等待？還是「日日思君，不見君」的相思？亦或「烟波江上使人愁」的鄉愁、「惟見長江天際流」別離？

4、「舍南舍北皆春水」句中「皆」字，是興奮、期待還是鄉愁？

5、「但見群鷗日日來」，爲什麼是「但見」？是期盼很久了嗎？還是把鄉愁寄託在來訪的「群鷗」呢？亦或是爲下文的客至，呼應在這草堂好久沒有訪客作伏筆？

6、作者爲什麼只見「群鷗」日日來，沒有其他的鳥來造訪嗎？「群鷗」是來自他的故鄉嗎？這裡是借見到來自故鄉的「鷗」鳥，彷彿如見到故鄉的人嗎？另外「鷗」是《廣韻》「侯」韻字，即《詩韻》「尤」韻字，「尤」韻多爲愁苦的聲音，那麼「群鷗」是在加重鄉愁的語氣嗎？

7、「日日」是入聲字，在聲音上是兩個連續的短促音，又修辭學裡以「疊字」有「加深情意的好處」，[3]那麼「日日」是在表達杜甫殷切的期盼嗎？

---

[3] 董季棠：《修辭學析論》（台北：益智書局，1988年），頁354。

8、最後的「來」字，是「飛過」還是「來到」杜甫所居住的「草堂」？這個字所要表達的用意是什麼？

（二）、次句「花徑不曾緣客掃，蓬門今始為君開。」，引發的思索：

1、「花徑不曾緣客掃」，在這段詩句裡「花徑」所指為何？是通往草堂大門的道路呢？還是大門前長滿了花草的小路？「花瓣」的形狀像「心」的樣子，那麼此處是否可聯想為思念故鄉的心？

2、花徑之不清掃，是落花太多掃不勝掃？還是杜甫疏賴不想清掃？是杜甫為欣賞落花的情景不願掃？還是因為寄居四川心在故鄉無心去掃？是沒有訪客所以不掃？還是因為沒有身份特殊的人來訪，所以沒有必要清掃？

3、句中的「不曾」是「從不」，還是「不輕易」的意思？亦或是「沒有必要」？如是承（1）最後面的提問，能聯想為一片片思鄉之情，使得詩人不再願意多想其他的事情？

4、「緣」字的目的是在強調訪客重要性嗎？還是在表達太久的時間沒有訪客了？

5、「蓬門今始為君開」，在這裡「蓬門」只是指草堂的大門嗎？是否在暗指思緒為「煩亂的心」、「荒蕪的心」、「等待的心」呢？也就是有形的「蓬門」因客至而開，無形的「心扉」，因客至而開朗，是這樣嗎？

6、「今始」二字在表示期盼了很久，終於等到了的意思嗎？

7、「為君開」是不曾為別人打開的門扉？還是不曾有人到訪的門扉？亦或是關閉已久的心扉？

8、這整段詩句在文字是快樂的場景，詩人真正要呈現的心境是這樣嗎？

（三）、第三句「盤飧市遠無兼味，樽酒家貧只舊醅。」引發的思索：

1、「盤飧市遠無兼味」是在說明自已的生活貧困，還是居住的地方離市集很遠呢？還是一句客套話，如現今的「粗茶淡飯招待不周」呢？

2、既然「市遠」而崔明府又是他的「貴客」為什麼不早幾天就趕去市集呢？

3、「無兼味」是指餐桌上只準備了一樣菜，還是指客氣的話？此外杜甫是否因為和崔明府為親戚的關係，因此據實陳述生活現狀？亦或是怕客人誤以為誠意不夠呢？

4、請你運用想像力，營造兩個情景：A、寫這句話時崔明府還沒有到訪，杜甫在呈現怎樣的心境？　B、寫這句話時崔明府正在和作甫一起用餐，作甫的心境又是如何呢？

5、「樽酒家貧只舊醅」，「樽酒」必是詩人自家釀製的酒，是否也是因為「市遠」的緣故，所以沒有用更好的酒來招待崔明府呢？還是如句中所云的「家貧」，強調這已經是唯有的一罐酒了？

6、「只」舊醅，說明了這是家裡唯一能夠拿出來的東西，從這個字你能聯想到那些情景或心境的表達？

7、「盤飧市遠無兼味、樽酒家貧只舊醅」，上下都是「倒裝句」，應解為「因為市遠，所以盤飧無兼味；由於家貧，所以樽酒只舊醅」。倒裝句的運用，除了是在詩律的平仄，上句「平平仄仄」，下句「仄仄平平」的因素外，就是要突顯「盤飧」和「樽酒」這兩件有形的招待，杜甫為什麼要做這樣的安排呢？

（四）、第四句「肯與鄰翁相對飲，隔籬呼取盡餘杯。」引發的思索：

1、「肯與鄰翁相對飲」這是和「訪客」商量的語氣，請你發揮聯想：菜餚和酒已經並不豐盛了，為什麼還要「呼」鄰翁來對飲呢？

2、杜甫和訪客是親戚關係，戰亂久別之後，一定有許多想要打聽的話，加上一位鄰家老翁，話題必然不能相互契合，那麼杜甫邀請他來的目的是什麼呢？

3、這一小段詩句，是在表達杜甫的好客嗎？還是表達熱情的歡迎來訪的訪客？還是刻意營造一個歡樂的氣氛？還是藉此逃避一些必然會觸及的話題？

4、「隔籬呼取盡餘杯」這段詩句和上文的關係，是「如果」你肯答應，我「就會」去邀請。表示此時尚未呼叫「鄰翁」，杜甫為什要做這樣的商量呢？

5、由詩句中的「呼」字來看，杜甫此時是怎樣的心境？既然是「隔籬」呼叫，那麼是老翁聽力退化了嗎？還是杜甫興奮的動作？

6、「盡」餘杯，「盡」是喝光，杜甫呼叫鄰居老翁來，三人將本已所剩不多的酒一飲而盡，為什麼要這麼做？

7、請你發揮聯想，當酒食已盡，賓主盡歡之後，緊接著的場景會是怎樣呢？當依切恢復原狀，杜甫的感受又是怎樣呢？

提出這一連串的問題，目的就是要導引學生作出多元思維的聯想，只要有可能，就可以作假設的提問。但思索問題，首先要從了解作者著手，因此下文裡，筆者先對杜甫作一個簡要的年譜，從這裡面對杜甫的一生做個全盤的認識，尤其是他的家世背景、人生經歷，都是和寫作風格分不開的，要瞭解這首〈客至〉，當然也需要從許多小地方去推敲，才能掌握到杜甫當時可能的心境。以下為杜甫的生平事略：

△祖父　杜審言　唐高宗咸亨元年（670）進士，武后時任膳部員外郎，唐中宗神龍元年，因諂附張易之兄弟，被流放峰州，後被召還，授國子監主簿，加修文館直學士。景龍 2 年（705）卒。少時與李嶠、崔融、蘇味道並稱「文章四友」，晚年與沈佺期、宋之問唱和。文才在初唐時期享有盛名。

在詩歌的成就上，莫礪鋒《杜甫評傳》云：[4]

---

[4] 莫礪鋒：《杜甫評傳》（南京：南京大學出版社，1988 年），頁 24、29、30。

首先是聯章的五言律詩…杜審言有篳路藍縷之功，…其次是五言排
律…杜審言的五排既長且工。

杜甫詩作的成就，應係承襲祖父的風格，且影響杜甫甚鉅。

△父親　杜閑　唐玄宗開元末任兗州司馬，天寶 5 年調任奉天令。

以下為杜甫的生平傳略：

唐玄宗先天元年（712）1 歲，出生於河南鞏縣瑤灣村。

　　開元 3 年（715）4 歲，寄養於洛陽姑母家。

　　開元 6 年（718）7 歲，始學作詩。

　　開元 13 年（725）14 歲，在洛陽與崔尙、魏啟心等交游。

　　開元 18 年（730）19 歲，游晉至郇瑕。

　　開元 19 至 22 年（731−734）20−23 歲，漫遊吳越。

　　開元 23 年（735）24 歲，自吳越返回洛陽，赴京兆貢舉不第。

　　開元 24 至 28 年（736−740）25−29 歲，游齊趙。

　　開元 29 年（741）30 歲，自齊趙歸洛陽。與司農少卿楊怡之女結婚。

　　天寶元年至 3 年（742−744）31−33 歲，居洛陽。

　　天寶 4 年（745）34 歲，再游齊趙。秋末歸洛陽。

　　天寶 5 年（746）35 歲，至長安，與王維、鄭虔等游。

　　天寶 6 年（747）36 歲，正月，應詔就試，被李林甫黜落不第。

　　天寶 7 年（748）37 歲，歸偃師陸渾山莊。

　　天寶 8 年（749）38 歲，在洛陽。

　　天寶 9 年（750）39 歲，至長安，生計窮困潦倒。

　　天寶 10 年（751）40 歲，獻＜三大禮賦＞，玄宗覽之以爲奇。命待制集
　　　　賢院，召試文章，以參加候選序列。試後，復被宰相陳希烈所忌，
　　　　未予重視，進仕之路更無可能，效力朝廷的願望付之東流[5]，加上
　　　　杜閑已經去逝，經濟來源斷絕，自此於長安過了十年貧困的生活。

　　天寶 11 年（752）41 歲，秋，與高適、薛據、岑參、儲光羲登慈恩寺塔
　　　　賦詩。（此時高適 53 歲，尙未被薦入哥舒翰幕，於長安閒居。岑參
　　　　36 歲，因天寶 10 年秋高仙芝兵敗，回長安閒居。儲尖羲 46 歲，任
　　　　監察御史）。

　　天寶 13 年（752）41 歲，玄宗封西嶽，乃進＜西嶽賦＞，因未受眷顧，
　　　　內心極爲失望與懊喪。

　　天寶 14 年（755）44 歲，秋，往奉先（陝西蒲城）省親，10 月返長安，
　　　　進＜雕賦＞，被任河西尉，以官位卑微，及遷居時缺乏盤纏，婉謝
　　　　不就。後改任右衛率府冑曹參軍。11 月赴奉先省親。11 月，安祿
　　　　山叛變攻陷河北諸郡，12 月據東京洛陽。

---

[5] 胡豈凡：《杜甫生平及其詩學研究》（台北：文史哲出版社，1978 年），頁 39。

天寶 15 年（肅宗至德元年・756）45 歲，4 月往奉先攜家至白水（陝西白水），依舅氏崔頊，6 月潼關失守、白水告急，再攜家避亂至鄜州（陝西富縣）羌村（於鄜州城北）。8 月聞唐肅宗即位於靈武，乃隻身赴延州（陝西延安）欲自蘆子關（陝西橫山附近）投奔靈武，半途因鄜州一帶之官軍投降，爲叛軍脅迫，裏隨難民到長安，與家人離別。8 月 15 日作＜月夜＞。高適於 12 月統兵渡淮出擊叛軍李璘。

唐肅宗至德 2 年（757）46 歲，春，在長安，3 月得弟於平陰[6]（洛陽之平陰城）所寄之書信，作＜春望＞。4 月逃至鳳翔，謁肅宗。5 月授左拾遺。僅隔數日，因諫處分房琯案，得罪肅宗，詔三司推問杜甫，賴宰相張鎬營救，而免其罪，自此肅宗疏遠杜甫。閏 8 月離開鳳翔往鄜州省親。11 月長安收復，攜家自鄜州返長安。9 月廣平王李俶率軍 15 萬克復長安，10 月收復洛陽，肅宗還長安，11 月杜甫攜家自鄜州返回長安。12 月史思明奉表歸降。

至德 3 年（乾元元年・758）47 歲，春、夏在長安，仍任左拾遺，與王維、岑參、賈至等唱和。6 月因房琯、嚴武、劉秩案，以杜甫曾上書營救房琯，與之爲朋黨，貶華州司功參軍，自此杜甫未再回到朝廷。冬，由華州赴洛陽。10 月郭子儀、季廣琛、崔光遠會於衛州，大敗安慶緒，獲其弟安慶和殺之。寫＜三吏＞、＜三別＞。

乾元 2 年（759）48 歲，3 月史思明率精兵 5 萬，於安陽、河北大敗李光弼、王思禮、許叔冀、魯炅先等官軍，官軍慘敗洛陽危急，乃自洛陽返華州（陝西華縣）。7 月棄官，攜家往秦州（甘肅天水縣）。10 月往同谷（四川成縣）。12 月舉家往成都，於草堂寺寓居（約 3 個月）。

乾元 3 年（上元元年・760）49 歲，至成都，生活尚無著落。春，於親友幫助下，於草堂寺三里遠之浣花溪畔，築草堂（在此居住約 5 年）。幸裴冕爲成都府尹、嚴武長巴州、高適時爲彭州刺史（成都北 92 里）獲得接濟，3 月建草堂於成都浣花溪畔（成都西 5 里）。閏 3 月史思明入洛陽，6 月田神功破史思明於鄭州。9 月郭子儀出鎮邠州，21 日制郭子儀統諸道兵自朔方直取范陽。秋，杜甫往新津會裴迪，又往彭州會高適，旋返成都。11 月李光弼攻克懷州，洛陽尚未收復。

上元 2 年（761）50 歲，初春，作＜客至＞，2 月赴新津修覺山[7]，3 月復歸草堂。史思明爲史朝義所殺。4 月梓州（四川三台）刺史段子璋反，於綿州自稱梁王，5 月成都尹崔光遠拔綿州，斬段子璋。冬末，嚴武爲成都尹訪杜甫。

---

[6] 李辰冬：《杜甫作品繫年》（台北：東大圖書公司，1977 年），頁 8。
[7] 同前註，頁 70。

　　唐代宗寶應元年（762）51歲，春，王掄為彭州刺史，高適為蜀州刺史，因事赴成都，杜甫邀之同來。春夏在成都。4月5日玄宗卒，18日肅宗卒。5月嚴武再至草堂。代宗4日20日即位，嚴武因葬玄宗、肅宗時為二聖山陵橋道使入朝，7月送嚴武至綿州，遇徐知道造反，赴梓州，秋末迎家至梓州。10月雍王李適為天下兵馬元帥，會各道節度使及回紇於陝州，克洛陽及河陽，乘勝追逐史朝義，至鄭州，再戰皆捷，11月間撰〈聞官軍收河南河北〉。

　　廣德元年（763）52歲，大部份時間在梓州。10月，吐蕃攻入長安，代宗出奔。

　　廣德2年（764）53歲，春，攜家至閬州（四川閬中縣），擬出蜀。3月嚴武復鎮蜀，來書相邀，乃攜家返成都。6月嚴武薦杜甫為節度參謀、檢校工部員外郎（從六品上）。9月劍南節度使嚴武破吐蕃七萬眾，拔當狗城（四川蕃縣）。

　　唐代宗永泰元年（765）54歲，正月辭嚴武幕府參謀（僅6個月），還歸草堂。4月嚴武卒，杜甫因此失去憑依。5月攜家東下至雲安。

　　大曆元年（766）55歲，春居雲安，夏初移居夔州（四川奉節）。

　　大曆2年（767）56歲，在夔州。

　　大曆3年（768）57歲，正月出峽東下，3月至江陵，秋移居公安，冬末至岳州。

　　大曆4年（769）58歲，正月離開岳州，3月至潭州，又至衡州，夏復返潭州。

　　大曆5年（770）59歲，4月因臧玠叛亂，擬往彬州依附舅氏崔瑋，阻水爨陽，復返潭州。冬，自潭州赴岳州，卒於途中。

　　從以上的表列，可以看出杜甫的幼年時期，應是意志飛揚，自19歲起遊晉至郇瑕，再漫遊吳越、齊趙，雖然兩次應試不第，但日子還是可以過得去。只是30歲以後，百無一成，開始窮困潦倒。究其緣由，就是因為杜甫沒有擠身於仕途，遠離權貴和富裕的生活，以及生活艱困的緣故。但卻因此使他更加接近基層的百姓，開始將精神全力投入到對社會現象的觀察。至天寶14年安祿山造反，杜甫更是日食難以為繼，在貧困與失意的夾擊下，歷盡千辛萬苦。即使到了四川，得到好友高適、嚴武等人的資助，日子也只能說是短暫的溫飽，〈客至〉是上元2年（761）的詩作，此時杜甫在成都已經有一年多，而出任檢校工部員外郎則是廣德2年（764）的事。當時的杜甫正是依賴好友接濟渡日的時候，因此分析這首詩，必須在把寫作背景弄清楚了以後，才能掌握詩文裡深層的內涵。

　　深究這首〈客至〉，在前文所做的提問裡，首聯上半句「舍南舍北皆春水」，從杜甫的〈田舍〉、〈水檻遣心二首〉、〈絕句漫興九首〉、〈江畔獨步尋花七絕句〉等詩作，可知草堂一帶的景色幽美宜人，視野開闊，生機盎然。因此這段詩句，可以從兩個角度來看。第一、以「恬淡閒適」的方向來看杜甫，春天到了一片盎然的生機，使他對眼前的境遇暫時拋卻，展現出「和諧」的氣氛。也許他

在多年的戰亂中，歷盡了滄桑，貧困到三餐無以爲濟，這片刻的悠閒，使他忘懷一切不如意的事，悠然自得。第二、從「客愁思鄉」的方向來看杜甫，「春水」所帶來的是新的一年又來了，他在這裡又苦等了一年，「水」有時光快速流逝的意涵，也有鄉愁、思念、等待的語意，杜甫在四川只是客居，是不得已來到這裡，此時的日子，落魄到依靠好友的接濟爲生，「舍南舍北」的「春水」，使他所想到的，難道不是時間的流逝、自己的衰老、思鄉的殷切嗎？

此外句中的「皆」字，更有加重語氣的作用，它可以解讀爲「春意」的濃度，也可以視爲「鄉愁」的深度，這就要看讀者用什麼角度來詮釋這首詩了。再又杜甫在詩的一開始，將草堂的四周，以「舍南舍北」來敘寫，固然是音律上爲「平平仄仄」，然「南」「北」二字，前者爲「閉口音」，後者爲「入聲音」，何以不用「房前」「屋後」，而用了兩個聲音響度不明亮的字，看來他在此時的心境應該是「鄉愁」多於「春意」的緣故。

首聯下半句「但見群鷗日日來」，也可以從幾個角度來看。第一、「群鷗」之所以「日日來」，是因爲杜甫的草堂在浣花溪畔，春天到了水鳥自然成群結隊的來到這裡，爲春天憑添了盎然生機與熱鬧的景象，爲生活潦倒的杜甫暫時忘懷一切煩惱。第二、群鷗，在古人筆下常常作水邊隱士的伴侶，它們「日日」到來，點出環境清幽僻靜，爲作者的生活增添了隱逸的色彩。「但見」，含弦外之音：群鷗固然可愛，而不見其他的來訪者，不是也過於單調麼！[8]第三、「群鷗」之「日日來」，何以在句首用「但見」二字？杜甫所見到的「只有」群鷗嗎？當然不只。那麼他是視而不見，還是目光的集中呢？亦或是期盼了許久終於盼來了？「鷗」在《詩韻》爲下平聲「尤」韻字，多爲愁苦的聲音，「群鷗」是否爲鄉愁的更深更濃。杜甫客居四川，並非爲官，而是逃避戰亂，不得已漂泊至此。也許是春日見群鷗自家鄉的方向飛來，彷彿故人一般來到草堂，但牠們畢竟不是故人，在日思夜想之下終於盼來了，而群鷗的「日日來」，也可以稍解思鄉之苦，並爲下文「崔明府來訪」做伏筆。

領聯上半句「花徑不曾緣客掃」，可以從幾個方向來思考。第一、「心境的疏懶」，如與本詩同時的詩作＜西郊＞：「時出碧雞坊，西郊向草堂。市橋官柳細，江路野梅香。傍架齊書帙，看題減藥囊。無人覺來往，疏懶意何長。」[9]句中「無人覺來往，疏懶意何長」，情景相同。說明草堂沒有訪客，即使落花滿地都是，詩人也懶得天天去清掃，表現了「他在閑逸的江村中的寂寞心情」[10]。第二、「客居異鄉」無心清掃，花徑的花瓣散落滿地，彷彿一片片失落的心，詩人遠離家鄉已經有一段時間了，然而前方所得到的消息，使他無法興奮起來，寄人籬下的日子，終就不如返回故鄉，因此思鄉的期盼一再落空，如花瓣之散落滿地，已經沒有心情再做返回故鄉的期待了。第三、用互文見意，以表現客至的喜悅：「花徑不曾緣客掃」，花徑今始爲君掃；「蓬門今始爲君開」，蓬門不曾爲客開。」[11]

---

[8] 王熙元、汪中、曾永義：《革新版唐詩三百首》（台北：地球出版社，1999 年），頁 686。

[9] 清聖祖御訂：《全唐詩》（台北：文史哲出版社，1978 年），頁 2433。

[10] 同註 10。

[11] 黃永武、張高評：《唐詩三百首鑑賞》（台北：黎明文化事業公司，1986 年），頁 598。

　　頷聯下半句「蓬門今始為君開」，可以從兩個方向來思考。第一、心境是「興奮」的，夏松涼指出「（杜甫）身在異鄉，獨處茅屋，在淒涼寂寞之中，交誼深厚的崔明府來訪，真不啻是空谷足音！"蓬門今始為君開"七個字表面上看平平淡淡，但和上文聯繫起來，一種強烈的喜悅和感激之情却溢於言表。」[12]，草堂的大門，終於因為有貴客來訪因而敞開。第二、將「蓬門」解為「疏懶的心情」，即杜甫因崔明府來訪，心境豁然開朗，將思鄉客居的「愁」一掃而光，興奮之情意於言表，使上下文，一為疏懶、一為興奮；一為沉悶、一為開朗。藉外在的情景映襯內心的變化。

　　頸聯上半句「盤飧市遠無兼味」，這段詩句的思索，第一、從文字的表層意義來看，是盤裡的菜餚，因為草堂距離市集遠的緣故，所以準備的很少。藉「市遠」表達「無兼味」的原因。第二、「市遠」是藉口，「家貧」才是原因，亦即「盤飧因家貧而無兼味」，崔明府既是貴客又是親戚，詩人如此的興奮怎麼可能怠慢，但因家貧，「惆悵」的心情也就自然的流露出來。第三、這是一句「客套話」，如現今的「粗茶淡飯，招待不周」，「市遠」、「家貧」都是事實，但盤中的菜餚却已經是詩人滿滿的誠意了。

　　頸聯下半句「樽酒家貧只舊醅」，這段詩句的思索，第一、樸素率真表達「歉意」，夏松涼指出：「"舊醅"指明此酒乃是陳年未過濾的濁酒。古人飲酒，以新酒為貴，陳酒為賤…親友相聚，本是人生快事，理應榮盛酒醇。現在却因"市遠""家貧"，菜無"兼味"，酒只"舊醅"，心理自然抱有歉意。」[13]詩人當然想以豐盛的酒宴招待客人，表現自己的盛情，但因「家貧」實在是「力不從心」。第二、反襯自己的「真誠」，因為「盤飧」、「舊醅」己是杜甫傾家中之所有，「無兼味」、「只舊醅」，同樣也可以讓賓主盡歡。[14]尤其「舊醅」雖賤，依然在暢飲之時，足以溫暖賓主的心，展現自己竭盡所能的真誠。

　　尾聯上半句「肯與鄰翁相對飲」，這是杜甫「徵詢」客人，是否願邀鄰翁同飲，他的目的是什麼？這段詩句的思索方向有：第一、將酒席間歡樂的氣氛，推向更熱烈的場景，在賓主盡歡時，再邀請鄰翁共飲，使讀者感受到歡樂、盡興的感覺。第二、戰亂多年流離飄泊，今日故人來訪，心情自然是期待、興奮，但也有可能帶有些感傷，酒宴間二人談些什麼呢？多年不見，家鄉的情況、故人的安好、首都是現狀…詩人有太多的話想要詢問，然而這些無法避免的話題，必然會破壞酒宴的氣氛。客人來訪本應熱鬧一番，但無法避免的話題，需要有一位第三者來沖淡，因此刻意的呼鄰翁一同共飲，藉著鄰翁東一句、西一句的穿插，可以化解尷尬的場景，這也可以看出杜甫的細心之處。

　　尾聯下半句「隔籬呼取盡餘杯」，這是承上面的句子，若是你願意…的話，我就…。杜甫在草堂時期的詩作，有〈北鄰〉：「明府豈辭滿，藏身告勞。青錢買野竹，白幘岸江皋。愛酒晉山簡，能詩何水曹。時來訪老疾，步屧到蓬蒿。」

---

[12] 夏松涼：《杜詩鑒賞》（遼寧：遼寧教育出版社，1986年），頁319。
[13] 同上註。
[14] 同註13，頁599。

[15]；〈南鄰〉：「錦里先生烏角巾，園收芋粟不全貧。慣看賓客兒童喜，得食階除鳥雀馴。秋水纔深四五尺，野航恰受兩三人。白沙翠竹江村暮，相對柴門月色新。」[16]；〈過南鄰朱山人水亭〉：「相近竹參差，相過人不知。幽花敧滿樹，小水細通池。歸客村非遠，殘樽席更移。看君多道氣，從此數追隨。」[17]由第一首〈北鄰〉「愛酒晉山簡」，第三首〈過南鄰朱山人水亭〉「殘樽席更移」來看，他兩邊的鄰居都很能飲酒，因此這裡就不一定專指那一位鄰翁了。

思索這個句子，有幾個方向：第一、這是「歡樂」、「熱鬧」的場景，句中「呼取」二字，是大聲的嚷叫，表示情感的殷切，要不就是與鄰翁極為熟識、要好。因此鄰翁的加入，使酒興更濃，歡笑聲不斷，使首尾二句呈峰迴路轉之勢，營造了濃厚的人情味。第二、這是賓主「盡興」的場景，主人邀鄰翁共飲，直到飲畢整罈的酒，由於詩人「客居異鄉」，終於盼到了貴客的來訪，在心情上極為興奮，呼鄰翁共飲，表現了待客的熱忱，但飲畢「舊醅」之後呢？當訪客告辭以後，還是要回到寂寞、等待原點，此時詩人不正在藉熱鬧的場景，壓抑這種情緒嗎？

這首詩作在進行多元聯想時，要掌握到杜甫此時的處境、杜甫此時的年齡、杜甫一生的經歷、當時政局的變化。解析時將角色互換，推敲杜甫當時的心情、生活的處境、可能的想法，這樣設計多元思維的提問，再依提問發掘真相。如前文的設計即是：

1、悠閒→等待→春來→期盼→群鷗來→興奮→貴客來→設酒宴→呼鄰翁
　　→歡笑中結束

2、寂寞→等待→春來→思鄉→盼望→群鷗來→感傷→客至→興奮→家貧
　　→惆悵→呼鄰翁共飲→轉移焦點→盡餘杯→歡樂→送別→寂寞

3、客居→盼望（愁）→春來→思鄉（愁）→群鷗來→感傷（愁）→落花→
　　慵懶（愁）→聞客將至→迎客→家貧（愁）→呼鄰翁共飲→轉移焦點（愁）
　　→送別→孤寂（愁）

也許你會有更多的想法，只要合乎邏輯思維，文學的鑑賞應該是多角度的，因此任何詩歌都有可能產生出更多元的思維途徑。

參、結論

在詩歌的藝術殿堂裡，每一個細節都可能隱含著詩人的情感，在閱讀及鑑賞時，要能抓住詩文裡的語境，才能進一步掌握問題的根本。

詩人對生活周遭的感覺最為靈敏，總會以自己直覺的感受，對社會、對景物、對情感、對價值做出反應，尤其會將個人的人生觀、個人的遭遇，和自然的景物結合，將滿懷的熱情表現在字裡行間，因此詩歌的教學，一定要顧及詩人的情感因素，特別是要具體的掌握作品的創作背景，從詩文中體驗詩人的感情，用聯想營造詩歌裡的情境，甚至運用巧思跳脫出傳統的看法，這樣才能為藝術的鑑賞凝

---

[15] 清聖祖御定：《全唐詩》（台北：文史哲出版社，1978 年），頁 2434。
[16] 同上註，頁 2435。
[17] 同上註。

聚「美」的因素。對於創作，潘大華指出：

> 情境的想像力是作者虛構情節的一種智慧表現，它的根基來自於作
> 者的知識和閱歷，根據自己的生活經驗和主觀願望，推測和想像出
> 某種情狀和結果，它常常是頗帶虛幻巳彩的虛構假設。[18]

　　詩人在詩作裡，寫出了自己真實細膩的感受，鑑賞者要細細的咀嚼詩文裡，用字、音律、語境、節奏的美，更要如偵探一般尋尋覓覓，找出言外之意，教學導引的目的正是如此，從提問中引導學生運用多元思維，發現新鮮的問題、挖掘真實的情景、瞭解深層的意涵，思想才能豁然開朗，並且提升了閱讀的新境界。

　　換句話說國文科教學，就是要嘗試著推陳出新，培養敏銳的洞察能力。韋志誠指出：

> 將觀察到的事物與己有的知識或假設聯係起來思考，把事物之間的相
> 似性、特異性、重複現象進行比較，發現事物之間的必然聯係，獲得
> 新的發明和發現。[19]

　　詩歌教學，尤其是傳統文學裡的創作，教和學都需要有敏銳的思維能力，一字一句，甚至押韻平仄都不放過。在積極的發現、周密的求證、正確的分析、反覆的討論之後，每一首詩，都會得到更多的觸發，創造出新穎的思維形式，獲得異於前人的發現，開啓文學鑑賞的新途徑。這也是導引學生運用多元思維，進行閱讀、深究、鑑賞的一項成就感。

---

[18] 潘大華：《構思與創造》（武漢：華中理工大學出版社，2000年），頁33。
[19] 韋志誠：《語文教學思維論》（南寧：廣西教育出版社，1996年），頁186。

參考書目

（一）王熙元、汪中、曾永義：《革新版唐詩三百首》，（台北：地球出版社，1992 年）

（二）李辰冬：《杜甫作品繫年》（台北：東大圖書股份有限公司，1977 年）

（三）胡豈凡：《杜甫生平及其詩學研究》（台北文史哲出版社，1978 年）

（四）夏松涼：《杜詩鑒賞》（瀋陽：遼寧教育出版社，1986 年）

（五）韋志誠：《語文教育思維論》（南寧：廣西教育出版社，1996 年）

（六）莫礪鋒：《杜甫評傳》（南京：南京大學出版社，1933 年）

（七）陳文華：《杜甫傳記唐宋資料考辨》（台北：文史哲出版社，1987 年）

（八）黃永武、張高評：《唐詩三百首鑑賞》（台北：黎明文化事業公司，1986 年）

（九）潘大華：《構思與創造》（武漢：華中理工大學出版社，2000 年）

國語文課室觀察模式探究

江惜美[*]

摘要

　　本文旨在探究國內國語文課室觀察基礎模式，以提升教師專業發展能力。一方面透過課室觀察的重要與目的，舉出觀察實例，以提供教學者多元思考，做為今後教學的改進；另一方面，探討國內課室觀察與兩岸三地有何不同，以架構今後課室觀察的模式，提供第一線教師演示時參考應用。教學的對象是人，而人是一個有機體，因此，如果要求教師寫詳案，並依教案逐一呈現教學過程，雖然對教師難免束縛，也未必能完整表現課程內容；然而，若由教師自由發揮，隨性教學，則每一位教師授課風格不同，適用於甲者，未必適用於乙，教學效果也一定會產生落差。如何建立一套良好的課室觀察流程，供所有教師參考，為本文探究的重點。教師的專業教學能力要提升，必須透過一套課室觀察的模式，以科技整合評量工具，讓教師學會靈活的運用各種教學技巧，本文擬提供替代教學的模式，以供今後國語科教教師們參考。

關鍵詞：課室觀察、教師專業、觀察模式、教學風格

---

[*]銘傳大學應用中文系教授

壹、前言

　　我國記載教學的名篇——《禮記・學記》曾言：「學，然後知不足；教，然後知困。知不足，然後能自反也；知困，然後能自強也，故曰：『教學相長』也[1]。」這一段話，說出了教與學面臨困境時，應如何突破。自反與自強，重點在教學者與學習者身上，這是內省的工夫。至於外鑠呢？外鑠的力量，則可以透過「相觀而善摩」，使不善教者觀摩善教者，或善教者相互切磋，以臻於至善。

　　古代的觀摩法，就是現代的課室觀察法。它的重要性，在於破除迷思、打破制式教學，以尋求最好的教學模式，供其他教師學習、仿效。對教學者而言，他是示範者，引導者，必須在課前做最縝密的課程規畫，然後，採取最有效的教學方法，將教學內容完整的呈現，以達到具體的目標。對觀察者而言，必須從教學者的引導活動中，歸納出教學者在這一節課中，採取何種策略，討論哪些細節，要達到哪一項具體目標，以及是否達成了既定的目標？

　　假使教學者成功的詮釋了課文內容，純熟的應用有效的策略，然後達成了既定的目標，那麼，我們要進一步省思：這樣的方式是否可以加以複製，然後進一步推廣？反之，如果教學者未能掌握教學重點，以致偏離授課主題，未能達到既定的目標，那麼，我們也可以進一步思考：是否有其他的替代教學方式，可供教學者參考，然後協助未來教學者達到教學目標？如果課室觀察能朝這兩方面去努力，必能對所有教學者有實質的助益。

　　國內的課室觀察，由來已久，近年來為提升教師專業能力，更針對此一模式，發展觀課、記課與議課的討論方式，讓教學者與觀察者互相對話，反覆辨正，以收相觀善摩的實效。如何建立國語文課室觀察的模式，已是刻不容緩的事了。本文擬從「99 學年度北一區國語文課程與教學研討會」的課室觀察，提出觀課心得以及替代教學的模式，並進一步架構一套課室觀察的模式，以供未來教學者參考。

貳、觀課實例

　　民國 100 年 4 月 22 日，○○國民小學舉辦了一場課室觀摩，由王老師示範教學，教育部國語課程與教學輔導團團員們齊聚一堂，進行實際觀課活動。王老師示範的是翰林版第十二冊第八課〈水牛群像〉其中的第一、二、三段段意摘取。茲將這三段課文摘錄如下：

> 臺北市中山堂光復廳的前壁，有一幅巨大的浮雕，刻的是炎炎夏日下，五隻水牛在芭蕉園的蔭涼處休息，兩個村童騎在牛背上，其中一個手上拿著竹竿，竹竿上撐著斗笠，一副調皮的模樣。除了兩個騎牛，另外還有一個村童，同樣光著身體，卻是站在牛的身旁，雙

---

[1] 參孔穎達注《禮記・學記》第十八，《十三經注疏》，冊 5（臺北：藝文印書館，70 年 1 元月八版），頁 648。

手撫著牛的下巴，好像在跟牠說悄悄話。這一幅水牛群像的浮雕，作者是<u>臺灣</u>本土藝術家<u>黃土水</u>先生。

水牛群像長五百五十五公分，寬兩百五十公分，以水牛為視覺的焦點，五隻水牛有的低頭，有的抬頭，各具姿勢，配上緊實的肌肉，充分顯現壯碩健康的狀態；<u>黃土水</u>先生用線條來表現牛的骨骼和肌肉，為了讓牛有成群的空間感，他利用重疊的方式加以處理，使構圖富有變化。

<u>黃土水</u>先生在一九一五年，到<u>東京</u>的美術學校雕刻科深造。畢業後從<u>日本</u>回<u>臺灣</u>探親，並找尋適合雕塑的題材。他走遍<u>臺灣</u>南北，發現最能代表<u>臺灣</u>傳統鄉土氣息的，莫過於鄉下農村的牧牛圖。於是，他立刻租用一家碾米場的廠房，作為臨時工作室。為了表現水牛的身體特色，以及神情姿態，<u>黃土水</u>先生真是煞費苦心。他甚至透過關係，跑到屠宰場借牛頭、牛四肢回來翻製石膏模型，以了解水牛的身體特色。有趣的是，他還親自養了一頭水牛，和牠朝夕相處，對水牛的特性，自然就更瞭若指掌了[2]。

這一課所屬的單元名稱是「藝術天地」，前幾課從攝影、繪畫、音樂三方面，分別引導學生觀賞藝術活動，並說明藝術家的創作特色，而水牛群從浮雕作品，說明其創作過程和創作者的成就。在單元導讀裡，說明了本單元各課都是「記敘文」。

　　觀課之前，現場發放了這一課的教學活動設計，而「教材分析」一欄中，指出了水牛群像是一篇記人的記敘文。王老師嘗試著從段意切入，引導學生說出本課的文體是「記人」為主的記敘文。因此，在一節課四十分鐘裡，她設計了先讀課文，再討論水牛群像浮雕的內容，而後返回課文中，一段一段的引導說出段意，並著眼在「這一段是記人呢？還是記物？」從設計的理念中，可以看出王老師的認知裡，記敘文可細分為記人、記物等，要知道本文是以記人或記物為主，並須經過一番引導。

　　當學生坐定後，王老師要學生向後轉，向來賓行禮，然後小老師帶領全班同學讀課文。學生雖朗讀得十分整齊，但較缺乏抑揚頓挫的節奏。這時候，王老師適時的參與齊讀，整個朗讀活動頓時活潑起來。讀完課文，王老師糾正了兩個讀音：「悄悄話」、「先生」，並下了簡單的短評：同學們，今天的朗讀太平淡了！但很快的，老師請同學回憶水牛群像這幅浮雕。

　　水牛浮雕以 Power Point 呈現，王老師請全體學生看浮雕，並描述這幅浮雕的內容。以下是教師的引導內容：

---

[2] 見翰林版國民小學《國語》6 下（臺南：翰林出版公司，100 年二月初版），頁 48-50。

老師：這是什麼季節？你看到了什麼？

學生：在一個夏天，有三個村童帶著五頭水牛到芭蕉園。

老師：這三名村童的裝扮是怎樣的？能不能說得再仔細一點？

學生：這三名村童有兩個裸體。

老師：他除了裸體，還有什麼特別的地方呢？

學生：他用手摸水牛的頭。

老師：是摸著水牛的頭，還是摸著牛的下巴？

學生：摸著牛的下巴。（老師點頭。）

老師：還有別的村童呢？

學生：有一個村童手上拿著竹竿，竹竿頂著一頂斗笠。

老師統整本課大意為：「炎炎夏日當中，有三名村童牽著五頭水牛到芭蕉園玩。有兩名村童裸體，其中一位摸著水牛的下巴，有一位村童手上拿著長竹竿，頭上戴著斗笠。」

以上為研究者在觀課時記課的內容，從師生對答當中，可以概括水牛群像的內容。接著，教師讓全班同學將大意齊讀一次。開始第二部分的提問。

老師：這一課是什麼文體？

學生：記敘文。

老師：你覺得它是在記什麼？

同學：記人（有的答：記物。）王老師統計人數：記人：24 位；記物：9 位。然後很快的複習了記敘文的基本結構——原因、過程、結果，告訴全班學生：「讓我們一段一段的摘取段意，再看看這一課是記人，還是記物。」

老師：這一幅浮雕在什麼地方？

學生：在臺北市中山堂光復廳的前壁。

老師：它的背景是什麼？

學生：浮雕。（老師補充：是半立體的浮雕。）

老師：作者是誰？

學生：陳長華。

老師：在第一段，作者是採取什麼技巧寫成的？

學生：視摹法。（老師補充：視覺摹寫法。）

老師：第一段在說什麼？

學生：水牛群像的特色、內容、樣貌。

老師：這一幅浮雕是誰的作品？

學生：黃土水先生的。

老師：讓我們說得完整一點，作者描述臺灣本土藝術家黃土水先生的作品——水牛群像的樣貌。（老師一邊說，一邊板書）

老師：為什麼這句話裡要用破折號呢？

學生：也可以用「的」代替。

老師：那麼請你用代替的方式說一遍。

學生：作者描述臺灣本土藝術家黃土水先生的作品的水牛群像的樣
　　　貌。

其他同學：太多「的」了！

老師：所以，這就是破折號的用法。

老師：第一段的重點是人，還是物？

由於學生有的答「是人」，有的答「是物」，所以王老師在黑板上把兩者的答案並
列。在歸納第一段段意的過程中，王老師採取的是「問思教學法」，設計了若干
提問，然後適時的補充答案，讓學生在課文空白處寫出完整的段意。這時，全班
同學的參與度很高，也能依教師的指示完成寫出段意的目標。接著，王老師又引
導學生歸納第二段段旨。

老師：第二段寫出了這一幅浮雕的什麼？

學生：大小、雕刻的方法。

老師：重點是……。

學生：視覺摹寫。

老師：對了！視覺焦點：牛低頭、抬頭、姿態、肌肉。讓我們排列一
　　　下：1.大小，2.牛的姿態，3.雕刻方法。

老師：作者介紹水牛群像這幅浮雕的大小，以及水牛的姿態，和黃土
　　　水先生的雕刻方法。（老師一邊說，一邊板書）

老師：這一段是記人，還是記物？

由於學生有的答「是人」，有的答「是物」，所以王老師又在黑板上把兩者的答案
並列。在歸納第二段段意的過程中，王老師仍舊採取「問思教學法」，但多了一
道手續，先排列出現的順序，然後再依序寫出段意。學生寫好第二段段意之後，
王老師緊接著引導學生歸納第三段段意。

老師：黃土水先生曾經到哪裡去深造？

學生：東京。

老師：他為什麼要到東京去深造？

學生：因為想要更好。

老師：畢業後，他做了什麼事？

學生：他返臺探親。

老師：他為什麼要回臺灣探親？

學生：因為他想家。（老師補充：因為他想念親人，還有，他要找作畫的素
　　　材。）

老師：他找了什麼素材？

學生：水牛。

老師：水牛有什麼特質？

學生：堅忍苦幹、樂觀踏實。（老師補充：越挫越勇、不怕辛苦。）

老師：他選擇了水牛圖，同時，還做了些什麼事？

學生：買一頭牛，租了一家碾米場，到屠宰場借牛頭、牛的四肢，做牛的模型。

老師：他買了一頭水牛，是為了瞭解牛的習性；租了一家碾米場，做他的臨時工作室；到屠宰場借牛頭、牛的四肢，做牛的模型，是為了做石膏，以為觀察。所以，這一段大意是什麼？

老師：黃土水先生回台後，選定了雕刻的題材，為了瞭解水牛，他做了許多努力。（老師一邊說，一邊板書）

王老師讓學生將第三段段意寫在課本上，然後結束了這一節課。在整理第三段大意時，王老師會針對回答不完整的地方，加以補充、說明，使意思較聯貫。綜合而言，教學的流程十分順暢。

在這一節觀摩教學裡，每當學生回答得正確的時候，王老師都會適時的說：Thank You，與學生互動良好。在班級經營方面，也能掌控上課的秩序，展現教師個人親和的一面，所以全體學生參與度極高，可說是一堂成功的國語教學觀摩。

在課後，王老師也參與了我們的觀課座談會，面對在座的來賓，做了以下的說明：

> 今天演示的這一課，是正常的教學進度，而不是專為演示特意安排的。在還沒上課之前，我會先從自編的《國語補充教材》選一篇文章，然後出十題文意測驗（選擇題），做為閱讀的訓練，讓他們學會摘取大意、段意。我覺得讓他們自行閱讀、學習摘取文章的重點很重要。我的教學設計共有三節，這一節課是第二節課的內容，從內容帶入到形式，再從文章架構表去解構，摘取大意，引出主旨。今天也許是學生對環境較陌生，所以一部份反應沒有預期的熱烈。其實，到最後我會點出這一課是記人，還是記物，那是最精采的部分，可惜今天沒辦法呈現[3]。

王老師在回應學者提問：「摘取段意應是四、五年級的工作，為何六年級還在練習摘取段意」時，曾說明這是「國情不同」。他說自己在接這一班時，曾思考如何切入，而後發現學生沒有掌握摘取大意、段意的能力，因此想加強這一方面。他表示：若學生拿到任何一篇文章，都能摘取大意，就是培養他們帶得走的能力。教學活動能切合學生的能力，讓他們喜歡上課的氛圍，就是成功。

從王老師的回應，可以知道一個教學者，在設計課程時，的確有其授課重點。根據王老師的觀察，學生在摘取大意、段意的部分，能力還不足，所以他選擇一課當中最難教的部分，採用「問思」法，來達成讓學生摘取大意的教學目標。由

---

[3] 研究者參與觀課後座談會時，重點式的記錄王老師的談話，以上僅能算是個人觀課心得，並非逐字記錄王老師所說的內容。

於王老師個人曾得過全國國語文演說組的第一名,無論在台風、口語表達能力,或是設計提問上,可說是表現得體。在這樣完美的演示下,究竟還有什麼討論的空間呢?

　　一個完美教學活動,必須能夠複製、推廣,因此在教學流程上,有必要精準的呈現演示內容,在教案的習寫裡,若能完整的呈現,是比較理想的方式。

參、國內課室觀察的特色

　　國內的課室觀察,在早期會要求教學演示的教師,撰寫「詳案」,然後按部就班的進行教學活動。因此老師必須在腦海裡先構思每一句話要怎麼問,然後預期學生會怎麼回答。在撰寫詳案的同時,將教學時間以及教具一併說明,並註明如何評量。這樣安排的優點是:可以掌控教學進度,還可以即時了解學生是否學會上課內容。

　　從準備活動、發展活動到綜合活動、延伸活動,是一個完整的教學流程。如果以教學是「教導學生如何學習」的角度來看,這次教學活動,我們期待教師能已學生為主體,然而什麼是以學生為主體的教學呢?將學生視為學習者,設計活動,透過活動讓學生實做,以獲得學習能力,而教師只在一旁輔導,做驗收成果的工作,這就是以學生為主的學習。教學一旦以學生為主體,就毋須不斷的說解,這是理想的狀態,事實也證明:學生透過實際操作,對課程內容的確可以留下較深刻的印象。

　　國內擔任國語課的教師,泰半是導師,要處理學生的級務,還要配合學校的活動,要應對家長,還要面對來自社會輿論的壓力,工作的確不輕鬆;再者,在教學觀摩之後,一切回歸常態,對於演示者並無記功、嘉獎的鼓勵,所以在教學演示者來說,是額外的工作負擔。因此,當與會學者提出是否可以提供詳案時,校長也說明該校每週都有觀摩教學,所以並沒有特別要求老師要撰寫詳案,同時,這一課的教學流程,也是研究小組共同討論的結果。

　　假使教學觀摩的目的,是做為其他教師者的示範,一份詳案是最基本的要件。觀課者無法觀摩完整的一課教學,那麼,在觀摩教師的教學後,可以借由詳案推知其他各節上課情形,其目的就在於複製優秀的教學模式。要求每一位老師都把詳案寫出來,的確有困難;但是,如果是教學觀摩,面對的是全國的教學者,通常會提供詳案給觀摩者[4]。當然,每位教學者也有其個人特色,難以全盤模仿,因此,我們也不宜苛責示範的老師。

　　研究者本身也做過課室觀察的教學者,為了順利進行示範教學,再三的模擬上課的情形,準備上課的 Power Point,並提供完整的教案。對一位有經驗的教學者而言,教學流程都在他腦中,只是把它形諸於文字罷了,因此,應該沒有困難才對。

　　從這一次的課室觀察中,我們發現:光看簡案,無法了解教師如何全面引導

---

[4] 根據王老師的陳述,他希望能觀摩完整的一課教學;可是,最後協商結果是只觀摩一堂課,因此沒有提供詳案。

學生說出段意，但實際觀課之後，發現示範教學者非常有條理的提問，的確能聚焦在「這一課是記敘文中，記人或記物的文體」這一點。所以，如果這一次提供的是詳案，那就是再完美不過了。

國內的課室觀察，在理念上必須有「透過觀摩」可以改進教學的觀念。爲了改進教學，所以必須呈現完整教學流程，撰寫詳案，讓與會者從一份詳案中，看出來龍去脈，獲得完整的概念，然而，目前一般的課室觀察還沒有建立一套模式，課室觀察要觀察什麼？班級經營嗎？教學重點嗎？教師風格嗎？又課室觀察要怎麼觀察？局部觀察嗎？整體觀察嗎？觀察的順序呢？至於觀察之後呢？要進行討論嗎？誰來討論呢？討論什麼主題呢？以上這些問題，實在有必要一一釐清。

我國的觀課模式，既不是大陸所採行的「課例研究[5]」，也不是香港的課堂實錄[6]，而是針對教師上課的整體，給予籠統的評述。大抵會從教師與學生的互動是否良好？教師引導課程時是否有條理？教案與實際教學的內容是否吻合？對整體教學的觀感是否良好？因此，缺乏有系統的一套流程。

以〈水牛群像〉這一課爲例，如果教師一開始不以齊讀方式讀課文，那麼，可以改採什麼方式呢？教師可將三十二名學生，分成六組，每一組輪流唸一段，讓各組競賽，再給予鼓勵。引導學生看浮雕作品，進行討論時，採師生共同討論的方式，然後由各組學生寫出大意，再上臺讀出大意。接著，再將課文的六段分配給小組去討論，讓學生上臺發表，這麼一來，其主體將會從教師移轉到學生身上，在時間掌控上，應會精準些。如果因教師花費了較多時間板書段旨，因此無法在既定時間裡引導學生寫完六段段旨，那是十分可惜的。

幸好王老師已建立起個人的教學風格，能靈活的提問學生，精準的引出各段的段旨。由於他與學生的互動良好，口語表達與肢體動作也恰到好處，因此整體的教學並無冷場，但看得出來，一堂課下來，是非常耗費心神的。所以研究者思考的是：如何架構一個理想的觀課模式，可以建立起屬於我國課室觀察的特色？

肆、架構課室觀察的模式

一場成功的課室觀察，牽涉到三方面。一是教學演示者，二是現場被觀摩的學生們，三是與會觀課專家、學者、教師們。教學演示者必須設計教案、準備教具、引導學生學習，並對所教的內容瞭如指掌，將文本做最恰當的詮釋。他是示範者，也是領導者。

我們要觀察的是：他是否有撰寫詳案的能力，能精準的掌控教學進度與時間；他是否能針對各節課授課重點，順著起承轉合的節奏首尾呼應；他是否用心的準備教具、設計問題、活動，啓發學生的思考力；他是否熟悉授課內容，將文本做適當的詮釋。整體而言，他是否與學生有良好的互動，能激發學生學習的熱

---

[5] 參考諶啓標〈基於教師專業成長的課例研究〉（福建：福建師範大學教育科學與技術學院，2006年第1期），網址：http://xbyx.cersp.com/klzy/zhzy/200611/893_2.html

[6] 參考《去年的樹》課堂實錄與研討（北京：人民教育出版社，2007年12月28日），網址：http://www.pep.com.cn/peixun/xkpx/xiaoyu/1s_4/wzkl/201009/t20100905_869843.htm

情。為了達到具體的目標，我們可以設計一張「國語科教師課室觀察準備表」，提醒即將進行教學演示的老師，做好課前的準備。本文以王老師教學內容為例，填寫表格如下：

表1　　　　　　　　　國語科教師課室觀察準備表

	準備內容	完成	待辦	尚未完成
1	是否已撰寫詳案		∨	
2	是否已製作教具	∨		
3	是否設計提問的內容	∨		
4	是否設計學生的活動	∨		
5	是否熟悉講授的重點	∨		
6	是否正確的詮釋文本	∨		
7	是否設計與學生互動	∨		
8	是否已設計評量的方法		∨	
備註	以上勾選僅就研究者之觀察，不代表其它觀摩者			

資料來源：研究者自行整理

現場被觀摩的學生，在觀摩會中的表現，也代表平日學習的情形。他們是否對教師授課內容感興趣？能否主動提問，自動筆記？上課是否專注，能否熱烈參與討論？教室常規如何，是否敬重老師？這些是屬於對學生們的要求。我們可以透過課室觀察，了解教師觀摩教學是否成功。茲以王老師教學內容為例，設計課室觀察表如下：

表2　　　　　　　　　國語科課室觀察表

	教師：王老師	學生：共（32）人，（ ）分組，分（ ）組（ ∨ ）未分組		
1	提出問題	回應良好(∨)	回應普通( )	回應不佳( )
2	分組討論	反應熱烈( )	反應普通( )	反應不佳( )
3	進行活動	互動良好(∨)	互動普通( )	互動不佳( )
4	習寫作業	表現良好(∨)	表現普通( )	表現不佳( )
5	測驗評量	成績優異( )	成績普通( )	成績不佳( )
6	班級經營	表現良好(∨)	表現普通( )	表現不佳( )
7	獎勵方式	激勵學習(∨)	效果普通( )	反應冷淡( )
備註	因時間不足，課堂上沒有進行分組討論、測驗評量			

資料來源：研究者自行整理

　　至於觀課專家、學者、教師們，除了觀課之外，也應記下觀課重點，參與議課的活動。針對教師的課程設計、教案習寫、教具運用、師生互動、教師風格，提出觀課的感想，並提供不同角度的思維，以供教學者參考。因此，主辦單位應提供觀課記錄表、觀課發言條，讓參與議課的教師們做書面的記錄。以王老師教學內容為例，設計表格如下：

表3　　　　　　　　　　　　國語科觀課記錄表

項目	觀課內容
學/班/人次	（○○）小學（六）年（○）班，共32人
版別/冊別	（翰林）版第（ 12 ）冊
單元/名稱	第（3）單元第（8）課
課程設計	以問思教學法，透過 PPT 引導學生摘取全課大意，全班齊讀課文後，再以問思教學法提問，引導學生摘取段意
教案習寫	僅設計第二節、第三節的詳細內容，其餘簡略敘述
教具運用	僅有一張〈水牛群像〉版畫 PPT
師生互動	學生互動良好
教師風格	教師口語表達能力良好，組織能力佳
觀課感想	王老師極具潛能，假以時日，可以成為教學專家。此次教學示範，學生的活動略少，若能以學生為主體，設計分組討論活動，則更理想
建議事項	1. You Tube 有相關影片，可做為引起動機的教材，若能融入，則更理想 2. 若能提供完整的詳案，供與會學者參考，則更理想 3. 若能以學生為教學的主體，提供學生討論的機會，則更理想
備註	以上為研究者觀課之感想，不代表與會專家學者的看法

資料來源：研究者自行整理

　　以上這三個表格，是國語科課室觀察參考用的表格，表1供教學演示的教師使用，表2及表3供與會的學者、專家、教師們使用。

　　國內正在發展微觀教室，讓教學者一邊教學，觀察者可以一邊做文字記錄，將教學過程與文字說明做聯結，並以電腦檔案存取。我們也可以透過上網的方式，讓學校教師自行觀看檔案，提出建議，供教學者參考。將這些內容以電腦檔

案放在雲端教室保存，也可供下一次教學觀摩者做爲改進之用。總之：能架構起課室觀察的模式，也才能具體的落實觀課重點，做爲改進教學的依據。

伍、結語

　　這一次的課室觀察，根據研究者設計的表格加以全面檢視，可以發現教學演示者在撰寫詳案和測驗評量上，有待補實。現場被觀察的學生，大致上表現良好。至於觀課的參與者，對於王老師的教學風格，印象深刻，也一致認爲這是一場成功的教學演示。

　　一場成功的觀摩教學，演示教師是觀摩的重點，既負有艱鉅的任務，也代表個人的榮譽。這一次到○○小學觀課，研究者也從中得到了許多啓發。王老師個人教學的魅力，與會者人人稱許，研究者也看出學生對王老師敬愛有加。尤其王老師的教學風格，有講解時條理清晰，板書時充滿自信，與學生互動良好等特色，因此可看出教學的節奏是明快的，展現出「力」與「美」的結合。

　　研究者僅以一個觀課教師的身分，在讚美之餘，提出個人的想法。其目的無他，乃在思索如何建立一套觀課的模式，供全國基層教師運用。研究者曾在國小教育現場任教十年，也做過無數次觀摩教學，深知教學觀摩者的辛苦與壓力，在此無意苛責教學者，而是帶著虔敬的心，對王老師表示敬意。沒有他的教學演示，就沒有研究者「課室觀察表」的設計理念，也無法讓研究者產生課室觀察模式的構想。所以，如果本文能對我國課室觀察模式有些微助益，王老師功不可沒。

　　大陸的「課例研究」行之有年，香港的「課堂實錄」也有很好的成果，我們期望臺灣的「課室觀察」能建立自己的模式，讓兩岸三地的語文教育可以激盪出火花，共同爲語文教育盡一分心力。除此，澳門也與大陸、香港、臺灣有觀摩教學的交流，形成了兩岸四地的語文教學交流模式，今後語文教育將會異中求同，對提升全球華人的教育品質，具有重大的意義。

　　提升教師專業，必須落實在課室教學中，一旦課室教學的品質得以提升，教育品質也自然得以提高。除非我們建構出一套課室觀摩的模式，來幫助基層教師教學相長，否則我們就不能輕言教師們的專業不足。衷心的期盼所有教育同仁，能保有「鐵肩擔教育，笑臉迎兒童」的心態，共同爲語文教育奉獻一分心力！

參考書目

孔穎達注《禮記・學記》第十八,《十三經注疏》,冊5（臺北,藝文印書館,70年1元月八版）

諶啓標〈基於教師專業成長的課例研究〉（福建,福建師範大學教育科學與技術學院,2006年第 1期）,網址:http://xbyx.cersp.com/klzy/zhzy/200611/893_2.html

《去年的樹》課堂實錄與研討（北京:人民教育出版社,2007年12月28日）,網址:

http://www.pep.com.cn/peixun/xkpx/xiaoyu/1s_4/wzkl/201009/t20100905_869843.htm

翰林版國民小學《國語》6下（臺南:翰林出版公司,100年二月初版）

穿梭古今、旁徵博引

——以「燕人浴矢」為例談語文教學的創新

邴尚白[*]

摘要

　　「燕人浴矢」是《韓非子・內儲說下》的一則寓言。本篇的教學，在傳統方式外，教師尚可多方旁徵博引，以提高教學效果。例如：引用睡虎地秦簡《日書》中的相關內容，證明當時以穢物驅邪的習俗；列舉「從眾性的研究（A study of conformity）」、「艾比林矛盾（Abilene paradox）」等實驗和理論，提供社會心理學方面的說明。此外，日劇「詐欺遊戲（Liar Game）」及電影「隔離島（Shutter Island）」、「惡魔教室（Die Welle）」中，亦有相關情節，可以節錄播放或說明的方式介紹。教學步驟上，在全篇講解後，可先引導學生討論，再根據原書經傳結構，說明韓非本欲表達的寓意，接著徵引相關資料，讓學生更能體會古今人心的同理，了解詮釋的開放與多元。

關鍵字：燕人浴矢、寓言、日書、社會心理學

---

[*]國立新竹教育大學中國語文學系助理教授

壹、前言

　　「燕人浴矢」是《韓非子‧內儲說下》的一則寓言，除了中文系《韓非子》專書課程可能提及外，在寓言、古典小說、國文等相關課程中，也是常被選讀的篇章。本篇的教學，在傳統的題解導讀、作者介紹、課文講解等部分外，教師還可多方旁徵博引，以提高教學效果。下面就以本篇為例，試著談談語文教學的創新。野人獻曝，不當之處，尚祈指正。

貳、原文

　　「燕人浴矢」原文並不長，先引錄於下，以便討論。

> 燕人無惑，故浴狗矢。燕人，其妻有私通於士，其夫早自外而來，士適出，夫曰：「何客也？」其妻曰：「無客。」問左右，左右言無有，如出一口。其妻曰：「公惑易也。」因浴之以狗矢。
>
> 一曰：燕人李季好遠出，其妻私有通於士，季突至，士在內中，妻患之。其室婦曰：「令公子裸而解髮，直出門，吾屬佯不見也。」於是公子從其計，疾走出門。季曰：「是何人也？」家室皆曰：「無有。」季曰：「吾見鬼乎？」婦人曰：「然。」「為之奈何？」曰：「取五姓之矢浴之。」季曰：「諾。」乃浴以矢。一曰：浴以蘭湯。[1]

這則寓言，韓非採錄了幾種版本，簡要版的故事略謂：有一個燕國人，他的妻子與一年輕男子私通。某日燕人較早回家，那男子恰好出來，然燕人詢問妻子及家中諸僕役，全都異口同聲地說沒見到人。其妻還說他中邪了，便燒狗屎水，給他沐浴驅邪。詳述版則記載了燕人的姓名，並有更多的對話和細節描寫，驅邪所用，也由狗屎加料為五牲之屎。韓非最後還記了以蘭湯沐浴的說法，可算是較有良心的版本。

　　「燕人浴矢」故事的文字相當淺近，但內容卻有許多可以思考、討論的地方。劉守華先生由異文並列的現象，認定這則寓言是一篇民間故事，而為韓非所引用。[2] 鍾宗憲先生也說：

---

[1] 陳奇猷校注，《韓非子新校注》（上海：上海古籍出版社，2006 年 4 月），卷 10，頁 624～626。「五姓之矢」的「姓」，王先慎據《太平御覽》所引改作「牲」。案：古代術士將姓氏分類，與五音、五行等相配，有「五姓」之說。《論衡‧詰術》說：「宅有五音，姓有五聲，宅不宜其姓，姓與宅相賊，則疾病死亡，犯罪遇禍……五音之家，用口調姓名及字，用姓定其名，用名正其字……水勝火，火賊金，五行之氣不相得，故五姓之宅，門有宜嚮。嚮得其宜，富貴吉昌；嚮失其宜，貧賤衰耗。」《漢書‧藝文志》數術略五行類就有《五音定名》等書；《隋書‧經籍志》子部五行類，則有《五姓歲月禁忌》、《五姓登壇圖》、《五姓墓圖》等書；《舊唐書‧經籍志》丙部子錄五行類，又有《五姓宅經》、《五姓墓圖要訣》等書。只是「五姓」之說，說的是五姓各自的宜忌，恐怕不會將「五姓之矢」混合運用；且這種說法未見於先秦古籍，大概是漢代以後才形成的。《韓非子》「五姓之矢」的「姓」，當讀為「牲」。參看：黃暉，《論衡校釋》（北京：中華書局，1996 年 11 月），卷 25，頁 1027～1038；漢‧班固撰，唐‧顏師古注，《漢書》（北京：中華書局，1995 年 3 月，二十四史點校縮印本），卷 30，頁 454 下右；唐‧魏徵等撰，《隋書》（北京：中華書局，1995 年 3 月，二十四史點校縮印本），卷 34，頁 267 上左～268 上右；後晉‧劉昫等撰，《舊唐書》（北京：中華書局，1995 年 3 月，二十四史點校縮印本），卷 47，頁 533 下左。

[2] 參看：劉守華：《中國民間故事史》（漢口：湖北教育出版社，1999 年 9 月），頁 41～45。

站在記錄民間文學的立場來看，「李季浴矢」的故事出現三種不同的說法，顯然不是韓非所自創的。如果是韓非所自創的，大可不必將一個例子撰寫出三種版本。其所以一再以「一曰」稱之，應該是確實有所依據……《韓非子》記錄這則寓言的三種說法，應該是採用當時的民間文學，或者是當時真實事件的不同轉述。即使當時的真實事件，其轉述的差異性也確實符合民間文學的實際特質。[3]

其說是。先秦諸子爲了宣揚其學說主張，常以淺顯的故事，表達個人的見解、寄寓深刻的道理，因此諸子大多是說故事高手。韓非雖「爲人口吃，不能道說」，但「善著書」[4]，是諸子中極突出的一位。《韓非子》中就有許多篇章，是說詞所憑依事例的彙編，像〈說林上〉、〈說林下〉、〈內儲說上〉、〈內儲說下〉、〈外儲說左上〉、〈外儲說左下〉、〈外儲說右上〉、〈外儲說右下〉等篇，皆爲遊說時可資憑藉、取證的資料庫，裡面的例證，就有許多是寓言故事。而諸子書中的故事，除了作者自行杜撰創作外，也有一些採錄自民間傳說，「燕人浴矢」即屬於此類。這是本篇教學時，第一個可向學生提示說明的地方。

參、驅邪之物

「燕人浴矢」中用以驅邪的物品，有蘭湯及家畜糞便。良心版「浴以蘭湯」的說法，亦見於其他古籍。如：《大戴禮記・夏小正》：「五月……蓄蘭，爲沐浴也。」[5]即蓄積蘭草（澤蘭），以供沐浴之用。《九歌・雲中君》也有「浴蘭湯兮沐芳」[6]的句子。古人認爲蘭草可被避不祥的事物，《周禮・春官・女巫》：「女巫掌歲時祓除、釁浴。」鄭注：「歲時祓除，如今三月上巳如水上之類也。釁浴，謂以香薰草藥沐浴也。」[7]《宋書・禮志》引《韓詩》說：

> 《韓詩》曰：「鄭國之俗，三月上巳，之溱、洧兩水之上，招魂續魄，秉蘭草拂不祥。」[8]

《本草綱目》：「蘭草……辟不祥……煮水浴風病。」[9]「風病」即精神病。此類記載，皆可與「浴以蘭湯」之說相參證。又端午時值仲夏，是疾疫多發季節，古人以蘭草湯沐浴去污爲俗，故端午節又有浴蘭節的別稱。宋代吳自牧《夢梁錄》「五月」條就說：「五日重午節，又曰浴蘭令節。」[10]

至於以家畜糞便沐浴以驅邪的習俗，在傳世的先秦古籍裡，除《韓非子》此

---

[3] 鍾宗憲：《先秦兩漢文化的側面研究》（臺北：知書房出版社，2005 年 9 月），頁 436～437。

[4] 漢・司馬遷撰，《史記》（北京：中華書局，1997 年 11 月，二十四史點校縮印本），卷 63，頁 544 下左。

[5] 清・王聘珍注，王文錦點校，《大戴禮記解詁》（北京：中華書局，1998 年 12 月），卷 2，頁 39。

[6] 宋・洪興祖補注，《楚辭補注》（臺北：藝文印書館，2000 年 10 月），卷 2，頁 102。

[7] 漢・鄭玄注，唐・賈公彥疏，《周禮注疏》（臺北：藝文印書館，1993 年 9 月），卷 26，頁 400 下右。

[8] 南朝梁・沈約撰，《宋書》（北京：中華書局，1997 年 11 月，二十四史點校縮印本），卷 15，頁 105 下左。

[9] 明・李時珍撰，《本草綱目》上冊（臺北：鼎文書局，1973 年 9 月），卷 14，頁 526～527。

[10] 宋・吳自牧撰，《夢梁錄》（臺北：藝文印書館，1966 年，百部叢書集成據學津討原本影印），卷 3，頁 8 左。

篇外，似乎並沒有相關的記載。各家注本也只有日人太田方《韓非子翼毳》引用了年代較晚的《千金方》人尿及牛馬屎的救命醫方，[11]餘皆無說。

在古代，驅邪與治病密切相關，因為古人相信疾病是由鬼神作祟引起的。年代較晚的醫書中，有一些以牲畜糞便治病救命的醫方。例如：唐代孫思邈《備急千金要方》卷二十五〈備急〉「卒死第一」說：

> 凡卒死無脉，無他形候，陰陽俱竭故也。治之方：牽牛臨鼻上二百息，牛舐必瘥。牛不肯舐，著鹽汁塗面上，牛即肯舐。又方：牛馬屎絞取汁飲之。無新者，水和乾者亦得。《肘後方》云：乾者以人溺解之，此扁鵲法。[12]

以牛馬屎絞取汁液，灌入不明原因死亡者的口中，希望能起死回生，算是沒有辦法中的辦法。不過，真正與《韓非子》所載習俗相關的資料，還要從敦煌卷子和出土竹簡中尋找。

敦煌遺書伯二六八二號《白澤精怪圖》中，有好幾條以牲屎驅鬼的記載：

> 【鬼】夜呼長婦名者，老雞也。馬屎塗人戶防之，不防之，死。煞則已。
> 鬼呼次婦【名者，老雞】也，黑身白尾赤頭。以其屎塗人好器。煞之則已。一云塗竈。
> 鬼夜哭少婦名者，老雞也，赤身白頭，黃衣下黑。以其屎塗好器。煞之則已。一云塗竈。[13]

用屎塗抹於門戶或器物以禦鬼驅邪，可能是認為鬼畏懼或厭惡穢物，這當然是人類心理的投射。

睡虎地秦簡《日書》中，則有更多相關的記載。《日書》甲種簡 27 背貳、簡 28 背貳：

> 大神其所不可過（過）也，善害人，以犬矢（屎）為完（丸），操以過（過）之，見其神以投之，不害人矣。[14]

「大神」，整理小組引《周禮・肆師》注：「大神，社及方岳也。」疑此處的「大神」指社。[15]可備一說。睡虎地秦簡《日書》甲種簡 49 背貳則說：

> 人毋（無）故而鬼祠（伺）其宮，不可去。是祖□游，以犬矢（屎）投之，不來矣。[16]

整理小組說：「伺，窺伺。鬼伺其宮，與揚雄〈解嘲〉『鬼瞰其室』義近。」[17]與

---

[11] 太田方所引，參看：陳啓天校釋，《增訂韓非子校釋》（臺北：臺灣商務印書館，1994 年 11 月），卷 5，頁 437。

[12] 唐・孫思邈撰，林億等校正，《孫真人備急千金要方》（臺北：臺灣商務印書館，1975 年，四部叢刊三編本），卷 25，頁 1 右。

[13] 黃永武主編，《敦煌寶藏》第 123 冊（臺北：新文豐出版公司，1986 年 8 月），頁 287。

[14] 睡虎地秦墓竹簡整理小組編，《睡虎地秦墓竹簡》（北京：文物出版社，2001 年 12 月），頁 105。

[15] 同前註，頁 217。

[16] 同註 15，頁 107。

[17] 同註 15，頁 218。

前一則同樣是以狗屎對付爲害的鬼神。

睡虎地秦簡《日書》甲種簡 50 背參、簡 51 背參又有以下的記載：

> 人毋（無）故一室人皆篷（垂）延（涎），爰母處其室，大如杵，赤白，
> 其居所
>
> 水則乾，旱則淳，屈（掘）其室中三尺，燔豕矢（屎）焉，則止矣。[18]

因家室中有鬼怪作祟，造成家人中邪流口水，需於室中挖洞燒豬屎以止之。

另外，睡虎地秦簡《日書》甲種簡 38 背參說：

> 鬼恆從人女，與居，曰：「上帝子下游。」欲去，自浴以犬矢（屎），毃（擊）
> 以葦，則死矣。[19]

以犬屎沐浴以驅鬼，完全可與「燕人浴矢」故事相參照。《日書》出於睡虎地十一號秦墓，該墓的年代爲戰國末期，竹簡的年代與《韓非子》相近，進一步證明了戰國時代人們確實相信犬屎等有驅邪之效。

睡虎地秦簡整理小組註釋簡文時，便引用了《韓非子・內儲說下》的相關內容，[20]但較新出版的《韓非子》重要註本，像張覺的《韓非子釋譯》[21]等，都未提及睡虎地秦簡，應予增補。

肆、寓意

葉慶炳先生《中國文學史》說：

> 寓言則什九出學者或說士杜撰，爲表達或加強其論旨而設者。先秦寓言，
> 多見於子史兩部古籍。子書中寓言出現方式有二：其一，但記寓言，不加
> 說明；雖無說明，而寓意自明……其二，則於寓言之後，立即說明寓意。
> [22]

「燕人浴矢」這則寓言，屬於第二類，但應爲一篇民間故事，而非韓非所杜撰；本篇也不是於寓言之後說明寓意，而是以經傳的形式呈現。

《韓非子・內儲說下》說：

> 六微：一曰權借在下，二曰利異外借，三曰託於似類，四曰利害有反，五
> 曰參疑內爭，六曰敵國廢置。此六者，主之所察也。[23]

列舉國君應提防的六種隱微情況，「燕人浴矢」與「權借在下」有關。〈內儲說下〉接著說：

> 權勢不可以借人，上失其一，臣以爲百。故臣得借則力多，力多則內外爲
> 用，內外爲用則人主壅。其說，在老聃之言失魚也。是以故人富久語，而

---

[18] 同註 15，頁 107。
[19] 同註 15，頁 106。
[20] 同註 15，頁 219。
[21] 參看：張覺，《韓非子釋譯》（臺北：臺灣古籍出版公司，2002 年 8 月），卷 10，頁 612～614。
[22] 葉慶炳，《中國文學史》（臺北：臺灣學生書局，1990 年 9 月），頁 47～48。
[23] 同註 2，《韓非子新校注》，卷 10，頁 615。

> 左右鬻懷刷。其患，在胥僮之諫厲公，與州侯之一言，而燕人浴矢也。權
> 借一。[24]

韓非為論證「權勢不可以借人」的道理，共舉了「老聃之言失魚」、「故人富久語，而左右鬻懷刷」兩則相關說法，及「胥僮之諫厲公」、「州侯之一言」、「燕人浴矢」三則權勢旁落的事例。以上是「經」的內容，後面原書便逐一詳述例證，亦即「傳」或「說」的部分，此處不贅。

「燕人浴矢」中的燕人李季，因「好遠出」，常不在家，使得其妻不僅與別的男人私通，家中僕役也全都唯女主人之命是從，眾口一聲地站在李妻那邊顛倒是非。李季身為一家之主，卻因大權旁落，而遭到眾人蒙蔽欺騙，國君應引以為鑑，這是韓非記述此故事的寓意和目的。

伍、社會心理學

韓非雖明白說出「燕人浴矢」之寓意，但讀者對這則故事，當然還是可以有自己的體會和聯想。現代社會心理學的一些實驗和理論，都涉及到相關的人性問題，以下略作介紹討論。

1951 年，美國心理學家阿希（Asch, Solomon E.）進行了「從眾性研究（A study of conformity）」的經典實驗——三垂線實驗。每組五位大學生，其中四人是實驗者的助手，只有一位是真正的受試者。實驗者向所有人展示兩張卡片，其中一張畫有標準線 X，另一張則有用以比較長度的三條直線 A、B、C，然後讓所有人輪流說出哪條線與 X 等長。實驗者故意把真的受試者安排在最後一個回答，前面四位由助手偽裝的受試者，都會按照事先的安排，說出統一的錯誤答案。

多次實驗結果是：被試驗者平均從眾行為百分比為 35%；且大約有四分之三的人，至少出現了一次從眾行為，即跟隨其他人作出錯誤的回答。

由於缺乏訊息、社會壓力、自我分類等因素，使得人們作出了從眾的行為。[25]這些社會心理學的理論和概念，都有助於我們更進一步分析「燕人浴矢」中李季的行為，並思索存在於我們生活中的從眾行為。

此外，相關的群眾心理還有「艾比林矛盾（Abilene paradox）」——每個人都表示同意的事，卻可能是每個人心中都不樂意做的事。法國企業家克里斯提昂・莫赫（Christian Morel）在《關鍵決策（Les decisions absurdes）》中就說：

> 在許多組織內，儘管每個人心中都不願意，卻常常做出一些違背個人意願
> 的集體決定，這種集體同意的形成在程序上來說是很拙劣的。[26]

---

[24] 同註 2，《韓非子新校注》，卷 10，頁 615～616。「故人富久語」，原作「人主久語」，據顧廣圻校改。

[25] 以上社會心理學的相關討論，參看：西爾（David O. Sears）、佛里曼（Jonathan L. Freedman）、裴普勞（Letitia Anne Peplau）著，黃安邦譯，陳皎眉校訂，《社會心理學》（臺北：五南圖書出版公司，1987 年 5 月），頁 583～585。迪奧斯（Kay Deaux）、戴恩（Francis C. Dane）、雷茲曼（Lawrence S. Wrightsman）著，楊語芸譯，《九〇年代社會心理學》（臺北：五南圖書出版公司，1997 年 11月），頁 312～321。

[26] 克里斯提昂・莫赫（Christian Morel）著，黃敏次譯，《關鍵決策：最關鍵的決策，卻是最荒謬的決定》（臺北：時報文化出版公司，2004 年 10 月），頁 47。

這種從眾行為又往往與最早發表意見者，為團體中地位較高且有權威的人有關。即使撇開欺騙與權威的成份，一般的群眾行動也常是盲目的。而各類的從眾行為，小到不時出現的大排長龍風潮，大到群眾運動乃至極權政治下的服從，都是可以提示學生作更深入地反省與思考的方向。

陸、相關影片

講授完畢後，若時間充裕，不妨介紹或節錄播放相關影片供學生觀賞，一來可加深印象並提高學習興趣，二來可對有關問題作更深層的省思和聯想。本篇的相關影片頗多，以下略舉數例。

日本漫畫家甲斐谷忍的《Liar Game》中，亦曾提及「從眾心理」所造成的「認知失調（Cognitive Dissonance）」。[27]《Liar Game》後來改編為日劇，劇情略謂：

> 神崎直（戶田惠梨香飾演），是個天真憨直，從來不懂得懷疑別人的女大學生。有一天她收到了神秘包裹，裡面竟然有現金1億圓和一捲錄影帶。小直看完錄影帶後，才發現自己已經糊裡糊塗加入了「詐欺遊戲」，而且競賽對手竟然是她視為恩師的國中班導！面對上億負債，恐懼絕望的小直，找上詐欺天才秋山深一（松田翔太飾演），求他助自己一臂之力……[28]

其後秋山深一便利用從容的態度，使神崎直的國中班導承受很大的壓力，產生認知失調，認為秋山必定還留了一手而惶懼不安。這種詐欺手法，與「燕人浴矢」中的眾人矇騙李季，使其不相信自己親眼所見，頗為近似。

美國驚悚片「隔離島（Shutter Island）」中，亦有相關情節。本片是根據丹尼斯・勒翰（Dennis Lehane）發行於2003年的同名小說所改編，[29]以下是劇情簡介：

> 美國聯邦執法官泰德（Teddy Daniels，李奧納多・狄卡皮歐飾演）和他的新搭檔查克（Chuck Aule，馬克・魯法洛飾演）來到隔離島，這座孤島是一所專門管束精神病重刑犯的醫院。他們此行的目的是為了調查一樁病患失蹤的案件。一名親手殺死自己三個小孩的女性殺人魔，在重重牢籠、層層戒護之下脫逃了，而且就藏身在島上某處。不過他們發現事情並非想像中單純，這個醫院似乎藏有不可告人的秘密……[30]

泰德的妻子在一場火災中過世，他認為殺妻兇手就是縱火犯雷德斯，所以用調查病患逃走失蹤為藉口，登上隔離島，想要查出關在島上的殺妻兇手是否被醫生藏匿起來作實驗，並揭發隔離島從事非法人腦實驗的內幕。然而，隨著劇情發展，卻顯示消失的病患，其實就是泰德，亦即雷德斯。原來泰德是雷德斯為了逃避殺

---

[27] 參看：甲斐谷忍，《Liar Game》第1集（臺南：長鴻出版社2006年11月），頁143～144。

[28] 所引文字為臺版DVD劇情簡介。戶田惠梨香、松田翔太主演，「Liar Game」DVD（臺北：Unique Tokyo，2003年10月）。

[29] 丹尼斯・勒翰（Dennis Lehane）著，尤傳莉譯，《隔離島（Shutter Island）》（臺北：臉譜出版社，2006年11月）。

[30] 所引文字主要參考臺版DVD劇情簡介。馬丁・史柯西斯（Martin Scorsese）導演，「隔離島（Shutter Island）」DVD（臺北：得利影視公司，2010年7月）。

妻所想像出來的化身，而醫生為了讓雷德斯想起自己的真實身份，便聯合整座島陪他進行一場角色扮演的治療。

　　以上是原著小說的內容，但由於導演馬丁・史柯西斯（Martin Scorsese）的拍攝手法，卻讓觀眾可以有不同的解讀。真相究竟是如前所述？或是島上的醫生和獄卒為隱瞞非法內幕，而在泰德所接觸的水、食物、香菸、藥物上動手腳使其產生幻覺，並聯手捏造的詭計？

　　眼見是否為憑？當所有人都說你瘋了的時候，你可能真的會認為自己是瘋的，就像「燕人浴矢」中的李季。

　　電影「惡魔教室（Die Welle）」改編自陶德・史崔塞（Todd Strasser，筆名Morton Rhue）的小說《浪潮》（The Wave）。[31]小說取材於發生在美國加州某所高中的真實事件，以下是劇情簡介：

> Rainer Wenger 是一名教歷史的高中老師，臨危受命要幫助學生完成一個極權政治的研究計畫。但是學生們過於自滿與傲慢，覺得當年的法西斯極權統治根本是狗屁。為了要說服這些自大的學生，Rainer 決定做一個非正式的實驗，由他來扮演極權頭頭的角色，學生們必需服從他的命令、在回答問題前必需得到老師許可、穿制服上學等。一開始實驗進行的很順利，學生們對極權政府的運作越來越感興趣，甚至還出現了團體的口號及標誌。但是隨著學生們的投入與團體的力量，實驗卻漸漸失控了……[32]

團體的力量很強大，但也有著排除異己、缺乏多元包容的另一面。而從眾行為發展到極致，便是極權統治。

　　總之，「燕人浴矢」中的李季戴了綠帽，還被騙得用狗屎洗澡，看似愚蠢可憐，但相關的事類，其實並不罕見，而且古今中外皆然，只是程度有所差別，影響或大或小罷了。

柒、結語

　　以上分別介紹、討論了與「燕人浴矢」相關的各類資料，在教學步驟上，大致亦可依照本文論述的順序進行。

　　本篇的教學，在題解導讀、作者介紹、課文講解等部分後，可先引述相關傳世及出土資料，進一步證明古代驅鬼避邪除不祥的習俗。接著引導學生討論本篇寓意等問題，再根據原書經傳結構，說明韓非本欲表達的意思。然後可以引用社會心理學的相關研究及理論，介紹並節錄播放相關影片，讓學生更能體會古今人心的同理，了解詮釋的開放與多元，並增加學習的興趣。

　　劉勰《文心雕龍・諸子》評述先秦諸子文章特色時曾說：「韓非著博喻之富。」[33]認為韓非能廣泛引證譬喻、援用事例，以加強其理論主張的說服力。我們講述

---

[31] 莫頓・盧（Morton Rhue）著，溫淑真譯，《浪潮（The Wave）》（臺北：英文漢聲出版公司，1993年3月）。

[32] 所引文字為臺版 DVD 劇情簡介。丹尼斯・甘塞爾（Dennis Gansel）導演，「惡魔教室（Die Welle）」DVD（臺北：迪昇數位影視公司，2009年3月）。

[33] 南朝梁・劉勰撰，周振甫注，《文心雕龍注釋》（臺北：里仁書局，1984年5月），卷17，頁327。

其文章，若也能多方引據旁通，相信也能對提高教學效果有所裨益。

參考書目

壹、傳統文獻（略依原著時代先後排列）

漢・鄭玄注，唐・賈公彥疏，《周禮注疏》（臺北：藝文印書館，1993 年 9 月）

清・王聘珍注，王文錦點校，《大戴禮記解詁》（北京：中華書局，1998 年 12 月）

宋・洪興祖補注，《楚辭補注》（臺北：藝文印書館，2000 年 10 月）

陳啓天校釋，《增訂韓非子校釋》（臺北：臺灣商務印書館，1994 年 11 月）

張覺，《韓非子釋譯》（臺北：臺灣古籍出版公司，2002 年 8 月）

陳奇猷校注，《韓非子新校注》（上海：上海古籍出版社，2006 年 4 月）

漢・司馬遷撰，《史記》（北京：中華書局，1997 年 11 月，二十四史點校縮印本）

漢・班固撰，唐・顏師古注，《漢書》（北京：中華書局，1995 年 3 月，二十四史點校縮印本）

黃暉，《論衡校釋》（北京：中華書局，1996 年 11 月）

南朝梁・沈約撰，《宋書》（北京：中華書局，1997 年 11 月，二十四史點校縮印本）

南朝梁・劉勰撰，周振甫注，《文心雕龍注釋》（臺北：里仁書局，1984 年 5 月）

唐・魏徵等撰，《隋書》（北京：中華書局，1995 年 3 月，二十四史點校縮印本）

唐・孫思邈撰，林億等校正，《孫真人備急千金要方》（臺北：臺灣商務印書館，1975 年，四部叢刊三編本）

後晉・劉昫等撰，《舊唐書》（北京：中華書局，1995 年 3 月，二十四史點校縮印本）

宋・吳自牧撰，《夢梁錄》（臺北：藝文印書館，1966 年，百部叢書集成據學津討原本影印）

明・李時珍撰，《本草綱目》上冊（臺北：鼎文書局，1973 年 9 月）

貳、近人論著（依作者姓名筆劃排列）

戶田惠梨香、松田翔太主演，「Liar Game」DVD（臺北：Unique Tokyo，2003 年 10 月）

丹尼斯・甘塞爾（Dennis Gansel）導演，「惡魔教室（Die Welle）」DVD（臺北：迪昇數位影視公司，2009 年 3 月）

丹尼斯・勒翰（Dennis Lehane）著，尤傳莉譯，《隔離島（Shutter Island）》（臺北：臉譜出版社，2006 年 11 月）

甲斐谷忍，《Liar Game》第 1 集（臺南：長鴻出版社 2006 年 11 月）

西爾（David O. Sears）、佛里曼（Jonathan L. Freedman）、裴普勞（Letitia Anne Peplau）著，黃安邦譯，陳皎眉校訂，《社會心理學》（臺北：五南圖書出版公司，1987 年 5 月）

克里斯提昂・莫赫（Christian Morel）著，黃敏次譯，《關鍵決策：最關鍵的決策，

卻是最荒謬的決定》（臺北：時報文化出版公司，2004 年 10 月）

迪奧斯（Kay Deaux）、戴恩（Francis C. Dane）、雷茲曼（Lawrence S. Wrightsman）著，楊語芸譯，《九〇年代社會心理學》（臺北：五南圖書出版公司，1997 年 11 月）

馬丁・史柯西斯（Martin Scorsese）導演，「隔離島（Shutter Island）」DVD（臺北：得利影視公司，2010 年 7 月）

莫頓・盧（Morton Rhue）著，溫淑真譯，《浪潮（The Wave）》（臺北：英文漢聲出版公司，1993 年 3 月）

黃永武主編，《敦煌寶藏》第 123 冊（臺北：新文豐出版公司，1986 年 8 月）

睡虎地秦墓竹簡整理小組編，《睡虎地秦墓竹簡》（北京：文物出版社，2001 年 12 月）

葉慶炳，《中國文學史》（臺北：臺灣學生書局，1990 年 9 月）

劉守華：《中國民間故事史》（漢口：湖北教育出版社，1999 年 9 月）

鍾宗憲：《先秦兩漢文化的側面研究》（臺北：知書房出版社，2005 年 9 月）

讀 書 札 記

讀 書 札 記

讀 書 札 記

從杉山亮《名偵探》系列論橋樑書的新視界

陳昭吟*

摘要

橋梁書，是兒童文學中愈趨發展的新方向，用以銜接圖畫書與純文字讀本的閱讀，相較於兒童文學的其他類型，橋梁書顯然具有較強的功能取向，因爲強調其架接圖像與文字的目的，也使得其創作型制上略顯單一。而杉山亮這套《名偵探》系列的橋樑書，它獨特的圖文閱讀設計讓我們意識到，既然橋梁書對於兒童進入文字閱讀的引領作用這麼重要，那麼，如何讓初學識字的兒童產生興味也就相對重要了。本論文希冀藉由分析《名偵探》系列的文本特性，帶出對「橋樑書」的檢視，並透過兒童發展中備受肯定的「遊戲理論」來思索橋樑書可能發展的新視界。

關鍵詞：橋樑書、推理故事、杉山亮、名偵探

---

*國立台南大學兼任助理教授；國立台南一中專任國文教師

壹、前言

　　圖畫書經過多年熱烈的推廣，近十年來引領兒童閱讀的重心，成效頗爲卓越。但是，圖畫書儘管具有激發想像力與創造力、引發閱讀興趣等等優點，卻也有人開始擔憂，如果孩童的閱讀只停留在圖畫書的階段，過度依賴具體圖像的表達方式，閱讀能力將無法突破，尤其當閱讀進入純文字符號的抽象運作時，孩子的接受度和接受能力便會出現困難[1]。因而「橋樑書」的概念便應運而生，擔負起銜接由具體的圖像思考轉向抽象的文字符號的階段性任務，成爲孩童閱讀新模式養成前的過渡適應期。

　　「橋樑書」（Bridging Books）這個理念在西方已有百年歷史了，根據曾麗珍《一個橋樑書的新願景——從圖像到文字閱讀的教學研究》一書的整理，歐美國家爲兒童設計的童書分層相當完整：約略可分爲「圖畫書」、「故事書」和「青少年讀物」。其中「故事書」又依年齡層分爲「轉接讀本」（chapter books）和「簡易讀本」（easy readers），這兩種即所謂的「橋樑書」。[2]而在台灣，「橋樑書」這類型的作品也發展一段時間了，只是早期並未以此名稱行銷[3]，直至近年來才由出版社主導，積極推廣。但無論是本土作家的創作，還是引自歐美日本的翻譯作品，形式定義上大多是以頁數少、短小輕薄、文字加上注音、配合一定比例的插圖等要素，來滿足中低年級學童識字初期的專注力與實際需求。

　　而在「橋樑書」理念愈趨盛行的時候，出版界於今年（2010 年）出版了一套偵探推理的主題系列作品：杉山亮的《名偵探》系列。它的整個創作手法與閱讀模式迥異於其它的橋樑書，諸多後現代元素的融入，使其傾向於圖畫書的遊戲情調，挑戰著橋樑書作爲圖像閱讀銜接文字閱讀的功能性，甚至頗有顛覆橋樑書固有形式的態勢。透過這套新出版的推理偵探作品，與其所帶出的閱讀新視界，對於標榜橋樑書功能的出版界而言，可以引起哪些思索與檢視？以此來看「橋樑書」這一兒童文學形式的發展，又會產生哪些值得探討的議題？本文的第二部分

---

[1] 張子樟在〈擺盪於圖像與文字之間〉的演講中提到：在圖像世界氛圍的形塑之下，孩子「不喜歡」文字較多的書早已成爲關心教育者的一種隱憂。實際上，目前孩子對文字書的感覺已經從「不喜歡」改成「排斥」，甚至「厭惡」。大家擔心的是，如果孩子只能活在圖像裡，那他們以後在以文字爲基本學習媒介的國中、高中、甚至大學階段，他們要如何去追求高深的學問？繪本在臺灣因著故事媽媽的辛勤推廣而開始盛行，但繪本是階段性的學習工具，幫助孩子藉由圖像與文字的結合來達到學習的效果，但使用至小四已經算是極端了，孩子終須走入文字閱讀的層次，建構邏輯分析、思考組織的能力。

[2] 曾麗珍《一個橋樑書的新願景——從圖像到文字閱讀的教學研究》（台北：秀威，2009 年），頁22。

[3] 首次正式行文使用「橋樑書」這個名詞，應是在《誠品報告 2003》當中的「專題十三」〈在圖與字之間－孩子的閱讀也要有階段性〉。台灣早期並未以「橋樑書」名之，但實具「橋樑書」形式的相關概念者，有：信誼出版的「兒童閱讀列車」系列、民生報的「童話森林」系列、遠流的「蘇斯博士小孩學讀書」等等。2003 年以後，出版社各自以「橋樑書」的名義界定內容、篇幅、字數與圖文比例，出版了包括：小兵出版的「小兵快樂讀本」、小魯出版的「我自己讀的故事書」、「我自己讀的童話書」、東方出版的「故事摩天輪」系列。天下雜誌更於 2007 年高舉「橋樑書」的大旗作爲行銷策略，推出多種系列書籍，例如：「閱讀 123」、「字的童話」或「我會自己讀」等等。

即以兒童文學中極受重視的「遊戲理論」，進一步來討論橋樑書未來可能的發展。

貳、關於杉山亮的《名偵探》系列

　　這套由天下雜誌於 2010 年 5 月陸續出版的《名偵探》系列讀本，共有十集，每集中各有三個事件等待被偵破。雖然每個案件都有其獨立性，讀者不受特定背景的侷限，而可隨時切入任一事件進行閱讀，所以顯得較為彈性、自由；但這十本書的書名編排，實際上卻是按照主角杉山米崎成為偵探及其後續發展的時間順序而定[4]，而且依照「系列」作品的慣例，當中主角和重要配角大多固定，發展模式也幾乎固定的情況下，再加上書中某些案件偶有前後關連性[5]，因此在閱讀上仍有著時序脈絡可循，當可視為一個整體的故事架構。

　　作者杉山亮，1954 年生於日本東京，1976 年起，在日本各地的托兒所擔任老師的工作，在這套書中角色和背景的設定，均可見杉山亮本身這些經歷的投射。又因為長期接觸孩童，三十歲時，杉山亮改行開設了手工玩具店「謎之屋」，並每年主辦玩具討論會。四十幾歲開始寫跟孩童有關的親職教養書，例如《我們的寶貝》、《孩子的事就問孩子》、《孩子帶來的快樂時光》；甚至為孩童創作不少故事，例如：《用寬先生》、《青空晴之助》以及這套《名偵探》系列故事。這些以兒童為中心的創作或工作，已經成為他生活的中心，而且在他所創作的童書中，除了「名偵探」系列外，還有許多屬於偵探推理類型的故事，像是《小狗名偵探》系列、《偵探 Yannyan》系列、《偵探秘密拼圖》等等。他自己曾說：「只要能看見更加有趣的東西，不管什麼時候，都決定要往那裡前進。我想，若不這樣冒險的行事，名為『自己』的這本書就會變得不好玩了。」[6]帶著遊戲的心態，和本身愛好冒險推理的個性，杉山亮帶動了一波兒童推理故事的風潮。

　　除了作者之外，這套被界定為橋樑書的作品，其實在表現上，有著較一般橋樑書更大比例的圖像位置，畫風逗趣，筆觸清晰，無論敘述性或線索性的畫面，都一目了然。所以繪者中川大輔也為這套書的暢銷加分不少，是這套書成功的重要推手之一，中川大輔，1970 年生於日本神奈川縣，是日本兒童藝術家聯盟的會員，主要便是從事插畫的工作。他的代表作品尚有《魔女的什錦火鍋》、《肚子咕咕叫的伊助和大盜賊》、《奇怪的鬼，別跟著我啊！》等等兒童創作。[7]

　　《名偵探》系列讀本號稱在日本狂銷七十萬冊，是繼《名偵探柯南》之後最受孩童歡迎的偵探故事，並且成為日本全國學校圖書館協議會及日本兒童書研究會選定的圖書。這套書之所以受到日本廣大的迴響，並引進台灣書市，最主要的特色在於它的敘事模式十分特別，每一個案件都包括簡潔短小的「事件篇」，

---

[4] 這一套十本的系列讀本，書名依次為：《不知不覺變成名偵探》、《明天起就是名偵探》、《無論何時都是名偵探》、《就這樣變成名偵探》、《糊裡糊塗當上名偵探》、《快要成為偉大名偵探》、《重出江湖的名偵探》、《雨過天晴的名偵探》、《向前衝啊！名偵探》，以及《日以繼夜當個名偵探》。

[5] 例如第三集中出現的怪盜慕修，還分別於第四集、第七集和第八集裡現身。女賊兔子小姐也曾分別出現在第五集和第六集。

[6] 譯自杉山亮個人日文網站：http://www.h6.dion.ne.jp/~sugiyama/

[7] 作者、繪者的介紹皆參考自天下雜誌出版《名偵探》系列書後的資料。

描述案發經過，同時暗含各種可能線索；之後附上「解答篇」，說明破案的經過和關鍵。讓讀者從頭到尾都能參與其中。

雖然屬於推理性質的創作，但因考慮閱讀對象（兒童）在邏輯思考力上的發展與情意感受上的接受，因此，這套書與一般正式的推理小說有些微的差異，故事安排上並不探兇殺案為主要劇情走向，因此故事案件中沒有人死亡，沒有血腥恐怖的情節，而是以日常生活為發展場域，以一個想要成為偵探的平凡人物為主角，找尋失物或解開奇異事件的謎底。這些出現在現實生活上的小事件，讓小讀者覺得親切可行，是他們生命經驗或思慮範疇中比較可能遭遇到的；不以童話故事慣常使用的動物形象為主角，而設計出這樣一個「開朗、親切、容易被騙」、「頭髮亂糟糟」、「小腹微凸」、「長褲皺巴巴」的人物，且與小讀者一樣也滿心期待能成為偵探，卻不是名偵探柯南，或遙不可及的福爾摩斯，對小讀者而言，這就影響了閱讀過程中情感的認同，他們可以很容易想像自己化身偵探破案。這些元素的設定使得閱讀的情感出入無須轉折，可以直接投射，是互動式閱讀很重要的前提條件。

同時，既然小讀者可自由參與案件的破解，所以必然會培養出（或至少習慣）觀察、思考、判斷和推演等各種能力，而破案的成就感更是推理故事最引人入勝的所在，所以《名偵探》系列在案件的設計上，往往佈局單純，沒有繁複錯綜的人物事態，嫌犯固定在特定範圍，情節以封閉的單線發展，小讀者便得以在關鍵訊息中順利破案，享受閱讀與當一名偵探的雙重樂趣。

在「解答篇」中，杉山亮將推理脈絡展示出來時，往往採用鳥瞰圖或不同的圖解，例如地圖、路線圖、房屋隔間圖、以及各種狀況的假想圖，讀者可以透過圖像部分更清楚破案的契機。而且，就如同所有的推理作品，《名偵探》系列也在破案的過程中運用了各類豐富的知識，生活上的、自然科學上、人文社會，可以讓小讀者進行文字以外的知識學習。例如：《日以繼夜當個名偵探》一書中，以光線照射的知識戳破嫌犯的謊言；又如《就這樣變成名偵探》中〈壁爐的魚鉤〉單元，便是利用磁鐵的原理突破嫌犯心防；或者如：《重出江湖的名偵探》中〈換鈔票疑雲〉的事件即是透過數學觀念來釐清犯案手法；〈怪盜慕修再次現身〉中提到的則是玻璃折射所形成的差異。這種種破案關鍵讓兒童的閱讀結合了多元的領域，而具有更豐富的收穫。

《名偵探》系列作品文字淺顯、內容詼諧幽默，加上可以互動參與的實作模式，讓小讀者們閱讀時充滿樂趣，接受度極高。不過，不可諱言的，這套作品也有其不可避免的問題。首先，相較於其他文字導向的橋樑書，《名偵探》系列作品因為著重於尋找線索，而線索又在於簡單而平直的敘述和具體圖像的細節中，雖不影響文字閱讀的學習，但畢竟無法兼及文學性的要求；其二，圖文式並行的閱讀方式，雖能使讀者得以直接參與破案，但比起傳統的推理創作，則缺乏一層層抽絲剝繭的閱讀推進過程，確實會在抽象文字的閱讀感受力及培養上稍覺不足。雖然如此，但《名偵探》系列獨樹一幟的特質，對於橋樑書創作型態的發展還是頗有參考的價值。

參、《名偵探》系列的閱讀新型態

　　《名偵探》系列讀本跳脫「橋樑書」既定的定義，以不同的手法，打破慣常成人為孩童在此階段設定的能力養成思維，並為「橋樑書」開發了閱讀的新型態，讓我們可以更多元思考「橋樑書」存在的種種可能。以下便針對《名偵探》系列讀本異於其他「橋樑書」的特質作一分析。

一、圖文關係

　　圖文關係，向來是界定「圖畫書」與「橋樑書」的重要分野。在以圖像為主體的圖畫書中，透過文字與圖像共同呈現豐富的故事主題時，圖像的比重與意義是更勝文字的，甚至提供了足以補充文字或文字所無的訊息，以致於閱讀時必須將圖文融合、相輔相成，甚或兩相激盪出第三層故事。[8]所以，一本好的圖畫書，圖畫不是靜止的，是彼此串聯，為故事創造生命的。[9]而圖畫書這種文類之所以強調圖像的表現，主要是因為圖畫的形式、色彩、視點等符號特質，正符合兒童身心的發展和需求，兒童喜歡圖畫而且需要圖畫，圖畫色彩吸引兒童的注意，並激發兒童的興趣，兒童需要書中有圖，主要在於他們覺得具體圖畫比抽象文字較容易理解[10]。因此，圖畫書遂成了孩子最初接觸閱讀的重要形式。

　　然而，隨著孩童的身心能力發展，為了能夠更順利的銜接純文字的閱讀，便產生了介於圖畫書與兒少文學的「橋樑書」。橋樑書的構思有其目的性，希望孩童能藉此類型書籍的導引，漸進的脫離具體的圖像思維模式。換言之，孩童學習的最終目標就是逐漸抽離圖像的配置，使之習慣文字形制的閱讀版面。不過，在進入完全純文字的抽象符號階段之前，仍需考量兒童的接受度和實際閱讀力，於是圖像只能減少其功能性存在，無法全然去除。既然如此，圖文的比例與配置目的便成了橋樑書異於圖畫書的主要區別點。天下雜誌童書編輯何琦瑜便以圖文比例的改變來解釋童書選擇的進程：「圖圖文」（圖畫書），到「圖文文」（橋樑書），再到「文文文」（純文字）。[11]聯合報童書主編陳玉金提及「橋樑書」時也說道：

> 以近幾年受歡迎的「橋樑書」為例，因為考慮到「隱含讀者」為低、中年級的孩童，因此提供給低、中年級閱讀的書籍，也減少圖像比例。相對於圖畫書，更是加多內文的總字數，比起圖畫書的圖多、文少的比例，更改為圖文各半的比例，貼心的為即將從圖像閱讀轉為文字閱讀的兒童，給予一段時間適應文字增多的閱讀模式，也讓閱讀變得較為

---

[8] 劉鳳芯（2000）認為繪本是同時運用圖像與文字來表現的文學形式，作品的意義有待於圖像與文字兩種符號間的相互補充、矛盾、缺隙、展開和融合交織而成，也就是圖像語言和文字語言的「演奏」或「合奏」。見〈台灣地區兒童文學批評與理論之發展〉，載於林文寶主編《交流與對話》（台東：台東師院兒童文學研究所）。

[9] 參見郝廣才〈油炸冰淇淋－繪本在台灣的觀察〉《美育月刊》91 期，頁 14。

[10] 見劉淑雯（2004），《繪本運用於國小社會學習領域之教學探究》。國立台灣師範大學教育研究所博士論文。

[11] 何琦瑜〈讓孩子輕巧跨越閱讀障礙〉，「閱讀 123」系列讀本文後的企畫緣起。（台北：天下雜誌，2007 年），頁 94。

輕鬆。[12]

　　為了達到橋樑書的階段性功能，圖像必然不能再像圖畫書那麼多，而且，橋樑書中的圖畫，也多僅屬於插畫性質，依文字敘述給予版面點綴之用，所以，圖像不但不再有獨立訊息的傳達，或補足文字、與文字共同呈現第三種故事的效果，甚至為了不干擾文字學習的能力，橋樑書中的圖像大多以黑白線條表現，較少出現彩色畫面。

　　但就在一般「橋樑書」的圖文關係大抵界定如此之際，杉山亮的《名偵探》系列作品卻在圖文關係上，顛覆了一心想要藉著橋樑書達到文字閱讀目標的理論，使圖像在橋樑書中也與在圖畫書中有著相同重要的位置。

　　首先，在《名偵探》系列讀本中，雖然它的圖像屬性，跟一般橋樑書一樣是插畫性質，非如圖畫書中的圖像那樣具有故事連續性[13]；有時還有如漫畫，為不同的角色設計簡單發言框。但仔細觀察即可注意到：它的每一跨頁都如同圖畫書一般，是幾近全滿的畫面，文字部分則是簡單明瞭的置於畫面上，圖文比幾乎是1：1，甚至到2：1的情況。這對橋樑書的設計功能而言，簡直失去其原初規劃學童達成學習文字目的的用心，原本橋樑書刻意略去的圖像存在，在《名偵探》系列中又藉由畫面的充盈重新被注意到，對於本來就對圖像較為敏感孩童來說，自然很容易就會被這套書所吸引。

　　其次，除了在畫面上打破圖文比的界定外，杉山亮在《名偵探》系列中還確實善用了圖像的功能，延續了「圖畫書」中圖像存在的意義。他利用純粹圖像具體呈現、且同時傳達訊息的特質，讓圖像在書中擔任傳遞細節線索的角色。因為相對文字的線性束縛，圖像可以讓讀者更有閱讀的主動權和取捨權，無須像文字閱讀那般，要完整接收串連文字並轉化符號意義後才能瞭解，讀者可自行選擇從圖像中拼湊所需的訊息[14]。於是，圖像在此又不只是插畫，而是隱藏了破案關鍵的重要功能。也就是說，這套書的推理破案須依靠文字和圖像兩方面並行，一來推究、思考文字敘述中事件過程的破綻，同時還須透過對畫面的觀察細究，才能發現文字中所沒有說明的遺留線索。例如：〈絕對不可以加芥末〉單元中，畫面人數的差異便是破案的關鍵線索，所以必須注意到事件前後人數的不同。又例如〈龜牌可樂〉單元中，犯人是利用何種方式在犯案時間內往返案發現場，畫面中掉落地上的紅蘿蔔就提供了思考的方向。對於這樣的表現方式，大人和孩子在閱讀反應上是不同的，習慣於文字抽象思維的大人僅從文字敘述來推理，無法馬上領會這套書的妙處，反而會對案件的破解感到困惑；但是善於閱讀圖像或慣於在

---

[12] 陳玉金〈童書出版現象觀察－銜接圖像進入文字閱讀的橋樑書〉，載於《全國新書資訊月刊》第100期，頁32-35。

[13] 圖畫書（Picture Book）在分類定義上，圖畫比例要佔百分之五十以上的篇幅，且「畫面必須有連貫，它的特色就是靠畫面連貫的韻律來說故事，否則只能叫做插畫書或插圖書（Illustration Book）。」郝廣才《好繪本，如何好》（台北：格林，2006年），頁12。

[14] 此說法參見曾麗珍《一個橋樑書的新願景——從圖像到文字閱讀的教學研究》（台北：秀威，2009年），頁44。

圖畫書中感受「尋找」樂趣的孩童，卻可以很容易進入這套書的閱讀模式，瞭解到更多破案關鍵其實是隱藏在圖像中，所以當孩童在閱讀《名偵探》系列故事時，他們自由進出於圖像和文字之間，找尋破案所需的訊息，這樣的過程讓小讀者們充滿參與的成就感。

雖然閱讀過程因為必須跳出文字範圍，進入圖像領域，不免造成敘事的斷裂，打破了對傳統說故事模式的既定期待。但對孩童來說，這樣的斷裂卻完全不會影響其閱讀理解的流暢性，印證了「兒童是天生的解構者」的說法[15]。究其原因，應是「遊戲性」使得孩童樂於其中，而略去任何文字/圖像衝突矛盾之感。

兼顧文字理解與圖像判斷，這是閱讀《名偵探》破案必備的雙重能力，缺一不可。可見圖像的存在與發揮，並不影響橋樑書對孩童在文字符號學習上的效果，甚至還會令小讀者們為了破案，更願意閱讀文字敘述，增添閱讀的興趣，這也是一般「橋樑書」單向注重文字學習所無法迅速達到的效果。

二、互動式閱讀

在推理創作中一般區分為本格派和非本格派（變格）[16]，「本格派」是最常見的正統推理故事，由作者提供線索，讓讀者跟著主角逐一看出作者鋪陳的提示，並從中享受解謎的快感。從這一點來說，杉山亮的《名偵探》系列也屬於主流的本格派推理。在敘述手法方面，傳統推理書多採文字直線敘述的方式，純粹文字的文學作品作者有很強勢的節奏主控權，依照作者安排的順序透露訊息，讓讀者慢慢累積資訊，引發預測，而致全盤瞭解。[17]正因為作者掌握了所有線索，往往在釋放訊息的同時，為了使故事有出人意表的驚奇效果，常會採用「敘述性詭計」的手法，也就是作者在寫作時，藉由文字詞義或敘事結構的設計，讓讀者產生先入為主的印象，「直覺地」對案件的可見線索不疑有他，而在最後謎題破解時才讓讀者產生恍然大悟的意外感。

在目前常見的橋樑書推理類作品，包括經典的福爾摩斯（兒童版）系列、亞森羅蘋（兒童版）系列，或新近的三寶神探系列（格林文化）等等，正是採用這樣傳統的推理敘述手法。以作者為主，作者設計一切，包括線索與謎底，讀者僅能跟隨旁觀，亦步亦趨的隨著劇情起伏和主角行動，等待事件破解落幕。讀者在這樣的故事中，雖也有期待破案與渴望解開謎底的緊張刺激，也有一路猜測兇手的興致，但這些推理的過程都是作者設計給予的，讀者完全無法實際加入自己的推論，若不是在故事最終由主角說明一切線索合理的拼湊，有時讀者根本受到作者刻意的牽引或無意間就漏失了重要訊息的意義。

---

[15] 出自 Deborah Cogan Thacker &Jean Webb 原著，楊雅捷、林盈蕙翻譯《兒童文學導論：從浪漫主義到後現代主義》的說法，（台北：天衛文化，2005 年）。
[16] 所謂「非本格」或「變格」的推理創作中，偵探解謎已不是作品表現唯一的目的了，在案件背後深沈黑暗的人性面、心理面、情感面或社會面，成了這類故事真正要探討的議題，因此在注重邏輯推理的同時，更注重氣氛與心理狀態的描寫。除此之外，歐美的推理創作還又分出「社會派」、「冷硬派」、「寫實派」、「法庭派」等。本論文文本為日譯本，故以日本推理界的區分為主。
[17] 侯明秀的論文分析文字符號在表現上的特性時的說法。參見《無字圖畫書的圖像表現力及其敘事藝術之研究》（台東大學兒童文學研究所碩士論文，2003 年），頁 24。

　　《名偵探》系列故事另一個異於其他橋樑書的設計，就在於它並不是以作者為主導的故事敘述，在此系列書中，作者不再是唯一的權威，他的全知能力在這號稱推理的情節裡無法起絕對的作用，讀者也不再只是單純接收故事訊息的資訊守候者的角色，而是藉由趣味性策略，受邀為一起完成故事的一份子。在書前目錄處，標示著「本書最酷的閱讀方式」：

> 每個事件又分為「事件篇」和「解答篇」。「事件篇」藏有解開謎團的關鍵。
> 偵探杉山米崎會詢問每一個與事件有關聯的人，文字和圖畫中也藏有線
> 索，請大家仔細思考後，再翻閱「解答篇」。

作者透過主角詰問的過程，逐漸浮現各種跡象，但這些文字內容並非全部線索，也非絕對正確，圖像當中也有著重要的訊息，而讀者必須化身偵探，在字裡圖間觀察、思索各種可疑之處，判斷資訊的可用與否，並歸結出可能的合理發展。之後，在「解答篇」裡作者才會利用主角之口，說明推理脈絡，讀者便可印證自己的想法有無相符。

　　像這樣透過讀者的參與，形成互動式閱讀的樣態，在後現代許多開創性的作品（尤其是圖畫書）中常可見到。讀者在這些後現代作品中擁有極大的自主空間，得以自行進入文本敘事的過程，決定敘事的意義，而這一切即使是作者的安排設計，結果卻完全是讀者與文本交感所造成。這種互動模式在推理類的橋樑書中仍較少觸及，但推理類的作品其實是比其他類型的故事更適合採用這種方式進行閱讀。因為「推理」原本就以讀者實際參與的臨場體會，個人實作運用到的思維判斷力，才可以完全發揮並感受推理之妙。而這樣的樂趣與成就感，是孩子曾在圖畫書的世界所熟悉的，可是一旦轉入橋樑書，卻幾乎無法繼續。目前台灣視為「橋樑書」的作品中，似乎不再有讀者可以參與的空間。身為讀者，孩子仍以傳統的接受性閱讀為主，習慣被動的「作者給予」模式。

　　杉山亮除了結構性的設計以互動模式為主之外，他在書中還不時安插與讀者對話的機會，例如在「解答篇」之前，往往都會有這樣的小叮嚀：「等等！翻開這一頁之前再好好的想一想喔！」、「啊！已經看過解答了嗎？真可惜，只要再仔細觀察，就會知道玄機在哪裡的。」或者「又想馬上翻開下一頁看解答了嗎？這可不行喲！」口語化的文字，作者彷彿現身與讀者面對面，讀者感受到作者的親切提醒之餘，似乎也因為這樣毫無距離的接觸，更增添讀者自行推理破案的決心。這樣作家直接現身與讀者互動，展開作者、讀者與故事的遊戲，顛覆作者與讀者既定的相互關係，讀者的心理與行為活動和作者之間彼此產生了交流。

　　另外，在「作者/讀者」關係的經營之餘，杉山亮也不忘安排「讀者/主角」間的互動。在每個案件結束之後，都會有一頁「杉山米崎的今日大事」，以日記形式，簡單記錄主角接觸「偵探」相關事情的心得；後蝴蝶頁前還會有一頁「竊賊日報」，以報紙媒體的樣式，報導主角杉山米崎破案的消息，或嫌犯作案失敗的剖析。皆以趣味性為主，多樣的形式除了顯出作者的創意外，更在於讓讀者熟

悉主角，讓讀者和角色面對面近距離接觸，關注角色的要求，也參與角色的內心和行為活動，還可藉由這種種「偵探小知識」，讓讀者進入「偵探」的氛圍中，營造出「偵探推理熱潮」的感覺。

依據孩童發展階段的能力，「橋樑書」中出現的推理題材讓小讀者感受到圖畫書階段鮮少嘗試到的推演思考樂趣，但《名偵探》系列更能結合圖像與文字，以讀者為主體，互動性的參與故事主角的事件，讓讀者得以直接進入故事中，一起成為偵探。

肆、橋樑書的新視界

《名偵探》系列不同於傳統偵探書的純文字敘述，而是透過圖文共同閱讀的互動方式，開放讀者與作者筆下的偵探一起辦案、鬥智，讀者握有同樣的線索，享有一樣的靈光乍現，一起推理解謎。讀者更可以親身體會作個名偵探，自己找出關鍵線索、掌握破解事件的契機，判斷案情的合理過程。不但能避免推理時受制於作者敘述性詭計的陳套設計，對讀者來說，還頗具有臨場感與遊戲性。而這樣的「遊戲性」讓小讀者產生極大的閱讀興趣和破案動力。「遊戲性」原本就是兒童潛在本能，特別表現在「建構與拆解的活力」（Power）與「創意與樂趣的演現」（Performance）[18]上。

正是這些架構在「遊戲」、「玩耍」的基礎之上的閱讀設計，使得《名偵探》系列讀本在眾多強調功能指標的橋樑書中凸顯了它的獨特性。林文寶討論兒童文學的特性時，即曾以「兒童性」、「教育性」、「文學性」及「遊戲性」為論述基礎。[19]其中「遊戲性」特別成為兒童文學重要的內在動能；林守為論兒童文學時就說：兒童時期是遊戲時期，兒童生活是遊戲的生活，閱讀對於兒童而言，也只是一種遊戲而已。[20]資深兒童文學創作者林良也曾分析，人類天性中有「遊戲」的需要，讀者的興趣集中在「故事」上，並不期待從作者流暢的語言裡得到什麼啟發，興致勃勃地向「故事的結局」奔跑，所以，文學不但是「啟發的」，同時也必須是「遊戲的」。[21]可見無論學者或創作者皆肯定兒童文學在文本與閱讀上的「遊戲性」。因此，在見到杉山亮將遊戲中的兒童動能發揮得淋漓盡致之際，我們可以對目前大部分橋樑書型製上的嚴肅產生一些思索，例如：兒童的閱讀活動是否必須因為其識字功能的要求而失去遊戲性？圖畫書的無限樂趣與創意，在之後銜接的橋樑書階段卻罕見接續，如此在閱讀經驗的跨越上是否會有斷層的情形？是否一定得為了強調文字閱讀的目的，而在橋樑書中將圖像的意義減弱，排除圖像的其他多種可能呢？是否得在形式上以這麼固定的模式來達到橋樑書的功能？尤其是對剛學習識字的兒童，在初階橋樑書中是否可以保有較多的遊戲元素，讓他們有更大的學習熱情進入抽象的文字世界？

---

[18] 參見黃秋芳《兒童文學的遊戲性》（台北：萬卷樓，2005），頁 125。
[19] 詳見林文寶、徐守濤、陳正治、蔡尚志合著的《兒童文學》總論第二節：兒童文學的特性（台北：五南出版社，1996 年），頁 12-27。
[20] 林守為《兒童文學》（台北：五南出版社，1988 年），頁 11。
[21] 林良，《淺語的藝術》，1976 年，頁 111－112。

其實，早此之前，市面上合乎「橋樑書」定義的作品並非全無跨越之作，但稍可見遊戲趣味者，主要仍著重在語言文字本身的變化之妙，例如《字的童話》這系列以中國文字趣味爲軸心的幽默小故事，從修辭到音義關係的運用轉換，營造出中國文字獨特的樂趣；或者像《換換書》之類超現實童話，靈活變化符號與意義之間的關係，製造文字新鮮感。另外，如林世仁的《11 個小紅帽》和小天下出版的《內褲超人》系列，則難得的在諧謔中展現後現代的遊戲感。可惜，在這些作品之外，便罕見橋樑書有比較明顯的開放性了。[22]現今一般所謂「橋樑書」，大多執著於其定義或功能，所以，爲了達到銜接文字閱讀的目的，而隔離了圖像的獨立訊息；爲了孩童即將適應純文字的閱讀文本，書本開始嚴肅、不再具有遊戲性，標榜的是「以有趣又發人深省的故事，在潛移默化間，強化孩子的品格教育」或「培養閱讀習慣」[23]。可是，根據歷來遊戲理論的研究，「遊戲」正是想像力的原創之一，也是創造性思維不可欠缺的一環，對於促進兒童的學習發展更是不可忽視的關鍵。[24]因此，若將「遊戲性」定位爲切入兒童文學的一種視角，那麼，關於兒童閱讀的推行與創作設計，應會有較不一樣的思考。

黃秋芳曾在《兒童文學的遊戲性》一書中指出：

> 成人基於各自對童年概念不同的建構理解，以及關於兒童各自殊異的想像與判斷，藉由顯性的「教育要求」和隱性的「文學影響」，經營出對兒童的塑造與期望，這是不斷受到環境制約的雙向滲透、融匯與分化，表現在兒童文學上，成為一個重疊相生又並立演化的繁複過程。[25]

橋樑書的出現原本是成人對孩子銜接閱讀的一片善意，但如果只拘謹於成人的思考角度，便容易陷入過度「教育性」與「文學性」的迷思，反而不易貼近孩童的需求。在兒童文學的特性中還有「兒童性」一項，這點被視爲是兒童文學的起點與支點[26]，指的即是「兒童主體性」，尊重兒童在兒童文學中的核心地位，.從兒童的心理出發，符合兒童自然天性。既然如此，在兒童文學的創作與閱讀上，不管什麼文類，都該考慮兒童最喜愛的本能活動——「遊戲性」，橋樑書亦然。如同德國福祿貝爾（Friedrich Froebel，1782－1852）所主張：教育只應謹慎地追隨

---

[22] 大部分「橋樑書」的趣味感來自內容題材。或與孩子生命經驗相契的熟悉感；或以幽默風趣的口吻表達故事；或爲故事製造一些好玩的小波折……等等。

[23] 見信誼出版社「兒童閱讀列車」宣傳文案中該系列特色。

[24] 雖然，遊戲理論在不同學者的關注下發展出多元差異的面貌，但大部分對於「遊戲」之於兒童的學習發展，肯定的態度多是一致的。例如：發展心理學家皮亞傑（Jean Piaget，1896－1980）發現：遊戲不僅反應兒童的認知學習現況，而且推動兒童發展，學習新獲得的技能。因爲兒童透過遊戲，能將簡單概念集合成較高水準概念，而完成智力發展的各階段，創造出現實形成的模式。又例如：美國心理學家傑羅姆布魯納（Jerome S. Bruner，1915－）也認爲：遊戲本身的意義比它帶來的結果更重要，通過遊戲，可以自然而愉快的促成兒童可塑性的發展。參見黃秋芳《兒童文學的遊戲性》（台北：萬卷樓，2005），頁 374－380。

[25] 引黃秋芳語。《兒童文學的遊戲性》（台北：萬卷樓，2005），頁 53。

[26] 參見黃秋芳《兒童文學的遊戲性》同上註，頁 49。

於本能之後。[27]

　　早在 2009 年曾麗珍的論文《一個橋樑書的新願景》中已關注到市面上橋樑書形式過於單一的問題，所以她提出了「新橋樑書」的理念，不過她是從教學策略的角度，擴及所有兒童讀物的閱讀與活動設計，並不專指出版社定義下的橋樑書，甚至不限於書本的形式，讓影像媒介與文字媒介適時並存。換言之，她所提出的「橋樑書新願景」，是傾向於楊茂秀在〈黑貓白貓一文觀察篇〉所謂的「所有的書都是橋樑書」的觀念：

> 最近台北流行橋樑書，以為孩子閱讀繪本之後，在進入少年橋樑書之後有一種簡單、由孩子自己閱讀的書，在美國稱為章節書（chapter book）。其實，我認為，所有的書籍都是橋樑。它都預設著言說語言跟書面語言與人生活之間，需要接連，產生文化連續性的橋樑。[28]

這樣的說法自然可以打破橋樑書封閉的界線。但實際上，橋樑書當初引進的的設計與標榜，的確有其值得關注的價值。因此，若要在這樣既定的形式規範當中擴展橋樑書，如何打破橋樑書的舊格局，讓強調功能性目的的橋樑書也可以很有意思，便是本文最主要的關注點。而經由上文的論述讓我們確信，「遊戲性」的安排是一個不可或缺的關鍵。杉山亮的這套《名偵探》系列，它大膽的圖文關係、更開放的互動模式便是我們打開橋樑書新視界的重要參考；跳脫定義框架和特定窠臼，不執著成人觀點，而要以更接近孩童的心靈進行創作，這是我們面對橋樑書時該有的態度。除了利用語言文字的趣味性外，正所謂：「兒童文學的遊戲性，就萌芽於後現代的沃土中」[29]，後現代的種種理念與手法，更是創作者可以善加利用的元素，譬如藉由圖畫的特性，設計一些能讓孩童親身參與故事、互動玩耍的機會；譬如增加讀者和作者的交流，甚至讓讀者主導閱讀、建構故事等等。這都是未來橋樑書可以發展的走向。

伍、結論

　　當兒童銜接圖畫書與純文字閱讀的過程中，因應兒童學習階段的需要，出現所謂的「橋樑書」。雖然橋樑書在字數上有限制，字義的難易度有別，但橋樑書中的推理故事，也和大多數的偵探推理小說一樣，仍採用傳統純文字的敘述手法，作者具有故事推進的主控權，讀者只能依循著作者所透露的訊息，跟著作者設計的路線亦步亦趨，甚至被「詭計性敘述」所左右。

　　然而，最新的推理橋樑書：杉山亮的《名偵探》系列，卻打破了文字形式單一線性的規範，跳脫一般定義下橋樑書的圖文比例與圖像配置功能，甚至忽略橋樑書架接圖像與純文字的目的，完全以「遊戲性」為出發點，結合圖畫書的「尋

---

[27] 李園會《幼兒教育之父－福祿貝爾》（台北：心理出版社，1997 年）。
[28] 楊茂秀（2008），〈黑貓與白貓一文觀察篇〉。網址：
http://blog.ylib.com/maoshow/Archives/2008/06/30/6568
[29] 黃秋芳《兒童文學的遊戲性》（台北：萬卷樓，2005），頁 118。

找－發現」模式，採用後現代諸多元素，讓小讀者自由穿梭於圖文之間，靠自己的觀察與思考來破解案件，親身體會當個偵探的樂趣，不再受限於作者視角。

《名偵探》系列這樣獨特的閱讀方式，在台灣近來愈趨強調橋樑書的重要性，並積極推廣橋樑書的閱讀和創作時，大大的搖撼了一般習以為常的橋樑書樣貌。目前市面上常見的橋樑書作品，往往為了銜接文字閱讀的功能，而形成過度重視文字的現象，只利用文字發展故事，加上為顧及小讀者的閱讀程度，故事內容較為平淺直接。或許，抽象的文字符號亦可憑藉其本身的開放性，而讓孩子在文字的力量下擁有自行想像的興味。但若回到兒童文學最初的內涵去檢視、去思索橋樑書中的「兒童性」，期望剛從圖畫書走向純文字的兒童，能持續保有閱讀的樂趣，無疑的，增加橋樑書本身的「遊戲性」，讓閱讀成為一種遊戲，便是一個絕佳的方法。

杉山亮《名偵探》系列的出版，讓人看到了橋樑書可以有這麼不同的創作方式，開啟了閱讀理念的新視界。而實際上，橋樑書除了偵探推理故事之外，還有許多可以發揮的故事類型，相信加添了各種遊戲性的創意活動之後，都會變得立體起來，變得更富有兒童情味，具有更開闊與長遠的創作生命力！

參考書目

杉山亮文、中川大輔圖、周姚萍譯　2010　《不知不覺變成名偵探》，台北：天下雜誌。

杉山亮文、中川大輔圖、周姚萍譯　2010　《明天起就是名偵探》，台北：天下雜誌。

杉山亮文、中川大輔圖、周姚萍譯　2010　《無論如何都是名偵探》（台北：天下雜誌。

杉山亮文、中川大輔圖、周姚萍譯　2010　《就這樣變成名偵探》（台北：天下雜誌。

杉山亮文、中川大輔圖、周姚萍譯　2010　《糊里糊塗當上名偵探》（台北：天下雜誌。

杉山亮文、中川大輔圖、周姚萍譯　2010　《快要成為偉大名偵探》（台北：天下雜誌。

杉山亮文、中川大輔圖、周姚萍譯　2010　《重出江湖的名偵探》（台北：天下雜誌。

杉山亮文、中川大輔圖、周姚萍譯　2010　《雨過天晴的名偵探》（台北：天下雜誌。

杉山亮文、中川大輔圖、周姚萍譯　2010　《向前衝啊！名偵探》（台北：天下雜誌。

杉山亮文、中川大輔圖、周姚萍譯　2010　《日以繼夜當個名偵探》（台北：天下雜誌。

林世仁、哲也等　2006　《字的童話》，台北：天下雜誌。

戴夫皮爾奇　2007　《內褲超人系列》，台北：小天下。

林世仁　2009　《11個小紅帽》，台北：聯經出版公司。

柯南道爾著、方情、邱金利編譯　2004　《福爾摩斯探案系列》，台南：大千文化出版公司。

Deborah Cogan Thacker &Jean Webb 原著，楊雅捷、林盈蕙翻譯　2005　《兒童文學導論：從浪漫主義到後現代主義》，台北：天衛文化圖書有限公司。

Jean Piaget 著、吳福元譯　1987　《皮亞傑兒童心理學》，台北：唐山出版社。

李園會　1997　《幼兒教育之父－福祿貝爾》，台北：心理出版社。

林文寶、徐守濤、陳正治、蔡尚志合著　1996　《兒童文學》，台北：五南圖書公司。

林文寶編　2000　《交流與對話》，台東：台東師院兒童文學研究所。

林守為　1988　《兒童文學》，台北：五南圖書公司。

林良　1976　《淺語的藝術》，台北：國語日報社。

郝廣才　2006　《好繪本如何好》，台北：格林文化。

培利諾得曼著、劉鳳芯譯　2000　《閱讀兒童文學的樂趣》，台北：天衛文化圖書有限公司。

張春興　1996　《教育心理學──三化取向的理論與實踐》，台北：東華書局。

許榮哲　2010　《小說課：折磨讀者的秘密》，台北：國語日報。

曾麗珍 2009 《一個橋樑書的新願景——從圖像到文字閱讀的教學研究》,台北:秀威資訊科技。

黃秋芳 2005 《兒童文學的遊戲性:台灣兒童文學初旅》,台北:萬卷樓圖書公司。

廖炳惠 1994 《回顧現代:後現代與後殖民論文集》,台北:麥田出版有限公司。

劉鳳芯編 2000 《擺盪在感性與理性之間:論述選集(1988-1998)》,台北:幼獅文化。

蔡源煌 1994 《從浪漫主義到後現代主義》,台北:雅典出版社。

鄭瑞菁 1999 《幼兒文學》,台北:心理出版社。

陳玉金 2007 〈童書出版現象觀察-銜接圖像,進入文字閱讀的橋樑書〉,《全國新書資訊月刊》第 100 期:32-35。

洪蘭 2010 〈洪蘭專欄〉,《親子天下雜誌》第 13 期:18。

誠品報告編輯部 2004 〈專題十三:在圖與文字之間-孩子的閱讀也要有階段性〉,《誠品報告》網址:http://city.udn.com/54948/2043522(點閱日期:2010.11.2)。

楊茂秀 2008 〈黑貓與白貓一文觀察篇〉,網址:http://blog.ylib.com/maoshow/Archives/2008/06/30/6568

張子樟 2010 〈擺盪於圖像與文字之間-繪本、橋樑書與少年小說閱讀過程的演化〉,小魯閱讀網講座紀錄,(2010.7.15)網址:http://www.tienwei.com.tw/article/article.php?articleid=1176(點閱日期:2010.11.2)。

李惠加 1998 〈圖畫書的語言訊息傳達〉,「兒童文學與兒童語言學術研討會」論文集,台北:富春文化,頁 98-199。

侯明秀 2003 「無字圖畫書的圖像表現力及其敘事藝術之研究」,台東大學兒童文學研究所碩士論文。

劉淑雯 2004 「繪本運用於國小社會學習領域之教學探究」,國立台灣師範大學教育研究所博士論文。

論科際整合研究對文本閱讀的重要性

——以中國古典韻文與生物學中的鴛鴦形象為例

李威侃[*]

摘要

　　本文從中國古典韻文與生物學的不同角度比較得出，此兩者之間的鴛鴦形象存在著許多如內在個性，及外在形象、行為上的差異。透過本文的探討，筆者得出以下幾點可能造成此現象的原因：一、體現中國傳統詩人較重感性的直觀審美的文學創作取向，有別於西方較理性及實際觀察的角度。二、滿足中國人對傳統美滿婚姻的嚮往與追求。三、反應封建禮教對女性心身的束縛及對人性的摧殘。四、揭示中國詩人對其作品中主角的認識不足。然筆者草撰本文最重要目的，並不是為了要指陳古人的錯誤比喻、聯想或是觀察力不足等等問題，必竟在從事文學創作時古人的這些創作手法是被允許的。筆者草撰此文主要是想借此以凸顯科際整合研究的重要性，也就是在從事創作之時若能再加入其它領域的知識、角度，乃至於研究方法，在從事創作之時，其比喻、聯想當可更準確而細緻，也就在感性與理性、客觀與主觀的問題上加以一併列入考量，而可免去因人云亦云，張冠李戴之失，乃至於落人口實之議。

關鍵詞：鴛鴦、殉情、守貞、交頸、雙飛、白頭

[*]教育部國語文課程與教學輔導諮詢團隊召集人、國立臺北教育大學語文與創作學系教授兼華語文中心主任孫劍秋研究助理，臺北市立教育大學中國語文學系博士候選人、兼任講師

壹、前言

偶然在網路中看見張燕伶在《自然保育季刊》中引用孫元勳教授[1]的研究報告表示「鴛鴦是一季情的伴侶，而非如世人所知，恩愛纏綿直到永遠。」[2]讓筆者著實吃了一驚，這個常為我們所稱羨、人見人愛的動物，他最為我們所喜愛熟知的性情，竟然正好與事實相反，真叫人情何以堪？故筆者擬訂此論題，用以探討在中國古典韻文文獻中，前人對鴛鴦的各種相關說法，是否與生物學的觀點，即野外的實地觀察紀錄有所不同？也就是從科際整合的角度，即透過跨領域的研究，來探討中國古典韻文中與生物學的實地考察上所存在的差異，並找出造成此種落差之因及其中所寓含的意義，並凸顯跨科際整合研究對文本閱讀的重要性。

貳、中國古典韻文作品中之鴛鴦形象

對於此論題因所涉及的範圍太廣，且因限於篇幅，故所徵引的資料僅以較為我們所常引用的前人韻文中的文獻為限。今試依鴛鴦之內外形象歸納分析如下：

一、羽色

今試舉前人韻文中涉及鴛鴦羽色及相關聯想或譬喻，如下：

> 鴛鴦同白首，相得在中河。水客莫驚笑，雲間比翼多。[3]（宋‧梅堯臣《宛陵集》）

> 菱透浮萍綠錦池，夏鶯千囀弄薔薇。盡日無人看微雨，鴛鴦相對浴紅衣。[4]（唐‧杜牧〈齊安郡後池〉）

> 比翼鴛鴦金縷衣，沙頭雙立對晴暉。[5]（元‧馬祖常〈鴛鴦〉）

---

[1] 孫元勳教授：國立中興大學森林學系農學士、美國加州州立大學漢波特分校野生動物管理學系理學碩士(Department of Wildlife Management, Humboldt State University, Arcata, California)、美國德州農工大學野生動物及魚類科學系哲學博士(Department of Wildlife and Fisheries Sciences, Texas A&M University, College Station, Texas)。主要專長為稀有鳥類生態與管理。現職為屏東科技大學野生動物保育研究所教授兼所長。教授課程包括鳥類學、台灣地區野生動物、野生動物調查技術等等。關於鴛鴦的研究，主要有為雪霸國家公園管理處所作的七家灣溪鴛鴦生態族群調查與拍攝計畫（1）、（2）及孫元勳教授與王穎、王侯凱合著，並發於收於《第一屆鳥類研究論文集》中之〈翠峰湖及青山壩鴛鴦生態之初探〉論文。其他與國科會、農委會、林務局等相關的鳥類研究計畫各數個及相關論文多篇。筆者文中所稱引與孫元勳教授相關問題的回答，乃是指於 2004 年 7 月 16 日下午約 4 點至 4 點 30 分及 2011 年 4 月 15 日下午 4 點 35 分至 4 點 38 分等兩次對孫元勳教授所進行的電話訪問。

[2] 張燕伶小姐的文章見於網址：http://nature.tesri.gov.tw/tesriusr/internet/natshow.cfm?IDNo=785 中。

[3] （宋）梅堯臣撰：《宛陵集》，卷 6（臺北市：臺灣商務印書館，1983 年初版，影印文淵閣四庫全書本，第 1099 冊），頁 46。

[4] （清）曹寅、彭定求等奉敕編纂：《全唐詩》第 16 冊（北京：中華書局，1960 年第 1 版），頁 5966。

[5] （元）馬祖常：《石田文集》卷 4（臺北市：臺灣商務印書館，1983 年初版，影印文淵閣四庫全書本，第 1206 冊），頁 530。

十里荷花雲錦機，鴛鴦相對浴紅衣。不道采蓮歌漸近，一雙驚起背人飛。
[6]（明・史鑑〈分題得震澤竹枝詞送中書李舍人・其六〉）

雖然雄鴛鴦的羽色多樣，但我們從以上作品中僅見「白頭」、「紅衣」（紅羽）、金縷（金色羽毛）等三種。

二、活動範圍

對於鴛鴦的活動範圍，前人韻文作品中可見以下的相關記載及相關聯想或譬喻：

歲晚良人去未歸，堂前有客着新衣。此身只為韓憑死，化作鴛鴦海上飛。
[7]（佚名〈羅節婦傳〉）

春風來時瑤草芳，綠池珠樹宿鴛鴦。[8]（金・元好問〈春風來〉）

才華秀發蚤詑詑，……。何日鴛鴦湖上水，相期一洗簿書塵。[9]（元・朱晞顏〈追送唐子華照磨之任嘉禾〉）

河洲雙鴛鴦，流蕩還相逐。皎皎白楊花，風吹不相續。[10]（明・楊士奇〈古意答伯陽〉）

從前代韻文作品中可找到鴛鴦的活動範圍，包含有樹上，湖上與河洲等地方。甚至於在〈羅節婦傳〉中更聯想鴛鴦可能會有飛至海上的行為。

三、出現成雙、雙宿、雙飛、不相離

在前人的韻文作品中常載有雌雄鴛鴦會兩兩成雙成對的出現，並有雙宿雙飛、不相離的習性及相關聯想。今試舉例說明如下：

（一）出現成雙

---

[6]（明）史鑑：《西村集》卷4（臺北市：臺灣商務印書館，1983年初版，影印文淵閣四庫全書本，第1259冊），頁769。

[7]（元）陳旅撰：《安雅堂集》卷1（臺北市：臺灣商務印書館，1983年初版，影印文淵閣四庫全書本，第1213冊），頁9。

[8]（金）元好問：《遺山集》卷6（臺北市：臺灣商務印書館，1983年初版，影印文淵閣四庫全書本，第1191冊），頁70。

[9]（元）朱晞顏：《瓢泉吟稿》卷2（臺北市：臺灣商務印書館，1983年初版，影印文淵閣四庫全書本，第1213冊），頁393。

[10]（明）楊士奇：《東里集》卷3（臺北市：臺灣商務印書館，1983年初版，影印文淵閣四庫全書本，第1238冊），頁350。

繡帳鴛鴦對刺紋，博山微暖麝微薰，詩人若有紅兒貌，悔道當時月墜雲。[11]（唐·羅虬〈比紅兒詩〉）

憶昔花間相見後……碧羅衣上蹙金繡，覩對對鴛鴦。[12]（五代十國·歐陽炯〈賀聖朝〉）

本是孤根傲雪霜……比梅成實自雙雙，青枝巧綴碧鴛鴦。[13]（宋·趙師俠〈鴛鴦紅梅〉）

子核成雙杏，將寄同心人。定棲鴛鴦魄，為物豈無因。[14]（宋·梅堯臣〈詠雙杏子其核亦然〉）

去年春入芳菲國……鴛鴦從小自相雙，若不多情頭不白。[15]（宋·張先〈木蘭花〉）

揀得金針出象筒，鴛鴦雙刺扇羅中。却嗔昨夜狸奴惡，抓亂金牀五色絨。[16]（元·理繡〈七言絕句〉）

（二）雙宿

長洲茂苑朝夕池……蘭苕翡翠恒相逐，桂樹鴛鴦恒並宿。[17]（《樂府詩集》〈舞曲歌辭五·雜舞四·四時白紵歌二首〉）

鳩逐婦何苦，鴛鴦獨可憐。池塘風雨夜，猶並一雙眠。[18]（明·謝晉〈鴛鴦〉）

（三）雙飛

青青河邊草……夢君如鴛鴦，比翼雲間翔。[19]（《樂府詩集》〈相和歌辭

---

[11] 《全唐詩》，影印文淵閣四庫全書本，第 19 冊，頁 7628。

[12] 同前註，頁 10130。

[13] （宋）趙師使撰：《坦菴詞》（臺北市：臺灣商務印書館，1983 年初版，影印文淵閣四庫全書本，第 1487 冊），頁 510。

[14] 《宛陵集》，頁 222。

[15] （宋）張先撰：《安陸集》（臺北市：臺灣商務印書館，1983 年初版，初版，影印文淵閣四庫全書本，第 1487 冊），頁 81。

[16] （清）顧嗣立編：《元詩選·初集》卷 55（臺北市：臺灣商務印書館，1983 年初版，影印文淵閣四庫全書本，第 1469 冊），頁 464。

[17] 同前註，頁 492。

[18] （明）謝晉：《蘭庭集》卷上（臺北市：臺灣商務印書館，1983 年初版，影印文淵閣四庫全書本，第 1244 冊），頁 427。

[19] （宋）郭茂倩編纂：《樂府詩集》（臺北市：臺灣商務印書館，1983 年初版，文淵閣四庫全書本，第 1347 冊），頁 342-343。

十三‧瑟調曲三‧飲馬長城窟行〉）

古臺平……○綺羅無復當時事，露花點滴香淚。惆悵遙天橫淥水，鴛鴦對對飛起。[20]（五代十國‧孫光憲〈思越人〉）

（四）不相離

小庭春映日……鴛鴦翻碧樹，皆以戲蘭渚。寢食不相離，長莫過時許。[21]（《樂府詩集》〈清商曲辭‧長樂佳〉）

已具扁舟訪使君，忽逢春雨起淮瀆。花寒蛺蝶猶相守，水冷鴛鴦不暫分。[22]（宋‧梅堯臣〈代書寄王道粹學士〉）

江南山深冬日暖……谿上鴛鴦獨有情，春來冬去長為伴。[23]（明‧李東陽〈四禽圖其二〉）

我們從前人作品中，大抵可看出鴛鴦常見會有成雙成對出現及雙宿雙飛、不相離等行為及相關聯想或譬喻。而以上作品人們在被、帳、碧羅衣、羅扇中繡上鴛鴦，皆是取自人們希望也能像鴛鴦成雙成對的意象而來，甚至於如梅子結子成雙也因此被取名叫鴛鴦梅。又如杏子子核成雙的，也被梅堯臣取來與鴛鴦的魂魄做聯想，可見鴛鴦成雙的印像深植於文人心中。另外，我們亦可發現在文人眼中鴛鴦的多情，表現在行為上就變成不只平常的覓食在一起、睡覺時在一起、嬉戲在一起，甚至到天寒水冷、一年四季皆會不分離的程度。

四、對浴

在中國韻文的作品中，鴛鴦尚有另一為人所稱羨的恩愛動作，也就是「對浴」。今試舉例並說明如下：

三點五點映山雨……蛺蝶狂飛掠芳草，鴛鴦對浴翹暖沙。[24]（唐‧吳融〈閑望〉）

蘋葉軟，杏花明，畫船輕，雙浴鴛鴦出綠汀。[25]（五代十國‧和凝〈春光好〉）

---

[20] 《全唐詩》，影印文淵閣四庫全書本，第 25 冊，頁 10143。
[21] 《樂府詩集》，影印文淵閣四庫全書本，第 1347 冊，頁 406。
[22] 《宛陵集》卷 46，頁 337。
[23] （明）李東陽撰：《懷麓堂集》（臺北市：臺灣商務印書館，1983 年初版，影印文淵閣四庫全書本，第 1250 冊），頁 93。
[24] （宋）方虛谷編、（清）紀曉嵐批校：《唐宋詩三千首‧瀛奎律髓》（北京市：中國書店，1990 年第 1 版），頁 13。
[25] 《全唐詩》，影印文淵閣四庫全書本，第 25 冊，頁 10091。

從以上作品，當不難感受到這個表現在鴛鴦身上的恩愛動作，是多麼令人羨慕，作者藉此以表現夫妻之間的濃情。鴛鴦對浴的圖像亦常於中國傳統的花鳥畫或剪紙藝術中出現，特別要提出來加以說明的是「鴛鴦對浴」在古典韻文、花鳥畫、剪紙藝術中的意象是專指夫妻之間的恩愛對浴行為，時下以「鴛鴦浴」來形容當今未婚男女的激情行為，與傳統中國古典韻文、花鳥畫、剪紙的意像中所指涉的對像是有所不同的。

五、交頸

在中國韻文的作品中，鴛鴦尚有一個常為文人提及的恩愛動作，也就是「交頸」。今試舉例並說明下：

> 泛泛漾池，中有浮萍。……采之遺誰？所思在庭。雙魚比目，鴛鴦交頸。[26]（《樂府詩集・相和歌辭十一・清調曲四・秋胡行四解》）

> 小瀟湘……〇款放輕舟鬧紅裏，有蜻蜓點水，交頸鴛鴦。[27]（宋・万俟詠〈芰荷香〉）

如上所引，前人的作品中鴛鴦常會作出這種為人們所認為是表現夫妻恩愛的交頸動作及相關聯想或譬喻。這種動作不只在歷代韻文中常見，我們亦可在清人陳厚的《春秋戰國異辭》中徵引《搜神記》中的鴛鴦交頸來體現夫妻間深情的故事。其文曰：「韓憑為宋康王舍人，妻何氏美，王欲之，捕舍人，築青陵臺。何氏作〈烏鵲歌〉以見志。曰：南山……于上又有鴛鴦，雌雄各一，恒棲樹上，交頸悲鳴。宋人哀之。遂號其木曰：相思樹。」[28]這些對鴛鴦的交頸所引申出來的深情意象，在前人為山川取名之時亦常取用。如在宋人樂史在《太平寰宇記・河北道八》中有一段記載曰「淜水，一名澧水、一名鴛鴦，俗謂之百泉。源出縣東南平地，以其導源總納眾泉合成一川故也，亦謂之鴛鴦水。〈魏都賦〉所云：『鴛鴦交合。』」[29]這段引文即說明了有關「鴛鴦水」河名之得名由來與鴛鴦交頸動作有關。[30]

六、同心

---

[26] 《樂府詩集》，影印文淵閣四庫全書本，第 1347 冊，頁 326。

[27] (清)王奕清等奉敕撰：《御定詞譜》卷 26（臺北市：臺灣商務印書館，1983 年初版，文淵閣四庫全書本，第 1495 冊），頁 464。

[28] (清)陳厚耀撰：《春秋戰國異辭》卷 26（臺北市：臺灣商務印書館，1983 年初版，影印文淵閣四庫全書本，第 403 冊），頁 560-561。

[29] (宋)樂史撰：《太平寰宇記》卷 59（臺北市：臺灣商務印書館，1983 年初版，影印文淵閣四庫全書本，第 469 冊），頁 492。

[30] 另有一段因與鴛鴦交頸相關而為樹木取名之引文，出於（清）吳任臣所撰《十國春秋・閩五・列傳》中，其文如下：「（開平三年太祖）康宗元妃李氏，故惠宗甥女，同平章事敏之女也。累封梁國夫人。康宗嬖李后，遇夫人薄矣，終于其位。……連重遇之亂，康宗同后出北關，至梧桐嶺，為皇從子繼業所殺。葬蓮花山側，冢上有樹生異花，似鴛鴦交頸，時人名曰鴛鴦樹。」僅供參考。

在前人的作品中，鴛鴦另有一個為人所熟知的性情，即是兩隻配對的鴛鴦有同心的特質及相關聯想或譬喻。其例如下：

鴛鴦翡翠同心侶，驚風不得雙飛去。[31]（宋・向子諲〈菩薩蠻〉）

閒掃梳頭向水　真娘墳畔水淙淙，當時豈少同心侶，何不鴛鴦葬一雙。[32]（清・吳綺〈虎丘竹枝詞〉）

在前人韻文作品中以為鴛鴦與翡翠皆有同心之性情，作品中更有將鴛鴦的此種性情與鴛鴦梅之並蒂同心意象相結合，正與鴛鴦同心之性相關，這可能正是此梅被命名為「鴛鴦」之因。

七、和鳴

在樂府詩中，亦言及鴛鴦會有和鳴的情形及相關聯想或譬喻。今試舉例並說明如下：

孔雀東南飛……中有雙飛鳥，自名為鴛鴦。仰頭相向鳴，夜夜達五更。[33]（《樂府詩集》（雜曲歌辭十三・焦仲卿妻））

鴻雁有丘同苦楚，鴛鴦無日不和鳴。邯鄲簡子何多事，正旦全生未必生。[34]（元・侯克中〈鳩〉）

前人韻文作品中提及雌雄鴛鴦有相向和鳴的表達愛意行為。也難怪王逸注《楚辭》「鴛鴦兮，嚘嚘。」的「嚘嚘」便是以「和鳴貌也」[35]來加以說解。

八、守貞、殉情

前人韻文作品中提及鴛鴦有殉情之行為及相關聯想或譬喻的作品，如下：

梧桐相待老，鴛鴦會雙死。貞婦貴徇夫，捨生亦如此。波瀾誓不起，妾心井中水。[36]（唐・孟郊〈列女操〉）

---

[31]（宋）向子諲撰：《酒邊詞》（臺北市：臺灣商務印書館，1983 年初版，影印文淵閣四庫全書本，第 1487 冊），頁 544。

[32]（清）吳綺：《林蕙堂全集》卷 22 臺北市：臺灣商務印書館，1983 年初版，影印文淵閣四庫全書本，第 1314 冊），頁 653。

[33]《樂府詩集》，影印文淵閣四庫全書本，第 1347 冊，頁 625-628。

[34]（元）侯克中：《艮齋詩集》卷 7（臺北市：臺灣商務印書館，1983 年初版，影印文淵閣四庫全書本，第 1205 冊），頁 484。

[35]（漢）王逸注：《楚辭章句》（臺北市：臺灣商務印書館，1983 年初版，影印文淵閣四庫全書本，第 1062 冊），頁 110。

[36]《樂府詩集》，影印文淵閣四庫全書本，第 1347 冊，頁 516。

> 并刀不剪東流水，湘竹年年露痕紫。海枯石爛兩鴛鴦，只合雙飛便雙死。[37]（金・元好問〈西樓曲〉）

> 烈婦重義輕一死，貞女安心無二天。通身示孝衣裳白，長練高經繡房夕，在世鴛鴦不得雙，同到黃泉願成匹。[38]（明・沈周〈烈女死篇〉）

孟郊以為只要成對的鴛鴦其中的一隻死後，則另一隻則會有殉情的行為。孟郊甚至指出烈女亦應效鴛鴦之行為，在其夫死掉之後捨生殉情。又明人馮復京所撰的《六家詩名物疏》引《古今注》所載之文道：「鴛鴦，水鳥，鳧類。雌雄未嘗相離。人得其一，則一者相思死，故謂之匹鳥。」[39]馮氏言及鴛鴦鴦雌雄不相分離，只要其中一隻為人所執，另一隻則會相思至死。因此鴛鴦被許以「匹鳥」之名。也因為文獻及韻文中鴛鴦有此種感人的守貞個性，所以後人常以此特性來為花草樹木甚至於為山川百物取名。又如宋人樂史在《太平寰宇記》載：「鴛鴦山，《益部耆舊傳》曰：嶲道有張真者，娶黃氏女名帛。真因棄船過江船覆没，帛求夫屍不得，于溺所仰天長嘆遂自沉焉。積十四日，帛乃扶夫尸出於灘下因名鴛鴦岸。」[40]樂氏指出「鴛鴦岸」之名，乃是出於時人感於黃帛自沉以尋得其夫張真屍體之事，有如鴛鴦堅貞之性，故命黃氏尋得其夫所登之岸為「鴛鴦岸」。

參、生物學中之鴛鴦形象

我們從以上前人韻文作品中可歸納出鴛鴦有白頭、紅羽等外在兩種羽色。又有飛至海上之行為，又有出現成雙、雙宿、雙飛、不相離、對浴、交頸、和鳴、同心、守貞與殉情等形象及性情。然而，從生物學的野外實地觀察報告是否與以上歸納的鴛鴦內外形象相符？故以下先取中國典籍中有關鴛鴦的記載，再取今人對鴛鴦的野外觀察記錄及攝影作佐證，如有疑義或證據不足之處，則進一步請教學界研究鴛鴦的權威，即屏東科技大學的孫元勳教授的前後兩次訪問記錄做補充，以期能透過科際整合的研究方法，而能對前人韻文作品中所涉及與鴛鴦相關的問題，做出相當的釐清作用，以免後人在閱讀文本時為前人韻文中的即定印象所誤。本節所討論的範圍則只針對上一節中國古典韻文中的所論及的鴛鴦內外形象為限。

一、羽色

---

[37] 《遺山集》卷 6，頁 67。

[38] （明）沈周：《石田詩選》卷 6（臺北市：臺灣商務印書館，1983 年初版，影印文淵閣四庫全書本，第 1249 冊），頁 633。

[39] （明）馮復京撰：《六家詩名物疏》卷 44（臺北市：臺灣商務印書館，1983 年初版，影印文淵閣四庫全書本，第 80 冊），頁 468。

[40] （宋）樂史撰：《太平寰宇記》（臺北市：臺灣商務印書館，1983 年初版，影印文淵閣四庫全書本，第 469 冊），卷 79，頁 463。

因前人韻文作品中對鴛鴦羽色的羽色，只言及白頭、紅羽及金縷（金色羽毛）三種等顏色，並不夠全面。在中國故有典籍中如李時珍在集解《本草綱目》中時說：「鴛鴦，黃鴨，匹鳥。……其質杏黃色，有文采，紅頭翠鬣，黑翅，黑尾紅掌，頭有白長毛，垂之至尾。」[41]今人林英典在《發現臺灣野鳥》一書中對鴛鴦的羽色有甚為詳細的記載。其文載：

> 鴛鴦 Mandarin Duck 特徵：長 42 公分，雄鳥紅嘴及紅腳，嘴巴尖端白色，全身羽毛亮麗有光澤，額頭至頭頂為藍綠色。頭後的長飾羽為橙紫色，飾羽下為翡翠綠色，頸部為金黃色，胸及背為為暗紫褐色，雙脇及上蹺之飛羽為橙黃色，頗為醒目，腹及下腹至尾下覆羽為白色。眼球暗紅色，周圍白色，左上方有一寬白色帶，延伸甚長至後頸兩側，頰為金黃色。雌鳥的嘴暗鉛灰色。全身大致暗褐色，眼圈周圍白色延伸至眼後方為白線條。」[42]

以上所引之有關鴛鴦羽色的兩則文獻，我們可以清楚的看出其全身上下的各種羽色，雄鳥包括有杏黃、翠、黑、藍綠、橙紫、翡翠綠、金黃、暗紫褐、橙黃、白色（只有在腹及下腹至尾下覆羽為白色）等羽色，而雌鳥的羽色大致為暗褐色，另外，只有在眼圈周圍及眼後方為白色。另胡樹慧、齊先軍等人針對鴛鴦的野外觀察，有以下關於鴛鴦羽色的實地記錄如下：

> （鴛鴦）雄性的羽毛華美艷麗，是水禽中無與倫比的佼佼者。其額和頭頂的中央呈閃光的綠色，頭後長著聳立的由棕紅色、綠色和白色羽毛所構成的羽冠，眼後有粗的白色眉紋，上胸和胸側是富有光澤的紫褐色，腹部為白色，肩部生有白色鑲著黑邊的羽毛。最為奇特的是其翅膀上長有一對栗黃色的扇子狀的直立羽屏，前半部鑲以棕色，後半部鑲以黑色，如同一對精製的船帆故稱之為「帆羽」，又稱作「劍羽」或「相思羽」。還有，它的眼睛呈棕色，眼睛周圍是一條黃白色的環，嘴巴是紅棕色的。雌鴛鴦比雄鴛鴦略小，沒有羽冠和扇狀直立羽屏，頭部為灰色，頭上有一道白眉，背部羽毛都呈灰褐色，腹部白色，顯得清秀而素淨。雌鴛鴦這身樸素的「打扮」實際上就是它本身的保護色。[43]

從以上的文獻及實地觀察記錄，亦可看見作者對雄鴛鴦羽色記載有的紫褐、白、栗黃、棕、黃白等種顏色，而雌鴛鴦則記有灰、白、灰褐等顏色。從以上三段引文的記載，我們可確認，紅衣（即紅羽）及金縷（即金黃色的羽毛）皆可見於雄鴛鴦身上。但對於前人韻文中鴛鴦是否有「白頭」的現象，從野外的觀察記錄中

---

[41]（明）李時珍撰：《本草綱目》下冊（全兩冊）（臺南：世一文化事業有限公司，2000 年 2 月，初版），頁 10-11。

[42] 林英典撰文、攝影：《發現臺灣野鳥》（臺中：星晨出版有限公司，2000 年 11 月初版），頁 38。

[43]胡樹慧、齊先軍/文；郭玉民/攝影：〈艷麗多情的鴛鴦〉《野生動物》2005 年第 1 期，頁 9。

鴛鴦無論雌雄鴛鴦的腹下至尾下部位皆是白羽，而雄鴛鴦則只有眼後有粗的白色眉紋及其羽冠有夾雜有少數的白色長羽及肩部生有白色鑲著黑邊的羽毛，但並不見這些白羽長在鴛鴦的頭部而形成所謂的「白頭」現象。

　　至於前人韻文中為何有「白頭」的說法，是出於作者主觀的想像，還是鴛鴦真另有其它「白頭」的可能？為求慎重，筆者亦以此問題向孫元勳教授求教，孫教授表示：據他多年對鴛鴦的野外觀察研究指出，在繁殖期（約在陽曆5、6月）過後，當雄鴛鴦頭部剛換毛換的還不很完全時，確實會有整個頭會看起來是白頭的情形出現。還好這個問題筆者也進一步請教了孫元勳教授，否則若單憑筆者主觀印象而妄加論斷了。

　　但是前人作品卻有言及雌雄鴛鴦皆「頭俱白」、「同白首」一類的句子出現，因羽色的轉換較明顯的只有發生在雄鴛鴦身上，而雌鴛鴦的羽色如上面之引文，其「全身大致暗褐色，眼圈周圍白色延伸至眼後方為白線條。」並不構成白頭的情形，故作者若只言雄鴛鴦的「白頭」或可成立，若再加上雌鴛鴦而言「頭俱白」、「同白首」則就有問題。除非相愛的是兩隻同性的雄鴛鴦。或許文人筆下鴛鴦的白頭之說可能是作者的的過度聯想，而將人的白頭偕老意象與鴛鴦的專情意象作聯想所致。[44]

二、活動範圍

　　從上述前代韻文作品中所載鴛鴦的活動，包含有棲於樹上，飛至湖上與停於河洲，乃至於飛至海上等範圍。查檢今人的野外觀查記錄載：

> 2004 年入秋的一天，電視上播出了這樣一條新聞：北京懷柔的黃花城水庫聚集了成百隻鴛鴦，鳥影秋色相映成趣。……中國最北部的東北地區和南方的長江流域是鴛鴦最集中的棲息地在一北一南兩塊棲息地之間是巨大而狹長的黃河、長江谷地，那裡還擁有中國最大的濕地和淡水湖區，這些地方也成為鴛鴦流連的家園。[45]

以上引文不只指出了鴛鴦成群出現在水庫中的記載，更提及鴛鴦在中國的主要棲地是分布在從中國的東北地區和南方的長江流域之間的狹長黃河、長江谷地中的濕地和淡水湖區。從以上的觀察記錄可知前代文人的韻文作品中所見鴛鴦與河洲、湖上的相關記載或聯想是可以成立的。另同文中亦見鴛鴦棲息、築巢於樹上的記錄及照片。文中記錄載：

> 鴛鴦是雁鴨類中極少數的樹棲鳥類，它們選擇在樹洞或崖洞裡產卵孵化靠

---

[44] 關於前人詩作中言及與鴛鴦羽色相關之作品，如李白的「天津三月時 ……七十紫鴛鴦，雙雙戲庭幽」、「高樓入青天 ……願逢同心者，飛作紫鴛鴦。」前人在《詩識名解》已辨，太白詩作中之「紫鴛鴦」與本文之「鴛鴦」為不同種。若依上文我們亦可得知，鴛鴦並無紫色之羽毛，亦可做為前人之補證。

[45] 李瑩、付建平/文；吳秀山/攝影：〈尋找鴛鴦的蹤跡〉《知識就是力量》2010 年 12 期，頁 42-43。

近水邊的天然樹洞，是鴛鴦營巢的主要地點雌鴛鴦幾乎每年都會選擇上一年成功孵化的巢洞繼續使用，新生的雌鴛鴦也會選擇在出生地附近的樹洞營巢。

選巢時節的懷柔山區，常常見到配對的鴛鴦忙碌地在樹林中飛翔，找尋理想的樹洞。這些樹洞有些是活樹斷落的枝幹因腐敗而向主幹侵蝕而生的疤痕，也有些是還在硬撐的直立枯木樹洞，有些則是啄木鳥廢棄的舊巢。憑藉一雙目光敏銳的大眼睛，鴛鴦能伶俐地穿梭在樹枝間發現隱蔽的樹洞。[46]

從以上的引文可找到鴛鴦有巢於樹上的習慣，故前人將鴛鴦與棲於樹上的行為相聯結亦是可以成立的。

另外，筆者亦針對鴛鴦是否會有飛至海上的行為？求教於孫元勳教授，孫教授表示：根據其對鴛鴦多年的觀察，鴛鴦一般不會飛至海上，頂多只發現他們出現在河口，也就是半鹹水、半淡水的地方。

果真如此，鴛鴦不會飛到海上，那這個烈婦又真能在死後化作鴛鴦，那他的死豈不是又事與願違了。至於作者為何會將烈婦之夫的去處與鴛鴦的覓食地加以強加聯繫？這可能如王居明所言是「純生物學的自然觀」之故，而其解釋此學說時指「人性論者把人看成是自然人；生物學的人，認為人是一種動物，因而也具有一般的動物所具有的共同特點，如生、老、病、死、繁衍、生殖、食欲等等。在他們眼中，人的生物性與動物性是相同的，因此，反映了人的生物性的便是具有人性的東西。它們的代表性觀點是：人格同一說，原素說，人本主義。」[47]此作品作者可能如此學說所言，因人之可至海上，多情的鴛鴦因具有與烈婦相同之性情，故在其死後變成鴛鴦後，也可飛至海上尋找其夫君。然而鴛鴦這種水禽並無至海上覓食之紀錄，故這可能是作者透過鴛鴦此種性情的聯想來從事創作所致。

三、出現成雙、雙宿、雙飛、不相離

至於實地考察的鴛鴦是否會成雙成對出現及雙宿、雙飛、不相離等行為呢？據胡樹慧、齊先軍等人的觀察指出：

真正的鴛鴦絕非像人們想的那樣忠貞。它們不像鶴類和天鵝那樣，有著永久性的配偶，而只是在發情交配期間，才會成雙成對影不離。一旦交配結束，雄鴛鴦很快就不知飛到哪裏去另覓新歡，它還會與另一隻雌鴛鴦情真意切，形影不離地待在一起。[48]

---

[46] 同前註，頁 45。
[47] 王居明：《模糊藝術論》（合肥：安徽教育出版社，1991 年 7 月第 1 版第 1 刷），頁 279。
[48] 〈艷麗多情的鴛鴦〉，頁 11。

可見鴛鴦的成雙成對的情景，只有在發情交配期間才會出現。一旦雄鴛鴦完成了傳宗接代的任務之後，就會離開雌鴛鴦，其它的育雛工作全由雌鴛鴦負責。對此問題筆者亦請教於孫元勳教授，孫教授表示：在繁殖季時，因野外雌鴛鴦的數量一般上皆比雌性多，故雄性在配對還沒固定下來之前，因怕半路殺出個程咬金，所以皆不會離開雌性太遠，故常會看到他們的儷影雙雙。另外，孫元勳教授亦指出就其野外之考察發現，在雌雄鴛鴦交配後，所有的雌鴛鴦去孵蛋後，雌雄鴛鴦就各自分飛，所有的雄鴛鴦會聚在一起，有時還會發現有少數未下蛋的鴛鴦混雜在雄鴛鴦群中。只有當負責育雛工作的雌鴛鴦外出覓食回來，停在樹洞旁的樹枝上吃東西時，雄鴛鴦才會飛到他當季配對的雌鴛鴦旁邊。據孫元勳教授推測，這種短暫的雌雄鴛鴦相聚行為，可能是雄鴛鴦為短暫離窠在窠邊的樹上枝幹上進食的雌鴛鴦所擔任的警戒工作。而在繁殖季過後，雌雄會各自分飛，也就不會有這種成雙成對出現及雙宿、雙飛、不相離的情形出現了。[49]從孫元勳教授的觀察可知在繁殖期成雙成對是配對時的常態，但若要像張先的詞句言雌雄「鴛鴦從小自相雙」，還要一直專情到老，這可能只有在作者的的譬喻、相關聯想或是在圈養的情形下別無選擇才會出現的場景吧！

　　至於鴛鴦這種水禽是否如文人筆下的那般難捨難分、不相離？筆者也針對此問題請教於孫元勳教授，孫教授表示：在繁殖季過後（約在每年4-6月份）本是成雙成對出現的鴛鴦就會雌雄各自分飛，不會再溺在一起。至於我們在上文中所提及的前人作品中有「春來多去長為伴」也就是一整年都雌雄溺中在一起的情形，在野外是不可能發生的。若我們要強加說解，這種現象可能只有在鴛鴦被人類強制圈養在一起的情形下才有可能。而上述引文中提及鴛鴦會在覓食或睡覺時都溺在一起的問題，筆者也就教於孫元勳教授，孫教授表示：在繁殖季初期，雄鴛鴦因怕自己的配偶被別的雄鴛鴦橫刀奪愛，確實在這個時候雄鴛鴦就算在覓食時也常在雌鴛鴦左右，最遠也不會讓雌鴛鴦離開他的視線範圍。對於此種行為也可能是作家們將繁殖季時的行為印象無限上綱，再加以引申或聯想以從事創作有關。

四、對浴

　　至於這種鴛鴦常為人所稱羨的對浴動作，據李瑩、付建平等人的野外實地觀察指出：

> 人間四月天……與其他雁鴨類不同，交配過程好像一個浪漫的儀式……起
> 先，雌鴛鴦會往前伸出壓低脖子貼著水面，向先生發出愛訊息。接收到邀

---

[49] 另外在（明）朱載堉所撰的《樂律全書》卷二十二中亦言及有「其穗狀似黑黍，一胞中皆含二粒，兩兩相並露而不落，土人謂之鴛鴦黍。」；又在（明）李賢等所撰的《明一統志‧長沙府》卷六十三中亦載「鴛鴦井　在府城東北，一井而二眼，四時清潔。」；又（明）王鏊所撰的《姑蘇志》卷十四中亦載「鴛鴦梅，一蒂雙實多葉紅梅也。」；（清）和珅、梁國治等奉敕撰的《欽定熱河志》卷九十四中又載「今塞外所產有紫白二種，亦有一樹二色者，不由接植偶然得之，土名鴛鴦丁香。」皆是取鴛鴦成雙成對之意象為名。

護的雄鴛鴦便昂首挺胸，緩緩湊近和雌鴛鴦面對。在姿勢不變的情形下，雙方會像跳慢舞般在水面上轉個幾圈。然後雄鴛鴦身後並跳到背上，雌鴛鴦身體頓時下沉，只將頭露出……水面。雄鴛鴦輕銜雌鴛鴦枕部羽毛。保持著身體的平衡。完成交配後，雙方會在水中洗澡并整理羽毛。輕過了幾次的交配後，雌鴛鴦就始了產卵孵化。[50]

從以上的野外觀察報所載可知鴛鴦在交配完之後，確實觀有對浴的行為。而對於鴛鴦的這種行為，為求嚴謹，當然也必須向孫元勳教授請教，孫教授表示：鴛鴦確實有對浴的動作，而且是不只一天一次，他們在交配後、要上岸休息前，皆會洗澡。可見文作品中對此鴛鴦的行為的描繪是無誤的。

五、交頸

對於鴛鴦這種頸部較短的水禽，能否做出這樣的高難度交頸動作？個人感到很懷疑。果真在求教於孫元勳教授時，孫教授表示：沒發現有交頸的情形，因脖子太短之故。在野外曾發現遠觀時，因兩隻鴛鴦頸部的影像重疊而給人以為鴛鴦會交頸的錯覺，這可能因古代沒望遠鏡等這類觀察工具所造成的影像錯覺之故。

六、同心

在生物學的實地考察上，鴛鴦是否有如前人所言有同心的心理狀態？這屬於心理學的範疇，我們無法做一量表來測量雌雄鴛鴦是否同心，但從以上野外實地的考察記錄可知，雌雄鴛鴦只有在繁殖季之前半段，即雌鴛鴦下蛋之前，才會成對成雙的出現，所以要說雌雄鴛鴦之間有同心的心理狀態，可能有待進一步驗證。另外，若就雌雄鴛鴦是否會同心協力，共同負起對小鴛鴦的養育責任這一件事上來看，或許孫雨鵬以下的這段野外實地觀察記錄，可做為我們的參考，他指出：

雌鴛鴦在雄鴛鴦離去後便開始自己營巢築窩。……雌鴦為自己和兒女自築好了窩，在 5 月初開始產卵。一隻雌鴛鴦一年只繁殖一窩，每窩產卵幾到十幾枚，……孵卵期一般為 28-29 天。整個孵卵過程和以後的育雛工作全由雌鴛鴦來完成。[51]

由以上的野地觀察報告可知，整個孵卵、育雛的過程全由雌鴛鴦負責，雄鴛鴦在播種的工作的完成之後，完全不參與育雛的工作。若就教養小鴛鴦的這件事情上，雌雄鴛鴦明顯是不同心的。而這對於雌雄鴛鴦是否同心這件事情上，筆者亦請教於孫元勳教授，一如惠施質問於莊子所言：「子非魚，安知魚之樂？」一樣，孫教授站在科學的客觀角度上，亦如此回答筆者說：關於雌雄鴛鴦是否同心這個問題，他不是鴛鴦，所以不知鴛鴦是否同心，故不敢妄加論斷。

---

[50]同前註，頁 45。
[51]孫雨鵬：〈鴛鴦浴紅衣〉《生態文化》2002 年第 4 期，頁 22。

七、和鳴

關於鴛鴦到底會不會有互相唱和的「和鳴」行為？筆者並未發現相關鴛鴦有和鳴的野地考察報告，但下面有一段相關報告記錄可作參考：

> 別看鴛鴦柔柔的的樣子，它們的性情可機警得很，受驚後立即就能起飛，一邊飛一邊還「哦兒——哦兒——」地叫，好像是在向同伴們報警，告訴它們「快跑——快跑——快跑」。[52]

從上面這段引文記載可知，鴛鴦在受到驚嚇或威脅時，會以鳴叫聲示警，呼喚同伴避難，但是這種行為與本文所討論的「和鳴」，即雌雄鴛鴦間用以表達愛意的相互唱和式的鳴叫不同。而對於這個問題筆者亦求教於孫元勳教授，孫教授表示：在野外平常鴛鴦聲音不多，反而是肢體動作較多，沒發現什麼互相唱和的行為，但曾發現當成對的鴛鴦有一隻在空中飛時，會以鳴叫聲來呼喚牠的伴侶的行為。

八、守貞、殉情

成對的鴛鴦當其一隻死後，未死的那隻是否會有守貞，乃至於是殉情的行為？據吳佳燕的觀察紀錄指出：

> 現代鳥類科學已經證明，鴛鴦的配偶關係大都只維持在繁殖期，雌鳥開始孵卵後雄鳥即離開，到隱蔽處去換羽，雌鳥單獨承擔育雛的重擔。小鴛鴦隨母親長大，可以獨立生活以後，原有的鴛鴦家庭隨即解體。以後雌雄完全可以另行擇配，並非從一而終。[53]

從野外的實地觀察紀錄，我們可後知道，鴛鴦的配偶關係，只維持在繁殖季的前半期，繁殖季一過，雌雄就各自分飛，且當每年新的繁殖季到來，他們就會重新選擇伴侶，而沒有守貞、殉情的行為。另外，胡樹慧、齊先軍等人的野外觀察紀錄，亦顯現出相同的結果。他們說：

> 在交配最終完成後，它肯定將再次消失。孵卵及育雛等「生兒育女」之事，則完全由雌鴛鴦承擔……而色彩極其豔麗的雄鴛鴦對卵的孵化以及雛鳥的成長卻是從不過問的。由此而知，雄鴛鴦是喜歡到處沾花惹草的「薄情郎」和「負心漢」，是一個極不負責任的「父親」，它不留戀鳥巢，喜歡四處遊蕩，與從未謀面的陌生面孔打交道。所謂的「從一而終」是根本就沒有的事，雄鴛鴦這個「情場老手」，幾乎把所有的人都欺騙了，而且它還

---

[52] 〈鴛鴦浴紅衣〉，頁23。
[53] 吳佳翼：〈鴛鴦、鸂鶒及䴙䴖〉《辭書研究》2003年第4期，頁144。

玩兒得既癡情，又瀟灑，承載了人們長達數千年的太多不實之愛，表面現象而產生的這些簡單臆想，無疑妨礙了科學實證精神的傳播，因此錯上加錯，現在是徹底揭穿鴛鴦恩愛謎底的時候了。[54]

以上兩份不同於中國古代韻文作品觀點的野外實地考察紀錄，正凸顯了自古以為我們受限於既定觀點的謎思。關於這個問題，筆者亦曾求教於孫元勳教授，孫教授表示：鴛鴦在每年一次的繁殖季過後便會雌雄各自分飛，等到來年的繁殖季時常常會有重新洗牌配對的情形。雖亦曾發現隔年仍找與去年相同配偶的情形，[55]但此乃屬特例的行為，每年換不同的配偶才是常態。[56]而對於雌雄鴛鴦的伴侶為什麼不會如古典韻文中那樣的守貞行為，而是每季都會換伴侶。孫元勳教授也提出另一種觀點：因為在每年雌鴛鴦的死亡率近半，也就是今年雄鴛鴦的伴侶，到下一繁殖季時可能有將近半數的伴侶皆已死去，所以雄鴛鴦為了繁殖下一代，故勢必要找尋新的伴侶。

至於鴛鴦是否有殉情之行為，孫元勳教授跟據他對鴛鴦多年的野外觀察研究指出：因野外觀察不易，目前為止並未發現鴛鴦有殉情之情形。至於在圈養的情形之下，就不知是否會有這種情形。但是在圈養的情形之下，如果出現鴛鴦一隻接著一隻相繼死亡，而出現如前人在文學作品中所提及的殉情行為，其中最可能的原因是被圈養在一起的鴛鴦，其中一隻先受到病毒感染，又再傳染給其他的鴛鴦，才導致他們會有前後相繼死亡的情形發生。

肆、結語

我們透過科際整合的研究方法，得到了前人韻文作品與生物學的野外實地考察中的鴛鴦形象，除了在對浴的問題上兩者沒有異說外，其它皆存在著極大的差異，筆者試著歸納以上之資料，並闡述導致這些誤解之背景緣由及其中之所寓涵的意義，藉此強調跨領域的科際整合研究對文本閱讀的重要性，今試提出以下幾點看法，以就教於與會的各位方家、學者。

一、體現中國傳統詩人的審美取向

---

[54] 〈艷麗多情的鴛鴦〉，頁11。

[55] 張燕伶所發表於《自然保育季刊》中的一篇名為〈我看鏡頭裡的鴛鴦世界〉曾提到：「雖然鴛鴦是一季情……2002年11月，一隻繫有腳環（右金左紅）的公鴛鴦，與牠的親密愛人曾經是我的最佳模特兒，後來冬神灑下粉白的雪花，便失去牠們的蹤影，可能南下渡冬去了。2003年9月，在同一個地點我又發現牠及其愛人的蹤影，令我欣喜的是，經過照片的比對，這隻公鴛鴦並未更換愛人，仍舊是老夫老妻呢！」所以鴛鴦雖是一季情，但仍可見到少數例外。其文出處見於網址：http://nature.tesri.gov.tw/tesriusr/internet/natshow.cfm?IDNo=785 中。

[56] 在大陸的動物世界網中對於「鴛鴦的配偶是終生不變的嗎？」這個問題的回答，亦與孫元勳教授的研究不謀而合。其文說：「人們認為鴛鴦是一夫一妻、白頭偕老的象徵，一旦結為配偶，便陪伴終生，即使一方不幸死亡，另一方不再覓新配偶，獨度餘生。事實上，鴛鴦並非成對生活，配偶更非終生不變。」此文見於網址：
http://www.chiculture.net/0207/0207ani/0207ani.php?ani_code=092 中。

　　中國詩人傳統審美的態度較重感性直觀的體悟而言簡意賅,與西方較重理性及重邏輯上的思辨傳統不同。所以表現在作品上,對鴛鴦形象描寫時就往往常憑感觀的直覺,想當然而的就去從事創作而沒能去仔細推敲其作品中內容之合理性或真實性。如前人作品中對鴛鴦有「白頭」之說,可能只是作者將人的白頭偕老意象與鴛鴦換毛時的短暫現象或是主觀想像相結合所致。其它如同心、和鳴的描述大抵是出於作者的主觀感受而發,此些較不重事實依據的說法正與西方重邏輯的觀點大不相同。雖然此些作品較欠缺邏輯的嚴整性,然亦因此而寄寓富涵了更大的聯想空間,若究其間得失,總結的來說當是瑕不掩瑜的。

二、滿足中國人對傳統美滿婚姻的嚮往與追求

　　張老師月刊編輯部在整理中國人的愛情觀時指出「中國人愛情的第一個特色是：一定要結婚。……從小到大,我們一直被撐在各種人際關係網中長大,沒有人教我們如何處理寂寞、面對獨立、如何與自己相處的課程。現在,人們知道沒有家庭婚姻的負擔是自由無拘的,卻不習慣、也不敢證明自己有能力可以過好單身生活。因此一份安穩的婚姻還是這個社會的『主流思想』,也因如此,人們害怕處理不了單身的寂寞,更擔心離婚所帶來的瓦解和崩潰。……中國式的愛情欠缺『分離』的概念,是第三個特色。當愛情是為了結婚時,結婚是愛情的目的地,分手是歧途。……分手意味著失敗的戀情,是極為恐怖、可怕、悲慘的創傷,似乎留下了永遠不可抹滅的遺憾。」[57]因為中國人怕分離的心情,表現在以上所舉作品中就成了鴛鴦出現會成雙、雙宿、雙飛、不相離等與現實的鴛鴦形象與事實不符的情形上。難怪孫雨鵬的報告會在大嘆「交尾後,雄鴛鴦卻馬上不見綜影,不知跑到哪裏消遙去了,以後的事情都要由雌鴛鴦自己去承擔。以這點看來,雌雄鴛鴦並不像千百年來人們傳頌的那麼恩愛和忠貞不渝,也並不白頭到老,更不是一方死亡,另一方就殉情而死或終生不娶或不嫁。」[58]之後還要有感而發的說「但美好的願望寄予溫順美麗的鴛鴦,是對美好生活的嚮往和追求,而鴛鴦成雙戲水游玩時的親親熱熱,也由不得人們不羨慕。」[59]或許吧！這些與事實不符,對鴛鴦的各種讚美,除了有些是出於肇因於作者的疏於觀察,但其中最深層的內涵,正隱隱呼應著中國人心中那一份對美滿婚姻的嚮往與追求。

三、反應封建禮教對女性心身的束縛及對人性的摧殘

　　中國女性的命運,從最早可見於《詩序》中用強調《詩經》所蘊涵的后妃之德的重要性,到了漢代之後,更以禮教、倫理綱常來禁錮女性的思想,企圖進一步限制她們的行為。自此以後,雖有某些時期,女性的思想行為得了短暫的解放,但其大勢無疑的是向中國封建專制的父權思想快速傾斜,尤其是到了在宋代中葉以後,由於封建政權的逐漸走下坡,再加上欽、徽二帝被俘,故藉大力主張朱理

---

[57] 張老師月刊編輯部編：《中國人的婚姻觀——允諾與嫁娶》(臺北：張老師出版社,民國79年11月,初版第二刷),頁10-14。
[58] 〈鴛鴦浴紅衣〉,頁22。
[59] 同前註。

學，以鞏固執政者的政權，於是極力宣揚要求「寡婦」要「存天理，滅人欲」，更有甚者，要做到「餓死事小，失節事大」，也就是寧可餓死，也要「守貞」而不可破壞倫理綱常秩序。這些完全漠視女性的心理、身理需要的不合理主張，正凸顯了封建禮教對女性心身的束縛及對人性的摧殘。

四、揭示中國詩人對其作品中主角的認識不足

中國傳統詩人們常以對事物的直接、粗淺觀察再加上主觀的願望或過度聯想來從事創作，所以就常會出現一些與事實大相逕庭的譬喻或聯想。如前人作品中出現了可能不該在鴛鴦身上出現的「白頭」描述。又如前人言鴛鴦有「交頸」之情形，實則因其頸部太短而不可能有此種高難度的動作出現，若前人能仔細觀察當可避免此種錯誤。又如前人作品中言及鴛鴦會出現會成雙、雙宿、雙飛、不相離等描述，又與事實上鴛鴦在繁殖季後會雌雄各自分飛的情形不符。又如前人作品中亦言及鴛鴦在伴侶死去之後會為其守貞或殉情的行為，又與其會在每一個繁殖季換伴侶的行為不合，且最有可能導致此種情形的原因可能是出與雌雄鴛鴦間的細菌感染。若前人對觀察的對象能找到較為有效可靠的研究方法，就如同今日生動學的研究，常會為所觀察的對象加上可供辨認的識別環或小型無線電發報器，甚至於對其作醫學檢驗，則或可得到一些較客觀正確的觀察結果。

五、凸顯科際整合研究對文本閱讀的重要性

從以上對相關問題的討論得知，前人對鴛鴦的描述存在著諸多的錯誤。在人云亦云，不求甚解，又不小心求證之下，於是種種誤說及觀念日益根植人心，甚至到積重難返的地步，本文所討論的鴛鴦形象即是最好的例子。本文亦因透過科際整合的研究得以跳脫前人的誤導及窠臼，得出有異於中國歷代文人的較正確觀點，因此筆者得到以下的啟示，即文人們在從事創作之時，運用各種修辭技巧，發揮天馬行空的想像力雖可增加作品的精彩度，但亦應當儘量避免僅憑自己主觀的聯想或人云亦云的說法就輕易下筆，應該多加入一些必要的客觀觀察成份，也就是需要將感性與理性、客觀與主觀的問題一併列入考量。今日之研究當不排斥其它科學方法之引用及涉入，若能整合其它學科的方法及知識再來進行研究或閱讀，或許所得到的結論，當會較為正確些，亦可免去前人的誤導。

參考書目

壹、古籍

（漢）王逸注：《楚辭章句》（臺北市：臺灣商務印書館，1983 年初版，影印文淵閣四庫全書本，第 1062 冊）。

（宋）方虛谷編、（清）紀曉嵐批校：《唐宋詩三千首‧瀛奎律髓》（北京市：中國書店，1990 年第 1 版）。

（宋）向子諲撰：《酒邊詞》（臺北市：臺灣商務印書館，1983 年初版，影印文淵閣四庫全書本，第 1487 冊）。

（宋）梅堯臣撰：《宛陵集》（臺北市：臺灣商務印書館，1983 年初版，影印文淵閣四庫全書本，第 1099 冊）。

（宋）張先撰：《安陸集》（臺北市：臺灣商務印書館，1983 年初版，初版，影印文淵閣四庫全書本，第 1487 冊）。

（宋）郭茂倩編纂：《樂府詩集》（臺北市：臺灣商務印書館，1983 年初版，文淵閣四庫全書本，第 1347 冊）。

（宋）趙師使撰：《坦菴詞》（臺北市：臺灣商務印書館，1983 年初版，影印文淵閣四庫全書本，第 1487 冊）。

（宋）樂史撰：《太平寰宇記》（臺北市：臺灣商務印書館，1983 年初版，影印文淵閣四庫全書本，第 469 冊）。

（宋）樂史撰：《太平寰宇記》（臺北市：臺灣商務印書館，1983 年初版，影印文淵閣四庫全書本，第 469 冊）。

（金）元好問：《遺山集》（臺北市：臺灣商務印書館，1983 年初版，影印文淵閣四庫全書本，第 1191 冊）。

（元）朱晞顏：《瓢泉吟稿》（臺北市：臺灣商務印書館，1983 年初版，影印文淵閣四庫全書本，第 1213 冊）。

（元）侯克中：《艮齋詩集》（臺北市：臺灣商務印書館，1983 年初版，影印文淵閣四庫全書本，第 1205 冊）。

（元）馬祖常：《石田文集》（臺北市：臺灣商務印書館，1983 年初版，影印文淵閣四庫全書本，第 1206 冊）。

（元）陳旅撰：《安雅堂集》（臺北市：臺灣商務印書館，1983 年初版，影印文淵閣四庫全書本，第 1213 冊）。

（明）史鑑：《西村集》（臺北市：臺灣商務印書館，1983 年初版，影印文淵閣四庫全書本，第 1259 冊）。

（明）沈周：《石田詩選》（臺北市：臺灣商務印書館，1983 年初版，影印文淵閣四庫全書本，第 1249 冊）。

（明）李東陽撰：《懷麓堂集》（臺北市：臺灣商務印書館，1983 年初版，影印文淵閣四庫全書本，第 1250 冊）。

（明）李時珍撰：《本草綱目》（全兩冊）（臺南：世一文化事業有限公司，2000 年 2 月，初版）。

（明）馮復京撰：《六家詩名物疏》（臺北市：臺灣商務印書館，1983 年初版，影印文淵閣四庫全書本，第 80 冊）。

（明）楊士奇：《東里集》（臺北市：臺灣商務印書館，1983 年初版，影印文淵

閣四庫全書本，第 1238 冊）。

（明）謝晉：《蘭庭集》（臺北市：臺灣商務印書館，1983 年初版，影印文淵閣四庫全書本，第 1244 冊）。

（清）王奕清等奉敕撰：《御定詞譜》（臺北市：臺灣商務印書館，1983 年初版，文淵閣四庫全書本，第 1495 冊）。

（清）吳綺：《林蕙堂全集》（臺北市：臺灣商務印書館，1983 年初版，影印文淵閣四庫全書本，第 1314 冊）。

（清）曹寅、彭定求等奉敕編纂：《全唐詩》（北京：中華書局，1960 年第 1 版）。

（清）陳厚耀撰：《春秋戰國異辭》（臺北市：臺灣商務印書館，1983 年初版，影印文淵閣四庫全書本，第 403 冊）。

（清）顧嗣立編：《元詩選‧初集》（臺北市：臺灣商務印書館，1983 年初版，影印文淵閣四庫全書本，第 1469 冊）。

貳、今人專著

王居明：《模糊藝術論》（合肥：安徽教育出版社，1991 年 7 月第 1 版第 1 刷）。

林英典撰文、攝影：《發現臺灣野鳥》（臺中：星晨出版有限公司，2000 年 11 月初版）。

張老師月刊編輯部編：《中國人的婚姻觀——允諾與嫁娶》（臺北：張老師出版社，民國 79 年 11 月，初版第二刷）。

參、期刊及網路文獻

李瑩、付建平/文；吳秀山/攝影：〈尋找鴛鴦的蹤跡〉《知識就是力量》2010 年 12 期。

吳佳翼：〈鴛鴦、鸂鶒及田鼈〉《辭書研究》2003 年第 4 期。

胡樹慧、齊先軍/文；郭玉民/攝影：〈艷麗多情的鴛鴦〉《野生動物》2005 年第 1 期。

孫雨鵬：〈鴛鴦浴紅衣〉《生態文化》2002 年第 4 期。

張燕伶：我看鏡頭裡的鴛鴦世界〉《自然保育季刊》見於網址
http://nature.tesri.gov.tw/tesriusr/internet/natshow.cfm?IDNo=785 中。

經典的對讀與再現
——以電影《父後七日》時空與儀式為例

吳　玉[*]

摘要

　　《父後七日》原著中大量影像化的敘事，賦予改編劇本豐富的現成素材。編導（即原作者）掌握原著在語言拼貼上的多元並置與節奏，觀者自所處情境中抽離，行禮如儀的庶民喪葬文化轉化爲黑色喜劇元素，在沉重與詼諧的複調間反覆拉扯，荒謬而無力的情節與人物語言使觀者彷如投入一場療癒之旅。

　　本論文根據《禮記》「喪」、「祭」禮制相關篇章，以及巴赫丁的相關理論，對讀電影文本的意涵，自經典詮釋與影像情節中的繁複儀式對照；探討影像文本中的時空與儀式所反映出深層的社會文化意蘊。另一方面，經典的多義性、殊異性所形塑之意識形態，對於庶民文化的影響亦同時體現。

關鍵詞：敘事、喜劇、《禮記》、巴赫丁、庶民文化

[*]國立政治大學附屬高級中學教師

The Juxtaposition and Representation of Classics: Temporal-Spatial Concept and Rituals in *Seven Days in Heaven* as Example

WU　YU

The predominantly-visualized narration in the original *Seven Days in Heaven* privileges its film adaptation with plentiful materials. The script writer (who is also the original author) successfully manipulates the juxtaposition and tempo of diverse linguistic aspects presented in the original book, which enables the spectators to be detached from their immediate reality. The formulaic rituals in the folk funeral culture are transformed into elements of black humor, repetitively torn between solemnity and hilarity. The plot and dialogue featuring absurdity and powerlessness seem to plunge the spectators into a therapeutic journey.

Based on related texts from chapters of "funeral" and "worship" in *The Book of Rites*, along with associated theories proposed by Bakhtin, this thesis explores the comparative significance of the cinematic text. Through the interpretation of the classics and the juxtaposition of the complicated ritualism in the image complex, we aim to investigate the temporal-spatial structure in the imagery texts as well as the in-depth social-cultural connotations reflected by the ritualistic spirits. On the other hand, the research simultaneously manifests that folk culture is heavily influenced by the ideologies formulated by the multi-interpretations and fundamental discrepancies among classics.

.

Keywords: Narration, Comedy, The Book of Rites, Bakhtin, Folk Culture

壹、緒論

一、研究動機與目的

現代社會所要求的直觀而迅捷的生活節奏與方式，加以電子科技的推波助瀾，文學作品在視覺文化時代所遇的處境，往往須在輕薄短少、便於瀏覽、掃瞄的隨意性閱讀心理下作適當的轉換。作品不僅以文字印刷為媒介，透過電子媒介、影像傳播、網路行銷等多種方式，經典書籍電子化、文學作品改編劇本等例都是在主客體轉換下改變其原有的產生機制與接受方式。相對於觀者的角度，創作者在敘事模式、文本結構如何避免流於浮光掠影、片段碎裂，影像又如何深化文學的內涵意旨，再現原著的創作風格，皆是文學結合影像的實驗途徑。

《父後七日》電影改編自 2006 年「林榮三文學獎」的首獎作品，並由原著作者劉梓潔編劇與影像工作者王育麟聯合執導。描述女主角阿梅在父親過世的七天內回到了台灣中部的農村裡，重新面對鄉里的世事人情，其中有傳統葬儀的庸俗繁瑣、匪夷所思的迷信風俗，更有台灣質樸率真的濃厚人情味。陳芳明先生曾在此一得獎作品的評審意見內容中提及：[1]

> 親情的死亡並未全然拭去作者冷靜的觀察。那樣投入地被捲入各種庸俗的祭拜，作者卻又能自我抽離，隔岸觀火式地俯視全局。以幽默、調侃、嘲弄、反諷的語調，描述守喪七日的悲傷與荒謬。語言是那樣放縱，然而，深沉的哀悼就暗藏其中。痛苦被淨化了，對父親的懷念變成永恆。

傳統孝道與喪葬觀深入人心，影響深遠。古代經典所記錄的「孝莫重於喪」、「慎終追遠」精神歷久彌新。現代人以理性與感性的角度透視生死禮儀大事，這些儀式並未因時空人群習俗異化而消減，反而在人類文明發展下多元並置，與儒家注重倫理的喪葬觀相較，民間的喪葬習俗更加充滿人情以及濃厚的宗教信仰色彩。本研究以《父後七日》電影為例，對於死去的父親的記憶與憑弔，闡釋主體面對至愛死亡時所可能採取的悼亡方式。編導如何將原著中大量影像化的敘事，賦予改編劇本豐富的現成素材；如何掌握原著在語言拼貼與節奏，將行禮如儀的庶民喪葬文化轉化為黑色喜劇的元素，對讀於經典的多義性、殊異性所形塑之意識形態，延及庶民文化的影響作為探討的目的。

二、研究範圍與問題

編導即為原創作者，使得改編後的電影有效地掌握住作品在語言文化拼貼上的多元並置與節奏。敘述者隨時從所處情境中抽離，並藉以壓抑、自嘲語氣，不斷在輕盈與沉重間反覆拉扯的無奈與無力感，突顯整段旅程的荒謬與哀傷。散文

---

[1] 引自劉梓潔：《父後七日》（台北，寶瓶文化，2010，8）書前序文：評審意見部分文字。

作品改編為電影的限制，難免因劇情主軸與結構不明確而散亂寫意，片中職業演員與非職業演員的組合，則因本土色彩的統一基調，而不致落入演出風格混亂的弊病。拍攝外景在作者的故鄉彰化，作者在後續出版的著作中特別提及籌劃拍片的過程：[2]

> 他們上一次全員到齊，可能就是我爸的葬禮。這次，再全員出動，也是為了這部講爸爸死掉的電影。……因為，每一層關係都緊密連結，和氣穩固，而能夠如此，的確是仰賴一次又一次的家族婚喪喜慶，如無盡的盛宴，大家在日常悲歡中，把稱謂再複習一次。

研究者根據戴聖《禮記》「喪」、「祭」禮制相關篇章，巴赫丁的文學理論以及有關文學與空間的理論觀點，輔以作者劉梓潔今年甫出版的《父後七日》散文集（包含原作、電影拍攝紀事等），分析《父後七日》電影文本的意涵，詮釋經典與影像情節的對照，探討影像文本中的時空元素與儀式所反映出的文化涵義。

貳、研究方法

一、理論探討

禮的起源與宗教崇拜、鬼神說或有關聯，後世之禮皆從其初，將禮儀的初始動機保存至今，亦點出人與自然的互動及與萬物的根本差異。《禮記‧禮運》從禮的起源與人類文明歷史的相關性有深層的探討：[3]

> 夫禮之初，始諸飲食，其燔黍捭豚，汙尊而抔飲，蕢桴而土鼓，猶若可以致其敬於鬼神。及其死也，升屋而號，告曰：『皐！某復。』然後飯腥而苴孰。故天望而地藏也，體魄則降，知氣在上，故死者北首，生者南鄉，皆從其初。

儒家之孝道觀源於周，受遠古祖先崇拜的影響，在宗教倫理觀表現為尊祖、孝祖，在喪葬觀則為厚葬。《詩經‧周頌》：[4]

> 「於乎皇考，永世克孝。念茲皇祖，陟降庭止。」
> 「假哉皇考，綏予孝子。宣哲維人，文武維後，燕及皇天，克昌厥後。」

《詩經‧大雅》：[5]

---

[2]同註 1，〈與《父後七日》一起的時光（拍攝札記）〉，頁 58-59。
[3]參見《禮記》，四部叢刊初編經部，卷七，頁 68-69。
[4]參《毛詩》周頌，四部叢刊初編經部，卷十九，頁 153。
[5]同註 4，頁 121。

> 「昭茲來許，繩其祖武，於萬斯年，受天之佑。」

《荀子・禮論》：[6]

> 「喪禮者，以生者飾死者也。大象其生以送其死也。故如死如生，如亡如
> 存，終始一也。」
> 「禮者，謹於治生死者也。生，人之始也；死，人之終也。終始俱善，
> 人道畢矣，故君子敬始而慎終。……夫厚其生而薄其死，是敬其有
> 知而慢其無知也，是奸人之道，而背叛之心也。」

　　《論語・八佾》：「禮，與其奢也，寧儉；喪，與其易也，寧戚」[7]，《禮記》
說明解釋制度儀文，承襲孔門闡述禮的儀式、過程等豐富涵義，在篇章上闡述甚
多。《禮記・問喪》：「喪禮唯哀為主矣」，[8]重視喪禮是《禮記》的特點之一，如：
屬於逸禮的〈奔喪〉，記喪葬制度的〈喪服小記〉、〈喪大記〉、〈雜記〉上下篇及
〈服問〉，兼記喪制探討喪禮之義的〈大傳〉、〈間傳〉、〈問喪〉、〈三年問〉、〈喪
服四制〉等。《禮記・喪服小記》中說明親親族疏近的關係：「親親，以三為五，以
五為九。上殺，下殺，旁殺，而親畢矣。」[9]相對的，喪畢則祭。《禮記・少儀》：
「喪事主哀」、「祭祀主敬」；[10]《禮記・祭統》：「喪則觀其哀也，祭則觀其敬而時
也。」[11]《禮記・祭義》：「君子反古復始，不忘其所由生也，是以致其敬，發其
情，竭力從事，以報其親，不敢弗盡也」。[12]以上所引之經典文句與《父後七日》
電影文本在對讀的歷程中，呈現出古今時空人物恆久不變的情感與生命傳承延續
的多重意涵，同時透過小說所改編之劇本內容，正展現出環繞在人物情節中的社
會性對話，而由此構成經典多義性的元素。
　　傳統的祭禮將亡者與生者加以聯繫，而在儀式中進行獻享於祖先的價值觀。
Michael Puett 以為古之聖人發明祭祀來改變一切。[13]祭祀儀式的基本目的在於創
造一個連續的世界，在此世界、宇宙中的一切有意義方面——自然現象、神靈和
亡者消散的成分——以及生者將通過由在世君主所定義的等級世系而相互聯繫
起來；亡者被定義為生者的祖先，作為其結果的世系便能等級式地被編排出來。
亦即祭祀創造一個聯繫的世界，在其中所有人類和宇宙間的萬物被關聯進一個由
在世君主所定義的先祖世系。
　　由此觀之，人的哀傷表現方式即因親疏關係而有不同儀式化的內容，喪服制

---

[6]參《荀子》，四部叢刊初編子部，卷十三，頁 139-141。
[7]見《論語・八佾》第三，世界書局。
[8]同註 3，卷十八，頁 173 。
[9]同註 3，卷十，頁 99。
[10]同註 3，卷十，頁 106。
[11]同註 3，卷十四，頁 143。
[12]同註 3，卷十四，頁 140。
[13]引自 Michael Puett：＜古代中國的生死儀式＞，哲學門，16，第 8 卷第 2 冊，（北京：北京大
學出版社，2008），頁 37-48。

度與祭義皆反映出宗族與個人地位的微妙聯結，祭義更富有社會政治的意義。然而儀式將生活形塑爲指定形式，以節奏性行動反映人類的真實生活，象徵生活中悲傷、喜悅的情態，卻不代表生活的全部；儀式所表現的是社會的同質共性，卻不能融入具體經驗（Marcel Mauss，1909）。[14]同時，由於儀式反映季節更替的循環，又模仿、重現與表現生命由生而死的重要過程，所以解讀儀式可以喚回對於歷史文化的記憶，追溯古人探求宇宙人生奧祕的足跡。[15]

巴赫丁（Bakhtin, Mikhail Mikhailovich, 1895-1975）的複調理論所強調的基本特徵：每一個在小說中出現的主體——包括敘述者與各個主角皆具有獨特而與其他人的話語不融合的聲音。所謂小說，泛指古希臘羅馬時代已存在之散文敘述類型，巴赫丁以爲這是「一個不斷發展和未完成的唯一類型」，巴赫丁即自話語形式、語言風格而爲小說加以定義：小說類型的根本特徵即爲對於眾聲喧嘩、語言多元現象的融匯：[16]

> 文學語言揉入文學之外的眾聲喧嘩和文學語言中「小說化」的層面，從而獲得了新生。它們成爲對話式的話語，充滿著嬉笑、嘲諷、幽默、自我戲擬的成分。

「狂歡體」作爲一種文學體裁，在西方有悠久的歷史，它可以向前追溯到古希臘羅馬時代的「莊諧體」，並以「蘇格拉底對話」和「梅尼普的諷刺文學」爲代表，而當時具有代表性的狂歡節則是「農神節」。莊諧體和史詩、悲劇、歷史古典演說等嚴肅體裁有明顯的區別，儘管它的外表繁雜多樣，卻有個共同點就是「都和狂歡節民間文藝有著深刻的聯繫。它們或多或少都浸透著狂歡節所特有的那種對世界的感受」。[17]

> 狂歡節（carnival，一譯嘉年華）不是一個被人們觀看的場景（spectacle）。人們在其中生活，人人參與，因爲狂歡節的觀念包容了全體大眾。狂歡節進行時，除此之外沒有其他生活。狂歡節之中的生活只從屬於它自己的法律，那是它自己的自由的法則；那是整個世界的一個特別狀態，是世界的復興和再生，所有的人都參與。這就是狂歡節的本質，爲所有的參與者鮮明地感受到。

---

[14]　Henri Hubert and M. Mauss（1909）．"Essai sur la nature et le function du sacrifice".*Melanges dhisoire des Religions,* Paris: la renaissance du livre. p.89-90.

[15]引自劉楚華：＜儀式與戲劇＞，《人文中國學報》，14期，（上海：上海古籍出版社，2008），頁71-94。

[16]劉康：《對話的喧聲： Bakhtin's dialogism and cultural theory： 巴赫汀文化理論述評》（台北：
麥田文化，1995），頁215。

[17]參見前註，巴赫丁：《拉伯雷和他的世界》，頁267。

這樣的體裁緊扣著「狂歡式」，巴赫丁指為一切狂歡節式的慶賀、儀式、形式的總和，並影響後來的狂歡化文學。他把時間觀念視為文化特徵，民間文化的傳統時間觀是一種農業文化的自然時間觀、生物時間觀。狂歡節的時間觀滲透一種傳統自然時間觀中不具備的歷史時間因素，即人類與世界共同變化、生成的觀念。[18]巴赫丁認為文學中的時空融合一致：時間濃縮、凝聚，成為藝術上的創作物，空間則趨向緊張，捲入時間、情節、歷史中。時間的標誌須展現在空間裡，而空間則要通過時間理解、衡量。換言之，文學已經藝術地掌握住時間與空間相互間的重要聯繫。Mike Crang 在《文化地理學》中討論文學中的空間涵義。文學作品中的地域描寫，關係於文學與外部世界的關聯：[19]

> 文本並不是單純反映外部世界。……文學提供關照世界的方式，顯示一系列趣味、經驗、知識的景觀——文學是一種社會產品，它的觀念流通過程也是一種社會的指意過程。

電影的空間語言透過影像符碼定下基調，色彩、構圖、節奏、氛圍營造的畫面代表不同空間的結構，進一步使時間的元素穿越其中。「再現」此概念說明影像的本質——觀者所見的「幻象」，經由語言產生意義，視覺符號聚焦在七日的自傳式敘事裡所展現的城鄉空間、生死空間、現實與虛幻的空間交叉呈現，將「荒謬的旅程」情節推向「禮」之主題，影像內暗喻的亙古情感超越了時空，同時，亦跨越電影時空的侷限。

二、文本分析

《父後七日》電影描述女主角阿梅在父親過世的七天內回到了台灣中部的農村裡，重新面對鄉里的世事人情，其中有傳統葬儀的庸俗繁瑣、匪夷所思的迷信風俗，更有台灣質樸率真的濃厚人情味。返鄉處理後事的她，卻在七天內經歷了一趟匪夷所思、華麗而荒謬的旅程，不僅被密集緊湊的追思、五光十色的喧鬧震撼得措手不及，葬禮結束後，阿梅將喪父的傷逝情緒打包封存，獨自回到光鮮俐落的城市裡繼續工作，卻在某次過境香港機場時，對父親的思念突然排山倒海而來。當嘉年華式的華麗告別落了幕，子欲養而親不待的喟嘆在全片所訴求的溫馨喜趣中悄然油生。

《父後七日》的風格運用對立手法之形式，敘事結構組織在銀幕視象面的呈

---

[18]同註 16。

[19]引自 Mike Crang 著，王志弘、余佳玲、方淑惠譯：《文化地理學》（台北：巨流圖書出版社，2003）。Mike Crang 以為地理學空間的文學方法皆提供理解一種景觀的特定視域，而每一種皆有其修辭風格與讀者群體。文學和地理學皆使空間在社會媒介中展現意義之過程，而文學中空間的意義較之地點與場景意義微妙複雜許多。由此，文學與空間理論的關係是：文本必然投入於空間之中，本身成為多元開放的空間經驗之一有機部分，二者皆為文本鑄造的社會空間之生產與再生產，自然具有其意義。

現及分解方式。在譯解符碼過程中，時空架構包括在一有機的整體中，透過李維史陀神話結構（原作的敘事結構、主題）、儀式與個人行為的聯繫作用（追悼、父後、憶往、療癒），電影是個人的自我意識創作，亦是現代的神話。神話中所描寫的可能與真實正好對立，換言之，編導為他所在的社會中的事件、經驗和歷史所約束，經由整理編排，並賦予其某種意義；以對死去的父親的記憶與憑弔為例，闡釋主體面對至愛死亡時所可能採取的悼亡方式。

叁、時空的再現

　　原著並未多加著墨的道士成為全片的靈魂人物之一。片中道士阿義兼具「詩人」的身份——隨興一句：「我幹天幹地幹社會！你啊不是阮老爸，你嘰阮管那多！」，形同「咒語」的韻律，竟引發表弟小莊的讚嘆。咒語是祭祀時的祝告文詞，祭祀必祝的現象在《詩經》中的即有古代祭祀時的祝辭，或如《禮記》、《左傳》、《史記》等皆有相關的記載。咒語的主要形式：音律、音調穩定，節奏、節拍單一的四言、五言韻文，其次是七言句式。無論是善意的祈禱，或是惡意的詛咒，誦唸時都要產生一種不可抗拒、不容怠慢的巨大威力，藉以改變被咒人事的狀態，甚而除魅。一如淨身咒文：「早把肉身塵垢滌，好尋性體晤維皇」，簡潔詩意卻撫慰人心。影片開場，空間的轉換由醫院、救護車、鄉間道路、返家、到靈堂前，當道士唸唸有詞：

　　「今嘛你的身軀攏總好了，無傷無痕、無病無煞，親像少年時欲去打拚。」
看似簡單而詩意的語言——這一段口白也是原著的卷頭語：作者的獨白。彷如詩人誦讀其作，安撫了聽者。法事進行中，道士的祝禱使亡者安息，亦使生者獲得精神的慰藉。透過空間轉移，生命在死亡的陰影下，作者觀察七日種種法事的排演歷程，除了揭開葬儀的運作機制以外，亦貼近生者如何追悼亡者，更是抗衡死亡的直接形式與主題。

　　身份的標記與認同使「道士」、「詩人」在歷史的軌跡中巧合融通，這樣的「異音」正為貼近現實的「生活語言」，而非歌詠風花雪月的「藝術語言」。除了刻劃出人物的鮮明個性外，多場道士的對白、獨白，顯示此一企圖——作者對於人物語言背後的意識型態與立場的相互衝撞、對話與交流，亦是觀者所聽到之各樣語言中所涵括的生活經驗、價值理念以及人生態度。劇中，阿義對小莊說：

　　我是你媽媽的同學，但是我阿公是你外婆的哥哥，不是親的啦！是你外婆的阿爸認我阿公作義子，所以我要叫你外婆叫姑婆仔，要叫國源叫阿叔，你媽算起來，是我的阿姑。啊這樣，你要叫我……哥哥啦！

　　親族緊密的網絡是陌生人打破疏離的捷徑，幾場道士阿義與表弟小莊的劇景呈現出光影暗淡的色彩。阿義年輕時暗戀的即為小莊的媽媽，未能趕回國為兄奔喪，透過電話請託阿義辦好其兄之後事。阿義拿著手機的表情是淡淡的惆悵，是

為亡者（往昔）？抑生者（現實）？小莊問道士：「你是……臥底警察？還是蜘蛛人？」阿義說：「其實我的正職不是道士，我是詩人啦……」，他從口袋裡掏出自己的作品，唸著：「在不必事事硬要和別人分享中的、時刻中的、暫時的孤獨中是不一樣的　時鐘」片中的獨白使時空跨越現實與想像，詩人豐富的情感使藝術想像豐富現實的空間，也讓現在的自我從容地面對過去的創傷。

在文本中，空間是流動的，沒有時間的向度，不停留於任何一點；文本也是開放的，所以能不斷創造、衍生不同的意義，也因為意義不停的創造中，而其最終意義也無止境的被推延。時鐘（時間）的意象也運用在令人印象深刻的月台場景，阿義與小莊等候火車時的畫面停格在三點二十分的車站大鐘。阿義又唸起：「在壞掉的月台的時鐘中，在火車誤點中，生命走到最終。」當小莊提醒他車站裡禁煙，阿義皺眉道：「怎麼現在規矩那麼多！」小莊儼然是母親年輕時的化身，青春、活力、朝向夢想的目標前進；不喜受規矩約束、「現在」的阿義見證了壞掉的月台時鐘，追悼他逝去的青春與理想。

小莊上車後，時間仍然停格，阿義兀自守候，鐘擺指向何種時刻？生命存續的現在、生命終止後的現在也依然存在。究竟是火車過站？誤點？還是他繼續守候？一段沒有結果的戀情？一種陰陽兩隔的世界？現實世界與青春時代相隔多時之後，生活的出口就在日復一日的儀式中，直到生命的終點，此即時間的隱喻。影片由彩色轉為灰白，象徵時空的轉換。似非而是、似是而非的現象使他不得不成為一個憤世嫉俗的「詩人」，善用巧妙的雙關、反諷、諧謔的語言所呈現的正是一個眾聲喧嘩的世界。巴赫丁將話語所具有的雙重指向作以下解釋：[20]

> 既針對講話所指涉的對象（如同日常講話一樣），又針對另一個話語，他者的話語。如果我們認識不到這個他者的話語語境的存在，而把風格模仿和諷刺戲擬像日常講話那樣來看待，也即當成僅僅指涉談論對象的講話來看待，我們就不能了解這些現象的實質。

阿義與阿琴因職業同行相識，是否真正相愛？阿琴的開場戲：在餐會中特意向地方議員敬酒、撒嬌，反覆要求民意代表務必到場弔唁，（亡者是阿義所謂的親人）；阿義南下屏東工作（收魂），阿琴送行時，以不放心的口吻交代他早日歸來；當日阿琴匍匐跪拜哭靈，臉上濃妝艷抹被眼藥水覆蓋塗花，她令觀眾印象深刻的一句台詞是：「你不知道我是專業的哦？哭無目屎啦……」，作者所謂：「荒謬的旅程」，已然是日常生活中俯拾皆是的場景。

靈堂前一側罐頭塔也因天熱溶化迸裂蠅噬而倒塌，上頭掛的輓聯正是議員致贈的名銜。生存與死亡的戲碼日日上演，孝女白琴為了生計哭喊、爬行，一如政客的送往迎來、上台下台，時空消長——都在於自己的舞台，消費的不是喪家的哀慟，而是自己的生存儀式。阿琴與其他角色互動時，阿義的身影竟然無所不在；以詩人自居的道士阿義猶在引渡自我的靈魂，阿琴卻不忘在杯酒言歡中實踐自我

---

[20]同註 16，頁 197。

生存之道。

　　巴赫丁所謂雙聲語言具有的強烈自覺意識，在人物對話的自我調侃、嘲弄、含糊不清中，已然清楚指涉出他們的情愛關係，以及對於現實環境的無奈。

　　阿梅騎機車，背負著父親的電腦合成照。騎行一段路後的鏡頭是父親後載著穿著高中制服的女兒，一路不斷地詢問她：「考試怎麼樣？」女兒說：「不要再問成績的事啦！」先前，父親拿出一顆熱騰騰的粽子當作女兒的生日禮物，叫她不要告訴哥哥；此時，父親教導著阿梅練習摩托車，耐心明快。鏡頭切換、時光一轉，摩托車上的父女錯位——父親背對她的笑臉瞬間變成冰冷的遺照。父親淡出的空間位置，被遺像所取代，也意謂著時間的倒錯與無法復返。一虛一實的畫面空間在配樂 ”To Sir With Love” 的「懷舊」老歌中不斷重複著，此一虛實交錯的空間與她的情感完全相應，反映出主角的思父情感。在《禮記・問喪》中所記錄孝子思親的悲痛情緒與轉折：[21]

> 夫悲哀在中，故形變於外也。痛疾在心，故口不甘味，身不安美也。故曰：
> 「辟踊哭泣哀以送之。」送形而往，迎精而反也。　其往送也，望望然汲
> 汲然如有追而弗及也；其反哭也，皇皇然若有求而弗得也。故其往送也如
> 慕，其反也如疑。求而無所得之也，入門而弗見也，上堂又弗見也，入室
> 又弗見也。亡矣！喪矣！不可復見已矣！故哭泣辟踊，盡哀而止矣。心悵
> 焉、愴焉、惚焉、愾焉，心絕志悲而已矣。祭之宗廟，以鬼饗之，徼幸復
> 反也。

　　創傷的療癒與平復是否會因時空而改變？由於思念親人，彷如親人就在面前，極度的震驚轉為無助的悽愴，或與精魂感通，或置身於恍惚迷惘，由激動轉為平靜，終至絕望、而把悲傷痛苦掩蓋在情緒的最底層。作者在書中還原之前拍攝此幕的經驗：[22]

> 拍這場戲時，我毫無預警，會被震撼到痛哭流涕。……其實，真正的原因
> 只有我自己明瞭。……我和我的父親沒有過這樣親密的相處。但正是這樣
> 才更教人難過，因為，再也沒有機會了。

　　夜店買醉、穿梭不同的機場的女兒，彷彿如遊魂移動在不同的空間。一旦脫離了禮教的束縛，是否即意味著自我認知的覺醒？擺脫操控、束縛，能否為自己找到存在的意義？以「香煙」、「時鐘」、「相片」的符碼象徵著人物活動在於時空不斷遷移，記憶只能在「壞掉的鐘」、「電腦合成的相片」找到暫停、回溯的出口，只有回憶才能找尋屬於父親的每一片段。在原書中以七日的日程為主軸、第二人稱的敘說方式貫穿了此趟療癒之旅；電影在隨意可見的時間象徵、靜止的時間狀

---

[21]同註 8，頁 173。
[22]同註 1，頁 53。

態下不斷突顯主角、配角的創傷經驗——癥候性地再現喪父與失落的主題，死亡不一定消失，遺忘卻不能成為永恆，逝去的不只是有形的軀體，而是每一刻流動的時空。

　　巴赫丁所強調的蘊藏在嘉年華中的民俗，深層的庶民文化意涵在民俗書寫中發揮地淋漓盡致，尤其在於文化轉型時期的眾聲喧嘩現象，故事背景的作者與主角、自我與他者的對話，不連貫的空間變化說明了當生者面對生命無常，與不可測之未來的徬徨茫然，對於死亡的集體情緒反應、與喪父後的脆弱無助，電影的敘事語言與節奏則較原作有較廣泛的刻劃。

肆、儀式的身體展演

　　編導在選角與各式場景的過程，幾多以故鄉彰化為腹地，包括臨時演員、片中靈堂搭景處（作者的堂舅經營葬儀社後，又蓋老人安養院），也是親友支助甚多。摺蓮花、誦經、法事等情節片段在電影中稍縱即逝，反而在原著有較細膩的描寫：[23]

> 你龐大的姑姑阿姨團，動不動冷不防撲進來一個，呼天搶地，不撩撥起你的反服母及護喪妻的情緒不罷休。每個都要又拉又勸，最終將她們撫慰完成，一律納編到摺蓮花組。神奇的是，一摸到那黃色的糙紙，果然她們就變得好平靜。

片中，道士作了祭祀的前置工作，兒子大志將一本封面印有清涼美女的雜誌放置亡父遺體交握的雙手中時，阿義笑稱：「這個內行的。」以及兄妹間的對話呼應了父親生前應是喜歡開葷腥不忌的詼諧玩笑（急救前還言詞消遣護士），皆表達出子女瞭解父親的個性、嗜好與習慣：[24]

> 道士阿義拿了張黃色封條，上面寫，一億五千萬給陰間林國源，其他無助孤魂不得佔用。阿義的助理遞上火把，給三個小孩，要他們站成一圈，這樣要給你爸的財銀才不會跑掉。火把點燃紙房子、紙車子、紙紮人偶，熊熊大火起。紅色火光映在每個人的臉上。

片中阿梅和哥哥大志守夜六晚後：[25]

> 我哥與我躺在躺了好多天的草蓆上。（孝男孝女不能睡床）我說，哥，我終於體會到一句成語了。以前都聽人家說，累嘎欲靠北，原來靠北真的是這麼累的事。

---

[23]同註1，頁27-28。
[24]同註1，頁64。
[25]同註1，頁28。

　　我哥抱著肚子邊笑邊滾，不敢出聲，笑了好久好久，他才停住，說：……你真的
很靠北。

依民俗作紙紮的項目，至少要作亡者居住的冥屋，以及亡者生前的起居用品。傳
統的喪葬儀式程序約略如下：備辦後事、移床、送終、燒落氣錢、報喪、覆靈、
點過橋燈、抹汗、殮屍、成服、弔喪、作道場、挖墓穴、作紙紮、出殯、清棺、
出魂、掃財、掩土、復山、燒火燄包、回煞、燒七（由亡者氣絕日算起，每隔七
日為一七，祭奠第一個七即「燒頭七」）等。[26]看似繁文縟節，作者將父後「七」
日之主題與「燒七」的儀式結合於一。祭禮慎始敬終的儀式精神早於《禮記‧祭
統》中有詳實的記載：[27]

> 賢者之祭也，必受其福。非世所謂福也。福者，備也。備者，百順之名也。
> 無所不順者，謂之備。言，內盡於己，而外順於道也。忠臣以事其君，孝
> 子以事其親，其本一也。上則順於鬼神，外則順於君長，內則以孝於親。
> 如此之謂備。唯賢者能備，能備然後能祭。是故，賢者之祭也，致其誠信
> 與其忠敬，奉之以物，道之以禮，安之以樂，參之以時。明薦之而已矣，
> 不求其為。此孝子之心也。祭者，所以追養繼孝也。孝者畜也。順於道不
> 逆於倫，是之謂畜。是故，孝子之事親也，有三道焉：生則養，沒則喪，
> 喪畢則祭。養則觀其順也，喪則觀其哀也，祭則觀其敬而時也。盡此三道
> 者，孝子之行也。

　　由民間流傳的祭魂儀式或古禮祭亡靈，使有所歸，亦是人生意義的延伸。片
中，半夜，父親的煙友點了一支香煙插入香爐，然後自己點了一根煙，默默抽完，
全然的男性情誼不言而喻。倘如魂魄仍在，父親點煙的動作應該是如此自然；簡
單的動作卻融入繁複的節文意義，反映出〈祭義〉中「備」與「順」的精神。當
晚大志撿拾香灰時，對於表弟小莊的關懷問候默不吭聲，卻在對鏡洗臉之際，嚎
哭失聲。除了自我凝視，鏡像的視覺經驗使大志必須面對喪父的感受，一如他在
夜市擺攤，當人群稀落，生意冷清，才能夠理解父親生前擔負生計的辛苦。《禮
記‧問喪》有實際的人情描繪：[28]

> 親始死，雞斯徒跣，扱上衽，交手哭。惻怛之心，痛疾之意，傷腎幹肝焦
> 肺，水漿不入口，三日不舉火，故鄰里為之糜粥以飲食之。夫悲哀在中，
> 故形變於外也。痛疾在心，故口不甘味，身不安美也。

---

[26]陳美鳳：「台灣民間喪禮內涵與社會功能之研究」，南華大學教育社會學研究所碩士論文，2002。
[27]同註 11，頁 143。
[28]同註 8，頁 172-173。

同樣的，阿梅刷牙、洗臉、吃飯與連爬帶跪、行禮如儀的鏡頭交錯遞換，作者如此回溯：[29]

> ……手忙腳亂披上白麻布甘頭，直奔向前，連爬帶跪。神奇的是，果然每一次我都哭得出來。

對讀《禮記‧祭義》：[30]

> 孝子將祭，慮事不可以不豫，比時具物，不可以不備，虛中以治之。……於是諭其志意，以其恍惚以與神明交，庶或饗之。庶或饗之，孝子之志也。
> 孝子之祭也，盡其愨而愨焉，盡其信而信焉，盡其敬而敬焉，盡其禮而不過失焉。進退必敬，如親聽命，則或使之也。
> 孝子之祭，可知也，其立之也，敬以詘；其進之也，敬以愉；其薦之也，敬以欲；退而立，如將受命；已徹而退，敬齊之色不絕於面。孝子之祭也，立而不詘，固也；進而不愉，疏也；薦而不欲，不愛也；退立而不如受命，敖也；已徹而退，無敬齊之色，而忘本也。如是而祭，失之矣。

　　全片運鏡相當簡約，多為遠景、近景、空鏡、特寫之間的切換，配合簡單的場景與敘事內容的節奏區隔，演員自然純粹的演技呼應整體素樸的風格，同時彰顯出人性內在追求與現實世界的落差，儀式的片段則是繁瑣與理想的必要平衡。

　　主角與配角們不可避免地必須藉由其他儀式展演喪父之痛。「不能承受之重」的痛苦，故須由「輕盈」的儀式式去消解：買彩券（用父親氣絕時日簽牌、卻不忍用卒年的數字，以致錯失明牌）、吃牛排（父親生前最愛吃的簡餐店）、在月台徘徊吟遊的詩人（道士）、欲哭無淚的長子、流浪城市異域的女兒，彷彿如遊魂移動在不同的空間。脫離了禮教的束縛，是否即意味著自我認知的覺醒？擺脫操控、束縛，能否為自己找到存在的意義？

　　「父親」在傳統中是禮教與權力的象徵，在對話重複之下，將隱藏於情節背後的禮之主題突顯出來，在挑戰權力結構與禁忌之中，作者所操演的看似一段荒謬而華麗的旅程，事實上，是一種心靈上自我完成的儀式，在不同的時空遊走、擺盪，始能縫合傷口、療癒心靈。

　　火葬並非是最後的儀式，「香煙」重複出現，形成了與主題相關的特殊符碼，亦是禮的另一種隱喻。以香煙祭悼追憶父親的儀式使她瞬間崩解，「敬齊之色不絕於面」，乃因「不忘本」。

　　喪禮的節文相當繁重，其因有其繁重的道理。如親人剛入斂時，孝子哭泣辟踊，而到殯棺時，早晚各哭一場，再至虞祭後，在別人面前就不許哭。此即喪禮之限制，在三年之喪（實際上只有二十五個月）期間，體認親人離世的事實、收斂感情、隱藏痛苦，始逐步恢復正常生活，社會秩序也才能如常運作。有關喪服

---

[29]同註 1，頁 25。
[30]同註 12，頁 138-139。

的變換樣式與規定亦然，在禮文制度中的親疏遠近、貴賤尊卑的等差界限非可任意增刪，另有其特殊的文化涵義。傳統禮俗來自於儒家道德思想的規範，則儀式的操作是有其道德系統的背景，儒家顯然回歸人性本身，以「禮」的本義解答生死的意義與問題。不論古制或現代生命禮儀，非重於外在的形式，而是以善性為基礎，從人之內在仁義看待喪葬等問題。換言之，如深入道德系統的背景，傳統禮俗則不僅止於純粹的繁文縟節，乃反映出文化的深層意蘊。

伍、結論

　　生命的終極意義何在？看似華麗的旅程卻有寂靜深意的主題；敘述者生澀的初聲使敘事的主軸隨著時空變換更加地清晰浮現。繁文縟節的種種儀式與其說是讓死者安，不如說是為了讓生者安。對父親的回憶思念使作者抗衡死亡的陰影；貼近觀察的儀式情節，指涉到生者棄斥死亡的意圖，以及如何完成哀悼的過程；作者將電影中屬於隱喻式的傳統文化思想，藉由影像化的呈現形式、文化符碼的轉換穿越時空並置、再現。文化符號應用與轉喻在線性的敘述結構與影像風格中不時展露出「自我反射」的特質，同時呈現出新一代的自我反思。

　　本文根據《禮記》「喪」、「祭」禮制相關篇章，以及巴赫丁的相關理論，對讀電影文本的意涵，自經典詮釋與影像情節中的繁複儀式對照；探討影像文本中的時空與儀式所反映出深層的社會文化意蘊。另一方面，透過本片主題與經典恆遠的歷史脈絡對話，其中蘊涵的人文精神仍有共通共存的價值。經典的多義性、殊異性所形塑之意識形態，對於庶民文化的影響亦同時體現。

參考文獻

壹、古籍：

鄭玄注（漢）、賈公彥疏（唐）：《儀禮注疏，十三經注疏》（台北：藝文印書館）。

鄭玄注（漢）、賈公彥疏（唐）：《周禮注疏，十三經注疏》（台北：藝文印書館）。

鄭玄注（漢）、孔穎達等正義（唐）：《禮記正義》（北京：中華書局）。

司馬遷撰（漢）、裴駰集解（劉宋）、司馬貞補並索隱（唐）、張守節正義（唐）：《史記》（據日本宮內廳書陵部藏元至元二十五年(一二八八年)彭寅翁刊刻崇道精舍本影印）（北京：人民出版社；重慶：西南師範大學出版社）。

王夫之撰（明）：《禮記章句》（台北：廣文書局）。

王先謙撰（清）：《荀子集解》（據清光緒十七年刻本影印）（上海：上海古籍出版社）。

貳、專書：

王夢鷗註譯：《禮記今註今譯》（修訂版）（台北，商務印書館，2002）。

王夢鷗：《禮記校證》（台北，藝文印書館，1976）。

李宗侗註譯、葉慶炳校訂：《春秋左傳今註今譯》（台北：商務印書館，1993）。

朱立元編：《當代西方文藝理論》（第二版、增補版）（上海：華東師範大學出版社，2004）。

屈萬里：《詩經詮釋》（台北：聯經出版社，2006）。

周何：《禮學概論》（台北：三民書局）。

林素英：《古代生命禮儀的生死觀：以《禮記》為主的現代詮釋》（台北：花木蘭出版社，1997）。

凌建侯：《巴赫金哲學思對文本分析法》（北京：北京大學出版社，2007）。

夏忠憲：《巴赫金狂歡化詩學研究：俄國形式主義研究》（北京：北京師範大學出版社，2000）。

秦林芳編：《現代小說中的空間形式》（北京：北京大學出版社，1991）。

勞思光：《新編中國哲學史》（台北：三民書局，1997）。

曾永義：《戲劇源流新論》（台北：立緒出版社，2000）。

葉國良：《古代禮制與風俗》（台北：臺灣書店，1997）。

董小英：《再登巴比倫塔：巴赫金與對話理論》（北京：生活·讀書·新知三聯書店，1994）。

劉康：《對話的喧聲：Bakhtin's dialogism and cultural theory：巴赫汀文化理論述評》（台北：麥田文化，1995）。

劉梓潔：《父後七日》（台北：寶瓶文化，2010）。

錢中文編：《巴赫丁全集》（石家莊：河北教育出版社，1998）。

龔建平：《意義的生成與實現：《禮記》哲學思想》（北京：商務印書館，2005）。

Deborah Thomas 著，李達義、曹玉玲譯：《解讀好萊塢：電影的空間與意義》（台北：書林書店，2004）。

Mike Crang 著，王志弘、余佳玲、方淑惠譯：《文化地理學》（台北：巨流圖書出版社，2003）。

Jacques Derrida 著，張寧譯：《書寫與差異》（台北：麥田文化，2004）。

John Storey 著，李根芳、周素鳳譯：《文化理論與通俗文化導論》（台北：巨流圖書出版社，2003）。

Philip Smith 著，林宗德譯：《文化理論的面貌》（台北：韋伯文化國際，2004）。

Robert Stam 著，陳儒修、郭幼龍譯：《電影理論解讀》（台北：遠流出版社，2002）。

參、期刊論文：

李開：〈論《三禮》主體名式和類旨〉，《人文中國學報》，14 期，（上海：上海古籍出版社，2008），頁 172-200。

何春耕：〈中國倫理情節劇電影與傳統敘事文學〉，《東方叢刊》，3，（廣西：廣西師範大學出版社，2001），頁 172-189。

陳美鳳：「台灣民間喪禮內涵與社會功能之研究」，南華大學教育社會學研究所碩士論文，2002，未出版。

劉楚華：〈儀式與戲劇〉，《人文中國學報》，14 期，（上海：上海古籍出版社，2008），頁 71-94。

龔建平：〈從儒家的宇宙觀看禮的內在根據〉，《鵝湖月刊》，284，（台北：鵝湖月刊出版社，1999），頁 31-38。

Michael Puett：〈古代中國的生死儀式〉，《哲學門》，16，第 8 卷第 2 冊，（北京：北京大學出版社，2008），頁 37-48。

Henri Hubert and M. Mauss（1909）．"Essai sur la nature et le function du sacrifice".*Melanges dhisoire des Religions*, Paris: la renaissance du livre.

（四）媒體資料：

王育麟製作、劉梓潔、王育麟導演：《父後七日》（電影）。蔓菲聯爾創意製作有限公司製作出品，群體娛樂製作發行，2010。

張士達：〈解剖櫃評分〉，《中國時報》2010,8,29 版，〈周報影評〉。

劉梓潔：「劉梓潔的部落格」，2010.7.21，

http://blog.chinatimes.com/essayliu/archive/2010/07/21/520189.html

課室觀察另一章
——同課異構以〈紙船印象〉觀課為例

林雯淑[*]

前言

提升教師專業成長是當前教育重要政策之一,透過教師專業發展可以增進教師的知識、技巧和能力,以達成專業及組織的目標,使學生達到最佳的學習效果。教師專業成長的方式很多,如:參與研習、繼續進修或進行同儕觀課等,而最能直接增進教師專業能力,提升教學技能的,則非觀課莫屬。

從 1997 年開始,大陸及香港開始建立起觀課文化,至今已十來年。從對字詞定義的改變:剛開始大陸以聽課、評課來看待教師教學,較著重聲音的傳遞及對課的好壞下結論;而後改變為觀課、議課,更強調多感官收集課堂資訊,透過眼睛觀察,把語言、行動、課堂的情境與故事、師生的狀態與精神都成為感受的對象;而議課是一種對話和反思,講求的是課堂教學的改進和教師專業發展。現在已發展到探討觀課的成員、步驟及觀課背後的哲學觀,都足以說明對岸在觀課推行上已進入修正期。

反觀台灣對觀課的了解及認識仍集中在教學觀摩或教室觀察階段,在在顯示台灣的觀課文化尚未建立,現在只是起步階段而已。

教室一向是老師的王國,進入教室,站上講台,即是一人的講堂,所以學校常被認為是封閉的社會,教室更是教師私人的天下。而觀課就是要打破教師單打獨鬥,深信教師只要開放課室,敞開教室的大門,藉由同儕間的互相觀摩,進而提升專業成長、增進教學技巧,也能達到同儕互相支持的效果。這正是彼得‧聖吉所提倡的「學習型組織」,藉由團隊學習及系統思考,建立共同願景,來幫助自我超越,並改善心智模式。觀課對於第一線教師能提供最直接的幫助,能感受到醍醐灌頂、恍若新生的感覺。

本文以筆者試作〈紙船印象〉觀課為例,探討同一份教案,藉由共同研擬、備課,形成教案之後,再經由不同教師經營課堂的省思,引用大陸說法稱之為「同課異構」。並以課室觀察角度提出看法,以期能對課室觀察有更進一步了解。

---

[*]新北市國中語文輔導團、新北市立福和國民中學老師

壹、如何進行國語文的課室觀察

一、何謂課室觀察？

　　對於觀課的名詞界定，眾說紛紜。從教學實習角度的臨床視導、教學視導，隱含有上對下指導的意味；或從觀察角度而來的教室觀察、教學觀察或課室觀察，不同的角度所觀察出來的面向亦有所不同。

　　教學的進行是一連串複雜的事件組成，包括：教師站立的位置、教師走動的路線、教師的教學言談、教師的教學方法、教師的班級經營、學生的學習反應、學生的學習檔案及作業、教室的情境佈置、課桌椅的安排、教科用書、教具、教學媒體及教學資源的運用……等。教室就像是個小型社會，教師和學生間以及學生和學生間的互動關係是「牽一髮而動全身」的，上述這些都是教室觀察的範圍，包括動態的教與學的行為，也包括靜態的資料呈現或情境安排。[1]

　　陳美玉(2005)指出，教室觀察是教師獲得實踐知識的重要來源，也是教師用以蒐集學生資料、分析教學方法的有效性，以及瞭解教與學行為的基本途徑。教室觀察是以觀察教師如何經營教學進行。[2]張德銳(2008)認為教學觀察與回饋是一種透過對教師實際教學的直接觀察並客觀記錄教師的真實表現，然後透過回饋會談，肯定和改善教學者的教學表現。教學觀察者可以提供老師另一雙善意的眼睛以及做為老師教學生活中的批判性夥伴或諍友。[3]課室觀察源於經驗分享學習理論。 強調學習者從具體的經驗及活動作為學習起點，經過觀察他人或自己的教學方式，構築自己的教學城牆，再以反思態度檢視自己的城牆是否合乎學習者的需求。[4]

　　教室觀察與教學觀察面向較廣，觀察的目標較多。本文以「課室觀察」角度觀課，強調教師如何進行一堂有效的國語文課程，從教學目標的確立、如何達成教學目標的方法、師生之間如何詮釋文本等角度進行觀課，並以教師與學生互動為依據，著重學生學習行為的改變與語文能力的精進。

---

[1]吳俊憲：<提升教師專業發展知能---教室觀察>，《靜宜大學師資培育中心實習輔導通訊》第 4 期，2007 年 6 月，頁 8-10。

[2]陳美玉：<教室觀察：一項被遺漏的教師專業能力>，《教育研究》第十五卷第六期，1998年。

[3]張德銳：<以教學觀察與回饋促進教師專業發展>，取材自

　　http://tepd.moe.gov.tw/upfiles/fileupload/17/downf01248947738.pdf，2008年。

[4]陳榮全：<運用同儕觀課，促進教師專業成長>，取材自

　　http://163.20.46.3/html/master/data/3-2.doc，2010 年。

二、如何進行國語文課室觀察？

　　臺北市松山高中劉榮嫦老師指出：「老師通常是一個人在教室裏工作，年復一年，日復一日的教學，久而久之，對自己教學盲點往往會習焉不察。教學觀察可以看到自己教學的盲點，找出具體的成長方向。」進行課室觀察時，觀察者與被觀察者都須進行訓練。觀察者需有課室觀察的基本理念；被觀察者需有開放胸襟及心理準備，兩者之間藉由多次互動建立起同儕互助的關係，才能真正達到幫助教師成長的目的。

　　進行教室觀察的三部曲，觀察流程如下圖一所示：

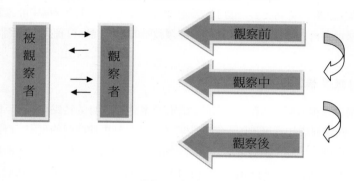

圖一　課室觀察流程圖

　　課室觀察前的重點準備工作包括：召開觀察前的會談會議、被觀察者及學生特性之背景資料說明、觀察者的資格說明、觀察工具之各項指標內容說明、確認教學進度(含單元名稱、教學目標、授課內容、教學流程、教學方法及評量等)、填寫教師自評表等。

　　課室觀察中的資料蒐集工作包括：觀察時間訂為一節課、進入教室並選定適當的觀察位置、檢查教學觀察工具及視聽設備、開始進行觀察及記錄、蒐集學生學習的相關資料(如作業、學習單等)、必要時可視情形增加觀察次數等。

　　課室觀察後的分析與省思包括：召開觀察後的晤談會議、引導被觀察者瞭解教學優勢與分析改進方向、協助被觀察者撰擬「專業活動成長計畫」及提供持續的協助。最後值得注意的是，課室觀察並非只觀看一節課的教學就可以判定教師教學的優劣，除了可視實際情形增加觀察次數外，也應該參酌教學檔案或其他方面的教學表現。課室觀察必須清楚地釐析觀察的目的為何？課室觀察的對象為何？什麼時候觀察？如何觀察？如何處理、運用觀察所得的資料？以及觀察後能

提供教師什麼樣的專業成長。[5]

　　以筆者進行課室觀察前的準備工作為例,先和觀察者進行教案討論及教案流程安排說明,並提出被觀察者所關注的內容及目標,觀課完後再進行觀課後討論。被觀察者先進行自我省思,再讓觀察者發表意見,在這樣雙向互動中,不僅不會傷了同儕之間的和氣,也能藉由第三者的眼睛---一雙善意的眼睛看到自己教學的盲點及亮點,進而提升專業能力及教學技巧。

貳、課室觀察新方向---同課異構

　　一個人單打獨鬥的競爭模式已過去,現在是發揮團體戰力的時代。教師不能各自為政,專業社群的蓬勃發展帶動了教師教學的新紀元。在同課異構中能讓教師從封閉備課走向合作備課,在同課異構中能讓教師的教學從單打獨鬥走向團隊合作。

一、何謂同課異構?

　　同課異構就是根據學生實際、現有的教學條件和教師自身的特點,進行不同的教學設計。同課異構的意思是同一節的內容由不同老師根據自己的實際、自己的理解,自己備課並上課。由於老師的不同,所備所上的課的結構、風格,所採取的教學方法和策略各有不同,這就構成了不同內容的課。聽課的老師就通過對這幾節課的對比,結合他們所取得的效果,找出他們的優點和不足,然後反思自己上過這節課所經歷的過程或沒上過的為自己準備上這堂課進行第二次備課。[6]

　　同課異構在對教材的把握和教學方法的設計上強調「同中求異、異中求同」,讓我們清楚地看到不同的教師對同一教材內容的不同處理,不同的教學策略所產生的不同教學效果,並由此打開了教師的教學思路,彰顯教師教學風格。「你有一個蘋果,我有一個蘋果,交換後每人還是一個蘋果;你有一種思想,我有一種思想,交換後每人有兩種思想」。同課異構的觀課方式,可以引發參與者智慧的碰撞,可以長善救失,取長補短,提供更多解讀文本的面向。

　　所以同課異構的目的是讓不同的教師面對相同的教材,結合所教學生的實際情況,根據自己的生活經歷、知識背景、情感體驗建構出不同意義的設計,呈現出不同教學風格的課堂,賦予靜態教材以生命活力,培養出各具個性特色的創造性人才。[7]

---

[5] 同註二

[6] 佚名:〈什麼是同課異構?〉,取材自 http://baike.baidu.com/view/2061647.htm, 2007 年。
[7] 同註 7

　　一般而言，同課異構有兩種方式：第一是同一個教學內容由不同教師進行處理、組織課堂教學；第二是同一教師對同一教學內容在不同教學班級的不同構思、處理、組織課堂教學。所以「同中求異」是指同一個教學內容藉由不同老師詮釋產生不同教學風格；「異中求同」是指在不同的教學風格下所產生的共同教學重點。

　　藉由同一份教案不同角度(教師、學生、著重的教學目標等)的切入，建構出教學內容和目標、教學方法和技巧。也就是為每一班學生量身訂做適合的教案，讓每一位教師裁減適合自己的教學風格。

二、同課異構的依據

　　「同課」之所以能夠進行「異構」，是因為以下幾個原因：

（一）教師的教學個性差異：由於教師的個性、經驗、學養不同，對文本的理解就會有所不同。這會在一定程度上導致選擇教學內容和教學方法時產生不同。因教師的個性差異，也造成了課堂教學風格的不同。

（二）學生的語文程度差異：不同班級的學生，語文程度自然有差異，在課堂上表現也有所不同，教師課堂進行時自然會選擇不同的教學內容和教學方法來進行教學。

（三）文本價值的豐富性：文本的價值是豐富的，它包括文本的閱讀價值和教學價值。通過解讀文本，可以說明學生獲得文本的語言特質，以及內蘊的文化、經驗、思維方式、思想情感和價值觀等文本包含的價值。同時，在獲取文本價值的過程中，也能幫助學生得到閱讀能力的提高。正因為文本價值的豐富性，使我們在教學過程中可以選擇不同的教學內容，獲得不同的教學價值。

三、同課異構與教師教學風格關係

　　教學風格是教師有意無意地、在適合自己的個性、思維方式和人格特質的教學理論指導下，經過艱苦地反覆實踐，而最終形成的一種獨具個性魅力的教學風貌。每位教師個性迥異，有人擅長聲情表現，在教學上便可藉由朗誦讓學生掌握文本情感；有人是說故事高手，在教學上豐富的故事講述及引經據典也能讓學生語文增進；還有的說學逗唱，字正腔圓，彷彿看一齣戲劇一般，也能提升學生對文本的理解。是故，不同教師的教學風格，能在同課異構中品讀不同節課的精彩。探究其主要原因有三

（一）方法、策略層面——教無定法。一篇文章，從教學方法來說是多樣的。無論是環節安排，還是細節處理都可以有很大的差異。

　　就引起動機來說，以進行的<紙船印象>觀課為例，三位教師的方式就各不

相同。一位教師以洪醒夫的其他作品來引入文本。取材點是因為它們是同一個作家創作的相似主題的作品，兩者之間有風格和主題的關聯，便於學生快速理解主題，走進文本。另一位教師從<紙船印象>主題入手，以自己做的沙包當場秀一段沙包表演引導學生瞭解紙船這項童玩在作者生命中的重量。而筆者則從自己的童年生活經驗---跳格子拉開<紙船印象>的序幕，引發學生對文本的興趣。

從目的而言，後兩者的引起動機沒有多大區別，都是以感受情感、接近主題為目的的。而第一個教師引起動機的目的則是求得對文本情感和內容的觸發。無論目的是否相同，引起動機的方法都各有千秋。

（二）**風格、個性層面**——揚長避短。由於教師的個性不同，上課時的表現也會有所不同：或粗獷，或細膩，或簡略直接，或曲折婉轉。有的教師會在上課的時候來一段即興演唱，有的則喜歡用配樂朗誦來傳達文本情韻，有的借板書的精美來彌補表達的不足，有的用機敏的言辭來展開討論。總之，充分發揮自己的長處和優點，是為了更好地組織課堂，開展教學。

（三）**目標、內容層面**——因材施教。因材施教的「材」可以指兩個方面：一是教材，二是學生。任何教學都必須以教材和學生的特點為依據。就教材而言，除了透徹瞭解文本本身之外，我們還要瞭解該文本所處的學習階段、教學單元，並以此作為確定教學內容和目標的重要根據。由於學生的語文基礎不同，所以在進行課堂教學時，必然要根據學生的特點來確立教學目標，設計課堂問題，擇取教學內容了。[8]

參、同課異構觀課教學實例

99 年 6 月開始，在桃園國語文輔導團與新北市國語文輔導團合作之下，進行專案研發及觀課進行的研究。經由師大鄭圓鈴教授先授予該課精讀內容後，再各自分小組進行教案編寫、修改，而後將教案付諸實行。在 99 年 10 月、11 月、12 月間共進行三次<紙船印象>的觀課進行，相同的課程及教案經由不同教師的闡述及修正，讓這份<紙船印象>教案更趨完整及可行性。以下即以筆者自己在進行觀課前、觀課中及觀課後的心得與省思，並從不同教師的教學呈現中引起的發想，進行觀課實例的分享。

一、觀課前教案的確定

在進行教學時，充分的備課是每位教師的必備工作。共同討論的教案出爐後，當自己要進行實際教學時須考慮到自己的教學習慣、學生的語文素質、能處理的教學時間等。因此，共同研發的教案仍須依照要教授的學生與自己的需求進

---

9 佚名：<什麼是同課異構?>，取材自 http://baike.baidu.com/view/2061647.htm， 2007 年。

行量身訂作的修改。而這次要進行觀課的學生是從未謀面的，主要教學目標在文本的閱讀，平常自己的教學習慣是利用提問教學法與分組討論法進行文本閱讀。因此將教案進行修改。

筆者以閱讀教學為主，將語文教學部分拋開(此部分另闢一節課做補充)，強調文本的理解與掌握。故第一節課的設計以文本的段落架構確立及第一段的記憶分類闡述為教學目標。並以印象·童年課後學習單埋下作文伏筆。第二節課則以提問教學法與分組討論法進行分段讀講，以求學生對文本的深度理解。並在最後分段講述完，仿造課文結構進行<OO印象>的作文撰寫。

教學進行上企圖將閱讀與作文結合，並藉由問答建構教學。

二、觀課中教學目標的達成與自我省思

在觀課進行時，筆者先在此班進行過第一節課教學，一方面熟悉學生特性，一方面預期達到完整教學目標。第一節課的進行中，帶領同學閱讀文本後進行段落架構分類討論，從圖(二)可以發現學生很難找出第一段的歸位、第一段的段落大意及重點和作者想要藉由紙船傳達自己的薪火相傳，學生多集中分類出紙船的玩法及母愛的意義，不容易看出作者洪醒夫更深一層的自我勉勵。

圖二 紙船印象段落分類學生版

第一部分	第二部分	第三部分	第四部分
1 段	2、3 段	4 段	5 段
往事種類	紙船遊戲	母親感情	自我期許

表一　紙船印象段落分類教師版

　　第一段記憶分類，筆者試圖以金字塔圖像讓學生理解紙船在作者心目中的定位，也為後文開啟紙船印象的描述。(見圖三)

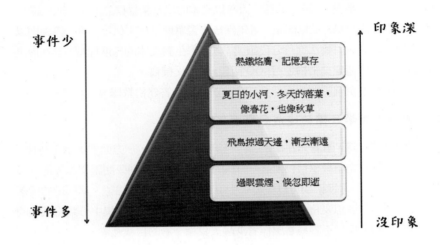

圖三　<紙船印象>記憶分類

　　故就第一節課教學進行中可發現學生對文本的理解尚未掌握出整篇文章精要，學生對提問教學法的操作也充滿陌生。整體教學目標雖達成，但學生在思考及文本的深入了解上仍有許多空間。

　　第二節課後並發下印象‧童年課後學習單(見表二)為<OO印象>作文埋下伏筆。

　　請回想自己的童年，挑一件印象最深刻的事，準備跟同學分享。先想出此事件發生的人、時、地、原因、結果等要素，再說明感受如何深刻？

表二　印象‧童年課後學習單

何人	(我和何人)
何時	

何地	
何物	
過程	
感受	

　　第二節課觀課進行前，先和與會教師(觀課者)進行教學規畫及所欲觀課的成長點，期待在第三者的視野中提升自己的教學能力。因應所欲觀課的成長點，修改教學回饋表。(見附錄二)

　　第二節課進行時，主要進行分段讀講。採用的教學方法是分組討論與提問教學。第三段以分組討論完成表格進行。(見表三)進行中發現學生對紙船遊戲靜態與動態的分類有歧異，學生多認爲下水沉沒乃動態情狀。教師在引導時可再針對作者句式上的安排作線索引導，接著在第三段讀講中進行詮釋詞義的肢體活動。

表三　紙船遊戲分類表格

紙船趣味描寫		內　　容
遊戲 背景	場所	農舍屋簷下泥濘雨水形成的水道
	天氣	下雨天
放 紙 船 遊 戲	外形 (靜態)	花色斑雜、形態怪異、氣派儼然、下水沉沒
	玩的 情況 (動態)	列隊而出、千里單騎、比肩齊步、互相追逐、 首尾相連
	總結	形形色色，蔚爲壯觀

　　我們在水道上放紙船遊戲，花色斑雜者，形態怪異者，氣派儼然者，經下水即遭沉沒者，各色各樣的紙船或列隊而出，或千里單騎，或比肩齊步，或互相追逐，或者乾脆是曹操的戰艦——首尾相連。

這段生動的描寫豐富了作者對紙船的童年記憶，這九組詞語，可以藉由動作示意法了解學生對詞語的掌握。活動進行時，以各小組為單位，採「詞語木頭人」的遊戲方式。小組討論好如何以肢體表現各詞義的意思，接著就是看學生的創意了。印象最深刻是學生在表現花色斑雜時，有的組別拿出花花綠綠各種顏色的筆；有的組別以衣服顏色多彩表示；有的組別擺出一朵朵可愛的花朵模樣。教學現場熱鬧活潑，學生印象也很深刻。氣派儼然時，每位同學挺起胸膛、正襟危坐，表現整齊、莊重、大方的詞義。這樣的詞語詮釋也讓學生將語文能力運用出來，更能類推到生活情境。

第四、五段進行提問討論時，筆者深感詰問之困難。一方面學生不熟悉提問的教學，回答簡短且難以深入；再者，在多位觀課者觀看之下，學生不免有些緊張。這部分筆者提出以下問題進行文本深究：

1.第三段結尾「我們所得到的是真正的快樂」，作者所指為何？

2.作者為何說：「這些紙船都是有感情的？」，又說是「美麗的感情」？

3.作者盼望自己要以怎樣的心情為孩子摺紙船？

4.作者為什麼強調自己的紙船「未必漂亮」？

5.作者期許自己摺出堅強禁的住風雨的船有什麼寓意？

故就文本探討時，要配合學生，更需舉更貼近生活的實例讓學生能類比情狀，以達到文本情感的傳遞。

最後以課後學習單為基，完成<oo印象>一文，讓學生能類推文本的寫作架構及仿造文本句子入文。(見表四)

三、觀課後回饋與數據分析

進行完觀課後，接著就是被觀察者的自省與觀課者的回饋。根據觀課者的回饋與數據顯示，不論是在教材的處理或教學策略使用、評量設計上，皆能做到部分或全部達成目標。大家一致欣賞的教學亮點是詮釋詞義的木頭人遊戲，引發學生興趣，也活絡上課氣氛。而文字回饋部分，在提問教學法的使用上較有疑義。如:拋下問題後，往往缺乏統整與收束；當學生回答不知道或不會時，缺乏再次詰問與深入；提問教學法切割了文本且耗時，使用上的次數掌握等，都給筆者許多省思與思考點。在設計提問進行時，更應將每段重點先抓出之後，再設計一個個問題道出核心。也讓筆者思考在使用提問教學時避免文本的支離破碎，更應掌握大方向之後，再做細部分解，學生才能達到文本的全盤理解。

四、同課異構的教學省思

　　<紙船印象>經由三位教師的觀課教學之後，大家分別呈現出不同的教學風貌。有的鉅細靡遺，藉由精彩的講述把作者洪醒夫美麗的感情詮釋得絲絲入扣；有的抓住紙船在作者童年生活的特色，以「應景」兩字詮釋紙船在記憶中的角色，讓學生更能掌握紙船的重要性。或者如筆者以詮釋詞義的活動讓學生對紙船遊戲印象深刻。

　　從這種同課異構的課室觀察方式可發現:

1. 它產生一種集體備課的作用:通常教師的備課都是「閉門造車」或是「單打獨鬥」，較缺乏團體戰。而同課異構的方式能讓教師藉由不同被觀察者發現文本的多元角度，並在教師傾聽及討論中獲得備課新能量。

2. 它讓教師經歷了備課、上課、聽課、評課的全部過程:藉由同課異構能讓教師知道什麼是真正的備課，怎樣和文章對話，怎樣披文入情，如何扣詞析句，怎樣通過語言的咀嚼去品味人物內在思想情感，怎樣抓住文章重點，怎樣分配教學詩間等。通過這些步驟，可以讓教師認識自己、了解別人，互相取長補短。[9]

3. 它利於每位教師深刻地反省自己的教學得失:藉由觀課的模式，在觀與被觀之間，教師能在同一時間領略了別人的風采，從內心深處認識自己的不足，找到自己可以改進之處。對於促進教師教學技巧的精進非常有助益，也直接提升教師專業成長。

肆、結語

　　若是再進行教學，我會做出的改變是……，這是進行觀課後最重要的行動。進行一場觀課洗禮之後，會有功力大增、醍醐灌頂之效。教學絕對是一種專業，經得起檢視。在觀與被觀之間，許多善意的回應與友善的眼睛讓教學之路不孤單、不寂寞。只要秉持開放的心胸，以專業成長為圓心，觀課為半徑，畫出精進教學的同心圓。在自我精進中，更能體現第五項修練的功夫。

---

[9]孫雙金:<在同一節課中品讀不同精彩>，《中國教育報》，取材自
http://www.lhjy.net/edu/ketang/200802/51062.html，2008 年。

參考文獻

吳俊憲：<提升教師專業發展知能---教室觀察>，《靜宜大學師資培育中心實習
    輔導通訊》第 4 期，2007 年 6 月，頁 8-10。

陳美玉：<教室觀察：一項被遺漏的教師專業能力>，《教育研究》第十五卷第六
    期，1998 年。

張德銳：<以教學觀察與回饋促進教師專業發展>，取材自
    http://tepd.moe.gov.tw/upfiles/fileupload/17/downf01248947738.pdf，2008 年。

陳榮全：<運用同儕觀課，促進教師專業成長>，取材自
    http://163.20.46.3/html/master/data/3-2.doc，2010 年。

佚名：<什麼是同課異構?>，取材自 http://baike.baidu.com/view/2061647.htm， 2007
    年。

孫雙金：<在同一節課中品讀不同精彩>，《中國教育報》，取材自
http://www.lhjy.net/edu/ketang/200802/51062.html，2008 年。

附錄一　　　　　　　紙船印象課文

　　每個人的一生都會遭遇許多事，有些是過眼雲煙，倏忽即逝；有些是熱鐵烙膚，記憶長存；有些像是飛鳥掠過天邊，漸去漸遠。而有一些事，卻像夏日的小河、冬天的落葉，像春花，也像秋草；似無所見，又非視而不見——童年的許多細碎事物，大體如此，不去想，什麼都沒有，一旦思想起，便歷歷如繪。

　　紙船是其中之一。我曾經有過許多紙船，在童年的無三尺浪的簷下水道航行，使我幼時的雨天時光，特別顯得亮麗充實，讓人眷戀。

　　那時，我們住的是低矮簡陋的農舍，簷下無排水溝，庭院未鋪柏油，一下雨，便泥濘不堪。屋頂上的雨水滴落下來，卻理直氣壯的在簷下匯成一道水流，水流因雨勢而定，或急或緩，或大或小。我們在水道上放紙船遊戲，花色斑雜者，形態怪異者，氣派儼然者，甫經下水即遭沉沒者，各色各樣的紙船或列隊而出，或千里單騎，或比肩齊步，或互相追逐，或者乾脆是曹操的戰艦——首尾相連。形形色色，蔚為壯觀。我們所得到的，是真正的快樂。

　　這些紙船都是有感情的，因為它們大都出自母親的巧思和那雙粗糙不堪、結著厚繭的手。母親摺船給孩子，讓孩子在雨天裡也有笑聲，這種美麗的感情要到年事稍長後才能體會出來，也許那雨一下就是十天半月，農作物都有被淋壞、被淹死的可能，母親心裡正掛記這些事，煩亂憂愁不堪，但她仍然平靜和氣的為孩子摺船，摺成比別的孩子所擁有的還要漂亮的紙船，好讓孩子高興。

　　童年舊事，歷歷在目，而今早已年過而立，自然不再是涎著臉要求母親摺紙船的年紀。只盼望自己能以母親的心情，為子女摺出一艘艘未必漂亮但卻堅強的、禁得住風雨的船，如此，便不致愧對紙船了。

附錄二　教師課堂教學觀察表

學校	福和國中	年級	707	科目	國文
教學內容	紙船印象	教學演示者	林雯淑	教材版本	南一

教學時間	99 年 11 月 16 日　星期二　第 六 節

觀課重點（教學目標）：

教師活動	完成目標程度		
一、教材處理	已達成	部份達成	未達成
1-1. 能列舉教學目標			
1-2. 能掌握文本教學重點			
1-3. 能掌握段落教學重點			
1-4. 能層次分明的安排教學重點			
1-5. 能組織文義脈絡			
1-6. 能分析文本寫作技巧			
1-7. 能與舊教材連結			
1-8. 能與學生經驗結合			
1-9. 能總結學習重點			
1-10. 能設計相關的預習或作業			
二、教學策略			
2-1 能設計多樣化的教學活動			
2-2 教學活動能引發學生的參與興趣			
2-3 教學活動能有效提昇學生閱讀能力			
2-4 教學活動能有效提昇學生寫作能力			
2-5 能善用提問技巧			
2-6 能設計不同層次的問題鼓勵不同程度的學生回答			
2-7 問題能提供學生思辯、批判的表現機會			
2-8 能幫助學生澄清模糊或錯誤的觀念			
2-9 能安排小組合作學習			
2-10 能幫助學生統整清晰完整的概念			

三、評量設計			
3-1 能針對重點安排課前預習作業或學習單			
3-2 能針對主題安排課後作業或評量單			
3-3 口頭評量能給予待答時間及切適引導			

我對這節課的主要觀點(或想法)：

觀課摘要：

觀課教師: 學校 ＿＿＿＿＿＿＿＿＿ 姓名: ＿＿＿＿＿＿＿＿＿

附錄三　　　　　　　觀課者的回饋與數據分析

我對這節課的主要觀點(或想法)：

新埔國中李珮吟

1. 一些看似平凡的語句，對於學生未必平凡，可由此小地方帶入讓學生可以更深入
2. 對於學生不懂的問題，可以再用另一方式來引導
3. 對於學習單上回答錯誤的部分，也可以再另外導正學生觀點
4. 不像是第二次接觸此班的教學

明德高中黃志傑

1. 給學生充分表達意見時間
2. 分組討論時間恰當，教師適時引導
3. 活潑不失嚴謹帶動學習氣氛
4. 觀課重點皆達成

漳和國中江長山

1. 老師善於引導學生回答問題，開放式回答使學生較有信心
2. 以肢體表現成語，學生可藉由活動使學生加深印象
3. 可提醒學生寫筆記(修辭)
4. 不知是否有團體加扣分的機制
5. 如果學生有念錯詞彙注音，可及時糾正

漳和國中鄭銘盛

1. 我覺得課堂中太多的問答，反而會讓課程結構不夠連貫。或許講解完一整段之後，再來提問，會讓學生對課文內容更加熟悉，更加深印象
2. 讓學生透過肢體動作，去表演出詞意，這樣的活動很有創意，並且能讓同學加深印象

自強國中羅喬憶

好快就下課了

教師能運用很多很棒的提問，啓發學生思考，並能適時在值得停頓之處進行解說

只是我有觀察到有些學生回答不知道或不會時，老師是跳過的

很有收穫

海山高中洪郁婷

1. 內容豐富，循序漸進，脈絡佳
2. 與學生互動佳，能適時給予各組指導
3. 問題多樣化且不偏離主旨
4. 沒有牽引學生課堂上的回答，並加以連結，是比較可惜之處

漳和國中江明倩

1. 活動部分非常創新活潑，也非常有趣
2. 作文「00印象」的指引很不錯，延伸方式值得學習
3. 時間掌控和分配很棒

漳和國中杜曉如

1. 引發學生學習動機，並使用角色扮演方式讓學生更了解字詞意義及提升上課活潑度
2. 以學習單方式延伸學習，且富新意

漳和國中楊女慧

能夠與學生互動，整堂課學生都能參與。分組活動讓學生比出詞語的意思，使學生對課本的內容能更為深刻，能更快樂學習

清楚地引導思考，語音明快，四處走動，讓課堂很活潑

整個教學現場是很有趣的且充實的，我想教、學、觀各方都能有很多助益

福和國中許文姿

1. 教師問學生何謂「無三尺浪」生答:很平凡、充實、很好，生活很正常。師拋出點來，俟後會回扣至四段預留伏筆
2. 紙船一段要學生表現出紙船木頭人(分組)，其中第三排表現很好，可見已理解詞意。這活動呼應玩紙船是一種遊戲
3. 「真正的快樂」是因遊戲得勝，是因母親摺的，帶出後段美麗的感情(但其他人是自己摺的)，此句有語病
4. 一、四排學生較沉默
5. 涎著臉何以是厚臉皮，生答:長大還流口水很丟臉，師接已經 30 歲還眼巴巴要母親摺紙船是很丟臉的
6. 未必漂亮所指為何?答案有疑點
7. 朗讀學生作業

福和國中廖惠貞

1. 紙船印象課文可印發給觀課老師
2. 閱讀提問設計甚有啟發性，尤其連接到母親的橋梁作用
3. 分組討論給予各組提點，帶有「溫柔的壓迫」、「微笑的力量」
4. 紙船與往事的關係圖，具體又印象深
5. 紙船靜態動態各組設計有助詞意了解，團隊的合作有創意
6. 對同學回答，能圓轉詞意，並補足或給予新意，如:「養兒方知父母恩」原來學生回答「養兒育女」
7. 師生互動漸入佳境，能給予同學提醒與鼓勵
8. 儼然，有同學扣子沒扣好不夠儼然，師隨機教學

安溪國中陳玉孃

1. 詞語木頭人活動，由分組合作表達難詞意涵，很活潑，也引起學生的學習興趣
2. 提問能鼓勵學生多方思考，期使學生有更深一層的體悟
3. 將「印象童年」的作業，延伸為寫作練習，是巧思
4. 將學生的答案再次澄清整理，給學生整體的概念
5. 全文進行完結，可以再將全文重點統整一次

6. 第三段的分組討論，將內容系統整哩，設計很好

福和國中鍾瑞英

1. 學生必須對課文非常熟悉，否則師問，學生仍再尋思(因為是第二節課了)
2. 討論與表演，前者容易，後者若置於八九年級，教室秩序易失控，尤其是九年級學生可能的反應是說老師好白癡。但，若從七年級即讓其習慣此種上課方式，不僅可提升學生學習國文興趣，更可觸發並引導學習組織與思辨能力。(年級不同、價值觀不同、自認為小大人)
3. 學生能放下心防，融入教學活動
4. 教學目標都達到

觀課摘要

新埔國中李珮吟

1. 藉由小隊合作來帶入解釋，讓學生彼此討論解釋並加深印象
2. 給予充分的時間讓學生回答
3. 和學生的互動多，讓學生更聚焦也更有趣

明德高中黃志傑

1. 以回述前節來引起動機
2. 以分組討論來完成學習單
3. 學習單立即討論
4. 以活動方式認識詞意
5. 多以提問方式引導學生思考

自強國中羅喬憶

教師請學生用動作表現詞語意思

引導學生作課堂練習(分組)

教師帶領學生體會文意

海山高中洪郁婷

1. 提問各段重點
2. 分組討論填寫學習單
3. 帶領學生思考文本內涵

福和國中許文姿

「花色班雜者」如何表現?有生雙手張開成花狀；有生脫外套示意這組有五種花色衣服，有生指鉛筆盒

「儼然」生多端坐，師指一生扣子沒扣好，師指不夠儼然喔!

福和國中廖惠貞

1. 真正的快樂可以刪嗎?同學回答後，老師補充，能再增強引發下文，為寫作做一說明
2. 涎著臉解釋清楚，撒嬌—耍賴—厚臉皮
3. 未必漂亮卻禁得住風雨形成對比(因為媽媽手藝佳，作者是男生沒此細心)
   建議媽媽船漂亮—心情平靜，自己未必漂亮—環境雖不好，但同樣給予照顧

4. 出現八個問題,有隨機題,讓同學思考,如不愧對「紙船」,紙船—母親的愛

5. 結束前,再度念出同學上節課學習單,再引出作文內容,有連結性

安溪國中陳玉孃

1. 以回家作業引起學習動機

2. 複習本文第一節的內容,連結學習舊經驗

3. 紙船是其中之一,其中的意涵分析清楚

閱讀理解策略之現場教學研究

——以班級共讀「海豚救難記」為例

高麗敏[*]

壹、前言

　　台灣學生參加國際學生能力評量計畫（簡稱PISA）閱讀能力評比，從2006年的16名下降到2009年的23名，令關心台灣閱讀教育發展的人士憂心忡忡。也讓長期在閱讀推廣的個人、團體或學校有些沮喪。然而在筆者閱讀教學現場，嘗試將閱讀課程化並以閱讀策略實施教學，觀察到在老師有系統的課程安排下，對於某些關鍵性的觀念和重點特別導引啟發，將增加學生閱讀的動機和興趣，激發學生的思維廣度，加深思考深度，進而提升閱讀理解層次。

　　本文以班級共讀「海豚救難記」為例，運用閱讀策略預測、摘要、提問、故事線文章結構（心智圖）實施教學。教學步驟為說明、示範、操作、討論、修正，讓學生深入掌握文章要義，並作延伸閱讀：手工書的製作，讓學生對於閱讀再創作。教學過程對於學生的反應加以觀察紀錄，反思教師教學方式。為了具體呈現學生閱讀力表現成果，以問題的前測和後測作量的統整和分析。在量和質的分析之下，綜合評估本案的教學成果，提出改進和參考意見，期使未來閱讀教學成效更為顯著。

貳、教學目標

　　本案之教學目標主要在達成閱讀理解能力之四個層次：1.直接提取能力，2.直接推論能力，3.詮釋、整合觀點及訊息能力，4.檢驗、評估與批判文中內容訊息能力。並分項達成以下之單元目標：

一、預測策略：

　　（一）能運用閱讀「預測」，猜測文章內容，激發閱讀興趣。
　　（二）能運用自問自答的方式，預測文章的內容，修正方向。
　　（三）學生能運用閱讀「預測」策略，培養獨立思考的能力。

二、摘大意找主旨策略：

　　（一）學生能掌握重點句的精神，說出段落大意。
　　（二）學生能理解關鍵詞的意涵，找出文章中的人、事、時、事件、特殊

[*]桃園縣新屋國民小學教師兼主任

狀況等關鍵詞句。

（三）學生能從討論中分享彼此的觀點，修正方向。

（四）學生能通順的連結段落大意成全文摘要。

三、故事線：

（一）學生能了解故事線意涵和摘錄關鍵詞句

（二）學生能根據故事脈絡繪製故事線。

（三）學生能分享修正故事線

四、提問策略

（一）學生能了解直接提取、推論、整合訊息、再創造的出題方式。

（二）學生能掌握關鍵詞，設計題目，並能回答問題。

（三）學生能試著出題、回答提問單平均答對率至少佔全班人數百分之八十。

　　每個策略教學以課堂觀察，記錄學生的反應為質的目標描述，最後以測試提問單統計學生答題狀況，並和前測題目作相對比照，除了答對人數有所進步外，並且每個問題答對率至少在全班百分之八十為教學目標之達成。

叁、教學流程

　　本教學設計採用PIRLS閱讀理解範文「海豚救難記」為閱讀和測驗文本，在尚未實施閱讀教學之前，先行測驗學生對此文本的理解程度（前測題目見附錄一）。教學對象為六年級學生。前測結束後依閱讀策略進行教學：分為四個教學單元：預測、摘要、故事線、兩兩提問和延伸教學手工書製作，教學過程記錄學生反應、教學情境和教學反思。

教學單元一、閱讀「預測」

　　引起學生閱讀動機。運用自問自答的方式，使學生猜測文章內容，並隨時修正方向，逐步引導至文本的核心思想，激發學生閱讀興趣。

實施過程：師先將文章「海豚救難記」分成數個意義段（範文參考 PILRS 文章），製作成簡報檔。接著，請學生根據文章的訊息，邊看邊想，以問答的方式預測文章內容（可以給海豚一個名字）：

一、猜測標題和前三段：

師揭示標題和圖片：

（一）提問：「請仔細觀察圖片或字面意義，猜猜看這篇文章可能在講什麼？」

（發給學生一張白紙，紀錄猜測的內容或請學生記在頭腦裡。可兩人一組互相討論。）

（二）學生自己回答自己，形成假設：「可能-----------」

學生反應：「可能在說有一艘船沉沒，海豚去救他們的故事」

（三）閱讀文章第一～三段：「今天，----卡的死死的。」（內容參考 PILRS 文章）

（四）修正或映證假設：

師：「跟你剛剛想的方向一樣嗎？或者你沒有想到這些內容？如果不對，請修正方向繼續閱讀。」

二、猜測第四～五段：「當我冒出水面-----我必須浮上水面。」（內容參考 PILRS文章）

（一）師繼續提問：「接下來，作者可能會遇到什麼狀況？」

（二）學生自己回答自己，形成假設：「可能-----------」

學生反應：「小男生可能會死掉，海豚會來救他，把牠拖到岸邊」

師：「為什麼會這樣猜？」

學生反應：「因為氧氣快沒有了，而他又要拿項鍊。」

（三）閱讀文章第四～五段

（四）修正或映證假設：

師：「跟你剛剛想的方向一樣嗎？如果不對，請修正方向繼續閱讀。」

三、猜測第六段：「到了水面-----回到它躺了快三百年的海床上。」（內容參考PILRS 文章）

（一）師再提問：「你覺得作者會選擇怎麼做？他怎麼處理金鍊子？」

（二）學生自己回答自己，形成假設：「可能-----------」

學生反應：

生甲：「他可能會選擇拿項鍊，因為他很貪心」

生乙：「他可能被水溺死。」

生丙：「這樣海豚就沒有出來救他了」

生丁：「對嘛！題目是海豚救難記」

（三）閱讀文章第六段

（四）修正或映證假設：

師：「跟你剛剛想的方向一樣嗎？如果不對，請修正方向繼續閱讀。」

四、猜測文章結尾：

（一）師最後提問：「你覺得作者最後有沒有脫離險境？為什麼？」

（二）學生自己回答自己，形成假設：「可能-----------」

學生反應：「最後海豚一定會來救他。因為題目就是這樣。」

（三）閱讀文章結尾：「砰！砰！---我大聲喊道。」（內容參考 PILRS 文章）

（四）修正或映證假設：

學生反應：「怎麼會這樣。原以為救難的過程會很精采，怎麼一下子就沒有了。寫的不好。」

師：「文章本來就沒有一定是如何？如果你覺得他寫的不好，你可以再改寫，這

也很不錯！」

1.請學生預測前，要先提醒學生<u>必須根據文章訊息或圖片預測</u>，不可以毫無根據亂猜。引導學生問自己「為什麼這麼猜？」預測的結果不是最重要的，重要在預測時有無根據。

2.由於學生持續專注力較短暫，為了避免學生失去耐心。猜測的意義段可以幾段一起猜測，讓意義上的連接更完整。<u>避免分段太瑣碎。</u>

3.學生不需要在白紙上紀錄猜測每段的內容，可<u>選擇性的紀錄</u>。以免延遲時間，降低興趣。

4.學生的猜測大多是單一答案，直接簡答問題，比較不會延伸思考。侷限在特定的答案中。當學生回答後馬上給予<u>文本內容請學生即時對照</u>，可激發較廣泛的思考內容。並修正自己的方向。

5.最後結尾激發了學生的期待─救難過程的精采度，文本和學生的期待有落差，是閱讀再創造的機會。可以讓學生<u>嘗試延伸情節</u>，達到閱讀探索的深層目標。

思考是閱讀的第一步：學生思考故事發展，自問自答，核對文本內容

教學單元二、閱讀「摘大意找主旨」

　　閱讀策略--「摘大意找主旨」，主要在使學生能理解關鍵詞的意涵，找出文章中的人、事件、時、地、特殊狀況等關鍵詞句，進而找出段落的重點句，擴寫說出段落大意，掌握文章重點。

一、摘錄段落大意：請學生將上一節預測的文章再全文瀏覽一次。引導學生摘錄段落大意。

方法一：請學生圈出每段的人、時、地、事件，引導學生連結擴寫圈出的關鍵詞，說出段落主旨。

方法二：找出重點句刪去重複的訊息。引導學生做練習。如：

（一）第一意義段：（刪去重複的訊息）

「今天，阿莫和我差一點就決定不去潛水尋寶了。雖然太陽破雲而出，但是天氣

看來就要變壞了。阿莫比任何人都清楚海岸的天氣，開船出海時，他很不喜歡所看到的景象。」

師：圈起來的句子，是這一段重點句，因為其他內容都在解釋這句話，所以段落主旨：<u>阿莫和我差一點就決定不去潛水尋寶了。</u>

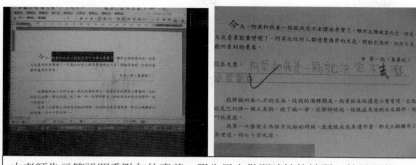

> 由老師先示範說明重點句的意義，學生馬上做即時性的練習，效果顯著。

（二）學生練習第二意義段：（刪去重複的訊息）

「我掃描四面八方的水面，找我的海豚朋友。我曾經在牠還是小寶寶時，在牠的尾巴切掉一個大魚鉤，救了牠一命。從那時候起，牠就成為我的水底夥伴，我叫牠波波。

我找到第一枚金幣時，波波也注意到我的一舉一動。我含著氣泡叫出「耶！找到了！」波波補上牠海豚的喀答喀答聲。到現在為止，我們只找到幾枚金幣，但這真的是個大探險」

<u>段落主旨：我的海豚朋友叫波波，我救了牠一命。</u>

（三）第三意義段：（圈出關鍵詞）

師引導：人：小男孩

　　　　背景：海底

　　　　特別狀況：氧氣筒氧氣快用光了

　　　　事件：發現金項鍊，但是卡的死死的。

<u>段落大意：小男孩，潛入海底，發現金項鍊，但是它卡的死死的，這時氧氣筒氧氣快用光了。</u>

師說明：「但是」、「這時」都是連接句子的用詞。學生可加入適當的連詞，讓意義通順。

<u>學生反應</u>：學生將關鍵詞連接後複述一次，其他同學共同修正。

（四）第四意義段：學生練習（圈出關鍵詞或用刪去法）

＊請學生以劃線的方式找出文章的關鍵詞。

運用找出人物、背景、事件的閱讀策略或用刪去法。

段落大意：<u>小男孩和阿莫在水面上的對話。</u>

（人物）　　　（背景）　（事件）

學生反應：學生將關鍵詞連接後複述一次，其他同學共同修正。

（五）第五意義段：學生練習（圈出關鍵詞或用刪去法）

人：小男孩

事：我摸到鍊子末端鑲了紅寶石的勳章

特殊狀況：時間到了

段落大意：<u>小男孩摸到鍊子末端鑲了紅寶石的勳章，這時時間已經到了</u>。

學生反應：學生將關鍵詞連接後複述一次，其他同學共同修正。

（六）第六意義段：學生練習（圈出關鍵詞或用刪去法）

人：小男孩

背景：在水面

事：掙扎

特殊狀況：鬆開手指，讓金鍊子滑下海底

段落大意：<u>小男孩在水面掙扎　鬆開手指，讓金鍊子滑下海底。</u>

（事件一）　　　（事件二）

學生反應：學生將關鍵詞連接後複述一次，其他同學共同修正。

（七）結尾：學生練習（圈出關鍵詞或用刪去法）

刪去法，找出重點句：<u>海豚救了小男孩的命。</u>

學生反應：

> 引導學生找出人、事、時、地、物和特殊事件關鍵詞，學生劃線，口述發表，串聯擴寫關鍵詞，發展成段落大意。請學生複述修正，避免冗詞綴句。

二、全文段落：

師說明：摘錄全文大意主要在用最精簡的文字表達文章的主要內容。先分別找出段落大意，再把每段的大意串聯起來，用自己的話說出來。每個段落就好像珍珠，我們用線把它串起來，他才可以變成一條珍珠項鍊。為了讓全文大意論述更加流暢，可以加入連接用語。

（一）請學生將段落大意寫在「摘要筆記」上，並將段落大意連結成全文段落。

（二）師針對學生不通順的地方，引導學生運用連接詞方式，再複誦一次。

（三）學生可選擇以口說方式或書寫方式。

學生反應：學生將關鍵詞連接後複述一次，其他同學共同修正。

 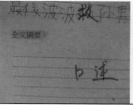 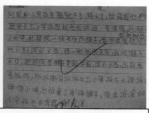

> 大多數學生找出人、事、時、地、物和特殊事件關鍵詞較無問題，但發展成段落大意和全文大意較難掌握整體概念。可根據學生語文程度做口述或書寫，避免產生挫折感。

教學反思

1. 摘錄段落大意有多種方式，如找出人、時、地、事。或找出重點句，刪去重複的訊息，老師可以視段落內容選擇使用。

2. 段落大意並沒有標準的答案，學生只要掌握關鍵詞，以自己的話說的通順即可。

3. 有些部分非文章中的人、事、時、地、事件關鍵詞，只是襯托。在寫段落時可以刪去。

4. 學生在串連關鍵詞句成段落大意時，較難掌握重複詞句不需再複述，以至於出現太多冗詞綴句，失去大意的精簡含義，老師可先給於肯定，在引導複述刪去法的運用，讓學生熟練「重點詞句」的意義。

5. 全文段落的掌握，屬於高層次的語文學習，對於中等程度的學生較難學習，老師可根據學生程度，或口述或模仿或書寫等方式都可，學生只要有參與就值得鼓勵，給高程度學生成就感，但不可破壞閱讀興趣。

教學單元三、閱讀「故事線」

　　學生能了解故事線主要在理解文章脈絡，藉由心智圖的擴充延伸，激發學生想像力，並提供多元思考的角度。先提供繪本「叔公的理髮店」作示範說明，進而讓學生熟練運用關鍵詞，根據故事文本脈絡，繪製故事線，並分享修正。

一、複習全文段落，引導學習單書寫。（附錄二）

1. 你覺得小男孩是一個怎樣的人？（人物特質）
　　聰明、愚笨、熱心、冷漠、貪心、容易滿足……
2. 小男孩在這篇文章中發揮什麼功用？（人物功能）
3. 寫作的特色是什麼？順序法？倒敘法？或插敘法……

4. 這篇文章的摘要是什麼？

二、畫故事線：

（一）說明故事線意涵和摘錄關鍵詞語

1. 播放「叔公的理髮店」繪本，藉由老師的導讀技巧，如聲音的抑揚頓挫、適時的發問問題，引導學生自然而然沉浸在故事情節發展中。
2. 老師說明故事線的意涵，故事線主軸可以採取「地點」或「事件」當作關鍵詞。

學生反應：學生專注聆聽，適時回答老師所提出的問題。

老師導讀故事，**學生充滿了興趣**，不但給老師成就感，學生在潛移默化中吸收了全文故事脈絡，也能激起發問的興趣。

（一）示範故事線畫法

1. 師提供故事線繪製格式，請學生思考哪一種格式的發展比較貼近故事脈絡：

格式一：直線發展□→□→□→□→□

或格式二：並列發展　　　　　　□
　　　　　　　　　　　　　　　↓
　　　　　　　□→□→□→□→□
　　　　　　　　　　　↑
　　　　　　　　　　　□

或其他畫法。

在叔公的理髮店一書中，若以「事件」為主軸關鍵詞

2. 填入關鍵詞於空格中：舉例說明

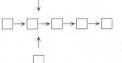

叔公在我家理髮 → 叔公說他的夢想→ 小女孩生病了 缺錢開刀
　　　　　　　　　　↓　　　　　　　　　↓
　　　　　　　　開一家理髮店　　　　叔公出錢

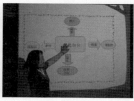

（二）共畫「海豚救難記」故事線：

1. 分組討論，對照段落大意，選出關鍵詞句，畫出故事線。
2. 故事線可用文字或畫圖方式，標示故事發展脈絡。

（三）分享修正：

1. 每組至少畫出三分之一時，上台分享討論故事線畫法，試著說出故事發展。
2. 老師隨旁引導該故事線的優缺點，提醒學生關鍵詞句的用法並作修正。

學生反應：

（一）修正後繼續完成故事線：經過分享後看到別人的優缺點，也看到自己的優缺點，再次修正。

老師必須在從旁輔導，藉由異質性的分組，同儕互助學習，彼此討論。

繪製故事線，六組中有三組對關鍵詞的掌握仍然模糊，透過第一次修正說明，第二次再修正，學生的概念更明確了，透過修正分享，學習更深入。

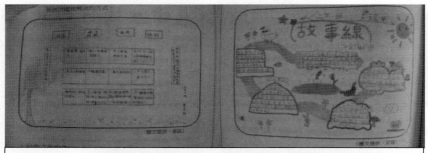

成果展現：或並列發展或直線發展，呈現全文脈絡，並加入重點情節插畫

教學反思

1. 引導示範故事線的<u>文本脈絡要明確</u>，情節要豐富，圖文並茂，讓學生可以自然而然沉浸在故事的發展中。導讀「叔公的理髮店」時，學生神情專注，對於種族的議題充滿了濃厚的好奇心。<u>善用鷹架理論，學習更上層樓。</u>

2. 引導學生辨識有些詞句或人物是<u>重複性的，可以刪去，</u>讓大意更精簡。運用熟練原則，學生再次複習關鍵詞，對於關鍵詞的掌握更加精確了。

3. 學生對於全文脈絡無法完全掌握，以<u>比較對照法</u>，讓學生思路有所依循。故事線的格式有很多種，如直線發展、並列發展、層疊發展……為了可以讓學生聚焦並充分掌握<u>文本的脈絡</u>，老師要先<u>篩選過</u>，選擇一、二兩種較符合文本的格式即可。以學生<u>分組的方式實施</u>，實施結果，六組皆可以畫出文章結構。格式僅提供參考，以學生的閱讀思路為主。

4. 學生上台根據畫的故事線共同修正，修正內容包括刪去或補充關鍵詞，文章情結的<u>轉折處要表現出來，</u>開頭和結尾要做交代，從關鍵詞的延伸思考讓學生充分發表。非文章中的人、事、時、地、事件都是關鍵詞，有些部分只是襯托，在寫段落時可以刪去。

5. 承上的引導、說明和練習，學生可以畫出文章的心智圖了。

6. 畫出心智圖或在故事線分享修正時，讓學生<u>試著口述出來，</u>老師作補充引導後，<u>再讓學生口述一次，</u>脈絡更清晰。

教學單元四、兩兩提問

提問策略主要目標在訓練學生反向思考，了解直接提取、推論、整合訊息、比較評估的出題精神，並能嘗試出題，最後以回答提問單作為後測結果。

一、學生兩兩一組：

（一）故事線繪製小組中，又讓兩個學生為一組。
（二）根據繪製完整之故事線的關鍵詞語，設計問題。
（三）問題分為四種形式：
1. <u>直接提取</u>內文相關訊息：（在文章中可以直接找到答案）

發問方式：可以「是什麼？」為出題思考，如：
（1）小男孩的海豚朋友叫什麼名字？
（2）小男孩第一次潛到海底發現了什麼寶物？

2. 直接推論內文含意：（從文章訊息中可以推論到答案）
發問方式：可以「是什麼？」或「為什麼？」為出題思考，如：
（1）小男孩第一次為什麼不把項鍊拿起來就浮到水面上？（直接可以推論，氧氣快用完了，為了生命著想）
（2）小男孩和海豚波波的感情如何？（沒有直接說明，但從文章描述可以推論出來）

3. 詮釋、整合內文觀點及訊息：（運用自己的知識去理解文章的意思）
（1）從文章中知道小男孩是一個怎樣的人？
（2）舉出兩件事情說明小男孩和波波的感情很好？

4. 檢驗、評估與批判文中內容訊息：
（1）如果你是小男孩，你會如何面對海底狀況，為什麼？

（四）學生設計問題完成後，分組上台展示題目，老師隨機修正學生問題，並詢問學生有無其他出題方式，讓設計的題目更能掌握文章的精神，更能符應閱讀理解能力的指標。

學生反應：
（五）同學再度展示修正後的題目，並提問同學，同學反應熱烈，大多能正確的回答。

閱讀策略「提問」教學，提升學生閱讀理解能力，學生練習從文章設計問題，並將它寫在海報上，上台分享，並讓學生思考還有其他出題方式嗎？

| 學生**分享設計的題目**，老師引導說出出題的優缺點和題目更深層的意涵。 | 經過題目的設計分享，學生寫提問單**比較出題模式**並測驗閱讀理解能力。 |

（六）書寫後測提問單。（後測題目見附錄三）

教學反思

1. 兩兩提問的教學方法，和學生習慣的學習方式（老師教—學生聽，老師問—學生答）有很大的差異，學生必須學習和同伴討論，學習反向思考，學習如何設計題目，對於學生思考力的訓練有很大的意義。

2. 分組：兩人一組，可以增加學生的參與度，如果語文程度較低的學生，老師可以從旁輔助以直接提問方式出題即可，增加成就動機為要。

3. 提醒學生不要盲目的出文章中的旁支細節，可從故事線的關鍵詞擴想思考，或從文章的段落大意和生活做聯想思考。

4. 設計題目涉及高層次的思考方式，老師可以多引導：「除了這種方式外，還有其他的方式嗎？」老師也可以適時加入提問，發問多以開放性的題目，如：「為什麼？」「除了這個原因外，還有其他的嗎？」「如果是你妳會怎麼做？」「你可以從故事裡找到兩個例子來說明×××嗎？」

延伸學習：手工書製作

　　以四格漫畫創作，學生可以根據文本內容編製，也可以改編內容，手工書形式不拘，平裝書或折頁書皆可。藉由手工書的製作，學生對文本脈絡更清楚，增加文本理解力，而讓文字圖像化，感受書本美感，將增進對閱讀喜愛。

一、題材選擇：以故事線為底稿，或選擇印象深刻的畫面。原則上，一段為一頁，或完整的印象畫面。

二、書本型式：以平裝書為主，花瓣書為輔或學生自行創作。先畫好再裝訂或裝訂好再畫皆可。

三、書本身分證：要列出書籍的基本資料，如：作者、出版者、出版日期、國際編等。

學生作品：圖文並茂，脈絡清晰，讓文字充份圖像化，學生對於全文有了更深

一層的理解。

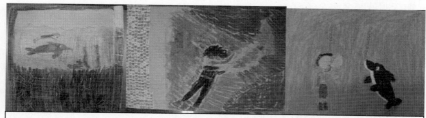

學生的童真，充分展現在圖畫上，藉由圖畫的呈現，檢視了學生對於文本段落的理解，最後小男孩和海豚的對話，是結局的改編，頗有創意。

肆、閱讀理解能力之分析

檢視學習效果，除了課堂觀察作質的記錄分析外，並統計學生設計的題目符應閱讀理解層次的情形，最後以前後測答對率互相對照，以爲教學目標是否達成之依據。

一、問題設計：

教學進入理解能力測驗，可以檢視教學成果，以下是六組學生所設計的部分問題（全班設計的題目詳見附件五）
說明：文中（直）指直接提取訊息；（推）指直接推論；（整合訊息）指整合詮釋訊息；（創造問題）指比較評估能力。

『我的提問，你回答』（節錄）

1. 爲什麼波波是主角的水中好朋友？（推）
2. 爲什麼阿莫差一點就不尋寶了？（推）
3. 海豚叫什麼名字？（直）
4. 爲何小男孩要出去尋寶？（推）
5. 爲什麼海豚成爲他們的好朋友？（推）
6. 爲什麼小男孩要把金鍊子放回海裡？（推）
7. 爲什麼海豚要救小男孩？（推）

8. 海豚爲什麼要馬上浮上來？（推）

9. 小男孩的朋友叫什麼名字？（直）

10. 小男孩是一個怎麼樣的人？（整合訊息）

11. 小男孩怎麼和波波做朋友？（推）

12. 金鍊子有多重？（直）

13. 小男孩是怎麼認識波波的？（整合訊息）

14. 爲什麼波波是主角的水中好朋友？（推）

15. 爲什麼阿莫差一點就不尋寶了？（推）

16. 海豚叫什麼名字？（直）

17. 爲何小男孩要出去尋寶？（推）

18. 爲什麼海豚成爲他們的好朋友？（推）

19. 爲什麼小男孩要把金鍊子放回海裡？（推）

20. 爲什麼海豚要救小男孩？（推）

21. 小男孩的海豚朋友叫什麼名字？（直）

22. 小男孩是怎麼和海豚朋友相遇？（直）

23. 爲什麼小男孩會有點不安？（推）

24. 爲什麼小男孩會說「回到它躺了快三百年的海床上」？（推）

25. 小男孩潛到海底發現了什麼？（直）

26. 小男孩聽到這輩子最甜美的聲音？（直）

27. 暴風雨中的海浪有幾英呎高？（直）

28. 海豚爲什麼要馬上浮上來？（推）

29. 小男孩的朋友叫什麼名字？（直）

30. 小男孩是一個怎麼樣的人？（整合訊息）

31. 小男孩怎麼和波波做朋友？（推）

32. 金鍊子有多重？（直）

33. 小男孩是怎麼認識波波的？（整合訊息）

34. 小男孩第一次發現什麼時，波波就在他身邊？（直）

35. 金鍊子有多重？（直）

36. 小男孩喜不喜歡潛水？（直）

37. 氧氣筒的氧氣存有多少？（直）

38. 繩子可以把船撐多久？（直）

39. 海豚的個性如何？（整合訊息）

閱讀理解能力四層次之出題統計圖

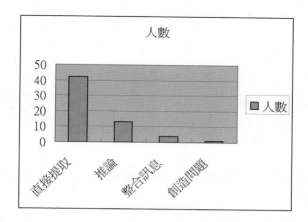

分析提問單

1. 問題的提取可以幫助學生回憶閱讀的文章，也可以幫助學生語文本的互動，增加學生的閱讀理解能力。
2. 根據學生提問的問題中，可以發現大部分學生仍習慣直接從文章中直接提取答案。
3. 筆者推論學生容易從中尋得答案，再者直接提取的答案不會有模稜兩可的可能性，和長期以來學生的學習經驗以及評量方式有直接相關。
4. 當部分學生以推論方式提問，表示其對文章的前因後果有一概念性的瞭解。
5. 只有少數學生進行能整合訊息進而創造問題等具有批判性的問題，通常這樣的能力屬於高層次思考模式，需要長時間的學習。

二、測驗閱讀理解能力—後測

　　閱讀理解後測提問單取自PIRLS題目範例，前測題目依據後測理解層次布題，在一連串的閱讀理解策略實施後，將前後測答對人數和比例作對照，除了映證學生的學習成效外，也可以讓學生檢視自己的出題方式，在和PIRLS題目範例比較下，理解題目出題方向，學習有效的發問方式。以下是前後測結果統計表：
（前後測題目詳見附錄一和三）

題號	1	2	3	4	5	6	7	8	9	10	11
能力層次	推論訊息	提取訊息	提取訊息	提取訊息	推論訊息	詮釋整合	推論訊息	推論訊息	提取訊息	推論訊息	詮釋整合
前測答對人數	12	17	16	20	20	15	14	15	18	16	12
後測答對人數	20	22	20	24	23	20	20	21	22	21	20

進步人數（＋）或退步人數（－）	8＋	5＋	4＋	4＋	3＋	5＋	6＋	6＋	4＋	5＋	8＋
後測答對人數佔全班百分率	80%	88%	80%	96%	92%	80%	80%	84%	88%	84%	80%
教學目標是否達成	後測答對人數多於前測答對人數並達到全班百分之八十以上，達到教學目標。 另，問答題答案若是「部分理解」，將併入全班答對率中。										

另以**百分制換算成績**，其階段成績如下分布：

班級成績分佈

100 分	6 人
90-99 分	5 人
80-89 分	6 人
70-79 分	4 人
60-69 分	2 人
60 分以下	2 人

> 80 分以上 21 人，佔全班人數 84%，多數學生對於直接提取訊息和選擇題的推論訊息較無困難，問答題的方式經過教學引導，已能提升中等以上程度的學生的理解力，達成預設的教學目標。

伍、結論與建議

在一連串的閱讀理解策略教學過程中，學生對於閱讀的方式有了新的體驗，閱讀理解力在質的觀察和量的統計，有顯著的提升，掌握引導時的重點方向，可以讓教學事半功倍。

一、以下是本案教學成效：

（一）學生因為猜測，而想要知道下一段的情節，充分滿足孩子好奇的心理，　無形中激發閱讀的興趣。

（二）老師適當引導關鍵的情節，如辨識身分、加強人物表情，對於閱讀能 力較弱 的學生，能夠及時跟上其他同學閱讀的腳步，在同儕發表的時候，更有參與感。

（三）學生對於大意的掌握，剛開始時概念模糊，經過解釋→示範→操作→討論→修正。學生對於摘取段落大意，已能掌握重點句，和關鍵的人、地、時、事件、特殊狀況，並能嘗試口述出來，讓文意脈絡更清晰。

（四）學生能分享自己的看法，討論熱烈，修正缺點，培養合作學習的文化。

（五）學生能運用閱讀理解策略如畫線、作筆記，找出文章關鍵詞句，掌握學習

重點。

（六）從前後測的答題情況，學生在後測有了明顯的進步，全班的答題確率達84%，顯現已達到教學目標。

二、然而，在教學過程中也發現了有些重點必須掌握，加強引導說明，提供以 下建議：

（一）閱讀<u>預測</u>部分—激發閱讀興趣：

1.學生會緊扣題目的意思，猜測的內容大多有：「海豚會出來救小男孩」只是情節很簡單，一兩句話就交代完畢。在呈現了下一段猜測的內 容，會發覺怎麼都沒有猜到這些情節。老師引導學生：「故事要能吸引人一定要有高低起伏，內容要豐富才顯的刺激，所以情節的鋪陳很重要。」

2.請學生紀錄猜測的內容，學生缺乏興趣。但如果以口頭發表討論內容，比較熱烈。老師引導理解某些重要的情節，學生更能掌握整個故事線，更能激起往下閱讀的動機。

（二）摘錄重點部份—掌握閱讀重點：

1.學生在陳述段落大意對於重點句的掌握不足，源於無法判斷何者爲 重複的字句，必須刪去。可以引導哪些情節在文章中是不能省去的，加強平時文體的比較閱讀有其必要。

2.以人、事、時、地、物，特殊狀況來引導關鍵詞，具體明確，學生更能掌握文本重點。重點句在解釋說明，可讓學生聚焦在此部分多做練習，對於段落主旨和寫大意有很大幫助。

（三）故事線部分---思維擴展、多方向思考：

1.老師在引導學生回答問題時，盡量以開放性的題目，如：「你可不可以舉其他例子說明？」「爲什麼？還有沒有其他原因？」「你覺得xx同學說的對不對？你的看法如何？」……藉由同學間腦力激盪，提供學生思考的多元方向和豐富的元素，有助於批判思考力的培養。

2.故事線在呈現文本脈絡，當學生可以掌握文章結構的安排方式，可以和寫作結合，讓學生仿寫，深化文本結構概念。

（四）手工書製作部分---文本再創造、文字圖像化：

1.學生家奕說：「既然題目是『海豚救難記』，爲什麼描寫海豚的事情只有一點點，也沒有把海豚營救主角的過程寫出來，我覺得這篇故事有待改進」。師回應：「家奕對這篇文章做了深刻的討論，所以我們對作品可以再創造。」，肯定鼓勵學生

的創意，學生更有突破的勇氣。

2.文字圖像化，讓文本學習藉由圖像呈現，將更清晰、活潑，印象更深刻，有利大腦神經元的連結。

3. 結合藝術與人文領域，配合學校海洋教育特色發展選用題材「海豚救難記」，讓閱讀教學自然融入課程中，充滿美感。

　　十節課的閱讀策略教學，和語文領域結合，運用綜合領域課程，閱讀教學的節數問題，只要老師做整體的規劃安排，自然不成問題。在教學的過程中，老師也必須不斷培養專業能力。達賴喇嘛在「在亂世中更快樂」一書中說：「看到事情的價值，我們將不怕困難的堅持下去。」閱讀的價值，是學生開啓人生大門的鑰匙，身為教育工作者，這是必須堅持下去的使命。

陸、參考資料

提升學生閱讀理解工作坊手冊、2009 年出版，國立中央大學學習與教學研究所。

柯華葳教授教學網站。http://140.115.78.41/index.htm

提升閱讀理解策略成果發表計畫彙編。2009 年出版，國立中央大學學習與教學研究所。

【附錄一】　　　　海豚救難記閱讀理解提問單—前測

1. 第一段的重點是什麼？（推論訊息）

Ⓐ　作者和阿莫不去潛海了Ⓑ　說明天氣漸漸好轉Ⓒ　接下來會遭遇困難

Ⓓ　說明潛水夫知道有寶藏

2. 波波為什麼會成為潛水夫的水底夥伴？（直接提取訊息）

Ⓐ　潛水夫救了波波一命。Ⓑ　波波幫潛水夫尋找寶藏。Ⓒ　潛水夫每天給

波波食物。Ⓓ　波波從海裡的網中救出潛水夫。

3. 從故事中找出有烏雲圖案的那一段。什麼原因使得潛水夫「開始有點不安」？
　　（直接提取訊息）

Ⓐ　會有暴風雨。Ⓑ　波浪洶湧。Ⓒ　阿莫細看著船頭的起伏Ⓓ　沒有波波
的蹤跡。

4. 潛水夫的氧氣快用完時，他看見什麼金鍊子後做了什麼事？（直接提取訊息）

Ⓐ　直接回到水面Ⓑ　試著拉起金鍊子Ⓒ　欣賞海底美景Ⓓ　不理會它

5. 從故事中找出有茅的圖案的那一段。從下列哪一項說明，可以看出海面「情
　　況真的很嚴重」？（推論訊息）

Ⓐ　暴風雨快來了。Ⓑ　他想去找波波。Ⓒ　鍊子太重了。Ⓓ　氧氣只剩

45 分鐘。

6. 你認為潛水夫該不該再潛第二次？圈出你的答案。（詮釋整合）
　　　　應該　　　不應該
　　從故事中找出兩個理由來說明你的想法。

7. 故事中提示，當潛水夫第二次浮出水面，船可能就不在了。你怎麼從故事裡
　　知道？寫出兩個故事中的提示。（推論訊息）

8. 潛水夫在這次的潛水尋寶中，他有了什麼領悟？（推論訊息）

9. 故事的最後，潛水夫是怎樣到海灘的？（直接提取訊息）

Ⓐ　他自己游回去。Ⓑ　波波拉他回去。Ⓒ　阿莫開船載他。Ⓓ　海浪帶他

回到岸邊。

10. 為什麼潛水夫要把左臂上的金鍊子鬆開，讓它滑落回海底？（推論訊息）

11. 在這個故事裡潛水夫學到哪兩個教訓？用故事裡發生的事情來說明你的答
　　案。（詮釋整合）

【附錄二】　　　《海豚救難記》故事架構學習單

　　　　　　　　　　　　　　　　　　班級：　　　　姓名：

1.　主要角色
　　角色一：（　　　　　　　　　）
　　（1）特質：
　（　　　　　　　　　　　　　　　　　　　　　　　　　）
　　　　如：貧窮、飢餓、孤獨的、憐憫有愛心的、照顧人、分享、貪心、傷心、
　　　　不符實際、固執堅持的、犧牲
　　（2）功能：
　（　　　　　　　　　　　　　　　　　　　　　　　　　）
　　　　如：會潛水
　　角色二：（　　　　　　　　）
　　（1）特質：
　（　　　　　　　　　　　　　　　　　　　　　　　　　）
　　　（2）功能：
　　（　　　　　　　　　　　　　　　　　　　　　　　　）
　　角色三：（　　　　　　　　）
　　（1）特質：
　（　　　　　　　　　　　　　　　　　　　　　　　　　）
　　（2）功能：
　（　　　　　　　　　　　　　　　　　　　　　　　　　）
2.　背景：（　　　　　　　　　　　　　　　　　）
3.　重要的表達（包括詞彙），關鍵情節、關鍵詞語。如：氧氣快用完了
_____

4.　段落大意（意義段）：
第一段：
_____

第二段：
_____

第三段：
_____

第四段：
5.重新訂題目。
　（　　　　　　　　　　　　　　　　　　　　　　　　）
6.結構：如：第三人稱描述故事　先說…，再說…，最後…。

【附錄三】 海豚救難記閱讀理解提問單─後測 ---取自 PIRLS 題目範例

1. 第一段的重點是什麼？（推論訊息）

Ⓐ 說明阿莫會開船 Ⓑ 說明接下來會有困難 Ⓒ 說明天氣漸漸好轉

Ⓓ 說明潛水夫知道有寶藏

2. 潛水夫和波波之間的有一是怎樣開始的？（直接提取訊息）

Ⓐ 潛水夫從波波的尾巴拿掉了一個魚鉤。 Ⓑ 波波幫潛水夫尋找寶藏。 Ⓒ

潛水夫每天給波波食物。 Ⓓ 波波從海裡的網中救出潛水夫。

3. 從故事中找出有烏雲圖案的那一段。什麼原因使得潛水夫「開始有點不安」？
（直接提取訊息）

Ⓐ 船離岸有三英哩。 Ⓑ 阿莫細看著船頭的起伏。 Ⓒ 沒有波波的蹤跡。

Ⓓ 他的氧氣筒沒有氧氣了。

4. 潛水夫的氧氣快用完時，他看見什麼？（直接提取訊息）

Ⓐ 沉船 Ⓑ 金幣 Ⓒ 生鏽的大砲 Ⓓ 金鍊子

5. 從故事中找出有茅的圖案的那一段。為什麼阿莫要「起錨撤退」？（推論訊息）

Ⓐ 暴風雨快來了。 Ⓑ 他想去找波波。 Ⓒ 鍊子太重了。 Ⓓ 氧氣只剩

45 分鐘。

6. 你認為潛水夫該不該再潛第二次？圈出你的答案。（詮釋整合）
　　　應該　　　不應該　　從故事中找出兩個理由來說明你的想法。

7. 故事中提示，當潛水夫第二次浮出水面，船可能就不在了。你怎麼從故事裡知
道？寫出兩個故事中的提示。（推論訊息）

8. 當潛水夫把鍊子叫做「金錨」時，他有了什麼領悟？（推論訊息）

9. 故事的最後，潛水夫是怎樣到海灘的？（直接提取訊息）

Ⓐ 他自己游回去。 Ⓑ 波波拉他回去。 Ⓒ 阿莫開船載他。 Ⓓ 海浪帶他

回到岸邊。

10. 阿莫在故事裡有什麼重要性？（推論訊息）

Ⓐ 他是波波的朋友。 Ⓑ 他知道寶藏在哪裡。 Ⓒ 他喜歡潛水。 Ⓓ 他指

出危險。

11. 在這個故事裡潛水夫學到哪兩個教訓？
    用故事裡發生的事情來說明你的答案。(詮釋整合)

詮釋整合歷程之閱讀理解學習鷹架

陳月雲*

摘要

　　以小學四年級學生為研究對象之「促進國際閱讀素養研究」PIRLS（Progress in International Reading Literacy Study），將閱讀理解歷程區分為直接理解歷程（提取訊息；推論訊息）和詮釋理解歷程（詮釋整合觀點；檢驗、評估、批判）。臺灣學生在直接理解歷程表現不錯，但詮釋理解歷程則有待加強。因此，近年來教育部積極提倡透過教師有層次的提問以提升學生閱讀理解，期盼強化學生詮釋理解的閱讀能力。

　　本文旨在探究以概念圖作為閱讀理解學習鷹架，逐步引導學生建構詮釋整合閱讀理解能力，最後去除學習鷹架，對學生內化並鞏固其詮釋理解閱讀能力的可行性。研究者採取行動研究的方式，以服務學校四年級三個班級的學生為研究對象，以三則寓言故事和二則PIRLS 2006故事體為閱讀素材，搭配不同形式的概念圖作為學習鷹架，設計以培養學生詮釋整合理解能力為教學目標之閱讀課程。研究結果顯示藉由概念圖引導學生思考、同儕觀摩學習與反覆操作練習，確實能提升學生邏輯思考與詮釋理解能力。根據研究的結果，研究者提供教學省思與建議，作為有志於閱讀教學之教師參考。

關鍵詞：詮釋整合歷程、學習鷹架、概念圖、閱讀策略教學

---

*彰化縣田中鎮三潭國民小學教師，彰化縣九年一貫課程教學輔導團本國語文領域專任輔導員

壹、前言

　　自2007年底公佈臺灣四年級學生參加PIRLS（促進國際閱讀素養研究）閱讀能力測驗評比結果，臺灣排名第22名，遠遠落後於香港（第2名）和新加坡（第4名）。就閱讀理解歷程來看，臺灣學生直接理解歷程的表現（541）顯著優於詮釋理解歷程（530）的表現，詮釋理解歷程通過率只有49%。[1]由此顯示臺灣學生在詮釋理解的能力，有很大的努力與進步空間。報告書中也建議學校需要加強詮釋歷程的教學，建議參考PIRLS 公佈的閱讀理解歷程與教學策略，老師們需要練習如何提示學生進行較高層次的思考。[2]

　　近年來教育部委託中央大學柯華葳教授團隊辦理「閱讀理解的歷程與評量研習」，調訓全臺各地語文教師，學習透過不同理解歷程的提問，引導學生思考，進而提升學生的閱讀理解能力。研究者有幸，亦參與了柯教授團隊辦理的閱讀評量研習，並在課堂上以《童話莊子》書中的〈老人與猴子〉一文，按 PIRLS 命題模式，以提問方式進行閱讀教學課程。在直接理解歷程部分，教學很順利，然而，進入較高層次的詮釋理解「檢驗、評估內容」歷程時，教師提問：「你認為老人是個怎樣的人？請從文章中舉 2 個例子支持你的看法。」有些學生天馬行空的回答，未緊扣文本作答；有的學生誤解題意，答非所問；有的學生僅提出個人看法，但提不出 2 個文本中的例子做佐證。僅單純提出問題，引導學生思考從文本中找尋適當的線索，統整後提出個人的看法，對許多學生而言，難度仍很高。因此，研究者開始思索如何協助學生順利邁入高層次的「詮釋整合」閱讀理解階段。[3]

貳、閱讀理解的理論基礎

一、學習鷹架

　　鷹架(scaffolding)一詞是由 Wood、Bruner 以及 Ross 於 1976 年所提出的，它的基本概念是源自於蘇俄心理學家 Vygotsky 的學習理論。其主要意義是指：依學習者的發展水準，兒童在成人或能力較強的同儕協助下，逐步理解學習內容，激發其認知層次的提升。該理論主張學習的過程是由教師提供一個暫時性的

---

[1] 柯華葳：《PIRLS2006 台灣四年級學生閱讀素養報告》（國立中央大學學習與教學研究所，2008年 4 月 4 日），頁 92。

[2] 同註 2，頁 94。

[3] 依 PIRLS 報告書所載，「詮釋整合」理解歷程評量指標包含：⑴歸納全文訊息或主題；⑵詮釋文中人物可能的特質、行為與做法；⑶比較及對照文章訊息；⑷推測故事中的語氣或氣氛；⑸詮釋文中訊息在真實世界中的應用。

支持來協助學生發展學習能力，這個暫時性的支持(鷹架)可能是一種教學策略或教學工具，隨著學習者能力的提升，便逐漸將學習責任轉移至學生的身上，最後讓學生能主導學習，並經由學習建構出屬於自己的知識。[4]

　　所謂的學習，即是一種概念改變的過程，即是一種探究的歷程，學生必須主動去發現一些事實、主動去理解和統整一些概念，否則僅憑教師片面告訴學生某些事實知識，真正的學習終將難以發生。（Posner，1983；Strike，1983；Strike & Posner，1985）[5]鷹架的作用是「協助房屋搭建」，在建築房子的過程中，鷹架發揮穩固、支持，方便後續工程進行的作用。隨著工程進度的進行，鷹架也逐漸被移除，待房屋完工後，鷹架就必須完全拆除。若把鷹架的概念類推到教學，教師必須了解學生的先備知識、起點行為，在教學中提供學生實際需要的方法或學習支援（所謂的鷹架），可以幫助學童的知識建構與能力提升，當學生能力逐漸增強時，老師則逐漸減除引導的學習鷹架（scaffolding）[6]，進而使學童最後能自行完成學習的工作，培養出自己解決問題的能力。

二、閱讀策略教學

　　閱讀是一種讀者依其自身的目的而建構意義的過程，重點在理解。「策略」（straty）是個人為達成某特定目標所採取一系列有計畫的方法和行動。[7]沒有方法的閱讀容易讓人如雷轟頂，有方法的閱讀使我們容易捕捉不同作品的表達技巧。[8]閱讀教學若只是停留於字詞和句子的理解上，而未深入探討文章的主題思想，則學生所獲得的是零碎的語文知識，未能真正發展出書面語言的能力。艾登·錢伯斯對閱讀教學的期許是：

> 「閱讀」並非只是對字句的生吞活剝，它倒像是一齣由一幕幕互相關聯的場景所組成的戲劇表演。教授閱讀的教師們有責任幫助兒童參與這齣閱讀大戲，幫助他們成為劇作家（改寫文本）、導演（詮釋文本）、演員（演繹文本）、觀眾（積極的接受文本並予以回應），甚或劇評（針對文本做評論、解釋與專題研討）。[9]

　　「提高閱讀理解能力」在閱讀教學中是常被忽略的學習目標。閱讀策略強調讀者在閱讀的過程中，能隨著閱讀的材料，適時調整閱讀的方法，達到自行建構

---

[4] 羅智殷：〈鷹架理論〉，http://tw.class.urlifelinks.com/class/?csid=css000000125339。

[5] 余民寧：《有意義的學習——概念構圖之研究》（臺北：商鼎文化，2003 年 8 月），頁 122-123。

[6] 吳宗立：《學校教育的教學與輔導策略》（高雄，復文，1999 年 1 月），頁 76。

[7] 蘇伊文：《國語文教學理論與應用第二版·閱讀教學》（台北，洪葉文化，2010 年 10 月），頁 245。

[8] 沈惠芳：《不只愛讀，還要會讀》（台北：民生報社，民國 2002 年 12 月），頁 2。

[9] 艾登·錢伯斯著，蔡宜容譯：《說來聽聽——兒童閱讀與討論》（台北：天衛文化，2001 年 2 月），頁 19。

和理解文本意義的目的。運用閱讀策略做閱讀，有助於閱讀理解能力的提升，因此，教導兒童善用閱讀策略，進而內化為一種思考與理解能力，是教學上不可忽視的一環。

蘇伊文指出在教導理解策略時，必須包含下列成分，才能有所成效：

1. 一次只介紹一個策略，並且使用短的文章提供反覆練習。
2. 明確描述這個策略內容以及何時、如何應用。
3. 在過程中，老師和（或）學生示範使用這個策略。
4. 在過程中，合作運用這個策略。
5. 指導學生使用這個策略，並且逐漸釋出學習的責任。
6. 讓學生獨立的使用這個策略，在一段時間之後，教師提供回饋及指導，並且讓學生反映該項閱讀策略是否有效。[10]

因此，進行閱讀策略教學時，宜選擇適當的閱讀材料，一次指導一種閱讀策略，明確的教學步驟與反覆練習，內化為閱讀學習的慣性反應，讓學生在閱讀時，能精熟與活用閱讀策略，提升閱讀理解力。

三、概念圖

概念圖是一種後設學習策略，在個別化學習概念構圖的過程中，學生必須將原本是抽象的、片面的、零碎的教材知識抽取出來（即具體化），並經由概念圖的建構，使學生將自己對概念間的關係進行聯結，此活動將有助於學生監控自己的學習歷程或發現自己的知識結構內的矛盾。[11]由概念圖理論發展出多樣的組織圖表形式，透過組織圖表可以有效的呈現資訊與想法間的關係，它能幫助學生整理資料，把結構、關係、過程等資訊有系統地表達。透過組織圖表，學生可看到資訊間的關聯性與整體性，而非獨立或零碎的訊息。運用組織圖表讓學生針對每一個特殊的思考能力做練習，學生會對自己的思考過程較具敏感度，久而久之，他們就能自然而然的應用這些能力。[12]組織圖表運用圖畫的格式可以讓學生更容易進行抽象的比較、評估和結論。在使用組織圖表時，由於學生採用了共同的格式，透過多元化的觀點對話，可以輕易的了解班上其他同學如何擷取有效的資訊與運作這些資訊，同時進行閱讀理解監控與修正自己的思維。

在應用上，教師可以事先呈現已經排列好階層關係但未標上聯結線和聯結語的概念圖給學生，然後和學生進行討論，要求學生解釋概念間的聯結關係和意義，以及從不同觀點將未完成的部份加以完成。老師也可以從圖表中清楚的觀察到學生的閱讀理解狀況，指出學生犯錯的地方，讓學生能清楚察覺自己的疏忽，

---

[10] 同註 8，頁 245-246。

[11] 同註 6，頁 143。

[12] 方淑貞：《用圖把作文課變創意了趣味圖表——增進六大創作思考技巧》（台北，格林文化，2008 年 9 月）。

引導他們做修正，以建構對文本的意義與詮釋。

叁、教學設計與實施過程

　　研究者擔任服務學校四年級三個班級每週一節的閱讀課，自學生三年級起，即進行以教導閱讀策略、提升閱讀理解力為目標的閱讀課程，因此學生在預測、推論、畫線、摘要（找重點）等方面已具有先備知識與經驗。學生升上四年級後，閱讀教學課程設計逐由「直接理解」歷程進入「詮釋理解」歷程。希望透過教師提供「學習鷹架」引導學生順利培養高層思考的閱讀理解能力。

一、教材的選擇與設計

（一）閱讀教材：配合四年級該學期國語課本「寓言故事」單元做延伸閱讀

教學，挑選幾則蘊涵寓意或配合詮釋理解與比較評估教學目標的故事，作為閱讀文本。依序為《老人與猴子·童話莊子》[13]、《愚公移山》[14]、《明鑼移山》[15]、〈倒立的老鼠〉[16]，最後以〈一個不可思議的夜晚〉[17]作為教學是否有效的總結性評量。前二則為中國寓言故事，第三則為外國寓言故事，第四則和第五則文本為PIRLS 2006 題本。《愚公移山》和《明鑼移山》主角皆想移山，但主角個性不同、解決方式不同、結局也不一樣，適合做「詮釋人物特質」與「比較」理解。此外，五則文本主要人物（養猴子的老人、愚公、明鑼、捕鼠人和小安）在故事中的行為，均有值得進一步討論之處，可以引導學生作高層次的思考。

（二）概念圖表：《用圖把作文課變創意了——趣味圖表增進六大創作思考技

巧》中提及結論圖表是用來幫助學生透過支持性的論點分析、查證資訊，然後根據證據做結論。使用這個圖表可以讓學生的注意力集中在高層次的批判性思考。雖然這個策略是一個非常有結構的分析過程，但在學生下結論前，他們必須腦力激盪，接受各種可能的說法時，整個過程包含創造力的運作。這當中最被強調的思考技巧是評估能力。[18]這個圖表的設計正好符合教學目標，因此，起初研究者參考書中的結論圖表與使用步驟，自第二個閱讀文本《愚公移山》起，讓學生透過「結論圖表1」（見圖1）的引導，逐步建立從文本中找證據，有憑有據詮釋文本中的人物特質，作成結論的能力。並提供「比較圖表」[19]（見圖2），讓學生對

---

[13] 哲也/文，徐萃、姬炤華/繪（台北，小魯文化，2005 年 6 月）。

[14] 兒童日報出版部編寫（台北，光復，1991 年 6 月）。。

[15] 阿諾·羅北兒著，楊茂秀譯（台北，遠流，2009 年 8 月）。

[16] PIRLS 2006 故事體文章。

[17] 同註 17。

[18] 同註 13，頁 35。

[19] 「比較圖表」引自《用圖把作文課變創意了——趣味圖表增進六大創作思考技巧》。

「愚公」和「明鑼」做比較後，培養其觀察與統整能力。「結論圖表 2」（見圖 3）則不限定詮釋主題，並取消「結論圖表 1」中「多角度思考特質再擇一深入探討」一欄，直接找支持的理由填於欄位內，再形成結論。

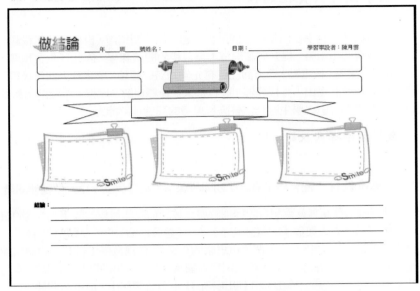

圖 1　　「結論圖表 1」

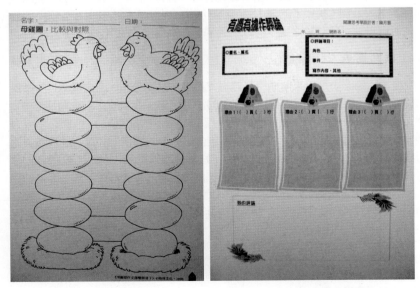

圖 2　　「比較圖表」　　　　圖 3　　「結論圖表 2」

（三）閱讀思考單：提供學習鷹架（概念圖表）教學前，以《老人與猴子‧

童話莊子》爲閱讀教材，使用文字敘述的閱讀思考單直接提問，評估學生詮釋理解程度與能力，作爲提供學習鷹架前的參照基礎；《明鑼移山》教學後段課程，提供3個問題作深度理解和生活連結之反思；〈一個不可思議的夜晚〉不再使用用概念圖表，直接以文字敘述爲主的閱讀思考單提問詮釋整合理解的題目，以檢核學習成效。

二、課程架構

閱讀教材決定好之後，筆者進一步構思教學順序：

（一）使用閱讀思考單，直接提問。

（二）限定詮釋範圍（人物），使用結論圖表。

（三）人物的比較與對照，使用比較圖表。

（四）限詮釋範圍，使用結論圖表。

（五）不做說明，不使用組織圖表，直接進行提問與作答，檢核教學成效。

以組織圖表爲學習鷹架設計的「詮釋整合」理解課程，教學流程如下：

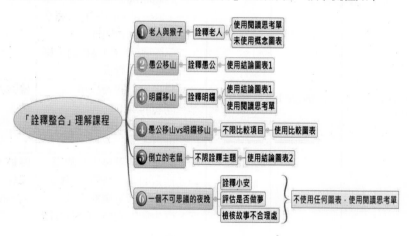

閱讀教學實施方式與課程規劃請參見表1：

表1 「詮釋整合」理解歷程閱讀課程規劃

閱讀教材	輔助工具	教學時間	實施方式	策略或能力
《老人與猴子・童話莊子》	閱讀思考單	99.09.07	一、共讀文本 二、學生疑難處提問 三、教師提問 四、討論與分享	提問、討論、評論、分享

《愚公移山》	結論圖表1	99.09.14	一、共讀文本 二、學生疑難處提問 三、教師提問 四、討論與分享	提問、推論、討論評論、分享
		99.09.21	一、學生自行閱讀故事稿。 二、教師說明如何用組織圖表對「愚公」做結論。 三、學生個別填寫「結論圖表」至「找出三個理由」欄位。	詮釋、評鑑
		99.09.28	一、作品賞析：檢討學生「結論圖表」作品（舉較佳與須修正之作品為例說明） 二、學生修改與完成「結論圖表」。 三、問題討論 （一）愚公是個愚笨的人嗎？請舉例說明理由。 （二）從環保的觀點探討「移山」的行為。	檢驗評估
《明鑼移山》	結論圖表1	99.10.05	一、學生自行閱讀故事 二、問題討論 三、檢討「愚公結論表」，再做修正。	檢驗評估
		99.10.12	一、輪讀《明鑼移山》故事。 二、複習明鑼的特質、「做結論」學習單填寫方式。 三、學生個別完成「明鑼做結論表」。	歸納、檢驗評估、詮釋
《愚公移山》 、 《明鑼移山》	比較圖表 提問單	99.10.19	一、說故事：教師複述《愚公移山》《明鑼移山》故事。 二、討論：學生找出相異之處。 三、說明「比較對照表」寫法。 四、學生各自完成學習單。 五、完成3題提問單。 （一）從《愚公移山》學到什麼？ （二）從《明鑼移山》學到什	統整比較

			麼？ （三）如果你家是「我家門前有小河，後面有山坡」，造成生活困擾，你會怎麼做？	
〈倒立的老鼠〉	結論圖表 2	99.10.26	一、學生各自閱讀文章。 二、生難字詞釋疑。 三、提問引導學生深度理解與思考。 四、用圖表做結論 （一）教師說明「結論圖表 2」使用方式。 （二）學生各自回到文本找尋證據完成閱讀單。	歸納、檢驗評估、詮釋
		99.11.02	一、作品賞析 二、檢討與修正〈倒立的老鼠〉結論表。	檢驗評估
〈一個不可思議的夜晚〉	提問單	99.11.09	一、學生個別閱讀文本 二、填寫閱讀思考單 三、討論與分享	詮釋整合、比較評估

三. 課程的實施流程

（一） 本教學課程實施的流程主要包括下列幾個重點：

1、**閱讀文本**：師生共讀或學生自行閱讀，一邊閱讀，一邊畫出與故事情節發展有關的關鍵詞或重點句，除了協助自行建構文本的意義之外，後續利用組織圖表詮釋人物特質時，學生能循著關鍵詞和重點句，縮短找支持證據的時間。

2、**內容討論**：教師設計概論性問題及與主題概念相關的特定問題，引導學生思考、理解建構文本意義；此外，學生也可就文本內容提出問題與看法，師生共同討論。

3、**使用結論圖表**：教師在電子白板上呈現結論圖表，說明結論圖表使用步驟：

（1）將詮釋的人物填入上方中心「卷軸」圖示內。

（2）寫出對此人物的4個特質或概念性看法。（填語詞或短語即可）

（3）從4個特質或概念性看法中選一個填入下方欄位。

（4）從文本中找出3個足以支持步驟（3）的證據。

（5）歸納統整步驟（3）和（4）的內容，寫成一段有憑有據詮釋人物的短文。

4. 使用比較圖表：教師在電子白板上呈現比較圖表，說明比較圖表使用步驟：

（1）將《愚公移山》和《明鑼移山》的書名填入下方欄位內。

（2）自行找出比較的項目分別寫在中心欄位內。

（3）將比較的內容分別寫於二側。

（4）依完成的比較圖表內容，統整後做口頭報告。

5. 作品賞析與修改：無論是「結論圖表」或「比較圖表」，教師檢閱學生作品後，挑選出較佳與待加強的作品，透過數位影像提示機，投影在電子白板上，呈現較優作品，讓其他同學清楚看到作者如何擷取文章訊息支持其論點、如何歸納前面表格內的資訊，進一步統整成結論短文。此外，亦呈現共通性的問題或思考時的盲點，明確指出問題所在，師生共同討論概念性的特質描述、支持的理由適當嗎？結論短文敘述是否合理、完整，藉由對話與討論提出修改意見。接著，發下作品，由學生依據賞析討論所得，自行修改組織圖表內容。

（二）分析資料與修正教學方式，再一次行動循環

　　研究者也依據課堂觀察所得、學生的學習狀況與每一學習單元學生的閱讀思考單內容，檢討教學與課程設計之缺失，修正教學方式，並在下一個班級與單元課程教學上做適度的調整。詮釋理解閱讀教學設計與實施流程，請參見圖４。

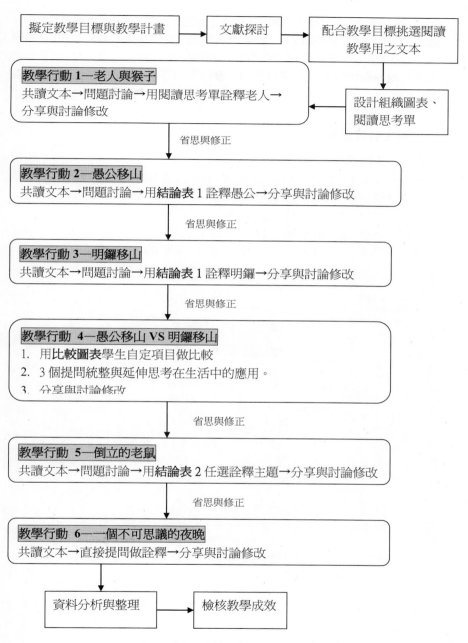

圖 4　詮釋理解閱讀教學設計與實施流程圖

肆、教學上的發現與省思

　　一開始教師提供「學習鷹架」，也就是所謂的線索。教師提供兩類線索，一是解決問題所需的內容知識，二是解決問題有關的解決方法和技巧（使用組織圖表）。初次使用結論圖表，約 1/3 的學生能在圖表的引導下，從文本中選擇適當的例子支持其論點，但仍有 2/3 的學生在圖表的引導下，並無法順利進行詮釋整合做結論。

一、學生的困難點

　　歸納學生的問題包含：
（一）從文本中提取的「理由」不恰當，或與欲詮釋的「特質」無關。
（二）未能統整 3 個支持的理由作成結論。
（三）「結論」陳述不夠具體或不完整。
（四）「結論」直接抄摘錄的理由。見圖 5。
（五）「結論」與原先設定的「特質」不同。見圖 6。

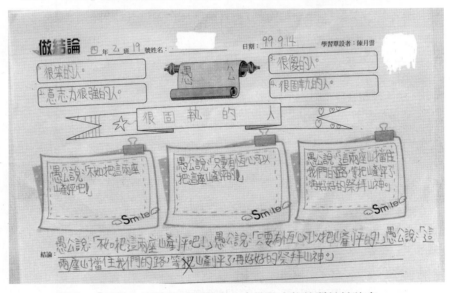

圖 5　「結論」直接抄三個理由，未統整人物特質於結論中。

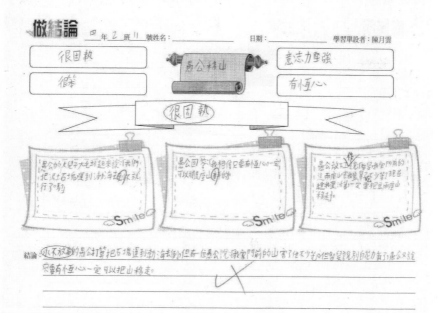

圖6 預設愚公特質是「很固執」，結論變成「永不放棄」。三個理由無法支持「很固執」的論點。

二、同儕觀摩學習的重要性

　　使用概念圖表進行閱讀思考，對學生而言是全新的體驗。有些人反應敏捷，一聽就懂；有些人理解力較弱，尚在嘗試錯誤中學習。「學習」這件事本來就是因人而異，無法以單一標準視之。但是，透過同儕觀摩學習他人的作品，讓學生有機會了解其他同學是如何思考，如何循序漸進作成結論。同時，藉由同儕間的觀摩、對話，指出須修正之處，讓學習不再是被動接受，也能是互動式、互相提攜前進的歷程。

三、策略反覆練習的必要性

　　由於第一次使用概念圖表於《愚公移山》，學生尚未能完全掌握概念間的關係，所以，教學成果仍有努力空間。經過檢討訂正第一張結論圖表後，再利用相同的結論圖表於《明鑼移山》，請學生依文本描述找支持的理由詮釋明鑼是個怎樣的人。大部分的學生在「特質描述」、「找理由」及「做成結論」環環相扣的理解歷程上，均有顯著的進步。見圖7。

213

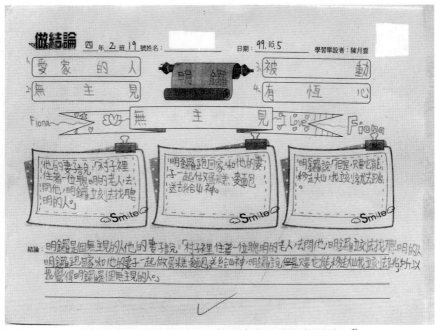

圖7　統整人物特質與三個理由做成完整的結論。[20]

四、思考的角度變得更廣更多元

　　不論是「結論圖表」或「比較圖表」均要求學生必須運用更多思考與理解，才能順利完成作業。學生在閱讀時，會更仔細更敏銳的發現關鍵詞、重點句等線索，思考的模式無形中也由單一的垂直思考，向外延伸做多元的水平思考。相同的主題，在腦力激盪中呈現出繽紛多彩的火花。例如：學生認為明鑼的特質有：有恆心、被動、無主見、愛家、脾氣好、欠缺思考能力、信任他人、服從他人……。為了讓學生大膽放心表達自己的看法，不必揣測老師喜歡或接受什麼答案，因此，詮釋愚公和明鑼的特質時，雖然有些學生提出諸如「愚笨」、「欠缺思考能力」等負面評價，但研究者均不做任何指導與評論，待學生自行完成結論圖表後，於下次上課時，再與學生就不同面向討論此問題。經過熱烈討論後，學生發現：若無愚公堅持移山的決心與行動，哪能換得天神相助移走大山，讓家人安居樂業。因此，愚公其實並不是愚笨之人啊!同樣的，明鑼對聰明的人提出的辦法均照做，最後，山不轉路轉，路不轉人轉，不再與大自然抗爭，選擇搬家與大山和平共存。這與現今社會提倡的愛護自然與環保的概念不謀而合!隨後，教學進入比較《愚公移山》和《明鑼移山》二本書，要求學生自行找出六個項目做比較時，學生亦能輕鬆完成，而且關注的項目未盡相同，文字敘述能掌握重點具體明確敘寫。見

---

[20] 圖5和圖7為同一學生作品，比較後可明顯看出詮釋統整能力進步了。

圖8。

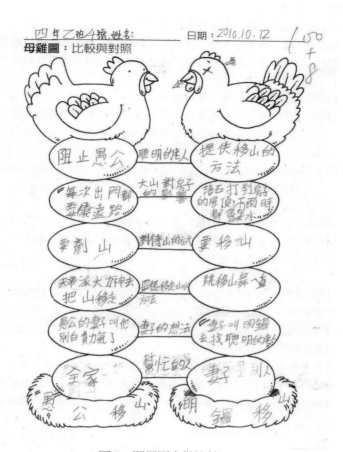

圖8　運用圖表做比較

　　學生在概念圖表的引導下，閱讀文章思考的角度更廣更多元。由研究者在「比較圖」教學活動結束後，提出的三個問題，發現學生自行解讀文本建構意義，關注的面向也各異其趣。

　　問題1：從《愚公移山》學到……

　　S4110：不要白費力氣，做不可能的事。

　　S4118：做事一定要堅持到底，不能半途而廢。

　　S4107：天下無難事，只怕有心人。

　　S4101：愚公一直想把山移走，可是他一直沒辦法把山移走，最後，他就只能請大力神來把山移走。讓我學到了以後我們做不到的事，就要請爸爸或媽媽來幫忙。

　　S4115：做任何事一定要經過思考，思考過後才可以行動。

問題2：從《明鑼移山》學到......

　　S4116：遇到困難，要想辦法解決。

　　S4121：遇到困難的事情，不能只依賴別人，也要靠自己的頭腦去思考。

　　S4114：如果自己做不到的事，就不要去做。別人叫你做的事，也要先思考再做。

　　S4119：遇到不懂的事，要請教別人。

　　S4101：明鑼很努力的想要把山移走，一直永不放棄，他這樣的精神，讓我學到，以後如果遇到困難，也不要放棄，要堅持到底。

問題3：如果你家是「我家門前有小河，後面有山坡」，造成生活困擾，你會怎麼做？

　　S4103：搬家。

　　S4116：努力賺錢，在別的地方買房子住。

　　S4118：這樣會造成土石流，所以我會在山坡上種許多樹。

　　S4104：把家移到丘陵上面。

　　在〈倒立的老鼠〉閱讀課程中，使用「結論圖表2」，不限詮釋的項目。有的人選擇評論角色——羅伯或老鼠；有的人選擇評論事件——羅伯捕鼠的方法；也有人選擇評論寫作內容。對羅伯的看法亦不盡相同，多數人覺得羅伯很聰明，但是，也有獨排眾議的看法出現：

　　　羅伯想把老鼠趕出去，他看捕鼠器沒老鼠，就把家具通通黏在天花板上，讓牠們神魂顛倒。早上，羅伯看到一堆老鼠在地上，就把牠們全部丟到垃圾桶。我覺得羅伯是一個卑鄙的人，因為他都用很強的手段來把老鼠趕出去。

　　　　　　　　　　　　　　　　　　　　　（柏錩閱讀思考單紀錄）

　　若選擇「評論事件」，學生必須依據閱讀所得，自己決定欲評論的事件標題，再從文本中找 2-3 個支持或說明的理由，最後統整加入個人的看法。由學生的思考單可發現，思考的層次更高，觀點也更多元，更有自己的看法了。

五、邏輯思考脈絡更清楚

　　經過概念圖表作為學習鷹架的歷程後，終於到了移除鷹架的時候了。詮釋整合理解課程進入尾聲，以〈一個不可思議的夜晚〉三個問題檢核教學成效與評估學生學習結果。前二個問題直接取自 PIRLS 2006 試題，第一題：詮釋小安是個怎樣的人，並舉二個例子說明。第二題找證據證明小安可能是作夢與可能不是一場夢。第三個問題筆者提問：除了「動物跑出和進入雜誌」的情節以外，請找出故事中不合理之處，並說明理由。學生的表現令人欣慰，作答上條理分明，顯見邏輯思考脈絡清楚，閱讀理解能力顯著進步。見圖9。

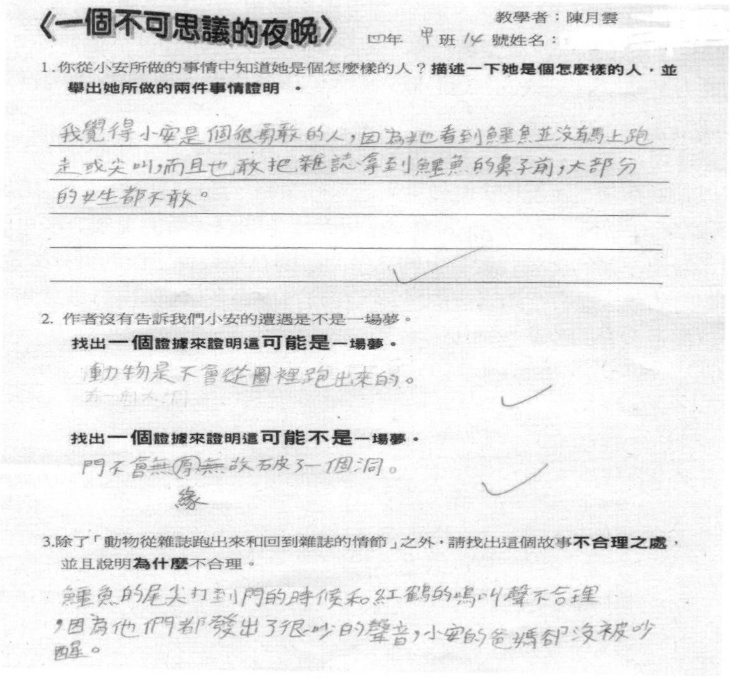

《一個不可思議的夜晚》

教學者：陳月雲

四年 甲班 14 號姓名：

1. 你從小安所做的事情中知道她是個怎麼樣的人？描述一下她是個怎麼樣的人，並舉出她所做的兩件事情證明。

   我覺得小安是個很勇敢的人，因為她看到鯉魚並沒有馬上跑走或尖叫，而且也敢把雜誌舉到鯉魚的鼻子前，大部分的女生都不敢。

2. 作者沒有告訴我們小安的遭遇是不是一場夢。

   找出一個證據來證明這可能是一場夢。

   動物是不會從圖裡跑出來的。

   找出一個證據來證明這可能不是一場夢。

   門不會無緣無故破了一個洞。

3. 除了「動物從雜誌跑出來和回到雜誌的情節」之外，請找出這個故事不合理之處，並且說明為什麼不合理。

   鯉魚的尾尖打到門的時候和紅鶴的鳴叫聲不合理，因為他們都發出了很吵的聲音，小安的爸媽都沒被吵醒。

圖 9　邏輯思考脈絡清楚的閱讀思考單

六、教學建議

從學生的作業分析，經由概念圖表的學習鷹架教學後，七成左右的學生在找理由支持論點做結論已具備能力。部分的學生不會從文章中找支持的理由，這部分和找關鍵詞、重點句能力有關，老師必須回過頭來，縮小文章範圍，做個別指導，以培養閱讀時敏銳的覺察力。有的學生或因描述的語意不清，或因二個支持的理由不完全符合，或因概念間的關係模糊，以致歸納統整的能力不佳，則需要老師提供更具體明確的線索（如：填充式的句型），引導他逐步探索，最後能順利完成。

伍、結論

在全球化競爭下，掌握趨勢，才能創造優勢。無論從 PIRLS 或 PISA 的評比資料來看，台灣學生在高層次的詮釋理解歷程均有待加強。透過不同理解歷程的提問，引導學生思考，是一個不錯的教學方式。然而，在教學過程中發現學生學習上有困難，老師應秉持問題解決的思考模式，改變教學策略，設法幫學生搭起

學習鷹架。研究者以不同形式的概念圖表為學習鷹架，給予學生主動探索的機會，當學生了解了以後，鷹架再一點一點的退除，最後建立學生獨立思考，解決問題的能力。教學研究驗證，透過概念圖表的確能協助與增進學生「詮釋理解」歷程的能力。

　　知識運用在實務情境時，主導思考與選擇工具的，不是知識而是人──人運用知識以判斷在當下情境中，優先選用之系列策略，必要時他得改變與創新，而不是一味奉行。[21]不同層次的提問教學是提升學生閱讀理解的重要方法，然而，教學現場層出不窮的挑戰及教育上的諸多問題則有賴教育工作者秉持敏銳的觀察力與隨時省思、採取行動研究的精神，在教育現場各個情境中，謀求解決問題之道，以促進教育的改革與進步。

---

[21]　陳惠邦、李麗霞著：《行行重行行─協同行動研究》（台北：師大書苑，民國 2001 年 2 月），
　　頁 195。

參考書目

吳宗立：《學校教育的教學與輔導策略》（高雄，復文，1999 年 1 月）。

艾登‧錢伯斯著，蔡宜容譯：《說來聽聽——兒童閱讀與討論》（台北：天衛文化，2001 年 2 月）。

陳惠邦、李麗霞著：《行行重行行－協同行動研究》（台北：師大書苑，民國 2001 年 2 月）。

沈惠芳：《不只愛讀，還要會讀》（台北：民生報社，2002 年 12 月）。

余民寧：《有意義的學習——概念構圖之研究》（臺北：商鼎文化，2003 年 8 月）。

方淑貞：《用圖把作文課變創意了——趣味圖表增進六大創作思考技巧》（台北，格林文化，2008 年 9 月）。

柯華葳：《PIRLS2006 台灣四年級學生閱讀素養報告》（國立中央大學學習與教學研究所，2008 年 4 月 4 日）。

蘇伊文：《國語文教學理論與應用第二版‧閱讀教學》（台北，洪葉文化，2010 年 10 月）。

羅智殷：〈鷹架理論〉，http://tw.class.urlifelinks.com/class/?csid=css000000125339。

「以閱讀理解策略分析基測試題」之觀課實驗室

黃秋琴*

壹、前言

一、研究動機及研究目的

有幸加入縣輔導團團隊，在師大鄭圓鈴教授的指導下，不但在如何運用閱讀理解策略於教學、基測試題分析等方面獲益匪淺，也接觸了「觀課」的概念。筆者擔任教務主任時，有巡堂並進行教學視導之職務需求，但說實話那時也沒有勇氣讓別人進入自己的教室。

我們都深知合作的重要，但之前和老師們大多只做到一起開會、研究教材、討論學生案例等。然而「觀課」的概念，更讓我們體會唯有打開教室，敞開心胸，讓老師們共處在教學的實境，一起發現教學的盲點，共同突破教學的瓶頸，才能真正向教師專業發展邁進一大步。

於是，想邀請老師們來觀察我的課堂，然後大家互相研究，提供改進建議。適逢校內老師們要我分享在輔導團所得到的新資訊，而且到國三下學期，大家關注的焦點不外乎「基測」，就以「閱讀理解策略」、「分析基測試題」爲面向，著手我的第一場觀課實驗吧！茲說明本文「研究目的」如下：

（一）透過觀課方式，嘗試與同校教師進行經驗分享學習，營造互助合作的教師專業發展氛圍。

（二）針對國中基本學測屬「閱讀理解」類試題，以「閱讀理解策略」的角度，提供學生閱讀理解的方法。

（三）以國中基本學測的篇章爲例，發展「結合閱讀理解策略與基測作文六級分的評分規準」剖析篇章的教學方式，達「範文教學、閱讀理解、作文指導」三合一的效果。

二、研究對象及研究方法

以本校一個三年級班級的 35 位學生爲授課對象，這個班級採常態編班，筆者於學生二年級時曾擔任其國文科老師。筆者即爲本次觀課活動的授課老師，邀請本校 12 位國文科教師共同參與，進行觀課主題焦點的討論。於 100 年 3 月 22 日進行觀課及議課活動，全程輔以錄影，並請該班學生填寫回饋表，協助蒐集相關訊息。

---

*桃園縣石門國中教師、桃園縣教育領航研究中心專業發展組組長

貳、文獻探討

以「閱讀理解策略」及「課堂觀察」兩個面向進行文獻探討：

一、閱讀理解策略

林建平（1995）提及七項閱讀理解策略，分別為「預測策略、畫線策略、摘要策略、結構分析策略、推論策略、自詢策略、補救策略」：

（一）**預測策略**：閱讀前先看題目或標題，預想文章的內容。

（二）**畫線策略**：將文章的重點畫線，選擇性注意文章的重點及加強重點記憶，在閱讀很長的基本學測考題時使用極有效。而文章的重點可能在：

　　　　1、段落的第一句或最後一句〈即主題句〉

　　　　2、在因果句〈因為⋯所以⋯〉

　　　　3、找出列舉項目〈1⋯2⋯3⋯等〉

　　　　4、找出事件發生的順序

　　　　5、和文章題目有關的內容

　　　　6、文中特別標示的字或粗黑體的字

（三）**摘要策略**：濃縮文章內容為一連貫的、正確的、概要的、可理解的大意。摘要的進行方式如：

　　　　1、分析故事的人、事、時、地、物等重點

　　　　2、刪除不必要的細節或重複之處

　　　　3、用一概括的詞語來替代所有列舉的細節內容

（四）**結構分析策略**：閱讀文章後，分析其架構，可運用圖解方式協助了解文章的骨架，圖解方式如：樹枝圖〈如族譜或世系圖般作樹枝狀分出〉、火車圖〈如火車廂般並排呈現〉、太陽圖〈如太陽放射光芒般以一主題事物為軸心〉、同心圓圖〈如同心圓層層推衍〉、衣架圖〈演繹法般呈衣架帳向下推衍〉、行列圖〈格狀行列分布〉、交疊圓〈部分交疊的兩圓形〉等。

　　　　1、故事背景〈1〉　人物〈2〉地點〈3〉時間

　　　　2、主要事件〈1〉　事件〈2〉目的

　　　　3、情節：開始⋯然後⋯所採取的行動⋯

　　　　4、結果：目標的達成及內心的反應

（五）**推論策略**：在閱讀時遇有看不懂的字句，可依上下文推論字、句的意思，或依段落的內容推論作者省略的部分及推想作者寫作此文的用意〈主旨〉何在，以對文章有更深入的理解。

（六）**自詢策略**：即閱讀者自問自答的方式，可運用「六問法」（何人、何處、為何、什麼、如何、何時）方式進行。

（七）**補救策略**：在閱讀理解失敗時，必須採取補救措施。例如：

　　　　1、讀慢一點

　　　　2、再讀一、二遍

3、查字典或工具書

4、在難字難句下做記號

5、對照上下文了解意思

本文將以「預測策略、畫線策略、摘要策略、結構分析策略、推論策略、自詢策略、補救策略」進行基測試題分析，並據此發展教學策略。

二、課堂觀察

平溪國小陳榮全校長（2006）在「運用同儕觀課，促進教師專業成長」一文中提及：

> 觀課的理念源自「經驗分享學習」（experiential learning），而經驗分享學習與一般的學習差異在於主張學習者應從具體的經驗及活動作為學習起點，經過觀察他人或自己的教學方式，構築自己的教學城牆，再以反思的態度面對自己的城牆是否合乎學習者的需求，如此，在經驗中分享與學習，即是觀課活動最主要的精神所在。

邵光華、王建磐（2003）在「教師專業發展取向的觀課活動」一文中認為：

> 基於教師專業發展取向的學校同事互助觀課活動是教師在職繼續教育的一種有效的校本培訓方式。互助觀課的目的隨觀課者而定，觀課的中心內容隨觀課目的而定。觀課前首先要有明確的目的，進而確定出觀課重點。在觀課策略方面，一些觀課內容可由觀課教師和被觀課教師共同商定，觀課期間應圍繞中心做好觀課記錄，觀課後討論要針對課題和學生而不是被觀課教師，最後結論應由觀課雙方共同完成而不是由觀課者單方來作。學校應積極創造有利於觀課活動開展的氛圍，建設良好的觀課文化。

因此，本次的觀課實驗室即以「透過觀課方式，嘗試與同校教師進行經驗分享學習，營造互助合作的教師專業發展氛圍」為目的。

至於觀課的實施方式及注意事項，筆者整理陳大偉（2008）「走向有效的觀課議課」一文內容，說明如下：

（一）有效觀課議課從觀課準備開始

1、提前協商觀課主題：授課教師和觀課者在課前達成充分理解和信任，並形成共同的觀課議課主題。

2、讓授課教師先做觀課說明：一是介紹教學背景，以增進觀課者對課堂情況的了解。二是在議課主題下，介紹教學設想和教學活動，提示重點觀察的現象和時機。三是要介紹自己不同常規的教學創新，以避免參與者帶著約定俗成的觀念和想法來觀察和研究課堂。

（二）有效觀課要致力於發現課堂

1、觀課是用心靈感悟課堂：觀課的「觀」強調用多種感官（包括一定的觀察工具）收集課堂信息。

2、有效觀課需要主動思考：

（1）判斷和思考授課教師的教學行爲是否收到了預期的效果，思考學生的學習效果與教師的教學行爲之間有什麼樣的聯繫。

（2）需要思考「假如我來執教，我該怎麼處理？」這種思考使觀課者不做旁觀者，而是置身其中。

（3）觀課議課致力於建設合作互助的教師文化，在授課教師無私地提供了研究和討論課堂教學的案例和平台以後，觀課教師應該真誠地提供自己的經驗、表達自己的意見讓他人分享。

（三）有效議課致力於理解教學

1、以平等對話爲基礎：議課需要平等交流的基礎，讓參與者圍繞課堂上的教學信息進行對話交流，並探討教學實踐的種種可能性。

2、基於教學案例的討論：議課是對案例中的困惑和問題進行討論，並商議解決辦法。

3、致力於有效教學：強調把學生的學習活動和狀態作爲觀課議課的焦點，以學的方式討論教的方式，以學的狀態討論教的狀態。

因校內同仁尚無課堂觀察的經驗，所以筆者除了先分享觀課的相關概念外，將依「說課、觀課、議課」流程，實施本次的觀課實驗。課堂觀察是研究者帶著明確的目的，憑藉自身感官及有關輔助工具（如觀察表、錄音錄像設備等），直接（或間接）從課堂上收集資料，並依據資料做相應研究（孫惠芳，2007）。因此，筆者根據預設的觀課目的，與觀察教師進行「形成觀察主題」討論，於觀課說明後，實施「觀課、議課」活動，並輔以回饋表、錄影等工具，協助筆者蒐集相關訊息。

參、觀課實驗之「協商與說課」

陳大偉（2008）認爲「有效觀課議課從觀課準備開始」，方式爲「提前協商觀課主題」及「授課教師的觀課說明」。本節將就這兩個面向陳述如下：

一、協商觀課主題

在針對「基測試題」的議題下，觀課老師所提出學生作答時及老師解題時的問題如下：

（一）學生作答時的問題：

1、學生大多是直接理解題意後，參照選項使用刪去法，或找與題幹相同的字詞，常產生文意理解錯誤及過度推測的毛病。

2、碰到整篇文章的閱讀題組試題，常只是將文章看一遍後，就靠著自己的印象作答，比較不會回到文章中找答案，出錯率較高。

3、學生對於寫作手法的理解較低，例如不懂何謂「主觀」，對於順序法實際的運用不熟悉。

4、學生碰到文言文時，經常有看不懂或是字詞理解錯誤的狀況。

（二）老師解題時的問題：

1、老師雖花不少時間講述題意，但學生聆聽時易分心。

2、帶著學生分析時，是以老師的角度分析文意，學生是被動的接受老師的解讀，沒有學習到從文章中找線索的方式。

3、老師面對長篇的文章，常使用的解題方式便是告訴學生這個答案在文章的哪裡，效果不大。

4、如何教學生面對長篇的文章時，快速瀏覽中抓到重點句，找到關鍵字。

5、學生遇到文言文好像放棄，想要探討如何教學生解讀文言文。

　　經討論結果，我們將暫不處理「文言文」的部分，集中在白話文的句子、段落和篇章的閱讀理解。觀課的主題為「針對基測中閱讀理解的試題，教導學生運用閱讀理解策略分析題意，協助學生提升閱讀及理解題意的能力」。觀察重點在「對於策略的運用，教師講解的情況？」、「學生能夠理解和運用這些策略嗎？」、「運用這些策略對於學生提升閱讀及理解題意能力的情況？」及「對於整篇文章的解析是否可以轉移運用在平日的範文教學上？」

二、授課教師的觀課說明

　　這個部分本來要以「教案設計」的方式現，但回想自己之前觀摩各種閱讀或創新等各類教案，若未輔以實際參與設計者的教學演示，則無法得其精髓，領略教案的精彩處。然教案也有其優點，依教學流程呈現，清楚說明課堂的教學活動、時間的控制及相關教學設備的準備。但既以「觀課實驗室」為發想，那就嘗試不同的方式吧！

　　筆者將以授課者「說課」的角度，呈現「以閱讀理解策略分析基測試題」觀課實驗之教學設計。在撰寫過程中，發覺這點像「放聲思考法」，在教學前，把自己的教學設計逐步且仔細地自我陳述，針對這個教學設計的歷程、想法一一解析，不但有助於自己對教材的更深入的了解，也可以在每個想法產生時，提醒自己做「後設思考」，這樣的教學方式是否有助於學生理解？是否能達到預設的教學目的？學生是否能有學習成效？還有就是這次觀課的重點：希望觀課伙伴為我觀察的重點和現象是什麼？經如此「說課」過程的撰寫，更能幫助自己在實際對觀課伙伴進行「說課」時，觀課重點的聚焦及清楚呈現。

　　筆者根據協商的觀課主題及重點，運用「預測、畫線、摘要、結構分析、推論、自詢、補救」等閱讀理解策略分析基測試題，設計本次之教學活動，其中在篇章的分析部分，我兼採目前老師及學生都熟悉的基測作文六級分評分規準「立意取材、結構組織、遣詞造句」，為學生解析文章內容及架構。

（一）基測試題分類與閱讀理解策略

　　以 99 年一、二次基測試題為例，進行分類。筆者將試題先分為「字詞基本能力」、「語文常識」、「閱讀理解」三大類，再依「句子、段落、篇章」三個面向，在「閱讀理解」類的試題中選擇「範例試題」，進行以閱讀理解策略分析基測試題的教學設計。筆者指導學生的閱讀理解策略，列舉如下：

1、句子

（1）敘述主體（題幹、選項）

（2）摘要（濃縮句子或或用一概括的詞語來說明）

2、段落

（1）敘述主體（題幹、選項）

（2）關鍵句〈即主題句〉

（3）摘要（或用一概括的詞語來說明）

（4）分類（轉折連接詞、找出列舉項目：1…2…3…等）

（5）對照選項的論述

3、篇章

（1）敘述主體：先看標題、題目（基測考試可先瀏覽題目）

（2）全文瀏覽（劃下與標題、題目相關的「關鍵句」）

（3）摘要、分類

（4）敘述內容

　　　　甲、立意：主旨（作者的寫作目的、觀點、感受）

　　　　乙、取材：人、事、時、地、物

（5）敘述方式

　　　　甲、結構組織：分區塊、文章脈絡、事件或描述的順序

　　　　乙、遣詞造句：修辭、寫作技巧

（二）本次教學活動之「範例試題」解析

1、句子

99-2-6.[1]「生命如同故事，重要的不是它有多長，而是它有多好。」這句話的涵義與下列何者最接近？

（A）　人生最有價值的，不是生活裡的甜蜜，而是酸苦

（B）　有生就有死，只有樂於生的人才能不感到死的苦惱

（C）　生命不可能有兩次，但許多人連唯一的一次也不珍惜

（D）　深刻而充實地度過每一瞬間，便能使生命散發光與熱

老師講解示範閱讀理解策略運用：

選項	策略	說明
題幹	敘述主體	生命
	摘要	生命重要的是有多好
（A）	敘述主體	人生（生命）
	摘要	人生最有價值的是酸苦
（B）	敘述主體	樂於生的人
	摘要	樂於生的人對於「死」不苦惱
（C）	敘述主體	生命

---

[1] 99-2-6.為「99 年第二次基測第 6 題」，以下範例試題編碼意同。

	摘要	珍惜生命
（D）	敘述主體	生命
	摘要	深刻而充實的生命，會散發光與熱

　　根據觀課前的討論，學生易犯的毛病為「直接理解題意後，參照選項使用刪去法，或找與題幹相同的字詞」，提醒學生這是題目設計的誘答性。就「敘述主體」而言，題幹和選項差不多，以 99-2-6.為例，生命與人生採廣義看法，涵義差不多。因此要有「摘要涵義」的能力。也提醒學生勿過度解釋題意，如 99-2-6.的選項，將（A）人生最有價值的是酸苦、（B）有樂於生的人對於「死」不苦惱、（C）珍惜生命都過度解釋，延伸為如此做會有「美好的人生」。

　　本是講解結束，讓學生練習 99-2-10.，以老師示範的方法分析，授課老師可協助引導學生回答，但注意不要急著說出答案。

2、段落

99-2-24.「你的靈魂在航海，理智和情感就是舵和帆。如果帆或舵壞了，就只能停滯或漂流在海上。當只有理智支配你時，它往往成為侷限的力量；而情感若不加約束，就成為焚毀自己的火焰。」下列對於理智與情感的描述，何者最符合這段文字的觀點？
（A）以情感激發行動，以理智指引方向
（B）沒有理智的支持，任何情感都不會持久
（C）生命的原動力，來自於理智與情感的交戰
（D）情感是理智的產物，而理智絕非情感的產物

老師講解示範閱讀理解策略運用：

選項	策略	說明
題幹	敘述主體	理智和情感
	關鍵句	理智和情感就是舵和帆
	摘要	理智和情感就是（靈魂）的舵和帆【兩者關係並重、互助】
	分類	理智和情感並重→1、只有理智，會被侷限 2、只有情感，焚毀自己
（A）	敘述主體	情感、理智
	摘要	情感→行動，理智→方向【兩者關係並重、互助】
（B）	敘述主體	理智
	摘要	情感需要理智的支持
（C）	敘述主體	情感、理智
	摘要	生命要理智與情感的交戰【兩者關係交戰】
（D）	敘述主體	理智
	摘要	理智才能產生情感

99-2-19.「我們賦予元首的任務，是讓他以超出我們的道德力量去做教育孩子的人格典範。是讓他以高於我們的眼光，為我們找到方向，指出夢想之所在。是讓他以遠比我們開闊的胸襟去把那撕裂的，縫合；使那怨恨的，回頭；將那敵對的，和解；將那劍拔弩張的，春風化雨。」這段文字<u>並未</u>提及「元首」應具備下列哪一項條件？

（A）消解人民的對立
（B）提出國家的願景
（C）具有唯才適用的魄力
（D）擁有一定的道德高度

老師講解示範閱讀理解策略運用：本來要立即讓學生練習，但考量學生才第一次接觸這類閱讀解題策略，所以仍以老師講解為主，提問為輔。

選項	策略	說明
題幹	敘述主體	元首的任務
	關鍵句、摘要、分類	元首的任務有三個：【將原文分類】 一、是讓他以超出我們的道德力量去做教育孩子的人格典範。 二、是讓他以高於我們的眼光，為我們找到方向，指出夢想之所在。 三、是讓他以遠比我們開闊的胸襟 1、去把那撕裂的，縫合； 　　　　　　　　　　　　　　　2、使那怨恨的，回頭； 　　　　　　　　　　　　　　　3、將那敵對的，和解； 　　　　　　　　　　　　　　　4、將那劍拔弩張的， 春風化雨。 元首的三個任務：【摘要】 一、道德的人格典範 二、提出國家的方向、夢想、願景 三、有開闊的胸襟→ 消除對立
（A）		消解人民的對立
（B）		提出國家的願景
（C）		具有唯才適用的魄力【對照三個任務，明顯沒有這個項目】
（D）		擁有一定的道德高度

3、篇章

　　根據觀課前的討論，針對篇章閱讀，學生及教師的問題為「碰到閱讀題組，常只是將文章看一遍，就靠著印象作答」、「如何教學生面對長篇的文章時，快速瀏覽中抓到重點句，找到關鍵字」等。筆者認為，句子組成段落，段落組成篇章。

因此，以「閱讀理解策略」而言，句子、段落、篇章三者息息相關。解讀句子的策略含納在分析段落的策略中，而分析段落的策略再延伸，即剖析篇章的閱讀理解策略。本文雖以「基測試題」為例，但仍引導學生完整「剖析篇章」的方法，不以解決基測試題答案為主軸。

以99年第二基測題組試題之「改寫自洪素麗＜含笑＞」一文為篇章範例：

1、含笑花的美，是潔淨的。那清淡似有若無的花香，卻令人覺得心酸。因為那種寡靜的香氣，有過世母親的氣味。

2、我是個奇怪的女兒。母親在世時，和她沒完沒了的爭吵。母親過世之後，我處處在花香中，看到母親的影子，嗅到她的氣味，感覺到她處處隱含的形影。

3、母親是個無懈可擊的日式婦女，做甚麼事都完美得一絲不苟，即使打一個結－粽子上的結、鞋帶上的結－也必須打得工整又完美。頭髮梳得整齊，衣服穿得得體，鞋子一塵不染。供桌上，每天鮮花蔬果擺得周正美觀。自小到大，我最愛看母親佈置供桌。尤其節慶大拜拜時，她領著女傭，擺出一大桌極費工夫的菜餚，擺得豐盛美麗。她從庭院親手栽植的花草中下花枝插瓶供奉，多半是白色的香花：含笑、茉莉、夜來香或一整盆蘭花，使供桌顯出富泰又莊麗、清寂又潔淨的氛氳。

4、這種氛氳在母親辭世兩年來，時時盤桓在我的腦中。

5、含笑花清寂的香氣裡，有母親清顏的回憶。回鄉的時候，在朋友家的庭院裡，不期然邂逅的含笑花。

6、「你家的含笑花在對我微笑哩！」我對窗內的朋友喊道。

7、猛一回頭，似乎看到母親身影飄拂過我的眼角。愛花的母親和我，不期然在朋友家庭院一角的含笑花旁相遇。母親的身影拂著花香冉冉而退。

8、含笑花飽滿如玉色手心相合的姿態，好像若有所悟，又若有所思。

9、那是一個微雨的清晨。　　　　　　　　　　　－改寫自洪素麗＜含笑＞

老師講解示範閱讀理解策略運用：

（1）敘述主體：先看標題、題目（基測考試可先瀏覽題目）

標題＜含笑＞　，再看內文前三個字，即知本文與「含笑花」相關。

（2）全文瀏覽（劃下與標題、題目相關的「關鍵句」、寫下1-9的自然段標號）

（3）摘要、分類：

第1段

敘述主體：含笑花

摘要、分類：（a）美（潔淨）　　（b）花香（過世母親的氣味）→心酸

第2段

敘述主體、關鍵句：我是個奇怪的女兒【那裡奇怪？繼續說明】

摘要、分類：（a）母親在世：爭吵【文句短】

　　　　　　（b）母親過世：想念（藉「花香」看、嗅、感覺）【文句長，是

重點】
　　第 3 段
　　敘述主體、關鍵句：母親無懈可擊、一絲不苟
　　摘要、分類：【舉例說明「母親無懈可擊、一絲不苟」，是可分類的地方】
　　（a）打結（粽子、鞋帶）
　　（b）頭髮
　　（c）衣服
　　（d）鞋子
　　（e）供桌的擺設：鮮花、蔬果、菜餚
　　【文句長，是重點，其中「花（顏色、香氣）」又是此小段的重點，含笑排第一位】
　　【「氤氳」乍看不懂，也不會唸，可以引導學生利用上下文去猜？試試學生的反應，若學生猜的意思接近，也可藉此告知遇到不會的字詞，不必怕，可以利用上下文去猜】
　　第 4 段
　　敘述主體：氤氳（花香）
　　摘要：母親辭世，氤氳時時在腦中
　　【提問：這段的敘述：母親在世？過世？第 3 小段的敘述：母親在世？過世？】
　　第 5 段
　　敘述主體：含笑花（憶母）
　　摘要：含笑花香氣中回憶母親，回鄉巧遇含笑花
　　【簡單的輕輕帶過，不要都細細分析，對這些策略使命必達】
　　第 6、7 段
　　敘述主體：作者-含笑花-母親
　　摘要：「作者」遇見「含笑花」如同與「母親」相會，三者在此邂逅。
　　【提問：這段敘述的時間、空間？這段敘述的精彩處？】
　　第 8 段
　　敘述主體：　含笑花（作者）
　　摘要：含笑花（作者）若有所悟、所思
　　【提問：有所悟、有所思的是花還是作者？】
　　第 9 段
　　敘述主體：氣侯、時間
　　摘要：微雨的清晨
　　【提問：這段敘述的作用？這段的作用—補敘，造成餘韻】
（4）敘述內容、敘述方式
　　　　以國中基測作文六級分的評分規準「立意取材、結構組織、遣詞造句」來解析整篇文章，並結合閱讀與寫作教學。筆者認為「立意取材」屬「敘述內容」的分析，而「結構組織、遣詞造句」屬「敘述方式」的範疇。

甲、敘述內容

（a）立意：主旨（作者的寫作目的、觀點、感受）

【孺慕之情：作者如何表達這種情感？例如：朱自清用背影表達父愛】

母親和含笑花：氣味、潔淨、美白（完美的典型）

母親和我：（異：性格、同：愛花）

性格雖異，以「含笑花」串起母女、串起思念

（b）取材：

人：母女

物：含笑花之香味和形體

事：憶母（借物思人）

時：現在－過去－現在

地：家鄉（睹物思人）

乙、敘述方式

（a）結構組織：

分區塊、文章脈絡（自然段如何組成意義段？）事件或描述的順序（順敘？倒敘？）

意義段	自然段	重點	時間
一	1、2	見含笑花即憶母	現在
二	3	母親的性格	過去（母親在世）
三	4、5、6、7、8	對母親的思念	遇花那時（母親過世）
四	9	補敘（營造氣氛）	現在

（b）遣詞造句：修辭、寫作技巧【本文著重視覺與嗅覺的摹寫】

（5）洪素麗＜含笑＞測驗題組

99-2-38 關於這篇文章的寫作手法，下列敘述何者正確？

（A）善於運用對話技巧，凸顯母女性性格差異

（B）全文採順敘手法，寫出對母親的種種回憶

（C）文章多處化用典故，使得文字凝鍊雅致

（D）透過視覺與嗅覺的摹寫，引出孺慕之情

99-2-39 根據本文，可明確得知下列何者？

（A）含笑花香令作者心酸，是因讓她想起與母親一同種花的經驗

（B）作者的母親是一位喜好花卉，而且做事嚴謹又有條理的女性

（C）從小陪著母親擺設供桌，長期的相處使得作者母女情感融洽

（D）作者在朋友家不期然地遇到母親，於是母女相偕共賞含笑花

100 年 3 月 22 日進行觀課，授課老師以約 60 分鐘（一堂半）的時間，以上

述閱讀理解策略帶領學生閱讀這篇改編自洪素麗＜含笑＞的文章。最後，以99-2-38 及 99-2-39 兩題組進行評量時，學生表示非常容易可以作答，不但可以選出正確答案，對於其他選項也可以明確指出其錯誤的論述。

　　以國中基測作文六級分的評分規準「立意取材、結構組織、遣詞造句」來解析整篇文章，筆者想延續前面所提運用在句子與段落的閱讀策略，讓學生先理解句與段，再結合基測作文六級分的評分規準來看整篇文章。如果將此方式運用在課本範文的講解，那不但可以促進學生的閱讀理解能力，還可以結合作文教學。教學時間不足，好像一直是台灣國文教師的困境，也是筆者一直在尋找答案的問題，即如何將課文教學、閱讀理解、作文指導三合一，並實質提昇學生語文能力，當然學生的語文能力足夠，在基測考試，一定也是無往不利。

肆、觀課實驗之「議課與省思」

　　配合「本文研究目的」、「與觀課教師的議課內容」、「學生的回饋」及「筆者的省思」，將本次實驗結果說明如下：

一、觀課實驗成功營造互助合作的教師專業發展氛圍

　　原本預計以二節進行觀課，一節進行議課，但筆者為了將本次課程完整呈現，所以延長為二節半的時間，本來也擔心自己雖有極高的興致，但不知學生和第一次接觸觀課概念的老師們會不會有不耐煩的情況。連上了二節課後，休息時間適逢學生清掃時刻，老師們紛紛離席。但，當觀課的老師們帶著筆記一一回到觀課現場，伴隨響起的上課鐘聲，簡直是我內心的歡呼！從觀課老師們振筆疾書及專注眼神的回饋，我想，這一場實驗為我們互助合作的教師專業發展氛圍，跨出了成功的第一步！以下是觀課老師們的回應實錄：

- 最近不曉得為什麼，當初的熱情和衝勁都不見了，不管是帶班和教學，都有點得過且過的感覺，我覺得這樣很可怕，可是也不曉得怎麼辦。今天聽主任[2]的講課和討論，感受到主任的熱忱和認真，很佩服也很崇拜，覺得自己也該醒醒了吧，振作起來做點事。主任真的超棒的，有能力又努力又充滿熱情，我也要加油！
- 從這次的講稿到 PPT 等，都讓我深深感受到主任的用心，這對我而言真是一種學習的好榜樣！
- 在這次的課程中，因為主任精闢的分析與幽默的表達方式，令人有欲罷不能的感覺，我想學生在連上二節半的課，還不想下課的反應，就是最好的證明！
- 感謝主任為我們上了精采豐富的一課，受益匪淺。
- 主任辛苦啦！連上三節加一節討論依然神采奕奕，充滿活力，超厲害的。

二、「閱讀理解策略」教學法之議課與省思

---

[2] 因筆者之前擔任教務主任職務，學校老師們習慣稱呼筆者為主任。

針對筆者以 99 年一、二次基測試題為例，依「句子、段落、篇章」三個面向，進行以閱讀理解策略分析基測試題的教學設計。觀課老師們的回應實錄：

- 使用的是與學生互動的問答模式，學生很有反應，能跟著老師的問題做互動。
- 運用閱讀理解策略分析基測試題，直接帶著學生分析題目，提供一個解題的策略，非常實用有幫助，可當作老師在檢討考卷時教學的技巧。
- 帶著學生做試題分析的部分有直接且實質的幫助，讓學生可以熟悉題型、練習閱讀策略。
- 這個方法可能會產生兩個問題：程度好的孩子本身閱讀能力即強，使用這樣子的一套教學是否會侷限其閱讀的樂趣？中下程度的學生比較需要此策略，加強他們的理解？

老師們所提「與學生互動的問答模式」，即上課的過程，筆者會先示範「策略」如何運用，再以提問和引導的方式，讓學生練習做答，一方面可以刺激學生主動思考，不要只等著老師解題；另方面筆者也可以根據學生的反應，得知他們是否學會運用新策略。至於「策略」究竟適合程度好的學生或是程度差的學生，筆者認為天生語感好的學生，不必特別強迫其使用策略進行閱讀，倒是如何幫助總抓不到文章重點的學生，是我們研究閱讀教學策略的目的。筆者後來再比對「學生回饋」的紙本反應，發現學生對於策略呈現明顯的高接受度，而平時成績好的學生，亦持正面的回應。

三、「結合基測作文評分規準剖析篇章」教學方式之議課與省思

除了以閱讀理解策略分析基測試題，設計本次之教學活動外，其中在篇章的分析部分，筆者兼採目前老師及學生都熟悉的基測作文六級分評分規準「立意取材、結構組織、遣詞造句」，為學生解析整篇文章，並結合閱讀與寫作教學，筆者認為「立意取材」屬「敘述內容」的分析，而「結構組織、遣詞造句」屬「敘述方式」的範疇。觀課老師們的回應實錄：

- 「敘述內容」、「敘述方式」的解釋清楚，是很好的方式，可以使用在學生理解外國翻譯文學的理解上。以電影翻譯來說，王者之聲，中國大陸翻成「國王的演講」。
- 今天很謝謝主任找大家來觀課，又學到一個撇步可以運用在教學上，尤其三年級上白話散文時就可以試著帶閱讀理解。
- 從一年級開始訓練，利用課本的文本循序漸進的練習。除了可帶著學生畫分意義段，抓關鍵句，還可以讓他們有整個篇章組織的概念。
- 對於課堂上「篇章結構沒有標準答案」的部分，是否可以討論，因學生會等著要標準答案，老師會不知如何處理？

因之前的協商觀課主題，即有「對於整篇文章的解析是否可以轉移運用在平日的範文教學上」，所以筆者雖以「基測試題」為例，但加入「立意取材、結構組織、遣詞造句」的分析面向，引導學生完整「剖析篇章」的方法，不以解決

基測試題答案為主軸，部分老師表示可以運用於平日的範文教學上。至於「篇章結構沒有標準答案」的問題，是因在課堂上，筆者讓學生呈現他們的意義分段，有段和學生間的對話，筆者表示了「篇章結構沒有標準答案，同學可以有自己的解讀方式」。然而，教學重點在引導學生澄清自我的思考及分意義段的判準，就像課堂上筆者沒有糾正學生分段的結果，但和那位學生討論他的分類標準，澄清他自己為何將這些自然段劃歸在同一個意義段中的依據。

四、學生的回饋呈現明顯的高接受度

　　本次課程，並未針對學生做前後測，而且一次的教學，並無法立即呈現學生答題成績的明顯提升，所以僅就學生的問卷回饋，呈現學生對於閱讀理解策略教學的接受程度。筆者設計了三個問題，請學生勾選「是」或「否」，茲將結果統計如表一，依勾選「是」項目人數所占全班的百分比來看，學生的回饋呈現明顯的高接受度。

表一　學生回饋的統計表

問　題　內　容	勾選「是」的人數	占全班的百分比
老師所說的閱讀理解策略，是否有助於你理解句子、段落及篇章？	33	94%
老師以基測作文六級分的評分規準來解析整篇文章，是否有助於你提升掌握整篇文章的能力？	32	89%
課程結束後，是否會嘗試以這樣的方式進行閱讀理解？	30	86%

　　除了三個是非題，筆者請學生回應的開放性問題為：「最後，我還想對老師說」，學生的回應實錄如下：

- 這次雖然時間很短，但老師的講解讓我很了解，在基測時我會試著用老師教導的方式看題、解題。也很感謝老師特別排出時間回來教我們！
- 很謝謝老師教導我們如何去分析文章，讓我們對於文章有更深了解，能更明白它所要表達的是什麼，也讓我們在基測時能派上用場！
- 很開心老師這次回來能向我們分享這些「策略」，我會試著用這樣的方式來做題目，我想一定會很有幫助的。老師，大家都很想您！
- 這樣講解真的有對題目更了解，老師，不錯喔！而且用滿輕鬆和諧的氣氛教大家，我覺得很好！感謝老師！
- 老師這次的教學，讓人有種國文一定會滿分的良好感觸。文章分析的無敵透徹，不了解都難。
- 我常常模擬考都錯在閱讀理解的部分，不是想太多，就是看不懂文意，上完這堂課後，感覺等級有提升，希望老師能繼續回來教我們班！嗚嗚！

- 今天上完課後讓我學習到如何去理解一篇文章的內容，也很開心老師來教我們怎麼分析。
- 謝謝老師兩堂課半的教導，大部份不懂的都了解一些了，其餘不懂的，盡力看也都會看懂的。
- 在這次課程中，我覺得學了許多東西，希望下次可以再來上課，讓我學到更多東西。
- 老師上課的方式很容易懂，希望還有機會再上老師的課。
- 老師講解得很清楚，又讓我多學一個學習方法。謝謝老師！
- 不能說謊話，老師上課真的很有趣！THANK YOU 200%！
- 非常感謝老師，我覺得腦袋有 level up 的 feel，愛你呦~~

伍、結語

　　這次觀課實驗活動，蒐集資料的過程，發現「觀課」似乎在大陸和香港已實施一陣子，甚至納入「學校校務評鑑」項目。爲避免教學的「閉門造車」，我們應突破教室的藩籬，如同平溪國小陳校長所言「分享與學習，即是觀課活動最主要的精神所在」。針對「閱讀理解策略」教學法及「結合基測作文評分規準剖析篇章」的教學方式，有待在實際教學時的運用與修正，但對我而言，本次觀課實驗已成功地營造出互助合作的教師專業發展氛圍。

參考文獻

林建平(1995)。整合學習策略與動機的訓練方案對國小閱讀理解困難兒童的輔導效果。學生輔導雙月刊，38 期，142-150 頁。

邵光華、王建磐（2003）。教師專業發展取向的觀課活動。教育研究。24（9），26－31。

孫惠芳（2007）。讓提問走向有效：一堂小學語文課課堂觀察報告。江蘇教育研究論文。

陳大偉（2008）。走向有效的觀課議課。人民教育研究論文。

陳榮全（2006）。運用同儕觀課，促進教師專業成長。取自 163.20.46.3/html/master/data/3-2.doc

黃怡萍、李怡慧、陳志鴻、陳聖美（2006）。以閱讀理解教學策略提升學生閱讀理解能力之行動研究。臺北市第七屆教育專業創新與行動研究：國小組成果集（上冊）－行動研究論文發表類。

臺北市國小學生成語運用之探析

馮永敏*、李佳琪*、陳美伶*、賴婷妤*

摘要

　　成語在語文學習上扮演相當重要的角色，在表情達意時，簡練的成語能讓語句表達豐富。然而，國小學生實際運用時往往謬誤百出，無法明確表述意涵，運用能力明顯低落，引發各界對此一現象的關注。本研究首先探析臺北市國小學生運用情形，以 2005 年至 2009 年臺北市國民小學國語文學力檢測的開放性試題(作文部分)進行分析，觀察學生運用成語情形，發現多在詞義、搭配、邏輯、語境等方面出現偏誤的情形。其次，分析 2005、2009 年三家國小國語文教材成語內容；再比對兩者之間的關聯，找出問題。結果顯示，學生深受其成語內容影響：教材成語量增加，學生使用量隨之增加；教材、習作語境薄弱、練習方式大同小異；教材灌輸成語概念忽略運用，教學方法單一，以致學生成語誤用情況嚴重。最後，提出建議：（一）編寫合理合宜成語教材，具備理解和掌握成語意義、用法等學習策略，切實做好鞏固和強化練習，讓學生學習得心應手。（二）學習成語從理解到運用，是一個複雜過程，加強有效教學才能解決成語學習難點，獲得良好效果。

關鍵詞：國小、國語文能力檢測、國語文教材、成語、成語教學

*馮永敏，臺北市立教育大學中國語文學系教授
*李佳琪，臺北市立葫蘆國小教師兼課研組長
*陳美伶，臺北市立桃源國小教師兼訓育組長
*賴婷妤，臺北市立中正國小教師兼生教組長

壹、前言：

語言是文化的代碼，而熟語是語言代碼中最經濟、最有效的代碼，熟語中蘊含豐富之歷史深度和現實廣度，可信手拈來，使用方便，是其他詞語形式和表達方式所無法相比擬的。成語是熟語之一，在交際語言中所佔篇幅雖小，其承載的訊息量大，在語言溝通過程中，有精準快速的轉達優勢。（蘇靜芳，2004；陳立元，2005；崔希亮，2005）

成語在語文學習上具有重要的角色，成語的使用有助於高層次的語文認知學習和應用，鄭培秀（2005）認為成語在寫作上更能增進學習者對修辭的理解，提升語文能力及技巧，因此無論在閱讀或寫作各方面都是重要的基礎訓練。

因為成語具有獨特意象，成語的語用功能，實際上能傳承生活意識的表達與文化的銜接。在我們表辭達意時，用簡練的成語就能使得背後的整個脈絡隨之而現，豐富了語言的特徵（季旭昇，2002）。因此，一直以來，國語文教學中，成語教學具有不可忽視的重要地位。同時，教師在進行國語教學時，除了教科書中已有的成語，經常會運用家庭聯絡簿的「每日成語」及「成語造句」，或是加入坊間的成語故事等課外書籍，以加強補充學生成語學習。

由於成語自身的特色與各界的重視，近年來國內有許多成語相關研究，以下整理歸納出四個方面：

一、成語理論、句法整理分析研究，如：《當代常用四字成語研究》（黃玲玲，1982）、《成語辭典的編纂理念研究》（黃瓊慧，1999）、《成語句法分析及其教學策略研究》（鄭培秀，2005）等。

二、成語教材研究，如：《國民小學國語文審定本成語內容分析之研究》（王月鳳，2005）、《國小高年級國語教科書中成語之內容分析及教學研究》（涂淑遠，2006）、《成語的語法與修辭及角色扮演--以康軒版國語教材所見為例》（陳湘屏，2008）等。

三、成語教學研究，如：《學習中文四字格成語的困難及教學補救策略─以印尼學生為例》（蔡志敏，2001）、《成語句法分析及其教學策略研究》（鄭培秀，2002）、《國中國文成語教學之研究》（蘇靜芳，2004）、《國小高年級國語教科書中成語之內容分析及教學研究》（涂淑遠，2006）、《國小五年級成語寫作教學研究》（葉素吟，2007）、《結合語法與修辭的成語教學研究-以鐵山國小六年勤班為例》（張綉端，2007）、《戲劇教學活動融入高年級成語故事學習之行動研究》（董緒蘭，2008）、《戲劇策略融入國小五年級成語教學之行動研究》（林姿吟，2008）、《成語朗讀教學研究─以國小上下聯句朗讀教學為例》（楊輝達，2008）等。

四、著重於多媒體或資訊融入，如：《成語故事多媒體電腦輔助教學運用於國小三年級閱讀教學之研究》（卓享憶，2006）、《電腦動畫融入國小成語故事教學之研究》（黃亭郡，2006）、《資訊融入成語教學之研究--以國小教學為主》（莊偉淇，2006）、《資訊科技融入國小二年級寓言式成語故事教學研究》（吳秋梅，2007）、《多媒體融入國小四年級成語教學之研究》（汪美珠，2008）等，雖名為成語教

學研究，但實際上是強調在教學中如何融入多媒體或資訊。

這些研究成果中，又以成語教學論文為數較多，就其內容看，多文獻整理，結論從教學角度提供教師教學技巧或方法。對於學生學習成語、運用成語，或教師教學問題探討等研究，則有待加強。

九年一貫實施後，許多縣市為了解學生國語文能力，舉辦國小能力檢測，如：新北市為能了解學生於國語文領域學習狀況，協助教師精進教學，提升學生學習成效，舉辦國小能力檢測，其檢測結果提出朗讀、提問、聽寫等三項建議。宜蘭縣評量學生國語文能力，著重項目有四：常用生字語詞形音、理解字詞句型、文章主旨、取材結構。其他縣市相關檢測多未與公開分析內容。就目前所見檢測分析結果來看，對於學童成語運用多未見具體說明。臺北市從 2005 年起至今辦理國民小學國語文基本學力檢測，檢測報告包括一般語文能力外，其中具體陳述成語使用情形。2005～2007 年的檢測報告結果雖未針對學生在成語使用情形上加以說明，但開放性試題（作文部分）的分析所提出的教學建議中，明確指出實際教學上的問題：「……由學生作文的表現中可知，一般教師平常片面追求強調背誦成語或過於加強修辭術語等的教學，在學生的作文表現中，反而未能自然有效表達出來。」2008 年檢測報告書則列出學生在成語誤用的語句，如：「不要自欺欺人的跟別人打來打去，殺來殺去」。2009 年檢測報告除羅列學生成語誤用之情形外，更指出：「……一個個成語不宜簡單從字面上割裂理解，應從整體上去把握，一般學生往往只理解成語字面的意義，很少對適用對象、範圍進行具體理解，以致容易望文生義。」連續五年顯示學生誤用成語情況嚴重，學界實不應忽視。

是以，本文研究以 2005～2009 年五年來臺北市國民小學國語文基本學力檢測中開放性試題（作文部分）為基礎，分析長期語料，深入了解臺北市國小學生成語使用情形。其次，以檢測結果對照當時 2005、2009 年三家（南一、康軒、翰林）國小國語文教材（課本、習作、教師手冊）成語內容，全面檢視學生成語運用狀況與國語文教材、教學之間的關聯及問題。本研究目的有二：一是探討臺北市國小學生成語誤用情形及造成原因；二是提出成語教學改進建議。

貳、關於成語：

成語發展淵遠流長，許多字辭典，如：《辭源》（1915）、《中華國語大辭典》（1935）、《語詞典》（1936）、《辭海》（1936）、《現代漢語詞典》（1977）、《辭源》修訂本（1979）、《辭海》修訂本（1979）等，對成語皆有所定義、說明。各家說法類似，為掌握成語界定的意義與範圍，以下整理二十多年以來重要字辭典、國內研究者有關成語定義，說明如表一、表二：

表一
重要字辭典對成語之定義

書名	年代	成語的定義
《大辭典》	1985	語言中現成簡短的固定詞組，作句子成分用。由四個字的組成較多，結構多樣，來源不一。有些可以從字面解釋，如萬紫千紅、乘風破浪；有些要知道來源才能明白其意思，如握薪嘗膽、破釜沉舟等。
《古今漢語實用辭典》	1988	長期習用的、簡短精闢的固定短語。漢語成語大多是四個字的，一般有出處。如「循序漸進」、「耳熟能詳」、「胸有成竹」、「草木皆兵」
《現代漢語大辭典》	2000	習用的古語。指長期習用，結構定型，意義完整的固定詞組。大多由四字組成。
《新華詞典・大字本》	2002	熟語的一種。即意義完整、結構定型、表達凝鍊、含義豐富的固定短語。多為四字格，言簡意賅，附表現力。其句法功能相當於一個詞。如杯弓蛇影、千斤一笑、萬紫千紅、七嘴八舌。
《成語典》	2005	凡有典源，具多層表義功能的固定語。這裡典源包括依據一則故事的「典出」，摘錄古人語句的「語出」，和濃縮一段文義的「語本」。

　　除上述字辭典外，國內研究者對於成語的定義亦提出相關看法，整理如表二：

表二
國內研究者對成語定義的看法

研究者	年代	研究主題	成語的定義
黃玲玲	1982	當代常用四字成語研究	由結構、意義修辭、發展過程及交際功能等觀點談「何謂成語」： 結構上：成語有固定的結構形式與組成成份，其結構一般比詞大，但作用卻相當於一個詞。因已凝固化、定型化，稱為「固定詞組」。意義上：成語有其完整而特定的涵義，有「言外之意」，是成語的重要特色。修辭上：成語的語言精煉，具有形象，富有表現力。發展過程：成語來自民間，經過長期流傳，不斷選擇改變、充實，而千錘百鍊，成為文學中的精品。交際功能：成語常被引用，廣受大眾喜愛。

竺家寧	1999	漢語詞彙學	成語從字面上說，就是現成的用語。一些辭組或短語，其意義不能只從字面上理解，它有較長時間的來源，也有社會習用性，是人們所熟知的，它的形式簡潔，意義卻深刻，人們引用來表達自己的意思，這就是成語。
莫彭齡	2001	漢語成語與漢文化	認為必須從文化的視角來認識成語，成語便會以一個全新的概念，全新的面貌呈現。成語是語言文化的精華、是語言文化的「活化石」、是語言文化的「全息塊」（註：是一種比喻用法，意思是成語是語言文化的縮影）。
蘇靜芳	2004	國中國文成語教學之研究	人們長期在語言中習用的一個固定詞組，可作為句子的成分使用；特徵為語義完整性、結構的定型性、四字化。
何永清	2005	成語的語法與修辭及其教學探究	它是人們長期在書面上或口語上習用，所形成了的一種「現成語」；這種現成語有時會隨著時潮改變其中的語素或內涵。具有固定的語素，通常是四言的形式。可以沿用固然的語意，並且含有典故或故事。在白話文的應用中，原則上不能任意改字，但有時候因為修辭的。需求會產生「斷章取義」或「一語多義」的現象。在語言的風格方面，有些成語較典雅古奧，有些成語較通俗易懂。
馮永敏	2011	國小國語文「詞語教學」	在結構定形上多以四字格為主，有比較概括的意義，言簡意賅，富有表現力。

綜合各字辭典、研究者的界定，可知成語應包含以下幾項：首先，成語須透過時間累積而形成的「現成語」；形式上，成語有其定型性及習用性。定型性是指在結構形式上固定，不像自由短語是在寫作說話臨時組合，通常其結構成分中的字無法隨意更動或替換，基本格式多是四字格。習用性指許多成語從古到今相沿習，歷久不衰。

教育部 2005 年《成語典》有網路版後，又於 2011 年有網路二版，整合現有成語辭典所收條目，有釋義、典源、典故說明、用法說明、例句、辨識、參考詞語等項目。除列出成語來源與出處外，並提供例句。有鑒於於近二十年來各辭書所收成語數量、成語釋義與使用對象不同，差異頗大。因此，本研究以教育部《成語典》2011 年網路二版作為檢視、判別成語依據。

參、2005～2009 年臺北市國小學童成語運用分析

臺北市國民小學國語文學力檢測中，寫作能力也是檢測項目之一。從 2005

年迄今，開放性試題（作文）採亂數抽測，各校六年級之班級數五班以下之學校抽測一人、六班至十班之學校抽測兩人，十一班至十五班之學校抽測三人。2005年至 2009 年抽測人數如表三：

表三

2005 年至 2009 年抽測學生人數

年度	2005 年	2006 年	2007 年	2008 年	2009 年
抽測人數	280	294	292	298	291
合計			1455 人		

一、作文題型與成語使用之相關性

2005～2009 年學力檢測中之開放性試題（作文），題型均為限制性寫作，這種題型，在內容和立意的範圍、選擇角度的大小、題材的多少、文體選擇的自由度上，明顯的限制較少，而開放性頗大。以下為 2005～2009 年各年度作文題目內容，及學生寫作概況說明。

【2005】

> 　　你曾經做過鬼臉嗎？看過別人做鬼臉嗎？請把當時的情形及鬼臉的特點寫出來跟大家分享。請自己擬定題目，並進行寫作。

就題目設定，學生應以「做鬼臉的情形與鬼臉的特點」為方向，寫出當時的狀況，因此在成語的使用上，多為形容鬼臉樣式之多的「千變萬化」，或是當學生看到其他人扮鬼臉的反應如：「適可而止」。

【2006】

> 　　從小到大，我們接受過許多人的幫助，例如：學校的導護志工，護送我們安全上下學；圖書館的志工，為我們說好聽的故事……，因為這些認識的或是不認識的人的幫助，改變了我們的生活。你是不是也有幫助別人的經驗呢？請用你幫助別人的經驗，自行訂一個題目，寫一篇作文。

在學生生活經驗中，「志工」是經常接觸到的對象，從這個角度思考幫助別人的經驗，學生多會敘述發生的經過與別人對自己表達的感謝。使用的成語如：「一舉兩得」，或是表達自己的感覺或想法，如：「輕而易舉」、「津津有味」。

【2007】

> 　　考試對每位同學來說都是一件重要的事。考試前，家人是否對你一再叮嚀，你的心情是怎麼樣？考試時，或許你胸有成竹，或許你緊張不已……你是怎麼面對的？那麼考試結束之後，你的心情又是怎樣的呢？請你根據上面

依據的題目的提示，學生必須寫出考試前、考試時、考試後的心情，所以學

生使用的成語，多以描述心情為主，像是「胸有成竹」因題目中就有出現，所以被大量的使用，另外如表示緊張心情的「七上八下」，或是表示看題目看得很快的「一目十行」也有人使用。

【2008】

> 　　生活中有許多的事物，也許我們早習以為常。但細細的回想，許多難忘的故事，往往藏在那些物品中：也許是一張照片，也許是一雙球鞋，也許是一個鉛筆盒，也許是一隻小熊布偶……
> 　　請你以「難忘的回憶」為題，寫一篇文章與大家分享。

　　文章的重點在「難忘」的回憶，以一件物品寫出過去所發生的事件，學生必須詳細的寫出物品的由來，並說明難忘的原因。像是以「迫不及待」表達期待禮物的心情，或用「小心翼翼」形容對於物品的珍惜。

【2009】

> 　　圖書室裡，我正津津有味的看著新書《孔雀學飛》。實在太精采了！我忍不住笑出聲，一看周圍，趕緊摀住嘴，盡力不讓自己笑出聲來。「啪！——」糟糕，急忙中，我不小心把新書的封面撕成兩半。這可怎麼辦？
> ◎說明：這篇文章只寫了開頭而已，接下來可能有各種情節的發展。請你發揮想像力，繼續寫下去，完成一篇作文。

　　學生依題目的設計，需寫出撕破書之後的情節發展，學生多半陳述了將書撕成兩半後的心理狀態，如「不知所措」；或是撕破後的故作鎮靜，如「若無其事」；以及掙扎後決定誠實面對的過程，如「一五一十」。

　　從 2005～2009 年五年來的學生作品發現，各年度所使用的成語常類似。推測原因，一是學生跟著引導語思考，生活經驗也類似，所以下筆論述的角度差不多；二是因為學生熟習的成語有限，所以僅使用這些較有把握的成語。

二、使用成語之數量分析

　　成語能豐富表達，並使語言更為簡練，成語的使用被視為高層次的語文認知學習與運用，所以學生成語使用量的多寡，也是大家所關注的話題。以下從 2005 年至 2009 年學生於文中使用成語的數量，對照正確使用、錯誤使用的比例，觀察學生成語運用的情形。

（一）平均字數與平均使用量

　　從 2005 年至 2009 年學生寫作篇幅的長短和成語平均使用量的比較，呈現學生使用成語的情形。如圖一、圖二所示。

臺北市國小國語文學
力檢測
各年度作文平均字數

	2...	2...	2...	2...	2...
單位：字 各年度作文平	403	452	400	423	374

圖一 2005 年至 2009 年作文平均字數

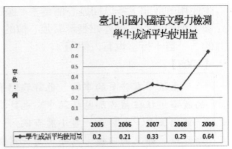

圖二 2005 年至 2009 年度學生成語平均使用量

圖一與圖二之比較，可以觀察到下面兩個現象：

1、2006 年學生作文平均字數最多，每生約有 452.47 字，但平均使用量卻最少，平均每生只用了 0.21 個成語。因 2006 年的題目內容是分享助人的生活經驗，學生容易發揮，所以字數較多，但也因為陳述幫助他人的經過，使用的文句較為口語化，因此使用的成語數量較少。

2、2009 年的文章平均字數較少，每篇平均僅 373.63 個字，由於此年考題類型為接寫，學生就撕破書的情境發揮，情節大同小異，亦有學生直接說明決定誠實面對，因此篇幅較短。但特別的是，雖然平均字數為歷來年最少，但學生使用成語的平均數增加，平均每篇使用了 0.64 個成語。

從上述資料可知，五年來的作文平均字數互有增減，而學生成語平均使用量，從 2005 年的 0.2 個增加至 2009 年的 0.64 個，可見學生使用成語的數量是逐年增加的。

（二）成語使用量與正確使用、錯誤使用的比例

成語使用量的增加，是否代表學生語文能力提升，均能掌握成語的使用呢？表四就 2005 年至 2009 年成語使用的總量對照正確使用、錯誤使用的比例，呈現學生使用成語的能力。

表四

2005 年至 2009 年成語使用量與正確使用、錯誤使用數量及比例

		2005	2006	2007	2008	2009
使用量		56	61	94	87	188
正確使用	數量	24	30	41	40	114
	比例	43%	49%	44%	46%	61%
錯誤使用	數量	32	31	53	47	74
	比例	57%	51%	56%	54%	39%

由表五可看出學生正確使用與錯誤使用的數量與比例，觀察到下面兩個現象：

1、學生使用成語總量增加

2005 年的成語總使用量為 56 個，2006 年雖減少為 61 個，但從 2007 年的

94 個、2008 年的 87 個，到 2009 年的 188 個，數量明顯的增加。

2、錯誤使用的比例仍高

　　觀察各年度錯誤使用成語的比例，發現 2005 年的錯誤比例為 57%、2006 年的 51% 到 2007 年的 56% 及 2008 年的 54%，都有半數以上的成語是誤用的。值得注意的是，2009 年的錯誤使用比例已降至 39%，雖然比例仍將近四成，但正確使用的成語量增加，也是值得欣喜的現象。

　　成語使用總量的增加僅能表示學生知道了更多的成語可以使用，並不等於學生能正確的使用。經由檢測，對照成語使用量與正確使用、錯誤使用的比例，發現學生使用的數量雖然逐年增加，錯誤比例仍偏高，由此可見，學生「知道」了更多的成語，卻「不清楚」如何正確的在文章中表達。

（三）單篇成語使用量

　　從單篇作文成語的使用量，可以觀察到每個學生成語運用的能力。以下討論單篇使用量的多寡與單篇學生成語使用量為「0」的比例

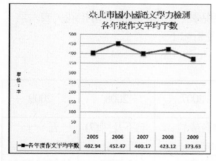 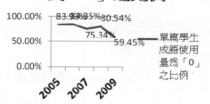

圖三 2005 年至 2009 年學生單篇成語　　圖四 單篇學生成語使用量為「0」之比例
用量

　　從圖三來看，2005 年、2006 年和 2007 年最多單篇文章使用四個成語，而 2008 年略少，單篇最大量僅用了 3 個成語，而 2009 年單篇又增加使用了 5 個成語！

　　相對於部分學生於文中使用成語，也有學生在通篇文章中，完全未使用成語。圖四為學生單篇成語使用量為「0」的篇章比例，從 2005 年的 83.93% 到 2006 年的 84.35%，明顯減少至 2009 年的 59.45%。但對照圖三來看，2006 年單篇學生成語使用最大量為 4 個，該年度卻有 84.35% 的學生完全未使用成語，可見學生成語使用能力懸殊，多數學生成語能力偏低。

（四）成語用量多寡與級分

　　單篇成語用量高，是否就表示學生的語文表達能力佳，文章通順流暢，能精確的表達自己的想法呢？表五為各年度單篇成語用量最多的作品及其級分。
表五

各年度成語用量最多篇章之級分

年度	2005		2006		2007	2008						2009		
成語用量	4		4		4	3						5		
級分	5	5	5	3	5	3	4	3	2	5	5	4	5	5

　　在評閱標準中，作品最高爲六級分，但這些歷年成語使用量最多的篇章，都未達到六級分「感情真摯，內容充實，條理清晰，結構完整，語句通暢得體」的要求，2005 年、2006 年和 2007 年的單篇成語用量最多的篇章都使用了 4 個成語，多爲五級分，僅有一篇爲三級分；而在 2008 年，有六篇作文使用了 3 個成語，其中兩篇爲五級分、一篇爲四級分，其中卻有一篇僅兩級分。單篇成語用量最多的篇章出現在 2009 年，成語用量爲 5 個，爲四、五級分。從表六可知，學生成語用量至多約 3 至 5 個，但從一篇僅兩級分發現，使用的成語數量雖多，並不表示學生敘述條理清晰，能恰如其分的表情達意。

（五）學生使用成語出現次數

　　整理各年度學生成語使用的情形，發現學生使用的成語經常相同。表六爲 2005 年至 2009 年使用成語出現的次數，分析如下：

表六

學生使用成語出現次數

年度 名次	2005	2006	2007	2008	2009
第一名	千變萬化**(9)**	一舉兩得**(4)**	胸有成竹**(30)**	迫不及待**(7)**	一五一十**(39)**
第二名	適可而止**(4)**	出人頭地**(3)**	七上八下**(11)**	小心翼翼 形影不離 人山人海**(3)**	若無其事**(19)**
第三名	五花八門**(2)**	輕而易舉**(2)**	一目十行**(4)**	興高采烈 五花八門 夢寐以求**(2)**	小心翼翼**(15)**

　　說明：表列所有成語後的數字爲該年度出現之次數。

觀察上表 2005 年至 2009 年學生使用成語次數最多的前五名，可以發現下面兩個情形：

1、多使用成語的字面本義

　　在這些使用次數較多的成語中，多爲採字面本義的成語，茲列舉數例如下：

● 我雖然很認真得復習，很努力得練習，卻還是對今天的考試沒信心，看看班上的同學，有些人胸有成竹，似乎勝券在握，很有自信。(2007)

● 一直撐到現在的我，才一五一十的把在圖書館發生的事情全都說了出來。(2009)

　　「胸有成竹」、「一五一十」都是採字面本意的成語，呈現出學生使用成語的習慣，因採字面本義的成語較容易理解，亦是學生日常生活語言中會使用的成語。

2、重覆出現率高

值得注意的是，這些出現次數多成語，也重覆出現在其他的年度。

「五花八門」：重覆出現在 2005 年、2008 年。

「各式各樣」：重覆出現在 2005 年、2008 年。

「依依不捨」：重覆出現在 2006 年、2008 年。

「忐忑不安」：重覆出現在 2007 年、2009 年。

「小心翼翼」：重覆出現在 2008 年、2009 年。

這些成語都容易從字面了解詞的意思，這些耳熟能詳的成語，自然出現在學生作品的次數增加。

（六）年度使用次數最多成語之正確、錯誤使用次數

即使成語被使用的次數多，並不代表學生都能正確使用。表七為學生使用次數最多的成語及其正確、錯誤使用的次數。

表七

使用次數最多成語之正確、錯誤使用次數

	2005 年	2006 年	2007 年	2008 年	2009 年
成語	千變萬化	一舉兩得	胸有成竹	迫不及待	一五一十
使用次數	9	4	30	7	39
正確使用次數	0	0	13	4	33
錯誤使用次數	9	4	17	3	6

2005 年的「千變萬化」一詞，使用的次數為 9 人次，但這 9 人次均為錯誤使用。再以 2007 年的「胸有成竹」為例，「胸有成竹」一詞使用的次數為 30 人次，但其中僅有 13 人次是正確使用，有 17 人次是誤用成語的，如：「希望每個人考試前都能胸有成竹的考完，有快快樂樂的好心情和好成績。(2007)」。又如 2009 年的「一五一十」，看似簡單的成語，39 人次中仍有 6 人次未能正確的使用，誤用的句子如：「之後我的朋友就陪我去把一五一十的經過說給了圖書的管理員聽了反而對我說只要你誠心誠意的把書黏起。(2009)」。成語使用的次數多，可知這些成語是學生較為熟悉的，但錯誤的比例偏高，表示學生對這些成語的語用能力仍不理想。

三、成語運用錯誤類型分析

2005 年至 2009 年學力檢測的作文中，除呈現學生成語使用量的情形，也明顯可見學生使用成語的錯誤。以下分析學生誤用成語的類型。

（一）字形

1、錯字

有一類的錯字和正確字長得很像，不仔細觀察可能不易察覺，其差異點多在合體字的其中一個偏旁。簡述錯字類型如下：

（1）偏旁多一點、少一點；多一橫或是少一橫。例如：不█而同

（2）寫錯偏旁。這一類的錯字和正確的字差異度較大，一眼就容易看出是錯字，通常是因受詞義影響而自創新字。例如：雪中送█、再█再厲、來龍去█、█然大悟。

2、別字

別字總數遠大於錯字總數，其錯誤類型最多者為同音字的別字，其次則為形近的別字。錯誤類型列舉如下：

（1）同音別字

別字	正確字	別字	正確字
出█不意	出其不意	裝模█樣	裝模作樣
█眼相看	另眼相看	一舉兩█	一舉兩得
若無█事	若無其事	左鄰右█	左鄰右舍
九█雲外	九霄雲外	█不及待	迫不及待
小心██	小心翼翼	一█莫展	一籌莫展
迫不及█	迫不及待	大發雷█	大發雷霆
█塞頓開	茅塞頓開		

（2）形近別字

別字	正確字	別字	正確字
再接再█	再接再厲	汗流█背	汗流浹背
來█去脈	來龍去脈	垂█三尺	垂涎三尺
手足無█	手足無措		

3、其他

（1）注音

中文字的同音字很多，在書寫的過程需和詞語結合才能寫出正確的字。有時遺忘字如何書寫時，可以透過字義來推敲，或利用字音來尋找線索。學生會寫注

音的原因可能是對該字缺乏印象或是缺少這些推斷的技巧，在不想隨意湊字的情形下以注音表示，但仍屬錯別字的一類。例如：垂^ㄔ三尺。

（2）漏字

學生在進行文章書寫時往往因為書寫過快未仔細檢查，或遺忘該字如何書寫，造成成語出現漏字的情況，例如：然開朗（豁然開朗，漏「豁」字）。

（3）替換語素

諸如一舉「二」得、「心」有成竹等成語，學生並非不知道這些字怎麼寫，而是因詞義相近，自行加以替換成語中的文字，自創新詞，造成錯誤之情事。

（二）詞義

1、詞義誤用

（1）完全誤解

成語的詞義有其特定的意義或其使用的語言環境，當學生對詞義的理解不夠精確，或僅掌握成語中部分字、詞的意思，即造成了詞義誤用的情形。舉例並說明如下：

- 有一次，我同學叫我幫他做一件很難的事情，我覺得太難，就以鬼臉做回答，當時我用雙手把眼睛拉成可怕的貓眼，並吐出我的 三寸不爛之舌 向他說：「我不要！」
  （「三寸不爛之舌」為形容能言善道，擅長辭令的口才，文句中僅要表達吐出舌頭的動作。2005）

- 他們讓我知錯能改，還讓我得到全班第一名，真是 一舉兩得 ！
  （「一舉兩得」意指做了一個行動後兼得兩利，但文句中呈現了兩個活動。2009）

（2）提取部分意義

學生在使用成語時，僅摘取了成語部分的意涵使用在句子中，忽略了成語本身的完整意思。因此，成語在句子中非但沒有發揮功能，反而造成前後句義不明確。

- 原來，那位阿姨不是他的媽媽，……小弟弟不好意思的低著頭，楚楚可憐 的說對不起。
  （「楚楚可憐」為形容姿態惹人憐愛的樣子，作者想表達的是小弟弟很可憐的樣子。2006）

- 我把責任推到別人身上，那個人被老師唸了一頓，我則是 袖手旁觀 的站在旁邊偷笑。
  （作者想表達自己「袖手旁觀」不予過問的樣子，但依照前文表示自己陷害同學，只取成語中「旁觀」的意涵。2009）

（3）提取成語字面意義

成語的經過長時間的演變，有其深刻的意涵，部分更是在本義之外，有其比喻義。然學生對詞義並未深入探究，僅就字面的意思解讀，因而造成成語的誤用。

- 我覺得自己對讀書很沒有耐心每一次都 一目十行 ，可是讀的時候都沒用功讀，所以成績才不好。

(依成語字面的意思表示一次看很多行，未理解「一目十行」比喻閱讀之迅速。2007)

● 走起路來格外小心，不再活蹦亂跳，一步一步<u>腳踏實地</u>的跨出每一步，為自己的安全又增加了一層防護。

(「腳踏實地」比喻爲做事務實穩健，現在多採比喻義，但學生使用的爲字面本義。2008)

（4）類比失當

成語的詞義理解不夠精確，未注意使用情境，不恰當的形容或誇大的比喻，或程度上的輕重不分而造成成語的誤用情形。這一類的錯誤在五年的檢測分析中數量較多，舉例說明如下：

● 終於，主任開罵了，他以辯才無礙的口舌把我罵個臭頭，但是我有錯在先，所以我什麼都不能說，雖然我不是故意的，可是那本書<u>價值連城</u>而且還有作家的親筆簽名全世界只有兩百本而已，所以主任一定會氣得火冒三丈。

(「價值連城」形容物品價值昂貴或十分珍貴，文中想強調書本的稀有性，以價值連城形容不太恰當。2009)

● 爸爸卻跑來跟我說：Lady 已經去世了，我一聽到這<u>驚天動地</u>的消息，我馬上就開始嚎啕大哭。

(「驚天動地」一詞表示聲音很大或是聲勢驚人的樣子，作者本想表達這個消息令人相當驚訝，但使用的情境有誤。2008)

2、搭配對象有誤

成語的搭配有其使用的位置、環境，即有固定的語法或句法。即使了解成語的詞義，但不熟悉運用的情境、位置，就容易產生搭配對象有誤的情形。

● 每次考試時，我的心情都好緊張、好緊張，但有時，我也會很<u>胸有成竹</u>似的，輕鬆的把考卷完成。

(「胸有成竹」形容有把握的完成一件事，「胸有成竹」一詞錢不應加上「很」。2007)

● 在當月考當天家人裡人一直提醒要小心仔細的做答，作答後要檢查答案是否有錯，害得我心裡更緊張更<u>七上八下</u>。

(應爲「害我緊張得整個心七上八下的。」2007)

3、邏輯錯誤

有些成語在運用時需搭配特定用詞，即使學生理解詞意，但未掌握成語的特定用法，會造成語義前後矛盾或不合情理的現象。

（1）前後矛盾的現象：

● 這時，緊張得<u>不知所措</u>的我突然有了一種邪惡的想法，那就是，把書放回去，裝作不知道。

(「不知所措」形容人惶恐不安，不知道怎麼辦才好，但文中卻馬上寫出有一種邪惡的想法，前後矛盾。2009)

（2）不合情理的情形：

● 一張信封上面就貼了 各式各樣 、 五花八門 的郵票。

（「各式各樣」和「五花八門」都有多種樣式和種類的意思，不適合形容貼在信封上的郵票。2008）

（三）其他

1、自創新詞

成語乃屬文化詞，具有固定之組成，無法隨意更替或掉換其中之文字，然學生往往因理解不清，變換其中之元素，替換其他文字，自創新詞。

● 考試前原本 心有成竹 ，但因為緊張，腦中一片空白，也有可能粗心寫錯或忘了寫。

（應為「胸有成竹」。2007）

● 在考試前天，大家都很緊張，希望自己能考的很好，所以他們 一速十行 的將要考的科目看過一遍。

（應為「一目十行」。2007）

2、語境不足

詞語的使用有其語言環境，成語亦然。尤其是放在句尾，作為總結前文的成語，之前的文句更要明確的表達情境，但學生多未注意語境的鋪陳是否充足，出現成語時顯得突兀。茲舉以一位學生的文章為例：

有一天，爸爸說要帶著我們全家去淡水郊遊，我興高采烈的穿著衣服，帶著帽子，「咻～」的一聲，如飛快似的從二樓跑出去，迅雷不及掩耳，左鄰右舍看得 目瞪口呆 ，使我不禁害羞了起來。

我們騎出了巷子後，就進入了一大片五顏六色的小花群中，旁邊有一條清澈的小溪，溪中肥美的小魚自由自在的在水中悠遊穿梭，天空中的小鳥，無拘無束的飛翔……，使我的心中十分涼快。過了沒多久，我開始熱了起來，好像快被岩漿溶化似，不過幸好我有隨身帶著水，所以使我鬆了一口氣。

經過了 千辛萬苦 後，我們終於騎到了目的地—淡水。……

（左鄰右舍為何看得目瞪口呆？作者經歷哪些「千辛萬苦」的過程才騎到目的地？這些內容在前後文都沒有清楚的說明，也沒有經過語句的鋪陳，語境不足的情形，讓人無法了解作者想要表達什麼。2008）

3、重複失當

成語本身即有表義的功能，能以簡潔的型式表達深刻的意涵。但部分學生使用成語後，又在句子中表達相同的意思，導致文意累贅。下面是重複出現兩個詞義相似的成語：

● 他不管是玩遊戲或製作網頁都比我們班上的同學強，學校的電腦功課對他來說簡直是 易如反掌 簡單的要命。

（「易如反掌」已表示很簡單的意思，後面「簡單的要命」就重複相同的意思。2006）

● 回家後，我把今天所發生的事 一五一十 清清楚楚的告訴爸爸媽媽。

（「一五一十」即可，「清清楚楚」顯得累贅。2006）

綜合「作文類型與成語使用之相關性」、「使用成語之數量分析」、「成語運用錯誤分析」的歸納，有幾點值得重視：

第一，成語使用量增加，錯誤比例仍高

就成語使用量來看，即使 2009 年學生使用的成語量高於前四年，但錯誤比例仍高，可知學生雖然認識了較多的成語，但未精確的理解詞義，或忽略成語意義在語境中的完整性，導致誤用的情形仍屢見不鮮。

第二，能掌握字面本義的成語，對蘊含比喻義的成語，誤用情形較多

大部分學生使用的成語與生活密切相關，成語多為字面本義，如一舉兩得、迫不及待，這類成語學生的錯誤情形較少，大致上能掌握成語的意義。也因為學生多僅掌握成語的字面本義，以致有些使用比喻義的成語，若不理解隱而不露的深層意義，就容易未精確理解詞意而誤用。

第三，錯誤類型以詞義誤用、語境不足為多

詞義誤用包括了「完全誤解」、「提取部分意義」、「提取成語字面意義」、「類比失當」，是學生成語錯誤使用類型中最常見的，而語境不足的狀況也普遍出現在學生的作品中，造成語義不清的問題。總而言之，學生對成語詞義多一知半解，運用於文句後，反映出語用不佳的問題。

肆、國語文教材中成語的安排

目前國小國語文有南一、康軒、翰林等三家審定本。本研究以學生學力檢測 2005 年至 2009 年為基礎，因此，以下分別選擇 2005 年與 2009 年前後兩年三家審定本教教科書課本、習作、教師備課手冊等，觀察整理其中有關成語的安排，以深入了解學生學習成語實際狀況。

一、課本方面

目前三家版本國語課文中出現許多成語。2005 年與 2009 年三家版本一至十二冊課文所見成語的數量統計見表八：

表八

2005 年三家版本課文所見成語數量

版本	南一		康軒		翰林	
冊數	課數	成語數量	課數	成語數量	課數	成語數量
一	9	0	8	0	8	0
二	12	0	12	0	14	0
三	14	0	15	0	14	0
四	14	2	15	1	14	2
五	14	2	14	7	14	0
六	14	6	14	2	14	0

七	14	5	14	3	14	6
八	14	17	14	16	14	5
九	14	10	14	10	14	16
十	14	23	14	22	14	22
十一	14	17	14	27	14	25
十二	12	13	12	10	12	21
合計	159	95	160	98	160	97

2005 年三家版本課文所見成語的情形：南一版一到十二冊共 159 課，成語總數量為 95 個；康軒版一到十二冊共 160 課，成語總數量為 98 個；翰林版一到十二冊共 160 課，成語總數量為 97 個。三家版本的成語數量多集中在第八到第十二冊，尤其在第十、第十一冊三家版本的成語數量均多於他冊。

表九

2009 年三家版本課文所見成語數量

版本	南一		康軒		翰林	
冊數	課數	成語數量	課數	成語數量	課數	成語數量
一	8	0	8	0	8	0
二	12	0	14	0	14	0
三	14	0	14	1	14	1
四	14	1	14	6	14	1
五	14	10	14	3	14	3
六	14	21	14	5	14	0
七	14	9	14	12	14	7
八	14	12	14	13	14	5
九	14	11	14	23	14	20
十	14	18	14	27	14	30
十一	14	21	14	28	14	19
十二	12	10	12	9	12	21
合計	158	113	160	127	160	107

2009 年三家版本課文所見成語的情形：南一版一到十二冊共 158 課，成語總數量為 113 個；康軒版一到十二冊共 160 課，成語總數量為 132 個；翰林版一到十二冊共 160 課，成語總數量為 113 個。

比較表八與表九，可見 2009 年三家版本在成語數量上比 2005 年有些許增加，以康軒版增加 29 個為最多，南一版增加 18 個，翰林版增加 10 個。有較大幅度增加的情形則分別為南一版第六冊、康軒版第九冊以及翰林版第十冊。成語的安排大多集中在第九冊到第十二冊，康軒版及翰林版提早於第三冊即出現 1 個成語。翰林版兩個年度的第六冊成語數量均為 0。

三家版本在成語的安排，低年級的成語數量均為零，至中年級稍微增加，而

翰林版的第五、六冊成語數量卻未見增加，這並非合理現象。實際上在低年級也可以安排學習一些簡單常用的成語，依此循序漸進至中、高年級。教材中除成語外，亦有類似成語的四字詞語出現，統計三家版本 2005 年與 2009 年四字詞語的數量，見表十：

表十

2005 年與 2009 年三家版本課文所見四字詞語數量

版本	南一		康軒		翰林	
年度	2005	2009	2005	2009	2005	2009
冊數	數量	數量	數量	數量	數量	數量
一	2	2	0	0	1	1
二	2	3	0	0	1	1
三	0	5	1	3	4	2
四	1	4	2	9	6	5
五	8	17	10	22	9	15
六	11	29	12	33	15	19
七	9	10	12	23	13	16
八	26	19	14	29	17	26
九	20	23	24	23	23	36
十	35	18	31	39	46	42
十一	31	26	32	32	39	25
十二	23	17	31	30	14	20
合計	168	173	169	243	188	208

　　無論是 2005 年或 2009 年，三家版本在四字詞語的數量上，均多於成語的數量，且 2009 年四字詞語的數量也有明顯增加，可見課文中除了成語外，也提供了大量四字詞語的學習，而這些四字詞語可見於《成語典》之參考語料庫—「附錄」內容中。

　　有關成語學習相關的內容三家版本多安排在「語文活動」或「統整活動」中，以下分別就「認識成語」與「成語運用」兩方面列舉如下：

（一）認識成語

1、2005 年

　　南一版五上語文天地一

　　　　認識成語

　　　　什麼是「成語」？簡單的說，是詞義穩定的名言、名句、俚語、俗語、格言、諺語，被人經常運應用，或是流傳廣泛的典故，成為日常生活的習慣用語。成語的來源有二：（一）源自古書和歷史故事的古語，又稱為「典」或「典故」，如「杯弓蛇影」、「畫蛇添足」。（二）來自生活中新創造的語詞，

如「分秒必爭」、「暴跳如雷」、「層出不窮」、「歡天喜地」、「依樣畫葫蘆」、「一失足成千古恨」、「皇天不負苦心人」、「不足為外人道」……也被稱為成語。學習成語要注意兩件事：一、了解成語的正確含意，在日常言談中適當的運用，可使談話簡潔有力；二、將學會的成語，活用在作文中，可使文章深刻精闢，增強表現力與說服力。……

康軒版五上統整活動一

認識成語

成語就是經過大家傳誦而約定俗成的詞語，有三字、四字的，也有十字以上的，最常見的是四個字的成語。有些出自古書或歷史故事，有些來自生活中的習慣用語。成語雖然簡短，意義卻很深遠。說話寫文章的時候，適當的運用成語，可以使句子更精簡，更有力。……

翰林版六上統語文活動三

認識成語

我們說照著前人的做法去做事，叫「蕭規曹隨」。「蕭、曹」是兩個人，蕭指的是「蕭何」，曹指的是「曹參」，…現代人所用的成語「蕭規曹隨」，就是由這個故事演變而來。一般來說，成語都有出處，都有典故。我們知道了成語的出處，明白了成語的產生背景，才不會用錯。…恰當的使用成語，就能很清楚的表達意思：但是成語用錯了，就會鬧笑話了。

2、2009 年

南一版五上語文天地二

認識成語

什麼是「成語」？簡單的說，就是在大家認知的詞義中，所共通應用的名言、名句、俚語、俗語、格言、諺語，或是流傳廣泛的典故，成為日常生活的習慣用語。成語的來源有二：（一）源自古書和歷史故事的古語，……（二）來自生活中新創造的語詞，……學習成語要了解成語的正面含意，以免張冠李戴。至於學習成語的好處，最顯而易見的是有助於表達，在日常生活中適當的運用，可使談話簡潔有力；活用在作文中，可使文章深刻精簡，增強表現力與說服力。

康軒版三上統整活動四

認識成語

成語是一種意義完整的固定詞語，所以，成語中的字詞不能隨便替換或移動。成語的形式不一定，以四個字最多，也有三個字、五個字，甚至更多字的，例如：「破天荒」或「五十步笑百步」等都是。成語大部分都有出處來源，主要是來自古代的神話寓言、歷史故事或詩文。每個成語都有它的特別的含意，使用成語時，要先了解每個成語的真正意義，才能用得恰到好處呵！……

翰林版三上統整活動二

認識成語

　　　　成語是經過長時間使用而形成的固定短語，成語中的字詞組合，大都不能隨便替換、更動。如：望梅止渴、守株待兔、山珍海味等。但也有例外，如：不費吹灰之力、慢工出細活、一窩蜂等。成語中的字詞組合，大都不能隨便替換、更動。如：「七嘴八舌」用來形容人多口雜，不能換成「八嘴七舌」；「一目十行」形容閱讀的速度很快，不能換成「一目九行」；「十八般武藝」形容一個人精於各式各樣的技藝，不能改成「十六般武藝」。

　　　　寫成文章用語，有下列好處：1.使文意簡潔……2.使文字生動精彩……

　　2005 年南一、康軒「認識成語」安排在五上，翰林安排於六上。2009 年南一安排在五上，康軒及翰林則安排在三上。三家版本介紹成語概念，如來源、出處或典故，有固定性不能隨意更換，或說明運用成語好處或功用，也運用例句說明。

（二）運用成語

1、2005 年

　　南一版五下語文天地一

　　　說一說　下列的四字語詞都和讀書有關，請說一說它的意義。

　　　★一目十行★過目不忘★書香門第★熟讀玩味★十載寒窗

　　　★手不釋卷★博覽群書★百讀不厭★知書達禮★學富五車

　　康軒版三上統整活動五

　　　我會用成語造句：念一念，想一想 □□ 中要用哪一個成語比較適當？

　　　| 馬馬虎虎　生龍活虎　識途老馬　膽小如鼠　馬到成功 |

　　　①姐姐要去參加比賽，我祝她 □□ 。

　　　②下課的時候，同學個個 □□ ，在操場跑來跑去。

　　　③他做什麼事情都 □□ ，難怪常常出錯。

　　　④阿冬不敢一個人睡覺，真是 □□ 啊！

　　　⑤這座山我爬過好幾次，可說是 □□ ，一定不會迷路的。

　　康軒版五下統整活動一

　　　成語的運用

　　　　「聚沙成塔」、「切磋琢磨」、「沉魚落雁」……你知道這些成語背後的故事嗎？短短幾個字成語，包含寶貴的人生經驗、珍貴的歷史教訓，值得我們細細品味。請先讀一讀下面幾個例子，把句子裡的成語圈起來，再比一比每組中的兩個句子，有什麼不同。……上面幾組句子，你覺得哪一句比較生動精彩？為什麼呢？在文章中運用成語，用得好可以提高語言的表達能力，使，使文章更生動活潑；用得 不好，就會顯得毫無新意。所以，運用成語時，要注意下面幾個問題：（一）成語的褒貶成分（二）成語是否通俗易懂（三）成語是否能營造新鮮的閱讀效果……

翰林版五上統整活動四

四字短語的應用

　　　　我們在寫作時，想表達某種意思，如果使用比較冗長的詞語，會給人拖泥帶水的感覺；如果能恰當的運用四字短語，才會精簡有力。請比較下面文句中，四字短語所發揮的表達效果。

一、當時我無法體會他說的話，直到自己長大了親身體會，努力實行／身體力行以後，才真正領悟到做好事是最快樂／為善最樂的意思。

二、主任經常提醒明祥：「下次要一點還呵！」可是，明祥總是塞住耳朵一般沒有聽到／充耳不聞，還是和以前一樣／依然故我。

三、我們決定在一個風很柔和、陽光亮麗／風和日麗的午後，去拜訪植物人的家。

翰林版六上語文活動二

有趣的數目字

　　　　有的詞語巧妙的包含了一些數目字，它能使詞語活潑生動。這些詞語有的是由數字重疊構成，如：三三兩兩、三三五五、千千萬萬。有的是將數字加以排列，如略知一二、三五成群、千萬小心、二八佳人。有的是由相同的數字教錯構成，如：一心一意、十全十美、百戰百勝。也有將不同的數字交錯構成，如：七上八下、三長兩短、不三不四、獨一無二。將這些詞語應用到句子裡，會使文句富有變化，產生情趣，或有增強的效果……

2、2009 年

南一版三下第二課加油小站

數字成語★一言不合★二話不說★三思而行★四腳朝天★五福臨門
　　　　　★六神無主★七嘴八舌★八面威風★九霄雲外★十萬火急

南一版三下第六課加油小站

數字成語★一石二鳥★推三阻四★五顏六色★七手八腳

南一版三下第十課加油小站

有「千」「萬」的四字語詞★成千上萬★盈千累滿★萬紫千紅
　　　　　　　　　　　★萬馬千軍★千變萬化★千呼萬喚

康軒版二下第十一課語文焦點

詞語造句

解釋一	解釋二
形容興趣濃厚的樣子。	形容食物的美味或食慾很好。
例句這部電影情節有趣，大家都看得津津有味。	例句媽媽做的菜十分美味，大家都吃得津津有味。

康軒版二下第十四課語文焦點

比一比

讀書對我們很有幫助——開卷有益

肚子裡滿滿都是學問——滿腹經綸

康軒版三上第十四課語文焦點

我會用成語造句

①齒頰生香　媽媽煮的菜真好吃，大家都吃完後，都感到齒頰生香呢！

②千辛萬苦　登山隊員們歷經千辛萬苦，終於登上山頂。

③不敗之地　成功的人常常是讓自己立於不敗之地，才能領先眾人。

康軒版五上統整活動一

成語的運用

　　成語以四個字呈現的形式最多，通常都有出處，內容包含了寶貴的人生經驗、歷史教訓。成語不僅傳遞字面上簡單的意思，而且可以用來引申或比喻更深層的含意，值得我們細細品味與學習。想要正確使用成語，要常常翻閱成語辭典或上成語典網站瀏覽。恰當使用成語，會使文章的表達更簡潔有力，不過，若是誤用成語，可能會貽笑大方呢！

　　例如：「下班後，我的爸爸三三兩兩的跑回家。」讓人聽了，不禁懷疑作者有幾個爸爸。這句話應該改為：「下班後，我的爸爸十萬火急的跑回家。」寫作中活用成語，可以提升問文字運用能力，也能充分展現思想與感情。

　　例如：……

翰林版二下語文花園四

念一念：練習意思相近的成語

三五成群　●野鴨三五成群，自在的穿過馬路。

　　　　　●同學們三五成群的在一起聊天。

三三兩兩　●小羊三三兩兩，悠閒的在山坡上吃草。

　　　　　●同學們三三兩兩的走進教室。

翰林版三上語文花園七

認識四字詞語

●靈機一動：指突然想出解決問題的方法。

●改頭換面：徹底改變。

●四面八方：表示各處的意思。

★他靈機一動，把硬紙盒改頭換面一番，變成了玩具車

★人潮從四面八方湧來，爭看花燈展覽。

　　在「成語的運用」，南一介紹「和讀書有關的四字語詞」、「數字成語」、「有千萬的四字語詞」。康軒重在「造句」或「認識詞義」，五下舉例說明活用成語好處。翰林2005年五上以比較說明使用四字語詞效果，六上介紹數字成語；2009年以「念一念詞義」與「造句」為主。

二、習作方面

　　以下分別歸納三個版本習作中的成語練習類型，見表十一與表十二。

表十一

2005年三家版本各冊習作成語練習類型

版本 冊別	南一	康軒	翰林
一	無	無	無
二	無	無	無
三	無	無	無
四	無	無	無
五	● 填空 ● 查辭典寫出詞義	● 成語分類(動物、數字、植物、風景) ● 成語造句	● 造句
六	● 填字遊戲 ● 選詞填寫 ● 查成語辭典寫出四字語詞 ● 造句	● 選詞填寫 ● 選填詞義 ● 讀成語故事回答問題	● 造句
七	● 填空 ● 四字詞語替換 ● 寫出課文裡的四字語詞 ● 填詞造句	● 選詞填寫 ● 造句	● 選詞填寫 ● 四字語詞接龍
八	● 填空 ● 先填詞再造句 ● 選出正確的語詞解釋	● 填空 ● 造句 ● 組合詞語	● 造句 ● 查字辭典選出字義 ● 利用指定的四字語詞寫短文
九	● 選詞填寫 ● 造句 ● 填空	● 查字辭典寫出指定成語再造句 ● 找出課文中的四字語詞再利用其中兩個寫卡片	● 選詞填寫 ● 造句(用指定的兩個詞語造一個句子) ● 辨別字義 ● 選出正確使用成語的句子
十	● 選詞填寫 ● 找出本課的四字語詞後再造句 ● 圈選正確的語詞	● 選詞填寫 ● 造句 ● 詞語替代	● 選詞填寫 ● 填字遊戲 ● 選用三個以上的四字短語寫一段話
十一	● 選詞填寫 ● 查辭典寫出詞義 ● 寫出成語的相反詞 ● 利用四字語詞寫短文 ● 改寫短文中的不當用語	● 選詞填寫再造句 ● 造句(選用兩個四字詞語) ● 讀句子後寫出詞義 ● 查字辭典寫出指定的四字語詞再造句	● 寫出四字詞語的詞義再造句 ● 利用其中兩個詞語造一個句子 ● 應用本課三個以上的四字詞語寫短文
十二	● 選詞填寫 ● 選出正確的詞義再造句 ● 造句	● 造句(依指定情境) ● 四字詞語替代 ● 寫出詞義 ● 運用三個指定詞語寫短文	● 選詞填寫 ● 寫出有動物名稱的四字詞語和解釋,再造句 ● 查出詞義再造句

表十二

2009 三家版本各冊習作成語練習類型

版本 冊別	南一	康軒	翰林
一	無	無	無
二	無	無	無
三	● 造句	無	無
四	● 將上下語詞連成一個完整的四字語詞	● 選出解釋，再填入句子中	● 選詞填寫
五	● 選詞填寫 ● 利用辭典寫出成語的解釋	● 選詞填寫 ● 成語造句 ● 看圖寫成語	● 選詞填寫 ● 先填空再把正確的詞義連起來 ● 造句
六	● 選詞填寫 ● 填字遊戲 ● 查字典，用不同的字音寫出四字語詞 ● 造句 ● 四字語詞替代	● 看圖寫成語 ● 找出課文中的四字詞語，再造句 ● 先填空(數字成語)再連出詞義	● 選詞填寫 ● 填空 ● 造句
七	● 選出詞義 ● 填空(數字成語) ● 選詞填寫 ● 造句 ● 寫出相似或相反的語詞再造句	● 選詞填寫 ● 選出正確的答案 ● 造句	● 選詞填寫 ● 造句 ●
八	● 填空 ● 寫出反義詞再用這一組詞語造句 ● 詞義選填	● 選詞填寫 ● 造句 ● 組合詞語	● 選詞填寫 ● 先填空再連解釋 ● 找出「合作」的成語說一說意思
九	● 選詞填寫 ● 四字語詞替代 ● 修改短文中的語詞 ● 語詞解釋 ●	● 查字辭典寫出指定成語再造句 ● 圈出不適當的詞語訂正 ● 填字遊戲 ● 先填空再造句	● 選詞填寫 ● 造句 ● 用指定的兩個詞語造一個句子
十	● 選詞填寫 ● 四字語詞替換 ● 運用三個四字語詞續寫短文 ●	● 選詞填寫 ● 查字辭典寫出詞義再造句 ● 依類別寫出課文中的四字詞語，再選出兩個造一個句子 ● 選出正確的句子	● 選詞填寫 ● 辨別詞義(選出近義詞，題目為成語選項為四字語詞)
十一	● 選詞填寫 ● 寫出成語的寓意 ● 根據類別找出課文中的四字語詞 ● 短文中的詞語改寫 ● 運用三個四字語詞依指定主題寫短文 ● 在詞語中加字變成四字語詞	● 先選詞填寫再造句 ● 閱讀成語故事回答問題 ● 先讀句子再寫出詞義	● 選詞填寫 ● 寫出四字詞語的詞義再造句 ● 用其中兩個詞語造一個句子 ● 圈選適當語詞 ●

十二	● 選詞填寫 ● 造句 ● 選出詞義再造句 ● 詞語替換	● 選詞填寫 ● 四字詞語替代 ● 圈選正確的詞語 ● 讀成語典故，查詞義再造句 ● 造句	● 選詞填寫 ● 寫出有動物名稱的四字詞語和解釋，再造句 ● 查出辭義再造句

　　歸納三家版本 2005 年與 2009 年習作成語練習類型有：填字、選詞填寫、查字辭典寫解釋、寫出寓意、四字詞語替換、詞義辨析、修改詞語、造句、寫短文等。2009 年成語練習類型與 2005 年大同小異，增加了「看圖寫成語」、「閱讀成語典故或成語故事再回答問題」。三家版本習作成語練習類型同質性高外，還有以下幾個現象：

1、「成語」與「四字詞語」多夾雜混同不分。

（1）僅少數標明「成語」練習，例如：

　● 2009 年南一版三上第九課：「時間的成語，利用詞典寫出成語的解釋。」
　● 2009 年南一版六上第二課：「寫出下列成語的寓意。」
　● 2009 年康軒版三上第十四課：「看圖猜成語，例：四腳朝天…」。
　● 2009 年康軒版三下第四課：「看圖寫成語：下列這四個圖都是和『飛』有關的成語…」
　● 2009 年翰林版四下第六課：「詞語練習：請找出有關『合作』的成語或諺語…」

（2）極大多數以「四字詞語」或「詞語」練習呈現。例如：

　● 2009 年南一版三上閱讀列車(二)：「請把色塊中的敘述，改寫成四字語詞。例：山腳下的景色，漂亮得像一幅畫／山腳下的景色，（美麗如畫）。」

（3）四字詞語不屬於成語，但練習題中會使用的替代詞語卻是成語。例如：

　● 2009 年康軒版五下第十一課：「短文填寫：獲益匪淺、氣象萬千、目不暇給、膾炙人口、豪放不拘、姹紫嫣紅、身歷其境、人情世故」

（4）其中的選詞兼有成語及四字詞語。例如：

　● 2009 年翰林版六上第十三課：「選詞練習：台灣有一位（不計其數小題大作揚名國際　惡名昭彰）的藝術大師——朱銘…」（選詞中有三個成語及一個四字語詞。此現象在三家版本屢見不鮮。）

2、「選詞填寫」各家各冊出現頻率極高，中年級以選填句子中詞語為主，高年級有句子，也有部分是短文。但問題是：

（1）雖以語境呈現，語境與課文相近或稍短小淺顯，例如：

　● 2009 年南一版六下第四課：「選詞填寫：搭乘公車時要排隊，不要（爭先恐後），以免發生危險。」。
　● 2009 年康軒版六上第三課：「四字詞語練習：騙子的西洋鏡被拆穿了，覺得（無地自容），拔腿就跑。」

（2）選填的詞語，詞義隨性安排，辨析成語，不足以分辨其用法，例如：

● 2009 年翰林版六上第十三課：「選詞填寫：…過了好多年，朱銘（一箭雙鵰　十全十美　如願以償　大功告成）的拜雕塑大師楊英風師…」。
● 2009 年康軒版六下第六課：「讀一讀下列的句子，圈出正確的詞語。清境農場的景色(如詩如畫／美輪美奐)，令人流連忘返。」

3、多以查字辭典寫出解釋後再造句形式為主，例如：
● 2009 年南一版五下第六課：「語詞解釋：先查閱辭典，再寫出詞語的解釋。」
● 2009 年翰林版六下第七課：「查出下列詞語的意義，並各造一個句子。　甘之如飴…」
● 2009 年康軒版五下第三課：「詞語練習：查辭典或字典　寫出『』中詞語的解釋，並應用此詞語再造一個句子。…」

4、將成語分類，填寫字詞，其重點在識別或記憶字詞，非成語詞義理解練習。例如：
● 2005 年南一版四下語文能力遊戲單一：「寫出包含植物的成語。例：青梅竹馬」。
● 2005 年康軒版三上第十三課：「成語分類：請讀一讀下列成語，了解意思後再分類…」
● 2009 年南一版四上第六課：「數字成語大會串：在（　）填入十以內的數字。…」
● 2009 年康軒版三下第十三課：「數字詞語填空，並連出正確的意思。…」
● 2009 年翰林版三下第十四課：「1.寫出有兩個數字的四字詞語。…」
● 2009 年翰林版四下第四課：「詞語練習：說一說下方的詞語解釋，在□內填上跟身體有關的器官或部位。□瞪□呆…」

5、成語運用以造句形式為主，中年級以一個成語為主，高年級則出現兩個或三個成語寫出短文練習。例如：
● 2009 年南一版四下第三課：「造句　1.大顯身手 2.視若無睹」。
● 2009 年康軒版五上第一課：「四字詞語練習　：查字辭典或成語辭典，找出兩則和『說話』有關的四字詞語，並造句應用。」
● 2009 年翰林版五上第五課：「造句練習：請根據每一題開頭的提示，運用　中　　　　　的詞語，寫成一個完整的句子。心曠神怡　一舉兩得」。
● 2009 年南一版六上第五課：「根據上欄的四字語詞，依照主題，練習描寫。」。

三、教學方法

　　三家版本《教師手冊》提供成語教學方法。康軒版 2005 年未見成語教學說明，2009 年於「語文常識架構」中有「成語教學」重點：三上認識成語、五上成語的運用、五下成語的應用。2009 年翰林版《教師手冊》「國語一至六年級能力指標檢核表」三年級檢核重點內容有「認識成語」；南一版則未見。三家版本未說明成語教學方法或教學活動，多半列出成語解釋以及例句。列舉三家版本「認識成語」教學目標及教學方法：

1、2005 年

南一版五上語文天地一「認識成語」

教學目標：1.指導學生認識成語的意義。

2.指導學生正確使用成語。

教學方法：1.教師指導學生自行閱讀「認識成語」短文。

2.教師說明成語的意義：是詞義穩定的名言、名句、俚語、俗語、格言、諺語，被人經常應用，或是流傳廣泛的典故，成為習慣用語。成語大部分是四個字的詞語或短語。

3.教師說明成語的來源有二種：(1)源自古書和歷史故事，又稱「典」或「典故」，⋯⋯。教師可以先查閱成語故事，說明⋯⋯典故。(2)來自生活中心創造的語詞，如⋯⋯

4.教師提醒學生，學習成語要注意⋯5.教師引導學生念一念與「天地」有關的成語，再請學生說出正確的詞義。

康軒版五上統整活動一「認識成語」

教學目的：(一)認識和說話有關的成語。

(二)靈活運用成語，加強文字的表達。

教學方法：(一)教師指導學生，透過發表討論，明白材料中成語的意思。

(二)教師引導學生自行造句。

康軒版五上統整活動一「成語的運用」

教學目的：(一)了解成語在句子中的作用。

(二)學習正確使用成語的方法。

教學方法：(一)教師先揭示幾個誤用成語的例子，讓學生說說，這樣的句子出現怎樣的語病。⋯

(二)師生共同研究，下列各組中，運用成語的句子是哪一句，再說說哪一句比較好？(比較好的句子，可由學生自由發表，不一定是運用成語的句子比較好，只要學生說出合理的喜好原因就可以。)⋯⋯

(三)搭配例句，師生共同討論運用成語要注意的事項，教師或學生針對課本所提的四組例句，說說自己的想法。

(四)綜合運用：教師設定一個情境，請學生口述作文，文中要包含一至二個成語。如⋯⋯」

翰林版六上語文活動三「認識成語」

重點：能知道什麼是成語，並且願意去認識成語。

引導：1.先閱讀本文，使學生了解「蕭規曹隨」的意思及出處。

2.能知道成語和四字詞語不同之處在於成語有出處，有典故。

3.引導學生分組，將本冊課文中的成語，找出它們的意思及出處。

2、2009 年

南一版五上語文天地二「認識成語」

　　　教學方法 1. 說明成語的意義。

　　　　　　　2. 說明成語的來源。

　　　　　　　3. 將學會的成語，活用在作文中。

　康軒版三上統整活動四「認識成語」

　　（一）教師準備幾個成語故事，並解釋成語的意義，引起學生興趣，發現成語的趣味和語言智慧。

　　（二）教師指導學生了解成語的意義和形式，並舉出例子來說明。

　　（三）教師補充說明成語的出處和來源。

　　（四）教師舉例說明錯用成語造成的笑話，讓學生具體明白如何適當使用成語。

　　（五）教師補充說明使用成語的好處有哪些？讓學生明白在日常言談或作文時，偶爾引用幾句成語，不但可以美化文句，而且可以節省冗長的敘述，更可以增加表情達意的深度和廣度。

　翰林版三上統整活動二「認識成語」

　　教學目的：　1. 使兒童了解成語的定義及使用成語的好處。

　　　　　　　　2. 使兒童能活用學過的成語於文章或句子中。

　　教學方法：　1. 先請兒童念一念本單元中的成語，並討論詞語的意義。

　　　　　　　　2. 再請兒童試著討論句子或文章增加成語前後的差異。

　　　　　　　　3. 討論過後再請兒童試著增加成語於句子中作練習。

　　　三家版本《教師手冊》多為教學步驟或教學流程。在理解詞義時，查字典或討論；在成語運用，著重說出詞義後進行造句。對於成語意義的掌握，使用時注意對象、範圍、搭配等，未見指導。

歸納整理三家版本成語內容，有幾點值得思考：

　　　第一，課文有成語概念與成語運用，但教師手冊中缺乏深入教學方法。成語雖結構定型，但不能逕自等同「四字詞語」，因為「四字詞語」除成語外，還包括口語性強的生活用語，如冰山一角、浮出水面…，以及專門學科術語如：網路經濟、循環利率等。然而，翰林版六上《教師手冊》「認識成語」雖指出「成語和四字詞語不同之處」，課本與習作卻仍出現混淆使用的矛盾。

　　　第二，習作中成語練習量不少，2009 年題型比 2005 年稍有增加。但成語詞義理解則以查找字辭典、連一連、選擇詞義或寫出寓意為主，練習方式較為單一；成語運用多以選詞填寫或造句呈現，簡化了辨析成語與運用成語。

　　　第三，教師手冊的教法多集中於成語字面義，偏重以查字辭典找詞義、討論後再造句。如何指導學生掌握成語含義、成語適用對象、範圍、搭配、位置等多半未能顧及。

伍、成語教學問題與建議：

一、成語教學問題

以下將國小學生成語運用情形與教材內容比對，以利觀察其間的關聯及問題。

第一，教材或學生成語量，二者呈現成長趨勢，如圖五所示：

學生成語使用量

◎學生使用成語數量增多：
(1) 學生成語總使用量由56個（2005年）成長至188個（2009年）。
(2) 學生成語平均使用量由0.2個（2005年）成長至0.64個（2009年）。
(3) 單篇成語使用最大量約3~5個；而單篇未使用任何成語之比例卻逐年降低，由83.93%（2005年）降至59.45%（2009年）。

◎學生成語運用的誤用比例多高於正確使用的比例：
(1) 2005、2006、2007、2008年等四年成語誤用之比例皆高於正確使用比例
(2) 2009年則成語誤用之比例則低於正確使用比例

⟷

教材成語量

● 教科書成語數量逐年增多：
(1) 南一版：95個（2005年）成長至113個（2009年）
(2) 康軒版：98個（2005年）成長至127個（2009年）
(3) 翰林版：97個（2005年）成長至107個（2009年）

圖五學生使用成語量與教材成語量

由圖五可知，除了學生使用成語量及教材成語量增加外，但學生誤用成語的比例卻是更值得注意的。臺北市實施基本學力檢測五年中，2005～2008年等四年學生成語誤用的比例皆高於成語正確使用的比例。由此可見，學生在成語誤用的情況，並不因爲教科書學習成語數量的增多而有所改善。此外，由表十可知課文中大量的出現四字詞語，反映在學生基本學力檢測的作文中，也使用了大量的四字格語料。茲分析學生「成語」與「四字詞語」使用量如下表十三：

表十三

學生成語與四字詞語使用情形

年度	2005	2006	2007	2008	2009
成語使用量	56	61	94	87	188
四字詞語使用量	121	99	117	168	156

由表十三得知，除2009年成語使用量188個，多於四字詞語156個，其餘

2005～2008 年，四字詞語使用量都多於成語。除了成語數量增加外，學生成語誤用之情形更值得關注：由表二可知 2005～2008 年四年來，誤用比例高於正確使用比例。可見，學生成語誤用情形並不因教科書成語數量增多而改善。學生學習深受教材影響，成語熟習度不夠，則選擇四字詞語運用。

第二，學生誤用成語的類型與教材內容進行比對，如圖六所示：

學生誤用情形	教材內容
◎成語錯誤類型： (1) 字形：錯別字 (2) 詞義： 　甲、詞義誤用： 　　A. 完全誤解 　　B. 提取部分意義 　　C. 提取成語字面意義 　　D. 類比失當 　乙、搭配對象有誤 　丙、邏輯錯誤： 　　A. 意義與運用間的連結 　　B. 前後矛盾 (3) 其他： 　甲、自創新詞 　乙、語境不足 　丙、重複失當	◎定義的指導： (1)或與「四字詞語」混用；或與「俚語、俗語、格言、諺語」等混淆 (2)教學方式：教師解釋或說明 ◎使用的指導 (1)詞義的理解僅只於查字典、抄成語 (2)成語運用多以選詞填寫或造句呈現，簡化辨析成語與運用成語 (3)如何指導學生掌握成語含義、成語適用對象、範圍、搭配、位置等多半未能顧及

圖六 學生誤用情形與教材指導

學生使用成語之狀況有很大部分是在詞義的誤用。由圖六中教材內容的分析來看，教材內容多集中於成語定義的指導，如與「四字詞語」混用、與「俚語、俗語、格言、諺語」等概念混淆。而使用上，過於關注成語字面本義的指導，卻忽略成語在實際運用上的意涵、搭配對象、褒貶義等，致使學生在成語學習掌握內容一知半解，零零星星。

從表十三可知，學生在作文中有大量使用四字詞語的現象，進一步觀察其正確使用與錯誤使用情形，發現和成語使用情形相同，均有「完全誤解」、「提取部分意義」、「類比失當」等詞義誤用的狀況，但在四字詞語的部分，甚至出現了「褒貶義不清」和「蛇足的解釋成語」的誤用。各舉數例說明如下：

（一）詞義誤用

1、完全誤解

● 他們讓我知錯能改，還讓我得到全班第一名，真是一舉兩得！

（「一舉兩得」意指做了一個行動後兼得兩利，但文句中呈現了兩個活動。

2009)

2、提取部分意義

● 看見那默默的一群開始工作，我也為他們感到憐憫。所以我也帶著忙碌的掃具，穿著厚重的衣服，與他們同甘共苦。
（句子僅呈現了「共苦」而無「同甘」。2006）

3、類比失當

● 我在下課時，同學故意戲弄我，我就會生氣的作一個鬼臉他看，他也可能以牙還牙，對我做好幾個鬼臉。
（「以牙還牙」比喻採取與對方相同的態度或方法報復對方，用來比喻朋友之間扮鬼臉互相開玩笑的情境在程度上過於嚴重。2005）

● 可惜好景不常，當我要飛起來時，我的鬧鐘竟然叫了起來。
（「好景不常」指美好的景物不能常駐，比喻稱心如意的事，往往為時不久，文中想表達從美夢中醒來，頗有遺憾之感，以好景不常比喻不太恰當。2009）

4、褒貶義不清

● 終於，主任開罵了，他以辯才無礙的口舌把我罵個臭頭，但是我有錯在先，所以我什麼都不能說，雖然我不是故意的，可是那本書價值連城而且還有作家的親筆簽名全世界只有兩百本而以，所以主任一定會氣得火冒三丈。
（「辯才無礙」形容其人言論正直而具說服力，常用於祝賀人演講或辯論比賽獲勝的賀辭。文中似乎想表達不服主任教訓的意味，有貶義的色彩。2009）

● 為了使嚇人的技術更上一層樓，我一抓到機會便使出渾身解數做出千奇百怪的鬼臉像怪物一樣跳出來。
（「更上一層樓」比喻較原來的成就更加進步，多用來激勵人追求更高境界，文中用在精進嚇人的技術似乎不妥。2005）

（二）搭配對象有誤

● 一進去，就被裡面的事物所深深吸引，那裡不但有山明水秀的風景，還有各式各樣可愛的動物。
（應為「那裡的風景山明水秀。」2008）

（三）邏輯錯誤

● 古人說：「一分耕耘一分收穫。」意思是說只要你很努力總有一天你就會有收獲。
（不須說明「一分耕耘，一分收穫」的意思。2007）

（四）其他

1、自創新詞

（1）自行加字：
- 自從那次之後，我終於了解到「為善最快樂」的意義。
  （應為「為善最樂」。2006）

（2）遷就上下文語境，自行更動語序：
- 可能考出來的成績不好，不過我覺得有努力就好了，是說「成功為失敗之母」，錯了再加油就好，不用怕成績不好，有努力就好。
  （應為「失敗為成功之母」。2007）

（3）替換其他文字：
- 你可曾想過，那些無父無母，每天露宿街頭、三餐不飽的人，只要伸出雙手，也許他就能看見「愛的幫助」。
  (應為「三餐不濟」。2006)
- 書架上，七彩繽紛的書。
  (應為「五彩繽紛」。2009)

2、重複失當

（1）詞義重複
- 我看到低中高年級的學生們各個玩得 不亦樂乎 ，樂在其中。
  (「不亦樂乎」、「樂在其中」意思重複了。2008)

3、蛇足的解釋成語
- 俗話說：「善有善報，惡有惡報，不是不報，時機未到。」我終於體會這句話的意思，因為如果你幫助了別人，那個人的感受是想回報你，所以做了善事，就會有善的回報，惡有惡報的意思是如果你做了壞事，那你就會有不好的回報。
  (不須說明「善有善報，惡有惡報」的意思。2006)
- 古人說：「一分耕耘一分收穫」。意思是說只要你很努力總有一天你就會有收獲。
  (不須說明「一分耕耘，一分收穫」的意思。2007)

　　從學生成語和四字詞語錯誤運用類型，可知學生最大的問題在於詞義理解不精確、不熟悉成語或四字詞語使用的情境。詞義誤用，呈現學生學習與運用上的缺失，實與教材、習作或教法有密切關連。

　　綜合上述，學生不論是成語或四字詞語的誤用情形，都深刻反映了成語教學的問題：

　　第一，學生學習方式單一，學習興趣不大。無論念讀或教師解釋，僅停留成語表面認識，成語運用必然出現嚴重誤用情形。

　　第二，現行教材與習作，或脫離語境，僅認識大量成語；或提供單一語境造句、填寫，造成學生學習困境。另外，字辭典檢索雖能提供成語詞義，但其語境及舉例用法仍不足。語境薄弱造成學生成語學習上的缺失或困境。

　　第三，各家習作練習方式大同小異，不外乎查字典、造句、選詞填寫…等，題型缺乏變化，未能達到練習目的。

二、成語教學建議

國語文教材、教學方法深深影響學生成語的運用，以下從三方面提供建議：

（一）成語教材不能侷限於成語量多寡

學生使用成語有明顯增長，但使用較多成語是否能寫出好文章？由檢測結果可知，成語誤用比例實高於成語正確使用比例。顯然在語言表達過程中，如何妥切運用成語，更重於成語數量提高。現行教材、教學多著眼於成語學習數量累積，以及定義的指導。從學生錯誤類型來看，成語內容在教材上，應多加思考其深層義、搭配...等方法，以期學生能正確運用、表情達意，才能達成成語學習真正目的。

（二）成語學習內容應具層次性

現行教材中成語安排缺乏層次性，抽象的成語（如：守株待兔）已見於二年級，三年級卻又出現簡單且具體的成語（如：四面八方、七嘴八舌）。各家成語概念，有的在三上，有的在五上，有的在五下。成語藏著豐富語言文化精髓，充分研究成語，合理編寫教材，才能使學生學好、用好成語。成語教學需區分層次，如果不注意層次區分，編排忽易忽難，容易造成混亂，教學效果也就適得其反。層次規畫依據可從學生及成語兩方面思考。成語教學內容應考量學生語文認知與學習背景，分成「會運用的」與「能理解的」兩部分，有層次，循序漸進進行教學，由簡而繁，由具體而抽象。其次，從成語來區分，一是熟悉性，二是語義，三是國字難易度。熟悉性指成語是否常用，按照最常用、常用、次常用分層出現，依次學習。語義是指成語意義，成語意義與字面意義不一定等值，往往還具有比喻、引申意義，從成語理解度來看，是一個由易到難的層次。字面意義等於實際意思的成語，學習和掌握最為容易，如與眾不同、津津有味、小心翼翼...等，可先從這部分入手，而後才是字面意義與實際意思不等值的一類。離學生生活經驗太遠、意義過於艱深，如：「不學無術」、「蕭規曹隨」、「狗尾續貂」...等，由於內容有典故、隱含深義，理解不易，可暫不列入。國字筆畫難易，也影響學生學習，低年級出現筆畫簡單，詞義淺顯易懂的成語如：三三兩兩、一五一十。（王月鳳，2005）中高年級就可出現類別多樣、數量較多或意義深遠的成語。

（三）加強有效成語教學方法

讓學生懂得學習和運用成語，教學時，可從幾個方面進行。

1、正確理解成語意義

主要從兩方面入手：一是弄清楚成語關鍵字詞。有些成語，只要理解其中的字詞，教學時稍加解釋或局部解釋，成語意思也就通了，如：「拾金不昧」的「昧」解釋為隱藏的意思，整個成語意思是「拾到錢財不藏起來據為己有」。有些成語字音不同，解釋也就不同，如「屢見不鮮」、「鮮為人知」，分別讀為「ㄒㄧㄢ」、

「ㄒㄧㄢˇ」其解釋為「新鮮」和「很少」。有些成語可從字形來解釋，如「門可羅雀」，其中「羅」字部首是网，與網有關，解釋為「用網」，因此意思是「大門前可以張網捕雀。形容賓客稀少，十分冷清。」二是了解成語整體含義。有不少成語真實含義與字面沒有直接聯繫，只懂字面意義還不夠，還需了解成語整體意義，如「守株待兔」、「畫蛇添足」、「胸有成竹」、「囫圇吞棗」、「神機妙算」、「膾炙人口」等，教學時全面掌握其引申或比喻詞義，學生才能理解。

2、運用語境了解成語使用的對象、範圍、場合

　　語境是影響學生成語理解的重要因素之一。有的成語只能用於一定對象、範圍、場合，不能任意使用，如「德高望重」用於長輩，而「血氣方剛」則多用於青少年；「成千上萬」是形容人多，「不勝枚舉」是形容事例多，「不可勝數」是形容數量多。而「千載難逢」通常與「機會」、「機遇」等詞搭配使用；「興致勃勃」一般會用在「興致勃勃的觀看（參觀、遊覽、談起…）」的語句中。教學時，若能援引例句，給予語境，使說明具體，有助學生掌握成語搭配、確定語義範圍以及用法。

　　教學時，步驟如下：第一，引出足夠例句提供學生觀察；第二，找出成語使用對象、搭配、位置、場合或褒貶義等特點，以掌握其特性；第三，讓學生練習運用。如「走馬看花」一詞，《成語典》解釋：「比喻略觀事物外象，而不究其底蘊」，也就是「隨便」的意思。為讓學生掌握成語用法，先提出幾個例句：

　　①讀書如走馬看花，結果當然是了無心得。

　　②走馬看花，稍縱即逝；霧裡看花，模糊不清。

　　③想要了解得很仔細，走馬看花的方法是行不通的。

　　④我雖去過歐洲幾次，但都只是走馬看花，未作深入了解。

　　⑤官員訪視地方，若如走馬看花般虛應故事，豈能深入了解？

　　⑥研究古蹟不比遊山玩水，走馬看花所得的浮光掠影恐怕無濟於事。

　　⑦展覽會場非常大，我走馬看花的逛了一下，就已花掉一個上午的時間。

比較歸納後，學生發現例句①至⑥意思與成語典釋義較為接近，都有胡亂隨便看看的負面意思；例句⑦雖有隨便之意，但有突顯展覽會場地或規模之大的意思，「走馬看花」不具有貶義。透過語境，有助學生深入理解成語的意義及用法、搭配範圍，以降低學生誤用成語。

3、進行比較辨析成語差異

　　累積相當成語後，因產生詞義相近成語混淆誤用情形，若對詞義上相近成語加以辨析，提供語境，學生使用成語則會有所助益。如：比較「車水馬龍、川流不息」：

　　①這裡是全市最熱鬧的商業區，百貨公司林立，附近街道每天都是（　　　　），人潮不斷。

　　②臺北火車站每天出入的旅客（　　　　），是全市最重要的交通樞紐。

　　③舊市區顯然沒落了，昔日（　　　　）的熱鬧景象如今已不復存在。

　　④每逢例假日，動物園的遊客總是（　　　　）。」

「車水馬龍」、「川流不息」都有形容繁華熱鬧的景象，例句①③中「車水馬龍」、「川流不息」都可用，例句②④只能用「川流不息」，其差別在於二詞雖有相同意義，但其搭配對象仍有部分差別。意義相近成語，除了理解其相同部分外，更應關注其間差異，以免造成學生運用上的混淆。

對照目前教材中常出現「選詞填寫」如：「禮尚往來、川流不息、緣木求魚、雪上加霜」：

①不多用功讀書，想要得到好成績，根本就是（　　　）。

②老王不小心扭到腳，現在又被玻璃割破了手，真是（　　　）。

③展覽場內參觀人潮（　　　），場面十分熱鬧。

「禮尚往來、川流不息、緣木求魚、雪上加霜」四個成語意義互不相關，提供的三例句語境簡略，學生不必思考即能作答，不具辨識意義。成語辨析時，隨意挑選，是無法發揮辨析作用的。

陸、結語

成語是我國詞語中的精華，成語承傳至今，仍舊廣泛應用於口語與書面之中，不僅數量龐大，結構定型，意義凝固，言簡意賅，它是詞語教學的一部分，但又有別於一般詞語教學，有其獨特性。因此，成語在國小國語文教學占有重要地位，在國小階段奠定成語的累積，強化成語運用能力，有效掌握成語的字形、詞義和用法，對提高學生國語文能力來說至關重要。

然而，學生運用成語情況卻存在許多缺誤。缺誤的原因與零散無層次的教材及機械性的教學方法有密切關聯，不能不引起學界的重視。因此建議：（一）編寫適合學生學習需求的成語教材是首要面對的。教材提供教師教學，也是學生學習的材料，是教師與學生溝通的平台。一本編排合理合宜的成語教材，具備理解和掌握成語的意義、用法等學習策略，切實做好成語鞏固和強化的練習，才都能讓學生學習得心應手。（二）加強有效教學。學生學習成語從理解到運用，是一個複雜過程，學生學習成語需有教師的指導，絕不僅是記憶背誦，缺乏有效知識建構，是直接導致學生學習上盲點與失誤的重要因素，因此研究和探討有效教學方法，才能解決成語學習難點，獲得良好效果。

參考文獻

本研究之參考文獻分為三部分，其一為中文參考資料，包含專書、國內碩博士論文、期刊等；其二為國民小學國語教科書；其三為所引用之網站參考資料。

壹、中文參考資料：

王月鳳（2005）。**國民小學本國語文審定本成語內容分析之研究**。國立新竹教育大學，未出版，新竹。

王秋月（2002）。**增進國中生作文基本能力之研究**。國立高雄師範大學國文教學碩士班論文，未出版，高雄。

何永清（2005）。**成語的語法與修辭及其教學探究**。臺北市立師範學院學報，36(1)，1-24。

季旭昇（2002）。**胸有成竹說成語**。臺北：商周出版。

岳修平、王雅文、鄧雅婷、林維真、王友俊（2003）。**網路化中文成語學習系統之建置研究**。第三屆全球華語文網路教育研討會論文集，2003，479-485。臺北：中華民國僑務委員會。

林佳慧（2008）。**國中生記憶策略、教師成語教學與國語文程就之相關因素探討—以台中市為例**，私立東海大學教育研究所碩士論文，未出版，臺中。

洪波（2003）。**對外漢語成語教學探論**。中山大學學報論叢。23(2)，297-300。

崔希亮（2005）。**漢語熟語與中國人文世界**。北京：北京語言大學出版社。

陳立元（2005）。**漢語把字句教學語法**。國立臺灣師範大學華語文教學研究所碩士論文，未出版，臺北。

馮永敏（2011）。**國小國語文「詞語教學」問題探析**。第三屆臺灣、香港、大陸兩岸三地國語文教學國際學術研討會，國立台灣師範大學，臺北。

葉素吟（2007）。**國小五年級成語寫作教學研究**。國立台北教育大學語文語創作學系碩士論文，未出版，臺北。

董緒蘭（2008）。**戲劇教學活動融入高年級成語故事學習之行動研究**。國立台北教育大學語文與創作學系碩士論文，未出版，臺北。

臺北市政府教育局（2005）。**臺北市國民小學 94 年度基本學力檢測計畫成果報告**。臺北：臺北市政府教育局。

臺北市政府教育局（2006）。**臺北市國民小學 95 年度基本學力檢測計畫成果報告**。臺北：臺北市政府教育局。

臺北市政府教育局（2007）。**臺北市國民小學 96 年度基本學力檢測計畫成果報告**。臺北：臺北市政府教育局。

臺北市政府教育局（2008）。**臺北市國民小學 97 年度基本學力檢測計畫成果報告**。臺北：臺北市政府教育局。

臺北市政府教育局（2009）。**臺北市國民小學 98 年度基本學力檢測計畫成果報告**。臺北：臺北市政府教育局。

鄭培秀（2005）。**成語句法分析及其教學策略研究**。國立中山大學中國語文學系研究所碩士論文，未出版，臺北。

蘇靜芳（2004）。**國中國文成語教學之研究**。國立高雄師範大學國文教學碩士班未出版之碩士論文，未出版，臺北。

貳、國民小學國語教科書：

南一書局企業股份有限公司（2005）。**國民小學國語課本、習作、教師手冊**（1~12冊）。臺南：南一。

南一書局企業股份有限公司（2009）。**國民小學國語課本、習作、教師手冊（1~12冊）**。臺南：南一。

康軒文教事業股份有限公司（2005）。**國民小學國語課本、習作、備課用書（1~12冊）**。臺北：康軒。

康軒文教事業股份有限公司（2009）。**國民小學國語課本、習作、備課用書（1~12冊）**。臺北：康軒。

翰林出版事業股份有限公司（2005）。**國民小學國語課本、習作、教學指引（1~12冊）**。臺南：翰林。

翰林出版事業股份有限公司（2009）。**國民小學國語課本、習作、教學指引（1~12冊）**。臺南：翰林。

參、網站參考資料：

教育部（2005）。**成語典**。http://dict.idioms.moe.edu.tw/sort_pho.htm

大學生團體創作童話之創新教學實務探究

劉　瑩[*]

摘要

童話是兒童文學作品之中，最受兒童喜愛的文類。因爲，童話是透過作家運用豐富的想像力建構而成的，兒童閱讀童話時，想像力最可以超越現實，自由自在地飛馳。

兒童閱讀童話，可以鍛鍊想像力，更可以啓發創造力，兒童創作童話，更可以把創造力發揮到極致。所以，小學課堂中，不乏教師實施兒童創作童話的實務活動。

但是，如何發展創新教學的策略，以啓發大學生的想像力，爲兒童創作有趣的童話，尙未見相關的研究，卻是值得探討的課題。研究者基於 99 學年第一學期擔任大一「少兒文學創作原理與實務」之教學，即嘗試做有關大學生創作童話之實務研究。

研究者採用行動研究法以研究並改進「童話創作」之教學，首先，設計一套啓發學生創造力的課程，透過經典童話的閱讀與分析，使大學生深入了解童話創作的要領。繼而透過能激發創意的團體討論術，使學生創意飛揚，體驗團體創作童話輕鬆而有趣的氣氛，不畏懼創作，未來更有信心與意願從事個人的童話創作，爲兒童書寫有趣的童話。

最後，學生透過自我評鑑、同儕評鑑與教師評鑑三重檢核，再根據評鑑之意見作修改，完成創作的歷程，產出優秀的作品，達成創新教學之任務。

關鍵字：大學生、團體創作、童話、創新、教學實務

---

[*]國立臺中教育大學語文教育學系教授

壹、前言

　　童話是兒童文學中，最具有創意的文類，當讀者閱讀了許多童話之後，是否能發揮創意思考，達到「讀而優則寫」的境界，寫出具有創意、想像力豐富的童話呢？這是個頗值得研究的課題。

　　陳正治教授對童話的寫作技巧，舉凡童話之定義、特質、主題、題材、語言、人物特性與刻畫、結構、敘述觀點、構思，都作了專門而深入的論述(陳正治，1990)。在《兒童文學》一書中，陳正治教授對童話之意義、特質、寫作原則與作品欣賞，也有簡要的說明(林文寶等，1996)。而帶領兒童進行童話創作教學實務的，有碩士論文探究學校老師在小學中運用創造思考教學策略指導五年級的小學生寫童話(魏伶娟，2005)，或是以五年級五位學童使用自然觀察融入童話寫作教學(詹秋雲，2006)，頗具創意，也甚見成效。但是，尚未見以大學生為對象的童話寫作教學研究，所以，本研究嘗試對 53 位大學生實施童話閱讀與創作之教學。

　　研究者在任教的大學中，藉著教授「少兒文學創作原理與實務」之課程，作一系列閱讀與創作的教學活動。研究者期望經歷了作品的閱讀，以及創意的團體討論之後，學生們能激揚起活潑的創意，著手創作童話。作品完成之後，再經歷自我評鑑、同儕互評、教師評鑑之後，能夠更切確地掌握童話創作的要領，寫出優秀而富創意的童話。優秀的作品，可以改編成校內每年舉辦之「兒童劇展」的劇本，立即搬上舞台，更可以參加校內外文學獎之甄選，並可印製專輯，推薦為本校實驗小學之小學生課外閱讀作品。

貳、文獻探討

　　研究者要求學生書寫童話之前，必須使其先了解何謂童話？童話的定義為何？童話的寫作技巧為何？以下即先針對這些重要的先備知識做探討：

一、童話之定義與特質

　　陳正治教授歸納諸多兒童文學作家及學者的意見，認為童話的構成要素有四項，就是兒童、趣味、幻想與故事，他並給童話下一個定義：「童話是專為兒童編寫，以趣味為主的幻想故事」(陳正治，1996)。研究者從童話閱讀的對象以及童話本身的文學特質著眼，也為學生整理出一個簡要的定義：「童話是為兒童而寫，符合兒童生理、心理特質，具有趣味性、教育性、藝術性的幻想故事。」這段簡要的定義給予童話創作者幾點創作的方向：

(一)為兒童而寫

　　童話閱讀的對象是兒童，創作者要將故事設定為以兒童為中心，內容要屬於兒童熟悉的生活，至於成人世界的愛情、鬥爭等複雜事件，都不宜摻入。

（二）符合兒童生理、心理特質

創作者必須了解：兒童的頭腦生理異於常人，尤其在八歲以前，α 腦波活躍，非邏輯的思考必較發達，所以在心理方面，具有強烈的好奇心、以自我爲中心、喜歡將萬物擬人化、喜歡幻想、喜歡遊戲、喜歡完美結局等特性。

（三）趣味性

兒童喜歡滑稽有趣的事務，童話創作成功與否，趣味性、遊戲性應該列爲第一要素。

（四）教育性

創作者要在童話中給予兒童一些啓發，但不能流於明白地說教，也就是童話中要設定具有啓示性的中心思想。

（五）藝術性

童話要以簡潔淺白的文字、豐富的對話、優美的修辭以及富有變化的情節，吸引兒童的閱讀興趣。

二、激發創意之策略

由於童話創作需要高度的創意，研究者讓學生在創作之前，先了解創作的內涵與激發創造力的團體討論術。

（一）了解創造力之內涵

爲了讓學生掌握創造力的內涵，研究者採用陳龍安教授(陳龍安，1997)提倡的創意思考法，讓學生認識創造力的五力、四歷程與四心：

(1)五力（Guilford, 1977）：敏覺力、流暢力、變通力、獨創力、精進力
(2)四歷程（Wallas, 1926）：準備期、醞釀期、豁朗期、驗證期
(3)四心（Williams , 1972）：好奇心、想像心、冒險心、挑戰心

研究者期望學生能敏銳地發現兒童生活中值得探討的問題(敏覺力)，然後透過正面的、反面的推敲，接二連三地想出解決的策略(流暢力、變通力)，並提醒他們構想的故事要與衆不同(獨創力)，創作之中，還要不斷地調整修飾，漸臻完美(精進力)。

在創作的歷程當中，研究者取用一些優良的童話範例，讓學生練習做童話要素的分析，逐漸掌握創作技巧(準備期)，並讓學生透過團體討論，完成作品的大綱(醞釀期、豁朗期)，並獨立完成自己的創作品，然後請同儕評論(驗證期)。最後，經過自己參考同儕的意見作調整修正，完成一篇具有創意的作品，交由教學助理與任課教師做最後的評鑑。

(二)活用團體討論術

俗語說：「三個臭皮匠，勝過一個諸葛亮」，激發創意最好的方法，就是使用美國奧斯朋博士(Osborn, 1963)提倡的「團體討論術」，英文名稱是"Brainstorming"，中文的意思是說「腦子裡在颳颱風」，其實這種討論術最重要的精神就是「自由聯想」。這一套討論術有一定的規則，依循此規則，可以產生大量的創意，其規則簡述如下：

1、先組成小組，組員四至十二人。

2、小組成立後，即推選組長，負責各項行政事務。每次開會，須選主席、紀錄（應人人輪流，每次更換），主席應風趣幽默地帶動大家發言，紀錄須記下每位發言者的好點子。

3、討論時，訂好主題，大家依序（可依順時鐘方向）發言，發言時以「自由聯想」發言，每位前者的點子都是後者聯想的「橋樑」。

4、他人發言時，其他組員不可太早作價值判斷，或作負面評價，以免扼殺他人的創意。成員應是同一階層，勿須高層參與，以免使成員在發言中，因心理有壓力，不好意思說，而阻絕創意。

5、待點子已足，或限定之時間已到，最後再共同作邏輯思考、價值判斷。

本討論術的優點，是主席帶得好的話，大家都必須發言，不可以有人坐冷板凳，以達到充分討論的目的。而「自由聯想」可以讓討論者無拘無束地發揮高度的創意。因為可以依據前者的點子作聯想，參與者必須仔細「聆聽」，因為不可以太早作價值判斷，更「切忌作負面評價」，成員學會了「民主與尊重」。而且，經過多次討論，成員的默契越來越高，創意也越來越豐富。

三、童話之寫作技巧

關於童話之創作技巧，可分為確立主題、尋找題材、安排人物、設計情節、運用淺語幾個重點。主題的確立是第一步驟，陳正治教授認為童話主題的產生有三：1.先有故事再安排主題；2.先有主題再找尋故事；3.故事和主題同時出現。而主題應具備的條件有三：1.正確；2.有趣；3.新穎(陳正治，1990)。

至於題材的來源，陳正治教授彙整兒童需要的，以及童話作家常用的四類：1.有關兒童身心發展的題材；2.與兒童有關的現實社會生活與知識的題材；3.期望兒童具備理想人格和處世能力的題材；4.有關古籍、傳說、民間故事等題材。由上述四點可知，童話的題材，源自生活或源自典籍中，俯拾皆是，像安徒生以醜小鴨、賣火柴的女孩之遭遇為題材，已提供創作者化平凡素材為神奇故事的典範。

至於人物的安排，先要知道童話人物的分類，有常人體、擬人體、超人體(金燕玉，1985)。而人物的刻劃技巧，可分為直接刻劃、間接刻劃。間接刻劃較多

樣化，有些人物以對話、動作或心理活動的表現，或是藉他人從正面、反面或側面的襯托，也可以藉周遭環境呈現人物的個性(陳正治，1990)。

關於情節的設計，雖然陳正治教授提出許多繁複的結構法，但對於初學者，研究者採用蔡尚志教授在《兒童文學》書中〈兒童故事〉單元的章法：起─開端；承─發展；轉─高潮；合─結局(蔡尚志，1994)。

童話語言的特徵，陳正治教授提出：淺顯的、準確的、意象的、有味的語言(陳正治，1990)。其中淺顯的、準確的語言，是基本要求，而意象的、有味的語言，已經到達藝術的境界，需要作者更用心去推敲。

四、教學與評量

關於如何教學，蓋聶的九大教學事件(Gagne, 1985)裡，強調「學習準備」這一階段，要告知學生「學習目標」，而「學習遷移」部分，要以「評量」喚醒學生學習的記憶。

表 1　蓋聶教學歷程分析表

特徵	學習需求(內在)	九大教學事件(外在)
學習準備	1.感知到刺激	1.吸引注意力(Gain attention)
	2.預備心理狀態，有所期待	2.告知目標(Inform Learner of objectives)
	3.回憶舊經驗	3.喚起舊有回憶(Stimulate recall of prior learning)
習得與表現	4.選擇性知覺	4.呈現教材(Present stimulus material)
	5.編碼儲存，轉化 成記憶的語意碼	5.提供指導(Provide learner guidance)
	6.行為反應	6.實際演練(Elicit Performance)
	7.增強性回饋	7.提供回饋(Provide feedback)
學習遷移	8.索引恢復	8.評量(Assess performance)
	9.類化 → 檢索 → 存入長期記憶	9.強化學習保留與遷移(Enhance retention & transfer)

另外，為了能建立公平客觀的評量標準，參考李紋霞教授對評分標準建立之流程(李紋霞,2009)：

Step 1：參考 Rubric 範例，選擇最適合課程性質與評量目的

Step 2：建立定義清楚的評估標準、子標題

Step 3：決定三或四個不同等級的標準，如：不佳、普通、良好、傑出

Step 4：訂出每個等級的分數範圍

Step 5：細項敘述的文字要明確、淺顯易懂
Step 6：尋求同儕的回饋，不斷修正
Step 7：在上課時與學生溝通、確認同學瞭解評估的標準

研究者為了強化學生的學習歷程，使其創作之作品盡量符合教學者之期望，與學生共同設計童話創作之評量標準，並請學生於完成作品之後，實施自評與同儕評鑑。

至於評量之重點，研究者依據學生第一次撰寫之故事時，所呈現的一些問題，規劃出 10 項評分細則，各項之要點說明如下：

1.題目之懸疑性 10%

此項重點在於從故事之題目即須表現創意及懸疑性，不宜讓人一看題目即知結局。

2.角色擬人化 10%

擬人化或是誇張非現實的角色，是童話中最重要的人物。

3.人物有名字 10%

名字是故事中很重要的元素，應具有本地特色，不宜洋化，以免小讀者誤會是讀翻譯童話。

4.人物具有鮮明性格 10%

人物的性格應配合故事之主題，如勇敢或機智等特色，並且宜有主角與配角。

5.情節曲折 10%

情節宜一波三折，可製造二至三個困難，並為這些困難想出解決的辦法。

6.內容具有創意 10%

內容不宜老生常談，可從現實生活中找尋問題，並尋求創意的解決方式。

7.內容具有趣味性 10%

兒童喜歡有趣的事物，故事中的趣味性，是最重要的元素。

8.內容具有教育性，但不流於說教 10%

故事中可隱含教育性，兒童可在故事中獲得啟示，但此啟示不宜明示，使兒童覺得說故事者是在說教。

9.文字淺白流暢 10%

不宜以書面語寫入文中，寫故事者必須再三讀之，務必淺白順暢。

10.書寫格式正確 10%

　(1) 善用短句 3%

　(2) 對話豐富，獨立對話能低兩隔開始 4%

　(3) 每段不會太長 3%

本次之評分，並未列出中心思想恰當與否，因為，本次的中心思想已經過各組討論確定，故不再列入評分項目之中。如果未來其他教學者希望參考本評分表，如果各組先自行訂立故事的中心思想，就應該將此項目列入評分表之中。其實，評分表完全依據每次活動內容的內容，進行靈活的設計，還必須與學生共同討論確定後，再進行評分為宜。

經過上述評分項目之說明，學生再次修改創作品，有些同學原本書寫個人的經驗，並不符合兒童之經驗的故事，或是命名太洋化等問題，獲得極大的改善，大家的作品，都有極明顯的進步。

叁、研究方法與課程設計

本研究參考相關之理論，採用個案之行動研究法，並在教學中隨時反省並調整。教學之前，研究者必須先確立教學目標，並進行課程設計、設計評量表，茲分述如下：

一、教學目標

本童話創作教學的終極目標，是期望學生學會創作富有童趣與創意之童話，同時，也為本校於民國99年12/8舉辦之「兒童劇展」及民國100年本校慶祝建國百年之「柳川文學獎」作準備。

首先，班級內之優良創作，經同儕自行票選出來，可以改編成劇本，搬上銀幕，是極光榮的事。而作品參加文學獎之徵文活動，或得評審之青睞，不但光榮，更可以獲得獎金，名利雙收。學生創作時，會因為有積極明確的目標而用心書寫。

文學作品可讀性之高低，繫於其創意之高低，而創意之高低又繫於主題之新穎與否，切合生活中的問題與否。所以，研究者為學生設計討論之流程：1.確立中心思想(要求新穎、切合兒童生活中的問題)、2.安排人物(以擬人為主、可參用常人與超人)、3.設計情節(要以起、承轉、合為架構)、4.修辭潤飾(要用淺白之口語)。

為了避免使學生感受到創作的壓力而阻遏了創意，研究者僅設定600—1000字的文字量。

二、課程設計

本課程配合學校的E化教學，學生將平日的練習作業與創作之作品皆上傳至E-learning平臺，同學可藉此互相觀摩、互間評鑑。

教學是藝術，但也有一定的技術，研究者所使用之教學法計有：

1.講述法─教師對課本重點及創作理念之講述。

2.欣賞教學法─學生課內或課外之童話名作欣賞。

3.討論教學法─學生之分組討論，也是創造力教學法。

4.發表教學法─學生個人或團體欣賞作品後之心得發表，分口頭發表與書面發表。

本研究之教學設計如下：

表 2　童話創作教學課程表

週次	日期	課程內容	教學法	時間	上傳作業
1	09/14	課程簡介、組小組並討論小組名稱	介紹課程重點(講述法)	40	少兒文學閱讀經驗談-9/20前上傳 e-learning
			運用「腦力激盪術」做分組討論(討論教學法)	60	
2	09/21	認識兒童、兒童學、兒童文學	各組報告小組之組名、組呼、組徽、組歌(發表教學法)	50	預習《兒童文學》課本之第七章童話，並整理要點寫入個人筆記
			介紹兒童、兒童學、兒童文學(講述法)	20	
			欣賞「三隻小豬」系列-原始版、三隻小狼與大壞豬(欣賞教學法)	30	
3	09/28	認識童話及童話改寫	介紹童話之定義、分類及特質(講述法)	50	參觀本校兒童圖書室並選一篇童話撰寫閱讀心得
			欣賞「三隻小豬」系列-大野狼的真實故事、迪士尼卡通影片之三隻小狼(欣賞教學法)	50	
4	10/05	認識童話寫作之技巧-分析中心思想與人物及故事結構	欣賞「薑麵包男孩」童話戲劇(欣賞教學法)	60	參觀台中市文化局兒童圖書室並寫一篇童話故事的閱讀心得
			團體討論童話戲劇之故事元素(討論教學法)	40	
5	10/12	欣賞童話劇	欣賞「王子的驢耳朵」童話劇(欣賞教學法)	50	「王子的驢耳朵」觀後心得-10/19以前上傳
			團體編童話故事(討論教學法)	50	
6	10/19	團體編童話故事	團體編童話故事(討論教學法)	50	每位同學根據團體討論之大綱自編一篇童話-10/25前上傳
			各組報告團體編故事之題目及中心思想、人物與情節	50	
7	10/26	分析童話故事之寫作技巧	欣賞「子兒吐吐」童話故事之寫作技巧-精簡的開頭與活潑的對話(講述法)	50	各組創作故事之小組投票-11/1前上傳
			欣賞「湯姆歷險記」中之分段法與對話之書寫(講述法)	50	
8	11/02	欣賞童話故事與童話劇	各組推薦一篇故事並講述，全班票選兩則故事編寫童話劇(討論教學法)	60	「珊珊與鍋神」童話劇欣賞及團體討論紀錄-11/8前上傳
			欣賞「珊珊與鍋神」童話劇 (欣賞教學法)	20	
			童話劇討論(討論教學法)	20	
9	11/09	欣賞童話劇	欣賞「光一尋家記」並團體討論(討論教學法)	50	修改童話創作，依據評量表完成自評與同儕評鑑-11/16前上傳
			欣賞「1+1是多少」並團體討論(討論教學法)	50	
10	11/16	欣賞童話劇	欣賞「野薔薇村的故事-春天的野餐」童話動畫 (欣賞教學法)	30	課外閱讀安徒生「海的女兒」文本並寫閱讀心得-11/23前上傳
			童話動畫之團體討論(討論教學法)	20	
			欣賞「安徒生的童話人生」影片(欣賞教學法)	20	

　　由於要配合學生參加「兒童劇展」的活動，本課程特地選擇歷屆學生童話戲劇的得獎作品，作為觀摩與分析的教材，像「1+1 是多少」(2001)、「珊珊與鍋神」(2005)、「光一尋家記」(2007)、「王子的驢耳朵」(2008)，都是創意極高的經典童話劇，開啟了學生們的創作視野。

　　研究者為使學生確實掌握優質童話的要素，即於學生欣賞作品範例之後，進行團體討論，探討各件作品之中心思想、人物特色、情節安排、趣味性、教育性、藝術性。茲取團體與個人分析各一則優秀範例如下(姑隱學生之姓名，僅以代號表述之)：

少兒文學 第三組　第六次會議記錄

時間：99.11.16
地點：A301 教室
主題：「野薔薇村的故事—春天的野餐」動畫之團體討論紀錄
主席：02
紀錄：28
出席人員：05、45、06、07、34、03、01、02、28、48、47
討論內容：
1.中心思想：快樂的生日野餐會（05、47、01、28）
2.情節安排：①起：威福生日到了（02）
　　　　　　②承：大家要辦生日野餐（06、07）
　　　　　　③轉：裝著禮物的野餐籃弄混了（03、45）
　　　　　　④合：威福獲得生日驚喜，大家開心地野餐（48、34）
3.趣味性：人物生動、故事曲折（45、07）
4.教育性：要有禮貌（01）
5.藝術性：老鼠及各種道具製作精緻，配音貼切（05、28）
6.建議：人物特色要更鮮明（02、06）

個人分析童話劇「將麵包男孩」：
1.**人物**—各個人物的象徵意義
(1)薑麵包男孩：如白紙般來到這世上，不知人間是非善惡
(2)薑麵包女孩：循循善誘，將薑麵包男孩導入正途
(3)男孩父母：愛子心切，一心希望孩子好
(4)女孩父母：愛子心切，為孩子打造愛的世界
(5)狗：惡勢力的象徵
(6)貓：令人直發寒毛，猜不透
(7)美艷豬：令人心生畏懼，怕什麼都被吃光光
(8)黃牛：蠻力的代表，令人懼怕勢力的恐怖
(9)狐狸：狡猾陰險，令人畏懼
2.**情節**—

(1)起：一對老夫婦因為長年無子，親手捏造一個薑麵包男孩來當兒子疼愛。

(2)承：薑麵包男孩因自己身上味道太美妙，誤以為大家都要吃他，包括最疼愛他的父母親們。

(3)轉：薑麵包男孩出走，在路途中，遇到恐怖的狗、陰險的貓、貪吃又好色的豬、甚至————薑麵包女孩！薑麵包女孩是這世界上唯一和他擁有同樣美味香氣的人。她住在父母親打造的大愛世界裡，也是薑麵包男孩唯一信任的人。不料，薑麵包男孩還是出走，路途上遇到了陰險狡詐的狐狸，差點被騙！

(4)合：男孩父母親及時趕到現場救援，但因一連串遭遇險惡，對人性產生畏懼之心，還是暫時不能接受父母的愛，但需要時間重新思考。

3.中心思想——信、望、愛

透過團體與個人多次的作品分析練習，學生已能確切地掌握童話的重要元素。

肆、研究結果

學生經過多次的童話故事閱讀與分析，並完成團體討論故事主題與情節之大綱後，個人再進行創作，並上傳至 E 化平台，又經過同儕在線上之評鑑與票選，優秀的個人創作故事「鳥語森林」與「不平凡男孩」被選出。

故事再經過編劇團改編成劇本，並於 12/8 經同學粉墨登場，正式演出，並經五位評審評定，大二經驗豐富的學長姐獲得最佳戲劇獎之第一名，大一之「鳥語森林」則得到第二名，主角亦得到最佳演員獎。「不平凡男孩」雖未得獎，實因學長學姐是太強勁的對手，因此獎項拱手讓賢。其實就研究者現場觀察，他們這班的兩組戲劇都具有高度的創意，表演得可圈可點。

這兩齣戲恰巧都是由同一組同學的童話故事作品改編成的。回溯學生的創作歷程，大家先在課堂上分組討論故事大綱，接著，研究者要求同學的課外個人作業，是將團體討論之大綱鋪敘成故事，並上傳至 E 化教學平台。各小組成員經過 E 化平台上之同儕作品觀摩與評分，回到課堂時，再透過組內討論，推選一位佳作的作者上台講述故事大綱，由全班投票選出兩則有趣的故事，作為班級演出戲劇的藍本。戲劇表演之所以分兩組，是因為班級人數有 53 人，為了增加大家的參與度，就讓一班分兩組參賽。

由於班內討論時，有的組提出兩則故事競選，經過全班同意後依序進行，結果同一組的兩則故事獲得最高與次高票。故事獲選的這兩組，在第一輪團體創作時，討論出以下結果：

1. 中心思想：探索自我
2. 角色：不平凡男孩、高額頭、厚嘴唇、鼻子長、一個頭兩個大，耳朵大。

3. 內容：

(1)起：長得很奇怪王國裡，一個頭兩個大太太生了一個很普通的男孩，但是替他取了個「不平凡男孩」的名字，希望他可以很不平凡。

(2)承：不平凡男孩遭受高額頭、厚嘴唇、鼻子長的恥笑，高額頭質疑他毫無特色，不屬於不平凡王國，於是他對自己的存在感到質疑。

(3)轉：高額頭欺負厚嘴唇、鼻子長、耳朵大，不平凡男孩勇敢地出手拯救他的朋友。

(4)合：他們發現雖然不平凡男孩很平凡，卻有一顆不平凡的心，於是願意接受他，跟他好好相處。

學生共同討論的大綱產生之後，S1 同學以該大綱書寫故事，而 S2 同學參考共同討論出的中心思想，另編新的故事，S2 同學的故事大綱簡述如下：

1. 中心思想：探索自我
2. 角色：小皮(愛破壞森林的男孩)、葉葉(小皮的鄰居，常勸小皮勿破壞森林)、森林神仙爺爺(啟發小皮的長者)
3. 內容：

(1)起：小皮住在森林裡，那裡有許多參天大樹與美麗的花朵。

(2)承：小皮一心想砍掉所有的樹，蓋個遊樂園。

(3)轉：小皮拿著斧頭到處砍樹，並把小動物都趕出森林。於是，大樹爺爺就要細菌人把他變成一棵大樹。許多小動物來到大樹下乘涼，讓小皮領悟到大樹的重要，流下懺悔的眼淚。

(4)合：大樹爺爺將小皮變回人，小皮誠心地與小動物成為好朋友，並用心地照顧森林裡的花木，讓鳥語森林更優美。

研究者與學生共同訂定評分表，並經過學生自評、同儕評量與教師評量，發現了一些值得改進的缺點，可以做為下次創作的重要參考。評量的情形如下：

表 3　S1 創作童話故事評分表 (S1 表第一位學生、S2 表第二位學生、T 表教師)

學生 S1	故事名稱	題目之懸疑性 10%	角色擬人化 10%	人物名字 10%(名字應具有本地特色，不宜洋化)	人物具有鮮明性格 10%	情節曲折 10%	內容具有創意 10%	內容具有趣味性 10%	內容具有教育性，但不流於說教 10%	文字淺白流暢 10%	書寫格式正確 10%			總分 100%
											善用短句 3%	對話豐富，獨立對話能低兩隔開始 4%	每段不會太長 3%	
	不平凡男孩 (1506 字)													
S1 自評	不錯	8	9	10	10	10	9	9	9	9	3	0	3	89
S1-1 他評	極品！	8	10	10	10	10	10	9	9	9	2	0	3	88
T 評		10	10	10	10	10	10	10	10	9	3	0	0	93

表 4　S2 創作童話故事評分表

作者 S2	故事名稱 **鳥語森林** (1923 字)	題目之懸疑性 10%	角色擬人化 10%	人物有名字 10%(名字應具有本地特色,不宜洋化)	人物具有鮮明性格 10%	情節曲折 10%	內容具有創意 10%	內容有趣味性 10%	內容具有教育性,但不流於說教 10%	文字淺白流暢 10%	書寫格式正確 10% 善用短句 3%	對話豐富,獨立對話能低兩隔開始 4%	每段不會太長 3%	總分 100%
S2 自評		8	10	10	10	9	9	9	10		10	2	2	3	93
S2-1 他評		9	10	10	10	9	8	9	9		10	2	2	2	93
T 評		10	10	10	10	10	10	10	10		10	2	2	2	96

S2 評語：我選擇了一個童話裡比較不常見的題材,希望對小朋友有提醒的作用,但格式方面對話沒有低兩格開始,應該改正。

S2-1 評語：故事都告訴了小朋友要愛惜這個環境,十分富有教育性,而動物的擬人化也十分活潑,能吸引小朋友的注意,是一件很不錯的作品。

　　以上兩篇故事的內容,具有高度的趣味性,所以獲得同學的青睞。然而,仔細檢視之後發現,他們都有共同的缺點,就是書寫格式上,尤其是「對話豐富,獨立對話能低兩格開始」這一項,S1 同學以劇本形式書寫,自評他評都只得到 0 分,S2 同學的對話較少,對話雖能低兩格書寫,但敘事部分都未能低兩格,寫作形式有些瑕疵。

　　所有作品經過教學助理一一評分之後,選出五篇趣味性較高的作品,研究者篩選兩篇作品做討論。S3 這組討論出的主題是「霸凌」,他的故事藍圖如下:

1. 中心思想：反霸凌
2. 角色：北極熊—班克、企鵝—奇奇、狐狸—狸兒、老虎—哈力、海豹
3. 內容：
(1)起：企鵝夫妻生了一顆寶貝企鵝蛋。
(2)承：企鵝蛋被海豹搶走,最後漂流到北極。
(3)轉：狐狸被無心的老虎弄生氣,展開對老虎的報復。
(4)合：最後狐狸與老虎和好,大家都變成好朋友。
　　至於該生的自評、同儕評量、教師評量如下:

表5　S3 創作童話故事評分表

S3	故事名稱 **北極的友情** (2028 字)	題目之懸疑性 10%	角色擬人化 10%	人物有名字 10%(名字應具有本地特色,不宜洋化)10%	人物具有鮮明性格 10%	情節曲折 10%	內容具有創意 10%	內容具有趣味性 10%	內容具有教育性但不流於說教 10%	文字淺白流暢 10%	書寫格式正確 10% 善用短句 3%	對話豐富,獨立對話能低兩隔開始 4%	每段不會太長 3%	總分 100%
S3 自評		8	10	9	10	7	6	7	9		10	3	4	3	86

S3-1 他評	8	10	10		10	7	6	8	8	10	3	4		3	87
T 評	9	10	9		10	10	9	9	10	10	3	4		3	96

　　本故事的創意有兩點：第一，是一顆南極的企鵝蛋竟然意外地被海豹帶離南極的家鄉，這是很奇異的想法；第二，是原本團體討論時，以反霸凌為主，該生不願意在故事中呈現霸凌者的惡行惡狀，僅以加暴者是無心的過失作為衝突得起點，但是被欺負的弱者實施激烈的報復，反而成了霸凌者、加害者，這種角色錯置的情形，頗人深省，值得探討。

　　在所有的作業中，S4 的思慮最縝密、故事最曲折、字數最多，其故事結構分析如下：

(1)人物—

　　小飛：缺乏親情溫暖

　　小莉：爭吵

　　小飛的父母：為了現實顧不得孩子

　　小莉的父母：缺乏優良溝通

　　小精靈(小晶、小玲)、大魔王：輔導者

　　小白兔一家人：溫暖的家庭

(2)情節—

起：父母常不在身邊的小飛，常藉由網路遊戲結交朋友填補內心的空虛，這天他對著網路的好友表示自己想要一場冒險。而家庭不和睦的女孩—小莉，今天也藉由網路對好友抱怨，並表示有一天她會離家出走。

承：有一天小飛和小莉同時收到一封神祕的信，兩人點開後被吸入虛擬世界，此時小飛與小莉第一次相遇。不久小精靈從天而降，讓他們選擇想要的遊戲進行遊玩，兩個人必須一起進行，小飛猜拳猜輸小莉，所以進行小莉所選的「小白兔王國」。

轉1：小飛和小莉一進入遊戲就發現受傷而動彈不得的兔子，被兩人所救的兔子很感激，邀請他們參加他兒子的生日會。看見小白兔溫馨的家庭，小莉和小飛想起自己的家庭溫暖的部分，重新燃起對家庭的信心。

轉2：在現實中，小莉以及小飛的父母找不到他們的孩子而心急如焚，當他們靠近電腦螢幕時，居然就被抓入了虛擬世界。

轉3：小精靈突然從天而降，告訴小飛和小莉他們的父母被大魔王抓走了，心急如焚的兩人趕緊到達大魔王所在的關卡，憑著智慧以及堅定的意志一路過關斬將，到達大魔王的所在地。

轉4：不料兩人的實力不敵大魔王，被打倒的他們仍不放棄，表示自己一定會救父母，也表達出對父母的愛。

合：這時大魔王被他們的孝心感動，現出了真面目，大魔王竟然就是小精靈。小精靈將他們的父母釋放後，兩家人感動得哭成一團，此時他們終於了解了彼此的心意。最後小精靈將他們都送回了現實世界。

表6　　S2 創作童話故事評分表

S4	故事名稱 飛莉網 遊歷險 (4466 字)	題目 之懸 疑性 10%	角色擬 人化 10%	人物有名 字 0%(名字 應具有本 地特色,不 宜洋化)	人物具 有鮮明 性格 10%	情節 曲折 10%	內容具 有創意 10%	內容具有 趣味性 10%	內容具有 教育性, 但不流於 說教 10%	文字淺 白流暢 10%	善用短 句 3%	對話豐 富,獨立 對話能低 兩隔開始 4%	每段 不會 太長 3%	總分 100 %
S4 自評		8	10	10	10	8	8	9	10	10	3	3	3	92
S4-1 他評		9	10	10	10	9	8	9	10	9	3	3	3	95
T 老師評		9	10	10	10	10	10	10	10	10	3	4	3	99

該生想像力豐富,故事情節變化豐富,寫作技巧亦很細膩,以下就取 S4 之童話的開頭一段作觀察:

　　　　一天下午,放學後的小飛照例坐在電腦前,圓圓的眼睛此時目光渙散地盯著電腦螢幕,可愛的狗尾巴在身後有氣無力地搖晃著,手指慢條斯理地點著滑鼠,偶爾雙手移到鍵盤上打字,這時,他正在和在線上遊戲裡交到的朋友聊天。

作者很善用映襯的修辭,可愛的狗尾巴卻有氣無力地搖晃著,圓圓的眼睛卻目光渙散地盯著電腦螢幕,把這位狗主角懶散的神情描寫得十分深刻細膩。

　　本次作業只是讓學生初試啼聲,由於學生不太習慣故事類的書寫格式,雖然再三提醒,53 位學生當中,只有 15 位的書寫格式正確,佔 28%。這些格式不合的同學,必須自行將原作再做修改,達到正確無誤才可以。這部分,則由教學助理持續監控,要求學生改進。

伍、結語

　　創作是一段頗需要細膩經營的歷程,教師要一一照顧 53 位學生是有困難的,幸而有教學助理協助批閱作業,與學生做深度溝通,艱鉅的童話創作課程終於完成,不但童話作業改編為戲劇,演出獲獎,許多學生參加校內童話故事徵文亦獲獎,可見研究者的教學有其成效。總結本研究之發現如下:

一、團體討論的確能激發高度之創意

　　學生經過基礎的教學之後,已掌握童話故事的基本要素,再透過分組討論,在愉快的氣氛中自由地討論,完成團體創作童話所需之確立主題、人物與情節等基本任務,訂定故事的大綱。大家於課堂中,時時激盪出活潑跳躍的創意,以致笑聲連連,氣氛歡愉。

完成團體創作童話大綱之後，大家最大的感受就是，原本覺得創作很難，幾乎是一項不可能完成的任務。但是在自由無拘束的討論中，竟然能順利完成任務，真是不可思議，而且大家都覺得很有成就感。

團體創作童話之大綱中，已有主題、人物、情節，接著再由每位學生進行獨立創作，大家都覺得有方向可依循，沒有太大的困難。

二、較細膩設計之評分表可使學生有效地自我檢核

基於學生第一次書寫的作品中，尚有許多疏忽之處，研究者針對學生較易疏忽的問題，呈現於評量表之中。學生第二次書寫作品時，須透過評量表作自我檢核並調整，此段歷程使學生呈現極大的進步。可見好的評量表與自我檢核的機制，使學生能更精確地掌握創作的技巧。

三、創作技巧需要更細膩地進行訓練

研究者本次之教學目的，旨在強調學生透過團體討論激發創意。課程中，研究者提供許多童話作品，供學生練習分析故事之情節結構、人物特色、趣味性、教育性等要素。至於創作品之書寫形式，則請學生自行觀摩閱讀之文本，並未作特別規範，字數也只要求 600—1000 字。不過，認真的同學最多能達到 3000 字以上，是很令人意外的事。

然而 53 位學生當中，只有 15 位的書寫格式正確，佔 28%，是相當遺憾的事。檢視教學進度中，曾呼籲學生必須注意文本中的書寫格式。但是，未經過實際操作與檢核，學生寫作的成果還是難以達到預期的成效。

有鑑於此，研究者擬於未來調整教學策略，即先要求學生在課堂上作短文描述與對話試寫，使學生更明確地了解故事類文體之書寫方式。

為使學生更精確地掌握童話創作的技巧，將來可在課程中安排寫作技巧之進階教學，例如探討修辭技巧之經營、趣味性之經營等。

四、鼓勵學生大量閱讀啟發內在之創造力並積極投稿

優秀的創作必須以大量之優秀作品閱讀為根柢，研究者於本課程中持續推薦具有創意、修詞優美、趣味性高、寫作技巧卓越的經典佳作，作為學生課外閱讀之材料。研究者深信：唯有透過閱讀更多優秀的範文，或是帶領他們認識像安徒生這樣偉大的童話作家，必能讓學生感受到童話之美，並使學生自動自發地藉由大量的課外閱讀，啟發內在之創造力。

研究者並鼓勵於學期結束之後，寒假中，將課程中學習到的童話創作技巧，充分發揮於個人創作之中，字數提升到以 1000 字為下限， 3000 字為上限，其完成的作品，可以參加校內或校外之童話徵文。

　　經過時間的醞釀，相信學生較能掌握到創作的奧秘，在靈光一閃之間，捕捉到神奇的創意，並能自我檢視，也請同儕檢視，減少格式的錯誤，也降低錯字量，完成一篇上乘的童話創作。

　　第二學期的徵文比賽，該班有 10 位同學，也就是 20%的學生將作品擴寫或改寫參賽。有一位獲得第一名、一位獲得第三名，也就是本班有 4%的學生創作成功。

　　本教學的目的並不是訓練學生創作得獎，而是啓發其發現創作的方法。有些學生閱讀的作品尚不夠多，寫作的技巧鍛練得還不夠純熟，都會影響到參賽的意願。但是假以時日，生活歷練豐富了，創作的靈感會自然湧現。尤其是他們未來畢業後，進入小學教書，在教學第一線上與兒童相處，深入瞭解兒童，或許就會啓動他們爲兒童創作童話的意願。

　　研究者即曾在一份大墩文學獎作品集的得獎感言中，看到昔日學生對本人之感謝，感謝本人啓發其了解創作童話的奧秘。研究者欣喜於昔日播種，終有收成。其實，研究者於教學之後省思，更大的心願是：今日的大學生修習了本課程，未來無論是進入小學教學，或是自己有了子女，都可以爲自己的學生或孩子創作童話，甚至參考本研究之教學理念，指導自己的學生或孩子創作童話，享受創作的樂趣，使大學裡的課堂學習，成爲生命裡的終身學習。

參考文獻

林文寶、徐守濤、陳正治、蔡尙志(1996)，**兒童文學**，臺北：五南。第五章〈兒童故事〉，p.201、第七章〈童話〉，pp.309-345。

金燕玉(1985)，**兒童文學初探**，廣週：花城。

陳正治(1990)，**童話寫作研究**，臺北：五南。

陳龍安(1990)，**創造思考教學的理論與實際**，臺北：心理。

詹秋雲(2006)，**自然觀察融入童話寫作教學之研究：以中和國小五年級學童爲例**，國立新竹教育大學語文學系碩士論文。

魏伶娟(2005)，**創造思考教學策略應用於童話寫作教學之研究**，國立新竹教育大學人資處語文教學碩士論文。

Gagne, R. (1985). *The Conditions of Learning (4th ed.).* New York: Holt, Rinehart & Winston .

Guilford, J.P. 1977. *Way beyond the IQ.* Creative Education Foundation.

Wallas, G (1926) *The Art of Thought.* New York: Harcourt Brace.

Williams F. E. (1970). *Classroom ideas for encouraging thinking and feeling.* Buffalo, NY:D.O.K. Publishers, Inc.

Osborn, A.F. (1963) *Applied imagination: Principles and procedures of creative problem solving* (Third Revised Edition). New York, NY: Charles Scribner' s Son.

應用繪本進行作文教學的策略

江惜美[*]

摘要

　　近年來，國內流行以繪本進行閱讀教學，收效甚佳。基於閱讀與寫作是一體的兩面，所以本文擬從繪本教學應用在閱讀上，轉而探究應用繪本進行作文教學的策略，使閱讀與寫作緊密的結合，提升學生的語文能力。教師應如何應用繪本？引導過程中應注意些什麼？如何提問？又如何串聯提問的答案，成為寫作的材料呢？成功的繪本，也須有教師適切的引導，方能獲致教學成效，本文擬從選擇繪本、引導過程、落實寫作三方面，分別探究，以供教師們參考。今後教師們若欲進行繪本教學，即可依此策略，達到引導寫作的目的。

關鍵詞：繪本、作文教學、繪本教學

---

[*]銘傳大學應用中文系教授

Strategies for Chinese Writing Teaching of Picture Books

Chiang His-Mei[ ]

Summary

Recently, using picture books for reading lesson is the prevailing way in Taiwan. It works well. And because reading and writing are two sides of the same coin, using picture books for writing lesson should be good idea, too. Taking advantage of by combining reading and writing lesson, it will promote students Chinese ability effectively.

How to apply picture books for writing lesson plan? What should we pay attention to when using picture books for writing lessons? How to ask proper questions and to reorganize these answers for writing material? It's not only having impressive picture books, but also proper guide is necessary for writing lessons.

This article will include how to choose proper picture books, how to guide for them and how to use them for writing lessen. We provide strategies for Chinese writing teaching of picture books and following these tips can help students' Chinese writing skills.

Keywords: Picture Book, Chinese Writing, Picture Book Teaching

[ ] Professor of the Department Chinese application of Ming chuan University

壹、繪本的功能

　　繪本，顧名思義，是繪畫式的讀本。繪本一詞源自日本，國內譯為「圖畫書」（picture books），強調藉由圖畫與文字的結合，來引導學習。國內許多插畫家，根據作者新創的文本，賦予圖畫式的表徵，往往獲得兒童的喜愛，主要原因，在於符合兒童的認知發展。

　　瑞士的教育心理學家皮亞傑（J.Piaget,1896-1980）提出的認知發展理論，將人類自出生到青少年分為四個時期。一是感覺動作期，兩歲以下的嬰兒，主要靠視覺、聽覺、觸覺等手的動作，去感知外在世界。二是前運思期，二到七歲的學前兒童，對事物會形成概念。三是具體運思期，必須依靠具體的事物，才能理解。四是形式運思期，十一歲以上的青少年，已能脫離具體內容，而進入到抽象的思維[1]。因此，繪本對於二到十歲的兒童，是重要的學習工具。

　　美國教育心理學家布魯納（J.S.Bruner,1915—）針對人類的學習，提出了三個發展階段：一是動作表徵期：三歲以下的幼兒，是靠動作來了解周圍世界的。二是形象表徵期：兒童靠著記憶中的心像、圖畫，即可獲得知識。三是符號表徵期：兒童可運用符號、語言，按邏輯思維去推理周遭的事物[2]。據此，可知繪本中的圖畫，在兒童認知上佔有重要的地位。

　　一本好的繪本，能吸引兒童的注意力，提高兒童的學習興趣。藉由圖片的引導，教師可從文字中提問，讓學生說出圖畫的內容，進而寫出故事，對於兒童「從說到寫」的過程中，具有極高的啟發作用。張婉婷的研究發現：兒童在閱讀繪本的過程中，可以直接獲得新的知識，也能藉由繪本的討論過程，抒發自己的情緒，表達自我的感受，並學習感動、包容，以及藝術鑑賞，建立美感經驗，因此，繪本統整了兒童各方面的學習[3]。繪本的教育價值，由此可見。

　　由於兒童的注意力短暫，因此繪本的插圖，必須符合下列原則：一、創意的構想；二、趣味的情境；三、新穎的技法；四、和諧的版面；五、美感的造型；六、獨特的風格；七、精巧的印刷[4]，便於引發兒童的想像和美感。至於文字部分，主要是針對學齡前或學齡階段的兒童，所以，應力求淺顯易懂，符合兒童的程度。教師可以依皮亞傑與布魯納的認知發展理論，採取適當的提問、暗示，引導他們認知的概念。

貳、運用繪本提問

　　教師若已選取兒童適合的繪本，如何進行提問呢？提問的方式，有封閉式、選擇式與開放式，較小的兒童必須多採封閉式、選擇式，較大的兒童則可以多採

---

[1] 林清山譯：《教育心理學—認知取向》（臺北：遠流出版社，83 年 1 月）
[2] 張春興：《教育心理學——三化取向的理論與實踐》（臺北：東華書局，2003 年 1 月）
[3] 張婉婷：《幼兒園以繪本教學實施死亡教育之探究》（臺中：國立臺中教育大學幼兒教育學系研究所碩士論文，2007 年）
[4] 國立臺灣藝術教育館：《圖畫書與兒童教育》（臺北：國立臺灣藝術教育館，2002 年）

用選擇式和開放式的問話。茲以《這是誰的腳踏車》為例[5]，做為說明。

　　這本兒童繪本，內容簡單，適合低年級小朋友，教師可設計以下問題，進行提問。若小朋友答不出來，教師可略作提示。

一、小朋友，你有沒有腳踏車？有的請「舉手」！（小朋友舉手，老師先了解一下，以便提問。）

二、你都騎著腳踏車去哪裡？（去公園玩、去買東西，讓兒童自由發表）

三、這是小男孩的腳踏車，小男孩的腳踏車是綠色的，還是紅色的？（Ａ：綠色的）

四、這是誰腳踏車，怎麼這麼長呢？想想看，什麼動物長長的？（Ａ：蛇）

五、不對哦！不是蛇，還有什麼動物長長的，有很尖的牙齒？（Ａ：鱷魚！）

六、答對了，是鱷魚的腳踏車哦！你們看，鱷魚騎著牠的腳踏車，騎著牠長長的、橘色的腳踏車哦！

七、這又是誰的腳踏車呢？（Ａ：大象）

八、對，這是大象的腳踏車，你們答對了。（學生歡呼！）

九、這是誰的腳踏車？（Ａ：老鼠）

十、老鼠嗎？這種老鼠在田裡，而且會鑽洞哦！（Ａ：田鼠、地鼠、錢鼠）

十一、對！是地鼠，你們看，地鼠騎著腳踏車在洞穴裡哦！（Ａ：好好玩哦！）

十二、對啊！好好玩，對不對？請看下面這張圖。

十三、這是誰的腳踏車啊，怎麼這麼小？（Ａ：這是蟲蟲的腳踏車）

十四、哦！什麼蟲呢？（Ａ：毛毛蟲、菜蟲）

十五、對！這是毛毛蟲的腳踏車，讓我們來數一數，一、二、三、四、五，共有五部毛毛蟲的腳踏車。

十六、那麼，這又是誰腳踏車啊？（Ａ：這是兔子的腳踏車）

十七、是嗎？這是兔子的腳踏車嗎？（Ａ：不是，這是變色龍的腳踏車）

十八、對啦！這是變色龍的腳踏車。變色龍怎麼啦？（Ａ：牠撞到輪子了）

十九、牠為什麼撞到輪子了？（Ａ：牠騎太快，所以撞到輪子了）

二十、對！牠騎太快了，你們騎腳踏車要不要騎得太快呢？（Ａ：不要）

二十一、對！不要騎太快了，讓我們對變色龍說：小心！（Ａ：變色龍，小心，不要騎太快了，騎太快會撞到哦！）

二十二、這是誰的腳踏車？（Ａ：長頸鹿）

二十三、是嗎？是長頸鹿嗎？（Ａ：是鳥的）

二十四、鳥？是什麼鳥的呢？（Ａ：是很大的鳥）

二十五、這是駝鳥的腳踏車！

二十六、咦！這是誰的腳踏車，怎麼會有兩個把手呢？

二十七、（學生答不出來，老師揭示下圖）老師說：這是……，學生答：袋鼠的腳踏車。

---

[5] 圖・文高畠純著，米雅譯（臺北：經典傳訊文化出版社，91年6月）

二十八、這部粉紅色的腳踏車是誰的？（Ａ：是人的）

二十九、是什麼人的？（Ａ：是……）

三十、是小女孩的腳踏車。小女孩說：小蝸牛，你的腳踏車呢？

三十一、小朋友，小蝸牛沒有腳踏車，你們畫一部腳踏車給蝸牛騎，好不好？（Ａ：好！）

三十二、（教師發下預備好的小方塊紙，讓學生畫一部蝸牛的腳踏車。學生畫完後，教師將不同的腳踏車揭示在佈告欄，供學生觀摩。）

三十三、教師揭示下圖。

三十四、（答案揭曉！）蝸牛沒有腳踏車，小女孩載著小蝸牛回家。

三十五、小朋友，沒有腳踏車沒關係，你可以請別人載你回家，對不對？（Ａ：對！）

經過教師的引導，小朋友可以得到啟發，什麼樣的動物就騎什麼樣的腳踏車，如果小蝸牛沒有腳踏車，我們可以畫一部送給它；如果我們沒有腳踏車，也可以請別人載我們，還有，騎車千萬要小心，不要騎太快了。

　　以上引導內容，大約是一節課，三十分鐘。引導之後，第二節進行寫作的引導。

參、透過繪本引導學生寫作

　　閱讀與寫作是一體的兩面，學生讀什麼，他們就會寫出什麼內容。《這是誰的腳踏車》符合了兒童閱讀教材的標準，具備了：一、與孩子的生活經驗相關；二、故事具備可預測性；三、語言層次適合七、八歲的兒童；四、插圖能吸引小孩子的注意；五、故事長度適宜；六、內容故事可表演[6]等特性，筆者略作變化，將表演改成加入生活口語，提醒學生小心騎車，並以畫腳踏車送給小蝸牛，拓展孩子關懷小動物的同情心。當然，故事最後出人意表，兒童看見小女孩載著小蝸牛，心中的懸念頓時放下，各個展露出欣慰的笑容，也為這次繪本教學劃下美麗的句點。

　　有了第一節的引導，第二節課可讓兒童回憶繪本的內容。教師可以在黑板上或投影片上，以「小男孩的腳踏車是綠色的」開頭，然後呈現句型：「鱷魚的腳踏車長長的，是橘色的」「○○的腳踏車○○的，是○○色的」，讓學生試說內容。一直到變色龍撞到輪子之前，做一個串聯。

　　從變色龍騎得太快，撞上輪子，讓學生接寫句子，做為第二段。老師可引導學生先說出括弧中的答案，再將預備好的學習單發給小朋友，讓他們填寫答案。引導內容及學習單形式如下：

---

[6]　李燕妮：《分享式閱讀教學對國小低年級學童閱讀理解能力及閱讀動機之影響》（臺南：國立臺南大學教育學系課程與教學研究所碩士論文，2007 年 1 月）

變色龍騎腳踏車,騎得太(快)了,所以牠撞到別人的(腳踏車)。(碰)的一聲,變色龍好(痛)啊!讓我們對變色龍說:「(小心!)不要騎太快了,騎太快會撞到別人呢!」

第三段從長頸鹿到小女孩騎著粉紅色的腳踏車,設計問題,問兒童:「小蝸牛,你的腳踏車呢?」並為小蝸牛設計一部腳踏車,讓小朋友發揮想像力。

第四段寫小女孩騎著腳踏車,載著蝸牛一起回家。

由於兒童在一、二年級,還沒有分段的概念,所以,如果不分段也是可以的。讓兒童先口說再寫出繪本內容,兒童透過實際參與,較容易寫出完整的內容。

我們也可以引導兒童先畫出概念圖,一步步引導他們說出故事內容。如下

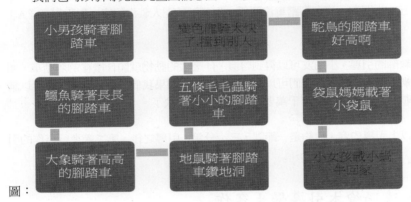

圖:

圖 1-1 繪本概念圖　　資料來源:筆者自行整理

將這些內容加油添醋,就可以寫出一篇文章了。教師可以提醒兒童,在變色龍撞到輪子的地方,加上關心的話;在小女孩問小蝸牛有沒有腳踏車的地方,加入想像的話。這樣一來,文章的脈絡就更清晰了。

兒童用一節課完成文章,教師可以略做閱讀,並即時回饋。兒童如果寫到「變色龍,下次不要騎太快了,要不然,跌倒就會受傷了!」老師應立即提出來,針對孩子的愛心,加以鼓勵。如果兒童寫到:「小蝸牛,你沒有腳踏車嗎?我載你回家,好不好?」老師也應立即表揚孩子很有愛心。能給予適度的正面增強,兒童在下一次繪本教學時,一定應會更用心、更有信心。

以上是低年級繪本的範例,但筆者認為,繪本不僅限於應用在低年級,中、高年級學生都可以應用繪本,進行教學。

筆者曾以《沒有人喜歡我》這本繪本[7],進行中年級學生的閱讀引導。這本繪本的內容是說:巴弟很想找人玩;但是,沒有人有空陪他,所以他出門去找朋友。在找朋友的過程中,他遇到許多阻礙,但最後終於獲得了友誼。由於這本繪本主要是教導孩子釋出善意,才能與別人做朋友,國小中年級學生較能理解,所以筆者選擇在中年級進行閱讀的引導。

---

[7] 這本繪本的圖文是羅爾・克利尚尼茲,翻譯者宋珮(臺北:三之三出版社,2002 年 2 月)。

　　中年級學生正處於具體運思期，也是架構寫作基礎的階段，因此以繪本引導寫作教學，是理想的方式。筆者先設計提問的內容如下：

一、巴弟為什麼想要找朋友？（Ａ：巴弟剛搬到鎮上，沒事情做，覺得很無聊。）

二、巴弟去找小老鼠，小老鼠為什麼不理他？（Ａ：小老鼠正在忙。）

三、巴弟為什麼覺得三隻貓不友善？（Ａ：因為貓的尾巴豎了起來。）

四、巴弟為什麼覺得兔子的態度不友善？（Ａ：因為兔子努努鼻子就走了。）

五、綿羊看到巴弟，為什麼細細的叫了幾聲，就跑得遠遠的呢？（Ａ：綿羊不知道巴弟要做什麼。）

六、大狗為什麼對著巴弟汪汪叫呢？（Ａ：可能是以為巴弟想侵犯他吧！）

七、巴弟為什麼哭呢？（Ａ：因為他以為沒有人喜歡他，所以傷心的哭了。）

八、狐狸認為巴弟應該怎麼做，才能了解為什麼別人不喜歡他？（Ａ：狐狸認為應該要問明原因。）

九、大狗為什麼對巴弟汪汪叫？（Ａ：他以為巴弟要偷他的骨頭。）

十、綿羊為什麼看到巴弟就跑得遠遠的？（Ａ：他們以為巴弟要趕他們去剪羊毛。）

十一、兔子看到巴弟，為什麼跳開了？（Ａ：因為他們以為巴弟要追他們。）

十二、貓為什麼瞪巴弟呢？（Ａ：因為貓以為巴弟要跟他們打架。）

十三、小老鼠為什麼不和巴弟玩呢？（Ａ：因為他正在做蛋糕。）

十四、巴弟說要和大家做朋友，大家是不是都同意呢？（是啊！大家都同意了。）

十五、我們如果要和別人做朋友，要注意什麼呢？（要說出自己的想法，而且要先表現出友善的態度，如果別人不理會我們，要問清楚為什麼。）

由於這本繪本以動物為主，所以筆者也設計不同動物的叫聲，讓學生配合動物的出現，發出動物的叫聲，如此一來，學生較一下子就融入繪本的情境中了。

　　從以上引導，我們可以得知：同樣是繪本，實施在不同年段的學生身上，可以有不同的引導方式。依照繪本內容的主題不一，要教導學生的概念深淺也不同，當然設計的問題和答案，在層次上也會有分野，這些都須經教師用心的解讀繪本，並抽繹出有用的資料，才能做為寫作的素材。

肆、進行繪本教學寫作應注意事項

　　許多研究者都提到，使用繪本教學要注意下列幾點，以免效果大打折扣[8]。

一、教師應事先掌握繪本的故事情節：考量學生的認知，選取適當程度的繪本固然重要，但如何引導更是繪本教學成功的關鍵。教師對於繪本內容如果精

---

[8] 王淑娟：《兒童圖畫書創造思考教學提升學童創造力之行動研究》（臺南：臺南教育大學，92年6月）；房柏成：《舞動兒童心靈——闡析兒童繪本教育價值》（臺南：翰林文教，2000年6月）期12，頁1-3；李坤崇：《綜合活動學習領域概論》（臺北：心理出版社，2004年7月）。

熟，在講述時才能用語流暢，帶兒童進入繪本的情境中。

二、進行提問應能引發學生思考、想像和創造力，避免過多的講解和直接揭示答案。讓兒童試著回答，給予參與的機會，才能引發他們的興趣。小朋友若答不出答案，老師可以適度的暗示。

三、教師必須善用肢體語言、聲音、表情，幫助孩子理解繪本的內容和情節，更能加深孩子對畫面的記憶。必要的話，設計活動讓學生參與，使他們與故事中的人物產生共鳴。

四、繪本教學之後，應有延伸活動。透過戲劇、遊戲、美勞、音樂等延伸活動，可使兒童融入繪本情境中，兒童彼此激盪、學習，可激發更豐富的想像力。

根據以上原則，繪本教學應如何與寫作結合呢？藉著繪本內容，由口語到書面，必須依學生的認知發展進行引導。低年級小朋友可採填充作文的方式進行：一年級提供參考答案，二年級則不再提供參考答案；中年級兒童採心智繪圖方式：三年級勾勒出起承轉合即可，四年級要學生會加油添醋，充實文章內容。高年級採提問串聯：五年級可採問答方式，讓學生就回答內容摘取大意，進行寫作；六年級讓學生回答問題後，自行擬訂大綱，獨立寫作。

此一策略，根據的是訊息處理模式[9]。當讀者在閱讀活動中，會面對各種獨立、平行的訊息來源而形成假設，或對文章做詮釋。在閱讀的同時，他們會主動的建構意義，而形成以下的模式：

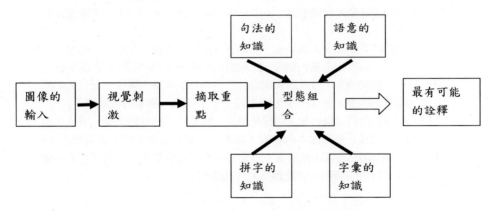

圖 1-2 Rumelhart 閱讀模式圖

資料來源：引自陳密桃，（1990）

上圖所示，學生建構文章閱讀的模式，取其最有可能的詮釋，對文章進行分析，

9　亦即交互模式、互動模式，為 Rumelhart 在 1977 年提出的閱讀理解策略。Rumelhart 主張閱讀是多種知識來源的同時聯合應用，包含重視讀者視覺刺激的「由下而上模式」，以及關注讀者閱讀背景知識的「由上而下模式」。

然後進行統整。統整的方式,往往藉由掌握主旨或摘要,整合自己已有的知識和經驗,形成自己了解的情境模式。繪本故事內容豐富多元,倘能與學生的生活經驗結合,可以引起學生的興趣,從中擷取有用的內容,內化成自己的內容,再寫成文章。

進行繪本教學,教師若能提供預測策略,適度的引導學生從說到寫,學生經由統整,可以寫出較有條理的文章。其次,不同年級、不同對象的學生,適合的文本也有差別。低年級小朋友的繪本內容,宜淺顯簡單,以單一概念進行串聯;中年級小朋友則可稍微繁複,以五到六件事情串聯;高年級小朋友可加上時間、空間的概念,交叉進行。

筆者在實際教學中,採取低年級用《這是誰的腳踏車》,中年級則採用《沒有人喜歡我》繪本進行教學,效果不錯。主要原因是前者以重複的句式——「這是誰腳踏車?」進行提問,讓學生就圖會意,說出可能的答案,然後釐清作者的意思,增進學生的推測能力。《沒有人喜歡我》這本繪本,說明主角想去找的對象:老鼠、貓、兔子、羊、大狗、狐狸都不理會他,讓學生猜測原因,屬於較高層次、較抽象的推理,目的在引導學生找出事情真正的原因,而不是一味的認定。中年級學生喜歡朋友,與朋友之間容易引起誤會,所以採取《沒有人喜歡我》教學,有助於他們拓展人際關係。教師若能先審視繪本的教育功能,較能聚焦,提問也會朝教學目標設計,而收到實效。

繪本適用的年級並不是截然二分的,像《這是誰的腳踏車》,除了用在低年級的小朋友,也可以適用在幼兒,只是教學方式必須變通。由於幼兒的發展屬動作期,所以教師除了依繪本內容引導之外,還須穿插讓幼兒活動的時間。筆者在提到毛毛蟲的腳踏車時,也告訴幼兒「毛毛蟲長大會變成蝴蝶」,然後教唱「花,花,美麗的花;蝶,蝶,美麗的蝶。花美麗,蝶美麗,是誰美麗?花美麗,蝶美麗,都很美麗」。由於這首兒歌曲詞簡單,幼兒容易理解,加上可讓幼兒一邊表演、一邊唱歌,引發他們對毛毛蟲的想像。如果是一年級小朋友,那麼,改唱「蝴蝶蝴蝶生得真美麗,頭戴著金絲,身穿花花衣。你愛花兒,花兒也愛你。你會跳舞,花兒也歡喜。」對蝴蝶進行文學性的描寫,更有助於學生的寫作。同理可證,如果是中年級可採用的繪本,用在高年級也是可以的。

高年級學生進入抽象思考期,必須訓練其歸納和演繹的能力。當我們在引導《沒有人喜歡我》這個主題時,可以提出下列問題:

一、朋友有什麼重要?(俗話說:「在家靠父母,出外靠朋友」,朋友與我們「有福同享,有難同當。」碰到喜事,他們會與我們一起慶賀,遇到困難,他們會與我們一起承擔。)

二、如果別人不理我們,可能是什麼原因?(A:正在忙著做事、害怕受到傷害、不喜歡我們的行為、覺得你會威脅到他的利益、不曉得你有什麼企圖。)

三、我們要怎樣才能受人歡迎?(A:說明自己想和他做朋友,取得別人的了解;對待別人要懂得為別人設想;與人交往,態度要誠懇;和人相處,要學會融入團體中,有福同享、有難同當。)

四、我們要怎麼做，別人才肯和我們做朋友？（Ａ：平日和朋友和平共處，朋友有榮耀的事，與他一起分享快樂，朋友有困難的時候，盡力的幫忙他。我們也必須和朋友共同勉勵，用功讀書，敦品勵學。）

五、你曾經看過那些故事，是說明朋友交往情形的，而且這個故事是大家熟知，又富有啟發意義的？（Ａ：同學們自由回答，教師可略作提示。）

六、想想看，你現在有幾個好朋友呢？你要怎麼做，才能有更多的好朋友？（學生們自由回答，並提出交朋友的方法。）

教師就以上的提問，協助學生據此回答，然後整理出文章的脈絡。以「朋友的重要」命題寫作，以凸顯繪本的主題。如此一來，一方面可訓練學生歸納、演繹的能力，一方面可從繪本引導寫作，教他們寫出有條理、有內容的文章。

　　繪本怎麼用，端看教師的巧思。表面上看，繪本是故事教學，與寫作是兩回事，但如果能善用繪本，它將是引導寫作重要的素材。要學生寫抽象的事理，容易流於空泛而不知所云，但若藉由繪本抽繹其精要之處，則可寫出文情並茂的篇章，因此，學會如何引導閱讀，可提高學生的寫作能力。

伍、結語

　　多媒體的應用日益廣泛，以往與學生必須共讀一本書的情形，現在已有新的模式。我們可以將繪本製成故事書，做為引導閱讀與寫作的教材[10]。首先，閱讀導讀的部分，充分了解故事的主題；其次，判斷繪本究竟適合那一年段的學生閱讀；再者，設計提問的題目，聚焦在所要強調的主題上，並預測學生的答案；最後，引導學生依重點敘述後，再以文字表述。依此過程，可將閱讀的素材轉化為寫作的素材。

　　教師在引導繪本教學時，必須很清楚學生要將哪些內容應用在寫作上；然後，依序的設計問題，讓學生回答。學生的回答若不完整，教師要盡可能的提示；為了加深學生對繪本的印象，更須設計活動，讓學生融入情節中。故事引導完之後，提供寫作的綱要，讓學生釐清作文的題目和方向。學生在回憶故事情節時，要能抽繹故事的情節，這一點教師可從旁協助。

　　繪本是圖、文兩方面的結合，我們可以藉由圖片的暗示，導向文章的重點，而不是純粹說故事而已。教師若能把故事引導得生動、有趣，使學生熱烈參與，並從故事中獲得正確的認知與啟發，學生在下筆寫作時，就有材料可寫，而且文章條理井然，不至於偏離主題。

　　讓學生透過繪本，建構文章的意義，不是一蹴可幾的事，必須多次的引導。繪本教學提供學生知識、情意、意志三方面的內容，同時，也提供文章敘述的規律，值得教師們推廣應用。本文提供的教學模式，想必對教師如何從閱讀繪本到指導寫作，有些許的助益，僅供教師們參考。

---

[10] 製作成投影片時，必須注意版權的取得，注明圖文著者、譯者，以及出版社，且應用在教育用途上，不可有侵權和牟利的行為。

主要參考書目

林清山譯：《教育心理學—認知取向》（臺北：遠流出版社，83 年）

張春興：《教育心理學——三化取向的理論與實踐》（臺北：東華書局，92 年）

圖・文高畠純著，米雅譯：《這是誰的腳踏車》（臺北：經典傳訊文化出版社，91
　　年）

王淑娟：《兒童圖畫書創造思考教學提升學童創造力之行動研究》（臺南：臺南教
　　育大學，92 年）

房柏成：《舞動兒童心靈——闡析兒童繪本教育價值》（臺南：翰林文教，2000
　　年）

李坤崇：《綜合活動學習領域概論》（臺北：心理出版社，2004 年）

張婉婷：《幼兒園以繪本教學實施死亡教育之探究》（臺中：國立臺中教育大學幼
　　兒教育學系研究所碩士論文，2007 年）

李燕妮：《分享式閱讀教學對國小低年級學童閱讀理解能力及閱讀動機之影響》
　　（臺南：國立臺南大學教育學系課程與教學研究所碩士論文，2007 年）

讀 書 札 記

讀 書 札 記

讀 書 札 記

讀寫歷程結合之寫景文教學設計

——以〈大明湖〉為例

余家琪[*]

摘要

　　為有效提昇國中學生的讀寫能力，本論文以國中教材〈大明湖〉為範圍，根據 PISA2009 閱讀能力架構，並結合 Bloom2001 年版認知理論，設計每堂 45 分鐘，共計三堂教學設計。

　　本論文第一節陳述教學設計理念及教學流程；第二至四節以〈大明湖〉為教材，分別針對寫景文三要素：敘事時空、描景手法、情景互動，訂定教學目標並設計教學單元；第五節為評量試題範例，最後一節陳述結論。

---

[*]臺北市立大安國中教師

壹、設計理念與教學流程

一、設計理念

1. 確立寫景文三要素，以其作為教學設計主題

本論文將寫景文定義為「主要表述方式為描寫，題材為景物的散文」。而寫景文要素的構成——由於題材為景物，描寫主體即為空間，描寫空間時不能脫離時間，因而「時空」為寫景文敘事主軸，故確立「敘事時空」為要素一；寫景文既以描寫為主要表述方式，描寫景物手法當為分析重點，故要素之二為「寫景手法」。客觀景物之所以在作家筆下成為獨特風景，因作家被景物所感，又以所感描寫景物寄情於景，因此「情景關係」為分析要素三；故本論文以「敘事時空、寫景手法、情景關係」三要素，作為寫景文教學單元主題。

2. 選定〈大明湖〉為教學設計文本，進行設計

既以確立寫景文教學主題，後續便是選擇文本進行教學設計，本論文之所以選定〈大明湖〉為教學設計範例，原因有二：一、〈大明湖〉是目前南一、翰林、康軒三家共選之國中寫景文教材[1]之一，具有普遍性；二、〈大明湖〉一文敘事時空清晰、寫景手法鮮明、情景關係表達直接易於理解，較其他三篇寫景散文更適合做為寫景文閱讀與寫作學習入門教材。

3. 運用讀寫能力指標分析文本，訂定教學目標

九年一貫課綱能力指標以考量現代國民所需基本能力而訂定，故其讀寫能力指標多為大方向的原則性敘述，運用於課堂單元教學時，較難針對該文本訂定具體教學目標，為使單元教學目標更為清晰，筆者以 97 課綱能力指標[2]為精神，PISA 閱讀歷程[3]為架構，結合鄭圓鈴教授根據 Bloom2001 版[4]認知歷程開發之能力指標，藉由運用具體讀寫能力指標[5]分析文本學習重點，編寫〈大明湖〉單元教學目標。

二、教學流程

本教學設計預定以三堂課為授課時間，每堂課操作流程分為三部分：甲、引起學習動機；乙、文本教學活動；丙、交代課後作業。其中第二部分運用 PISA 閱讀歷程為架構進行文本閱讀與提問。第一、三部分結合 97 國語文課綱能力指標及 Bloom 認知能力指標，針對主題進行引起動機活動及設計課後作業。

貳、教學設計主題一：敘事時空

---

[1] 三家共選國中寫景文教材有四：〈西北雨〉、〈森林最優美的一天〉、〈大明湖〉、〈我所知道的康橋〉。

[2] 參照教育部國民教育社群網公告之 97 年課程綱要。

[3] 參照 PISA 官方網站公告之閱讀歷程架構。

[4] 參照鄭圓鈴《基測國文科試題品質分析與改善建議》（臺北：心理出版社，2007 年），頁 20-23。

[5] 有關 97 課綱讀寫能力指標與 Bloom 認知能力指標對應表請見附錄。

　　本節以敘事時空為教學設計主題，運用具體讀寫能力指標分析〈大明湖〉，確立教學目標並據此進行教學設計。

一、教學目標

流程	97 課綱指標／PISA 歷程			結合 Bloom 認知歷程編寫之教學目標
引起動機	5-4-6 能靈活應用各類工具書及電腦網路，蒐集資訊廣泛閱讀。			3-1 能應用 google 查詢大明湖位置及相關資訊，完成預習作業。
文本教學	PISA閱讀歷程	一、檢索訊息		1-1 確認作者遊湖的季節與時間。 1-2 再認作者遊湖的路線。
		二、解釋文本	廣泛理解	2-4 摘要大明湖的空間描述。 4-2 組織作者所處觀察點順序。
			發展解釋	2-7 解釋作者能見到如鏡湖面的原因。
		三、反思評價	文本內容	無。
			文本形式	5-2 評論寫景比重及安排順序的合適性。
作業	6-4-3-7 能運用敘述以表述過程。			4-2 組織一段描述移步過程的文字。

二、教學流程

甲、引起學習動機[6]

1.利用 google 地圖說明大明湖與台灣相對位置。

2.查閱相關資料完成下表。

※可配合大明湖影片[7]講解。

位置	【山東】省省會【濟南】舊城北部。
面積	湖水面積約【46 萬】平方公尺，約等於【160】個大安公園
特色	◎根據敘述，訂定適當標題。 　1.【風景秀麗宜人】 　　　清代乾隆志書《歷城縣誌・山水考》：湖光浩渺，山色遙連，夏挹荷浪，春色揚煙，蕩舟其中，如游香國，簫鼓助其遠韻，固江北之獨勝也。 　2.【人文景觀豐富】 　　　有多處紀念古人政績、行蹤而修建的建築景觀，如歷下亭、鐵公祠、小滄浪、北極閣、匯波樓、南豐祠、遐園、稼軒祠等。

---

[6] 本活動能力指標：5-4-6 能靈活應用各類工具書及電腦網路，蒐集資訊、組織材料，廣泛閱讀。
[7] 影片可參考 http://www.youtube.com/watch?v=USLcWhyxuS8&feature=related

乙、文本教學活動[8]：

1. 檢索訊息

1-1 確認作者遊湖的季節與時間。

提　　問	參考答案[9]
1.作者在什麼季節遊大明湖？	秋天。
2.你是從文中哪裡得到訊息？	一路秋山紅葉，老圃黃花。
3.作者從什麼時候開始遊湖？	午後。
4.你是從文中哪裡得到訊息？	午後便步行至鵲華橋邊。
5.作者可能在什麼時候結束遊湖？	傍晚以後[10]。
6.你是從文中哪裡得到訊息？	作者在文末提到在鐵公祠看完夕陽，便到水仙祠坐船，之後回到鵲華橋畔。

1-2 再認作者遊湖的路線：

活動一：[11]

請學生默讀遊湖段落，並利用課本所附景點分布圖畫出作者遊覽路線。

活動二：

將教室當作大明湖，請學生在對應位置貼上各景點標示牌，並請學生扮演老殘，按照文本敘述，演練遊覽路線。

2. 解釋文本

(1)廣泛理解

2-4 摘要大明湖的空間描寫重點。

4-2 組織作者所處觀察點順序。

a.利用下列表格，請學生分組討論完成表格。

作者觀察點		摘要空間描寫重點	空間敘述要素					
			對聯	歷史	建築	山水	植物	動物
1.	歷下亭	亭子及周邊環境	✓		✓			
2.	鐵公祠前	千佛山、大明湖	✓	✓	✓	✓	✓	
3.	古水仙祠	古水仙祠及周邊環境	✓		✓			

---

[8] 進行文本閱讀活動前由教師帶領閱讀課文，並標示段落，以方便進行教學。

[9] 表格字體細明體部分為教師預先完成，標楷體為參考答案，待教學時由學生完成，以下表格體例皆同。

[10] 由於作者未在文本中直接提到結束遊湖的時間，教師提問時，可暗示學生由末段回溯尋找關於時間線索的描述。

[11] 請參閱翰林版第三冊教材附圖。

4.	船中	荷花池					✓	✓

b.請學生依序找出文本中三副對聯出現的地點、內容與強調重點。

出現順序	地點	內　　　　容	強調重點
一	歷下亭	歷下此亭古，濟南名士多。	人文薈萃
二	鐵公祠	四面荷花三面柳，一城山色半城湖。	夏日美景
三	古水仙祠	一盞寒泉薦秋菊，三更畫舫穿藕花。	秋天寂寥

(2)發展解釋

2-7 解釋作者能見到如鏡湖面的原因。

因素	解　　　釋
時間因素	秋冬之際秋高氣爽。
天氣因素	無風加上斜射光線反射湖面。
空間因素	鐵公祠為遠望千佛山之最佳觀景點。

3. 反思與評價：文本形式

5-2 評論寫景比重及安排順序的合適性，並說明答案。

項目	評價	說　　　　明
寫景比重	合適	因為湖光山色為主景，應多做描寫。
安排順序	合適	三幅對聯在空間和時間上有承接關係[12]。

4. 讀寫歷程結合

4-2 組織一段描述移步過程的文字。

(1)建立方位距離概念

　　請學生找出文本中連接空間的文句，並分別標示出描寫方位和距離的詞語。

描寫空間連接	連接空間的文句
1.鵲華橋到歷下亭	雇了一隻小船，盪起雙槳，朝北不遠，便到歷下亭前，止船進去。
2-1 歷下亭到鐵公祠	復行下船，向西盪去，不甚遠，又到了鐵公祠畔。
2-2 對面千佛山	到了鐵公祠前，朝南一望，只見對面千佛山上，
2-3 湖面	忽聽一聲漁唱，低頭看去，
3.從鐵公祠到古水仙祠	看了一會兒，回轉身來，進了大門，正面便是鐵公享堂，朝東便是一個荷池
4-1 古水仙祠到湖面	過了水仙祠，仍舊下了船，盪到歷下亭的後面
4-2 回鵲華橋	一面吃著，一面船已到了鵲華橋畔了。

---

[12] 有關此問題說明，請參考耿志堅：《國文天地》〈國中國文創造思維的閱讀教學導引——以劉鶚〈大明湖〉為例〉(臺北：國文天地，2009 年)，頁 17-24。

※本表以「⬚」標示方位詞語，以「＿＿」標示距離詞語。

※距離遠近與時間感相關，所以描寫時間感的詞語也可歸入距離詞語。

(2)請學生從連接空間的文句，歸納出描寫移步過程時必須具備的要素。

　　參考答案：方位、距離、動作的描述。

丙、交代課後作業[13]

4-2 組織一段描述移步過程的文字。

　　作業內容：請學生利用 Google 找到學校地圖，在地圖上標示：上學時，從校門進入教室的路線，並用一段文字描述移步的過程，過程中必須包括「方位、距離和動作的描述」。

參、教學設計主題二：描景手法

　　本節以描景手法為教學設計主題，運用具體讀寫能力指標分析文本，確立教學目標並據此進行教學設計。

一、教學目標

流程	97 課綱指標／PISA 歷程			結合 Bloom 認知歷程編寫之教學目標
引起動機	3-2-1-2 在看圖後，能以完整語句簡要說明其內容。			2-5 推論：由一系列畫作及說明，推論繪畫色彩形式的發展趨勢
文本教學	PISA閱讀歷程	一、檢索訊息		2-3 分類：找出文中描寫色彩[14]的文句並分類。 2-3 分類實景與虛景描寫。
		二、解釋文本	廣泛理解	4-3 歸因作者以三副對聯組織文意的寫作目的。
			發展解釋	2-1 詮釋： 　a.詮釋「秋山紅葉，老圃黃花」的景象。 　b.將夕陽描寫一段文字轉為圖像。 2-7 解釋千佛山、鐵公祠與屏風的關係。
		三、反思評價	文本內容	無
			文本形式	5-2 評論作者譬喻手法的運用。
作業	6-4-3-7 能運用描寫手法			3-2 實行：寫一段以色彩為重點的描景文字。

---

[13] 本作業設計理念：驗證學生是否能應用文本教學活動 4.所習得「描述移步過程三要素：方位、距離、動作」於寫作。

[14] 色彩描寫為〈大明湖〉主要寫作特色，故筆者將本教學單元描寫手法聚焦於「色彩描寫」。

二、教學流程

甲、引起學習動機

1.介紹繪畫歷史的色彩形式發展的四個階段[15]。

階段	繪畫色彩形式的發展	代表作品[16]
一、文藝復興以前	單一的原色，對色彩認知有限。	岩畫、古壁畫
二、文藝復興時期	混合的，能以色調表現物象，對色彩感達到高度的敏捷性。	蒙那麗莎、花神
三、印象主義	畫家走向陽光，著力表現瞬間光色的印象，以色彩在空間的融合法表現形象。	莫內、修拉的畫作
四、後印象主義	從人的情感表現的需求出發，進入色彩形式主觀性的領域。	梵谷、高更的畫作

提問：根據本表說明繪畫色彩形式發展的趨勢。

參考答案：·由簡單至繁複、由客觀到主觀。

2.運用繪畫藝術的色彩形式發展帶入作家文字創作時對色彩的描寫層次。

色彩描寫層次		定　義	例　句
第一	客觀描寫	觀者對色彩的客觀形容。	小草 綠油油的 。
第二	主觀描寫	加入觀者對色彩的感覺或想像。	小草 青得逼你的眼 。
第三	動態描寫	色彩的動態變化描寫。	太陽的臉 紅起來了 。

乙、文本教學活動

1. 檢索訊息

2-3 分類：找出文中描寫色彩的文句，並分類描寫層次。

請學生默讀文本，(1)觀者對色彩的客觀形容，標示「　　」。
　　　　　　　　(2)加入觀者對色彩的感覺或想像，標示「＿＿」。
　　　　　　　　(3)色彩的動態變化描寫，標示「⌇⌇⌇」。

觀察點	描寫色彩的文句
車上	秋山 紅葉 ，老圃 黃花
鐵公祠前	1. 只見對面千佛山上，梵宇僧樓，與那 蒼松翠柏 ，高下相間，紅的火紅，白的雪白，青的靛青，綠的碧綠[17]；更有一株半株的 丹楓 夾在裡面。 2. 一片白花映著帶水氣的斜陽，好似一條粉紅絨毯[18]。

2-3 分類實景與虛景[19]描寫。

---

[15] 本表格製作參考李松石：《繪畫藝術形式》（長春：吉林美術，2007 年，頁 7）

[16] 教師可收集相關畫作，製作圖文配合投影片，進行本教學流程。

[17] 觀者覺得：「紅的像火一樣紅，白的像雪一樣白……。」，故為主觀描寫。

[18] 夕陽的照射使蘆葦由白色變成粉紅色。

[19] 虛景為相對實景而言，作者以實景為基礎，運用想像力，多以譬喻、擬人、誇飾等寫作手法營造虛景之美。

實景：親眼所見之景	虛景：透過想像所見之景
梵宇僧樓，蒼松翠柏	彷彿宋人趙千里的一幅大畫，做了一架數十里長的屏風。
上頭的千佛山	湖面如鏡，映在湖面的千佛山倒影格外光彩。
密密叢生的蘆葦	蘆葦好似一條粉紅絨毯，做了上下兩個山的墊子。

2. 解釋文本[20]

(1)廣泛理解

4-3 歸因作者以三副對聯組織文意的寫作目的。

參考答案：用對聯串起濟南一地的人文與自然特色。

(2)發展解釋

2-1 詮釋一路上「秋山紅葉，老圃黃花」的景象。

參考答案：深秋時節，楓葉將山頭染成一片紅；盛開的黃菊花將已收成的菜園
妝點得格外亮麗。

2-7 解釋千佛山、鐵公祠與屏風的關係。

參考答案：作者將千佛山譬喻成一座屏風，鐵公祠正對著這座華麗絕美的畫屏，
可見鐵公祠是賞湖光山色的絕佳觀景點；選擇此處設祠，更可見
當地人對鐵公的崇敬及其建築巧思。

3. 反思與評價

5-2 評論作者譬喻手法的運用。

譬喻手法	評論參考答案
1.將山景譬喻成畫屏一段	以趙千里金碧山水形容山色，呈現山色在陽光照耀下的豔麗色澤，並進一步譬喻為屏風，將如畫山景立體化。
2.將湖面譬喻成鏡子一段	因為天氣晴朗，空氣無雜質，加上光影折射，倒影比實景好看。將湖比鏡的譬喻並不特別，但因作者寫出層次（比上頭的千佛山還要好看），使得千佛山倒影呈現比實景更上一層的虛景美感。
3.將蘆葦譬喻成墊子一段	因為遠望產生的視覺誤差，使得千佛山和大明湖的距離消失，形成一個「山—蘆葦—山」的畫面，而粉紅色墊子的譬喻，傳達出夕陽映照下既溫暖又柔軟的感覺。

丙、交代課後作業

2-1 詮釋：根據〈大明湖〉夕陽描寫一段文字，嘗試畫出作者描寫的風景[21]。

---

[20] 此部分提問及參考答案為筆者參酌師大網路開放課程鄭圓鈴教授製作之課程講義撰寫而成。
請參見 http://ocw.lib.ntnu.edu.tw/course/view.php?id=176

[21] 本作業設計理念：檢驗學生是否具有將文字轉成圖像的能力。

　　這湖的南岸，上去便是街市，卻有一層蘆葦，密密遮住。現在正是開花的時候，一片白花映著帶水氣的斜陽，好似一條粉紅絨毯，做了上下兩個山的墊子，實在奇絕！

3-2 實行：應用色彩描寫的三個層次，寫一段以色彩為重點的描景文字[22]。

範例：從候機室的玻璃窗望外看，天是灰濛濛的，一望無際的墨黑中，遠方塔台透出點點閃爍微光，闌珊招呼著自天際盤旋夜歸的飛機。慢慢地，閃爍漸隱，起初僅是橘黃一點點地從地平線渲染開來，但只轉瞬間，這夜色再也遮掩不住自地平線上竄起的萬丈金黃，飛機機身在清晨榮光照耀下顯得更加雪白，他展開巨大雙翼，以即將高飛的優美姿態迎接思歸的旅人[23]。

肆、教學設計主題三：情景關係

　　本節以情景關係為教學設計主題，運用具體讀寫能力指標分析文本，確立教學目標並據此進行教學設計。

一、教學目標

流程	97 課綱指標／PISA 歷程			結合 Bloom 認知歷程編寫之教學目標
引起動機	3-4-4-7 能視說話目的與情境，進行口頭報告。			2-2 舉例：能根據老師設定的主題，舉自身的旅遊經驗為例，進行口頭報告。
文本教學	PISA 閱讀歷程	一、檢索訊息		2-3 分類：找出情景相關文句[24]，並加以分類。
		二、解釋文本	廣泛理解	4-2 組織：以曲線圖表示作者遊湖心情變化。
			發展解釋	2-5 推論：找出作者暗示期待遊湖心情情節。 2-7 解釋「如此佳景，卻沒有什麼遊人」的原因。 4-3 歸因作者敘述鐵公事蹟的寫作目的。
		三、反思評價	文本內容	4.3 歸因作者的審美觀點。
			文本形式	2-3 分類文本中融情於景的寫作手法。 5-2 評論本文融情於景的寫作手法。
作業	5-4-2-6 能依據文章內容			2.5 推論文本中抒發的情感

---

[22] 本作業設計理念：驗證學生是否能應用文本教學活動 1.所習得之「色彩描寫層次」於寫作。

[23] 本段文字為筆者自行撰寫。

[24] 情景相關文句指：1.作者因景而生的心情描述；2.作者對景物展開的想像（大多運用譬喻、擬人寫作手法）；3.可推測心情的動作描寫。

進行推測、歸納、總結。	2.3 舉例：舉出支持某論點的文本內容。

二、教學流程

甲、引起學習動機

　　請學生根據一次旅遊經驗，說一說[25]旅遊前的心情，旅行時的感受及旅行結束時的感想，並提醒學生稍後閱讀文本時注意作者如何藉文字將感情融於景物描寫。

乙、文本閱讀活動

1.檢索訊息

2-3 分類

a.找出情景相關文句，並加以分類。

請學生默讀文本，(1)直接描寫遊者感受文句標示「＿＿＿」。

　　　　　　　　　(2)遊者對景物展開的想像標示「﹏﹏」。

　　　　　　　　　(3)可推測心情的動作描寫標示「□」[26]。

時間	情景相關文句
一、遊湖前	1. 一路秋山紅葉，老圃黃花，<u>頗不寂寞</u>。 2. 家家泉水，戶戶垂楊，比那江南風景覺得更為有趣。 3. 開發了車價酒錢，□胡亂吃點晚飯，也就睡了□。 4. 吃點兒點心，便搖著串鈴滿街蹕了一趟，虛應一應故事。
二、遊湖時	1. 亭子旁邊雖有幾間房屋，<u>也沒有甚麼意思</u>。 2. 彷彿宋人趙千里的一幅大畫，做了一架數十里長的屏風。 3. □正在嘆賞不絕□，忽聽一聲漁唱，低頭看去，誰知那明湖業已澄淨得同鏡子一般。 4. 那樓臺樹木格外光彩，覺得比上頭的一個千佛山還要好看，還要清楚。 5. 一片白花映著帶水氣的斜陽，好似一條粉紅絨毯，做了上下兩個山的墊子，<u>實在奇絕</u>！ 6. 老殘心裡想道：「如此佳景，為何沒有甚麼遊人？」 7. □暗暗點頭□道：「<u>真正不錯</u>！」
三、回程	□老殘隨手摘了幾個蓮蓬，一面吃著□，一面船已到了鵲華橋畔了。

2-2 舉例：下表列出文本中「融情於景」的寫作手法。請將上表情景相關文句
　　　　　填入下表中。

寫作手法		文句舉例
抒發對景	寫感覺	頗不寂寞／也沒有甚麼意思／實在奇絕

---

[25] 本活動能力指標：3-4-4-7 能視不同說話目的與情境，進行口頭報告。

[26] 討論時，可請學生就標示「□」的文句，推測作者此時的心情或想法。

物的感想	比較法	比那江南風景覺得更為有趣／ 覺得比上頭的一個千佛山還要好看，還要清楚
	提問法	如此佳景，為何沒有甚麼遊人？
將自己寫 進景物裡	寫表情	正在嘆賞不絕
	寫動作	暗暗點頭／老殘隨手摘了幾個蓮蓬，一面吃著

2. 解釋文本

(1)廣泛理解

4-2 組織：根據文本敘述，以曲線圖表示作者遊湖過程的心情變化。

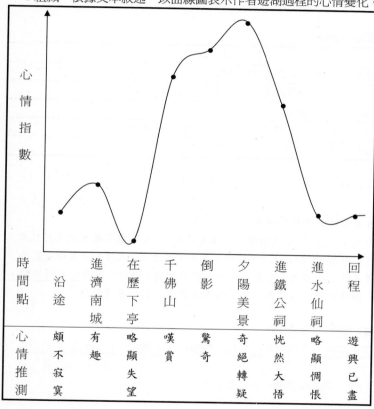

心 情 指 數								
時 間 點	沿 途	進 濟 南 城	在 歷 下 亭	千 佛 山	倒 影	夕 陽 美 景	進 鐵 公 祠	進 水 仙 祠	回 程
心 情 推 測	頗 不 寂 寞	有 趣	略 顯 失 望	嘆 賞	驚 奇	奇 絕 轉 疑	恍 然 大 悟	略 顯 惆 悵	遊 興 已 盡

2.5 推論：作者這種心情轉折的安排發揮了什麼樣的寫作效果？

參考答案：製造了起伏層疊的戲劇化效果。

(2)發展解釋

2-5 推論：找出作者暗示期待遊湖心情的情節。

參考答案：胡亂吃晚餐，早早入睡；隔天清晨吃點點心，滿街趿一趟，虛應故事。

2-7 解釋「如此佳景，卻沒有什麼遊人」的原因。

提　問	參考答案
1.為什麼老殘看了對聯後，「暗暗點頭道：『真正不錯！』」？	對聯解釋了「如此佳景為何沒有什麼遊人？」的原因。
2.請解釋遊人稀少的原因。	由對聯得知大明湖旅遊旺季為夏季，此時為秋天，所以遊人稀少。

4-3 歸因作者敘述鐵公事蹟的寫作目的。

參考答案：顯示濟南人重視忠義精神，凸顯當地淳厚的民情。

3. 反思與評價

(1)文本內容

4-3 歸因作者的審美觀點。

審美觀點	舉　例　說　明
人文美	1.歷下亭對聯；2.鐵公忠義事蹟。
光影美	1.晴日下的山色湖光；2.夕陽映照下的山色湖光。
遠距美	遠望山色如畫屏。
虛景美	1.千佛山倒影勝實景；2.白色蘆葦如粉紅墊子。
寂寥美	荷葉已枯，蓮蓬已老，水鳥被人驚起。

(2)文本形式

5-2 評論文本融情於景的寫作手法。

參考答案：本文融情於景的寫作手法主要有二：

一、抒發對景物的感想，隨著景物變化情緒起伏跌宕，產生情景相生的寫作效果。

二、將自己寫進景物裡，將人入景，描繪人在景中的畫面，也增加了畫面生動感。

但是以上兩種寫作手法皆是只由自己觀點出發的描寫，仍與客觀景物有所隔閡，不能說臻於「融情於景」的境界，顯示出明清寫景散文的書寫侷限[27]。

丙、交代課後作業[28]

江雨霏霏江草齊，六朝如夢鳥空啼。無情最是臺城柳，依舊煙籠十里堤。

　　　　　　　　　　　　　　　　　　——韋莊〈金陵圖〉

1. 檢索訊息：將詩中描寫景物的部分畫線標示。

2. 解釋文本

(1)廣泛理解

2.5 推論詩句中抒發了下列哪一種情感？ （改寫自基測【920222】）

(A)相思悠悠，度日如年　(B)年華老去，一事無成

---

[27] 這種散文的書寫侷限，要到白話文運動後才得以突破。現代散文作家將自己情感投射於景物，以「將物擬人及將物譬喻為人」的修辭手法，才真正達到「融情於景，情景相生」的境界，教師可利用已授範文〈西北雨〉說明此種「融情於景」的進階手法。

[28]本作業設計理念：驗證學生是否能應用本堂課習得閱讀技巧理解文本情景關係。

(C)壯志未酬，生活潦倒　　(D)景物不殊，人事全非※

2.3 舉例：根據你所選的答案，舉出蘊含此種情感的詩句。

參考答案：景物不殊：無情最是臺城柳，依舊煙籠十里堤；人事全非：六朝如夢。

伍、評量試題範例

文本一〈大明湖〉

老殘動身上車，一路秋山紅葉，老圃黃花，頗不寂寞。到了濟南府，進得城來，家家泉水，戶戶垂楊，比那江南風景，覺得更為有趣。

到了小布政司街，覓了一家客店，名叫高陞店，將行李卸下，開發了車價酒錢，胡亂吃點晚飯，也就睡了。

北

次日清晨起來，吃點兒點心，便搖串鈴，滿街跫了一趟，虛應一應故事。午後便步行至鵲華橋邊，雇了一隻小船，盪起雙槳，朝【①】不遠，便到歷下亭前。下船進去，入了大門，便是一個亭子，油漆已大半剝蝕。亭上懸了一副對聯，寫的是：「歷下此亭古，濟南名士多。」上寫「杜工部句」，下寫「道州何紹基書」。亭子旁邊，雖有幾間房屋，也沒有甚麼意思。

復行上船，向【②】盪去，不甚遠，又到了鐵公祠畔——你道鐵公是誰？就是明初與燕王為難的那個鐵鉉。後人敬他的忠義，所以至今春秋時節，土人尚不斷的來此進香。

到了鐵公祠前，朝【③】一望，只見對面千佛山上，梵宇僧樓，與那蒼松翠柏，高下相間；紅的火紅，白的雪白，青的靛青，綠的碧綠。更有一株半株的丹楓，夾在裏面；彷彿宋人趙千里的一幅大畫，做了一架數十里長的屏風。

正在歡賞不絕，忽聽得一聲漁唱；低頭看去，誰知那大明湖業已澄淨的同鏡子一般。那千佛山的倒影映在湖裏，顯得明明白白。那樓台樹木，格外有了光彩，覺得比上頭的千佛山還要好看，還要清楚。

這湖的【④】岸，上去便是街市；卻有一層蘆葦，密密遮住。現在正是開花的時候，一片白花映著帶水氣的斜陽，好似一條粉紅絨毯，做了上下兩個山的墊子，實在奇絕！

老殘心裏想道：「如此佳景，為何沒有甚麼遊人？」看了一會兒，回轉身來，看那大門裏面，楹柱上有副對聯，寫的是：「四面荷花三面柳，一城山色半城湖。」暗暗點頭道：「真正不錯！」進了大門，……（**省略文字為從鐵公祠移動到古水仙祠的過程描述**）。祠前一副舊對聯，寫的是：「一盞寒泉薦秋菊，三更畫舫穿

319

藕花。」

　　過了<u>水仙祠</u>，仍舊上了船，盪到<u>歷下亭</u>的後面，兩邊荷葉荷花，將船夾住。那荷葉初枯，擦的船嗤嗤價響。那水鳥被人驚起，格格價飛。那已老的蓮蓬，不斷的繃到船窗裏面來。<u>老殘</u>隨手摘了幾個蓮蓬，一面吃著，一面船已到了<u>鵲華橋</u>畔了。

文本二〈我看大明湖〉[29]　　（梁容若：《中國語文課文集》〈我看大明湖〉，
http://sites.google.com/site/secchiart/zhong-si-wu/10-wo-kan-da-ming-hu---liang-rong-ruo-）

一、測驗主題：敘事時空

1. 試題範例

問題1：「老殘遊歷大明湖的季節是秋天，時間是下午到傍晚。」請從文章一中舉出支持這個判斷的文句填入表格（各項舉例至少一句）。

遊歷時間	舉　例　文　句
季節：秋天	一路上秋山紅葉，老圃黃花。
時間：	午後步行至鵲華橋。
下午到傍晚	一片白花映著帶水氣的斜陽。

問題2：請參考「大明湖景點分布圖」，將文章一【　】處填入「東、西、南、北」等正確的方位詞。

答案：【①　北　】；【②　西　】；【③　南　】；【④　南　】。

問題3：根據文章一遊歷大明湖過程的描述，摘要作者所處觀察點的景物描寫重點。

所處觀察點	景　物　描　寫　重　點
1.歷下亭	亭子外觀、亭子掛的對聯。
2.鐵公祠前	鐵公事蹟、大明湖週遭湖光山色、夕陽、楹柱對聯。
3.古水仙祠	祠堂破舊外觀、對聯。
4.船中	枯荷、老蓮、水鳥。

問題4：根據文章二，解釋現今遊人無法欣賞到大明湖光明如鏡景象的原因？

---

[29] 文本二 梁容若：《中國語文課文集》〈我看大明湖〉，可至下列網址參看全文：
http://sites.google.com/site/secchiart/zhong-si-wu/10-wo-kan-da-ming-hu---liang-rong-ruo-

A　觀察時間和位置不對※　　　B　觀察的位置太高太遠
C　《老殘遊記》敘述不實　　　D　大明湖長滿蘆葦荷花

問題5：文章一中刪節號處的原文是作者說明他從鐵公祠移動到古水仙祠的過
　　　　程，請根據大明湖景點分布圖，將自己當成作者，寫出這一段移動過程，
　　　　你的答案中：1.要提到：「鐵公享堂、荷池、迴廊、圓門、三間舊房」；
　　　　　　　　　　　2.要交代你移動的方向、動作和景物的方位。

進了大門，迎面看到的是鐵公享堂，往東不遠有一個荷池，我繞著曲折的迴廊，
往荷池的方向前行。祠堂門口是一個圓門，走入圓門，看到的是三間舊房，
有個破匾，上題「古水仙祠」四個字。

二、測驗主題：描景手法

問題1：「秋山紅葉，老圃黃花」句中「老圃」，
　　　　甲生詮釋的景象是「已多年種植菜蔬、瓜果、花卉的園子」；
　　　　乙生詮釋是景象是「瓜藤枯乾，已收成的園子」。
　　　　誰的詮譯比較合理？請解釋你的答案。

參考答案：‧甲生，甲生詮釋景象為一般鄉下農村常見景觀。
　　　　　　‧乙生，老殘在秋天到濟南城，看到乙生詮釋景象比較合理。

問題2：文本第四段作者描述鐵公事蹟，請歸因這一段達到何種寫作效果？
　　　　凸顯出濟南城一地

A　秀麗的自然風光　　　B　悠久的歷史文化
C　豐富多樣的物產　　　D　淳厚樸實的民情※

問題3：作者將千佛山譬喻成一座畫屏，請說明千佛山和畫屏的相似點是什麼？

參考答案：‧都很漂亮。
　　　　　　‧都有屏障的功能。

問題4：千佛山山景爲實景，千佛山倒影爲虛景。文本中哪一事件的安排發揮聯
繫實景和虛景的過渡效果？

參考答案：忽聽得一聲漁唱。

問題5：色彩描寫是〈大明湖〉的寫作特色之一，而景物的色彩描寫可分三種層
　　　　次：

請在文本中找出符合色彩描寫層次的相關文句抄錄於下表。

（各層次舉例一項即可）

層次	文　句　舉　例
第一：客觀描寫	紅葉、黃花、蒼松翠柏、丹楓
第二：主觀描寫	紅的火紅，白的雪白，青的靛青，綠的碧綠。
第三：動態描寫	一片白花映著帶水氣的斜陽，好似一條粉紅絨毯。

三、測驗主題：情景關係

問題1：推論老殘用哪些情節暗示他期待遊大明湖的心情（舉出一例即可）。

參考答案：·胡亂吃點兒點心就睡了。

　　　　　　·滿街蹩了一趟，虛應一應故事。

問題2：根據文本推論老殘在看到以下景物時的心情轉變，完成心情變化曲線圖
[30]：

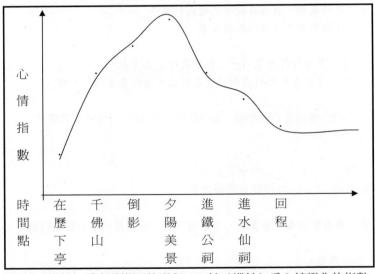

X軸（橫軸）為老殘遊歷的過程；Y軸（縱軸）為心情變化的指數，

指數愈高表示心情愈高昂或激動，指數愈低則反之。

問題3：老殘看了鐵公祠的對聯後，暗暗點頭道：「真正不錯！」，請解釋他會
　　　　有此感想的原因。

A　對於此時節遊人稀少感到欣慰　　B　被鐵公忠義的事蹟深深感動

C　明白這個時節遊人稀少的原因※　D　看到大明湖週圍荷盛柳樹繁

---

[30] 曲線繪製只要能呈現山峰形狀，並以夕陽美景一處為最高峰即可視為正答。

問題4：請說明作者如何運用融情於景的寫作手法，並舉出一例印證之。

參考答案：請參見本論文第12頁整理表格。

問題5：一文學批評家賞析老殘之所以能欣賞他人未見美景，是由於他本身具有
獨特的審美觀，其中一項審美觀是「虛景之美勝於實景」，請推論以下
景物描寫，哪一項是他從此觀點出發的創作？
A.油漆剝落的歷下亭　B.千佛山山景　C.千佛山倒影※　D. 枯荷與老蓬

四、試題分析

Bloom及主題題型 / PISA歷程	敘事時空	描景手法	情景關係
一、檢索訊息	1-1再認：問題2【封閉式問答】		
二、解釋文本　1.廣泛理解	2-2舉例：問題1【開放式問答】2-4摘要：問題3【開放式問答】		4-2組織：問題2【文字轉圖像】
2.發展解釋	2-7解釋：問題4【選擇題】	2-1詮釋：問題1 2-2舉例：問題5 2-5推論：問題3 2-5推論：問題4【以上皆開放式問答】4-3歸因：問題2【選擇題】	2-5推論：問題1【開放式問答】2-2舉例：問題4【開放式問答】2-7解釋：問題3【選擇題】
三、反思與評價　1.內容			4-3歸因：問題5【選擇題】
2.形式	3-1執行：問題5【開放式問答】		

陸、結論

目前台灣考試的題目大部份是選擇題，因為選擇題「只適合用來考事實，而
不適合用來考觀念與知識架構[31]。」所以測驗的往往不是學生知識運用的能力，
而是解題的技巧，這種片段記憶凌駕整合資訊的教學惡果，便是教育出知識斷
裂，整體閱讀能力低落的下一代，為因應此一危機，本文嘗試以 97 國語文課綱
為精神，利用 PISA 閱讀歷程為架構，結合 Bloom2001 版的認知能力指標分析文

---

[31] 高涌泉：《科學人》〈科學教育必須注重閱讀與敘事能力〉（臺北：科學人雜誌，2010 年 6 月），
頁 34。

本，設計具有清晰教學目標的課堂提問及課後評量，期能引導學生探索文本，不再是被動地從教師授課吸取知識，而是主動地理解文本內容，透過推理與論證，建構文本意義，體會閱讀的樂趣，進而整合資訊，以寫作表達獨特並有深度的思想。

參考書目

鄭圓鈴：《基測國文科試題品質分析與改善建議》（臺北：心理出版社，2007 年）。

李松石：《繪畫藝術形式》（長春：吉林美術，2007 年）。

耿志堅：《國文天地》〈國中國文創造思維的閱讀教學導引——以劉鶚〈大明湖〉
　　為例〉（臺北：國文天地，2009 年 10 月）。

L・W・安德森等編著，皮連生主譯《學習、教學和評估的分類學》（上海：華東
　　師範大學出版社，2007 年 11 月）。

網路資源

1.國民教育社群網 http://teach.eje.edu.tw/indexnolog.php

2.PISA 國家研究中心 http://pisa.nutn.edu.tw/

3. http://www.youtube.com/watch?v=USLcWhyxuS8&feature=related

4.台灣師範大學圖書館首頁 http://ocw.lib.ntnu.edu.tw/course/view.php?id=176

5.中國語文課文網.http://sites.google.com/site/secchiart/zhong-si-wu

附錄：97 國語文課綱讀寫能力指標與 Bloom 認知能力目標對應表[32]

97 國語文課綱		Bloom
閱讀能力	5-4-1能熟習並靈活應用語體文及文言文作品中詞語的意義。	3 應用
	5-4-2能靈活運用不同的閱讀理解策略，發展自己的讀書方法。	3 應用
	5-4-3能欣賞作品的寫作風格、特色及修辭技巧。	5-2 評論
	5-4-4能廣泛的閱讀各類讀物，並養成比較閱讀的能力。	2-6 比較
	5-4-5能主動閱讀國內外具代表性的文學名著，擴充閱讀視野。	無對應指標
	5-4-6能靈活應用各類工具書及電腦網路，蒐集資訊、組織材料，廣泛閱讀。	3 應用
	5-4-7能主動思考與探索，統整閱讀的內容，並轉化為日常生活解決問題的能力。	4-2 組織
	5-4-8能配合語言情境，理解字詞和文意間的轉化。	2-1 詮釋
寫作能力	6-4-1能精確表達觀察所得的見聞。	2-1 詮釋
	6-4-2能精確的遣詞用字，並靈活運用各種句型寫作。	3 應用
	6-4-3練習應用各種表述方式寫作。	3 應用
	6-4-4掌握寫作步驟，充實作品的內容，精確的表達自己的思想。	6 創造 3 應用
	6-4-5瞭解標點符號的功能，並適當使用。	3 應用
	6-4-6能靈活應用修辭技巧，讓作品更加精緻感人。	5-2 評論
	6-4-7能練習使用電腦編輯作品，分享寫作樂趣，討論寫作經驗。	6 創造
	6-4-8發揮思考及創造的能力，使作品具有獨特的風格。	

---

[32] 本表為筆者自行整理。

從岸邊離情看葉俊麟歌詞的海洋書寫

葉千詩[*]

摘要

　　閩南語流行歌曲中，有關海洋事物的描寫佔有相當的分量。在基隆長大的葉俊麟，上千首作品中，有許多描寫港口、討海人、漁村的內容，因為生長環境讓他對港口生活特別有感情，因而有關港口、船員、海洋的描寫相當生動，感情相當細膩。他善用常見的海景，如港口、海浪、雲霧、海風、船鑼聲、海鳥等寫出行船人的英勇以及漂泊於海上的辛苦，更透過這些景物表達出漂泊、流浪的意象。在人物形象方面，男性船員總是以海為家，對生命抱持著樂觀、及時行樂的態度，展現海上男兒冒險堅韌的形象。女性則是以等待的角色為主，期待愛人平安歸來，展現安穩浪漫的陸地生活。其創作感情深濃，更歌詞出有情境有畫面的故事。

關鍵詞：葉俊麟、海洋、歌詞

---

[*]臺南大學國語文學系碩士班三年級

壹、前言

葉俊麟（1921 年 9 月 22 日~1998 年 8 月 12 日），本名葉鴻卿，別名葉應麟，又有筆名申乃文、秋風，基隆人。父母經營布莊，家境小康，並讓葉俊麟在年幼時就進入私塾學習漢文與書法，奠定他深厚的文學涵養，15 歲左右便能吟詩作對；也曾在公學校就讀，這些學習都促成他日後文思敏捷，創作豐沛的關鍵。在歌藝上也受到地方戲曲歌仔戲與布袋戲的影響，1940 年因緣際會下結識日本音樂家淺口一夫，並向他學習音樂。1950 年自譜詞曲寫下第一首台語歌曲〈秋風落葉〉，並於 1957 年發表。1957~1972 年代是他台語歌詞創作的高峰期，1961年葉俊麟執掌亞洲唱片文藝部，與洪一峰等人合作，創作出許多台語歌謠名曲，如〈淡水暮色〉、〈舊情綿綿〉、〈思慕的人〉，也帶動另一波台灣創作歌謠的風潮，更奠定兩人在台灣歌壇中不可動搖的地位。[1]

葉俊麟的創作內容經常是與時代環境相結合，反應台灣社會，內容多元，舉凡對自然景物的歌詠、對前途事業的抱負理想、對都市的嚮往、對鄉村的眷戀、愛情得失、親情的思念等等。歌詞的意境深遠優美，情感深厚，不僅鮮活了 60、70 年代台灣社會樣貌，更成為值得研究的文學作品。曾有學者譽他為六０年代台灣歌壇的首席作家：

> 六０年代台灣歌壇公認的首席作家葉俊麟，一九二一年生於基隆，有戲劇
> 詩詞的豐富文采，浪漫多情，許多作品是源自於自身豐富的戀愛經驗。……
> 一生作品多達七千多首的葉俊麟，他瀟灑多情的魅力與情懷，也透過洪一
> 峰、鄭日清的歌聲，樹立敦厚而又浪漫的男性典範。[2]

葉俊麟的成就來自於他的天分、文學素養，更重要的是長達四十年的創作經驗，與歌手洪一峰、鄭日清的合作，讓他的歌曲成為膾炙人口又動人心弦的歌謠。如1995 年《文訊》舉辦「五十年來流行歌曲票選活動」的前二十名歌曲中，其中二十首中有七首台語歌曲，其餘皆是華語歌曲，〈舊情綿綿〉、〈思慕的人〉則是七首台語歌曲中的兩首，[3]可見得其作品受到大眾相當大的肯定。1994 年葉俊麟以無數膾炙人口、動人心弦的台灣歌謠，獲得第六屆「金曲獎」的「特別貢獻獎」，他在台語歌壇長久的心血灌溉，獲得正式的肯定。1998 年因為肺衰竭而辭世，享壽七十八歲。

在基隆海港長大的葉俊麟，上千首創作中，也有許多描寫港口、討海人、漁村的內容，這是因為生長環境讓他對港口生活特別有感情，因此他在有關港口、船員、海洋的描寫相當生動，感情相當細膩。

---

[1] 參考郭麗娟《寶島歌聲（知壹）》，台北市：玉山社，2005，p46
[2] 黃裕元《臺灣阿歌歌：歌唱王國的心情點播》台北縣：向陽文化，2005 ， P101
[3] 編輯部，〈從「綠島小夜曲」到「小城故事」〉，《文訊》，1995-9，p33-35

基隆人而言，許許多多與港區相關的事物，都再熟悉不過，因此，
與港區有關的景象，亦為葉俊麟創作時的最佳題材。……霧、船鑼聲、
港邊、海上男兒，這些屬於故鄉基隆的人、事、物，在葉俊麟的作品中，
曾代表著不同地點及相異的心情。顯見基隆的生活環境一直是葉俊麟心
中不變的記憶。[4]

這些有關港區、船員、討海人的主題都與海洋緊密相關，筆者稱之為海洋題材。
葉俊麟在描寫海洋的作品中，所選用的物品、景象都有其代表的含意，同時對於
海洋題材中的男女也都有細膩的描寫。葉俊麟有關海洋題材的作品相當多，筆者
選取其中幾首較為膾炙人口的歌詞來討論。將從海洋景象、以及人物形象來討論
與分析，了解葉俊麟在海洋題材的創作裡如何營造氣氛，以及塑造的人物形象有
何特色。

貳、閩南語流行歌曲中的海洋題材

閩南語流行歌曲當中有許多描寫港口、海洋、行船人的歌曲，如〈港邊惜別〉、
〈安平追想曲〉、〈鑼聲若響〉、〈港都夜雨〉、〈惜別的海岸〉、〈快樂的出帆〉等等，
從 1938 年由陳達儒與吳成家合作的〈港邊惜別〉開始與海洋相關的歌曲陸續出
現，數量也相當龐大。這主要與台灣的地理環境與歷史有很大的關係。在地理上，
台灣四周環海，自十七世紀開始，西班牙、荷蘭人來到台灣，在台灣開啟了台灣
的轉口貿易，緊接著鄭氏父子在台灣二十二年，持續發展國際貿易，讓台灣的貿
易蓬勃發展。自荷蘭時期以來，台灣與世界通商往來，展現了海洋文化的性格，
也為台灣帶來相當大的財富。台灣的港口貿易發展到今天，由港口衍生出來的職
業也影響著臺灣人民，成為台灣文化的一環。

臺灣位在特殊的地理位置，產生特殊的歷史，使得閩南語流行歌曲也有相當
多描寫港口、海洋的主題，這些描述海洋的歌詞內容除了寫實刻畫出港邊海景，
同時也描寫情侶離別之情、船員空虛的心靈、女子港邊等待的心情，因此歌曲的
曲調自然充滿哀怨與惆悵。如〈港邊惜別〉[5]將音樂家吳成家的戀愛故事寫成歌
曲，以淒美又近乎哭調的方式來敘述情侶因為家人的反對，被迫分離，在港邊從
此各分東西，這種生離之苦遠比死別更要來得令人感傷，「戀愛夢乎人來拆破　送
君離別　港風對面寒」，藉著港邊的海風寒冷的性質，寫出失戀與離別的心寒[6]。
〈安平追想曲〉[7]歌詞描述外國船員與台灣女子發生戀情，女子生下一女，而外
國船員搭船離去後便再也沒有回來。如此悲慘的愛情故事也發生在女兒的身上，

---

[4] 王真如《葉俊麟及其歌詩研究》，台南：台南大學國語文學系碩士班論文，2010.07，P37
[5] 吳成家譜曲，陳達儒填詞。
[6] 參考自南台灣留聲機音樂協會
http://tw.myblog.yahoo.com/cfz9155cfz0678sv-cfz9155cfz0678sv/article?mid=4156&next=3751&l=f
&fid=23
[7] 陳達儒填詞。

自己深愛的外國船員也同樣一去不回。女子只能常常在岸邊吹著海風等待。「放阮情難忘　心情無塊講　相思寄著海邊風　海風無情笑阮憨　啊！不知初戀心茫茫」思念的情懷只能寄望海風託付給情郎，讓海風嘲笑自己的傻，更顯現出女子孤單的心情。藉由海洋訴說心情、或者透過浪潮凸顯自己的孤單。這樣的手法在閩南語流行歌曲中也相當常見。〈鑼聲若響〉[8]內容就如同歌名，鑼聲響起就是船即將離港出發，也是情侶們真正要分離的時刻，歌詞中「鑼聲若響」不斷的出現在每一段，彷彿催促著人們趕快分開，船即將出發，陣陣鑼聲更引發人鼻酸。離別是海洋題材中最常出現的主題，畢竟出海工作或是搭船到外地工作都是男子，在過去航空不便捷的時代，要到外國去最快的方式就是搭船，因此男女離別的主題相當多。

　　也有少數屬於快樂的港邊離別，〈快樂的出帆〉就是海洋題材中少見抱持著輕鬆快樂的心情，以輕快的曲調歡唱著。歌詞一共三段，每段的最後都寫出海前心情的快樂，分別如下：

> 一路順風唸歌詩　水螺聲響亮送阮　快樂的出帆啦
> 一路順風唸歌詩　滿腹的興奮心情　快樂的出帆啦
> 一路順風唸歌詩　手彈著輕鬆吉他　快樂的出帆啦[9]

以「一路順風唸歌詩」表示出開心的出帆心情，連水螺聲都顯得響亮；因為期待出帆，所以心情興奮，手上的吉他彈起來自然輕鬆。每段的最後一句都是「快樂的出帆啦」，以呼喊的方式表達出行船者雀躍的心情。將離別的傷心以及海上的危險都拋諸腦外。甚至海面上的景致也都一片美麗，「綠色的地平線青色的海水」、「天連海海連天幾千里清涼的海風也　祝阮出帆的日子」，給人舒爽又放鬆的感覺，海風吹來是清涼不寒冷，天氣晴朗海面平靜，海鳥飛舞，給出海的人家帶來好預兆，表示此次出海將會順利平安歸來。

　　這幾首海洋題材的歌曲產生的時代雖然都不同，但是所呈顯的都是台灣人海洋性格的一面，留傳至今日成為膾炙人口的歌曲。

> 無論是早年的創作歌謠或時下坊間的流行歌曲，不管呈現的是哪一種面貌，台灣歌謠都以極為通俗的面貌，呈現在歌者、聽者之間，勾動著相互的心靈感動。[10]

因為呈現出通俗的面貌，又能在歌者與聽者間產生感動，最主要的因素都是歌詞將人們生活上最容易接觸到的、看見的題材寫進歌詞裡，這就是通俗之處。而歌詞內容優美、有深度就是撼動人心的地方，加上真實社會背景，或者歌詞中具有

---

[8] 許石作詞。
[9] 參考魔鏡歌詞　http://tw.mojim.com/tw100229x35.htm#7
[10] 杜文靖〈光復後台灣歌謠發展史〉，《文訊》第 119 期 1995，p23

故事性質的內容，更添加聽者的情境，也使得與海洋相關的歌曲受到大家的喜愛。這些歌曲都利用海洋的景象來與歌詞中的主人公互動，通常也都是扮演著陪伴的角色，甚至藉以表達主人公複雜的心情。

　　生長於基隆海港城市的葉俊麟，運用他細膩的觀察力與富有詩意的筆調，寫出漁港、海港等與海洋相關的作品，有他獨到的地方。以下就先從海景的描寫討論分析葉俊麟是如何處理這樣的議題。

參、海洋景象的描繪

　　閩南語歌謠當中，以海洋為題材的歌詞中，必定會有些基本的組合元素，如：海浪、海風、霧、海鳥、船、汽笛聲、碼頭港岸等等。這些元素通常也有其所隱含的意義，最後成為填詞時慣用的手法。以下就分別描從碼頭港岸、霧氣、海風、海浪、人造的船螺聲、大自然的動物，討論這些景象在葉俊麟筆下的意義與象徵。

一、碼頭港岸

　　碼頭港岸是連接海洋與陸地的地方，是重逢也是分離的地點。莊永銘曾說：「航空事業還未發達的『古早』，送別的舞台是車站和碼頭，……。」[11]，碼頭港岸自然成為海洋書寫的一個重要景點。遠航工作、送別、思念、等候遠方的人、迎接歸來的人等等情景，都在碼頭港岸邊出現，因此碼頭港岸也常常成為海洋歌曲中相當重要的一部分，幾乎每首與海洋相關的歌曲都會將碼頭港岸寫入詞中，甚至直接將碼頭港岸寫在歌名當中，如〈惜別夜港邊〉、〈大船入港〉、〈惜別港岸〉、〈港邊的吉他〉。

　　當船隻入港後，帶來的是大量的漁獲，或者是其他貨物，因此岸邊必定充滿買賣的商人以及船員的親屬，如同〈淡水暮色〉所寫的情形：

　　　　日頭將要沉落西　　水面染五彩　　男女老幼塊等待　　漁船倒返來[12]

男女老幼都在等待漁船的歸來，期待漁船豐收替大家帶回新鮮的漁獲，他們抱著期待的心情來迎接漁船。另外在八０年代所寫的〈大船入港〉中，描寫著要大船入港的情形：

　　　　大船大船貨色載滿滿　　今日順風駛入港
　　　　一切的煩悶所有的苦痛　　一時變成心輕鬆
　　　　來來來緊來迎接哦　　大船大船的入港[13]

---

[11] 莊永明《台灣歌謠追想曲》，台北市：前衛，1994，p138
[12] 許梅貞編《葉俊麟先生紀念專輯》，基隆市：基隆市立文化中心，1999，p62
[13] 魔鏡歌詞　http://tw.mojim.com/tw100229x35.htm#7

基隆港與高雄港是世界數一數二的大港,大貨船載著世界各國的貨物來到港口,同時帶來大量的財富。船員可能好幾個月,甚至一兩年才回到家鄉,帶著平安回歸的欣喜,船一入港煩悶就解除,心情也輕鬆起來,同時期待著親人或愛人來迎接。以船員的呼喊聲「來來來緊來迎接哦」,表達出船員歡喜上岸以及對親人思念的情緒。

跑船時間長,賺了大筆的錢財當然就是要在岸上好好的休息娛樂一下,犒賞自己跑船的孤獨與辛苦。因此港岸邊也有許多店家提供船員休息與玩樂。如〈男兒哀歌〉這首歌寫著船員上岸後歡樂的情形:

> 船螺聲音交響著酒場小吹聲
> 港都又是船入港　回復歡樂影

港口也因為有船員平安入港,開始人聲鼎沸,熱熱鬧鬧,直到下次出航時,才會回復到平靜。

停留在岸上的時間是相當短暫的,分離的時刻總是來得特別快,尤其是情侶,港口正是他們分離與相聚的地點。〈惜別夜港邊〉就將這種短暫的相聚與送別描寫出來:

> 雙人在港邊　雙人在港邊
> 見面已經是一年　今夜的送別情景
> 更加糖蜜甜
> 你也知阮心稀微　不甘來分離[14]

情侶在港口邊即將離別,彼此的感情更顯得甜蜜。一句「見面已經是一年」說出過去、現在、未來三個見面的時間。上一次見面的時間已是一年前,而今晚送別後,再見面也要等一年,更顯得見面的時間相當短暫。因此彼此的濃情蜜意更是加倍濃厚,更添加男子心中的惆悵,與心愛的女人「難分難離珠淚滴」。

碼頭港岸船隻出發的起點也是回歸的終點,是人們離別的場景,也是平安團圓的場所,而親友與討海人心中對碼頭港岸充滿著矛盾的心情,讓碼頭港岸成為海洋題材創作中重要的素材。

二、霧氣、海風、海浪

海浪、海風、雲霧都是海面上常見的景象。海面上冷暖氣流變化快速,因此海洋上面的氣象也是變幻莫測,隨時威脅著行船人的生命安全,尤其是夜間特別容易產生濃霧,也容易使人心情感到鬱悶。在〈淡水暮色〉就敘述夜霧籠照的淡水河:

---

[14]許梅貞編《葉俊麟先生紀念專輯》,基隆市:基隆市立文化中心,1999,p74

淡水黃昏帶詩意　夜霧罩四邊　教堂鐘聲心空虛　響對海面去
埔頂燈光真稀微　閃閃像天星　啊…難忘的　情景引心悲[15]

夜晚的淡水河霧氣籠罩，白茫茫的視野裡只見燈塔上微弱的燈光，寂靜的夜裡也
只聽見教堂鐘聲，更引起人心中的孤單與惆悵，正如張繼的〈楓橋夜泊〉所說「夜
半鐘聲到客船」的情境一般，引發人更多的憂愁。雖然是淡水夜景的寫照，但是
白色、憂鬱的基調，在葉俊麟的其他海洋作品中也同樣被運用著。在〈霧夜的燈
塔〉中是如此寫的：

凄冷的月暗暝　茫霧罩海邊　海面燈塔白光線　暗淡無元氣[16]

在沒有月亮的夜晚，濃霧籠罩海面，只有燈塔的一線白光，更令即將出海的船員
感受到無比的孤單，使人失去出海的動力。照著濃霧的海邊對出航的船員來說是
不吉祥的，濃霧也不知何時才會散去，更不知濃霧會將他們的生命帶往何方，因
此出航時間若是在白天或者是晴天，都會讓船員出航前多增添幾分信心與希望。
　　霧氣促使船員們產生惆悵、憂鬱的心情，冰冷刺骨的海風夜加深船員們的憂
愁，如：

河流水影色變換　海風陣陣寒　〈淡水暮色〉

海風冷吱吱　啊……引阮心又悲　〈港邊的吉他〉[17]

海風不管怎樣吹，都是寒冷刺骨的。夜間的霧氣是以視覺和聽覺來觸動船員們的
哀傷，海風則是以觸覺來加深船員們的悲傷。因此要戰勝這些引人傷感的外在環
境，船員們就必須要有堅強的意志力，〈船上的男兒〉一詞就訴說著在船上生活
需要靠意志：

……

一旦來離開港都就是靠意志
拼著波浪抹風勢來唱歌詩
做男兒無必要心內感稀微[18]

海上的生活是相當的無趣，晚上只能與月亮、海風相伴，當海風強勁，波濤洶湧

15　同上註，p62
16吳國禎主編《葉俊麟臺灣歌謠經典詞作選輯　第一輯 世情》，台北市：葉俊麟臺灣歌謠推展基
金，2008,12，p160
17許梅貞編《葉俊麟先生紀念專輯》，基隆市：基隆市立文化中心，1999，p160
18吳國禎主編《葉俊麟臺灣歌謠經典詞作選輯　第一輯 世情》，台北市：葉俊麟臺灣歌謠推展基
金，2008,12，p141

時，就只得靠著唱歌勇敢來面對。這些無情的風浪、無聊的生活又或者夜霧籠罩，孤單寂寞的時刻，一切都只能依靠自己的意志力來克服。更勉勵男子要展現出海上男兒的英勇與對生命抱持樂觀的態度。

　　霧氣、海風、海浪的存在都增加海洋對船員生命的威脅，船在搖晃，船員的命運也跟著在搖晃，也讓船員產生對生命的不安。這樣的不安也常常激起船員放手一搏，與大海奮鬥的精神，反而展現出海上男兒的勇氣與過人的毅力。因此霧氣、海風、海浪在歌詞當中代表的不僅是阻礙、危險，更是誘發感傷與思念的因子。如:〈博多夜船〉:

> 心茫茫看見海波浪　伴阮煽東風
> 沿路來思念情郎　像今日咱來分離
> 何時再相逢　何時再相逢[19]

女主角在岸上思念郎君，望著海洋心茫茫，海浪與大風時時刻刻威脅著船員的生命，所以讓人擔心，還怕是否得以再相逢，因而重複著「何時再相逢」，也顯現出女子的焦慮。這也是所有岸上等待的親人或愛人所共同的心聲。是故，霧氣、海風、海浪又能夠表達出灰暗憂鬱的情緒。

三、　船鑼聲與海鳥鳴

　　船鑼聲或是汽笛聲低沉的、冗長的聲響，提醒著岸邊與船上的人們船隻即將要出發了，真正的離別時刻來臨。而這一別可能是生離或是死別，也最令人感傷。因此聽到船鑼聲或海鳥啼叫，不免令所有人內心感到惆悵、傷心。在〈霧夜的燈塔〉一曲中，三段歌詞都述說著水螺聲與海鳥鳴的聲音，擾亂船員們出航的心情。

> 淒冷的月暗暝　茫霧罩海邊
> 海面燈塔白光線　暗淡無元氣
> 只有是一直發出　水螺聲哀悲
> 引阮出帆的堅心　強欲軟落去[20]

水螺聲所指的也就是船螺聲。在一片白茫茫的，沒有月亮的港邊，出航的意志已經是逐漸消沉了，而不斷鳴叫著的水螺聲，提醒著船員即將要出發了。這出發就是走向廣闊黑暗的大海，加上天候不佳，信心與勇氣早已削弱了許多，「水螺聲哀悲」一句將整首歌的情緒帶到了最傷感的與最矛盾的地方。水螺聲低沉音調，讓離別的人們心情更加沉重，使得離別的船員將心中所有惆悵、鬱悶的情緒推到

---

[19] 許梅貞編《葉俊麟先生紀念專輯》，基隆市:基隆市立文化中心，1999，p110
[20] 吳國禎主編《葉俊麟臺灣歌謠經典詞作選輯　第一輯　世情》，台北市:葉俊麟臺灣歌謠推展基金，2008,12，p160

最高點，動搖出帆的決心。除了不斷鳴叫的水螺聲，連港岸邊的海鳥跟著啼叫：

> 航路的酸苦味　已經試了試
> 何必為著罩茫霧　就欲來失意
> 為怎樣海鳥哀啼　擾亂阮的耳
> 親像替阮的心情　露出了恨氣

海上生活是相當辛苦的，然而不能因為出海前的「罩茫霧」，就失去了出海闖蕩的意志。「罩茫霧」除了是海上常見的景色外，也暗指船員海上所遭遇到的危險，是故更不能因此而失去出海的勇氣與自信。然而「海鳥哀啼」，發出悲淒的聲音，就像是替船員吐出一口怨氣。海鳥是漂泊於海面上的動物，就像是船員漂泊於海上，畢竟身為男子漢是不能輕易說出心中的哀傷與害怕等負面的言語，因而藉著海鳥來替代自己，吐露心中的憤恨。

　　海鳥飛行在海面上的景象，也容易引發船員們心中的孤獨與空虛。在〈船上的男兒〉一詞裡，漂泊海上的男兒看見海鳥而引發感傷：

> 海鳥叫啼一隻一隻飛來船邊
> 親像欲來加添阮滿腹心空虛[21]

海鳥在海面上飛翔，就好像看見自己在海上漂泊的形象，加上海鳥淒涼的啼叫聲，提醒著船員自己的孤獨與漂泊，思鄉的憂愁或是思念愛人的情緒，都湧上心頭，才會感到心空虛。海鳥海上徘徊飛行的行為，也讓海鳥成為漂泊的象徵。

　　葉俊麟將船螺聲與海鳥的鳴叫聲同時運用於一首歌曲裡也是他的一項特色，上述的〈霧夜的燈塔〉外，在〈惜別港岸〉中，也可以看見船鑼聲與海鳥的組合，第一段是這樣書寫的：

> ……
> 不好擱再來失志
> 船螺聲猶原催著咱心哀悲
> 輕輕叫著心愛名字……

船螺聲的催促一聲一聲，卻使情侶們更加難以分開，更強化內心悲傷的程度，只是兩人欲語已無言，唯有輕輕呼喊著愛人的名字，表達出萬般的不捨與痛苦。將分離的情景寫得相當的細膩。而第二段則以海鳥來比喻自己：

> ……

---

[21]吳國禎主編《葉俊麟臺灣歌謠經典詞作選輯　第一輯 世情》，台北市：葉俊麟臺灣歌謠推展基金，2008,12，p141

> 猶原期待早日返來　歡喜來做伴侶
> 不好攔再來失志
> 像海鳥對對伴相隨不分離
> 輕輕叫著心愛名字…

　　這首歌曲是以女性為第一人稱，同樣也將海鳥比喻為人。男性船員看到的海鳥是漂泊於海面上的形象，而岸上等待的女性則是看到海鳥成雙成對的形象，期待自己有一天也能跟愛人形影相隨不分離。為了讓男性得以勇敢去海上奮鬥，女性表達出期待對方早日平安歸來團聚，相信出海回來的豐收能讓他們從此如海鳥形影相隨不分離。由此可以看出男女對同樣事物不同的想法，呈現出的觀點也不同。

　　透過船鑼聲與海鳥的聲音與形象的描寫，將聽覺與視覺做結合，讓離別的味道更加濃厚，使人倍感心酸。船螺聲、海鳥聲或者是海鳥成為海洋題材描寫的必要元素之一，船螺聲成為離別與哀愁的象徵，海鳥則是漂泊或者是伴侶的借代。

　　有學者認為這些海洋題材透過作詞者精心的安排而成的，透過這些題材來表達出一連串的情感。

> 風、浪、霧都代表了阻礙，風與霧又因其溼冷的特性，被作者塑造為心寒的象徵；風、浪與海鷗，也都成為漂泊無常的象徵；港口碼頭成為離別或相逢的舞台；以及這些圖像，也大多具有哀愁、鄉愁與依依不捨的隱含意，都可說是經由作詞者，巧心安排連接而成。[22]

台語歌謠的研究者莊永明認為：「碼頭送別、港邊飛鳥、霧色水氣、催航鑼聲，都是淒美的意象。[23]」

　　從葉俊麟的歌詞來看，碼頭港岸的人們複雜的心情、海洋上的天氣與風浪、專屬於海洋的聲音與動物：船隻的鳴笛聲、海鳥的鳴叫聲，確實都營造出淒美的意象，也表達出有憂傷、哀愁的情緒與離別前依依不捨的意涵。同時這些元素將海洋的景象畫進歌詞中，醞釀出海洋歌曲特有的氣息，也寫出人與海洋之間的情感。

　　除了藉由海浪、雲霧、船鑼聲、海鳥等景象呈現船員的心境，也將這種海洋景象與人生的感情作連結。生活於港口附近的人們，因為環境的關係，生活中與港口會有緊密的結合，如：情侶到港口邊散步談戀愛，或者孩童到海邊玩耍等等。所以在葉俊麟的創作下，港邊、海岸都是與人相當親近的地方，是談戀愛的地方，也是思念與回憶之處。

肆、人物形象塑造

---

[22] 張娣明〈港都夜雨寂寞暝：論台灣與日本早期流行歌謠中的海洋圖像〉，《台灣人文》第九號，民 93.12，P189
[23] 莊永明《台灣歌謠追想曲》，台北市：前衛，1994，p139

　　海洋題材的歌詞裡，人物形象的塑造上，主要可以分爲男性與女性的口吻來書寫，男性通常是以船員的身分出現，女性則是以等待郎君的形象。通常都是表達與戀人分離的悲苦爲主。下文就以男性與女性的不同形象來論述。

一、陽剛的船員形象

　　在海洋題材裡的男子都是以船員或是討海人的形象出現。海上作業工時長，危險性高，只有精壯的男人才能勝任。跑船是男子賺取外匯、快速致富的工作；討海人則是專事捕撈漁獲，無論近海或遠洋，同樣充滿風險，因此歌詞中描述船員形象者相當多。

　　大多數有關海洋題材的歌曲都是以男性第一人稱來訴說自己內心的情感，說出與情人爲了跑船而分離。在船上活動的時間相當長，每天都必須要與大海搏命，這樣艱辛的工作就必須靠著堅強的意志。在〈飄浪行船人〉除了表現船員個人意志堅定之外，第二段更說明了生命是交給輪船漂泊不定的心情。

> 性命來交代著船　　地獄一片板
> 做男兒毋管伊名字
> 唉唉　　任風走西東[24]

海上作業就只能依賴船隻，當船隻發生意外時，船員很可能也因此喪生。所以與地獄只有一片船板的區隔，然而當船員就要拿出勇氣，因爲勇氣就是本錢，才能夠在海上生活。第三段說以海爲家的船員除了有剛毅的勇氣外，內心仍是充滿期待：

> 有時陣想起故鄉　　攑頭看天星
> 做男兒離開著情愛
> 唉唉　　勇氣是本錢
> 入港都總會揣著　　入港都總會揣著
> 唧呾　　可愛新伴侶

儘管以海爲家，船員仍然會思念故鄉一切，仍然期待著有完滿的家庭。現在爲了事業只能拋棄愛情，離開故鄉，支撐著自己的除了勇氣，還包括對未來的期待。因此重複「入港都總會揣著」，表示船員期待著下一次的入港，能找到新的伴侶，這也就是他在海上活動的支撐力量。

　　從葉俊麟的筆下可以看出船員他們雖然犧牲愛情、拋棄故鄉在海上活動，但是他們對於自己的未來仍是懷有希望與期待，總是不斷地期待可以再下一次的入

---

[24] 吳國禎主編《葉俊麟臺灣歌謠經典詞作選輯　第一輯 世情》，台北市：葉俊麟臺灣歌謠推展基金，2008,12，p161

港找到愛情，圓滿一個家。此外長期在海上接受嚴酷風寒、驚濤駭浪的生活，形成他們粗獷中其實是帶有柔情、浪漫的性格，正如海洋有令人畏懼的無情風浪，也有風和日麗的好景色。這也造就船員豪爽、及時行樂的性格。

　　海上生活的日子不僅無聊，生命也經常受到無情風浪的威脅，沒有家庭的船員們一上岸便過著今朝有酒今朝醉的生活。〈男兒哀歌〉就是描寫船員這種生活：

> 酒女面容若親像可愛冤仇人
> 酒場歸暝鬧無停　迷醉人幻夢
> 你是毋倚來嗎　欲送我出帆
> 你我乾杯笑啥物　何必帶苦疼
> 你佮我愛輕鬆　互相知輕重[25]

歌詞寫出酒後迷茫，再度回憶起過去的往事與昔日愛人，增添心中的痛苦，更需要藉酒忘懷，最後唱出「你我乾杯笑啥物　何必帶苦疼　你佮我愛輕鬆　互相知輕重」，寫出主人公認為人生苦短要及時行樂的觀念，並且要求與自己命運相同的酒女也開懷喝酒，拋開心中的苦悶，享受輕鬆愉快的氣氛，彼此同病相憐，相互尊重，也相互慰藉。也看出船員在豪爽的外表下，柔情細膩的一面。

　　船員在英勇面對海洋的背後，其實是滿懷失戀的悲傷。〈吉他船〉一詞中就呈現出這種英勇背後一段令他感傷的愛情故事：

> 看海面浮出月娘　坐在船頭岸
> 阮今夜猶原著愛吉他做伴
> 唱彼條悲戀情歌　安慰無聊的心肝
> 那通來思思念念心愛彼個人
> 自彼日離開著伊已經三年外[26]

這段說明因為跑船，只得與愛人分手，三年多的感情仍不能忘懷，唯有抱著吉他唱歌排解憂愁。並且第二段延續著第一段的吉他彈奏和歌聲，以及繼續思念著她最愛女人的模樣，只是「經過的美麗春夢愈想愈憂愁」。也看出船員心中期盼能有一份感情可以依靠，想起過去只會更加鬱悶憂愁。但是想起前程，仍是比美好愛情更加重要，沒有為前程又怎麼能有美好的感情。揮別前兩段充滿濃厚的失落、離別感傷，第三段則是恢復為振作、灑脫的男子氣概。

> 男兒的這條性命　倚靠這隻船
> 何必來再閣想起伊的情份

---

[25]吳國禎主編《葉俊麟臺灣歌謠經典詞作選輯　第一輯　世情》，台北市：葉俊麟臺灣歌謠推展基金，2008,12，p68
[26]吳國禎主編《葉俊麟臺灣歌謠經典詞作選輯　第一輯　世情》，台北市：葉俊麟臺灣歌謠推展基金，2008,12，p38

彈吉他放撒憂悶　度過這個好青春

天若光就欲離開這個港岸邊

每一位港都也有甘蜜紅喙唇

身為船員依靠船隻、仰賴海洋過生活，不能為了女性而一蹶不振，面對自己的前程，必須要捨棄過去的感情，重新振作。畢竟天涯何處無芳草，離開這個港口，到下一個地方去還可以再尋找新的感情。「彈吉他放撒憂悶　度過這個好青春」，吉他聲響遍了整首歌詞，最終目的就是要做到釋放心中的鬱悶、「放撒」過去的感情，才能好好把握青春時光，再去尋找下一個「甘蜜紅喙唇」。「甘蜜紅喙唇」指的是下一位心儀的女性，並且與他共同譜出美好的感情。看出男子基本上的態度仍是樂觀的，對感情與事業仍就是抱有期待的。整首歌詞唯一陪伴著他的就是身上所抱著的那把吉他，陪著孤獨的他，排解他的心情，就像是女伴一樣陪在身邊。而這種透過彈吉他消愁的方式也是船員們獨特的形象。

　　吉他的形象就是女性的替代品，抱著吉他可以當歌聲的伴奏，將吉他抱在懷中，也如同將女子抱在懷裡一樣。尋找那種親密的、溫暖的感覺來填滿孤單的情懷。如〈港邊的吉他〉兩段歌詞，也都是以吉他的聲音來陪伴孤單的心情：

雖然已經斷了情　不願再纏綿

深更彈吉他　安慰稀微

海風冷吱吱　啊……

引阮心又悲

再想起已經是　無啥路用

吉他彈無停　啊……

熱淚滴胸前[27]

因為跑船，不得已與愛人分手，這種失戀讓船員們非常的哀愁，卻又在孤獨時響起，也只有藉著吉他的陪伴，安慰空虛的心靈，彈著吉他抒發悲傷，即便落淚，也像是在愛人面前落淚一般，能得到充分的安慰。

　　吉他是一種攜帶方便的樂器，在一九五０、六０年代頗為流行的樂器，船員在船上無聊時可以拿出來當伴奏唱歌。吉他是抱在胸前彈奏的方式，讓船員能夠感覺到心靈上的溫暖與慰藉。將吉他放入海洋主題中，看出葉俊麟觀察的細微與寫作時的巧妙設計。

　　在葉俊麟筆下，船員們海上的生活是漂泊不定的，他們必須認耐著對故鄉的思念與對愛情的犧牲，然而這些卻也是他們海上生活的支柱，出海雖然辛苦，但期待上岸後能找到幸福的愛情，或者是為了家庭的成員而出海，期待給家人更好的生活。同時海洋也塑造他們樂觀勇敢的人生態度，雖然也有悲傷的時刻，但總

---

[27] 許梅貞編《葉俊麟先生紀念專輯》，基隆市：基隆市立文化中心，1999，p160

是很快就能振作；整體呈現出船員剛強性格下隱藏的柔情。

二、女性形象

在這幾首海洋主題的歌詞中，有幾首是以女性爲第一人稱來敘述，敘述著女性內心的酸苦與期盼。

首先是生活於漁村的女性堅韌的形象。台灣討海人都是男性，女性扮演的角色就是在岸上等待父兄、丈夫、情人的歸來。〈漁鄉的女兒〉寫討海人家的生活與辛苦。以身爲討海人的家屬，對於出海的父兄與丈夫、情人，都有著複雜的心情。對女性而言，看到漁船平安歸來就是最大的安慰，尤其是遠洋漁船，必須要經過好幾個月才會再回到岸上來。過去因爲通訊不便，出海到遠洋就幾乎是完全失去聯繫，因此更添加了對至親至愛的思念。〈漁鄉的女兒〉這首歌曲就以女兒的口吻來敘述漁村人家的生活狀況與分工。

> 炎熱的日頭來曝著寂寞的海垾
> 大家出門去掠魚　留阮母囝補網過日子
> 透早補到規半暝
> 雖然是毋願露出　心內的稀微
> 只是思念著心愛的爸爸兄哥伊
> 平安轉來團團圓[28]

家中男性成員必須出海去捕魚，他們捕魚的工作也是唯一的經濟收入，「靠海掠魚以外無別項　所以生活真困難」，因此一家的經濟狀況是非常艱困的，除了勉強維持三餐的溫飽外，不能有其他奢侈的開銷。捕魚的工作時間長，又必須配合魚群的活動時間，有時天未亮就必須出海，回到港邊也已經天黑了，因此「透早補到規半暝」，說明了捕魚時間是相當長的。女性成員則是留在家中幫忙補著破網，但心中依然掛念著外出作業的父親與兄弟，女性成員「心內的稀微」是矛盾的，不出海就沒有收入，出海又擔心再也見不到自己的至親至愛。唯一能夠表現的方式就是「思念」，只能想著父兄，替他們祈禱，期待他們能夠豐收，更期待他們能平安回來團聚。以「團團圓」以兩個動詞「團」字重疊，特別強調出女性對「團圓」的期待，希望能夠有更多的時間一家團聚在一起，也呼應整首歌曲的第一句「看海面漁船倒轉來心頭真輕鬆」，因爲看見船隻歸來，代表著團圓的時刻來臨，若沒有這句，也就沒有後面的「團團圓」。因此看出葉俊麟在歌詞寫作上有著細膩的思考。

〈漁鄉的女兒〉其實是描寫整個漁村女性的命運與心願。女性在家補破漁網外，更要擔憂外出的親人與愛人，擔心家中的生活經濟，在第三段就將女性所有

---

[28]吳國禎主編《葉俊麟臺灣歌謠經典詞作選輯　第一輯 世情》，台北市：葉俊麟臺灣歌謠推展基金，2008,12，p151

的擔憂與抱怨寫出來：

> 瘋狂的波浪來洗著冷冰海埔沙
> 厝內無人去出外　面憂面愁煩惱著生活
> 怨嘆霜風鑽心肝　雖然做漁村女兒　一生真拖磨
> 莫非是運命怎樣艱苦也著拖　盼望環境來變換

家裡面除了父兄去捕魚外，沒有人到外地去賺更多的錢，因此家裡經濟相當困窘，只能「面憂面愁煩惱著生活　怨嘆霜風鑽心肝 」，面對困苦的生活，即便心裡頭覺得苦，卻也都要忍耐，期待有一天環境會變的更好；其實也表現了漁村人家知命認命的一面。

　　漁村的女性了解討海人的辛苦，等待跑船的情郎也是女性常扮演的角色。雖然與愛人離別有萬般不捨，但為了建築兩人美好的幸福家庭，女性也必須要學習忍耐與安慰即將出海的船員，給予他們出海的勇氣。〈惜別港岸〉中的女性就扮演這樣的角色。

> 希望你不通悲傷　咱來離開是暫時　雖然你是行船人　海上的男兒
> 才會放我寂寞過日　總也是不得已　不好擱再來失志
> ……希望保重你自己　我會等待你29

這首歌詞將離別的場景縮小到情侶間的對話，由女性告訴男性要堅強，不要喪失志氣，並永遠等待對方。描寫女性對行船人生活的了解，分開是不得已，儘管離別充滿了悲傷，離別之後彼此過著孤單的生活，整首歌都鼓勵著男性要堅強面對海洋，希望愛人「不好擱再來失志」、「希望保重你自己」，女性自己也很大方的說出等待著情郎、永遠愛著情郎的承諾，字字句句的叮嚀與承諾，女性勇敢直接的表達出自己的愛意，寫出女性對愛情的堅定，這是相當少見的。女性忍著離別的眼淚，改用鼓勵的心態，好讓愛人可以放心出海工作，充分展現女性的專情賢慧。

　　女性扮演著等待的角色的還有一種，就是與船員相戀，每當思念情人時就前往港口望著大海思念情人。港口是與情人離別處，也與情人重逢之地，所以平時思念愛人時，女子們總是會到港口來望著茫茫大海，如〈博多夜船〉：

> 心悲哀環境不應該　迫咱分東西
> 咱總是忍耐　萬事若照心意　早日倒返來　早日倒返來

這是女子思念在海上的愛人，站在港邊以淚洗面。雖然為了經濟不得以來分開，所以比需要忍住與愛人分離的空虛寂寞，看見波濤海浪，心茫茫如大海，只掛念

29　參考魔鏡歌詞 http://tw.mojim.com/tw102101x18.htm#10

著岸上的情郎，期盼他早日歸來。因為海上通訊不便，不知愛人是否平安，也不知彼此何時再相逢。因此詞中連用兩次「早日倒返來」強烈表示女子的思念。

　　過去通訊不發達，一旦出海通常無法輕易與陸地上來聯繫，出海後通常就是了無音訊，使得在岸上等待的女子擔心害怕。〈船去情也斷〉是以一位思念昔日戀人，他因為跑船的工作，不得已來分手：

> 彼日的船隻現在是　偎靠在叨一位 他鄉的港邊
> 孤單行著彼當時 咱離開的海垺
> 雖然不是來等伊 阮的空虛心情　為著伊心纏綿
>
> 彼日的船隻已經是　彼暝來放捨阮 癡情的女兒
> ……
> 彼日的船隻永遠是　甲著阮切斷了 熱戀的情絲
> 港邊海鳥有看見 咱離開的情緒
> ……[30]

女子在岸上思念著自從那天出航後就杳無音訊的船員，只能失落的走在當時兩人離別的岸邊，一邊幻想著昔日的情郎今日是停靠在哪一個港口，與情郎之前的甜蜜回憶想要忘記卻又不斷想起，反而更加心酸。船隻切斷了兩人的情分，彼日的船隻從「現在」、「已經」、「永遠」三個時間一層層的增長，更加證明兩個人的情分已斷，雖然不想要為昔日的戀情流淚心煩，然而癡情依舊使她為昔日的愛人傷心流淚。男子的無情打破她對愛情的憧憬，因而怨恨他，但是又因為愛他，讓眼淚禁不住流下。海鳥可以自由翱翔於海面上與陸地，似乎是希望海鳥扮演郵差的角色，將女子思念的消息傳達給在海面上的男子。「港邊海鳥有看見 咱離開的情緒」這一句，暗示女子對這段感情仍懷有一線希望。

　　此外，這首歌詞透過女性的角色呈現出船員不安定的生活。許多的船員因為感情受限於工作，在愛情上的經營上相當困難，因為男子長年活動於海上，而女子的青春有限，無法有長時間的等待，所以對於感情上往往是分手的眼淚多過於結合的歡笑。對於男性而言，雖然分手也是感受到肝腸寸斷的痛苦，總是能比較樂觀積極的態度去面對現實，期待下一段戀情。相對於男性，女性因為長期生活在穩定的陸地上，想法也比較趨於浪漫，對於感情的呈現出執著與專情。

　　在葉俊麟的筆下，女性總是在兩人離別的港口等待著愛人的回來，望著波濤洶湧的海浪，思念與擔憂著愛人，更寫出離別時女性強忍淚水，也要給予愛人叮嚀與安慰。在漁村女性的描寫中，除了傳統女性刻苦耐勞的形象，也更表達出他們對生活環境的不安，以及面對環境的韌性。

---

[30]許梅貞編《葉俊麟先生紀念專輯》，基隆市：基隆市立文化中心，1999，p

伍、結語

　　台灣特殊的地理環境，讓閩南語流行歌曲中有關海洋景色的描寫形成了一種重要的題材，有關海洋的描寫的產生也是很自然的現象。從〈安平追想曲〉、〈鑼聲若響〉等歌詞都可以發現台灣的作詞者在海洋的事物上，有著自己寫作的想法與用詞，呈現出閩南語流行歌的特色。

　　對於生長於港都基隆的葉俊麟，在海洋主題的描寫則是透過常見的海景，港口、海浪、雲霧、海風、船鑼聲、海鳥等寫出行船人乘風破浪的英勇，以及漂泊於海上的辛苦，更透過這些景物表達出漂泊、流浪的意象。海面上難以捉摸的海象都是危險的象徵；港口是陸地與海洋的交界，人們在此傷心離別，再次歡喜團聚，甚至港口是戀人約會的地點，也是失戀人散心之處。海浪、雲霧、海風等容易造成海象不穩，也是造成岸上等待的女性擔憂的因素，同時也因為它們給人感覺寒冷、冰涼，因此也造成淒涼的氣氛，而令人感到感傷。另外，濃霧造成視線不佳，更令人感到人生的迷茫。就聲音方面，船螺聲表示船即將離岸，也暗示離別，更帶出深沉悲傷的情緒。海鳥是唯一可以自由來回於海洋與陸地，因此不論在船上或陸地上的人們都受到海鳥的陪伴，也是唯一可以與男女主角對話的生物，甚至可以藉由海鳥來傳達彼此的心意；海鳥的形象也被比喻為漂泊海上的船員。

　　在人物形象方面，男性船員總是以海為家，沒有穩定的感情。每天必須面對變化莫測的海象，因此對生命也就容易抱持著樂觀、及時行樂的態度。特別的是每當心情鬱悶時，唯一能陪伴他們、解悶的就是吉他，藉由吉他的彈奏唱出自己的心情，抒發在海上的苦悶。女性則是以等待的角色為主，在岸上望著茫茫大海，朝思暮想著心愛的人，期待他們能平安歸來。漁村生活的女性同時也表現出堅忍強韌的特性。無論男性或女性，都描寫出其勞苦與奮鬥，讓男子呈現出海上男兒冒險堅韌的形象，女子則是展現安穩期待的陸地生活。

　　從葉俊麟創作的這幾首海洋題材作品來看，善用海岸港口上的一景一物，由外在海洋景色到人物內在心靈的描寫，藉由海洋的事物象徵主人公的種種心境，既寫實又動人心弦。曾有人說：「感情深濃，字句傳神，是葉俊麟詞作的最大特色。」[31]，在海洋題材的歌詞中看出其創作不僅是感情深濃，字句傳神，更再歌詞中創造出有情境有畫面的故事。

---

[31] 郭麗娟《台灣歌謠臉譜》，台北市：玉山社，2002，P219

參考書目

壹、專書

1、莊永明《台灣歌謠追想曲》，台北市：前衛，1994。

2、許梅貞編《葉俊麟先生紀念專輯》，基隆市：基隆市立文化中心，1999。

3、李筱峰《快讀台灣史》，台北市：玉山社，2002。

4、郭麗娟《台灣歌謠臉譜》，台北市：玉山社，2002。

5、郭麗娟《寶島歌聲（之壹）》，台北市：玉山社，2005。

6、黃裕元《臺灣阿歌歌：歌唱王國的心情點播》台北縣：向陽文化，2005。

7、孫德銘、吳國禎等人主編《台灣歌謠大師葉俊麟經典詞作賞析》，台北
　　　市：文化公益信託葉俊麟台灣歌謠推展基金，2007。

8、林淇瀁編《作詞家葉俊麟與台灣歌謠發展研討會》，台北市：台北
　　　教育大學台文所，2008.12。

9、吳國禎主編《葉俊麟臺灣歌謠經典詞作選輯　第一輯 世情》，台北
　　　市：葉俊麟臺灣歌謠推展基金，2008,12。

貳、期刊論文

1、張娣明〈港都夜雨寂寞暝：論台灣與日本早期流行歌謠中的海洋圖像〉，《台
　　　灣人文》第九號，民93.12。

2、王真如（2010）《葉俊麟及其歌詩研究》，台南：台南大學國語文學系碩士班
　　　論文。

3、編輯部，〈從「綠島小夜曲」到「小城故事」〉，《文訊》，1995-9。

4、杜文靖〈光復後台灣歌謠發展史〉，《文訊》第 119 期。

5、廖秀齡（2008）〈寶島歌聲帶詩意－探討葉俊麟台語歌謠創作的語言現象〉：
　　　林淇瀁編《作詞家葉俊麟與台灣歌謠發展研討會》：頁 39-66。台北市：
　　　台北教育大學台文所。

參、網路資料

1、南台灣留聲機音樂協會。2010/10/05。取自
http://tw.myblog.yahoo.com/cfz9155cfz0678sv-cfz9155cfz0678sv/article?mid=4156
&next=3751&l=f&fid=23

2、魔鏡歌詞網。2010/10/06。取自 http://mojim.com/

國語文教師數位教學能力研究

——以數位教材與數位測驗與評量為例

孫劍秋[*]、張于忻[*]

摘要

　　教師數位教學能力的發展，無論是對學校教學質量的改進、還是對當前新課程改革的實施，都具有重要的意義。近年來，隨著時代的發展和基礎教育課程改革的不斷推進，教師數位教學能力發展問題不斷得到教育學者和教師的關注。

　　本研究為推動國語文教學，提昇全國中小學教師語文教學能力，透過活動的方式正確的了解語文數位教學能力。秉持著「語文數位教學計畫」的核心價值與理念，將「國語文教學」與「數位資訊能力」結合起來，期以發展台灣優質之國語文數位學習研究、高水準之國語文數位學習專業人才為主要目標，其課程內涵主要在於建立國語文教學示範，以及「同步/非同步」之混成式教學，成為一個促進語言、文化交流的推廣平台，同時也提供教師們一個具親和力的數位學習環境。善用並結合所有的資源，呈現出具有特色的數位化教學，以達到提升學習成員之數位化語文教學能力，並透過實作操練，加深其對數位教材與評量工具之認識與運用。透過此次活動，帶領研習教師體驗數位化教學之便利性。

　　本研究之課程以「做中學」的「任務型導向」教學方式，帶領學員運用數位資訊能力，瞭解在進行國語文教學時，從課前準備、課程活動到課後評量之完整教學流程。依據整體問卷分析的結果顯示，多數研習教師對於本研究之整體課程規劃及任課教師的專業知識與整體評價是極為滿意的。本次參與研習之教師無論是在數位教學能力的理論基礎及教學實務上皆獲得高度提升，多數的研習教師的數位教學能力也有顯著的提升，在最後的教案演示課堂中，每位教師都展現了在研習營期間所設計的成果，除了運用研習期間所學習之內容與技巧，還能加上實際參訪之所見所聞，效果與質量都非常好。

關鍵字：國語文、數位教學能力

[*]教育部國語文課程與教學輔導諮詢團隊召集人、國立臺北教育大學華語文中心主任
[*]中原大學應用華語文學系助理教授，教育部國語文課程與教學輔導諮詢團隊協同委員

壹、前言

教師數位教學能力的發展，無論是對學校教學質量的改進、還是對當前新課程改革的實施，都具有重要的意義。近年來，隨著時代的發展和基礎教育課程改革的不斷推進，教師數位教學能力發展問題不斷得到教育學者和教師的關注。

史丹福大學獨立成立的SRIInternational研究中心，由美國教育部資助的一份研究結果顯示，相較於傳統式面授課程，運用數位教學時，學習者的學習效果較好。這份研究主要是針對大學學習所作，美國教育部官員特別強調不要將此結論延伸到中小學(K-12)的教學成果，不過對想要為所有學習階段學生創造有效學習環境的教育人員而言，此份報告仍具參考價值。最終目的是希望為決策者、教育主管及人員，提供未來執行K-12線上教學及教師訓練的建議。這份報告認為數位教學確實值得好好研究評估，因為它已經是成長最快速的科技教育了。

然而，目前在討論數位教學時，泰半以資訊能力設計的角度切入。2009年，研究者曾就華語文數位教學遊戲軟體設計的模組化設計原則[1]，提出數位教材應同時具備「教學端」及「數位端」。課程內容之主體以及流程為「教學端」，數位設計能力為「數位端」。在設計時，應以「教學端」為主，而將「數位端」當成是正增強的方式，學習才能如虎(教學)添翼(數位化)。2010年，臺灣籃玉如則認為數位華語教材設計必需具備有六大要素，其中包括「學習者特質」、「教學/學習策略」、「教學/學習檔案管理」、「教學活動/流程」、「數位應用」、「教材分析」。[2]主要在於將數位教材的運用也納入了實體課程流程之中。

上述兩位學者認為，大部分的數位教材設計者，多半是以資訊為主的考量，過於重視並強調「數位端」，並未真正從實際教育的教學出發，而忽視了「內容端」。於是在數位教學上，往往製作出畫面精緻美麗，但內容卻仍有很大進步空間的軟體來。

本研究為推動國語文教學，提昇全國中小學教師語文教學能力，透過活動的方式正確的了解語文數位教學能力。秉持著「語文數位教學計畫」的核心價值與理念，將「國語文教學」與「數位資訊能力」結合起來，期以發展台灣優質之國語文數位學習研究、高水準之國語文數位學習專業人才為主要目標，其課程內涵主要在於建立國語文教學示範，以及「同步/非同步」之混成式教學，成為一個促進語言、文化交流的推廣平台，同時也提供教師們一個具親和力的數位學習環境。善用並結合所有的資源，呈現出具有特色的數位化教學，以達到提升學習成員之數位化語文教學能力，並透過實作操練，加深其對數位教材與評量工具之認識與運用。透過此次活動，帶領研習教師體驗數位化教學之便利性。

因此本研究之課程以「做中學」的「任務型導向」教學方式，帶領學員運用數位資訊能力，瞭解在進行國語文教學時，從課前準備、課程活動到課後評量之

---

[1] 〈華語文數位教學遊戲軟體設計探析〉，張于忻撰，第九屆世界華語文教學研究會論文集，2009年。

[2] 詳請參閱〈網路教學課程品質認證〉，籃玉如撰，未出版，2010年1月15日。

完整教學流程。

貳、名詞釋義

在進行本研究前,首先對「數位教學」進行說明。傳統上將數位教學稱爲「遠距教學」,其中包括了「遠距學習」、「虛擬教育」、「虛擬教室」、「虛擬學校」、「虛擬大學」、「網路大學」等。因此把數位教學之內容定義爲:(一).遠距教學、(二).遠距教育、(三).線上課程、(四).非同步學習網路、(五).虛擬校園/教室、(六).虛擬大學。如此定義,則指運用網路促成的學習,包含學習內容的製作、傳遞、擷取、學習經驗的管理、學習社群間的交流;而線上學習則是平常透過網際網路學習,不受時間與空間的限制,快速獲得教育訓練或有效資訊,以達成提昇工作績效的目的。由上述定義可知,數位教學乃是整合多媒體的特性,學習者透過結合資訊網路科技,與其他電子媒體的網路環境,進行學習或訓練,達成最後學習目標的整個過程。事實上,「教」與「學」應爲兩件事。《說文解字》云:「教,上所施下所效也,從攴從孝。凡教之屬皆從教」,指的是把知識或技能傳授給別人,如《玉臺新咏·古詩爲焦仲卿妻作》之「十三教汝織」、《左傳》的「教其不知,而恤其不足」。因此本研究認爲「數位教學」也應析分爲兩部分而言,一爲「數位教導」(e-Teaching),一爲「數位學習」(e-Learning)。

本研究定義之數位教導(e-Teaching)指的是,教師在做教學準備或製作教材時,常透過一般搜尋引擎(如Google、yahoo、Yam等),或教師社群網站(如亞卓市、思摩特、學習加油站等),找尋相關的教學資源,再依據學習者之先備經驗與起點行爲,進行數位教材之編整和設計。教學者能夠將完成之數位教材,適當而合理地運用於實際教學中,並能引起學習者之學習動機與提昇學習者之學習成效。

本研究定義之數位學習(e-Learning)指的是指藉由科技媒介(個人電腦、網路、多媒體)的輔助,巧妙地運用各種教學策略,來達成學習目標的一種學習方式。從e-Learning這個字本身,我們可以清楚瞭解大寫的Learning是數位學習中所強調的核心。因此,教學過程中的知識、學習目標、策略、互動等元素一樣也不少;小寫的e是泛指各種不同型式的科技輔具,而數位學習的精神就是利用科技的特性將教學內容做最完美的呈現,並讓學習者有效率、有效果、且樂於學習。因此,e-Learning的e除了指electronic外,也代表著effective,efficiency,enjoyable的三e化。根據ASTD(美國訓練發展協會)的定義:「**數位學習是學習者應用數位媒介學習的過程,其中數位媒介包括網際網路、企業網路、電腦、衛星傳播、錄音帶、錄影帶、互動式電視及光碟…等形式。**」

特別要注意的是,教學能力並不等同於數位教學能力。數位教學能力的目標,乃是在於將具備良好教學能力之教師,就教育學的理論與實務進行結合後,對產出的課程進行數位化的過程。研究者將數位教學能力稱爲「AHA」能力,應包含三個階段,分別爲:挑選(Approach)、操作(Handle)、運用(Apply),今分述如下:

(一)挑選(Approach):

教師通常透過方式，尋找教學現場的需要的素材或教學方式，並選擇適當的軟體進行設計與編輯。

(二)操作(Handle)：

如何運用所選擇的軟體，將挑選出來的教學素材，結合教學流程，進行數位教材的設計與編輯。

(三)運用(Apply)：

如何將完成的數位教材完全融入在教學之中，以引起學習者的高度學習動機及提高學習者的學習成效。

那麼，國語文教師應具備之數位教學能力有那些呢？就本研究發現，良好的數位教學能力，不在於運用最新最炫目的科技能力，而是在於將完整而能進行有效學習的課程，賦予資訊科技的新面貌，因此數位化的程度，應以不干擾教學為準則。在軟體的使用上，則應以最常用之軟體或自由軟體為準，以避免在教學時無軟體可用。就研究者從事數位教學能力培訓近四年的觀察，發現受訓教師們的數位素養，有著明顯的差距。就研究者的觀察，認為從事國語文教學的教師們，至少應具備的能力包含(1)數位教學的學習能力；(2)數位思維的接受能力；(3)中文文字的處理能力；(4)電腦軟體的應用能力；(5)網路資源的搜尋能力，以及(6)線上平台的運用能力等。

簡單地說，就是希望教師們不需要用太多的技巧，只需把心思放在內容上，不需要擔心太多技術性問題，而是將文字、照片、圖表、錄音、影像、甚至 Word、Excel、PowerPoint、YouTube 檔案，建立數位化的授課教材，分享各項教學資源，不僅能增加學生學習華語文之方便，更可以帶來前所未有的師生互動。緣此本研究所用之軟體，以自由軟體及普及性最高的軟體為主，主要是讓受訓教師們具有製作出可有效教學的數位教材，而非製作出精美眩目的數位教材。緣此，課程規劃以簡單、易學、具高度學習成效為主。

參、研究規劃

能於課堂教學運用之數位化教學能力深受中小學教師歡迎，秉持著培訓出更加優秀教師的理念，研究者前往未來教室考察，同時進行問卷調查，期能為將來之培訓課程做出更完整、慎密的課程規劃，切身實地的了解第一線教師的需求、考察語文教學現況。問卷發出共計 162 份，回收 144 份，其中 9 份因工作職務為純行政人員，因此不列入計算範圍中，故有效問卷為 135 份。135 份問卷皆為教學現場教師所填寫，真實地反應出當地的實際教學情況，對於將來中央與地方輔導團國語文組在調整培訓課程上是有相當大助益。問卷內容及結果如下表：

評分/分數		最重要	重要	普通	不重要	完全不需要	無意見		
評等		5	4	3	2	1	0	總計人數	平均分數
1.各能力融入數位教學之需求	聽力	36	27	27	9	27	9	135	3.07
	口語	27	63	9	9	18	9	135	3.33
	閱讀	18	27	27	27	27	9	135	2.67
	寫作	27	18	36	27	18	9	135	2.87
2.各科別融入數位教學之需求	語音	27	54	27	0	9	18	135	3.27
	詞彙	27	36	36	0	18	18	135	3
	語法	81	36	9	0	9	0	135	4.33
	漢字	27	36	36	9	9	18	135	3.07
	文化	9	54	45	0	9	18	135	3
3.其他科別融入數位教學之需求	教學規劃	9	54	54	9	0	9	135	3.27
	教材編寫	0	45	63	9	0	18	135	2.87
	語言測試	0	45	54	9	9	18	135	2.73
	活動設計	54	63	18	0	0	0	135	4.27
4.教師最想學習的數位教學能力科別	聽力教學	45	54	27	0	0	9	135	3.87
	發音教學	45	81	0	0	0	0	135	4.07
	會話教學	54	36	27	0	0	18	135	3.67
	閱讀教學	36	63	18	9	0	9	135	3.73
	寫作教學	18	63	27	9	0	18	135	3.27
	古代漢語教學	9	0	63	27	36	0	135	2.4
	現代文學教學	0	18	63	45	0	9	135	2.6
	文化教學	0	54	45	18	0	18	135	2.87
5.教師認為最需要融入數位教學之年級	低年級	63	72	0	0	0	0	135	4.47
	中年級	54	36	45	0	0	0	135	4.07
	高年級	27	18	45	27	9	9	135	3
6.教師需要加強何種現代化教學的能力	上網找資料	45	45	9	9	9	18	135	3.4
	用多媒體輔助教學	36	54	18	0	9	18	135	3.4
	製作網路課程	45	18	9	36	9	18	135	3

　　本問卷乃參考張于忻(2009)針對語文數位教學能力個案研究探討而來，問卷的評定標準為5分為很重要;4分為重要;3分為普通;2分為不重要;1分為完全不需要，受訪者可選擇答不答題，或者有其他意見皆會列問卷訪查中。

　　第一題「各能力融入數位教學之需求」(圖表1)的調查結果顯示，教師認為聽力和口語是最需要運用數位教學能力的部分，這和張于忻(2009)[3]所調查的結果

---

[3]張于忻(2009)。語文教師數位教學能力培訓機制個案探索，所得之數據分別為:聽力(2.22);口語

有小幅份度的上升，其中聽力是最值得關注的部分，從 2.22 分上升到 3.07 分，主要在於運用數位技術，可協助教師免去重複誦讀的情形。

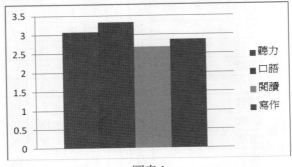

圖表 1

　　第二題「各科別融入數位教學之需求」(圖表 2)，此部分所得之數據大致和張于忻(2009)[4]相同。以大部分的評量而言，紙筆考試成為最主要的複習方式，詞彙、語法、漢字自然而然地成為教師考試項目。此外，文化的教學也列入評比的項目，文化和教學有著密不可分的重要性，語言包含文化，但許多國語文課程中，並沒有所謂獨立的文化課。

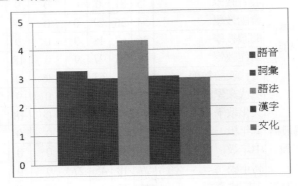

圖表 2

　　第三題「其他科別融入數位教學之需求」(圖表 3)，教學現場教師在教學時，深刻感受到活動設計的重要性，因此利用課堂上輕鬆活潑的活動，引起學生動機，變得相形重要。

(3.28);閱讀(2.44);寫作:(3)
[4]張于忻(2009)。語文教師數位教學能力培訓機制個案探索，所得之數據分別為:語音(3.56);詞彙(3.28);語法(4.39);漢字(3.5)

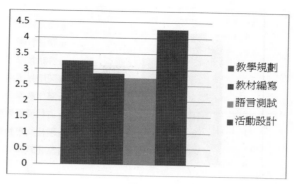

圖表3

　　第四題「教師最想學習的數位教學能力科別」(圖表4)，在此部份數據顯示，教師們認為並遍認為數位教學能力可集中在聽力、發音、會話、閱讀教學，這和張于忻(2009)所提及教授小學學生為主，因此在發音及會話教學就會比閱讀、寫作教學的需求來得高。但考察實際情況後則對此數據有更佳詳細的解讀。

　　1.聽力教學：

　　　　據教師們表示常有學生不懂教師的意思，這可能代表著多項意義，包含：紙筆考試是考試的主要方式、安親班制度下學生不需要擔心教師交待的作業，僅需要將作業交給安親班教師。兼之學生上課注意力不佳等這些都可能是教師們認為加強學生聽力教學的重要性指標因素。

　　2.發音教學：

　　　　學生發音不標準時，在大班教學情況下，教師無法兼顧學生的發音，只能在課餘時間和同學一對一面談時達到糾音的目的，因此發音教學雖然是教師們認為重要的一環，但在實行的難度上卻不小。

　　3.會話教學：

　　　　課堂能有效地實行會話教學的機會甚少，加上部分學生講閩南語為主，因此教師時而還得穿閩南語來提高學生的理解力。

　　4.閱讀和寫作教學：

　　　　以紙筆考試為主的形式下，閱讀和寫作教學似乎成為第一優先，同時也是最方便施行的項目。

　　5.古代漢語教學和現代文學教學：

　　　　本次問卷以小學教師為主要訪問對象，此部分的數值偏低乃為正常現象。

　　6.文化教學：

　　　　文化教學多半融入於一般課室活動和教學中，自然不是教師們首要加強之項目，即使教師們身懷文化技藝或對中華文化了解甚深，在課堂教學上發揮之地亦不大。

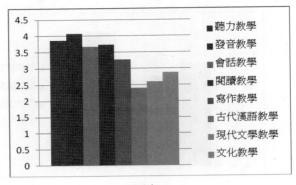

圖表 4

第五題「教師認爲最需要融入數位教學之年級」(圖表 5)，觀察此數據可以發現教師們主要的教學年齡層。教師們主要認爲以低年級及中年級較爲需要，尤其是在吸引其學習動機上。大部分的教師仍將數位教學能力定義爲課堂活動使用，並不涵蓋自主學習和課後活動，因此會有此種趨向。

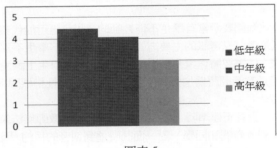

圖表 5

第六題「教師需要加強何種現代化教學的能力」(圖表 6)，除了台北市和新北市以外，大部分的課堂教學環境並非很好，多媒體能應用的空間亦有限，對於許多教學現場之現況而言，數位教學能力現階段仍處於只聞樓聲響，未見實質助益。許多教師多半會運用數位能力進行備課，以及製作 powerpoint 進行課堂活動，但對於供學生回家自學或評量之方式，則不甚瞭解，甚至有教師認爲此種評量方式一定很難，自己必然無法充分掌握等因素。

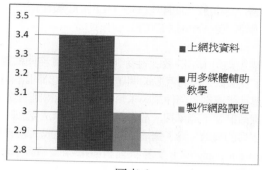

圖表 6

　　教育部對於基礎教育之成效全球聞名，數位科技相關能力亦為世界所共知，多年來累積深厚的語文教育研究與教學基礎，以及台灣具有語文數位學習應用技術及教育科技創新。教學人員若同時能具備數位教學之專才，對於語文教學合作及線上學習趨勢，皆具有正面之推廣效益。本計畫為推廣國語文數位教學，將培訓國語文教學人員數位教學能力，使其具備語文網路教學及教材應用能力。

　　因此，本研究將以增加教師運用數位教學能力為主軸，強化教師在檔案管理、數位教材製作、數位評量運用三方面進行增能。

　　本研究課程採用的教學模式，是以混成式教學進行學習模式。課程規劃採以兼具『理論與實務』之原則進行，除了提供研習教師國語文數位教學能力之紮實學習基礎以外，以實務為導向，讓研習教師於研習結業後，能夠提升數位教學能力。內容項目是從近 30 種不同的課堂教學運用而來[5]，共分四大類。經過約 2 年的實驗教學，將教師們認為最適合用於國語文教學上的部分整理出來，其選擇標準為教師容易操作與能提昇學生之學習成效為主要需求，本研究課程內容對象為中小學教師，年齡層從 25-65 歲，規劃如下：

1. 數位建檔
2. 數位教材部分
　　2.1 快速製作學習單及 PPT(以 WORD 及 POERPOINT 製作)
　　2.2 電子繪本(以 POERPOINT 及 FLV 製作)
　　2.3 行動載具教材(以 POERPOINT 及 ACROBAT 製作)
3. 數位評量工具部分
　　3.1 形成性評量
　　　　3.1.1 賓果格問答(以 POERPOINT 製作)
　　　　3.1.2 多滑鼠問答(以 POERPOINT 製作)
　　　　3.1.3 任務型導向課程(以 POERPOINT 製作)
　　3.2 總結性評量

---

[5]詳見張于忻〈語文教師數位教學能力研究〉，教育部數位教學能力專案，未出版。

3.2.1 線上非開放式問題(以 GOOGLEDOC 製作)
3.2.2 學習成就分析(以 EXCEL 製作)

　　主要的架構規劃是由培訓教師對受訓教師進行實務操練課程，並配合線上平台而設計。為了克服缺乏即時互動的問題，當受訓教師閱讀網頁教材遭遇到困難時，只能利用留言版或電子郵件來尋求幫助，能不能得到答案或是什麼時候才能得到幫助，受訓教師並不能掌握。當學習障礙一直無法克服時，勢必會降低學習的意願，影響學習的成效。為了彌補這個缺點，以混成式教學來加強學習動機和意願，此種結合 e-learning(線上學習)與面對面指導(實體教學)的教學模式，能有效幫助學習者學習。

　　由於本研究所使用之教學評量平台，以 google 平台為主，因此具有能打破時空的障礙。其優點在於受訓教師可以在任意時間地點來進行學習，不必侷限在課堂上來進行。受訓教師也可以看到所有的教材，和網路上其他的學員享有同樣的教材資源。而且彼此之間也可以觀摩彼此的教材，在去蕪存菁之後，網路上會出現製作的最完美的教材。

肆、研究發現與討論

　　本研究在進行課程後，均請受訓教師填寫問卷，以利進行分析，做為檢討師資培訓、切合現場教學所需，其內容如下表所示：

課程名稱 ＼ 滿意度	項目	非常滿意	滿意	不滿意	非常不滿意	無意見
數位教學檔案管理	教師教學方式	72%	28%	0%	0%	0%
	教師專業知識	78%	22%	0%	0%	0%
	課程內容	70%	30%	0%	0%	0%
	對工作之助益	72%	28%	0%	0%	0%
數位教材製作-快速製作學習單及 **PPT**	教師教學方式	90%	10%	0%	0%	0%
	教師專業知識	90%	10%	0%	0%	0%
	課程內容	92%	8%	0%	0%	0%
	對工作之助益	94%	6%	0%	0%	0%
數位教材製作-電子繪本製作	教師教學方式	84%	16%	0%	0%	0%
	教師專業知識	78%	22%	0%	0%	0%
	課程內容	76%	14%	0%	0%	0%
	對工作之助益	70%	30%	0%	0%	0%
數位教材製作-行動載具教材	教師教學方式	76%	24%	0%	0%	0%
	教師專業知識	86%	14%	0%	0%	0%
	課程內容	70%	30%	0%	0%	0%
	對工作之助益	60%	40%	0%	0%	0%

數位評量工具- 形成性評量 (賓果格問答)	教師教學方式	86%	14%	0%	0%	0%
	教師專業知識	88%	12%	0%	0%	0%
	課程內容	84%	16%	0%	0%	0%
	對工作之助益	90%	10%	0%	0%	0%
數位評量工具- 形成性評量 (多滑鼠問答)	教師教學方式	74%	26%	0%	0%	0%
	教師專業知識	80%	20%	0%	0%	0%
	課程內容	86%	14%	0%	0%	0%
	對工作之助益	74%	26%	0%	0%	0%
數位評量工具- 形成性評量 (任務型導向課程)	教師教學方式	80%	20%	0%	0%	0%
	教師專業知識	80%	20%	0%	0%	0%
	課程內容	86%	14%	0%	0%	0%
	對工作之助益	78%	22%	0%	0%	0%
數位評量工具- 總結性評量 (線上非開放式問題)	教師教學方式	76%	24%	0%	0%	0%
	教師專業知識	80%	20%	0%	0%	0%
	課程內容	86%	14%	0%	0%	0%
	對工作之助益	76%	24%	0%	0%	0%
數位評量工具- 總結性評量 (學習成就分析)	教師教學方式	88%	12%	0%	0%	0%
	教師專業知識	90%	10%	0%	0%	0%
	課程內容	86%	14%	0%	0%	0%
	對工作之助益	90%	10%	0%	0%	0%

　　本研究主要探討為數位教學能力之研究，由此對於教師之教學方式及教師專業知識略而不談。以下就對工作之助益與課程內容再進行分析。

　　在對工作之助益上，非常滿意由最高而低分別為：數位教材之快速製作PPT(94%)，其次為評量工具之賓果格問答(90%)及評量工具之學習成就分析(90%)。經訪談後，發現大部分教師們最當使用之數位教材，仍以 powerpoint 為主，因此能夠快速製作 PPT，省下許多寶貴的時間，對受訓教師而言是最受用的。尤其是年紀愈長的教師，感覺收獲愈大，由不會使用到能運用，是一個很大的進步；其次為課堂評量活動之賓果格問答，由於運用了悅趣化學習的概念，能夠讓全班同學都參與其中，受訓教師亦覺得十分有用；學習成就分析則解決了受訓教師們算成績及畫出學習成就曲線的問題，同時可以針對單人或全班進行學習成就分析，能有效找出學習者的難點及思考補救教學之用，也深受教師們的歡迎；最低者為數位教材之行動載具教材(60%)，經訪談後，多數教師表示雖然學習成效高，但並不實用，且許多學習者家中並無法負擔昂貴的行動載具，電子書包之於教學現場之教師而言，宣誓意味大於實質意味，顯見行動學習要融入在教學現場，仍需要一段時間。

　　在課程內容上，非常滿意由高而低者，分別為：數位教材之快速製作PPT(92%)，其次為評量工具之多滑鼠問答(86%)、評量工具之任務型導向課程(86%)、評量工具之線上非開放式問題(86%)及評量工具之學習成就分析(86%)。經

訪談後發現，許多教師在尚未受過數位教學能力培訓前，在製作 PPT 時使用最傳統的方式，上過課程後，學會許多小技巧，大大增加了製作 PPT 的能力，因此對於此內容覺得非常滿意的人數最多。至於其他滿意度高者，如評量工具之多滑鼠問答(86%)、評量工具之任務型導向課程(86%)、評量工具之線上非開放式問題(86%)及評量工具之學習成就分析(86%)，發現多集中在評量項目，經訪談後發現，教師們對於如何進行多元評量有相當深厚的興趣，因此在受訓時，覺得評量方面的課程內容最能吸引其注意；最低者為數位教學檔案管理(70%)及數位教材之行動載具教材(70%)，經訪談後，發現多數教師在進行自我的教學檔案管理時，多半有自己習慣的方式，而本課程單元主要以整合全校之教學檔案為出發點，對受訓教師而言，重新整理所有的教學檔案，可能會是個負擔；而行動載具教材則由於內容較為繁複，類型亦多，雖然之後實作操練為最簡單的應用，仍有教師表示目前有許多廠商都會完成許多教材，提供給教師參考，未來就算真的普及了，這部分一定會有廠商製作，因此並不擔心。

伍、結語

本研究之目的在於提昇國語文數位教學能力，經由精心設計的多元課程內容，讓研習教師能多方面增進教學之專業知識與專業素養、提升語文教學能力與教學品質。依據整體問卷分析的結果顯示，多數研習教師對於本次授課教師教學方式、教師專業知識、課程內容、對工作之助益均十分滿意，可見多數研習教師對於整體課程規劃及任課教師的專業知識與整體評價是極為滿意的。本次參與研習之教師無論是在數位教學能力的理論基礎及教學實務上皆獲得高度提升，多數的研習教師的數位教學能力也有顯著的提升，在最後的教案演示課堂中，每位教師都展現了在研習營期間所設計的成果，除了運用研習期間所學習之內容與技巧，還能加上實際參訪之所見所聞，效果與質量都非常好。

最後研究者認為，在「國語文教師數位教學能力」中，應以「國語文教師教學能力」為主，以「國語文教師數位能力」為輔。在資訊融入教育的概念裡，是以資訊「協助」教育，使學習者能更快速達到有效學習，而非以資訊「取代」教育，這是當前在開發資訊教學媒體及發展數位教學能力時應特別注意的課題。

參考文獻

《教學媒體：系統化的設計、製作與運用》，徐照麗著，台北：五南出版社，1999年 11 月。

〈漫談數位學習的理論〉，顏春煌撰，空大學訊，2007 年 10 月。

〈華語文遊戲設計與實務〉，張于忻撰，《中原華語文學報》(THCI)，2008 年。

〈How to devise the digital games of teaching Chinese as a second language〉，Chang,Yu-Hsin,American Council on the Teaching of Foreign Languages (ACTFL)Annual Meeting,San Deigo,CA,USA，2009。

〈華語文數位教學遊戲軟設計探析〉，張于忻撰，第九屆世界華語文教學研討會，劍潭青年活動中心，2009 年

〈How to devise and make the digital games of TCSL：in learning grammer and culture〉，Chang,Yu-Hsin，2010，未出版。

〈國語文數位教材與評量工具之研發〉，賴明德、孫劍秋、張于忻主持，教育部中央與地方輔導團國語文組專案計畫，2011，未出版。

媽祖故事結合國小國語文教學之課程設計
——以 ASSURE 模式為例

吳新欽[*]

摘要

　　本文結合臺灣民間信仰與文學、書法和圖畫書教學，以媽祖〈天妃誕降本傳〉、〈龍王來朝〉、〈降伏二神〉、〈抱接砲彈〉之故事為主，用李俊翰〈媽祖的孩子〉、〈海之傳說・媽祖〉、〈2010 年府城媽祖文化節-Q 版-巧虎-千里眼〉、〈戲說臺灣之媽祖坐牢一百年〉的 MV 影片引起動機，統整敦煌 S.6983《觀音經》的插圖本寫卷，應用 ASSURE 的教學模式，設計「我的生活筆記」的主題課程教學。在為期一個月，國小四年級每週兩節課的安排下，經由「我的身分證」、「翻滾吧！男（女）生！」、「媽祖故事接力」、「懸賞－說自己故事」的四個單元教學，期能透過用毛筆寫寫、畫畫的圖畫書寫作，讓小學生凝視生活中的自我，翻譯生活底層的隱喻，進而重新詮釋自我，理出生活背後的意義與價值。

關鍵詞：神話、媽祖、敦煌、圖畫書

---

[*] 國立臺中教育大學語文教育研究所三年級博士生

壹、前言

　　國小國語文教學的目的在使學生運用嫻熟的國語文能力,透過動人的文筆讓生活更多彩多姿,使豐富的生活紀錄能提升到生命記憶的藝術,而國語文教學的教材若能與在地生活緊密結合,將大為提升這方面教學的成效。觀察現實生活中,每年農曆三月,臺灣彰化、雲林、臺中、嘉義等地對媽祖的狂熱,在媒體大力推波之下,臺灣的小學生自當或直接或間接的受到媽祖遶境、媽祖電視晚會、媽祖文化節的氣氛所感染。因此,若能因勢利導結合媽祖故事實施教學,則在加深學生的社會關懷和凝視生活內容上,無疑是事半功倍之舉,對國小國語文教學有其重要性。可是就目前媽祖故事的教學來看,實尚有可改進之處。因為有關媽祖故事的研究,歷來探討的面向大都以神話、傳說、籤詩、匾聯、古典通俗小說與近人之小說、詩為主。神話方面如張珣〈從媽祖神話與儀式看媽祖信仰的俗民性質〉[1]、戴文鋒〈臺灣媽祖「抱接砲彈」神蹟傳說試探〉[2]、洪瑩發〈大甲媽祖進香神蹟傳說初探〉[3]、張青史《媽祖的神話》[4]等;傳說方面如林美容〈與彰化媽祖有關的傳說、故事與諺語〉[5]、王武龍《媽祖的傳說》[6]、石萬壽〈媽祖身世傳說的演變〉[7]、林瑤棋〈媽祖林默娘的傳說與文化〉[8]、羅春榮《媽祖傳說研究:一個海洋大國的神話》[9]、林培雅〈閨女變媽祖--臺中市萬和宮老二媽由來傳說探討〉[10]等;籤詩方面有孫淑華《屏東市媽祖廟籤文之研究》[11]、余全雄《媽祖百首籤詩解》[12];匾聯方面則有林明德〈臺灣地區媽祖廟匾聯之探索〉[13]、陳冠甫〈媽祖信仰與廟聯文化之研究〉[14]、黃淑卿《鹿港寺廟楹聯研究—以媽祖及武聖奉祀為研究場域》[15]、錢瑾玟《臺南市媽祖廟群匾聯研究》[16]等;古典通俗小說方面例如方彥壽〈最早描寫媽祖故事的長篇小說－「天妃出身濟世傳」的建本〉[17]、楊淑雅〈以媽祖故事為基礎的通俗小說〉[18]等;近人之小說、詩方面則有彭瑞金〈在

---

[1] 張珣,〈從媽祖神話與儀式看--媽祖信仰的俗民性質〉,《北縣文化》72(2002. 3)。

[2] 戴文鋒,〈臺灣媽祖「抱接砲彈」神蹟傳說試探〉,《南大學報》39.2(2005.10)。

[3] 洪瑩發,〈大甲媽祖進香神蹟傳說初探〉,《民俗與文化》1(2005.9)。

[4] 張青史,《媽祖的神話》(臺北:博學館圖書有限公司,2004)。

[5] 林美容,〈與彰化媽祖有關的傳說、故事與諺語〉,《民族學研究所資料彙編》2(1990.3)。

[6] 王武龍,《媽祖的傳說》(福州:海峽文藝出版社,1992)。

[7] 石萬壽,〈媽祖身世傳說的演變〉,《臺灣文獻》44.2/3 (1993.9)。

[8] 林瑤棋,〈媽祖林默娘的傳說與文化〉,《臺灣源流》43 (2008.6)。

[9] 羅春榮,《媽祖傳說研究:一個海洋大國的神話》(天津:天津古籍出版社,2009)。

[10] 林培雅,〈閨女變媽祖--臺中市萬和宮老二媽由來傳說探討〉,《興大人文學報》44(2010.6)。

[11] 孫淑華,「屏東市媽祖廟籤文之研究」(高雄:高雄師範大學回流中文碩士班碩士論文,2006)。

[12] 余全雄,《媽祖百首籤詩解》(臺南:大正書局,2009)。

[13] 林明德,〈臺灣地區媽祖廟匾聯之探索〉,《臺灣文獻》46.2(1995.6)。

[14] 陳冠甫,〈媽祖信仰與廟聯文化之研究〉,《國文天地》22.4(2006.9)。

[15] 黃淑卿,「鹿港寺廟楹聯研究—以媽祖及武聖奉祀為研究場域」(嘉義:南華大學文學系碩士班碩士論文,2008)。

[16] 錢瑾玟,「臺南市媽祖廟群匾聯研究」(臺南:臺南大學國語文學系碩士班碩士論文,2010)。

[17] 方彥壽,〈最早描寫媽祖故事的長篇小說--「天妃出身濟世傳」的建本〉,《臺灣源流》17(2000.3)。

[18] 楊淑雅,〈以媽祖故事為基礎的通俗小說〉,《美和技術學院學報》24.1(2005.4)。

暗夜裡唱歌的作家--葉石濤戰後初期小說集《三月的媽祖》出版〉[19]、田代操〈評桓夫詩集「媽祖的纏足」〉[20]、鄭炯明〈桓夫詩中媽祖世界的探討〉[21]、向明〈即物抒情的詩人--淺談桓夫的「媽祖生」〉[22]、秋吉久紀夫〈陳千武詩中的媽祖〉[23]、蔡秀菊〈媽祖的宰製與再生--評陳千武的詩集「媽祖的纏足」〉[24]等。上述前賢對媽祖故事的研究或論著，在結合國小國語教學方面，似乎少有學者深入探討。因此，針對進行國小國語文教學時如何「在地化」的問題，筆者於前人探討媽祖文化的信眾[25]、遊客[26]、社會人士[27]等基礎上，進而於教學層面，在為期一個月、國小四年級每週兩節課的安排下，試擬了媽祖故事結合國小國語文教學的課程設計，冀望除了能讓國小語文教學與在地生活更緊密聯繫外，尚可擴展媽祖文化的教學嘗試。不過筆者才疏學淺，缺漏罣誤，自知不免，尚祈博雅君子，有以教之。[28]

貳、文獻探討

一、媽祖故事方面

　　媽祖和兒童關係匪淺，羅春榮即引了一則清代嘉慶年間婦女因為需要工作，將孩子置放廟中，媽祖則代為看管的故事，說明媽祖是兒童的庇護者[29]，所以在國小結合媽祖故事教學，當不會不合適。而從成人角度看，透過靈驗故事，在潛移默化中對媽祖的信仰者進行道德感染，督促信仰者遵守社會道德，當是宗教文化的教化作用所在。在媽祖的降世故事裡，不管是出自民間的龍種、龍女轉世說、觀音轉世說、媽祖母親吞食觀音大士所賜藥丸、優缽花的誕生說、蛟麒麟所生說、妙行玉女降生說；抑或來自官宦家庭「九牧」的講法，均不外乎是為了突顯媽祖的不屬凡胎、不是凡人家庭千金，而是有崇高品行的；而在《天妃顯聖

[19]彭瑞金，〈在暗夜裡唱歌的作家--葉石濤戰後初期小說集《三月的媽祖》出版〉，《文學臺灣》52(2004.10)。
[20]田代操，〈評桓夫詩集「媽祖的纏足」〉，《笠》79(1977.6)。
[21]鄭炯明，〈桓夫詩中媽祖世界的探討〉，《笠》97(1980.6)。
[22]向明，〈即物抒情的詩人--淺談桓夫的「媽祖生」〉，《中華文藝》25.4(1983.6)。
[23]（日）秋吉久紀夫著，桓夫譯，〈陳千武詩中的媽祖〉，《笠》178(1993.12)。
[24]蔡秀菊，〈媽祖的宰製與再生--評陳千武的詩集「媽祖的纏足」〉，《臺灣文藝》155(1996.6)。
[25]鍾秀雋，「彰化市角頭搶轎研究－以大甲媽祖過境為例」（嘉義：南華大學宗教學研究所碩士論文，2010.1）。
[26]熊婉忻，「遊客對大甲媽祖遶境之動機與宗教景觀偏好程度」（臺中：東海大學景觀學系碩士論文，2010）；陳春安，「遊客對媽祖文化認知及參與態度關係之研究－以新港奉天宮為例」（臺中：逢甲大學景觀與遊憩研究所碩士論文，2010.2）；張翔竣，「參與「大甲媽祖文化節」遊客之涉入程度、遊客體驗與忠誠度關係研究」（雲林：雲林科技大學休閒運動研究所碩士論文，2008.6）。
[27]許瓊月，「居民對節慶活動的認知與參與之研究－以北港媽祖遶境為例」（臺南：立德大學休閒管理研究所碩士論文，2009.9）。
[28]本文為筆者就讀臺中教育大學語文教育研究所博士班時，選修劉瑩教授「論文寫作」課之期末報告，文中許多看法皆經劉老師多所指點，謹此聲明與致謝。此外，感謝嘉義大學中國文學系暨研究所蔡忠道教授審稿時的指正及建議，本文才得以刊出，但如本文仍有所疏漏之處，則由作者負責。
[29]羅春榮，《媽祖文化研究》（天津：天津古籍出版社，2006），頁44-45。

錄》的媽祖故事中，由媽祖顯靈幫助官軍征戰的事蹟，以及朝廷對媽祖的封號可以探得媽祖「忠君愛國」的規範；從媽祖顯靈庇佑船隻航海平安的記載，也可以覓得媽祖「慈悲」、「仁愛」的倫理道德；此外，透過媽祖顯靈醫治疾病、解除旱澇災害的事例，更能夠尋得媽祖關懷民間的善良品德。[30]上述這些道德，實不脫「護國」與「庇民」的主題。[31]

「《天妃顯聖錄》是第一本有系統、全方位記載媽祖的書，內容包含〈歷朝顯聖襃封二十四命〉、〈歷朝襃封致祭詔誥〉、〈天妃降誕本傳〉三部分，為後世奉為祖本。[32]」首先以〈靈符回生〉一節中為例來看[33]，〈靈符回生〉一節透過誇飾手法刻畫縣尹宦遊千里，全家生死懸於媽祖，媽祖雖原本認為縣尹全家病重是天數，不敢隨意干涉，但因媽祖「慈悲」、「仁愛」，惦念縣尹心地仁慈，平時為官也不惡，才告訴他用菖蒲九節煎水飲服，並將咒符貼在門口的秘方，進而解除病難。可見媽祖本身是「慈悲」、「仁愛」，所處環境也是「慈悲」、「仁愛」的。

其次續以〈收伏晏公〉一節中所述來說[34]，海上怪物「不慈悲」、「不仁愛」的晏公，在海上興風作浪，為害百姓，這是「起」；「承」的是媽祖到東溟出遊，也遭逢晏公之患；接著「轉」的是「慈悲」媽祖見狀不忍船夫受害，施法術掀起狂風巨浪與晏公對抗，晏公被迫而去；緊接再「轉」的是隨後晏公又變成一條神龍，繼續興風作怪，「仁愛」的媽祖忍無可忍才拋出繩索縛住晏公，且愈綁愈緊，牢固難解後，晏公才肯完全屈服，此時整個情節達到最高潮；最後「慈悲」又「仁愛」的媽祖命令晏公統領水闕仙班，護衛海上船民，以晏公成為媽祖部下總管的「合」作總結。

最後以〈機上救親〉一節中所述為例來看[35]，媽祖的父親和哥哥駕船出海北

---

[30] 朱天順，〈媽祖信仰與道德〉，「媽祖信仰國際學術研討會論文集」（1997.9），頁410-415。

[31] 羅春榮，《媽祖傳說研究：一個海洋大國的神話》（天津：天津古籍出版社，2009），頁108-138。

[32] 詳參蔡相煇，《媽祖信仰研究》（臺北：秀威資訊科技股份有限公司，2006.10），頁67。

[33] 「歲禳疫氣盛行，黃（疑為莆字之訛）縣尹闔家病篤。吏告以湄嶼神姑法力廣大，能起死回生，救災恤難。尹齋戒親詣請救。妃曰：『此係天數。何敢妄干！』尹哀懇曰：『千里宦遊，全家客寓，生死懸於神姑，幸憫而救之！』妃念其素稱仁慈，代為懺悔。取菖蒲九節，並書符咒，令貼病者門首，煎蒲飲之，病者立瘥。尹喜再生之賜，舉家造門拜謝。自此神姑名徹寰宇矣。」見不著撰人，《天妃顯聖錄》（臺北：臺灣銀行經濟研究室，1960.3），頁22。〈靈符回生〉故事附會於宮兆麟，《莆田縣志·職官志·名宦·黃禹錫》，卷8，詳參蔡相煇，《媽祖信仰研究》，頁90-91。

[34] 「時有負海怪物曰『晏公』，每於水中趁江豚以噓風，鼓水妖以擊浪，翻溺舟楫，深為水途大患。妃遊至東溟，見一碧萬頃，水天涵泓，半晷間江心澎湃，舟子急呼曰：『桅舵搖撼矣』。妃令拋椗，見一神掀髯突睛，金冠繡袖，隨潮升降，觸纜拂檣，形如電掃雷震。妃色不動，顯出靈變。忽旋風翻浪，逆沸倒澎；彼伏神威，叩謝遁舟而還。但一時為法力所制，終未心服。繼復逞色相，變一神龍，挾霧翼雲，委蛇奔騰。妃曰：『此妖不除，風波不息』！乃拋椗中流。龍左翻右滾，機破技窮，仍還本象，唯見整然衣冠，儼一尊人，駐椗不動。妃命投下緋繩，彼近前附攝，不覺隨攝隨粘，牢固難解，飄蕩浮於水上。始懼而伏罪。妃囑之曰：「東溟阻險，爾今統領水闕仙班，護民危厄」。由是永依法力，為部下總管。」見不著撰人，《天妃顯聖錄》，頁21-22。〈收伏晏公〉故事源自《繪圖三教源流搜神大全·晏公爺爺》，詳參蔡相煇，《媽祖信仰研究》，頁89。

[35] 「秋九月，父與兄渡海北上。時西風正急，江上狂濤震起。妃方織，忽於機上閉睫遊神，顏色頓變，手持梭，足踏機軸，狀若有所挾而惟恐失者。母怪，急呼之，醒而梭墜，泣曰：『阿父無恙，兄沒矣』！頃而報至，果然。彼時父於怒濤中倉皇失措，幾溺者屢，隱似有住其舵與其兄舟相近，無何，其兄之舵摧舟覆。蓋妃當閉睫時，足踏者父之舟，手持者兄舵也。」見不著撰人，《天妃顯聖錄》，頁18-19。〈機上救親〉故事可能源自何喬遠，《閩書·方域志·湄洲嶼》，

上，媽祖當時正在織布，「慈悲」與「仁愛」的媽祖感應到親人遭逢災難，於是當下臉色突變，閉著眼睛趴在織布機上，手持織機之梭、足踏織機之軸，拼盡全力好像在掙扎什麼，惟恐失手似的。雖然最後因為母親的不知，讓媽祖手上的梭子掉在地上，但「慈悲」、「仁愛」的媽祖也只是跺腳大聲哭叫說：「父親得救，哥哥墜海死了！」並沒有埋怨母親，要怪只能無奈的怪大海的「不慈悲」、「不仁愛」吧！朱天順談到媽祖信仰與道德的關係即指出媽祖的神性、靈驗和神的品德構成媽祖信仰的要素，且說：

> 媽祖信仰和社會道德雖是不同的社會意識範疇，但二者的關係非常密切。二者在互相影響和互相滲透的過程中發展，並對社會生活發生著作用。媽祖信仰和道德觀念都是建立在人們內心信念的基礎之上的，在這一點上二者具有同質性。但是媽祖信仰中的道德要素，是由社會道德對媽祖信仰滲透而來的，而道德要素本身則是人們對當時社會關係的認識形成的，它通過媽祖信仰使一些道德規範宗教化、神化，借由媽祖信仰的力量，加以推行。因此，媽祖信仰中的神意的善惡觀和社會道德的善惡觀和導向，一般是一致的。[36]

換言之，人們對社會關係的認識所形成堅定的善惡等社會道德信念，在媽祖信仰的行為中也能找得到相同的道德導向。

二、國小國語之媽祖故事方面

　　首先是國小國語的媽祖故事方面，檢視九十八年度下學期與九十九學年度上學期康軒、翰林與南一版課程安排，只見康軒四下第七課「媽祖遶境行」，在使學生得以了解迎媽祖的民俗、節日由來及其意義，並和實際生活情境相聯結欣賞民間文藝活動外，媽祖題材之課文並不多見。雖然如南一版五上第八課「女媧造人」，使學生能了解中國神話的人物性格，透過神話的欣賞，啟發想像力，以及培養珍惜自己的生命及愛護所有生物；第九課「邵族英雄」，讓學生理解日月潭的傳說由來，體會犧牲奉獻的精神，對邵族文化的認識，第十課「雅典娜與橄欖樹」，引導學生認識希臘神話的人物性格，培養開放的心胸及想像力，體會神話故事裡的傳奇事蹟；康軒三下第十二課「射日」課文，旨在引領學生能閱讀原住民神話傳說，了解原住民神話傳說的內涵，進而比較不同射日故事中的主角人物、故事架構[37]，檢視上述安排確有融攝東西文化、兼含本土與中華文化之優點，但在地媽祖文化的弱化，顯然亦有不足之處。

　　其次是實施媽祖文化教學之成果呈現方面，在國小作文教學、國小書法教學

卷 24，詳參蔡相煇，《媽祖信仰研究》，頁 80。

[36] 朱天順：〈媽祖信仰與道德〉，頁409。

[37] 翰林版並無神話教材，詳見翰林我的網，http://www.worldone.com.tw/index.do；康軒教師網，http://www.945enet.com.tw/Index.asp?U_SL=E；南 e 國小教師網，http://www.nani.com.tw/nani/eteacher/etchin_index.jsp，（2010.11.12 上網）。

以及橋梁書創作教學的跨領域結合上，如果存在其可行性[38]，那麼本文所擬國小作文結合書法、圖畫書就當亦有其可行的可能了，畢竟，圖畫書與橋梁書最基本的差異僅是文、圖的比重。

　　承上述可知，小學國語文結合媽祖實施教學，對當前國語文教材有其補充的價值，而跨領域做圖畫書的呈現，亦有其可行性。

三、敦煌寫卷方面

　　圖文並存的形式，在 1975 年湖北雲夢縣睡虎地秦簡《日書》的〈人字篇〉、〈直室門篇〉即已出現，上圖下文體現南宋鄭樵所謂「索象於圖，索理於書（筆者按：指文字）」之說。[39]敦煌寫卷裡圖文結合的數量也不少，相較於純經文的寫經和純圖像的經變畫顯得突出[40]。以 S.6983 寫卷來說，該卷藏於英國不列顛圖書館，尺寸（h x w）10 x 18 釐米，為一墨繪紙本的線裝書冊，書寫《妙法蓮華經‧觀世音菩薩普門品第二十五》，下半段每抄寫一段經文便於上半段搭配一幅插圖，插圖以濃墨粗線畫風線畫為主[41]，以圖配文，已粗具繪本與橋梁書的影子，內容不失勸人為善與尊重生命的旨趣，當無須因其宗教背景而加以排斥[42]。這種圖文結合的寫卷，相較於目前筆者所知國內林小杯的《阿非，這個愛畫畫的小孩》，在「手寫、手繪」特質外，更具有使用工具上毛筆的特色，可說適合本研究所需。鄭志明曾就敦煌願文中與「送死」有關的「亡文」，取寫卷 S.343〈亡兄弟文〉、〈亡僧號〉、〈亡尼文〉、S.1441〈亡女〉、S.2832〈亡妻〉、〈夫亡〉、S.5957〈亡考文〉、P.2341〈亡妣文〉、〈亡男文〉說明亡文傳達了佛教承認生命有限性、追思亡者生前德行與通過儀式超度解脫的倫常教化；用 S.343〈亡妣文〉、S.4081〈亡〉、S.5639〈亡莊嚴〉、S.5957〈亡僧尼捨施文〉、P.2058〈亡齋文〉、〈亡尼文〉、P.2226〈亡考文〉、P.2588〈亡文〉闡釋亡文表現了佛教教導民眾勇於面對「無常」，不戀棧人間各種外境與實相，乘佛願力超出三界內外一切生死的「正覺」來修行的生命關懷；以及經由 S.5637〈亡考妣三周〉、S.5957〈臨壙文〉、P.1104〈為亡兄太保追福文〉、P.2226〈亡考文〉、P.2237〈脫服文〉、P.2449〈萼囉鹿捨施追薦亡妻文〉解說亡文顯示了佛教轉經、焚香、供饌、設齋等儀式，可以為亡者追福與生者造福，祝願亡者得涅槃之境，而除喪儀式能協助生者走出喪事哀痛的儀式功能。據此，進而提出與傳統儒家孝道家庭倫理思想結合的這種佛教禮儀文化，不僅傳遞了佛教的信仰，也是佛教重視生命終極安頓的生命教育，在民間一種宣揚方式的看法。[43]

---

[38]詳參拙文，〈國小書法結合橋梁書教學之行動研究－以四年級為例〉，《屏東教育大學學報》37(2011.9)。
[39]徐小蠻、王福康，《中國古代插圖史》（上海：上海古籍出版社，2007.12），頁 5-6。
[40]沙武田，《敦煌畫稿研究》（北京：民族出版社，2006）。
[41]徐小蠻、王福康：《中國古代插圖史》，頁 13。
[42]陳建榮，「宗教題材編入九年一貫課程適切性之研究」（臺中：臺中師範學院國民教育研究所碩士論文，2001）。
[43]鄭志明，〈敦煌寫卷「亡文」的生命教育〉，《普門學報》19(2004.1)。

參、以 ASSURE 模式設計教學活動

資訊科技教學媒體的特質及其所發揮的功能，促進了教學模式的改變，最明顯的教學景象爲傳統的黑板和粉筆被一代接一代的先進電腦所取代，教學主角由老師變成學生了，傳授知識的重要性也被掌握有效搜尋和整合資料的技巧，以及統整的功夫、創意與跨領域結合所置換。

ASSURE 的教學設計模式即爲 Heinich, Molenda, Russell 與 Smaldino（1982）在這種背景下所提出，它提供一套明確的程序，讓中小學教師在教室內照表操課，實施資訊科技融入教學的系統化教學設計模式參考。著重於在實際教學情境下，慎選與善用多媒體工具來幫助達成教學目標，並鼓勵學生互動參與，取其六個步驟的首字縮寫「ASSURE」以表達「確保教學成功有效」之意。首先是「A」：分析學生的特性。教師先就教學對象的一般特性、教學對象對教學主題的相關知識、技能和態度，以及教學對象的學習風格作分析，以便選擇最合適的教學媒體來達成教學目標。其次是「S」：編寫教學目標。教師要儘量明確地敘寫教學目標，不但可以有助於選擇恰當的教學媒體和方法，還可以適應學生個別差異，確認合適的評鑑方法。再次是「S」：選擇合適的教學媒體。教師可選擇或修改現成的教學媒體或設計新的教學媒體。接著是「U」：按步驟運用教學媒體。教師須事先親自試用媒體，確保其有效性；並根據教案從頭到尾至少演練一次；講課前應先作教學佈置，把需用的器材妥善安排；開始授課時應先讓學生進行引起動機，使他們對媒體感興趣；最後在展示教學媒體時教師必須維持學生高度的注意力和學習興趣。再來是「R」：在學習的過程中激發學生的參與並提供回饋，教師運用媒體的經驗和能力，加上透過不同的活動，從而提高學習的效能。最後是「E」：當完成教學活動後，教師必須評量教學的成效，根據結果來修正和調整教學設計和媒體，並作爲下一次教學的依據。[44] 本研究即是將 ASSURE 模式應用在大一國文教學，以進行分析學習者、敘寫目標、選擇媒體與教材、使用媒體與教材、激發學習者參與、評鑑與修正，茲以下列圖示此研究設計並說明之。

一、媽祖故事結合國小國語文教學之課程設計

（一）主題形成

筆者認爲小學生即有拿起筆來塗塗、寫寫的起點行爲，結合敦煌插圖本寫卷圖文的表達形式，小學生在書寫學習過程中，若能在毛筆圖畫書的圖文寫作裡帶入「在地化」的媽祖故事，則國小國語教學的成長空間值得期待，因此設計「我的生活筆記」的主題課程。課程中規畫以媽祖〈天妃誕降本傳〉、〈龍王來朝〉、〈降伏二神〉、〈抱接砲彈〉之故事爲主，用李俊翰〈媽祖的孩子〉、〈海之傳說‧媽祖〉、〈2010年*府城媽祖文化節*-Q版-巧虎-千里眼〉、〈戲說臺灣之*媽祖坐牢一百年*〉的MV 影片引起動機，統整敦煌 S.6983《觀音經》的插圖本寫卷，應用 ASSURE 的

---

[44] 張霄亭，《教學媒體與教學新科技》（臺北：心理出版社，1995），頁 6-8。

教學模式，在為期一個月，國小四年級每週兩節課的安排下，安排了「我的身分證」、「翻滾吧！男（女）生！」、「媽祖故事接力」、「懸賞－說自己故事」的四個單元的教學。

（二）主題架構

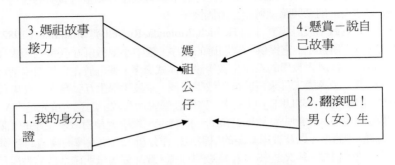

圖一 「我的生活筆記」主題課程教學架構圖

（三）媽祖故事結合國小國語文教學之呈現與分析

1. 分析學習

（1）一般特徵

據曾清芸於2005年3月中旬至4月10日，針對全國高中職、國中小學生進行之調查顯示：

> 1.學生自我時間管理有待加強，就學年齡愈高在校時間愈長，打瞌睡情形也較嚴重，而晚睡是主要原因，學生認為功課壓力是他們晚睡主要原因；
> 2.校園中師生互動關係尚稱良好，有九成學生認為遇到問題時，學校師長可以提供協助，但體罰學生情形依舊存在，仍須加強改善；
> 3.校園風氣自由民主，學生不愛嚴屬管教型的老師，希望校規能放鬆；
> 4.同學間性別關係互動良好，最重視同學友誼，成為解憂夥伴，而私人生活是共同話題，男生愛聊電玩，女生愛聊私人生活。[45]

而在課程學習方面，「綜合活動多元，滿意度最高。學生偏愛體育、社團及音樂藝術課程，但教學方式仍有待加強。以幽默風趣、親切和藹及創新活潑型老師最受學生歡迎。」

此外，據兒童福利聯盟文教基金會在 2009 年以臺灣本島四、五、六年級國小學童所作臺灣兒童快樂生活大調查指出，臺灣的孩子在「個人身心」面向的快樂分數最高，達 80 分；在「家庭生活」面向的快樂分數最低，為 74 分；「學校

---

[45]曾清芸，〈校園學生心理健康狀況調查調查報告〉，《金車教育基金會》網站，http://www.edu.tw/files_temp/bulletin/B0046/snow-st0505.doc（2010.11.12 上網）。

生活」面向則居中，獲 76 分；整體而言，臺灣兒童快樂生活總得分爲 77 分。[46]

（2）起點行為

目前國小國語之教材，僅康軒版涉及到媽祖民俗，雖就相關的神話教材，以份量而言，南一版的三篇最多，由教材多樣性來看，南一版搜羅了希臘與臺灣邵族，因此，國小國語課可在此基礎上參酌媽祖故事再加深加廣。

（3）學習風格

據許育嘉研究指出，「場地獨立型」和「具體型」的學習風格類型人數最多，「抽象型」則最少，「概覽型」學習風格以男性爲多，「詳述型」則以女性爲多；「尖銳型」、「類比型」、「隨機型」之中文學習成就較高。[47]

2. 敘寫目標

主題：「我的生活筆記」，該主題的教學目標敘寫如下：

（1）能共同討論閱讀的內容，並分享心得。

（2）能凝視自我生命形態的個別差異。

（3）能挖掘自己的生活歷史，發揮想像力敘寫自己的生活故事，嘗試圖文創作，並欣賞自己和同儕作品的優缺點。

3. 選擇媒體與教材

主題：「我的生活筆記」，該主題所選擇媒體與教材如下：

（1）MV 影片：運用電腦上網搜尋李俊翰〈媽祖的孩子〉、*2010 年府城媽祖文化節*-Q 版-巧虎-千里眼、〈海之傳說‧媽祖〉、〈戲說臺灣之*媽祖坐牢一百年*〉的 MV 與永字八法影片，並配合播放軟體，確定可播放。

（2）圖片：敦煌 S.6983《觀音經》的寫卷圖片。

（3）講義：媽祖〈天妃誕降本傳〉、〈龍王來朝〉、〈降伏二神〉、〈抱接砲彈〉之傳說的教材等相關資料。

（4）數位相機：把學生參與活動內容，隨時隨地拍攝或錄下來，可以清楚看到學生的學習過程、成長過程。

4. 使用媒體與教材

該主題使用媒體與教材的內容如下：

（1）試用：教學前事先審閱相關 MV、圖片，看看是否能順利播放？此外筆記型電腦的連線、裝置、操作是否正常，數位相機電池是否已經充電？都是進行教學前應該考慮的事情。

（2）預習教材：觀看相關書籍，對欲進行的主題有相當的了解，同時把所要用到的資源準備齊全，以便確保活動進行，所需要的物品皆能輕鬆取得。

（3）佈置學習情境：爲了讓能力較佳學生來帶一些程度較差的學生，故可事先將學生分組。此外教室情境也要佈置與此主題有關的內容，讓學生身歷其境，融

---

[46] 詳參《兒童福利聯盟文教基金會》網站，http://www.children.org.tw/（2010.11.12 上網）。

[47] 許育嘉，「國小學童學習風格與中英文學習成就之相關研究」（臺中：國立臺中教育大學語文教育學系碩士班碩士論文，2010）。

入學習活動。最後關於筆記型電腦的擺放位置，亦要事先安排妥當，避免影響學生的學習動線。

（4）要學習者也準備起來：為了讓學生知道此主題的內容，可利用 e-mail 把活動內容預告給學生，請組長帶領組員蒐集資料，引起學生的學習興趣及動機。

（5）提供學習經驗給學生：教學過程強調以學生為學習中心，所以教師的角色應該是引導者與協助者的角色，所以儘可能的把所蒐集資料的經驗提供給學生。

5. 要求學習者參與

　　相關教學活動強調以學生為學習中心，過程如下述教學簡案。

（1）第一單元—「我的身分證」

教學領域	國小國語文領域				
課程名稱	「我的生活筆記」主題課程				
設計教師	吳新欽	教學節數	2 節	教學對象	國小四年級
學習主題	我的身分證				
教學目標	1.能共同討論閱讀的內容，並分享心得。 2.能凝視自我生命形態的個別差異。 3.能挖掘自己的生活歷史，發揮想像力敘寫自己的生活故事，嘗試圖文創作，並欣賞自己和同儕作品的優缺點。				
教學型態	v 個別班級教學　　□ 班群教學　　□ 全學年教學活動 □ 跨學年教學活動　　□ 戶外教學　　□ 其他				
課程統整	□ 縱向聯繫　　　　　　v 橫向聯繫(歷史與文化領域、藝術領域)				
教學資源	李俊翰〈媽祖的孩子〉MV，網址 http://www.youtube.com/watch?v=_2Isbo0EphQ、 媽祖〈天妃誕降本傳〉、敦煌寫卷 S.6983、永字八法影片，網址 http://www.youtube.com/watch?v=ycjnQs1Pi_g				
評量方式	上課討論及發表、五格書作品、分組製作相關表現。				
教學流程					時間分配

一、準備活動 　　教師於課前先看過整段的李俊翰〈媽祖的孩子〉MV後，再與學生共同聆賞。	5分
二、發展活動 　　1.教師與學生分享自己的出生記憶並相互對話。	10分
（1）「人講阮是媽祖的孩子」，請問你是怎樣出生的？	
（2）你認為生活中有那些痛苦？你每天的生活有那些期待？你敢去嘗試嗎？	
（3）從「不知影這世間，有什款的無奈？生命的意義，又攔有什款的期待？」這句，你可以學到什麼寫作技巧？	
2.教師提問引導學生賞析媽祖〈天妃誕降本傳〉。	10分
（1）為什麼媽祖叫林「默」娘？	
（2）你對「服下觀音大士所賜藥丸後懷孕」與「一道紅光射入屋中，異香不散，接著媽祖就出生了」有什麼看法？如果是你……？	
（3）為什麼要強調媽祖的父母平日樂善好施，虔誠信仰觀音大士？	
3.教師提問引導學生共同賞析敦煌寫卷S.6983。	10分
（1）年紀那麼大的八十二歲老人，為什麼還要寫經、抄經？	
（2）S.6983的抄寫內容是什麼？	
（3）S.6983的字點畫、結體、章法寫得如何？	
（4）S.6983的圖畫中線條、色彩、圖文搭配得怎樣？	
4.師生再共同欣賞李俊翰〈媽祖的孩子〉MV後，教師提問：正值年少的你，如何用毛筆慎重的記錄你的出生記憶？	5分
※**第一節結束**※	
三、綜合活動 　　1.學生完成異質性分組。	5分
2.教師引導學生複習楷書基本書法的點畫：永字八法－側、勒、努、趯、策、掠、啄、磔。	10分
3.教師引導學生至少應用一種修辭，分組共作或自作「我的身分證」五格圖畫書。	20分
（1）小時候有那些事情會深深印在你腦中？	
（2）小時候的玩具有那些種類？	
（3）小時候你的家裡曾養過什麼寵物？	

（4）小時候的你是否有很多問號，為什麼別人在……，我卻在……呢？ （5）如果你現在可以重新回到小時候，你最想做的事是什麼？ 　4.依「文、圖」表現作同儕評比，並展示於教室之成果展示區互相觀摩。 ※第二節結束※	5分

（2）第二單元－「翻滾吧！男（女）生」

教學領域	國小國語文領域
課程名稱	「我的生活筆記」主題課程
設計教師	吳新欽　　教學節數　2節　教學對象　國小四年級
學習主題	二、「翻滾吧！男（女）生」
教學目標	1.能共同討論閱讀的內容，並分享心得。 2.能凝視自我生命形態的個別差異。 3.能挖掘自己的生活歷史，發揮想像力敘寫自己的生活故事，嘗試圖文創作，並欣賞自己和同儕作品的優缺點。
教學型態	ｖ個別班級教學　　□班群教學　　□全學年教學活動 □跨學年教學活動　□戶外教學　　□其他
課程統整	□縱向聯繫　　ｖ橫向聯繫(歷史與文化領域、藝術領域)
教學資源	*2010年府城媽祖文化節*-Q版-巧虎-千里眼，網址 http://www.youtube.com/watch?v=sKIEG_lzg2w、媽祖〈龍王來朝〉、敦煌寫卷 S.6983
評量方式	上課討論及發表、摺紙書作品、分組製作相關表現。
教學流程	時間分配

一、準備活動	
教師於課前先看過整段的〈*2010年府城媽祖文化節*-Q版-*巧虎-千里眼*〉MV後，再與學生共同聆賞。	5分
二、發展活動	
1.教師與學生分享自己的成長過程並相互對話。	10分
（1）你的成長過程裡有那些波折或困難？是短暫的？還是持續反覆的？又是怎樣獲得解決的？	
（2）你認為成長過程有那些值得慶賀或比較溫馨的？你認為你的生命有意義嗎？	
2. 教師提問引導學生賞析媽祖〈龍王來朝〉。	10分
（1）為什麼東海的漁船時常遭遇船難？	
（2）船夫看見海上波濤洶湧，害怕不已，媽祖卻說不用怕，為什麼？	
（3）為什麼只要媽祖誕辰，漁民就不捕魚？	
3.教師引導學生再共同賞析敦煌寫卷 S.6983。	10分
（1）年紀那麼大的八十二歲老人，為什麼還要寫經、抄經？	
（2）S.6983 的抄寫內容是什麼？	
（3）S.6983 的字點畫、結體、章法寫得如何？	
（4）S.6983 的圖畫中線條、色彩、圖文搭配得怎樣？	
5.師生再共同欣賞〈*2010年府城媽祖文化節*-Q版-*巧虎-千里眼*〉MV後，教師提問：正值年少的你，如何用毛筆慎重的記錄你的成長點滴？	5分
※第一節結束※	
三、綜合活動	
1.教師引導學生複習楷書基本書法結體－獨體、合體、左右、上下、左中右、上中下等。	5分
2.教師引導學生至少應用一種修辭，分組共作或自作摺紙書《翻滾吧！男（女）生》。	30分
（1）你成長經驗有那些事情會深深印在你腦中？	
（2）你最欣賞你自己的什麼優點或缺點？	
（3）你認為你最美的是什麼？	
（4）你和你自己曾吵過嗎？開始、經過和最後收場呢？	
（5）你夢中的偶像是什麼呢？為什麼？	
3.依「文、圖」表現作同儕評比，並展示於教室之成果展示區互相觀摩。	5分
※第二節結束※	

（3）第三單元—「媽祖故事接力」

教學領域	國小國語文領域				
課程名稱	「我的生活筆記」主題課程				
設計教師	吳新欽	教學節數	2 節	教學對象	國小四年級
學習主題	三、「媽祖故事接力」				
教學目標	1.能共同討論閱讀的內容，並分享心得。 2.能凝視自我生命形態的個別差異。 3.能挖掘自己的生活歷史，發揮想像力敘寫自己的小時候，嘗試圖文創作，並欣賞自己和同儕作品的優缺點。				
教學型態	☑個別班級教學　　　□班群教學　　　□ 全學年教學活動 □跨學年教學活動　　□戶外教學　　　□ 其他				
課程統整	□縱向聯繫　　　　　☑橫向聯繫(歷史與文化領域、藝術領域)				
教學資源	〈海之傳說・媽祖〉MV，網址 http://www.youtube.com/watch?v=YLiU89bNkTc、媽祖〈降伏二神〉、敦煌寫卷 S.6983				
評量方式	上課討論及發表、摺紙書作品、分組製作相關表現。				
教學流程					時間分配

一、準備活動 　　　教師於課前先看過整段的〈海之傳說‧媽祖〉MV 後，再與學生共同聆賞。	5 分
二、發展活動 　　　1.教師與學生分享〈海之傳說‧媽祖〉MV 觀賞心得並相互對話。	15 分
2.教師提問引導學生共同深入賞析媽祖〈降伏二神〉，並共同分享： 　　　（1）順風耳和千里眼為什麼要為患村民？你在生活中遇到那些人會這樣？ 　　　（2）如果你是順風耳和千里眼，你認得出變裝後的媽祖嗎？為什麼？ 　　　（3）如果你是順風耳和千里眼，媽祖激問敢丟下鐵斧嗎？你會丟下嗎？你的原因是什麼？	
（4）順風耳和千里眼最後的下場怎樣？如果是你，你會像順風耳和千里眼那樣嗎？假使不想那樣，你要如何改變你自己？ 　　　3.教師引導學生再共同賞析敦煌寫卷 S.6983。 　　　（1）年紀那麼大的八十二歲老人，為什麼還要寫經、抄經？ 　　　（2）S.6983 的抄寫內容是什麼？	15 分
（3）S.6983 的字點畫、結體、章法寫得如何？ 　　　（4）S.6983 的圖畫中線條、色彩、圖文搭配得怎樣？ 　　　4.師生共同聆賞〈海之傳說‧媽祖〉MV 後，教師提問：正值年少的你，如何用毛筆慎重的寫出你在生活中的改變？	5 分
※第一節結束※	
三、綜合活動 　　　1.教師引導學生複習楷書基本的章法－有行有列、有行無列、無行無列等。	5 分
2.教師引導學生至少應用一種修辭，分組共作或自作摺紙書《媽祖故事接力》。 　　　（1）經過幾多歲月後，媽祖有那些事情還深深刻在你記憶中？如果你是媽祖，你會……？ 　　　（2）受過挫折後，你欣賞媽祖的什麼優點或缺點？假使是你，你會……？	30 分
（3）如果你現在可以重新選擇一次，你最想做的選擇是當什麼？或是……？ 　　　3.依「文、圖」表現作同儕評比，並展示於教室之成果展示區互相觀摩。	5 分
※第二節結束※	

（4）第四單元－「懸賞－說自己故事」

教學領域	國小國語文領域				
課程名稱	「我的生活筆記」主題課程				
設計教師	吳新欽	教學節數	2 節	教學對象	國小四年級
學習主題	四、「懸賞－說自己故事」				
教學目標	1.能共同討論閱讀的內容，並分享心得。 2.能凝視自我生命形態的個別差異。 3.能挖掘自己的生活歷史，發揮想像力敘寫自己的小時候，嘗試圖文創作，並欣賞自己和同儕作品的優缺點。				
教學型態	v 個別班級教學　　　　□ 班群教學　　　　□ 全學年教學活動 □跨學年教學活動　　　□戶外教學　　　　□ 其他				
課程統整	□縱向聯繫　　　　v 橫向聯繫(歷史與文化領域、藝術領域)				
教學資源	媽祖〈抱接砲彈〉傳說、〈戲說臺灣之*媽祖坐牢一百年*〉的 MV，網址 http://v.youku.com/v_show/id_XOTEzMTQ4NDg=.html、敦煌寫卷 S.6983				
評量方式	上課討論及發表、手卷書作品、分組製作相關表現。				
教學流程					時間分配

一、準備活動 　　教師於課前先看過整段的〈戲說臺灣之*媽祖坐牢一百年*〉MV後，再與學生共同聆賞。	5 分
二、發展活動 　　1.教師與學生分享 MV 觀賞心得並相互對話。 　　2.教師提問引導學生共同再深入賞析媽祖〈抱接砲彈〉傳說，並共同分享： 　　（1）第二次大戰期間，日軍轟炸屏東市，鄉民躲入廟內，炸彈落入廟內卻沒爆炸，你相信嗎？你的生活裡，有那些大災難的記憶？ 　　（2）民國三十四年，盟機再次空襲並投燒夷彈數枚，周圍一片火海。媽祖廟內卻炸彈均無爆炸，宮貌巍然如故。如果你是當時避難的人，你會選擇相信嗎？為什麼？在你的生活中，聽過什麼類似的奇蹟？	15 分
3.教師提問引導學生共同賞析敦煌寫卷 S.6983。 　　（1）年紀那麼大的八十二歲老人，為什麼還要寫經、抄經？ 　　（2）S.6983 的抄寫內容是什麼？ 　　（3）S.6983 的字點畫、結體、章法寫得如何？ 　　（4）S.6983 的圖畫中線條、色彩、圖文搭配得怎樣？	15 分
5.師生共同聆賞〈戲說臺灣之*媽祖坐牢一百年*〉MV 後，教師提問：正值青春歲月的你，如何用毛筆慎重的寫出生活中遭遇災難的你？	5 分
※第一節結束※	

三、綜合活動	
1.教師引導學生複習楷書基本點畫、結體與章法。	
（1）點畫：永字八法－側、勒、努、趯、策、掠、啄、磔。	5 分
（2）結體：獨體、合體、左右、上下、左中右、上中下等。	
（3）章法：有行有列、有行無列、無行無列等。	
2.教師引導學生至少應用一種修辭，分組共作或自作手卷書	30 分
《「懸賞－說自己故事」》。	
（1）你如何凝視自己生命的各個階段？	
（2）挖掘你的生活經歷後，你認為有那些值得記載下來的？	
（3）你的生活就像什麼？如果可以讓你重新來過，你有什麼期	
待？	
（4）現在的你對照過去的你，你意識到那些改變？	
（5）你認為你的生命原本應該是怎樣的？你達到了嗎？	5 分
3.依「文、圖」表現作同儕評比，並展示於教室之成果展示區	
互相觀摩。	
※第二節結束※	

（6）評鑑與修正

本課程之評鑑與修正著重在以下幾個面向：

①歷程性評量－評量學生在整個學習過程，是否對每一個活動內容都有興趣？跟同學是否共同成長？是否會參與小組討論？所交代該準備的東西是否都會帶來等等。

②口頭評量：上課過程中，是否會主動回答老師所提問的問題。

③個別評量：分組製作小書時，是否都能合作完成？並完成每一項要求。

④教學媒體和方法的評鑑：仔細反省在整個活動主題當中，所使用的教學媒體和方法否正確，亦可發問卷給學生，讓他們也能從老師的教學過程中，發現教師在進行教學中或關於媒體的使用是法治當，該如何改進等等。

⑤整體教學之評估：思考當初設計此活動的初衷，有沒有達到自己當初所要設計該活動的目的，學生學習到什麼？這些內容設計是否符合學生生所需，如果都已達到該目的，要如何帶領學生往更深一層去學習；如果沒有，要該如何去改正教學及彌補等等。

肆、結論

現實生活中媽祖遶境活動的教材，適度結合到國小國語文教學，將使國小國語文教學更加生活化，更容易讓學生接受而達到教學目標。「慈悲」、「仁愛」的媽祖故事是臺灣珍貴的文化資產，它的探討不應只限於神話、傳說、籤詩、匾聯、古典通俗小說與近人的小說和詩而已，教學上的如何應用，有其開發的必要。本

文使用媽祖〈天妃誕降本傳〉、〈龍王來朝〉、〈降伏二神〉、〈抱接砲彈〉的幾則故事，結合 E 世代兒童最熟悉的相關 MV 影片，規畫國小四年級階段的八節課國語文教學，在學生設計自己的身分證、翻攪生活回憶、幫媽祖故事接力寫下去、把自己故事懸賞貼出去的寫寫、塗塗過程裡，引導他們重整自己的生活記憶，進而重新詮釋自我，或許可以讓 E 世代兒童看看別人，進一步想想自己吧！

參考書目

壹、專書

王武龍，《媽祖的傳說》（福州：海峽文藝出版社，1992）。

余全雄，《媽祖百首籤詩解》（臺南：大正書局，2009）。

沙武田，《敦煌畫稿研究》（北京：民族出版社，2006）。

林美容，〈與彰化媽祖有關的傳說、故事與諺語〉，《民族學研究所資料彙編》2(1990.3)。

徐小蠻、王福康，《中國古代插圖史》（上海：上海古籍出版社，2007.12）。

張青史，《媽祖的神話》（臺北：博學館圖書有限公司，2004）。

張霄亭，《教學媒體與教學新科技》（臺北：心理出版社，1995）。

蔡相煇，《媽祖信仰研究》（臺北：秀威資訊科技股份有限公司，2006.10）。

羅春榮，《媽祖傳說研究：一個海洋大國的神話》（天津：天津古籍出版社，2009）。

羅春榮，《媽祖文化研究》（天津：天津古籍出版社，2006）。

貳、期刊、研討會論文

方彥壽，〈最早描寫媽祖故事的長篇小說--「天妃出身濟世傳」的建本〉，《臺灣源流》17(2000.3)。

石萬壽，〈媽祖身世傳說的演變〉，《臺灣文獻》44.2/3 (1993.9)。

田代操，〈評桓夫詩集「媽祖的纏足」〉，《笠》79(1977.6)。

向明，〈即物抒情的詩人--淺談桓夫的「媽祖生」〉，《中華文藝》25.4(1983.6)。

朱天順，〈媽祖信仰與道德〉，「媽祖信仰國際學術研討會論文集」（1997.9）。

吳新欽，〈國小書法結合橋梁書教學之行動研究－以四年級為例〉，《屏東教育大學學報》37(2011.9)。

林瑤棋，〈媽祖林默娘的傳說與文化〉，《臺灣源流》43 (2008.6)。

林培雅，〈閨女變媽祖--臺中市萬和宮老二媽由來傳說探討〉，《興大人文學報》44(2010.6)。

林明德，〈臺灣地區媽祖廟區聯之探索〉，《臺灣文獻》46.2(1995.6)。

洪瑩發，〈大甲媽祖進香神蹟傳說初探〉，《民俗與文化》1(2005.9)。

（日）秋吉久紀夫著，桓夫譯，〈陳千武詩中的媽祖〉，《笠》178(1993.12)。

張珣，〈從媽祖神話與儀式看--媽祖信仰的俗民性質〉，《北縣文化》72(2002. 3)。

陳冠甫，〈媽祖信仰與廟聯文化之研究〉，《國文天地》22.4(2006.9)。

彭瑞金，〈在暗夜裡唱歌的作家--葉石濤戰後初期小說集《三月的媽祖》出版〉，《文學臺灣》52(2004.10)。

楊淑雅，〈以媽祖故事為基礎的通俗小說〉，《美和技術學院學報》24.1(2005.4)。

鄭炯明，〈桓夫詩中媽祖世界的探討〉，《笠》97(1980.6)。

鄭志明，〈敦煌寫卷「亡文」的生命教育〉，《普門學報》19(2004.1)。

蔡秀菊，〈媽祖的宰製與再生--評陳千武的詩集「媽祖的纏足」〉，《臺灣文藝》155(1996.6)。

戴文鋒，〈臺灣媽祖「抱接砲彈」神蹟傳說試探〉，《南大學報》39.2(2005.10)。

參、博、碩士論文

孫淑華，「屏東市媽祖廟籤文之研究」（高雄：高雄師範大學回流中文碩士班碩

士論文，2006）。

黃淑卿，「鹿港寺廟楹聯研究—以媽祖及武聖奉祀為研究場域」（嘉義：南華大學文學系碩士班碩士論文，2008）。

陳春安，「遊客對媽祖文化認知及參與態度關係之研究－以新港奉天宮為例」(臺中：逢甲大學景觀與遊憩研究所碩士論文，2010.2)。

陳建榮，「宗教題材編入九年一貫課程適切性之研究」（臺中：臺中師範學院國民教育研究所碩士論文，2001）。

張翔竣，「參與「大甲媽祖文化節」遊客之涉入程度、遊客體驗與忠誠度關係研究」(雲林：雲林科技大學休閒運動研究所碩士論文，2008.6)。

許瓊月，「居民對節慶活動的認知與參與之研究－以北港媽祖遶境為例」(臺南：立德大學休閒管理研究所碩士論文，2009.9)。

許育嘉，「國小學童學習風格與中英文學習成就之相關研究」（臺中：國立臺中教育大學語文教育學系碩士班碩士論文，2010）。

熊婉忻，「遊客對大甲媽祖遶境之動機與宗教景觀偏好程度」(臺中：東海大學景觀學系碩士論文，2010)。

錢瑾玟，「臺南市媽祖廟群區聯研究」（臺南：臺南大學國語文學系碩士班碩士論文，2010）。

鍾秀雋，「彰化市角頭搶轎研究－以大甲媽祖過境為例」（嘉義：南華大學宗教學研究所碩士論文，2010.1）。

肆、網路資源

《兒童福利聯盟文教基金會》網站，http://www.children.org.tw/（2010.11.12 上網）。

《南 e 國小教師網》網站，http://www.nani.com.tw/nani/eteacher/etchin_index.jsp（2010.11.12 上網）。

《康軒教師網》網站，http://www.945enet.com.tw/Index.asp?U_SL=E（2010.11.12 上網）。

曾清芸，〈校園學生心理健康狀況調查調查報告〉，《金車教育基金會》網站，http://www.edu.tw/files_temp/bulletin/B0046/snow-st0505.doc（2010.11.12 上網）。

〈媽祖公仔圖〉，《美術、插畫、漫畫、設計－小哈工作坊》網站，http://vovo2000.com/phpbb2/viewtopic-21049.html（2010.11.12 上網）。

《翰林我的網》網站，http://www.worldone.com.tw/index.do（2010.11.12 上網）。

華語正音教學
——演說的口語訓練

耿志堅*

摘要

　　「演說」是一種口語表達的藝術，是結合了語音變化的詮釋、文學語言的巧思、內容佈局的設計、體態語言的配合，甚至穿著打扮的襯托，這些條件所呈現的語言藝術。也就是將一切外在的表演藝術，與內在的人文素養融合在一起，所展現的語言表達形式。

　　有些演說者會把演講台當作表演的舞台，在登上講台時，會將整個演說的過程，營造成生動活潑而又富藝術感的語言表演。當然一位成功的演說者，不僅能將演說的內容以扣人心弦的形式，把要點設計得有如戲劇裡的劇情環環相扣，同時在語音節奏的詮釋，亦如歌劇的表演，呈上下起伏、強弱急徐的交替，藉此吸引聽者的專注，打動聽者的心靈，甚至說服聽者的思維。因此，成功的演說者，不但要展現獨特的語言表達風格，更要追求演說內容的創新與突破。

關鍵詞：華語、演說、華語教學、口語表達

---

*彰化師大國文系教授

壹、前　言

　　「演說」一詞包含了「演」和「說」，通過了語言的傳遞，追求語言表達的最高境界「真、善、美」，經過了巧妙的構思，精心的串聯，細膩的統整，把幾件相近似的事例，幾則相關聯的新聞，幾句名人的佳言，幾段名篇的錦句，經過串聯、整併、消化、吸收，再運用真誠的語感、合宜的肢體動作、多變的面部表情，彷彿是為語言妝添了色彩，將「演」的成份，呈現最佳的藝術效果，如此才能成就一場精采絕倫的演說。

　　當然演說的基本要求，就是國語的發音必須正確，咬字要清晰、精準，例如聲母ㄈ與ㄏ、ㄌ與ㄋ、ㄌ與ㄖ、ㄓ與ㄗ、ㄔ與ㄘ、ㄕ與ㄙ，要能清楚的區分；韻母ㄝ與ㄟ、ㄛ與ㄡ、ㄢ與ㄤ、ㄣ與ㄥ、ㄨㄢ與ㄨㄤ、一ㄣ與一ㄥ，要能正確的辨別，同時配合情節的轉折，在音量、音色、音速上做適當的調整，切記要弄花腔，做過度的詮釋，反而喧賓奪主，失去了演說在口語表達上的意義。

　　當然演說和寫作是不相同的，因為它是和聽者直接面對面的做接觸，並且在時間上少則四、五分鐘，多則一、二個小時。若是如此，就不只是要求演說的內容需要能吸引讀者的興趣，它更包括了口語藝術的表達功力。同樣一段話，有人講得慷慨激昂，令人聽的血脈噴張，但換一個人來說，語氣、語調、語感可能全都被改變了，就會失去了語言的強度與力道，使聽者完全沒有那份亢奮的感受。或許是一段幽默的小品，有人一開口，即運用了語感、表情、肢體動作，營造了逗趣的情景，令人捧腹，但也有人則是講了半天仍不知所云，這就是語言表達的功力。

　　演說藝術的呈現就是如此，念了一肚子的書，若是不懂演說的口語表達技巧，再精美的演說內容，聽起來一樣是平平泛泛，毫無吸引力。至於如何在演說的口語上做設計，筆者以為應包含：一、正確的口語語音。　二、豐富的語感詮釋。　經由這些關節，巧妙的將之串聯，再予以調節變化，增加臨場的、藝術的氣氛，才能成功的創造出一場完美的演說。

貳、理論基礎
一、正確的口語語音

　　藝術的語言，它必須要使聽者在聲音上感受到「美」的感覺，因此發音的自然與親切，語音的清楚與準確，都要按高度的要求來進行。演說者要將自己的思想與情感有效的傳達給聽講者，語言的清晰是最基本的要求。因為要使聽講者清楚的接受到演說者的語言內容，逐字逐句的能深入腦海裡進行思考。尤其是在聽講的過程裡，不會有含糊不清，甚至產生誤解的現象，這是演說過程中必要的條件。

　　精準的發音，需要演說者對每一個單字在發音的嘴型、發音的方法、發音時舌面及舌尖的位置、吐氣的力度，詮釋到剛剛好。此外在語言表達時，一個長長的語句，必然又有連音、變調、輕聲字、ㄦ化韻的運用，若能詮釋得當，將會得到加分的效果，這樣才能展現藝術語言的要求。

　　不過目前台灣的學生，在演說時口語所呈現出來的問題有：四聲（去聲）字句末（或語彙末字）尾音上飄、二聲（陽平）字尾音先降後升，以及字句拖尾音、語帶鼻音、夾雜母語語音的現象，這些都影響到口齒的清晰度，需要一一去克服的。以下筆者即根據目前與學生交談，以及聆聽演說比賽時，所歸納出來在聲母和韻母發音的問題如下：

（一）、聲母方面：（拼音採國語注音符號及國際音標）

1、擦音「ㄈ、ㄏ」

　　台灣的學生受到母語影響，許多學生把「ㄈ」的音讀念成「ㄏ」，例如：「發」音「ㄈㄚ」念成「ㄏㄨㄚ」，「帆」音「ㄈㄢ／」念成「ㄏㄨㄢ／」，將唇齒擦音念成了舌根擦音，但又加上了一個元音「ㄨ」，形成「ㄏㄨ」，由開口音變成了合口音。因此要注意它們的發音形式，即「ㄈ」在發音時，上齒尖與下唇內緣微微的碰觸，似乎有些不方便但常練習自然能夠克服。「ㄏ」在發音時，把嘴巴張得略大即可，只是輕鬆的力量就能發出正確的聲音，像是「方法」音「ㄈㄤ　ㄈㄚˇ」，就不能把它念成「ㄏㄨㄤ　ㄏㄨㄚˇ」。

2、舌尖音ㄋ、ㄌ

　　部分台灣的學生把「ㄋ」念成「ㄌ」，例如：「南」音「ㄋㄢ／」念成「ㄌㄢ／」，「念」音「ㄋㄧㄢˋ」念成「ㄌㄧㄢˋ」，將舌尖鼻音念成舌尖邊音。因此要注意它們的發音形式，及「ㄋ」在發音時，舌尖外緣碰觸上齒齦，並且完全覆蓋了門齒、犬齒、小臼齒內側，這樣從口腔裡發出的氣流就會改由鼻腔流出，形成鼻音「ㄋ」。「ㄌ」在發音時，舌尖的頂端碰觸上齒齦，也就是門齒的後面，這樣氣流就會從舌面的兩邊流出，形成邊音ㄌ。練習時只要慢一些就會得到改善。如此「男女」「ㄋㄢ／ ㄋㄩˇ」，就不會念成「ㄌㄢ／ ㄌㄩˇ」了。

3、舌尖後擦音「ㄖ」與舌尖邊音「ㄌ」

　　部分的學生把「ㄖ」念成「ㄌ」，例如：「儒」音「ㄖㄨ／」念成「ㄌㄨ／」，「人」音「ㄖㄣ／」念成「ㄌㄣ／」，將舌尖後擦音念成了舌尖邊音。因此要注意它們的發音形式，「ㄖ」在發音時，舌尖微往上翹，幾乎是在硬顎的後緣即可，但不可過深，讓氣流緩慢的舌尖與硬顎後緣擠壓而出，即可發出擦音「ㄖ」。練習的時候，一定要注意舌尖的位置，太深了固然不好，若是發「ㄖ」的舌尖平直的往前伸，正好是「ㄌ」的位置，那就念起來「ㄋ、ㄌ」不分，如此「擾人」「ㄖㄠˇ ㄖㄣ／」，就會念成了「ㄌㄠˇ ㄌㄣ／」了。

4、舌尖後音「ㄓ、ㄔ、ㄕ」與舌尖前音「ㄗ、ㄘ、ㄙ」

　　「ㄓ、ㄔ、ㄕ」與「ㄗ、ㄘ、ㄙ」這兩組塞擦音及擦音，多數的學生是「ㄓ、ㄗ」不分，「ㄔ、ㄘ」不分，「ㄕ、ㄙ」不分，事實上在中國的方言區裡，目前除了北京話、部分北方官話可以明顯的區分外，其他如西南官話、下江官話、吳語、閩語、粵語也幾乎都是不分的，並且大多是將「ㄓ、ㄔ、ㄕ」讀為近似「ㄗ、ㄘ、ㄙ」的音讀，正確的發音部位是「ㄓ、ㄔ、ㄕ」舌尖向上微翹碰觸到硬顎的部緣即可，但不可太深。至於「ㄗ、ㄘ、ㄙ」舌尖的位置在下齒的背面，嘴型成扁平狀。

　　此外有一些學生甚至是教師，在平常說話時，大體上「ㄓ、ㄔ、ㄕ」和「ㄗ、ㄘ、ㄙ」還是能分清楚，但是在演說比賽時，反而將「ㄗ、ㄘ、ㄙ」刻意的念成「ㄓ、ㄔ、ㄕ」，這樣就是矯枉過正了。

5、舌面前音ㄐ、ㄑ、ㄒ與ㄗㄧ、ㄘㄧ、ㄙㄧ

　　在台灣有一些人，把「ㄐ、ㄑ、ㄒ」念成「ㄗㄧ、ㄘㄧ、ㄙㄧ」，像是「鞦韆」唸「ㄘㄧㄡ ㄘㄧㄢ」，「即將」念「ㄗㄧˊ ㄗㄧㄤ」，「小心」唸「ㄙㄧㄠˇ ㄙㄧㄣ」，這些都是受到母語影響所發出的語音。

　　正確的發音是嘴型略呈扁平，舌面兩側幾乎與臼齒、小臼齒碰觸，舌尖在上齒、下齒之間略往後一點的位置，發音時「ㄐ、ㄑ」的舌面前緣往上提升，就會和硬顎碰觸，產生塞擦音，至於「ㄒ」則是舌面上升而不致與硬顎碰觸的位置，千萬不要把舌尖往下移動，如此就是「ㄗㄧ、ㄘㄧ、ㄙㄧ」的聲音了。

（二）、韻母方面：

1、前高元音「ㄧ、ㄩ」，後高元音「ㄨ」

　　ㄧ、ㄨ、ㄩ這三個高元音，要注意發音時的嘴型，「ㄧ」的嘴型是扁平的展脣音，「ㄨ、ㄩ」是圓形突斂嘴型的圓脣音。「ㄧ」在發音時的問題不大，嘴型扁平，舌面前緣非常接近硬顎。但「ㄨ、ㄩ」需要注意的是嘴型突斂的程度，「ㄨ」的發音，脣型是圓圓尖尖的，像是把熱湯吹涼時的嘴型。

　　「ㄩ」的發音，嘴型和「ㄨ」相同，舌面的位置和「ㄧ」相同，如果將發音時的嘴型成為扁平不夠突斂，聽起來就和「ㄧ」不分了，例如「雨衣」音「ㄩˇ ㄧ」，聽起來為「ㄧˇ ㄧ」，「怨言」：「ㄩㄢˋ ㄧㄢˊ」，聽起來為「ㄧㄢˋ ㄧㄢˊ」。

2、結合韻「ㄨㄛ」與複韻母「ㄡ」

　　國語韻母裡「ㄛ」是單元音韻母〔o〕，而「ㄨㄛ」是結合韻母（上升複元音韻母）〔uo〕，「ㄡ」是複韻母（下降複元音韻母）〔ou〕。發音「ㄛ」的嘴型，較「ㄨ」的嘴型略開，舌根往後收。在發音時，往往因為嘴型變化的縮小或擴大，會和「ㄨ」連音結合，形成〔uo〕或〔ou〕的音讀。也就是由嘴型突斂的〔u〕逐漸張開一些，到〔o〕的位置，形成連音，即u→ o，結合而成一上升複元音〔uo〕（結合韻），至於從嘴型略開的〔o〕，到嘴型突斂的〔u〕，形成連音，即o→ u，結合而成一下降複元音，（複韻母）。

　　此外，有些人會將複韻母的「ㄡ」，讀為結合韻的「ㄨㄛ」，例如「抖擻」音「ㄉㄡˇ ㄙㄡˇ」說成「ㄉㄨㄛˇ ㄙㄨㄛˇ」，「漏水」音「ㄌㄡˋ ㄕㄨㄟˇ」說成「ㄌㄨㄛˋ ㄕㄨㄟˇ」，「醜陋」音「ㄔㄡˇ ㄌㄡˋ」說成「ㄔㄨㄛˇ ㄌㄨㄛˋ」，這些應該是受到母語的影響，發音時要多加注意。

3、結合韻「ㄧㄝ」與複韻母「ㄟ」

　　國語語音裡「ㄝ」是單元音韻母〔e〕，而「ㄧㄝ」是結合韻（上升複元音韻母）〔ie〕，「ㄟ」是複韻母（下降複元音韻母）〔ei〕，發音時「ㄝ」的嘴型扁平，但較「ㄧ」的嘴型略開，舌面往前往上移動。由於「ㄝ」在拼音時口腔內的空間狹窄，在受到最接近的高元音「ㄧ」所影響，產生連音的結合，亦

即從「ㄝ」的嘴型，舌位上升，就會使它和「一」成連音結合的形式，形成複元音「ㄟ」〔ei〕；若是從嘴型扁平的高元音「一」，舌位往下壓，嘴型成略開，就會產生和「ㄝ」所結合的連音，形成結合韻「一ㄝ」〔ie〕的音讀。

在台灣有些許的人在音讀上是：

（1）、「一ㄝ」說成「ㄝ」：

例如：分「別」音「ㄅ一ㄝˊ」，說成「ㄅㄝˊ」；分「裂」音「ㄌ一ㄝˋ」，說成「ㄌㄝˋ」；打「劫」音「ㄐ一ㄝˊ」，說成「ㄗㄝˊ」。

（2）、「ㄩㄝ」說成「一ㄝ」

例如：「絕」交音「ㄐㄩㄝˊ」，說成「ㄐ一ㄝˊ」；大「約」音「ㄩㄝ」，說成「一ㄝ」；麻「雀」音「ㄑㄩㄝˋ」，說成「ㄑ一ㄝˋ」。

（3）、「ㄟ」說成「一ㄝ」

例如：「北美」音「ㄅㄟˇ ㄇㄟˇ」，說成「ㄅ一ㄝˇ ㄇ一ㄝˇ」；「內」人音「ㄋㄟˋ」說成「ㄋ一ㄝˋ」；「陪」伴音「ㄆㄟˊ」，說成「ㄆ一ㄝˊ」。

（4）、「ㄨㄟ」說成「ㄨㄝ」

例如：「退回」音「ㄊㄨㄟˋ ㄏㄨㄟˊ」，說成「ㄊㄨㄝˋ ㄏㄨㄝˊ」；「醉鬼」音「ㄗㄨㄟˋ ㄍㄨㄟˇ」，說成「ㄗㄨㄝˋ ㄍㄨㄝˇ」；「摧毀」音「ㄘㄨㄟ ㄏㄨㄟˇ」，說成「ㄘㄨㄝ ㄏㄨㄝˇ」。

在發音時要多注意，尤其是在演說中應該避免。

4、聲隨韻母「ㄣ、ㄥ」與結合韻母「一ㄣ、一ㄥ」

國語發音裡，聲隨韻「ㄣ、ㄥ」這一組音讀，不只是在台灣，事實上在中國各省的漢語方音，除了北京話以及部分北方官話之外，大多都是不分的，並且是把「ㄥ」念成「ㄣ」，尤其是結合韻「一ㄥ」，更是幾乎都念成「一ㄣ」。這是因為「ㄥ」的音讀口腔張開的幅度較大，發音時是將口腔張開；「ㄣ」的音讀，口腔張開的幅度較小，發音時口腔幾乎到閉起來的程度，再加上口語表達語速較快時，且將口腔閉起來比張開來輕鬆省力，所以一般人在發「ㄥ」的音讀時，就會不自覺的念成了「ㄣ」，例如：「能」音「ㄋㄥˊ」，嘴巴呈略開，若是口腔內的空間變成扁平，舌面往上升，發出的聲音就是「ㄋㄣˊ」了，因此發「ㄥ」時，注意把口腔的空間打開。

至於發音時把「一ㄥ」讀為「一ㄣ」，是因為結合韻的「一」介音，已經造成了口腔內的空間極為狹窄，舌面幾乎貼近上顎。所以再發一個舌根鼻音韻尾是比較麻煩的，此時舌尖的位置就在與上齒齦略後後低的位置，只要微微的往上、往前移動，即可碰觸到上齒齦，因此發出一個「一ㄣ」這個音讀是很自然的動作。反之，要是先把舌面往下降向後移動，再打開口腔發「ㄥ」這個音讀，似乎就有些不方便了，所以一般人也就把「一ㄥ」念成了「一ㄣ」。

5、聲隨韻母「ㄢ、ㄤ」與結合韻母「ㄨㄢ、ㄨㄤ」

國語發音裡，聲隨韻「ㄢ、ㄤ」這一組讀音，少部分的人把「ㄤ」念成了「ㄢ」，尤其是結合韻「ㄨㄤ」念成了「ㄨㄢ」。這也是發音時口腔張開的幅度不夠大的緣故。「ㄢ」與「ㄤ」的音讀，「ㄢ」的嘴型較扁平，舌面前緣往上升，

舌尖碰觸到上齒齦；「尢」的嘴型較開較圓，，舌面後緣往後提升，並且碰觸到軟顎。一般來說，，「弓、尢」是比較容易分辨的，發音時也較不易搞混，但是當表達時嘴巴張的不夠開，就會把「尢」念成「弓」，例如：「幫忙」音「ㄅㄤ ㄇㄤˊ」，口腔內呈略開，假如口腔裡呈扁平狀，舌尖往上升，所發出來的聲音就是「ㄅㄢ ㄇㄢˊ」，因此發「尢」這個韻母時，仍然是要注意把口腔裡的空間打開。

至於發音時把「ㄨㄤ」讀為「ㄨㄢ」，和前面的原因相同，純粹是口腔張開幅度不夠大的緣故。學習者在練習時，需要注意「ㄨ」的發音嘴形要圓，口腔張開時自然幅度會大一些，如此就能正確的發出「ㄨㄤ」的音讀。

6、儿化韻

儿化韻在台灣的語音裡是完全不存在的，在練習時，首先是不能用錯地方，因為儿化韻通常是用在小的、少的、非正式的這語彙或語句裡，例如：「小猴儿」，但是「侯」先生不能稱「小侯儿」。「一朵花儿」，但「花園」不能稱「花儿園」。另外，「找渣儿」和「找茶」不同，茶不可以用儿化韻，「飯館儿」、「茶館儿」不是隆重莊嚴的場合，而「科博館、紀念館、藝術館」就是，所以不能用儿化音。

另外儿化韻要注意到它和前面一個字的連音，它的發音規律是不可混亂的，例如：「一會儿」，不能念成「一ˊ ㄏㄨㄟˋ ㄦˊ」，要念成「一ˋ ㄏㄨㄜㄦˇ」，這個部份要多做練習，否則聽起來非常不自然。至於它連音的規律如下：

（1）、ㄚ、ㄞ、ㄢ+ㄦ→ㄚㄦ，例如：「小孩儿」音「ㄒㄧㄠˇ ㄏㄚㄦˊ」，「竹竿儿」音「ㄓㄨˊ ㄍㄚㄦ」。

（2）、ㄜ、ㄝ、ㄟ、ㄣ、ㄓ、ㄗ→ㄜㄦ，例如：「小鬼儿」音「ㄒㄧㄠˇ ㄍㄨㄜㄦˇ」，「手心儿」音「ㄕㄡˇ ㄒㄧㄜㄦ」。

（3）、一、ㄩ+ㄦ→一ㄜㄦ、ㄩㄜㄦ，例如：「出氣儿」音「ㄔㄨ ㄑㄧㄜㄦˋ」，「小雨儿」音「ㄒㄧㄠˇ ㄩㄜㄦˇ」。

（4）、ㄛ+ㄦ→ㄛㄦ，例如：「山坡儿」音「ㄕㄢ ㄆㄛㄦ」，「大伙儿」音「ㄉㄚˋ ㄏㄨㄛㄦˇ」。

（5）、ㄠ+ㄦ→ㄠㄦ，例如：「小貓儿」音「ㄒㄧㄠˇ ㄇㄠㄦ」，「小廟儿」音「ㄒㄧㄠˇ ㄇㄧㄠㄦˋ」。

（6）、ㄡ+ㄦ→ㄡㄦ，例如：「小狗儿」音「ㄒㄧㄠˇ ㄍㄡㄦˇ」，「小妞儿」音「ㄒㄧㄠˇ ㄋㄧㄡㄦ」。

（7）、ㄤ+ㄦ→ㄤㄦ，例如：「水缸儿」音「ㄕㄨㄟˇ ㄍㄤㄦ」，「紗窗儿」音「ㄕㄚ ㄔㄨㄤㄦ」。

（8）、ㄥ+ㄦ→ㄥㄦ，例如：「小命儿」音「ㄒㄧㄠˇ ㄇㄧㄥㄦˋ」，「花瓶儿」音「ㄏㄨㄚ ㄆㄧㄥㄦˊ」。

（9）、ㄨ+ㄦ→ㄨㄦ，例如：「小豬儿」音「ㄒㄧㄠˇ ㄖㄨㄦ」，「小鋪儿」音「ㄒㄧㄠˇ ㄆㄨㄦˋ」。

在練習的時候要注意連音的變化，初學時有些不習慣，只要多下些工夫做練習，應該是可以克服的。

二、豐富的口語詮釋

語言的呈現要使它成為悅耳的聲音，就如同音樂要有起伏的旋律、快慢的節奏、多變的聲音、強弱的響度，結合了歌手、樂器的聲音，將聲音融為一體，形成起伏跌宕的樂曲。呈現在語言藝術的語音變化，亦是如此，要將音色的調整、節奏的變化、語氣的強弱，甚至語句的停頓，結合在一起，隨著內容的情境、情緒的轉折，運用聲音的強弱快慢、高低起伏，串聯起如音樂一樣的變化。

在演說的口語表達藝術裡，敘述一件感人的故事，說出一段親身的經歷，評論一則周遭的事件，抒發幾句對時勢的看法，引用名人的佳言錦句，甚至批判當前的政治局勢，描繪旅遊的所見所聞，這些都屬於外在的客體。而演說者的「情」則是主體，講者運用「聲」與「情」的結合，將外在「人、事、地、物」的刺激轉化為內在的「情」，再將內在的「情」結合聲音的表達，隨著口語詮釋藝術，將內在「喜怒哀樂」藉口語多變的形式，巧妙的營造語感的情境。而藝術的語言表達，就是要能隨情轉境，將「情」隨語感與節奏，把模糊的意象，平常的經驗，被人忽略的事件，突顯出來。在聲音刻意的雕琢下，將語言的功能發揮到極致。藉此吸引聽者的注意，導引聽者的思索，甚至挑動聽者心境的震撼，把語言的內容通過藝術的表達，讓主導語言的演說者，感性的傳遞給聽者，並引起迴響，這就是詮釋口語藝術的最終目標。

此外漢語是單音節的語文，再加上語法和詞性的多變，因此在詮釋上，語句的表達形式，往往因不同的聽者，而產生出不同的感受。也就是說語句在語速上的緩急，語彙在音量上的強弱，單字在節奏上的起伏與停頓，都需要精心設計。當然在設計的時候，要注意到情感表達的真實性，不可做過度的詮釋，否則會令人感覺語感不夠真誠。

再又演說在詮釋時，聲音的強度、節奏的快慢、音色的明暗，也不可呈大幅誇張的表現，如此反倒令人有吃不消的感覺。所以演說時，事先要想好演說的內容該怎麼切入，聲音該怎麼配合。是以抒感的事例破題，還是以說理的方法入手；內容的陳述，是在主觀的談論個人經驗，還是客觀的簡介生活周遭的事物；事理的分析，是在引經據典的批判，還是提綱挈領的提出看法。由於演說內容裡的情境、角度不同，在口語的詮釋，也必然要有所區別，才能展現語言表達的功力，並且使演說的過程不致枯燥。在下文裡，筆者即將口語詮釋分為音色的調整、節奏的變化、語氣的強弱，適時的停頓，從這四個方面說明訓練一位演說選手，應該留意的幾項基本要求。

（一）、音色的調整：

語言裡音色的詮釋，如同音樂裡「渾厚」、「清脆」、「高亢」、「低沉」的音感，演說的道理也是一樣，選手上台以後報告題號、講題，聲音要拉起來，如同戲劇演出前的吊嗓子。「破題」時，聲音要緩和，無論是以事例引入，或拋問題引入，或用名言錦句引入，就如同交響樂的序曲，緩緩而出。聲音太強會使得聲音一路緊繃到底，形成毫無韻律變化、缺乏強弱度的噪音。要不就是先盛後衰，使演說內容的後勁全部消失。但語感也不可軟綿綿的沒有力度，如此必然會使正

文處於暮氣沉沉的窘相。在進入主題發揮以後，需要作強調的提綱（如：「首先……」），錦句要加重語言的力度，聲音要略爲響亮，詮釋的部份，則音色強度略呈減緩、聲音響度略爲下降，如此才能營造語感的強弱之分；在情緒激動處，聲音強度略呈高亢，語速可以略快，在抒感時則節奏放慢，聲音強度轉弱，語速略緩，如此形成語感強弱的對比。

收尾作結可以呈兩種形式來表現，第一類：以拋錦句總收前文的方法作結，要注意的是每段句子必須簡短，如此展現在聲音的詮釋上，響度立即提升，力度馬上轉強，如交響樂的尾聲，將各種聲音齊發，形成震撼的壓迫感，令聽者集中專注力，同時也使聽者在聽到錦句時，做好講者開始作結的心理準備。在總收前文之後，高亢的聲音夏然而止，使聲音立即中斷，才能營造出強勢語言的力度，加強語言的震撼力道。第二類：以檢討及期許的形成做結，聲音的響度略爲下降，音色稍低沉些，節奏也略放慢，如演奏曲的由強轉弱，由急轉緩，但語言的節奏仍然要注意簡短、精練，不可添加贅詞。並在抒感及期許做結完畢後，聲音略壓低些行禮致謝，這樣才能營造感性語言之美。

（二）、節奏的變化

在演奏曲裡「催眠曲」之所以能令聽者產生疲倦欲睡的感覺，是因爲它的旋律呈規律性的節奏變化，尤其較低沉的音色、舒緩的音速，以及周而復始的音感，當然會使聽者產生疲累的反應。若是「進行曲」則會因爲聲音的強度呈明顯的對比，節奏亦呈大幅的變化，並以較強的響度發聲，必然會使聽者產生亢奮的感覺。

演說的語言變化也是如此，若是缺乏變化，加上單調的音感，會使聽者覺得枯燥，無法做長時間的專注。而成功的演說，就要像進行曲一樣，聲音的節奏、語感的強弱、語氣的停頓呈明顯的變化，才能吸引聽者專心聆聽整個演說的內容。

在演說的過程裡，開頭破題語感的節奏要穩，不宜太快。無論是以「事例」導入，或以「提問」導入，都要以平穩的節奏，清晰的彰顯演說內容所要點出的問題，或是正文所要申論的方向。節奏太慢，會使破題缺乏力度，太快則會造成整個演說在一開始即呈現壓迫感，這樣會影響到整個演說內容在文氣上的起伏變化。因此用平穩的節奏破題，目的在把問題的緣由、基礎說清楚，使語句藉強弱的語音、快慢的語速、自然的語感，緩緩的加重語言節奏的密度。

在正文（主體部分）凡引用名言錦句，節奏上要稍微減緩一些，把錦句說清楚，以清晰的語感表現出來，突顯文句承接下文的作用，再以語氣的加重，表達對問題的關切，或強化它的重要性，以及主導下文的關鍵性。又在陳述解決問題的方案時，語感節奏要平穩，語氣稍重即可。至於對解決問題的內容（對主體內容的分析），則可將語速加快，增加語言的強度。若爲引用周遭事例，或舉個案爲例作說明時，主要是爲了呈現感人的一面，或講者辛苦的經驗，語言節奏則應減緩，否則容易失去感人的氣氛。若是呈現問題的內容、事情發生的緣由，語調宜略上揚，節奏亦不可太快，如此才能運用語調、語氣、語速的節奏，詮釋困惑、疑問，引起聽者在思考時心境的起伏。若是批判問題、揭露弊端，語氣要呈

上、下的起伏，聲音要有輕、重的對比，但強度不可超越前文所指出的「綱要的提示」，在語速上，亦不可太急，否則只有語言急切的注入，卻無法令聽者在腦子裡作短暫的停留引起反思。

因此演說主體部分，無論是哪一種情境，語言的節奏都不應以過度密集的強度做表達，如此反而破壞了文氣。又在引用錦句、提示綱要時，語言的強度要明顯，節奏要略緩，其他部分，節奏要明顯的呈或急或徐，或強或弱，或揚或抑的節奏變化，反之表現出來的是單調、枯燥的語感，這樣對演說內容的吸引力，一定會產生負面的影響。

至於結論部份，自拋錦句作結起，節奏可以加快，藉此產生急促的語感壓力，形成對總結前文時一次次反覆的震撼，令聽者的專注力，因為節奏的密度，加重了內容陳述的力道，更可使總結前文產生一波波衝撞的力量，如同拳擊賽，一拳拳的重擊，打到聽者的心房。若在此時突然的停止，會將這一波波的壓力，轉化為一片空蕩蕩的餘音。彷彿突然間將對手擊倒，一下子把語言的壓力全部釋放出去的感覺，這就是語言表達的藝術。但是若以不急不徐或緩慢的節奏往下作結，除非能善用語調的變化，否則聽者不易感受到收尾的壓力。同時演說是有時間限制的，緩慢的節奏可能因此而逾時扣分。此外作結時節奏的鬆散，也會降低了演說精采的程度。除非是以感性的抒感語氣作結，但這要看主體部份在鋪陳時，事例的表達，能否會令聽者完全融入感性的情境裡，否則還是以較快的節奏作結，比較容易展現演說內容的緊湊感。

（三）、語氣的強弱

「語氣」是情感表達的形式之一，在人的情感裡有悲歡離合的不同感受，有喜怒哀樂的不同心境。高興時，心情愉悅，聲音較響亮，動作較輕快；生氣時，心情憤怒，聲音較強烈，動作較粗暴；傷心時，心情沉痛，聲音哀淒，動作較遲緩；狂歡時，心情躍動，聲音響亮，動作為手舞足蹈。展現在演說裡，筆者將語氣分為五個層面，包括了最強、強、平穩、弱、更弱等不同的變化，大抵言之：

1、最強的語氣：分別是在強烈的表達不滿，突顯問題的重要性，積極的企圖說服別人，命令的語氣要人接受，以及極度的興奮。

2、強的語氣：分別是在表達語言內容的重要性，例如引用名言錦句、加重語氣作結、提出重要的理論依據、提出勢在必行的看法，以及得到好評或讚美別人。

3、平穩的語氣：分別是在陳述具體的事件，為論點做說明，援引事例補充演說的內容。

4、弱的語氣：分別是在感性的抒發事件，引述感人的事例，期許未來的遠景，以及對周遭事件的無奈。

5、最弱的語氣：分別是在表達極度的哀痛，表現極度的無奈，陳述極度的無力感，以及對遙遠的未來做期許。

當然這些語言表達的形式，也可以是隨內容的需要做調整的，譬如運用在反諷、反襯時，語氣就不一定要遵守上述的規律，這是因為漢語具備了單音節文

字的獨特功能。同樣一句話且用同樣的語氣表達，會由於不同的時機、不同的場合、不同的聽講對象，就會產生不同的感受，更有可能產生負面的誤解。

此外，若是將語言表達將之分類，再做分析，又可將語氣表現的方式做如下的區分：

1、肯定的語氣：語速不可過快，要平穩，音色稍重。

2、懷疑的語氣：語速可以稍緩慢些，音色稍輕，尾音部分略微上揚。

3、感嘆的語氣：語速可以再慢一些，音色稍重，尾音部分略微下降。

4、批判的語氣：語速稍快些，音色較重要又強度，尾音部分要有力量。

5、憤怒的語氣：語速稍快，激動處要略快，敘述事件則要平穩，音色較重具有強度，尤其是語句裡突顯的語彙，更要明顯的詮釋。

6、痛苦的語氣：語速要有變化，前後句呈快慢的對比，語速稍快的聲音要輕，語速稍慢的聲音要重。

7、欣喜的語氣：語速可以稍快，全句聲音略呈上揚，強度適度即可。

8、讚美的語氣：語速稍快，全句音色往上揚，聲音稍具強度即可。

9、強調的語氣：語速稍緩即可，全句音色要重，尤其是句中關鍵的語彙聲音要更重一些。

10、傷感的語氣：語速要緩慢些，全句音色要往下降，句子的開頭部份要較全句的語速再慢一些。

11、驚訝的語氣：節奏要簡短，語速稍快即可，音色要有強度，句子的開頭部份聲音往上揚，句子的末尾聲音要有力量。

12、後悔的語氣：語速稍緩，全句音色較低沉，語氣往下壓，節奏略拖長些，句子的末尾部分聲音更弱些。

演說的語言表達，雖然不能把它和舞台語言相提並論，但它和一般的口語交談絕對是不同的。講者因不同的情節、不同的目的、不同的對象，用不同的語氣來表達，若能靈活的加以變化，自然會使演說的語言富有美感，並能加深聽者的印象。

（四）、語句的停頓

語句中較長的句子，需要運用極短暫的「停頓」，舒緩語言所帶給聽者的壓力，亦即說者利用語音短暫的中斷，使緊密的節奏得到舒緩，其目的在使聽者多一點點的時間，對語句的內容有所領悟。例如藉著停頓表達一個完整的語句已經完全結束，或是利用停頓強調前面語句的重要性，或是為了提醒聽者下文即將展開，再者是為了對語句中某個語彙（含某個小段的句子）突顯它的重要性。

但停頓時要注意斷句換氣點是否恰當，不要把成語或必須連貫的短語，強行拆開，要針對語氣的結束、語意的完成、語彙的完整表達，如同文句裡的標點符號，一整段文句完成，停頓時間長一點，（應最多一秒），句號、問號、驚嘆號較前者短一點，逗號再短一點，語句中語彙的分割，又再短一點，如同剎那間的偷氣換氣。因為一口氣說到底，中間不做停頓，給聽者的感受不只是語感的壓力，也會對整個語句產生主

例如：「春天就像是一位嬌滴滴的小姑娘，羞答答的走到了我的身邊。」這一段文句，把它用口語表現出來：

1、「春天／就像／是一位／嬌滴滴／的／小姑娘／羞答答／的／走到了／我的／身邊。」幾乎是兩三個字就停頓一次，如此慢的節奏，會將語句的文氣切割得支離破碎。

2、「春天／就像是一位／嬌滴滴的小姑娘／羞答答的／走到了我的身邊。」這樣的停頓，將「春天」、「羞答答的」從句子裡隔開，打長了語速的節奏，而「嬌滴滴的小姑娘」、「走到了我的身邊」都是七個字不在停頓，一口氣說完，形成慢、快、慢、快的形式，藉此可以營造感性的氣氛。

3、「春天就像是一位／嬌滴滴的小姑娘／羞答答的走到了我的身邊。」前後句只停頓了兩次，如此語句的表達顯得匆促，已經無法反應文氣，春天的悠閒的感覺盡失。

4、「春天就像是一位嬌滴滴的小姑娘／羞答答的走到了我的身邊。」前後句一口氣說完，像是機關槍一樣，完全沒有停頓、換氣，甚至因為語速太快，聽者完全不能感受到語句的內涵，反而喪失了語言的美，毫無藝術可言。

因為適當的停頓，可以使每一個小節裡的短句（或語彙），運用前文所說的音色、節奏、語氣，分別在各個小節裡做詮釋，它將會是：「春天（稍慢、稍弱）就像是一位（平穩）嬌滴滴的小姑娘（較快、稍輕），羞答答的（稍慢、稍弱）走到了我的身邊（稍快、稍重）。」

像這樣子，由於語句的停頓，於是在每一個換氣點上，分割出許多小短句，在語言藝術的詮釋時，增加了強弱、快慢、起伏的變化，使文氣形成多變的形式，並且隨著語句裡的情境、意涵展現語言藝術在加工之後，語感所呈現的美。這也正是運用語句裡短暫的停頓，所造成的足以加分的效果。

此外語句裡的短暫停頓，應該有規範，因為一段語句裡有沒有停頓，又再那裡停頓，往往會改變了語句裡原有的語意，尤其在引用錦句時，要特別注意。例如：「下雨天，留客，天留，我不留。」念成了「下雨天，留客天，留我不？留。」整個原來的語意就被改變了。因此引用語句必須先要掌握語句所表達的意思，才能正確的利用停頓，發揮停頓的作用。特別是越長的語句，越能包含越豐富的語意，但是表達出來，就必須正確的運用停頓，做好語言表達的藝術加工。反過來說，語句精練，用字較少，停頓之處自然就會減少，在詮釋的時候，變化也就單純多了，只不過在文氣上仍然是需要詮釋的。

參、結　論

筆者擔任全國語文競賽及中部地區縣市語文競賽評判，至今剛好滿二十年，這期間也參與了本校及中部縣市選手的培訓工作，在長時期的觀察之下，深入的發掘現今的學生和教師在華語語音詮釋上的問題，以及克服語音瑕疵的方法。因此經由演說教學，在培育選手的過程中，實施華語正音指導。並藉課堂上實際的授課（台中教育大學‧語教所──說話教學研究）進行研討，同時於本次

研討會中提出個人的教學內容，期望能對華語正音教學有所助益，也希望藉此將教學經驗與同好們分享。

參考書目

北京大學中國語言學系：《漢語方音字匯》，（北京：文字改革出版社，2003 年）

吳金娥等：《國音及語言運用》（台北：三民書局，1993 年）

耿志堅：《漢語音韻》（台北：新學林出版社，2009 年）

耿志堅：《演說的技巧與指導》（台北：新學林出版社，2011 年）

國立台灣師範大學：《國音學》（台北：正中書局，1982 年）

趙春蘭：《演講藝術全書》（北京：中國物價出版社，1998 年）

駱小所：《藝術語言再探索》（昆明：雲南人民出版社，2001 年）

現代漢語「萬一」與「一旦」的共時比較

高婉瑜[*]

摘要

　　目前常見的語法參考書經常是以「敘述用法，兼舉例句」的方式來書寫，對於本國學童或者第二語言學習者而言，學習的效果不彰。語法的教學宜側重於對比性的突顯，面對常用的近義詞，改以比較的角度進行歸納，增強學習者的印象，達到有效學習的目的。

　　本文從現代漢語的共時平面，討論兩個假設連詞「萬一」、「一旦」，從語義、語法、語用三方面，觀察它們的殊性。

關鍵詞：假設連詞、現代漢語、共時比較、萬一、一旦。

---

[*]淡江大學中國文學學系助理教授

壹、前言

　　所謂「假設連詞」，是用來連接分句以上的單位，假設連詞前分句 p 稱假設分句，後分句 q 稱結果分句，分句之間是順承關係，引邢福義（2001：461）的表格說明。

表 1　複句關係辨析表

p 同事實的聯繫		pq 之間的關係	
		pq 順承	pq 逆承
p 同事實的聯繫	p 指事實	因為下雨，不能施工	雖然下雨，也能施工
	p 指假設	如果下雨，不能施工	即使下雨，也能施工

　　所謂 p 指假設，表示 p 的語態屬未實然情態，從 pq 的關係可知假設複句與因果複句關係密切，差異只在於語態，因此邢福義（2001：38）複句三分系統才將假設複句歸入因果類複句。

　　現代最常用的假設連詞是「如果」，根據中央研究院「現代漢語平衡語料庫」的統計，完全不設限的情況下「如果」出現 5000 筆。「如果」的數量不但驚人，相對地，相關研究做得較多，例如李晉霞 2010 年〈反事實『如果句』〉、2009 年〈『如果』與『如果說』〉、2003 年〈從『如果』與『如果說』的差異看『說』的傳信義〉、周自厚 2001 年〈『如果』句式與『如果說』句式〉、徐陽春 2001 年〈『如果 A，就 B』句式考察〉、顧人義 1995 年〈淺談『如果…那麼…』句的內部結構差異〉等等。

　　相形之下，其他假設連詞研究的成果較少，據筆者所知，在現代漢語的連詞研究中，台灣沒有專以「萬一」與「一旦」為題的期刊論文。1 中國部分，周剛

---

1 2010/11/8 檢索國家圖書館「台灣期刊論文索引系統」，沒有找到相關的期刊論文，期刊論文之外，筆者曾寫過幾篇有關假設連詞的論文，附註於後。

1.〈從《無量壽經》異譯本看假設連詞的演變〉，紀念施銘燦教授學術研討會（高雄師範大學），2008 年 11 月 29 日

2.〈試論中古連詞「正」的語法化與詞彙化〉，第一屆語言理論教學和研究全國學術研討會和國際學術研討會（湖南師範大學、湖南科技大學），2009 年 4 月 10-13 日

3.〈假設連詞「果」之溯源〉，紀念徐中舒先生誕辰 110 週年國際學術研討會（四川大學），2009 年 4 月 17-20 日

4.〈論東漢魏晉南北朝假設連詞「若」與「如」〉，第九屆中國訓詁學全國學術研討會（東吳大學），2009 年 5 月 16 日

5.〈漢文佛典「一旦」辨析——兼論「忽」與「萬一」〉，漢譯佛典語法研究國際學術研討會暨第四屆漢文佛典語言國際研討會（寧波香山教寺），2009 年 8 月 2-4 日

6.〈試析「萬一」的詞類——原型論的反思〉，2009 台灣華語文教學年會暨研討會（聯合大學），2009 年 12 月 19-20 日，頁 104-116

7.〈假設連詞「假如」與「要是」的共時分析〉，第五屆海峽兩岸現代漢語問題學術研討會，廣州：廣州大學，2010 年 12 月 6-9 日

8.〈現代漢語「萬一」與「一旦」的共時比較〉，第一屆語文創新學術研討會，臺南：臺南大學，2010 年 12 月 11 日

（2002）是綜論現代漢語連詞的專書，假設連詞範疇中包括「萬一」，「一旦」沒有列入。期刊論文方面，研究「一旦」者 2 篇（于麗娟 2009，楊江 2009），研究「萬一」者 3 篇（羅榮華 2007，張雪平 2009，鄧瑤 2009），「一旦」與「萬一」的比較有 1 篇（曹躍香、高娃 2005）。因爲假設連詞的研究做得不夠，比較研究的成果隨之有限。眾所周知，通過比較才能突顯彼此不同，對於「近義詞」的主題而言，比較研究是根本辦法，因此，本文選擇兩個近義假設連詞的比較來拋磚引玉。

近義詞的研究通常採用義素分析法，對於某些詞語而言，義素分析有效又省力，但是實施過程有侷限，例如如何有效提煉義素，難免見仁見智。黃金貴爲池昌海（2002：5）做序，提到：「創造性地將語法研究三個平面的理論運用到同義詞研究，分語義、語法、語用三個層面，在每個層面中研究名、動、形三類詞的各種區別性特徵。」實詞可以從三個層面著手，同樣的方法亦適用於語法詞，因之，本文採用歸納法與比較法，觀察假設連詞三個層面的差異。

雖然連詞處於封閉的語法系統，但是每個時代流行的連詞仍然有別。本文將研究的時代平面限制在「現代漢語」，以中央研究院「現代漢語平衡語料庫 4.0 版」爲工具，該語料庫蒐羅近五百萬詞，本文選取的語料來源排除書面語以外，包含報紙、學術期刊、一般雜誌、教科書、工具書、一般圖書、學術論著、視聽媒體、會話訪談、其他。

語言現象各有演變過程，共時的現象與歷時的變化密切相關，在現代漢語的共時平面上假設連詞「萬一」與「一旦」是近義詞，由於演變成假設連詞的時代、過程不同，在共時平面上便顯出差異。共時變異和歷時演變無法切割，如果要進一步瞭解造成近義詞之間差異的原因，必須溯源其歷時的演變過程。限於篇幅與時間，本文集中焦點於共時考察，歷時的演變另文論之。

貳、共時描寫

本節從現代的共時平面觀察「萬一」與「一旦」的詞類與用法。

一、「萬一」的描寫

根據《漢語大詞典》的記載，「萬一」有三個義項：1.萬分之一，表示極少的一部分。2.指可能性極小的意外的情況。3.連詞，表示可能性極小的假設。三個義項彼此相關，具演變關係。從詞類來看，「萬一」有三種情形：1.名詞，2.副詞，3.連詞。詞類和意義的演變有關，意義改變時，詞類隨著改變。以下是「萬一」三種詞類的例子，爲了吻合本文的時代斷限，盡可能以現代的例子說明。

（一）當名詞

1. 夫欲治之主不世出，而可與興治之臣不萬一，以萬一求不世出，此所以千歲不一會也。（《淮南子・泰族訓》）
2. 坐視陸沈，不能盡忠孝於萬一。（平衡語料庫）
3. 不怕一萬，只怕萬一。（平衡語料庫）

例1的「萬一」相當於「萬分之一」，表示數量極少。例2的「萬一」表示比例極少。例3的「萬一」表示可能性極小的不利狀況，這兩句話已成熟語，是名詞「萬一」最常出現的情境。

當名詞的「萬一」在現代不是主流用法，平衡語料庫只有4筆資料。

（二）當語氣副詞（或稱評注副詞）

4. 目前設想的防範措施主要是增設防洪道來疏導萬一渲洩的大水。（平衡語料庫）
5. 既不肯打他一頓，那麼就依著她的主意辦好了，萬一有些靈驗呢！（老舍《駱駝祥子》）[2]

例4的「萬一」修飾動詞「渲洩」，後面沒有關連其他的句子，所以不是假設連詞，而是語氣副詞，表示不利事件發生可能性極小。比較「人壽保險、醫療保險、失能保險等等，以防萬一發生什麼事，可以確保孩子衣食無虞的長大成人。」乍看下，此例與例4相似，「萬一」後面是動詞「發生」，差異在後面關連了其他分句，前分句表假設，語義未完，不能獨用，後分句是因應假設下的結果，故是假設連詞。

鄧瑤（2009：91）指出例5的「萬一」後面跟著是主觀認為有利或期待發生的情況，後面不隱含後續句「怎麼辦」，「萬一」可用「也許」替換，「呢」讀降調，可以刪掉。筆者認為「萬一…呢」是單句，是祈使句，面對可能性極小的事件，仍抱持一絲期望，語義已經完足。「萬一」修飾謂語動詞「有些靈驗」，用祈使句表示對正面的「靈驗」抱持一絲希望，是對未來狀況的主觀推測，「萬一…呢」具推測作用，言者說完此句時，語義已經完足，沒有關連下句的作用，歸為語氣副詞。所謂「萬一」可用「也許」替換，筆者認為不夠正確，雖然兩者都是語氣副詞，嚴格而言「也許」、「說不定」只傳達或然之意，「萬一」還傳達了機率極小之意，故「萬一」不等同「也許」。必須強調的是例5的用法少見，平衡語料庫沒有用例。

當語氣副詞的「萬一」在現代不是主流用法，平衡語料庫只有1筆資料。

（三）當假設連詞

6. 你想的倒美，萬一他不來呢？（《現代漢語八百詞》）
7. 進食前後不忘洗滌雙手及餐具，如此才能確保安全；萬一發生上吐下瀉，應立即就醫。（平衡語料庫）

---

[2] 轉引自鄧瑤（2009：91）。

8. 他可不是在橋岸上安排了一棵老幹斜出的大柳樹嗎？小方萬一落水，柔韌的柳條可以救他。（平衡語料庫）

9. …班代聯合會與由系學會理事長組成的綜委會功能重覆，萬一條文通過，勢必形成「雙頭馬車」。（平衡語料庫）

10. 啊！萬一我得到一個是剛好點六九呢，對不對，那就，就很難了哦。（平衡語料庫）

例6「萬一」與「呢」形成疑問句，「萬一」出現在主謂結構「他不來」之前，「他不來」是非現實且主觀上不被期待、非自主的事件，「萬一」表主觀上認為可能性極小的假設。例6與例5形式上都是「萬一…呢」，例5是祈使句，語意完足，「呢」表示期望的語氣；例6是特指疑問句，「呢」是疑問語氣詞，不可刪除。言者發出疑問，目的是要聽者回應，在交際過程中經常發生省略未說或言不盡意，聽者憑藉語境推知言者的用意，當言者說：「萬一他不來呢？」目的不在問句本身，而是想知道聽者接下來的反應，也就是「你該怎麼辦？」從這個角度看，「萬一」具有篇章上的關連作用。

張雪平（2009：50）指出「萬一」一般用在一個意義相對完整的語段中，起銜接連貫作用，「萬一」句較少獨立成句，一般不出現在段首，較少出現在句首，其前往往有其他小句或句子，書面上常用逗號隔開。這個觀察可信。現以三個例子說明，即例7-9。

例7「萬一」出現在假設分句的謂語動詞之前，語義上與前兩句相對。「發生上吐下瀉」是言者主觀上不願發生、非自主的異常事件，相對於正常狀況，異常事件出現的可能性很小，結果分句出現表義務情態的能願動詞「應」，是因應狀況下客觀的處理方法。

例8假設複句「萬一…」的前提是前一句「在橋岸上安排了一棵老幹斜出的大柳樹」，可見「萬一」有篇章關連作用。「萬一」出現在假設分句主語之後，謂語動詞之前，「落水」是言者不願發生、非自主的異常事件，比較起來，異常事件發生的可能性很小，結果分句是根據前提所做的推斷。

例9「萬一」之前的句子表達現實狀況，「萬一…」是基於前句所做的假設。「萬一」出現在假設分句主謂結構之前，按常理，「條文通過」是中性的非自主的事件，但是基於前句的前提，「條文通過」對言者來說變成主觀上不願發生的狀況，結果分句是推斷。

特別要說明例5與例10看似用法接近，但「萬一」的詞類不同，前者當語氣副詞，後者是假設連詞。鄧瑤（2009：91）與張雪平（2010：52）注意到「萬一」引領的分句表示對言者有利之事，言者知道發生的可能性極小，又認為不是完全不可能，就抱著一種強烈期盼、僥倖心理或謙虛態度，符合禮貌原則。根據筆者考察，平衡語料庫只有1筆，用於有利條件（即例10），而且出現在會話語境。例10的僥倖心理從「剛好」已經流露出來，後面又出現「那就很難了」，再一次表示「得到點六九」可能性極小，依言者之意，通常不會得到點六九，不得

是正常，得到是異常幸運。一般而言，口語中表示有利的「萬一」與「（考）上了」、「中獎」共現，所謂「人人有機會，個個沒把握」，說明考試過關、比賽勝利與中獎對言者是非自主、可能性極小的事件。表示有利事件的「萬一」反映出主觀性強、可能性極小、非自主、異常、非現實的情態，與表示不利的「萬一」沒有差異，唯一有別的是語用層面（禮貌原則）。

由上可知，「萬一」引領的假設分句有五個特點：1.主觀性強，言者主觀不樂見（不利）者居優勢，少見言者主觀認為有利事件，2. 可能性極小，3. 非自主，4. 異常狀態，5.非現實情態。當假設連詞的「萬一」在現代是主流用法，平衡語料庫出現 109 筆資料。

二、「一旦」的描寫

根據《漢語大詞典》的記載，「一旦」僅有兩個義項：1.一天之間，2.有朝一日，概括性不足，因為依實際的用例歸納，「一旦」的義項有：1.一天，2.短暫時間，3.突然，4.表假設語氣。這三個義項彼此相關，有演變關係。從詞類來看，「一旦」有三種情況：1.名詞，2.副詞，3.連詞。以下是「一旦」三種詞類的例子，盡可能以現代的例子說明。

（一）當名詞

11. 公曰：「一旦而尸三卿，不可益也。」（《國語·晉語六》）」

12. 後來由於戰爭空襲，老師的房子也毀於一旦，只好被迫與妻子安身於一小屋。（平衡語料庫）

例 11 的「一旦」指一天。例 12 的「一旦」指不定的短暫時間。

當名詞的「一旦」在現代不是主流用法，平衡語料庫只出現 1 筆資料。

（二）當時間副詞

13. 母曰：「不可！自我為汝家婦，少見貧賤，一旦富貴，不祥！不如以兵屬人，事成，少受其利；不成，禍有所歸。」（《世說新語·賢媛》

14. 平常看他們很盡責地固守在自己的工作崗位上，一旦大家聚在一起歡樂時，每一個人都很大方、活潑又天真。（平衡語料庫）

例 13「一旦」有突然之意，當狀語修飾「富貴」，強調「富貴」突然之間發生，從語境判斷，「富貴」是還沒發生的事件。例 14「一旦」指未定的某一天，沒有假設作用。

當時間副詞的「一旦」在現代不是主流用法，平衡語料庫僅有 2 筆資料。

（三）當假設連詞

15. 禮一旦形成後，也有可能成為桎梏。（平衡語料庫）

16. 跟抱怨的客人三言兩語不合即起口角的事例不少，一旦場面控制不住，只得向顧客賠聲不是…。（平衡語料庫）

17. 儒家希望人保持一顆清醒的心，然後在選擇時勇於面對挑戰。一旦選擇之後就要堅持自己的立場，不能做鄉愿，不能隨意動搖。（平衡語料庫）

18. …或許在張振宇的作品前感到羞怯、惶恐。但是，一旦對西洋史上的人體藝術有較廣泛的瞭解，這層障礙並不難突破。（平衡語料庫）

假設連詞「一旦」很少獨立設問，通常根據前面語句來做假設，這一點跟「萬一」類似。例 15「一旦」出現在假設分句主語之後，謂語之前，動詞謂語是「形成」，按照常理，禮的完成是中性的非自主事件，對言者來說卻是不太願意看見的事情，結果分句用來做負面、不利的估計或論斷。另外，「形成」不是瞬間動詞，「形成」往往需要一段時間，故「一旦」除了表示假設語氣外，隱含某一天的不定時概念。

例 16「一旦」出現在假設分句主語之前，動詞謂語「控制不住」是言者主觀上不願發生、非自主的異常事件，「控制住」與「控制不住」是清楚對立、瞬間發生的狀況，「一旦」除了表達假設語氣外，仍隱含突然的不定時概念。

特殊的是例 17 與例 18。例 17「一旦…就…」的假設分句只說做了「選擇」的動作，不涉及「選擇」的對錯，屬中性事件，結果分句是主觀的應變之。乍看之下，例 18「一旦」引領的分句是客觀條件，不是主觀的不利事件，事實上並非如此，因為句子之間出現轉折連詞「但是」，意味語氣發生改變，「但是」之前是負面語氣，「但是」後面所引領的前分句變成客觀、中性的語氣，而且「一旦」與「但是」不在同一層次，「一旦…」為「但是」之下的分句，受「但是」的管轄，而非受制於「一旦」。

當假設連詞的「一旦」是現代漢語主流用法，平衡語料庫出現了 348 筆，除了表示假設語氣之外，還隱含時間概念。

需要澄清的是，許多詞典或文章認為「一旦」只當副詞，不當假設連詞的想法可能得重新考慮。例如《現代漢語八百詞》「一旦」多用於新情況的出現或假設有一天發生新情況，用在動詞前作狀語，後面用「就」相呼應。既然「一旦」用在動詞前作狀語，表示編者認為「一旦」是副詞。再如曹躍香與高娃（2005：34-36）以「萬一」和「一旦」對比，主張「一旦」只當副詞，表示不確定時間的假設，它的前句是已經出現或假設某一時間出現某種新情況，後一分句多是由前句新情況導致的直接後果或影響，語法上則多用「一旦…就…」的形式，因此，「一旦」則多在前一分句的前面，所舉的例子中，有一例是「這盆曇花養了十多年，一旦死了，怎能不可惜呢？」他們認為此例是已然語境，「死了」這件事情已經發生，「一旦」含有「忽然有一天」的意思。然而，筆者認為此例應該是未然的假設狀況。文中沒有提供更多的線索，以下兩例是筆者自擬的情境，作為推斷的依據。

19. 小李：「花被水淹死就算了，有什麼好大驚小怪？」
    小林：「這盆曇花養了十多年，一旦死了，怎能不可惜呢？」
20. 小李：「你的花如果出意外，你會難過嗎？」

小林：「這盆曇花養了十多年，一旦死了，怎能不可惜呢？」

例 19 是花已經死了，為已然語境，小林說「一旦死了⋯」強調事件發生的「突然」，在無預警、毫無心理準備下，心中感到可惜，而非強調事件已在某一天發生。因為「一旦」本為不定之時，具有 [或然] 的語義徵性，未然語境尚未發生，帶有不確定性與可能性，與 [或然] 契合；已然語境既然已經發生，與 [或然]不相容，故「一旦」出現在未然、非現實語境。例 20 是花尚未死的未然、非現實語境，「一旦」可能是副詞或假設連詞，「一旦死了」是未然的突然性事件，不論小李的問句是已然或未然，兩例的「一旦」沒有不同。

根據例 15-18，在語法上，「一旦」分布於前分句主、謂語之前或主、謂語之間，是假設連詞典型位置；語義上，「一旦」表未定之時，引領的分句是尚未發生且可能發生的假設情境，後分句是隨著假設條件影響下的結果，據此斷定現代漢語的「一旦」可當假設連詞，而且是出現頻率頗高的常見詞。

「萬一」與「一旦」都可當假設連詞，在假設範疇中，兩者是近義詞，那麼，它們之間有何差異呢？後面的三節擬從語義、語法、語用三層面進行比較。

參、語義的比較

在現代的共時平面上，「萬一」與「一旦」可當名詞、副詞、假設連詞的用法，彼此之間具有演變關係。就「萬一」而言，名詞語法化成假設連詞，再演變成副詞（羅榮華 2007：77，鄧瑤 2009：91-92）。就「一旦」而言，名詞語法化成副詞，再語法化成假設連詞（于麗娟 2009：241，袁雪梅 2010：165-166）。

語法化需要許多條件的配合，語義方面，名詞與副詞「萬一」的語義徵性是[極小]，用來表示數量極少、所佔比例極小、發生可能性（機率）極小；名詞「一旦」的語義徵性是 [或然]（不定時），用來表示不確定的短暫時間、事件突然發生。

語法化為假設連詞時，兩詞的語義徵性隨之增加，「萬一」的語義徵性變成[極小]、[或然]、[非現實性]、[不利]。[或然] 徵性從 [極小] 衍生而來，從數量極小到比例極小，再到機率極小，突顯或然性，可能發生但不很確定，因為機率極低。再者，[或然] 又可衍生 [非現實性]，可能發生即「尚未發生」（未然），可能發生的時間是「未來」，即是「非現實」的狀態。假設屬於虛擬範疇，分為可能假設或違實假設，前者是未知或未然的，可能會發生；後者違反事實或歷史事件，不可能發生。「萬一」和可能假設應合，故能語法化為假設連詞，增添 [非現實性] 徵性。

[不利] 徵性是帶有主觀性的色彩義或情感義，[不利] 的形成有內在、外在因素。內在因素有二；1.心理因素。由於「萬一」具有 [極小] 與 [或然] 徵性，普遍的心理是對不確定的事情會憂心，所以「萬一」具有帶負面意義的內在條件。2.認知因素。石毓智（2001，2010：436）從客觀世界的大小量得出肯定與否定的

規律：「量大的事物肯定性強，量小的事物否定性強，中間的事物其肯定程度和否定程度相當。」這條規則在自然語言中的投射是：「語義程度極小的詞語，只能用於否定結構；語義程度極大的詞語，只能用於肯定結構；語義程度居中的詞語，可以自由地用於肯定和否定兩種結構之中。」由此推知，「萬一」表示極小量，多用於否定結構。然而，肯定與否定也可從正面、負面意義來理解，例如語氣副詞階段，「萬一」與目的連詞「以免」、「免得」或動詞「防止」搭配，這些詞帶有抑制的消極意義；假設連詞階段，「萬一」經常與貶義詞搭配。這些語言事實是認知的反應。

外在因素是語義韻（semantic prosody）的關係，與搭配的詞語有關。詞語搭配會產生褒貶的共性，經常與褒義詞或貶義詞搭配共現，久了之後，可能會沾染上褒義或貶義，褒義的語義韻是積極的，貶義的語義韻是消極的。在平衡語料庫中，「萬一」經常與貶義、表不幸的詞語或情境共現，例如「不守」、「破裂」、「三長兩短」、「被倒」、「受傷」、「失敗」、「歉收」、「延誤」、「落水」、「有病」、「出事」、「壞了」、「錯了」、「出狀況」、「被抓進警局」等等，高頻共現下，「萬一」增加了 [不利] 徵性，而且 [不利] 徵性的作用很強。

假設連詞「一旦」的語義徵性是 [或然]、[非現實性]、[不利]。[或然] 來自於不確定的短暫時間，[非現實性] 與 [不利] 比較晚出，兩個徵性形成過程與「萬一」類似。「一旦」的 [不利] 徵性受到內在的心理因素與外在因素影響產生的。平衡語料庫中「一旦」常與「消失」、「喪失」、「忽視」、「瓦解」、「破裂」、「淹毀」、「否定」、「生病」、「控制不住」、「有執著」共現，沾染了 [不利] 徵性。必須留意的是，「一旦」的發展比較單純，不管當名詞或副詞，突顯的都是 [或然] 徵性，換言之，[或然] 的作用很強，即便在某些假設句中，也蘊含著時間性，甚至 [或然] 的影響力比 [不利] 還大。在一些用例裡，發現「一旦」引領的假設分句隱含的是 [或然]，而非 [不利]。

綜合上述，將假設連詞「萬一」與「一旦」的語義整理成表。

表 2 假設連詞「萬一」與「一旦」語義比較表

	極小	或然	非現實性	不利
萬一	v	v	v	v
一旦		v	v	v

假設連詞「萬一」與「一旦」在語義上有兩點差異：

1. [或然] 徵性來源有別。

「一旦」的 [或然] 徵性來自不確定的短暫時間，語法化成假設連詞後，基於「保存」（persistence）原則，[或然] 徵性殘存於假設連詞，所以「一旦」引領的假設分句往往隱含不確定的時間性。「萬一」的 [或然] 徵性來自於 [極小]（機率極小），在「保存」原則的影響下，「萬一」引領的假設分句隱含機率極小，而

非時間性。

2. [不利] 徵性運用程度。

比較起來，「萬一」具有強烈的主觀性，受到心理、認知、語義韻三重影響，[不利] 徵性呈現絕對優勢，反觀「一旦」，側重於時間的不確定，故以現代漢語的平面而言，有一些「一旦」不表現 [不利] 徵性，除了例 17 之外，還有「我們如何達到一個理想的標準呢？你一旦去實踐，就會覺得還不夠，覺得自己還可以做得更好。」假設複句的結果分句偏向中性或積極語義韻。又如「他們注重信諾，一旦說出口的事無論如何都會恪遵到底。」假設複句的結果分句偏向積極語義韻。由此可知，一個詞雖然有多個語義徵性，但是這些徵性的力量不是相等的，有些比較強，有些比較弱。

肆、語法的比較

語法方面分爲連詞套用、連用、特殊用法說明。

一、連詞套用

在連詞的「連續套用」方面，「萬一」與其他假設連詞套用爲「萬一如果」、「若是萬一」、「如果萬一要是」，與因果連詞套用爲「因爲萬一」，與轉折連詞套用爲「不過萬一」、「然而萬一」、「否則萬一」、「而萬一」，與目的連詞套用爲「以免萬一」，與遞進連詞套用爲「而且萬一」。

「一旦」與轉折連詞套用爲「但是一旦」、「但一旦」、「可是一旦」、「然而一旦」、「不過一旦」，與因果連詞套用爲「因爲一旦」、「所以一旦」，與遞進連詞套用爲「而一旦」、「而且一旦」、「因此一旦」，與假設連詞套用爲「若一旦」、「如果一旦」，與目的連詞套用爲「以免一旦」，與轉折和假設連詞套用爲「但若一旦」。

根據周剛（2002：104）的調查，發現偏正關係連詞套用的能力依次是：說明因果＞轉折＞假設。運用在「萬一」與「一旦」上仍然成立。以下，分別就「萬一」與假設連詞套用及「一旦」與轉折連詞套用，進行討論。

假設連詞的套用方面，在完全不設條件的情況下，平衡語料庫的「如果萬一」與「如果…萬一…」有 7 筆，「萬一如果」與「萬一…如果…」有 4 筆。舉例如後：

21. 萬一如果手術失敗，消費者應如何保障自己的權益？
22. 雖然有了地，還是生活不下去，就（是）在這個時候呢，如果萬一要是家有人生病，或者碰到天災，這個貧苦的農民就不得不賣…。
23. 如果萬一颱風一來，跟總公司的聯絡不通，等公司來的指示…。

「萬一」是有標記（marked）的假設連詞，「如果」是無標記（unmarked）的

典型假設連詞。3 例 21「萬一如果…」是有標記套用無標記，由於「萬一」帶有強烈的主觀性，「萬一如果…」引領的假設分句依然是言者主觀上認為不利的事件。例 22、23「如果萬一…」是無標記套用有標記，受到「萬一」的制約，引領的假設分句也是言者主觀上認為不利的事件。換言之，連續套用時，無論有標記在前或在後，都能突顯其特殊性。

24. 萬一發生上吐下瀉，應立即就醫；如果確定感染霍亂，要注射…。

25. 如果發現有人跟蹤，要冷靜應變，並走到熱鬧的大街或商店。萬一遭到綁架時，不可大哭大叫，要鎮靜應付。

26. 如果我跟不上流行那怎麼辦呢？我就會被踢出去了。那萬一我今天去跟著這個流行，那我就會被父母親踢出去了。

27. 因為如果沒病當然很好，萬一真的有病，並不會因為不檢查就使疾病消失。

上述 4 例是假設連詞的間隔套用，例 24 是「萬一…如果…」，例 25、26 是「如果…萬一…」，各自帶領不同的假設複句。例 24 是並列的兩個假設複句，都是不利的事件，而且彼此之間有先後關係，前者「上吐下瀉」是很多疾病共同的症狀，後者「確定感染霍亂」則是就醫查出疾病。例 25 並列的兩個複句之間有層遞關係，前者程度較輕，後者程度較重。例 26 用於正反說明，有層遞的關係，「跟不上流行」或「去跟流行」對言者來說都是不利的事件，結果都會被踢出去，相較下，後者的結果更嚴重。例 27 的「如果…，萬一…」突顯出它們各自的特色，「如果」是無標記，引領正面的假設，「萬一」是有標記，引領負面的假設。由上可知，無標記的「如果」運用範圍廣，可引領正面有利或負面不利的假設分句，「萬一」大多是引領負面不利的假設分句。再者，同樣引領不利事件時，「如果」用於表示程度較輕，後者表示程度較重。

轉折連詞套用方面，根據本文原先的設定（排除書面語），「一旦」與轉折連詞套用佔絕對多數，有 34 筆。原因是轉折連詞用來關連分句間有突然轉折關係的複句，「一旦」隱含未定時間、突然之意，搭配共現時再次強化邏輯上的轉變之意，因此「一旦」與轉折連詞套用的次數比其他的連詞還多。

附帶一提，「一旦」與其他連詞套用時，均出現於其他連詞之後，而非其他連詞之前，除了必須服從套用次序之外，還因為「一旦」除了表示假設的關連作用外，還隱含時間性，表示後面事件發生時間的不確定或突然之意，因此，「一旦」與後面分句關係較緊密，按照距離象似性，套用時宜放在其他連詞之後，而非之前。

二、連詞連用

「萬一」與「一旦」偶爾有連用的情形。

---

3 根據沈家煊（1999：22），語言中的標記現象（markedness）是指一個範疇內部存在的某種不對稱現象。例如「數」範疇中，複數是有標記項，單數是無標記項。

28. 萬一真的警察來了，萬一我也被抓進警局，我該如何辯白呢？

29. 萬一我現在還在幻境中呢？萬一她還在樓上呢？我這樣在外面跑來跑去，又有什麼用呢？

30. 他從前做了很多壞事，一旦轉變之後可以殺身成仁；他從前做很多好事，一旦失足的話，可以面目全非。

31. 不像在明亮的飯桌上吃晚飯時，電視新聞一旦播出了飢民在排隊，就必須露出不忍心的表情；一旦播出了殘暴的鎮壓，又必須露出譴責的神色。

　　例 28、29 是心理活動的語境，兩個「萬一」接連出現，引領不同的不利事件，根據數量象似性，訊息量增加了，程度加重了，突顯出言者心中十分焦慮。例 30 用於正反說明，強調一個人轉變前與轉變後差距之大。例 31 用於列舉不同的假設事件。從這四個例子來看，「萬一」的運用仍是關照著言者的感受，主觀性很強，「一旦」的運用用於正反說明或列舉，側重事件的對比或不同。

三、特殊用法

　　有正常情況下，「萬一」後面的句子是複句，但有些情況只剩下假設分句，缺少結果分句。

32. 往後，後面我們走過了，目前我是不知道，萬一也落石的話咧，所以我就是說，先看一看看要怎麼樣我們再走…。

33. 但是他覺得到時再「拼命找獎學金的想法非常不實際」，萬一沒有呢？所以他寧願先花時間把德語學好。念什麼熱門？

34. 我居然想到要冒著生命危險去為他受痛。萬一他的蛇藥不靈呢？我可不是就這樣活活地被蛇咬死了？

35. 我想到她正在發燒，在那小島上，萬一病情轉惡呢？

36. 「就算你對，可是萬一她們陷入了愛情的漩渦呢？」「不會的，她們很有自知之明…」

　　上述之例的「萬一」引領的都是言者主觀認為不利的事件，雖然沒有出現後續的結果分句，都可補出「怎麼辦」的疑問。而且，例 32-35 是心理活動的語境，只有例 36 是對話語境，所以即便言者省略疑問句「怎麼辦」，聽者依然可以根據情境判斷言者之問。

伍、語用的比較

　　筆者發現「萬一」與「一旦」除了基本連接或關聯功能以外，還能表示語用功能，雖然語用之例寥寥可數，可以憑藉形式依據判斷。

　　一般而言，連詞後面通常緊跟著句子成分，有的「萬一」與「一旦」後面出現逗點，斷開了連詞與假設分句。

37. 讓她同情我？可憐我？搖尾乞憐？我做得到嗎？萬一，就算萬一她留下了，我們又將怎麼辦？

38. 它不是我們隨便看幾本書，就可以有簡單的答案可幾蹴的。一旦，我們有了方向，我們便得堅持不斷的做下去。

39. 有些人是表示，其實沒有什麼，欣賞的偶像。但是一旦，你覺得說，在螢光幕裡面，你這樣看，譬如說看到主持人…

例 37 出現一連串的疑問，第一個「萬一」後面增加停頓點，表示言者尚未準備好要說的話，正在整理思緒。例 38「我們有了方向」是未然的假設語境，但是假設分句沒有跟「一旦」緊連，「一旦」後面出現停頓點，使得「一旦」看起來變成獨立的成分，不確定的時間意味得到突顯。例 39 採自視聽媒體的語料，語流斷斷續續，許多書面上不該停頓的地方，都出現停頓，例如「其實沒有什麼欣賞的偶像」。「但是一旦」與「在螢光幕裡面」中間插入「你覺得說」，彷彿「但是一旦」之後出現逗點是因為插入了「你覺得說」的關係，仔細觀察這個例子，不難發現「但是一旦」之後的言談似乎沒有邏輯，換言之，「但是一旦」的用法是言者尚未準備好該說的話，才說出了一些無關的詞語，藉以爭取時間，構想要說的話。

有的「萬一」在對話中單獨出現，在非病句，不影響交際的情況下，反映了言者思緒跳接，轉入新話題。例如：

40. 小李：不用不用，一點點，謝謝。
　　小林：很多比較好吃。
　　小李：不行，萬一，不過要胖就胖到底啊！

「萬一」後面沒有任何成分，卻還是假設連詞，因為這說明了小李原先想要拒絕過度飲食，後來突然改變心意，導致「萬一」後面的假設還來不及說出口，思緒就跳到另一個新話題（肥胖），便以轉折連詞「不過」表示相反的心意。

陸、結語

本文立足於現代漢語的共時平面，考察兩個近義詞「萬一」與「一旦」的殊性，希望累積學術研究的心得，提供語法教學的參考。

從共時描寫透露了「萬一」與「一旦」的演變過程，筆者認為在詞類認定上，現代的「萬一」與「一旦」都可當假設連詞，許多詞典或文章未將「一旦」列入假設連詞範疇，但是根據本文的考察，認為「一旦」具有假設的關連作用。

語義方面，名詞「萬一」具有 [極小] 語義徵性，從數量極小，到比例極小，再到機率極小，語法化為假設連詞後，又多了 [或然]、[非現實性]、[不利] 徵性。[極小] 衍生出 [或然]，[或然] 在衍生出 [非現實性]，[不利] 是基於內在的心理與認知，及外在的語義韻的影響所產生的。[不利] 的徵性作用很強，所以「萬一」有引領的假設分句都帶有強烈的主觀性，是言者主觀上認為發生可能性小，而且是非自主、不利的事件。名詞「一旦」具有 [或然] 的語義徵性，強調時間上的不確定，語法化為假設連詞後，增加了 [非現實性]、[不利] 的徵性，[不利] 徵性受到內在的心理因素與外在因素影響產生的。比較起來，「一旦」的 [或然]

的影響力比 [不利] 還大，在某些例子裡，發現「一旦」引領的假設分句隱含的是 [或然] ，而非 [不利]。

語法方面，連詞的套用上，「萬一」與「一旦」合乎「說明因果＞轉折＞假設」的套用次序。「萬一」與假設連詞「如果」連續套用時，由於「萬一」是有標記的假設連詞，「如果」是無標記的典型假設連詞，不管有標記的「萬一」出現在「如果」前或後，所引領的假設分句依然是主觀上認為不利的事件。要是「萬一」與「如果」間接套用時，無標記「如果」運用範圍廣，可引領正面有利或負面不利的假設分句，「萬一」大多引領於負面不利的假設分句，同樣引領不利事件時，「如果」用於表示程度較輕，後者表示程度較重。「一旦」與轉折連詞套用較多，原因是兩者的語義互相暗合，套用時可以強化突然轉變的邏輯關係。另外，「一旦」與其他連詞套用時，基於套用次序與距離相似性，「一旦」出現在其他連詞之後，與後面的成分緊連出現。

「萬一」與「一旦」偶爾出現連用情形，根據有限的例子初步看來，「萬一」的連用仍是關照著言者的感受，主觀性很強，「一旦」的連用用於正反說明或列舉，側重事件的對比或不同。

特殊用法上，「萬一」有時候只有前面的假設分句，未見後面的結果分句。但是根據語境，可以補出省略的結果分句「怎麼辦？」因此對交際不會有太大的影響。

語用方面，「萬一」與「一旦」的後面有時出現逗點，增加了停頓，表示言者尚未準備好該說的話，用來爭取時間，整理思緒。「萬一」在對話語境中曾單獨出現，表示言者突然改變心意，發生思緒跳接，轉入新的話題。

參考書目

壹、近人論著

于麗娟 2009 〈「一朝」和連詞「一旦」演變差異之比較〉,《科技創新導報》31:241-242

石毓智 2001 《肯定與否定的對稱與不對稱》(增訂本),北京:北京語言大學出版社

石毓智 2010 《漢語語法》,北京:商務印書館

沈家煊 1999 《不對稱和標記論》,南昌:江西教育出版社

邢福義 2001 《漢語複句研究》,北京:商務印書館

周剛 2002 《連詞與相關問題》,合肥:安徽教育出版社

袁雪梅 2010 《中古漢語的關連詞語:以鳩摩羅什譯經爲考察基點》,北京:人民出版社

張雪平 2009 〈「萬一」的語篇分析〉,《世界漢語教學》1:49-64

曹躍香、高娃 2005 〈「萬一」與「一旦」〉,《語文學刊》(高教版)9:34-36

楊江 2009 〈基於語料庫的虛詞「一旦」及相關問題探析〉,《語文學刊》1:87-89、174

鄧瑤 2009 〈「萬一」的功能差異即期演變動因〉,《寧夏大學學報》(人社版)6:90-93

羅榮華 2007 〈「萬一」的語法化〉,《宜春學院學報》1:74-78

美國AP中文測驗之3D虛擬情境試題研編開發

蔡雅薰[*]

蔡德祿、林宜樺[*]

林侑璇、徐文玉、劉全荃、蔡亞汝、蔡昱均[*]

摘要

Second Life 爲近年來迅速崛起之 3D 虛擬生活平台，由 Linden Lab 於 2003 年推出，具 3D 互動功能。在此互動平台下，藉由電腦網路架構擬真學習平台的環境，經由嚴謹之研究調查，建置語言學習最常用的場景物件，以真實情境融入華語文教學現場，協助學習者透過虛擬化身（avatar），成爲虛擬居民，克服語言學習的心理障礙，並突破環境與時空的種種限制，增強語言學習的互動性與趣味性，研發以 3D 虛擬互動之多媒體融入語言教學模式。

本研究旨在利用 Second Life 學習平台，針對美國 AP 中文聽說讀寫各項技能的整合學習需求，結合 AP 中文測驗的標準模式，編制 AP 中文聽、說、讀、寫之線上試題互動練習與模擬測驗。藉由 AP 中文試題呈現在編寫完整的故事發展情節，結合網路虛擬平台的使用操作，開發多種外語學習常用之線上情境與物建，結合線上教學的師資培訓，使 AP 中文之中級華語學習，可運用在課堂線上教學，或協助學習者可各別在家自學練習，並使華語文試題研發朝向數位化、情境化、動態化之數位語言教與學創新模式。

關鍵詞：AP 中文、3D 虛擬教室、Second Life、數位華語教材、生活華語

[*]蔡雅薰，國立臺灣師範大學應用華語文學系教授兼系主任
[*]蔡德祿、林宜樺，財團法人資訊工業策進會創新應用服務研究所經理、副分析師
[*]林侑璇、徐文玉、劉全荃、蔡亞汝、蔡昱均，國立臺灣師範大學應用華語文學系

壹、前言

　　Second Life 為近年來迅速崛起之全球性網路虛擬生活平台，由 Linden Lab 於 2003 年推出，具 3D 互動功能。Second Life 的使用者透過虛擬化身（avatar）成為虛擬居民，延伸現實生活的行為至虛擬世界。除了社交，亦能透過 Linden Scripting Language（LSL）製造、分享與交易虛擬物品和服務，並可擁有私有財產，可將之贈與、出售或交換。[1] 會員人數於過去短短一年內暴增了一千萬餘人次，居民總數已突破 1,600 萬，是全球最大的 3D 虛擬世界（市佔率 65%）。

　　Second Life 之 3D 虛擬環境提供各式各樣的立體場景，Second Classroom 更首創利用虛擬環境提供學習者不同於傳統實體課程的實景，讓學習者如同身臨其境。有別於一般線上教學，學習者可利用虛擬化身進行人物互動及角色扮演，從實作中學習，獲得完整學習體驗。而教師則可利用 3D 虛擬教學環境創造合適的教學環境，提供 3D 虛擬教學物件，滿足現實生活中所缺乏的教學物資。

　　自 2003 年美國大學理事會（College Board）宣佈增設 AP 中文及 AP 考試之後，在美國中文教學界引起極大的影響。所謂 AP 中文即美國大學中文預修課程，難度相當於大學第四學期的課程，換算後相當於學完 240 個課時。取得 AP 中文課程學分的高中學生，可直接獲得大學中文學分或抵免大學外語必修課，高中生取得不同科目的 AP 課程學分，大有助申請進入有名的大學校系及取得大學獎學金。因此美國高中必須因應此項宣佈開設 AP 中文課程，提供中文優秀的高中學生修習 AP 中文課程，以增加該校升讀大學的優勢。AP 中文課程與測驗係根據美國外語教學學會的國家標準設計，強調語言的實際運用，以美國外語學習指標 5C—溝通（Communication）、文化（Cultures）、貫連（Connections）、比較（Comparisons）和社區（Communities）五項概念為準則。AP 中文的專家鼓勵教師能夠通過多種多樣、豐富多采的活動確保學生達到課程的目標。從聽說教學活動來說，包括對話、角色扮演、口頭報告、講故事、討論、看電影、欣賞音樂等多種形式的活動（張媛媛，2006）。為了達到溝通的目的，使學生能夠通過測試，許多學者認為，在編寫教材的過程中，應打破傳統框架，從表達意義的角度將各個語言項目融合在一起，把實現成功交際作為教學的根本綱領，千方百計為學生提供真實的語境，使他們能夠在實際運用中學好漢語（陳紱，2008）。

　　本研究旨在利用 Second Life 學習平台，針對美國 AP 中文聽說讀寫各項技能的整合學習需求，結合 AP 中文測驗的標準模式，編製 AP 中文聽、說、讀、寫之線上試題互動練習與模擬測驗。藉由 AP 中文試題呈現在編寫完整的故事發展情節，結合網路虛擬平台的使用操作，開發多種外語學習常用之線上情境與物件，結合線上教學的師資培訓，使 AP 中文之中級華語學習，可運用在課堂線上教學，或協助學習者可各別在家自學練習，並使華語文試題研發朝向數位化、情境化、動態化之數位語言教與學創新模式。

---

[1] 引自資訊工業策進會蔡德祿與林宜樺〈華語文教與學的未來教室—3D 虛擬世界〉專題演講內容，2009.9.18 於國立臺灣師範大學林口校區。

貳、AP 考試的特徵

一、文本與語體形式的多樣性

　　語言的功能在於與他人溝通交際。華語教學作爲一種語言教學，其重點不僅在於傳授語言知識，更需注重教授在真實環境的「溝通技能」。這種觀點也常運用在「任務型」教學，作爲學習者的溝通技能指導與教師教學重心，讓學生在真實的語境中學習華語，使其具有解決問題的交際能力。由美國外語教學協會頒佈之《21 世紀外語教學標準》制訂的三個溝通模式[2]便強調這樣的理念，要求學生能運用中文與人溝通，並理解各種書面與口頭語言。《21 世紀外語教學標準》發展的《AP 中文課程概述》認爲學生學習與老師教授主要應思考「是以完成任務爲中心，碰到不熟悉的詞與也能理解，語言水準就會提高，這就是我們的目標。」美國的教育界人士也明確指出：「讓學生學習詞彙、固定表達和句子結構固然重要，但語言的準確只是實現交際功能的手段。成功的交際是最終目標；語言的適當和準確只是幫助實現這個目標的手段。」既然 AP 中文重視個人能夠與他人用中文溝通，並理解各種在生活中出現的書面與口頭語言，在課程的設計上，也就十分強調帶給學生實際的交際情境。《AP 中文課程概述》中提出八個作爲學期教學計畫的教學大綱樣本，這些大綱的共同點是少有對詞語教學、語法教學的規定，強調在課內及課外學生需要完成的、運用漢語進行交際的活動（陳紱，2008）。

　　AP 考試的題目之分析皆反映《AP 中文課程概述》中所闡述利用現實生活真實語料作爲教學材料的規範。其題目內涵，不論聽、說、讀、寫，基本上都是先給予一段現實生活中常見的語體，如：電子郵件、便條留言、廣播節目、報紙，然後要求學生根據文本中提供的訊息作答。換言之，文本與語體形式的多樣化是 AP 中文測驗最顯著的特徵，表現在藉由日常生活中經常會碰到與使用的語體，測驗學生的理解與溝通能力。爲了幫助學生熟悉這樣的題型，增加學生運用不同語體與人交際的機會，AP 中文的專家鼓勵教師透過豐富多采的活動進行教學。以聽說教學活動而言，包括對話、角色扮演、口頭報告、講故事、討論、看電影、欣賞音樂等（張媛媛，2006）。而專家在編寫 AP 中文教材時，也特別選擇能反映現實生活的真實語料和食物圖片，讓學生在熟悉或經常會面臨的情境中充分以華語進行交際（陳紱，2008）。

二、雙項語言技能的融合

　　美國大學理事會除了公布《AP 中文課程概述》，爲了讓教授 AP 中文的教師能夠更具體地把握到授課重心，也一併制訂《AP 中文教師指南》、《AP 漢語語言文化課程描述》，並在當中介紹多樣的課堂教學活動，例如：觀看電影；欣賞京

---

[2] 《21 世紀外語教學標準》三個溝通模式：（1）語言溝通（interpersonal）：語言溝通包括了聽、說、讀、寫四項語言技能。學生能運用中文與人溝通，還能用中文表達自己的思想、感情和意見；（2）理解詮釋（interpretive）：學生能夠理解並且詮釋各種話題的書面或口頭的語言；（3）表達演示（presentational）：學生能透過對聽眾或讀者表達各種話題的信息、概念或觀點。

劇；閱讀中文報刊、寓言、成語；學習中國武術、太極拳（隋桂嵐，2010）。而在《AP 漢語語言文化課程描述》當中，聽、說、讀、寫不再是各自獨立的單項技能測驗，而是如同真實生活交際模式當中彼此兼用、相互聯繫、互相影響的有機體。張媛媛（2006）以表格形式歸納出《AP 漢語語言文化課程描述》對語言技能的要求：

理解詮釋	讀	教學途徑	難度較低：向學生展示廣告、標誌、海報等高語境的書面材料。	目的	提高學生識別、歸納文章要點、重要細節的能力和推理、預測的能力。
			難度較高：讓學生精讀從報紙、雜誌、當代文學作品、書信、散文中節選或改編的文章。		提高學生的聽力理解能力。
	聽		讓學生聽從各種聽力文本中節選或改編的高語境聽力材料，這寫聽力文本既包括新聞廣播、公共場合的公告等正式用語，也包括電影、電視節目等通俗用語。		
語言溝通	雙向互動	教學途徑	基本上用中文授課：給學生提供大量需要溝通、交流的課堂活動；要求學生就個人、學校、社會關心的話題交換意見等。	目的	提高學生的交際策略能力；恰當回答問題的能力（這些問題是關於學生熟知的話題）；書寫、理解電子郵件、書信的能力等。

張媛媛（2006），《美國 AP 中文教學模式探析》，北京語言大學。

由上表可知，AP 中文測驗強調在三種溝通模式架構內之綜合訓練，使學生可運用聽讀、聽寫、聽說、讀寫、讀說等雙項技能，並測試學生的溝通、理解、互動與轉述能力。通過語言溝通和理解詮釋兩項溝通模式的輸入型活動，學生首先必須理解書面材料，然後準確回答材料的大意，或從文意或上下文中推測詞義，運用語法知識幫助理解，或運用文化知識幫助理解書面及口頭材料，藉此提高自身的策略能力和認知能力。從 AP 測驗的試題來看，測驗方式分爲選擇題和問答題，每一大題又各有兩小題。分別爲（1）選擇題：主要是對話技巧溝通（Interpersonal）和文體詮釋說明（Interpretive）的聽、讀測驗，測驗方式分爲聽力測驗、閱讀測驗；（2）問答題：主要是對話技巧溝通（Interpersonal）和整體表達（Presentational）的說、寫測驗。測驗方式分爲寫作技巧、說話技巧。出題形式有看圖寫故事、回電子郵件、會話、演說等。接受測驗的學生必須讀懂測驗提供的文體，依據要求進行寫作；或聽懂測驗提出的問題，根據問題進行回答。這種讀寫、聽說合一的測驗明確顯示出 AP 雙項語言技能融合的特色。

三、AP 中文測驗試題分析

本論文依據 AP 中文測驗與試題規範，首先將聽、說、讀、寫各分項測驗題

型、題數、分數比例及考試時間分析如下表格，並依照 AP 中文試題難易度，分析測試的能力描述分項，確定華語能力分級，依照題型與語體，編製各項試題。AP 中文測驗的試題規範分析如下：

美國 AP 中文測驗之 3D 虛擬情境試題研編問卷／蔡雅薰、蕭遠德、林玉婷、林宏璇、徐文玉、劉全嘉、蔡亞倫、蔡星均

Section	題型 and Knowledge/Skills Assessed	Number of Question and % Weight of Final Score		Time	順序	備註
Section 1	選擇題	70 題	50%	1 小時 20 分		
Part A 聽	**題型一：回答問題** 一聽對話內容，選擇最合適的答案 Knowledge/ Skills: ● Interpersonal Communication ● Using set phrase and social formulae; communicating opinion, attitude, intent	10~15 題	10%	10 分鐘 回答時間： 5 秒 (每題)	Note ↓ Directions ↓ 中文題幹 中文選項	
	題型二：聽指示─選擇適當答案 指示類型分別為： 1. Announcement (2 題) 2. Conversation (4 題) 3. Instructions (3 題) 4. Message (3 題) 5. Report (4 題) Knowledge/ Skills: ● Interpretive communication ● Comprehension; inference; application of introductory cultural knowledge	15~20 題	15%	10 分鐘 回答時間： 12 秒(每題)	Directions ↓ Narrator: Now you will listen once/ twice to a conversation/ voice message... ↓ 各類型題目 ↓ Narrator: Now answer the questions for this selection. (如果題目播放兩次，則會出現 Narrator: Now listen again. 再播放一次題目後才會出現此 Narrator) ↓ 英文題幹 英文選項	不一定要按照類型的順序出題
Part B 讀	**題型一：看指示─選擇適當答案** 指示類型分別為： 1. Advertisement (2 題) 2. Article (5 題) 3. E-mail (4 題) 4. Letter (4 題) 5. Note (2 題) 6. Poster (4 題) 7. Sign (2 題) 8. Story (7 題) 9. Brochure (4 題) Knowledge/ Skills: ● Interpretive communication ● Comprehension; inference; application of introductory cultural knowledge	35~40 題	25%	60 分鐘 60 分鐘內回答完所有題目即可	Note ↓ Directions ↓ Read this e-mail/ public sign... ↓ 各類型題目(正/簡體字) ↓ 英文題幹 英文選項	不一定要按照類型的順序出題

Section	題型 and Knowledge/Skills Assessed	Number of Question and % Weight of Final Score		Time	順序	備註
Section 2	自由回答		50%	1 小時 25 分鐘		
Part A 寫	**題型一：Story Narration 故事** Knowledge/ Skills: ● Presentational communication ● Narrating story as depicted by series of pictures	1 題	15%	15 分鐘	Note ↓ Directions ↓ Story Narration	

	題型二：**Personal Letter** 信 Knowledge/ Skills: ● Presentational communication ● Informing; describing; expressing preference; justifying opinion	1 題		30 分鐘	**Personal Letter** Imaging you receive a letter from...
	題型三：**E-mail Response** 回電子郵件 Knowledge/ Skills: ● Interpersonal communication ● Reading; responding to request	1 題		15 分鐘	**E-mail Response** Read this e-mail from… (正/簡體字)
	題型四：**Relay Telephone Message** 電話答錄 Knowledge/ Skills: ● Interpersonal communication ● Listening; summarizing message; conveying important details	1 題	10%	6 分鐘	**Relay Telephone Message** Imagine you are sharing an apartment with… ↓ 播放電話錄音 **Narrator:** Now listen again. ↓ 播放電話錄音 ↓ **Narrator:** Now type an e-mail to your friend.
Part B 說	I. **Conversation** 對話 Knowledge/ Skills: ● Interpersonal Communication ● Participating in conversant by responding appropriately	6 題	10%	5 分鐘 回答時間： 20 秒(每題)	**Note** ↓ **Directions** ↓ **Conversation** You will have a conversant with… ↓ 中文題幹 **20 秒回答時間** （以此類推，共六題）	6 題全部都要是一系列的問題，且要注意題目是否能讓學生在 20 秒內回答完畢。
	II. **Cultural Presentation** 文化展示 Knowledge/ Skills: ● Presentational communication ● Describing and explain significance of a Chinese cultural practice or product	1 題	15%	7 分鐘 4分鐘準備時間 2分鐘回答時間	**Directions** ↓ **Cultural Presentation** Choose ONE Chinese… ↓ **4 分鐘準備時間 2 分鐘回答時間**	注意題目的難易度能否讓學生講 2 分鐘！
	III. **Event Plan** 計畫活動 Knowledge/ Skills:	1 題		7 分鐘	**Directions** ↓ **Event Plan**	注意題目的難

			4分鐘準備時間 2分鐘回答時間	You have the opportunity to plan a… ↓ **4分鐘準備時間 2分鐘回答時間**	易度能否讓學生講2分鐘！
• Presentational communication • Describing; comparing; contrasting; explaining; justifying; applying introductory cultural knowledge					

參、3D 虛擬互動情境試題之創新性

一、3D 虛擬教室情境之建置

本論文選用 Second Life 虛擬情境，進行 3D 互動情境試題之編製，在重要語言研究上獲得確切支持的研究論證。許德寶教授於 2010 年暑期在美國俄亥俄州華文研討會議中提出的研究證實[3]，對現今六種常見網路參與式學習工具進行評分，Second Life 獲得的成效最高，未來語言教學選用 3D 虛擬情境作為教學工具的可行性，將帶動未來外語教學模式之創新。

本研究運用財團法人資訊工業策進會（以下簡稱資策會）創新應用服務研究所建置之虛擬情境平台場景，此平台係依據歐盟體系歐洲《共同語文參考架構》（The Common European Framework of Reference for Languages，CEFR）為主，並參照美國外語學習指標 ACTFL Guidelines 提出外語常用情境分析進行建置。依照蔡雅薰（2009）分析 CEFR「語文使用及語文使用者/學習者」之情境分類，提供「語文使用的情境」。CEFR 有關「情境」要點使用的領域（domain）分為四類：個人領域（personal）、公眾領域（public）、教育領域（educational）及職業領域（occupational）。目前資策會創新應用服務研究所建置之 3D 虛擬教室互動情境場景主要分為以下四類，虛擬教室之情境樹狀圖亦如下：

主題	互動場景
我的家庭	一般住宅房屋(房間、院子)、洋房、出租公寓、三合院、鄉間
我的社區	超級市場、商店、餐廳(櫃台、鋼琴、吧檯、桌椅)、公園、運動場(田徑場、球場)、街道、廣場、捷運站、飯店(櫃台、健身房、游泳池、貴賓室、酒吧)、商務旅館、公車站、交通號誌、郵局、醫院、診所、牙醫診所、電影院、酒吧、娛樂場所、教堂、廟
我的學校	教學大樓(演講廳、實驗室、教室、研討室)、體育場(游泳池、球場、健身房)、走廊、操場、學生宿舍、綜合大樓(便利商店、學生餐廳、書店、學生活動中心)、圖書館、學校停車場
我的工作	機場(機場櫃檯、海關)、辦公大樓、工廠、港口、鐵路、農地

---

[3] 許德寶教授為 TCLT 委員會主席及 TCLT6 組委會雙主席。他提出六種常見網路參與式學習工具進行評分，結果如下：1. Discussion Board 13 分；2. Blogs 17 分；3. Skype、MSN 17 分；4. Moodle、Wiki 17 分；5. LiveMocha 18 分；6. Second Life 20 分。Second Life 不僅評分最高，且符合六項選擇虛擬課堂軟體的標準。

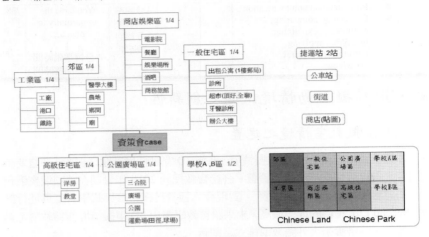

在虛擬教室中，每一主題情境設計還細分若干場景。以「學校」主題為例，在虛擬教室中還將學校分為 A 與 B 兩區，利用 Second Life 的場景，介紹真實校園中的環境，以利教授及學習相關詞彙。3D 虛擬教室提供傳統課室無法滿足教學提到的情境，虛擬場景又能讓學生超越時空限制，隨時隨地皆可在適合的場景中學習，提高學生的學習成效。有關 3D 虛擬教室的「學校」情境細部表列如下，每一個細目均有完整的情景建製。

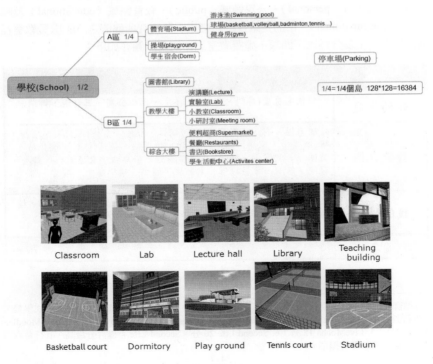

二、3D 虛擬情境剪輯發展之故事編寫

　　Second Life 首創結合 3D 虛擬環境作為語言學習環境之線上服務平台，提供學習語言最實用的虛擬場景，打造身臨其境的沉浸式線上教學環境。連貫的故事內容結合身如其境的場景，讓學生能接觸最貼近日常生活的用語，並能快速融入當地生活。[4] 由於 AP 中文測驗使用多樣文體，包括留言、簡訊、廣告等真實生活文本，本研究利用 3D 虛擬情境豐富多樣的場景剪輯，編寫一個完整故事，依照故事情節發展，將各式各樣語境的試題穿插其中，使學生模擬練習時，形同閱覽一個 3D 虛擬情境動畫故事。美國 AP 中文測驗的試題獨立，學生對於場景的聯想有限，Second Life 的 3D 虛擬情境故事編寫，融入試題，可使場景連貫，加入實用的對話內容，提高學生的學習成效，降低對中文學習的恐懼。因此，利用 Second Life 的 3D 虛擬情境剪輯故事編寫的優勢，且符合 AP 中文試題規範，可提供 AP 中文測驗模擬練習，成效相對提升。以 AP 中文測驗發展之聽力練習為例，主題情境與使用場景如下表呈現：[5]

講次	主題	使用場景
第一講	早餐的重要	學校、操場、書局、醫院、車上
第二講	老朋友回來了	洋房、客廳、飛機上、海關入境處、車上、機場大廳、免稅商店、餐廳門口
第三講	悠閒周末	洋房、客廳、早餐店、百貨公司、服務中心、機場大廳
第四講	奶奶的生日禮物	早餐店、百貨公司、服務中心
第五講	暑假的尾巴	街道、客廳、廚房、超市、收銀櫃台、走廊、餐廳

三、情境故事與試題編製範例

　　建置在 3D 虛擬情境的故事編寫與試題編製，既要兼顧虛擬教室提供的情境，也需要考量 AP 中文試題編寫的規範，並結合資策會工程師的剪輯，試題編寫團隊需要進行編寫範例，經過審題、錄音、影片編輯、播放、插入試題時間管控、修正調整的許多步驟的修審。以寫作能力練習為例，Second Life 場景指導學生看圖說話、了解信件的格式、回信，或利用信件回覆電話答錄機的訊息等多種文體，其中的故事情境發展與試題編製舉例如下：

---

[4] 引自資訊工業策進會蔡德祿與林宜樺〈華語文教與學的未來教室—3D 虛擬世界〉專題演講內容，2009.9.18 於國立臺灣師範大學林口校區。
[5] 腳本內容為國立臺灣師範大學應用華語文學系學生蔡亞汝撰寫。

AP 中文寫作能力訓練　第二課

角色:王明華、王明華的朋友

場景	物件	腳本	題目
學校門口、公車站牌	老婆婆、斑馬線、紅綠燈、公車、公車站牌、友人若干 ◎背景音樂、提示音	◎播放「Writing Part Directions」PPT ◎播放「Story Narration」PPT ◎插入英語指導語 PPT N: The following video cut presents a story. Imagine you are writing the story to a friend. Narrate a complete story as suggested by the video. Give your story a beginning, a middle, and an end. ◎播放影片 ◎+提示音 ◎+PPT「Now you may type your answer.」	*Story narration (15min.)* Second life 影片錄製: 1. 王明華和朋友從學校走出來。王明華揮別友人,走到公車站牌下去等公車。 2. 王明華等的公車快來了。但是他看見有一位老婆婆在他旁邊正要過馬路。 3. 王明華主動扶老婆婆過馬路。 4. 公車到站,王明華人還在對面,錯過了這班公車。
第二題			
王明洋家門口	信箱、信件	◎播放「Personal Letter」PPT ◎Second life 影片: 王明華從公車下來,走到家門口,看見信箱裡有信,拿起來閱讀。 ◎插入英語指導語 PPT *Personal letter (30min.)* Imagine you received a letter from a pen pal at a Chinese sister school. The letter asks you about what a summer camp in the US is like. Write a reply in letter format. First, write about a summer camp you have joined. Then choose ONE impressive experience from that summer camp. Describe the details of this experience and explain why it is impressive to you. ◎+提示音 ◎+PPT "Now you may type your answer."	*Personal letter (30min.)* Imagine you received a letter from a pen pal at a Chinese sister school. The letter asks you about what a summer camp in the US is like. Write a reply in letter format. First, write about a summer camp you have joined. Then choose ONE impressive experience from that summer camp. Describe the details of this experience and explain why it is impressive to you.
第三題			
王明華家裡	筆電、沙發	◎播放「E-mail Response」PPT ◎Second life 影片: 王明華在客廳沙發上坐著上網,發現有新的電子郵件,	*E-Mail Response (15min.)* Read this e-mail from an unknown person and type a response. 〔Traditional-character version〕

		點擊閱讀。 ◎插入英語指導語 **PPT** *E-Mail Response (15min.)* Read this e-mail from an unknown person and type a response. ◎顯示信件內容，字體請放大，並提高解析度。 ◎+提示音 ◎+**PPT "Now you may type your answer."**	發件人:吳樂明 郵件主題:暑期工讀 因為之前忙著辦理入學手續，所以這幾個星期都沒有時間給你寫信。跟台灣比起來美國的物價高了好多，讓我最近很想找份工作，以減輕我父母的經濟負擔。你在美國生活過這麼久有沒有打工的經驗，能不能給我一點建議？期待你的來信。 〔Simplified-character version〕 发件人:吴乐明 邮件主题:暑期工读 因为之前忙着办理入学手续，所以这几个星期都没有时间给你写信。跟台湾比起来美国的物价高了好多，让我最近很想找份工作，以减轻我父母的经济负担。你在美国生活过这么久有没有打工的经验，能不能给我一点建议？期待你的来信。

第四題

客廳	電話答錄機、電話錄音 2、〔**0609AP寫第二講.WAV**〕	◎播放「Relay Telephone Message」**PPT** ◎插入英語指導語 **PPT** *Relay Telephone Message (6min.)* Imagine you are sharing an apartment with one Chinese friend. You arrive home earlier than your roommate one day and listen to a message on the answering machine. The message is for your roommate. You will listen *twice* to the message, and then relay this message to your roommate by typing an e-mail. The e-mail should include the important details. ◎**Second life 影片:** 王明華旁邊的電話答錄機響起… ◎播放〔電話錄音 2〕音檔 ◎播放〔**0609AP 寫第二講.WAV**〕音檔 ◎播放 **now Listen again**【**AP2W_1**】音檔。 ◎再播放一次〔**0609AP寫第二講.WAV**〕音檔。 ◎+提示音 ◎+**PPT "Now you may type your answer."**	〔(Woman)　　你好，李文洋先生，我是雅琪。不知道你星期六下午兩點半有沒有空？是否能與你約在便利商店對面的台灣書局前呢？您只要坐捷運到華王站，從 2號出口出來就會看到了。我會帶著你的比爾。 (Narrator)　Now listen again. 【**AP2W_1**】 (Woman)　　你好，李文洋先生，我是雅琪。不知道你星期六下午兩點半有沒有空？是否能與你約在便利商店對面的台灣書局前呢？您只要坐捷運到華王站，從 2號出口出來就會看到了。我會帶著你的比爾。 (Narrator) **Now you may type an e-mail to your friend.**〕 【**AP2W_2**】

四、操作介面

　　3D 虛擬教室之華語情境系統操作介面建構完整，使用者可使用滑鼠或鍵盤並透過系統之控制面板達成使人物移動、飛行、選購物品、替換服飾等任務。使用者亦能調整視角與視距、使用小地圖快速到達另一場景等基本操作。

　　教學者或學習者均能在系統中使用文字或語音等方式與他人進行交談。此功能可運用於語言教學中，達到即時互動的效果，即學生輸出語言時，若能立刻獲得回饋，就能增加語言學習之效能。另一方面，在語言教學中使用相當頻繁的簡報（slide），也能在系統中嵌入，輔助語言的學習與教學。教師也可於上課前先上學習平台（Moodle）預約 3D 虛擬教室，並上傳上課中欲呈現之簡報檔案；又操作系統簡易，方便使用。3D 虛擬教室使用的基本操作功能及上課使用的介面舉例說明如下圖：

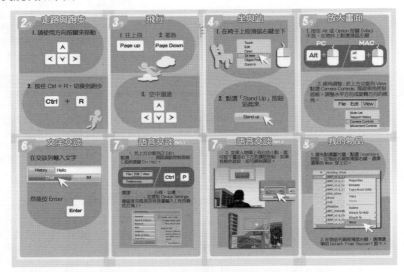

肆、結論

　　AP 中文測驗包括聽、讀、寫、說四大部分，聽、讀以選擇題形式出現，寫、說則分別以書寫和口說方式進行，每一部分所佔比例各為 25%。目前 AP 中文測驗已完全電腦化，參加測驗的考生必須在電腦前完成所有試題，與傳統的中文紙筆測驗有很大差別。目前美國、臺灣與中國語言教學教材針對 AP 中文測驗開發的產品並不多見，教材與練習測驗多以書面紙本形式發行，尚未見 AP 中文測驗電腦化的練習系統或情境互動試題之編製研發。

　　本研究以 Second Life 3D 虛擬情境作為 AP 中文試題開發的場景，在眾多實用的虛擬場景中，將 AP 中文規劃開發的聽、說、讀、寫試題透過立體場景與虛擬人物編寫故事情境及剪輯，使學生透過線上的操作練習，進行全新電腦化華語文能力測驗的模擬考試與能力測驗評量。

　　本研究亦結合 3D 虛擬教室情境的學習工具，開創前瞻性華語教與學的模式。此種教學模式結合使用 Second Life 的眾多族群，將新世代電腦使用思維帶入語言學習之運用，以最新之 3D 虛擬教室情境建置。本研究並結合數位科技，加上電腦試題情境化、故事化，連結互動，以學習者最常用的生活情境，貼合真實現況生活，實用性高，如：虛擬角色扮演不僅能增加學生的學習興趣，減少學習語言的壓力，虛擬情境故事也增強學習的趣味性。此外，本研究採用華語文與資訊工程團隊合作的創新實驗模式，期能將臺灣數位華語教學之 AP 中文試題研發之跨領域整合研究成果推向國際。

參考書目

方麗娜：〈美國 AP 中文啓動，全球華語學習瘋—專訪美國 AP 中文測驗發展小組閱卷負責人夏威夷大學姚道中教授〉，《華文世界》，*100 期*，頁54-59，2007。

仲清：〈淺議美國 AP 中文語言文化課程與考試〉，《安徽農業大學學報》，17 卷，5 期，頁 139-142，2008。

朱瑞平：〈美國 "AP 漢語與文化" 課程及考試設計的 "文化" 考量〉，《中原華語文學報》，2 期，頁 25-35，2008。

周美宏：《華語做爲第二語言之網路聽力教學設計—以初級學習者爲例》，國立臺灣師範大學華語文教學研究所碩士論文，2007。

林秀惠：〈網路報刊閱讀測驗及其課程設計：AP 中文的暖身練習之一〉，《第四屆全球華文網路教育研討會論文集》，頁 549-559，2005。

信世昌、舒兆民：〈結合網路教學與課室教學的華語文寫作課程—「上網學寫中文信」課程之規畫與實施〉，《第三屆全球華文網路教育研討會論文集》，頁346-355，2003。

姚道中：〈談談美國中文教學的近況〉，《中原華語文學報》，2 期，頁 1-11，2008。

孫懿芬：〈強化閱讀和寫作的線上輔助教學課程設計與實驗—以 Chinese as a Heritage Language 學習者爲對象〉，《第五屆全球華文網路教育國際研討會論文集》，2007。

張媛媛：〈美國 AP 中文教學模式探析〉。北京語言大學碩士論文，2006。

張蕙燕：〈美國主流教育中文 AP 課程講究實際語言情境〉。台灣大紀元，2006。

陳姮良：〈北美地區六所公立高中華語文數位教材實驗計畫個案研究〉，《第五屆全球華文網路教育研討會論文集》，2007。

陳紱：〈編寫美國 AP 中文教材的思考與實踐〉，《中原華語文學報》，2 期，頁13-23，2008。

陳錦芬：〈多元文化在網際網路教學上的交流與整合〉，《文化研究與英語教學研討會論文集》，頁 170-190，2002。

曾妙芬：《推展專業化的 AP 中文教學—大學二年級中文教學成功模式之探討與應用》，北京：北京語言大學出版社，2007。

隋桂嵐：〈美國外語教育培養目標剖析與啓示—以 AP 漢語與文化課爲例〉，《課程‧教材‧教法》，8 期，頁 102-106，2010。

蔡雅薰：《華語文教材分級研制原理之建構》。臺北：正中書局，2009。

蔡雅薰：蔡德祿、林宜樺，〈3D 虛擬教室之創新華語教學模式與實證〉，《2010海外華人與華僑教育國際學術研討會大會手冊》，2010。

蔡雅薰等編著：《華語文教學導論》，臺北：三民書局，2008。

蔡德祿、林宜樺：〈專題演講：華語文教與學的未來教室—3D虛擬世界〉，2009。

鄭懿德：〈從歷年試卷看聽力口語課的教學及其測試問題〉,《第三屆國際漢語
　　教學討論會論文選》,頁 188,1991。

謝天蔚：〈中文教學中拼音輸入錯誤分析〉,《漢字教學與電腦科技》,
　　2005。

謝天蔚：〈中文詞處理軟體在漢語教學中的應用〉,《對外漢語論叢第
　　二集》,頁 390-404,2002。

Gilman, Robert A., and Moody, Loranna M. 1984. "What Practitioners Say about
　　Listening: Researched Implications for the Classroom." *Foreign Language
　　Annals* 17.4: 331-334.

觸動繪本融入初級華語教學之習得研究
——以量詞教學為例

邱凡芸、邱泊寰、孫劍秋[*]

摘要

　　觸控式面板之相關產品，已融入大眾生活之中，如手機、平板電腦、電子白板、觸控式螢幕提款機等等，其最大的特色在於提供了容易操作的人機介面。觸動繪本(interactive picture book)是配合觸控式面板電腦，設計的繪本，其特色在於可以用手指頭在電腦螢幕上直接翻頁；與畫面裡的人事物互動；甚至可以手指旋轉進入不同角度的立體畫面中。本研究將設計華語文教學之觸動繪本，以量詞為例，探討觸動繪本，如何運用於華語文教學聽、說、讀、寫四層面，供未來發展高品質觸動繪本華語文教材之參考。

關鍵詞：觸動繪本、量詞教學、華語文教學、華語習得、數位學習

---

[*]邱凡芸：國立東華大學中文系兼任講師。邱泊寰：本文通訊作者，交通大學資訊管理研究所博士後研究員。孫劍秋：國立臺北教育大學語文與創作學系教授兼華語中心主任。

一、前言

觸控式面板之相關產品，已融入大眾生活之中，舉凡隨身攜帶的手機、金融機構的提款機、學生愛用的平板電腦，教室當中配置的觸控式電腦螢幕，以及電子白板等等。其最大的特色在於提供了容易操作的人機介面，使用者不需要盯著複雜的鍵盤，尋找自己要的按鈕，才打三個字就滿頭大汗，只許要將指頭放在螢幕上輕鬆點選或書寫，即可達到目的。

觸動繪本(interactive picture book)是配合觸控式面板電腦，設計的繪本。其特色在於可以用手指頭在電腦螢幕上直接「翻頁」；與畫面裡的人事物「互動」；也有許多觸動繪本設計「立體」畫面讓讀者旋轉。[1]透過生動活潑的畫面，與讀者互動的方式，吸引讀者進入繪本的世界。讀者亦可用手指頭點選畫面上的文字，聽繪本說單一詞語、單一句子或整段的故事。

觸控式面板人性化觸碰介面之特點，配合生動活潑的英語觸動繪本已上市發行。席捲全球學習華語的人口雖然日益增加，卻尚未有人發展華語觸動繪本，並將之運用於華語文教學現場。

本研究將設計華語文教學之觸動繪本，以「隻」、「封」、「信」、「盒」、「雙」、「棵」、「輛」、「間」、「朵」、「片」、「團」、「張」、「顆」、「位」等量詞為研究範圍，教學對象為十位初學華語之外籍生，探討觸動繪本，如何運用於華語文教學聽、說、讀、寫四層面，供未來發展高品質觸動繪本華語文教材之參考。

二、文獻探討

觸控式面板硬體產品應用廣泛，有手機、平板電腦、觸控式螢幕、電子白板等等，其中「電子白板」是專門為教學設計之產品，故本研究文獻探討部分，以電子白板應用於華語文教學之研究為主。

以「電子白板」和「教學」為論文名稱，查詢臺灣期刊論文索引系統，已有21筆資料；查詢臺灣碩博士論文系統已有118筆資料；查詢中國期刊全文數據庫，已有16筆資料；查詢中國優秀碩士學位論文全文數據庫，已有11筆資料。以「電子白板」和「華語」為論文名稱查詢臺灣期刊論文索引系統，則有2筆資料。[2]由此可知，兩岸已有不少觸控式面板融入國語科、英語科、自然科、特殊教育等不同學科教學之研究，然而觸控式面板融入華語文教學之研究卻不多。

鄭琇仁的〈電子白板融入華語教學之師資培訓研究〉，以電子白板融入華語文教學，依據建構主義及訊息處理模式的理念設計師資培訓課程，於真實語言教

---

[1] 觸動繪本的翻頁、互動與立體效果可參考 http://www.youtube.com/watch?v=9mLR1F4lSmI ; http://www.youtube.com/watch?v=4Ukle9oflBc ; http://www.youtube.com/watch?v=gFnCbCjkJyY 三個網站。(筆者上網查詢日期為 2011 年 5 月 15 日)

[2] 台灣期刊論文索引系統 http://readopac.ncl.edu.tw/nclJournal/，台灣碩博士論文系統 http://ndltd.ncl.edu.tw/cgi-bin/gs32/gsweb.cgi/ccd=KqfJ1I/webmge?Geticket=1；中國期刊全文數據庫 http://dcs.lib.ndhu.edu.tw:2055/kns50/Navigator.aspx?ID=CJFD；中國優秀碩士學位論文全文數據庫 http://dcs.lib.ndhu.edu.tw:2055/kns50/Navigator.aspx?ID=CMFD（查詢日期為 2011 年 12 月 13 日）

學環境下進行實境教學。提出

（1） 操作介面問題：軟體設計需簡單且便於操作，書寫、錄音、錄影之各項功能，應簡單按一兩個鍵就可以達到互動功效。

（2） 觸控功能：電子白板無法切換成觸控式，教學受限於觸控筆，故僅能單人操作，若能換成觸控式，教師於教學時，可多人操作。

（3） 系統穩定度問題：電子產品過熱容易當機，造成教學的困擾。

　　杜昭玫的〈美國大學華語教學之多媒體應用—以電子白板為例〉，透過多媒體的相關理論與實際應用情形，探討電子白板的可用性與侷限性。提出

（1） 系統穩定度問題：學生總在最後一刻上傳作業，多人共同操作，系統容易當機。

（2） 外籍生中文輸入能力問題：學生於討論留言板上，習慣使用母語，是因中文輸入能力不佳且速度緩慢。

（3） 學習興趣問題：如何在幾週的課程中，保持學生學習的興趣，亦是教學上的一大挑戰。

　　本研究將設計觸動繪本華語教材，具有簡易的操作介面，手指觸控功能，學生可透過手寫輸入漢字，並以生動活潑的觸動繪本與學生互動，吸引學生的學習興趣。至於兩位研究者都提出的系統穩定度，屬於硬體設備問題，不在本研究之範圍內。

三、觸動繪本量詞教學設計

　　以下分項敘述本研究之教學目標、教材內容、教學工具、教學對象、教學時數以及教學步驟。

　　本研究之教學目標，在於使學生認識「隻」、「封」、「信」、「盒」、「雙」、「棵」、「輛」、「間」、「朵」、「片」、「團」、「張」、「顆」、「位」等十四個量詞讀、寫及其用法，並運用這些量詞造句。

　　本研究之教材內容，為四頁動畫畫面。³此四頁為無字書，靠動畫呈現其意涵。

　　圖一的動畫：有一隻小鹿旁邊有一份禮物，他站在家門口，望著遠方朋友的家，等待著某樣東西。過一會兒，小鹿的心有所感受，接著，一隻藍色的小鳥，叼著一封信飛過來，將信送到小鹿的手中。圖一觸動動畫設計如下：用手指頭點小鹿，小鹿的眼睛會眨一眨，動一動耳朵，身體搖一搖；用手指頭點左上方的畫

---

³ 四張動畫頁面的網址為 http://mycameo.com/upload/1.swf, http://mycameo.com/upload/2.swf, http://mycameo.com/upload/3.swf, http://mycameo.com/upload/4.swf (筆者上網日期為 2011 年 5 月 15 日)

面，會有一隻小鳥飛入，叼信給小鹿；用手指頭點樹幹，裝飾燈會繞著樹幹發亮；用手指頭點雲，雲會開始飄動；用手指頭點遠方的家，會有一縷縷的煙升起。

　　圖二的動畫：有一隻企鵝看著毯子上，朋友送的小鴨子禮物，很開心。織著圍巾，想著牆壁照片上的朋友。窗外的雪花，一片片的飛入屋內。聖誕老公公駕著雪橇，經過窗外。圖二的觸動動畫設計如下：用手指頭點選毯子上的鴨子，鴨子會放大，企鵝會睜大眼睛看著放大的鴨子，鴨子慢慢縮小，企鵝的腳晃一晃，繼續開心的織著圍巾；用手指頭點牆壁上的小鹿照片，照片會放大，照片裡的小鹿會微笑招招手；用手指頭點窗戶，會有幾片雪花掉進屋內，並有聖誕老公公駕著雪橇經過窗外。

　　圖三的動畫：有一位小男孩坐在寵物狗的頭上，與身旁的乳牛一起看夕陽落入海中。圖三的觸動動畫設計如下：用手指頭點寵物狗，寵物狗的鼻子會身長變成喇叭，發出喇叭的聲音；用手指頭點一下乳牛，乳牛會深長脖子叫一聲；用手指頭點再點一下乳牛，乳牛會大叫一聲，跌入海中，濺起水花，再溼淋淋的走回來繼續看夕陽。

　　圖四的動畫：小男孩與寵物狗站在長頸鹿的頭上，看著滿天的煙火升起、散開。用手指頭點一下寵物狗或小男孩，他們會高興得跳起來；用手指頭點長頸鹿，牠會眨眨眼睛；用手指頭點黑色的天空，會有許多的煙火升起。

　　本研究使用之教學工具，為教室內已備有之觸控式面板電腦螢幕與單槍投影機。

　　本研究之教學對象，為國立臺北教育大學 2011 年的初級生，剛到臺灣學八週華語。共有十位學生，兩位印尼華僑、八位越南人，平均年齡約二十五歲。學生剛到臺灣來時，幾乎都是尚未接觸過華語文的零級生，八週後，已經學會《一千字說華語》一到十七課的生詞句型，並會簡易的生活對話。學生已經會數字一到九十九的寫法與用法，已經學過的量詞則有：第一課的「位」；第四課的「本」；第九課的「班」、「張」；第十課的「包」；第十一課的「句」；第十二課的「堂」、「杯」、「件」；第十六課的「封」。[4]

　　本研究之教學時數為四堂課，每堂課五十分鐘。季班的學生，週一到週五，每天三堂課，每堂課五十分鐘。本研究利用每天的第三堂課，分五天完成。前面四天教學，最後一天評量。

　　本研究之教學步驟如下：（一）動畫教學。播放動畫，教師口頭問學生：「請說說看，動畫中發生了什麼事？」（二）名詞教學。教師問：「請問你在動畫中看到了什麼東西？」並請不同的學生輪流回答問題。教師將學生回答的名詞一一寫在電腦螢幕上，請學生將這些名詞填入學習單第二欄內。（三）量詞教學。教師依著第二欄的名詞，問學生：「請問有多少 XX 呢？」學生通常會回答：「有 O『個』XX。」教師再將學生說的數字，以及正確的量詞加在螢幕的各項名詞前面，並講解各量詞的用法。請學生將數字、量詞與名詞抄寫在學習單的第三欄。（四）

---

[4] 學生在《一千字說華語》的課程中，已經學過「位」、「張」、「封」的用法，然而僅認識字與詞，尚未學會造句，故這三個量詞，仍納入本研究的教學中。

量詞造句教學。教師依著第三欄的項目，請不同的學生口頭造句。若學生口頭造句有誤，則講解後，將正確的造句寫在螢幕上。請學生將這些句子抄寫在學習單的第四欄。（五）量詞短詩教學。配合著圖一到圖四的動畫，有四首短詩，圖一為：「一條路/一封信/一顆心/昨天/我的好朋友/送我/一份禮物」；圖二為：「一輪明月/三片雪花/六張照片/今天/我織一條圍巾/給我的朋友」；圖三為：「一片紅色的天空/一顆金色的夕陽/一條細細的海平線/去年的最後一天/你陪我/看著太陽落下」；圖四為：「一片黑色的天空/幾束銀色的光/千萬朵盛開的花/今年的第一天/我陪你/看著煙火升起」。教師講解第五欄的短詩，並示範如何模仿改寫。再請學生想像一個情境，寫出該情境的三樣物品，最後用完整的句子描述該情境。請幾位學生上臺，在電腦螢幕上寫出自己的詩，並讀給班上同學聽。（六）評量。分兩部份，第一部分為量詞填充題，目的在檢測學生是否知道哪些物品應該配合哪些量詞；第二部份為量詞造句，目的在檢測學生是否會在不同的句子中活用量詞。

四、觸動繪本量詞教學過程

依照上述教學設計實施之教學過程如下：

（一）動畫教學。播放動畫影片時，學生看教室前方觸動繪本動態畫面布幕的投影，和以前看紙本繪本翻拍成簡報檔案投影出的靜態畫面比較起來，更專注也更加有興趣。當教師問：「請說說看，動畫中發生了什麼事？」學生很想要用華語表達，卻因為學習的語句還不夠多，只能回答出簡單的語句。例如：學生說：「小鳥」，教師會回應：「你可以說：『我看到一隻小鳥』」，學生會模仿說：「我看到一隻小鳥」。

（二）名詞教學。教師問：「請問你在動畫中看到了什麼東西？」，學生幾乎都先注意到會動的東西，以圖一為例，學生回答的順序是：鳥（會動）、信封（會動）、禮物、耳朵（會動）、樹、雪橇、房子、雲（會動）；以圖二為例，學生回答的順序是：鴨子（會動）、雪花（會動）、窗戶、月亮、火（會動）、照片（會動）、星星（會發亮）、聖誕老公公（會動）。

學生若是遇到不知道怎麼表達的東西（例如：禮物、雪橇、聖誕老公公等等），會用手指著畫面說：「那個！那個！」然後用自己的母語和同學熱烈的討論起來，教師會將正確的語詞讀出來，並寫在螢幕上。

學生也會想要學習這些名詞相關的語詞，例如教到「照片」時，學生會問：「照片外面的那個是什麼？」教師回答：「相框。」；又如教到「雪橇」時，學生會問：「有一種放在腳下的，也是雪橇嗎？」

（三）量詞教學。教師依照學生找出來的東西，請學生加上數字與量詞，當學生回答錯誤時，教師修正後，教導該量詞的正確使用方法。例如，教師問：「請問有多少鴨子呢？」學生回答：「有一『個』鴨子」，教師修正：「有一『隻』鴨子」，並說明「隻」的量詞，用來數動物。又如，教師問：「請問有多少雲呢？」學生數著畫面上飄動的雲回答：「有五『個』雲。」教師修正：「有五朵雲」，並說明「朵」的量詞，用來數花或像花形狀的物品。

在教到「五朵雲」時，學生問了個有趣的問題。當天，正好有颱風接近臺灣，天空有絲狀的雲，學生一邊用手畫彎曲的線條一邊問：「今天早上的雲這樣這樣……」（意思是不像一朵花）。教師解釋，量詞通常描述特定形狀的物品，例如：「條」通常是長長東西的量詞；「顆」通常是圓圓東西的量詞。因為雲沒有固定的形狀，所以如果像花，可以用「朵」；如果很大很多，可以用「片」；如果像今天早上，颱風要來以前的樣子，可以用「絲」。

（四）量詞造句教學。經過前面名詞與量詞的練習，量詞造句的教學進行得很順暢。學生已經可以將過去所學到的時間、地點、主詞、動詞和當日所學結合成一個句子。例如：「我昨天剛種了五棵樹。」又如：「我還沒看過一百位聖誕老公公。」或：「今天早上我看到五朵白雲。」

（五）量詞短詩教學。教師講解學習單上的範例，請學生模仿範例寫一首短詩。教師說：「先寫三樣東西，最後寫一句話告訴人家某件事情」，學生一開始表示聽不懂，直到教師口頭舉了兩三個例子之後，才了解。有學生寫：「一個書包/一張紙/一隻筆/明天/我要去上課」（「隻」為同音錯字）。也有學生寫：「一個月亮/一間菜館/一團火/昨天晚上/我的親愛/給我/一束玫瑰」（「我的親愛」為 my dear 直接翻譯成華語，教師修改為「我親愛的」）。

這部分的練習，學生可以練習已經學到的量詞用法；遇到不懂的生詞會發問，例如：「『玫瑰』怎麼寫？」；也會學習新的量詞，例如學生會問：「很多花在一起的量詞是什麼？」教師回答：「束」。

（六）評量。評量共分兩大題。第一大題為量詞的填充題，共十五題。例如題目為「五（　）雲」，學生填入「朵」，即可得分。第二大題為量詞造句，共五題，例如題目為「隻」，學生造句：「我家有三隻狗。」即可得分。總計有二十題，每題五分，錯一個字扣一分。十位學生評量的成績如下：兩位 100 分、兩位 98 分、以下依序為 96、94、88、85、80、30 分。平均分數為 86.9 分。

學生常見的錯誤有：字形錯誤、量詞錯誤以及文法錯誤。

1.字形錯誤，分三種：（1）多一筆或少一畫。例如「小鳥」寫成「少鳥」、「房子」寫成「房了」。（2）一個漢字分成兩個漢字。例如「輛」寫成「車」「兩」、「物」寫成「牛」「勿」、「棵」寫成「木」「果」。（3）兩個漢字併成一個漢字。例如「月亮」併成一個字、「耳朵」併成一個字。

2.量詞錯誤，有三種：（1）量詞「個」的濫用，只要是不確定的量詞，都會使用「個」。（2）使用不適合的量詞。例如：「一『片』雪」寫成「一『朵』雪」，又如：「我寫一『封』信給父母」寫成「我寫一『張』信給父母」。（3）量詞同音字的錯誤。例如「一『支』筆」寫成「一『隻』筆」。

3.文法錯誤。例如學生造句「昨天我看到一棵樹很大在公園。」正確的句子應該是「我昨天在公園看到一棵很大的樹。」

五、結論

　　以下討論觸動繪本華語教材於培養學生聽、說、讀、寫能力上可發展之功能，並給與未來設計觸動繪本教材幾點建議。

（一）觸動繪本於華語教學聽力上之運用。用手點選畫面中的某物品、句子、段落或整課課文時，可聽到單詞、句子、段落或整課課文的發音。

（二）觸動繪本於華語教學說話能力上之運用。1.聽完畫面中的某物品、句子、段落或整課課文的朗讀後，可錄下自己模仿的聲音，與朗讀的音調互相比較。2.教師或學生也可以配合觸動繪本，用手指頭控制畫面，說一則新的故事，並將聲音或影像錄下來。

（三）觸動繪本於華語教學閱讀能力上之運用。用手點選畫面中的某物品、句子、段落或整課課文時，可看到單詞、句子、段落或整課課文的文字。

（四）觸動繪本於華語教學寫字與寫作能力上之運用。1.教師可以輕鬆的以手指頭或觸控筆示範漢字之筆順。2.教師上課於畫面上講解手寫的聲音與畫面可存檔，成為學生自習時之參考。3.外籍生可用手寫漢字的方式查字典或選出漢字，不再需要依賴注音符號或漢語拼音。4.教師可以在螢幕上直接批改學生的課堂練習或回家作業，並存檔成為學生學習或教師教學檢討之參考資料。

（五）未來可發展之觸動繪本教材建議。1.教材分級：可發展零級、初級、中級、高級之觸動繪本，供不同程度之學習者使用。2.教材內容：可發展各領域之教材，如華語發音練習、華語文文法、華語生活會話、商業華語、華人文化、華人文學等等。3.使用介面：觸控式面板之硬體商品，已有適合教學設備之電子白板、觸控式電腦螢幕，亦有個人使用之平板電腦、手機等等。觸動繪本軟體設計，若與這些硬體相容，結合無線網路，可達成教師於課堂上多人共同操作螢幕之教與學，學生於下課後亦可隨時隨地拿起手機練習華語文。

參考文獻

一、參考期刊

王素梅。從漢語量詞的形象性談量詞的用法及教學。**語言與翻譯**。，1996 年 01 月，33-37 頁。

王漢衛。量詞的分類與對外漢語量詞教學。**暨南學報(人文科學與社會科學版)**，2004 年 02 月，113-116 頁，141-142 頁。

伏學鳳。漢語作為第二語言教學中的量詞研究。**語言文字應用**，2005 年 02 月，141 頁。

李計偉。量詞 "副" 的義項分立與對外漢語教學。**語言教學與研究**，2006 年 06 月，72-77 頁。

杜昭玫。美國大學華語教學之多媒體應用—以電子白板為例。**教育資料與研究**，2009 年 10 月，159-176 頁。

張鷺。從認知角度探討對外漢語量詞教學策略的建構。**黑龍江高教研究**，2011 年 03 月，178-180 頁。

張禎。類型學背景下的漢泰語量詞語義系統對比和漢語量詞教學。**世界漢語教學**，2009 年 04 月，508-518 頁。

郭怡君、吳俊雄、鐘樹椽。電腦輔助華語形狀量詞學習。**華語文教學研究**，2011 年 8 月，99-122 頁。

馮元玫。淺談華語量詞—從一隻狗還是一條狗說起。**華文世界**，2006 年 5 月，54-56 頁。

黃雅微、陳純音。臺灣學齡前兒童華語量詞習得之再探討。**華語文教學研究**，2009 年 6 月，1-38 頁。

劉小梅。華語動詞組內數量詞的使用及語意。**華文世界**，2004 年 9 月，33-37 頁。

鄭琇仁。電子白板融入華語教學之師資培訓研究。**教育資料與研究**，2009 年 10 月，1-24 頁。

緱瑞隆。"條形" 量詞的句法認知基礎探析——對外漢語量詞教學個案研究系列之五。**鄭州大學學報(哲學社會科學版)**，2010 年 06 月，126-128 頁。

戴夢霞。對外漢語名量詞選用教學的一點探索。**漢語學習**，1999 年 04 月，46-49 頁。

二、參考書籍

行政院僑務委員會。**一千字說華語**。2010 年。臺北：行政院僑務委員會。

國家圖書館出版品預行編目資料

創新教學與課室觀察／孫劍秋等著. －－

初版. －－臺北市：五南，2012.03
　　面；　公分

ISBN 978-957-11-6561-5（平裝）

1.漢語教學　2.語文教學　3.文集

802.03　　　　　　　　101000585

1IWE

創新教學與課室觀察（一版）

執行策畫：教育部國語文課程與輔導諮詢團隊（176.3）

作　　者：孫劍秋　馮永敏　耿志堅　蔡雅薰 等著

執行編輯：羅育敏　李威侃　何淑蘋

發 行 人：楊榮川

總 編 輯：龐君豪

執行主編：黃文瓊

美術設計：吳佳臻

出 版 者：五南圖書出版股份有限公司

地　　址：106臺北市大安區和平東路二段339號4樓

電　　話：(02)2705-5066　　傳　　真：(02)2706-6100

網　　址：http://www.wunan.com.tw

電子郵件：wunan@wunan.com.tw

劃撥帳號：01068953

戶　　名：五南圖書出版股份有限公司

臺中市駐區辦公室/臺中市中區中山路6號

電　　話：(04)2223-0891　　傳　　真：(04)2223-3549

高雄市駐區辦公室/高雄市新興區中山一路290號

電　　話：(07)2358-702　　傳　　真：(07)2350-236

法律顧問　元貞聯合法律事務所　張澤平律師

出版日期　2012年3月初版一刷

定　　價　新臺幣420元